民國文化與文學 研究文叢

十一編

李 怡 主編

第 **4** 冊

中國左翼文學研究 (1923～1933)

陳 紅 旗 著

國家圖書館出版品預行編目資料

中國左翼文學研究（1923～1933）／陳紅旗 著 —— 初版 ——
新北市：花木蘭文化事業有限公司，2019〔民108〕
目 2+288 面：19×26 公分
（民國文化與文學研究文叢 十一編：第4冊）
ISBN 978-986-485-790-6（精裝）
1. 中國文學 2. 左翼文學 3. 文學評論
820.9   108011470

特邀編委（以姓氏筆畫為序）：

丁　帆	王德威	宋如珊
岩佐昌暲	奚　密	張中良
張堂錡	張福貴	須文蔚
馮　鐵	劉秀美	

ISBN-978-986-485-790-6

9 789864 857906

民國文化與文學研究文叢
十一編 第四冊   ISBN：978-986-485-790-6

中國左翼文學研究（1923～1933）

作　　者　陳紅旗
主　　編　李怡
企　　劃　四川大學中國詩歌研究院
總 編 輯　杜潔祥
副總編輯　楊嘉樂
編　　輯　許郁翎、王筑、張雅淋　美術編輯　陳逸婷
出　　版　花木蘭文化事業有限公司
發 行 人　高小娟
聯絡地址　235 新北市中和區中安街七二號十三樓
　　　　　電話：02-2923-1455／傳真：02-2923-1452
網　　址　http://www.huamulan.tw 信箱 hml810518@gmail.com
印　　刷　普羅文化出版廣告事業
初　　版　2019 年 9 月
全書字數　292018 字
定　　價　十一編 12 冊（精裝）新台幣 23,000 元

中國左翼文學研究（1923～1933）

陳紅旗　著

作者簡介

陳紅旗（1974～），男，吉林雙遼人，博士，碩士生導師，嘉應學院文學院教授。主要從事中國現當代文學研究：已在《中國現代文學研究叢刊》《民族文學研究》《中國比較文學》等刊物上發表論文 130 餘篇；出版專著《中國左翼文學的發生（1923～1933）》《中國左翼文學的演進與嬗變（1927～1937）》《中國現代作家與左翼文學的互動相生》《高教探索與中小學語文教學研究》4 部。曾先後主持國家社會科學基金青年項目、教育部人文社會科學研究規劃項目等省廳級以上項目 10 項。

提　　要

　　五四「文學革命」口號力量衰竭後，中國進步文藝界醞釀了新的「革命文學運動」，在「大革命」陷入低潮後提出了「無產階級革命文學」口號，在 1928 年前後展開了革命文學論爭。革命文學倡導者和左翼文學發難者多是留學日本和蘇聯的中國作家，他們的主體體驗關涉他們的生存境遇、生命感受和價值判斷，使他們做出了倡導無產階級革命文學的文化選擇。現代文壇上進步的文藝社團、刊物和作家都與左翼文學的文學生產有著密切的關係。在左翼文學發生過程中，魯迅融會古今中外的革命思想文化資源，積極進行著對國民性的「審視」和對民族「固有之血脈」的「追尋」，以與中華民族和底層民眾共命運的態度與選擇體現了獨特的生命風度。到了 20 世紀 30 年代，中國左翼知識界在無產階級文化建設的想像中比較成熟地汲取了本民族傳統革命文化和日俄等世界無產階級文化資源，在文學創作和理論論爭中構建了左翼文學的認知、倫理和審美維度，明確了左翼文學的本質和性質。在 1923～1933 年間，處於醞釀發生階段的中國左翼文學還很「幼稚」，有諸多藝術缺陷，但它能夠在國民黨的文藝統制和獨裁下發展起來，並與其他進步文學力量一起匯成 20 世紀 30 年代文學主潮，這證明它具有迥異於其他文學形態的獨特精神內質和強韌的生命力。中國左翼文學是世界左翼文學的一個有機組成部分。

教育部人文社會科學研究一般項目
「中國左翼文學的想像與敘述（1927～1949）」
（項目編號：17YJA751006）

廣東省哲學社會科學規劃學科共建項目
「中國左翼文學的革命想像與精神流變」
（項目編號：GD16XZW03）

從「純文學」到「大文學」：重述我們的「文學」傳統——《民國文化與文學研究文叢》第十一編引言

李　怡

　　歷史總是在不經意間爲我們增添或減除一些重要的意義，我們今天奉若神明的「文學」也是這樣。自「五四」開啓的百年中國文學的發展可以說就是以「提純」傳統蕪雜的「文章」概念爲起點，以倡導接近西方近代意義的「純粹」的「文學」爲指向的。在「五四」以降的百年來的中國文學史中，「回到文學本身」「爲了藝術」「重申文學性」之類的呼聲層出不窮，構成了最宏大也最具有精神感染力的一種訴求。不過，圍繞這些眞誠的不失悲壯的訴求，我們不僅看到了各種社會政治力量的阻力，而且也能夠眞切地感受到種種「名實不符」的微妙的實踐悖論。這都告訴我們，這看似簡明的「文學之路」絕非我們想像的那麼理所當然，其中包含著太多的異樣與矛盾。本文試圖重新對「五四」開啓的「文學」取向提出反思和清理，其目的是爲了重述長期爲我們忽略的現代「文學」傳統的來龍去脈和內在結構。

　　重述並不是爲了「顛覆」歷史的表述，而是爲了更加清晰地洞察這歷史的細節，特別是解釋那些歷史表述中模糊、含混的部分。我們相信，只有在關於「文學」觀念的細緻的梳理中，中國現代文學的方向和內在機理才能得到眞正的展現，而它的價值也才能夠進一步確立。

　　這樣的清理將形成與目前研究態勢的直接對話，特別是對倡導「回到五四」的 1980 年代的學術方式加以重新審視和觀察，雖然審視和觀察並不是爲了否定那個時代最寶貴的進取精神。

歷史轉折與「文學」地位的升降

自「五四」開啓的中國現當文學是在中外多種文化的滋養中發展壯大的，這是一個不容質疑的基本事實。

鑒於中國現代文學的發生是好幾代中國作家刻意突破傳統寫作方式重圍，勉力「別求新聲於異邦」的重大收穫，在一個相當長的時期內，是否承認外來文化、外來文學之於中國現代文學誕生的特殊作用，幾乎就是我們能否把握這一文學基本特質的最重要的立場，承認了這一事實，我們才有效地打開了進入現代文學的窗口，把握了文學發展的最重要的方向，拒絕這一事實，或者是以曖昧的態度講述這一歷史都可能造成我們視線的模糊，無法眞正領會中國文學確立「現代的」「世界性」的目標的特殊意義。甚至，如果我們不能在情感的層面上體諒和認同這些新文學創立者因爲引入外來文化所經歷的種種曲折，付出的種種艱辛，我們簡直也無法深入到現代文學的精神內部，去把捉和揣摩其心靈的起伏、靈魂的溫度。

在長達一個世紀的歷史中，所謂現代中國知識分子的「五四情結」，一切「回到現代文學本身」的熱切的情懷，都只有在這種從理性到感性甚至本能情緒的執著「認同」的層面上獲得解釋。在已經過去、迄今依然令人回味的1980 年代——有人曾經以「回到五四」來想像這個年代的歷史使命——我們將中國現代文學的精神最大程度地與國家的改革開放，與對待外來文化的態度緊密相連，在那時，通過對中國現代文學吸納外國文學、外國文化的挖掘，現代的文學確立起了前所未有的榮光，「走向世界」的聲音既來自國家政治，也理直氣壯地在中國現代文學的闡述當中得到了有力的支持。〔註1〕

儘管如此，我們卻不能認爲對「五四」、對中國現代文學的闡釋已經接近尾聲，也沒有理由將這一曾經的主流性理論當作永恆不變的前提，因爲，就如同近代作家通過舉起「一代有一代之文學」來突破傳統、確立自我一樣，今天的學人也有必要通過提煉、發現自己的「問題」來揭示文學發展更內在的結構和機理。

〔註 1〕 參見曾小逸：《走向世界文學——中國現代作家與外國文學》（湖南文藝出版社 1986 年），這是最形象地體現 1980 年代中國現代文學學術精神的著作，不僅著作的正副標題都清晰地標注出了時代的主旨，著作的緒論全面地闡述了民族文學「走向世界文學」的宏大圖景，而且各選文的作者都緊緊圍繞中國現代文學如何在「世界文學（外國文學）」的啓示中茁壯成長加以論述，這些論述都代表了當時學界最活躍最有實力的成果，可謂是 1980 年代學術之盛景。

這並不是如一些人想像的那樣，需要通過否定「五四」、質疑甚至顛覆 1980 年代的學術來彰顯自己。中國學術早就應該眞正擺脫「二元對立」「非此即彼」的思維模式了。自 1990 年代以降，我們不斷指謫「五四」和 1980 年代的進化論思維、「二元對立」思維，其實自己卻常常陷入這樣的思維而不能自拔，如果「五四」的確通過大規模引入外國文學與西方文化完成了對傳統束縛的解脫，如果 1980 年代是在改革開放、走向世界的「鼓舞」下撥亂反正，部分建立了學術的自主性，那麼這種呼喚創造的企圖和方向不也是任何時代都需要的嗎？爲什麼一定要通過否定「五四」的「西化」態度、詆毀 1980 年代「走向世界」的赤誠來完成新的學術表述呢？

事實上，學術的質疑歸根到底還是對前人尙未意識到的「問題」的發掘，而不是對前代學術的徹底清算；學術的新問題的發現和解決最終是推進了我們的認識而不是證明新一代的高明或思想的「優越」。何況，在所有這些「問題」的不同闡述的背後，還存在一個各自學術的根本意義的差異問題：嚴格說來，學術的意義只能在各自的「歷史語境」中丈量和衡定，也就是說，是不同時代各自所面對的歷史狀況和問題的針對性決定了學術的眞正價值，離開了這個歷史語境，並不一定存在一個跨越時空的「絕對的正誤」標準。不同時代，我們對問題的不同認知和解答乃是基於各自需要解決的命題，其差異幾乎就是必然的。

所有這些冗長的論述，主要是想說明一個問題：我們完全可以重新展開 1980 年代對文學史的結論，重新就一些重大問題再行討論，這並不是爲了顛覆 1980 年代的「思想啓蒙」和學術立場，而是爲了更有力地推進學術的深化。

在這裡，我想強調的是，今天，我們對於「文學」的認知其實已經與 1980 年代大有不同了。這不是因爲我們比 1980 年代的人們更高明、更深刻，而是今天的我們遭遇了與 1980 年代十分不同的環境。

在 1980 年代，文學幾乎就是全社會精神文化的中心，甚至國家政治、倫理、法制、教育的巨大問題都被有意無意地歸結到「文學」的領域來加以確定和關注。

回顧歷史我們可以知道，「改革開放」的 1980 年代的中國人民生活，就是在以對新文化傳統的想像當中展開的，是對「五四」傳統的呼喚中開始的。那個時候，中國學術界的很多人，言必稱「五四」，言必稱魯迅。以我們中國語言文學學科爲例，基本上無論是搞外國文學也好，搞比較文學也好，搞現

當代文學也好，搞美學也好，搞文藝理論也好，他們學術興趣的起點幾乎都是從「五四」開始的，從對魯迅的重新理解開始的。甚至普通的中國人也是這樣，那個時候新華書店隔一段時間「開放」一本書，隔一段時間「開放」一個作家，老百姓排著隊在新華書店買書，其中很多是新文學的作品。新文學、中國當代文學的一些探索，一些思考，一些問題，直接成爲我們思考、解決當前社會問題，包括解決我們人生問題的重要根據。那個時候講教育問題，我們首先想到的是劉心武的《班主任》。《班主任》的意義不是一本小說的意義而是帶來整個教育改革的啓迪。到後來，工廠搞改革，全國人民都知道一本《喬廠長上任記》，大家是通過閱讀這本小說來研究中國怎麼搞改革的。賈平凹的小說《雞窩窪的人家》，後來被改編成電影《野山》。電影上演後，引發了全社會對改革時期家庭倫理問題的討論，報紙上發表的文章，題目直接就是《改革，就必須換老婆嗎？》。因爲賈平凹在小說裏講述了農村改革時期兩個家庭的重新組合問題，大家認爲文學作品是一種家庭倫理關係的示範，生活中的家庭關係處理問題直接可以從小說中得到答案。中國人生活中的很多困惑都會通過 1980 年代那些著名的小說來回答，包括那個時候城鄉流動，很多農村人想改變自己的戶口，想到城裏邊來，改變「二等公民」的地位……那時候一部小說特別打動人，那就是路遙的《人生》。在《人生》開篇的地方，路遙引用了柳青的一段話：「人生的道路雖然漫長，但緊要處常常只有幾步，特別是當人年輕的時候。」這樣的文學表述一下子就被當作「人生金句」，成了中國人抄錄在筆記本上的格言，到處流傳。我們的文學就是如此深入地介入了現實社會、現實政治的幾乎一切的領域，直接成爲人生的指南！

1990 年代，一切都在發生著變化。一方面是西方的經濟方式繼續在中國滲透，中國人的日常生活開始有了新的娛樂方式，「文學失去了轟動效應」，另一方面，文學也不再探討社會改革的重大問題，不再執著於現代的啓蒙、反思和改造國民性之類的沉重話題，或者這些話題也巧妙地隱藏在各種「喜聞樂見」的娛樂形式之中，「大眾娛樂」的價值越來越受到文學家和藝術家的認可，一些重要的通俗文學地位上升，例如金庸武俠小說開始登上「大雅之堂」，進入了「文學史」。

最近一些年，人們開始提出了另外一個問題，這就是重新思考「五四」，質疑「五四」。其代表性的觀點就是：中國文化發展到今天出了問題，出了什

麼問題呢？我們曾經很長一段時間過分相信西方，「五四」雖然有好處，但是「五四」也犯了錯誤，犯了什麼錯誤呢？就是割裂了我們民族文化的傳統。「五四」的最大問題是以偏激的激進主義觀點，割裂了中華民族文化的很多優秀的傳統。所以說，「五四」那個時候有一個口號成了今天重新被人質疑的一個問題，這就是「打倒孔家店」。有人說今天我們怎麼能「打倒孔家店」呢？你看看今天人人都要重新談孔子，重新談國學，國學都要復興了，那「五四」不是有問題嗎？「五四」知識分子最大的問題就是偏激，他們偏激地引進西方文化，而又如此偏激地割斷了與傳統文化的聯繫。今天，在改革開放 40 年之後，歷史完成了一個循環，而這個循環就是我們這 40 年是以對「五四」的繼承開始的，但又是以對「五四」的質疑告終的。

在這裡，我們暫時不對形成這些歷史轉變的複雜原因作出分析挖掘，而只是藉此正視一個基本的事實：無論我們的情感態度如何，我們需要研讀的「文學」都已經出現了重大的變化；無論我們對這樣的變化持怎樣的遺憾或者批評，都不能不看到它本身絕非是荒誕不經的，也深刻地體現了某種思想文化邏輯的真實面相；在今天，我們只能將「失去轟動效應」的文學表現與曾經如此富有轟動效應的文學夢想一併思考，才能更全面更準確地把握歷史的脈搏，從而對一個世紀以來的「文學」的命運重新作出解釋。

「文學」研究：從大夢想回到小細節

與 1980 年代那些直接介入社會的巨大的文學夢想比較，今天的我們更應該展開的工作就是面對這命運坎坷、「瘡痍滿目」的「文學」的現實，認真地回答它「從哪裏來」，一路「遭遇」了什麼，又可能「走到哪裏去」。

對「五四」以降百年來中國文學的研究將從具體入手，從細節處的困惑開始。

這不是簡單對抗 1980 年代的宏大的夢想，而是將夢想的產生和喪失一併納入冷靜的觀察，理性梳理二十世紀文學之「夢」的來源和局限，同時從外部和內部多個方面來梳理「文學」的機理。

這也不是要否定文學被賦予的「社會責任」，不是為了拒絕這些「社會責任」而刻意攻擊 1980 年代的所謂「宏大敘事」。恰恰相反，我們是試圖通過對文學結構的更細緻更有說服力的探尋來重新尋找我們的歷史使命，重新建構一種介入中國文化問題的可能。

　　顯而易見，新的追問也不是對 1990 年代以來文學研究日益「學院化」，日益在「學術規範」中孤芳自賞的認同，在正視 1980 年代困境的同時，我們繼續正視 1990 年代以來的新的困境。

　　今天我們面臨的一大困境在於：文學被抽象化爲某種「純粹」的高貴，而這種高貴本身卻已經沒有了力量，更無法解釋自「五四」以來中國現代文學自身就存在的那種干預社會的強大的能量，儘管 1980 年代所寄予文學的希望可能超過了文學本身的能力負荷，但是我們卻不能說當時的「希望」都是空穴來風，是完全沒有歷史根據的臆想。雖然我們今天也無法預測未來的中國文學究竟怎樣在文學的自主性與社會使命之間獲得平衡，比 1980 年代的理想主義更能切實地實現自己的歷史價值，但是重新回到中國現代文學發生發展的事實當中，更細緻更有說服力地清理其內在的精神結構，解釋那些文學家們如何既能確立自己，又能夠真誠地介入社會，而且，這一切的文化根據究竟有哪些？

　　我們的解釋可能就會擺脫「走向世界」的故轍，真正將中外多種文化都作爲解釋中國作家的精神秘密的根據。因爲，很明顯，近代以後，單純地強調「純文學」的引進已經不足以解釋中國文學的種種細節，例如魯迅，這位在民初大力引進西方「純文學」觀念的啓蒙先驅，後來又常常陷入「不夠文學」的寫作窘迫之中，而且從最初的無奈的自嘲到後來愈發堅定的自信，這裡的「文學」態度真是耐人尋味：

　　　　也有人勸我不要做這樣的短評。那好意，我是很感激的，而且也並非不知道創作之可貴。然而要做這樣的東西的時候，恐怕也還要做這樣的東西，我以爲如果藝術之宮裏有這麼麻煩的禁令，倒不如不進去：還是站在沙漠上，看看飛沙走石，樂則大笑，悲則大叫，憤則大罵，即使被沙礫打得遍身粗糙，頭破血流，而時時撫摩自己的凝血，覺得若有花紋，也未必不及跟著中國的文士們去陪莎士比亞吃黃油麵包之有趣。〔註 2〕

　　歷史更有趣的一面是：就是這位在新文學創立過程中大力呼喚「純文學」（美術）的先驅者，到後來被不少的學者批評爲「文學性不足」，甚至「不是文學」。這裡接受者、解讀者的思想錯位甚至混亂亟待我們認真清理——在現代中國，究竟有什麼樣的「文學觀」？何以出現如此弔詭的現象？

〔註 2〕魯迅：《華蓋集・題記》，《魯迅全集》第三卷 4 頁，人民文學出版社 2005 年。

　　至於整個中國現代文學，在當今已經獲得了一個很有代表性的印象：非文學。20世紀的中國歷史幾乎被公認爲是「非文學」的時代：「中國新文學運動從來就和政治浪潮配合在一起，因果難分。五四時代的文學革命——反帝反封建；三十年代的革命文學——階級鬥爭；抗戰時期——同仇敵愾，抗日救亡，理所當然是主流。除此之外，就都看作是離譜，旁門左道，既爲正統所不容，也引不起讀者的注意。這是一種不無缺陷的好傳統，好處是與祖國命運息息相關，隨著時代亦步亦趨，如影隨形；短處是無形中大大減削了文學領地，譬如建築，只有堂皇的廳堂樓閣，沒有迴廊別院，池臺競勝，曲徑通幽。」〔註3〕即便不是出於刻意的貶低，我們也都承認，在這一百年之中，更需要人們解決的還是社會民生的一系列重大問題，「文學本身」並沒有太多的機會隆重登場。這一描述大概不會有太多的人否認，然而，困惑卻沒有就此消除：難道「文學」僅僅是太平盛世的奢侈品？在困苦年代人們就沒有資格談論文學，沒有資格獲得文學的滋養？古今中外大量的歷史事實都可能將這一結論擊得粉碎。這裡，再次提醒我們的還是一個事實，我們必須對「文學」觀念本身展開認眞的追問。正如朱曉進所說：「當我們回顧20世紀文學的發展時，我們看到的是這樣一個基本的歷史事實：在20世紀的大多數年代裏，文學的政治化趨向幾乎是文學發展的主要潮流。也許將此稱爲『思潮』並不準確，但文學與政治的特殊關係，卻無疑是其最爲顯性的文學發展的特徵之一。因此，在研究上述年代的文學現象時，首先應關注的也許倒不是純美學、純藝術層面的東西，而是文學的政治化潮流的問題。我們應該從政治文化的角度去看待這些年代的文學，對文學現象得以產生的政治文化氛圍，以及文學以何種方式、在多大程度上與政治文化結緣，政治的因素到底在多大程度上，到底以什麼形式，最終導致了一些文學現象的產生，以及最終支配了文學發展的趨向等等問題給予更多的關注。以政治或政治文化的角度來觀照和解釋20世紀文學發展中的許多現象，我們也許可以從更爲廣闊的範圍來探討其成因。」〔註4〕

　　其實，在現代中國，「非文學」的力量何止是政治文化，還包括各種生存的考慮，包括我們固有的對於寫作的基本觀念。所有這些力量都十分自然地

〔註 3〕柯靈：《遙寄張愛玲》，《張愛玲文集》第四卷 427 頁，安徽文藝出版社 1992 年版。

〔註 4〕朱曉進：《文學與政治：從非整合到整合》，《社會科學輯刊》1999 年 5 期。

組成了二十世紀中國知識分子的生活與精神現實，不可須臾脫離。或者說，「非文學」已經與我們的生命形態融會貫通了。

於是乎，中國現代文學那些「非文學」的追求總是如此眞誠，也如此動人心魄，我們無從拒絕，也無從漠視，你斷定它是文學也好，非文學也罷，卻不能阻斷它進入我們精神需要的路徑，而一旦某種藝術形態能夠以這樣的姿態完成自己，我們也就沒有了以固定的文學知識「打壓」「排除」它們的理由，剩下的問題可能恰恰在於：我們本身的「文學」觀念就那麼合理嗎？那麼不可改變麼？

這樣的追問當然也不是完成某種對「文學」的本體論式的建構，不是僅僅在知識來源上追根溯源，並把那種「源頭性」的知識當作「文學」的「本來」，將其他的歷史「調整」當作「變異」，恰恰相反，我們更應當關注「文學」觀念如何組合、流動、變異的過程，在這裡，文學的理念如何在西方「純文學」召喚下發生改變的過程更值得清理。

這樣的努力，也將帶來一種方法論上的重要的改進。在過去，我們一般傾向於相信，中國現代文學的發生在很大程度上源於西方文化的衝擊和挑戰，是西方的「人文主義」文化確立了「五四」對「人」的認識，是西方文學獨立的追求讓中國文學再一次地「藝術自覺」，在西方文化還被置於「帝國主義侵略」的一部分而傳統文化理所當然屬於「國粹」的時代，承不承認這種外來影響的作用，曾經是我們能否在一個開闊視野上自由研究的基礎，然而，在今天，當中外矛盾衝突已經不再是社會文化主要焦慮的今天，當援引西方思想資源也不再構成某種精神壓力的時候，我們完全可以建立一種新的更平和地研討中外文學與文化關係的機制，在這裡，引進西方文化資源並不一定意味著更加的開放和創新，而重述中國的傳統資源也不一定意味著保守和腐朽，它們不過都是現代中國人的心理事實，挖掘這樣的心理事實，是爲了更清楚地認識我們自己，讀解我們今天的文化構成，這是對 1980 年代以後中國現代文學研究「主體性」的眞正重塑。

重述現代中國的「文學」觀，就應當從這些歷史演變的具體細節開始。

「文學」研究：從小純粹到大歷史

當強調學術研究從大夢想回到小細節，這個時候，我們獲得的「文學」研究也就從審美的「小純粹」進入到了一個時代的「大歷史」，也就是朱曉進

先生所謂「20 世紀文學發展中的許多現象，我們也許可以從更爲廣闊的範圍來探討其成因。」

在這裡，與傳統中國密切關聯的另外一種「文學」理解方式——雜文學或曰大文學理念不無啓示。雜文學是相對於近代以來被強化起來的「純文學」而言，而「大文學」則可以說是對包含了「純文學」觀念在內的更豐富和複雜的文學理念的描述。

現當代中國概念層出不窮，有外來的，有自創的，有的時候出現頻率之高，已經到了人們無法適應的程度，以致生出反感來。最近也有人問我：你們再提這個「雜文學」或「大文學」，是不是也屬於標新立異啊？是不是在中國現當代文學批評的沈寂年代刻意推出來吸引人眼球的啊？

我的回答很簡單，這早就不是什麼新概念了，相反，它很「舊」，五四時代就已經被運用了，最近十多年又反覆被人提起、論述。只不過，完整系統的梳理和反思比較缺少。今天我們試圖在一個比較自覺的學術史回顧的立場上來檢討它，應當屬於一種冷靜、理性的選擇。

據學者考證，「早在 1909 年，日本學者兒島獻吉郎就曾經出版過一部《支那大文學史》，這恐怕是『大文學』這一名稱見於學術論著的最早例證。稍後謝无量於 1918 年出版的《中國大文學史》，則將文字學、經學、史學等，都納入到文學史中，有將文學史擴展爲學術史的趨勢，故其『大』主要表現爲『體制龐大，內容廣博』。這裡的『大文學史』雖與第一階段的文學史寫作沒有本質的差別，但這一名稱的提出對於後來的文學史研究者卻無疑具有啓示意義。」〔註5〕在我看來，謝无量提出「大」乃是有感於五四時期西方「純文學」的定義無法容納中國固有的寫作樣式，以「大」擴容，方能將固有的龐雜的「文」類納入到新近傳入的「文學」的範疇。《中國大文學史》的出現，形象地說明了兩種「文」（文學）的概念的衝突，「大」是一種協調、兼容的努力。

當然，謝无量先生更像是以「大」的文學史擴容來爲傳統中國的文學樣式留下足夠的空間，也就是說，將早已經存在於傳統中國的、又不能爲外來的「純文學」理念所解釋的寫作現象收納起來，這更接近我所說的對「雜文學」的包容。傳統中國的「文學」專指學術，與當今作爲創作的「文學」概

〔註5〕劉懷榮：《近百年中國「大文學」研究及其理論反思》，《東方叢刊》2006 年 2 期。

念近似的是「文」——用今天的話來說就是「文章」，不過此「文章」又是包羅萬象，既有詩詞歌賦之類的「文學」作品，也有論、說、記、傳等論說之文、記敘之文，還有章、表、書、奏、碑、誄、箴、銘等應用之文，與西方傳入之抒情之「文學」比較，不可謂不「雜」矣。

我們可以這樣來粗略描述這源遠流長又幾經演變的「文學」過程：

在古老的中國，存在多樣化的寫作方式，我們以「文」名之，那時，人們無意在實用與抒情、史實與虛構之間做出明確的區分，因而不太符合現代以後的學科、文體的清晰化追求。但是，這樣的模糊性（尤其是混合詩與史的模糊性）卻不能說對今天的作家就完全喪失了魅力，「雜」的文學理念餘緒猶存。

在晚清民初，西方的「純文學」概念開始引起了人們的注意，人們試圖借助「純文學」對外在政治道德倫理的反叛來解放文學，或者說讓文學自傳統僵化思想中解脫出來，重新確立自己的獨立性，於是，有意識地去「雜」趨「純」具有特殊的時代啓蒙價值。

然而，新的「文學」知識一旦建立，卻出現了新的問題：傳統中國的各種豐富的創作現象如何解釋，如何被納入現有的文學史知識系統當中？謝无量借助日本學術的概念重寫《中國大文學史》，就是這樣一種「納舊材料入新框架」的努力。

進入現代中國以後，中國作家的創作同時受到多種資源的影響。這裡既有傳統文學理念的延伸，又有新的歷史條件下文學在事實上超越「純粹」的趨向，後者就不僅僅是「雜」的問題，更蘊含著現代中國式「文學」精神的獨特發展。我們或可以「大文學」的視野來觀察它們：相對於西方「純文學」而言，這些超出「藝術」的元素可能多種多樣，只能以「大」容之——「大」依然是現代知識分子文學關懷的潛在或顯在的追求，不能理解到這一層，我們就會失去對現代中國一系列文學現象的深刻把握，例如魯迅式雜文。關於魯迅式的雜文究竟是不是文學，曾經有過爭論，我們注意到，所謂非文學指謫的主要根據還是「純文學」，問題是魯迅雜文可能本來就無意受制於這樣的「純粹」，他是刻意將一切豐富的人生感受與語言形態都收納到自己的筆端，傳統「文」的訓練和認知十分自然地也成爲魯迅自由取捨的資源。

除了雜文式的文學之「雜」，日記、筆記、書信甚至注疏、點評也可能成爲中國知識分子抒情達志的選擇，它們都不夠「純粹」，但在中國人所熟悉的

人生語境與藝術語境中，卻魅力無窮，吸引著中國現代作家。

「大」與「雜」而不是「純」的藝術需求對應著這樣一種人生現實：我們對文學的期待往往並不止於藝術本身，在這個時代，我們需要迫切解決的東西可能很多，現實世界需要我們回答的問題也很多，遠遠超過了作為語言遊戲的文學藝術本身。換句話說，「純粹」並不能滿足我們，我們對現實的關懷、期待和理想都常常借助「文學」來加以闡發，加以表達，「大」與「雜」理所當然，也理直氣壯。現代中國文學不就是如此嗎？猶如學者斷言二十世紀本來就是一個「非文學」的世紀。這一判斷不僅是批評、遺憾，更是一種客觀的事實陳述，我們其實不必為此自卑，為此自責。相反，應該以此為基點重新梳理和剖析現代中國文學的一系列重要特徵。

在這個意義上，所謂的「大文學」也就是文學的寫作本身超過了純粹藝術的目的，而將社會人生的一系列重要目標納入其中。這就不可謂不「大」，或者不「雜」了。

從傳統的「文」到近代的「純文學」，再到因應「純」而起的「雜文學」之名，最後有兼容性的「大文學」，這一過程又與百年來中國學術的發展過程相共生，正如文學史家陳伯海所剖析的那樣：「考諸史籍，『大文學』的提法實發端於謝无量《中國大文學史》一書，該書敘論部分將『文學』區分為廣狹二義，狹義即指西方的純文學，廣義囊括一切語言文字的文本在內。謝著取廣義，故名曰『大』，而其實際包涵的內容基本相當於傳統意義上的『文章』（吸收了小說、戲曲等俗文學樣式），『大文學』也就成了『雜文學』的別名。及至晚近十多年來，『大文學』的呼喚重起，則往往具有另一層涵義，乃是著眼於從更廣闊的視野上來觀照和討論文學現象如傅璇琮主編的《大文學史觀叢書》，主張『把文化史、社會史的研究成果引入文學史的研究，打通與文學史相鄰學科的間隔』，趙明等主編的《先秦大文學史》和《兩漢大文學史》，強調由文化發生學的大背景上來考察文學現象，以拓展文學研究的範圍，提示文學文本中的文化內蘊。這種將文學研究提高到文化研究層面上來的努力，跟當前西方學界倡揚的文化詩學的取向，可說是不謀而合。當然，文化研究的落腳點是在深化文學研究，而非消解文學研究（西方某些文化批評即有此弊），所以『大文學』觀的核心仍不能脫離對文學性能的確切把握。」〔註6〕

〔註6〕陳伯海：《雜文學、純文學、大文學及其他》，《紅河學院學報》2004年5期，
　　　　文章所論「發端」當指中國學界而言。

　　如果我們承認在這一闊大空間之中，活躍著多種多樣的文學樣式，那麼這些文學追求一定是既「大」且「雜」的。為了解釋這樣的文學，我們必須讓文學回到廣闊的歷史場景，讓文學與政治博弈，與經濟互動，與軍事對話，與人生輝映……

　　大文學，這就是我們重新關注百年中國文學之歷史意味所召喚出來的學術視野與學術方法。

　　這樣的新「文學」研究可以做哪些事呢？

　　顯然，我們可以更寬闊地揭示現代中國文學的生態景觀。也就是說，我們將跳出「為藝術」的迷幻，在一個更真實也更豐富的人生場景中來理解現代作家的生存現實，在這裡，除了獻身藝術的衝動，大量的社會政治的訴求、生存的設計乃至妥協都同樣不容忽視，它們不僅形成了文學的內容，也決定著文學的形式。

　　我們也有機會藉此更深入地挖掘現代中國作家精神中的現實與歷史基因。中國現代作家一方面沿著西方近現代文學的鼓勵不斷申張著「文學獨立」「為了藝術」等追求，但是一百年的現實問題並不可能讓他們安然陶醉於藝術的世界之中，從文學的象牙之塔走向十字街頭幾乎注定了就是普遍的事實，最終這種生存的事實又轉化成了精神的事實。

　　我們可以更準確地把握中國文化傳統之於現代文化創造的實際意義。跳出對「純粹」的迷信，我們就會知道，中國知識分子對「文學」的理解另有來源，包括我們「古已有之」的「文」的傳統、「文章」的傳統等等，在這個意義上，我們可以說，真正的古代傳統並沒有在「五四」激烈的批判中失落，作為一種文化血脈，它的確是一直潛藏在一代又一代中國知識分子的精神深處，並成為我們回應「現代問題」的重要資源。

　　當然，我們可以在這種精神資源的梳理中，更清晰地揭示現代中國作家文學觀念的民族獨創性。這也就是我們經常所表述的：無論「五四」一代知識分子如何激烈地傳遞著「西化」的願望，在現實關懷、家國意識等一系列問題上文學的特殊表達形態都依然存在，而且往往還發揮著關鍵性的作用，這種作用也不是「強制性」認同的結果，更屬於知識分子內心深處的無意識選擇，當它因呼應現代中國的生存問題而自然生成的時候，更可能閃爍著民族獨創的光彩，例如魯迅雜文。

　　現代中國作家這種深厚的民族獨創性讓我們能夠在一個表面的「西化」

「歐化」進程中深刻而準確地把握歷史的脈絡，從而對中國文學傳統的傳承和開拓作出更有價值的闡述。在這個基礎上，現代中國文學的豐富的藝術觀將得以重塑，而闡釋現代中國文學也將出現更多的視角和向度。總之，我們將由機會進一步反思、總結和提升中國文學的學術方式。

自然，在借助這種種之「雜」進入文學之「大」的時候，有一個學術的前提必須必辨明，這就是說今天的討論並不是要將中國文學的研究從傾向西方拉回頭來，轉入古典與傳統，這樣的「二元對立」式研究必須警惕，正如王富仁先生在反省現代中國學術時所指出的那樣：「在這個研究模式當中，似乎在文化發展中起作用的只有中國的和外國的固有文化，而作為接受這兩種文化的人自身是沒有任何作用的，他們只是這兩種文化的運輸器械，有的把西方文化運到中國，有的把中國古代的文化從古代運到現在，有的則既運中國的也運外國的，他們爭論的只是要到哪裏去裝運。但是，人，卻不是這樣一部裝載機，文化經過中國近、現、當代知識分子的頭腦之後不是像經過傳送帶傳送過來的一堆煤一樣沒有發生任何變化。他們也不是裝配工，只是把中國文化和西方文化的不同部件裝配成了一架新型的機器，零件全是固有的。人是有創造性的，任何文化都是一種人的創造物，中國近、現、當代文化的性質和作用不能僅僅從它的來源上予以確定，因而只在中國固有的文化傳統和西方文化的二元對立的模式中無法對它自身的獨立性做出卓有成效的研究。」〔註7〕

事實上，從單純強調中國文學與西方的關係到今天在更大的範圍內注意到古今的聯繫，其根本前提是我們承認了現代中國作家自由創造是第一位的，確立他們能夠自由創造的主體性是第一位的，只有當我們的作家能夠不分中外，自由選擇之時，他們的心靈才獲得了真正的創造的快樂，也只有中外文化、文學的資源都能夠成為他們沒有壓力的挑選對象的時候，現代文學的馳騁空間才是巨大的。在魯迅等現代作家進入「大文學」的姿態當中，我們可以比較清楚地看到這一點。

2019 年 1 月於成都江安花園

〔註 7〕王富仁：《對一種研究模式的置疑》，《佛山大學學報》1996 年 1 期。

目　次

緒　論

　　「五四」新文化運動落潮以後，中國文學面臨著新的發展可能性，這種可能性並非僅僅指向左翼文學。是時，文藝界存在著各種各樣的文學流派、文學社群、文化形態和作家群，不同的派別和作家之間往往存有矛盾衝突，而不同的文學生存空間造就了文學生態的複雜性或差異性。正是在這種多元文化場景中，「左翼文學」作爲一種文學形態出現了，其名稱經歷了「革命文學——無產階級文學」的多次變換，「左聯」成立前其習見稱謂爲「無產階級革命文學」。左翼文學並非當時「主流的意識形態」，也沒有所謂的「話語霸權」〔註1〕，對政治權威空間的填充更是無從談及，它有著多種「變數」。這不是說中國左翼文學的發生時間或歷史演進有可能被改變，而是說左翼文學從發生之時起就存在多種可能性。

　　20世紀20年代的無產階級革命文學，與晚清以來的通俗文學相比，無論在作家的文藝素養、寫作功底上，還是在所取得的實績、藝術資源配給、讀者佔有數量上，都很難與之相提並論；與「五四」新文學「貧瘠的實績與神奇的光影」〔註2〕相比，它顯示出來的是貧弱的內容和並不高超的藝術水準；與三民主義文學、民族主義文學相比，它非但沒有獲得國家意識形態的扶助，還被國民黨視爲「反動文藝」，其傳播媒介——刊物、作品紛紛被警告、取締

〔註1〕 王富仁：《關於左翼文學的幾個問題》，《中國現代文學研究叢刊》，2002年第1期，第23頁。

〔註2〕 劉納：《嬗變——辛亥革命時期至五四時期的中國文學》，北京：中國社會科學出版社，1998年版，第413頁。

或查禁，作家的言論自由受到限制，直至被通緝或殺害；與 30 年代左翼文學相比，它顯得排外、缺少包容性；與國際左翼文學相比，其「文學是宣傳」等發難理論也顯得幼稚、粗糙。另外，就自身主體結構來說，其內部也不是渾然一體，而是論爭不斷，這些論爭存在於創造社、太陽社與魯迅、茅盾之間，存在於創造社和太陽社之間（如李初梨在《怎樣地建設革命文學？》中批評蔣光慈而錢杏邨則寫《關於現代中國文學》來反駁），甚至存在於創造社內部（如馮乃超在《藝術與社會生活》中對郁達夫和張資平的批評）。由於左翼文學發難理論具有嚴重缺陷，所以在推動作家意識轉變時與作家主體的自我認同產生了強烈的矛盾衝突，一些左翼作家運用這些理論錯誤地對當時顯在或潛在的同盟者進行了嚴厲批判。如果沒有這些「誤會」，左翼文藝的存在形態定然是另一種樣式。當然，歷史不可假設。問題仍在於，儘管中國左翼文學在早期有許多缺點或不足，但它能夠成為世界左翼文學的有機組成部分，從而獲得文學史、革命現代性乃至當代的意義，這意味著它具有獨特的精神內質和藝術生命力。

在中國左翼文學精神特質的形成過程中，左翼作家關於無產階級文化建設的想像起到了相應的作用。在蔣光慈看來，無產階級文化不但是可能的而且是必然的。〔註 3〕洪靈菲認為，無產階級在世界範圍內已經成長起來，在俄羅斯獲得了政權，在所有的資本主義、殖民地和半殖民地國家中都有了很大的勢力；在中國，無產階級藝術跟著無產階級的成長而發生，1928 年的無產階級藝術運動發生在「五卅」運動和省港大罷工之後的歷史事實，也證明了這一運動的社會根據。〔註 4〕很明顯，這種無產階級文化想像在當時的中國是缺少學理支撐和現實依據的。不過，這種缺失性想像根本不足以影響左翼作家在創作中進行演繹或虛構，就這樣，他們在推動無產階級文化建設的臆想中構建了左翼文學的精神特質：「革命情結」下的馬列主義革命現代性追求；明晰的先鋒性、階級意識與意識形態化；展現國民的精神奴役創傷和對底層民眾生命強力的呼喚；藝術形式上的探索性和實驗性。

〔註 3〕蔣俠僧：《無產階級革命與文化》，《新青年》（季刊），1924 年 8 月 1 日，第 3 期，第 21 頁。

〔註 4〕洪靈菲：《普羅列塔利亞小說論》，《文藝講座》，1930 年 4 月 10 日，第 1 冊，上海神州國光社，第 200 頁。

　　20 世紀 20 年代中期，也就是「五卅」運動前後兩三年，曾被認爲是中國現代文學史上一個「懷疑主義」盛行的時期，〔註5〕茅盾的《蝕》三部曲、蔣光慈的《衝出雲圍的月亮》等作品對這種社會情緒都有很深刻的揭示。在這個充滿「懷疑」的時代裏，新文學由於社會場景的迅速變換而轉向尋求與政治更密切地結合。與此同時，世界範圍內無產階級意識的勃發和社會意識形態的「左」傾促發了「紅色的三十年代」現象的出現。但中國左翼文學發生的國際背景增加了其發展的某種或然性、不確定性，魯迅與創造社合作——復活《創造週報》——的失敗就是一個典型事例。

　　拋開上述外在的政治因素，左翼文學得以發生的可能性還源於更爲複雜、內在的文化因素。其中傳統思想文化的影響已經較爲偏遠，眞正應該注意的是晚清以來、包括「五四」新文化運動在內的激進主義社會文化因素，就此而言，有人認爲周作人的「人的文學」所代表的那種破壞性的、反傳統的「個人主義精神」必然導致「革命文學」的觀點〔註6〕是有一定道理的。不過，就發生情形而言，也許魯迅的「自然發生論」更爲準確明了：「各種主義的名稱的勃興，也是必然的現象。世界上時時有革命，自然會有革命文學。」〔註7〕印證於歷史場景則可以發現，1925 年在上海發生的「五卅」反帝愛國運動和工人大罷工等運動，不但在政治層面上掀起了中國大革命的高潮，而且在文化層面上進一步推動了文學的社會意識形態化。

　　與「五四」新文化運動興起而又迅速落潮後思想文化界的沈寂以及「五四」知識分子的精神末路感或巨大落差感相比，「五卅」運動前後，知識界可謂雄心勃勃，隨後的大革命更是激動人心，知識分子倚之爲解決中國社會問題的「法寶」。在這樣的大時代背景下，知識分子不甘寂寞，因此有陳尚友（陳伯達）發表《努力國民革命中的重要工作》一文，號召思想界澄清「混亂」，建立一個正確目標以糾正青年學生的思想，並認定這是努力國民革命的一項重要工作。〔註8〕同時，國民革命親歷者的體驗改善了「五四」知識分子囿於

〔註 5〕茅盾：《〈中國新文學運動史〉》，《茅盾全集》第 20 卷，北京：人民文學出版社，1990 年版，第 246 頁。

〔註 6〕司馬長風：《中國新文學史》（上），香港：昭明出版社有限公司，1980 年第 3 版，第 281 頁。

〔註 7〕魯迅：《文藝與革命》，《語絲》，1928 年 4 月 16 日，4 卷 16 期，第 41 頁。參見《語絲》合訂本（共 11 冊），第 5 冊，上海：上海文藝出版社，1982 年版。

〔註 8〕陳尚友：《努力國民革命中的重要工作》，《洪水》，1925 年 9 月 16 日，1 卷 1 號，第 10～11 頁。參見《洪水》（共二冊）第 1 冊，上海書店 1985 年 8 月影印。

「象牙之塔」、脫離社會現實的情狀。以郭沫若為例，他在 1925 年時說：「我從前是尊重個性，景仰自由的人，但在最近一兩年之內與水平線下的悲慘社會略略有所接觸，覺得在大多數人完全不自主地失掉了自由，失掉了個性的時代；有少數的人要來主張個性，主張自由，總不免有幾分僭妄。」〔註9〕再聯繫郁達夫的《廣州事情》一文以及 1926 年以後進步文壇的整體轉向和提倡無產階級革命文學等事實，我們不得不承認知識分子在走向「十字街頭」。驗證於期刊的價值取向，創造社名義下的《幻洲》的變化特徵最為顯明，上卷還在「象牙塔中」，下卷已在「十字街頭」了。在這一代知識分子看來，大革命的到來意味著他們這些文學家實現自己「使命」和「重大的責任」的機會來了，〔註10〕於是，他們或者棄筆從戎，或者用文學敘述、鼓吹革命等方式融入歷史構建，並急切地要求文學與政治結合起來，這種情形恰如楊義所說的那樣：「要求文學和政治締婚，是社會變革時期的革命志士、包括進步的政治家的一種文化理想。一場政治性的文學運動的最初征兆往往出現在狹義的文學界之外，其最初的誘因是社會政治思潮的衝擊。」〔註11〕

　　國民革命形勢的日趨明朗和文學的政治意識形態化，意味著自晚清以來中央政府失馭權力局面將會發生根本性變化，政治權威真空有可能會被「三民主義」和無產階級意識形態混合填充：一方面，社會動盪不安，國家政局不穩、戰爭頻仍、經濟破產，天災人禍不斷，國民普遍滋生自發的反抗意識，再加上外來馬列主義理論的介入和指導，無產階級意識形態得以建立的可能性大大加強了；另一方面，國民革命以來的地方割據軍閥相繼標榜信仰「三

〔註 9〕郭沫若：《文藝論集・序》，《洪水》，1925 年 12 月 16 日，1 卷 7 號，第 197 頁。

〔註10〕早在 1923 年成仿吾就已經明確了文學家的「使命」和「責任」，他說：「我們是時代潮流中的一泡，我們所創造出來的東西，自然免不了要有他的時代的彩色。然而我們不當止於無意識地為時代排演。我們要進而把住時代，有意識地將他表現出來。我們的時代，他的生活，他的思想，我們要用強有力的方法表現出來，使一般的人對於自己的生活有一種回想的機會與評判的可能。所以我們第一對於時代負有一種重大的使命。」他認為文學家的「重大的責任」是：「現代的生活，他的樣式，他的內容，我們要取嚴肅的態度，加以精密的觀察與公正的批評，對於他的不公的組織與因襲的罪惡，我們要加以嚴厲的聲討。」成仿吾：《新文學之使命》，《創造週報》，1923 年 5 月 20 日，第 2 號，第 3 頁。參見《創造週報》（半年彙刊）第 1 集，第 1 集為第 1～26 期，上海泰東圖書局，1924 年 6 月 1 日發行。

〔註11〕楊義：《中國現代小說史》第 2 卷，北京：人民文學出版社，1986 年版，第 44 頁。

民主義」或曰成爲孫中山先生的「信徒」，使國民党進入了實質性的「軍政」和「訓政」時期，[註12]並在汲取蘇俄、德國[註13]中央極權的黨治經驗中，穩固了自身「以黨治國」的信念[註14]，這同樣有利於塡補民國以來混亂政局下的政治權威眞空。結果，蔣介石逐漸獲得了孫中山、國民黨實力派、大地主豪紳階層、資產階級和美帝國主義的信任，成爲各派利益的代言人，成爲南京極權政府的鐵腕人物，他將登上權力的高峰，並騰出手來準備實行文藝統制和政治獨裁。南京國民政府在政治、文化上的倒行逆施使左翼文學發展的連續性受阻，而左翼文學的反作用力也在一定程度上消解了南京國民政府在法統和意識形態領域的合法性或效用性。

　　值得深思的是，左翼文學不是在大革命高潮時期興起的，而是在大革命陷入低潮後興起的。寧漢分裂後，國民黨「聯俄容共」政策終結，全面清黨，反共開始。1926 年前後，參加革命的左派作家都被清洗出來，如郭沫若、成仿吾、李初梨、彭康、王獨清、蔣光慈、錢杏邨、楊邨人、洪靈菲、樓建南、瞿秋白、周揚、潘漢年、徐懋庸、徐迅雷等。1927 年「四・一二」和「七・一五」反革命政變爆發，政治的翻雲覆雨和殘酷性將所有進步知識分子震得目瞪口呆，魯迅——作爲國民黨清黨時的「局外人」[註15]——也開始沉默並禁不住發出「我恐怖了」[註16]的哀歎。大革命的失敗促使知識分子進行反思，在這些反思者中，魯迅是思考得最深也是最痛苦的一個，他曾極爲悲憤地對日本記者山上正義說：「中國革命的歷史，自古以來，只不過是向外族

[註12] 1924 年 4 月 12 日孫中山發表了《國民政府建國大綱》，全文二十五條，把建設民國的程序分爲所謂軍政、訓政、憲政三期。「訓政」意味著在當時把政權交由人民掌握的時機還不夠成熟，應先由政府訓練合格的人員去到各縣籌備地方自治，並對人民進行使用民權和承擔義務的訓練，等到一省內的全部縣已實行自治，就可以還政於民開始憲政時期了。參見《孫中山全集》第 9 卷，北京：中華書局，1986 年版，第 126～129 頁。

[註13] 參見〔美〕柯偉林：《蔣介石政府與納粹德國》，陳謙平等譯，北京：中國青年出版社，1994 年版。

[註14] 在 1924 年 1 月的國民黨第一次全國代表大會上，國民黨就已經正式確立了黨治形式，不過是時其合法性尚未得到帝國主義國家的認可並時刻面臨著國內軍閥的挑戰，這種局面是隨著兩次北伐成功後國民政府形式上統一全國後才實現根本改觀的。

[註15] 王曉明：《無法直面的人生——魯迅傳》，上海：上海文藝出版社，2001 年第 2 版，第 144 頁。

[註16] 魯迅：《而已集・答有恆先生》，《魯迅全集》第 3 卷，北京：人民文學出版社，1981 年版，第 453 頁。

學習他們的殘酷性。這次的革命活動，也只是在三民主義——國民革命等言辭的掩護下，肆無忌憚地實行超過軍閥的殘酷行爲而告終。——僅限於在這一點上學習了工農俄羅斯。」〔註17〕如此，他就把當時的大屠殺和歷史上的政治殺戮聯繫起來，把革命和「殺人」、「吃人」等文化命題結合在一起。可以說，知識分子的反思使他們透視了很多歷史眞相和文化癥結。

20 世紀 20 年代中後期的社會巨變，在某種程度上促進了文學追求的分化，文壇出現了「革命文學」、「第四階級文學」、「國民文學」、「農民文學」、「普羅列塔利亞文學」、「三民主義文學」等新文學形態，文壇活躍著新月派、語絲派、國粹派、鴛鴦蝴蝶派、現代評論派等諸多文學流派。同時，紛爭四起，有革命文學論爭、革命作家與新月派的論爭、三民主義文學論爭、民族主義文學論爭、三角戀愛小說問題論爭等。就作家個體而言，其文學主題、題材、藝術風格、敘述方式也多有變化和探索性。就不同文學類型而言，雅俗互動、滲透融合是這一時期文學的暗潮，其中一個標誌性產物就是「革命加戀愛」小說的出現和流行。另外，通過譯介活動，中國思想文化界實現了對外來文化的借鑒和本土文化的祛魅，以及外來激進思潮與本土激進思潮的融合共進，從而對中國左翼文學的發生產生了積極影響。如果沒有這種互動交融，中國左翼文學會因爲自身「粗暴」的風貌而顯得更加單調，甚至「可厭」〔註18〕。

知識分子的反思和探索孕育著文壇實質性變化的因子。1925 至 1927 年的社會巨變改變了作家的生存環境，促使作家改變生活信念或思維方式，這種痛苦反思影響了文學的發展狀況。作家在直面權力壓迫和「刺刀」的威脅後切實地產生了文學的無力感甚至無用感，這對於知識分子從 19 世紀末就苦心經營的文章經國之大業的信念打擊頗大。如魯迅於 1927 年 4 月 8 日在黃埔軍官學校演講時就說：「我想：文學文學，是最不中用的，沒有力量的人講的；有實力的人並不開口，就殺人，被壓迫的人講幾句話，寫幾個字，就要被殺；即使幸而不被殺，但天天吶喊，叫苦，鳴不平，而有實力的人仍然壓迫，虐待，殺戮，沒有辦法對付他們，這文學於人們又有什麼益處呢？」〔註19〕在

〔註17〕〔日〕山上正義：《談魯迅》，《魯迅生平資料彙編》第四輯，天津：天津人民出版社，1983 年版，第 296 頁。

〔註18〕夏志清：《中國現代小說史》，劉紹銘編譯，香港：友聯出版社有限公司，1982年再版，第 111 頁。

〔註19〕魯迅：《而已集·革命時代的文學——四月八日在黃埔軍官學校講》，《魯迅全

某種意義上，正是出於這種共識，大批作家才不謀而合地紛紛南遷，從而形成了 1926 至 1928 年作家向上海租界避難、「遷徙」、「歸趨」的風潮。〔註20〕隨著作家南遷，北新書局、《語絲》和《現代評論》雜誌等新文化機構也從北京遷到了上海，他們的遷徙影響深遠：「1928 年文化人向上海的遷徙造成了中國現代思想文化一次歷史性的大轉移。它不僅引起了文化中心的南移，而且導致了中國現代思想文化性質的根本變化。這是一次文化的轉移。」〔註21〕這種思想文化性質的變化，在政治上的表現就是所謂的由資產階級改良轉向無產階級革命，由舊民主主義革命轉向新民主主義革命；在文學上的表現就是由「革命文學」向「左翼文學」的過渡。

在這一轉換和過渡過程中，革命作家要求文學為政治服務，他們挑起了 1928 年的革命文學論爭。拋開其中偏頗性的宗派情緒、「文壇登龍術」〔註22〕、文人意氣之爭等因素，革命作家的文學主張和論爭意識存在現實合理性，這關涉他們的主體體驗。在中國現代文學範疇內，作家主體體驗的形態主要表現為中國體驗、俄蘇體驗、日本體驗和英美體驗，〔註23〕其中俄蘇體驗、日本體驗是習見的革命作家和左翼作家的體驗形態。這些主體體驗會發生相互作用。例如日本體驗與英美體驗有同有異，「同」表現在這些作家都具有了明顯的「多重文化身份」，使之與國內的知識分子在具體感受和體驗上有所不同，使他們更加急迫地要求變革中國社會現實；「異」表現在日本體驗近於他們的中國體驗，對中國問題的認知有直接針對性，而英美體驗在中國問題上明顯「懸置」，他們把並不深切的中國感受知識化，有著由中國問題產生的情

集》第 3 卷，北京：人民文學出版社，1981 年版，第 417 頁。

〔註20〕按照司馬長風的觀點，北洋政府的反動（「禁售新文學作品」「老虎總長反對新文學」）、欠薪、北伐的感召（革命入伍）、軍閥的壓迫（「連續發生政治血案」），這種政治和生活上的雙重困境引發了「作家南遷」的前浪和後浪，即北京作家向長江流域遷移和長江流域作家奔往廣州。參見《中國新文學史》（上卷）第十七章「作家南遷與北伐風暴」，香港：昭明出版社有限公司，1980年第 3 版，第 248～258 頁。

〔註21〕曠新年：《1928：革命文學》，濟南：山東教育出版社，1998 年版，第 20 頁。

〔註22〕關於「文壇登龍術」，可參見章克標的《文壇登龍術》（黑龍江教育出版社，1988 年版）一書，它是 30 年代的一部名作。在此書中，作者從文人的資格、氣質、生活、社交、著作、出版、宣傳、守成等方面，揭示了文壇的一些內幕和文人諸多的成名術。

〔註23〕這裡所使用的「日本體驗」等主體體驗形態的說法，借用了李怡在《「日本體驗」與中國現代文學的發生》（《中國社會科學》2004 年第 1 期）一文中的提法。

緒和情感消解後形成的居高臨下的姿態和身份，這不同於留日知識分子。所以「五四」新文化運動主要是留日知識分子發動的，左翼文學運動也主要是留日知識分子發動的。區別二者的同與異是理解左翼文學許多問題的關鍵。以後期創造社和太陽社為例，他們從中國體驗出發，大多投身於北伐革命或其他社會改革之中，這賦予了他們較之「五四」知識分子所沒有的東西，即郭沫若等那種戎馬生涯的具體深切的社會感受，那種留蘇知識分子蔣光赤式的革命體驗，這都有助於他們擺脫新文化運動在「五四」後的書面化傾向（這種「書面化」就是將自己作為知識分子的文化勞動與具體的社會感受相剝離，使新文化知識化），使他們增強了對底層民眾的精神關懷，這也是魯迅和創造社、太陽社在「革命文學論爭」之後在「左聯」時期仍能聯合起來的根本原因。

　　同時，這些作家的社會體驗帶給他們強烈的情緒性，一方面，這反映出留日知識分子的要求是與他們在中國現實中的感受相聯繫的，使他們迥異於英美派知識分子；另一方面，由於他們對中國社會的感受仍然不深切，而使他們的情緒帶有某種脫離中國社會現實的偏激。再者，他們的日本體驗加固了他們以下兩個方面的立場：（1）為什麼無產階級革命的要求在美國和英國不存在，而在後起的像某些暴發戶的資本主義國家則表現非常強烈，如德國是馬克思主義的發源地，俄國爆發了無產階級革命並取得成功，日本社會的無產階級革命的要求也非常強烈。顯然這一思潮是站在下層社會弱勢群體立場上的，是要獲得他們在社會中的利益和平等的要求，「五四」新文學本質上也是站在弱勢群體立場上的，因此，新文學作家普遍傾向於左翼文學，這是後期創造社作家提倡革命文學具有合理性的地方，也是與他們的底層社會感受緊密相聯的。（2）中國社會畢竟與德國、俄國、日本等後起資本主義國家有明顯區別，這種感受有賴於中國體驗，革命文學倡導者首先把矛頭指向魯迅，反映出他們中國體驗的匱乏，他們簡單化地接受了蘇俄「拉普」或日本「納普」思潮，自以為真理在手，身份和姿態都發生了變化，所說的與他們的具體社會感受相游離，甚至把後者消解了，取一種社會代言人的身份，高高在上，有些類似於基於英美體驗的英美派知識分子。在這方面，魯迅與英美派知識分子的論戰，是和他與革命文學倡導者的論戰相承續的，也是與他的人生體驗緊密相連的。當把魯迅從英美派知識分子以及其他中國留日知識分子中「剝離」出來的時候，我們就看到了左翼文學發生的真相及其未來發

展的正確走向。〔註24〕

　　中國左翼文學發生的核心動力還在於進步團體中革命文學作家的文學創作和理論建構。30 年代前後，中國文壇上進步的文藝社團、刊物都與左翼文學有著密切的關係，進步作家的文學創作與理論論爭對左翼文學的發生至關重要，所有這些都是推動左翼文學浪潮前進的有機力量。這也是探討左翼文學發生問題時最應該注重的一部分內容。不過，如果本書不加限制地涉獵下去，將無邊無際。爲了使研究範疇不至於太過散漫，本書把所涉及的研究對象範圍限定爲 20 年代至 30 年代初以上海、北平爲中心的無產階級革命文學創作、理論建構和論爭，尤其是上海文藝界的左翼文學運動。之所以如此，是因爲上海當時已經取代「五四」新文化運動中心——北平，成爲中國新的文化中心，成爲左翼文藝運動的大本營，左翼文藝作家、刊物、團體也絕大部分集中於此。在這些左翼團體、組織中，思想傾向鮮明、建設作用最爲顯著的是創造社、太陽社和「左聯」〔註25〕。在這一時期的廣州、武漢等大中城市，也出現了一些有影響的左翼文學團體、刊物和創作，但它們無法和上海、北平文壇相比，它們其實是上海、北平左翼文學運動影響和輻射下的產物，比如在廣州，最有影響的左翼文藝團體、刊物和作家都與來自上海的創造社有關，因此本書不打算詳細讀解這些「邊緣化」的文化團體及其活動，而是在必要時才將之滲入論述中。總之，這些社團、刊物及其所呈現出來的紛雜的文學活動和政治觀念，增加了左翼文學發生過程中的「變數」。

　　此外，爲了呈現歷史事實的豐富性和複雜性，本書不打算從已有的結論、觀點或研究模式出發去搜求證據，來驗證關於中國左翼文學發生的既成事實

〔註24〕　本處論述借用了陳方競師未刊的觀點。

〔註25〕　「左聯」是左翼文藝界力量的一次空前大聯合，它是一個政治化的文學團體。不過，它在成立之初，更多地體現爲文學團體的特徵和價值。1931 年 11 月，中國左聯執委會通過了《中國無產階級革命文學的新任務》的「決議」，「決議」的一個重要內容就是強調組織性和紀律性，它聲稱：「中國左翼作家聯盟，無疑地是中國無產階級革命文學運動的幹部，是有一定而且一致的政治觀點的行動鬥爭的團體；而不是作家的自由組合。」（《文學導報》，1931 年 11 月 15 日，1 卷 8 期，第 7 頁，參見《前哨‧文學導報》，上海：上海文藝出版社，1981 年影印版）這表明當時「左聯」的作家缺少「組織紀律性」，所以才使得「左聯」有了如此明確的要求。本書在論述中國「左翼文學的發生」的論題範圍內，在政治層面之外，更多地將它視爲文學團體、組織來加以論述，來審視其在左翼文學發生過程中的價值、意義和作用。

和演進邏輯，而是想借助進步文藝社團、刊物、作家、作品和論爭現象所呈現出來的豐富史料資源，「回到現場，觸摸歷史」，使我們儘量回到當年的歷史場景中，去感受左翼作家的生命風度和文化體驗，進而去探究左翼文學得以發生的歷史奧秘和存在情形。

第一章 「文學革命」口號力量的衰竭和「無產階級革命文學」口號的提出

　　20世紀20年代初是中國思想文化史上一段充滿灰色記憶的過渡時段，曾經氣勢如虹的「五四」新文化運動落潮了。對於孕育發展的新文藝界而言，其創作實績不佳，以1920年出版的文藝書單行本為例，僅有26種，其中詩4種，散文3種，小說18種，戲劇1種。〔註1〕對於文壇這種「寂寞」、「荒涼」的情景，茅盾、魯迅和鄭伯奇曾根據他們的親身體驗在各自所寫的《中國新文學大系（1917～1927）》小說一集、二集、三集的「導言」中有過真切、可信的描述。也是在這一時期，「新青年」陣營發生了分裂，新生的兩個重要文學團體──文學研究會和創造社──之間產生了難以調和的矛盾。更糟糕的是，隨著宗法制社會向軍事制社會的過渡〔註2〕，中國的政局日益混亂，令人絕望；而「文學革命」口號的力量日趨衰竭，其啟蒙效用日漸縮水，國民劣根性未見根本改變，文化變革作用於社會實踐的效果並不如願，「文學救國」的希望已經基本破滅，知識分子力圖以文學濟世救民的夢想遭受重創。然而，正是在這種理想和現實的雙重打擊下，新文化界進行了深刻的反思，並意識到新文化運動存在暗疾，於是採取了非常實用、功利化和富有革命性的思想

〔註1〕賈植芳、俞元桂編：《中國現代文學總書目》，福州：福建教育出版社，1993年版，第3～573頁。

〔註2〕這是嚴復的一個判斷，他在《與熊純如書‧第16封信》中說：「宗法之入軍國社會，當循途漸進，任天演之自然，不宜以人力強為遷變」。參見王栻主編：《嚴復集》第3冊，北京：中華書局1986年版，第615頁。

文化變革措施，將文學與「現代革命」、「階級鬥爭」等元素結合起來，以謀求新文學新的發展可能性，進而有了革命文學的醞釀和倡行以及「無產階級革命文學」口號的提出。

第一節　「文學革命」口號力量的衰竭及其因由

「五四」文學革命口號力量的衰竭，最突出的表徵是新文化陣營的嚴重分裂。「德先生」、「賽先生」等口號無法繼續體現將新文化人凝聚起來的價值權威，曾經團結一心、反帝反封建的激進新文化群體發生分化，作家分流進入「共生」的激進主義、保守主義（包括新傳統主義）〔註3〕和自由主義陣營；這些口號也無力約束新文化力量各自爲營，文壇不斷爆發論爭，如文學研究會與創造社的論爭、創造社與新月派的論爭、關於「整理國故」的論爭、泰戈爾來華提倡復活「東方文化」而引起的論爭等。這些都突顯了文壇的分裂與作家之間的隔膜。同時，「新青年」知識群在向封建禮教、倫理道德和文言文等發難過程中所建立起來的話語權威被不斷消解，這也是創造社的「革命小將」敢於冒犯「五四」前輩甚至將之視爲壓迫年輕作家和阻礙新文學發展的「新傳統」勢力而加以批判的重要原因。

與「文學革命」口號力量的迅速衰竭相伴生的另一個重要事實是，文化保守主義再次「復興」或曰「回潮」。保守和激進陣營在「五四」新文化運動期間進行過激烈的對抗，結果是保守主義式微，林紓所呼喚、希望能夠在政治上剿滅新文化運動的「偉丈夫」並沒有出現。保守主義者徹底敗下陣來，王國維、辜鴻銘、林紓、章太炎、梁漱溟等人開始逐漸淡出歷史舞臺。但須明確的是，保守主義不會就此消失，他們開始傾向於傳統學術的傳承，並進一步成爲反對

〔註3〕 「傳統主義」與「新傳統主義」不在同一範疇內。蔣介石的「新生活運動」或《中國之命運》所代表的是新傳統主義，與梁漱溟、馮友蘭、熊十力這些人的思想明顯不同。卡爾・曼海姆（Karl Mannheim）等人認爲，保守主義作爲一種「主義」，只是在18世紀末19世紀初的西方才出現，並且只是在19世紀初某些人才被稱爲或自稱爲保守主義者。保守主義作爲一種自覺的理論是以三位一體——保守主義、自由主義、激進主義——之不可分割的整體而出現的。本傑明・史華慈認爲這個三範疇共生的事實有力地證明，它們是在一個共同的觀念框架中運作的，而這些觀念產生於歐洲歷史的特定時期。參見〔美〕本傑明・史華慈：《論五四前後的文化保守主義》，王躍、高力克編：《五四：文化的闡釋與評價——西方學者論五四》，太原：山西人民出版社，1989年版，第150頁。

「五四」新文化革命的深刻根源，用勞倫斯・施雷德（Laurence Schneider）的話來說：「現在，這批人的文化使命成爲他們團結一致的唯一源泉。」〔註4〕保守主義與激進主義思潮此消彼長，新文化運動推進現代社會政治、思想、文化等激進主義思潮迅猛發展時，保守主義難免消隱，但是當新文化運動等激進思潮落潮時，文化保守主義就捲土重來了，其標誌就是 1922 年《學衡》雜誌的創刊、1925 年《甲寅》雜誌復刊後的「熱賣」和其他新保守主義力量的生成與集結。保守主義和激進主義是互動互爲的，正如余英時所言：「相對於任何文化傳統而言，在比較正常的狀態下，『保守』和『激進』都是在緊張之中保持一種動態的平衡。例如在一個要求變革的時代，『激進』往往成爲主導的價值，但是『保守』則對『激進』發生一種制約作用，警告人不要爲了逞一時之快而毀掉長期積累下來的一切文化業績。相反的，在一個要求安定的時代，『保守』常常是思想的主調，而『激進』則發揮著推動的作用，叫人不能因圖一時之安而窒息了文化的創造生機。」〔註5〕就此而言，「學衡派」等的出現，其實是對「五四」激進思潮的一種緊急制衡，因此，不能把這種保守主義等同於「向傳統倒退」。〔註6〕當然，文化保守主義的「復興」神話並沒有延續很久，在李大釗、魯迅、茅盾、胡適等人的抨擊下，保守主義再次宣告失敗，但這無疑彰顯了「文學革命」口號力量被削弱的歷史情境。

〔註4〕〔美〕勞倫斯・施雷德：《「國粹與新知識分子」》，轉引自王躍、高力克編：《五四：文化的闡釋與評價──西方學者論五四》，太原：山西人民出版社，1989 年版，第 104 頁。

〔註5〕余英時：《錢穆與中國文化》，上海：上海遠東出版社，1994 年版，第 216 頁。

〔註6〕以嚴復爲例。嚴復從 1895 年的「全盤西化者」逐步地、穩定地退化爲晚年的「反動的傳統主義者」。1895 至 1908 年的嚴復始終堅持將國家的富強當做根本的急務，而且內在的思想實質是前後一致的。在這個時期裏，嚴復對傳統價值觀念所持的是基本否定的態度，在《法意》的按語和《老子》的評語中表現得與 1895 年的論文中同樣清楚明白。在這個時期裏，嚴復具有保守的政治偏向，但這一點從他的早期論文中已可察覺。義和團後只不過是更顯著了。但無論如何不能把這種保守主義等同於「向傳統倒退」。嚴復在理論上強烈反對中國爆發革命，但他卻不完全敵視辛亥革命。他在武昌起義後、南京臨時政府成立前，寫過一首詩，把革命形勢比作一個熱切等待心上人的情人，靜聽著預示心上人到來的聲音。這表明他準備相信革命本身也許是進化的推動力。他感到革命本身也許就是由非人格的進化力量所產生的，它可能導致中國以比他的理智所預期的更快的速度達到富強的近代國家的水平。參見〔美〕史華慈（Schwartz）：《尋求富強》，葉鳳美譯，南京：江蘇人民出版社，1996 年版，第 195～196 頁。

　　「文學革命」口號力量的日趨衰竭，也使得進步文藝界無力制止封建思想的沉渣泛起和虛無主義情緒的彌漫。新文化運動的啓蒙思想源於西方的啓蒙運動和科學主義思潮，20 世紀 20 年代中國社會的持續動亂使這種外來的啓蒙思想的效用難以在高端爲續，並日漸被本土的黃老哲學所侵蝕。隨著「文學革命」啓蒙功用的削弱，封建思想文化和虛無主義哲學乘虛而入。封建思想文化沉渣泛起的表現是：封建迷信變體大肆流行，秘密結社和宗教政治派別日漸增多，歷史循環論觀點盛行，受「五四」薰陶而成長起來的一些年輕人重新屈服於封建勢力，一些歐化青年也淪落爲替新的反動階級裝點摩登化的東洋國故和西洋國故，等等。與此相伴生的還有虛無情緒對文化人的糾纏。1921 年 5 月 19 日，朱謙之在《京報》副刊《青年之友》上發表文章說：「知識就是贓物……由知識私有制所發生的罪惡看來，知識是贓物，即就知識本身的道理說，也只是贓物，故我反對知識，是反對知識本身，而廢止知識私有制的方法，也只有簡直取消知識，因爲知識是贓物，所以知識的所有者，無論爲何形式，都不過盜賊罷了。」他又說：「知識就是罪惡──知識發達一步，罪惡也跟他前進一步。因爲知識是反於淳樸的眞情，故自有了知識，而澆淳散樸，天下始大亂。什麼道德哪！政治哪！制度文物哪！這些人造的反自然的圈套，何一不從知識發生出來，可見知識是罪惡的原因，爲大亂的根源。」〔註 7〕顯然，反知識就是反理性、反科學，這類頗富代表性和典型性的虛無主義觀點，對科學主義思潮乃至「文學革命」的發展都具有明顯的負面影響。

　　造成「文學革命」口號力量衰竭的客觀因素有很多。其中，政治思潮對新文化運動的侵襲使得思想文化成果無法從容積澱下來，這是較爲容易獲得認可的一個理由。毫無疑問，新文化運動是一場反帝反封建的愛國運動，那麼它勢必要受到封建地主、官僚和帝國主義勢力的嫉恨與壓迫。帝國主義和中國封建勢力勾結起來，在他們協同迫壓、利誘下，新文化運動「失敗」了。〔註 8〕另一個重要的客觀因素在於中國的文盲太多，這成爲實現新文化運動目標過程中一個無法逾越的障礙，它必然會阻礙、限制「文學革命」口號發生

〔註 7〕朱謙之：《教育上的反智識主義》，原載 1921 年 5 月 19 日《京報》副刊《青年之友》。參見魯迅：《熱風·智識即罪惡》，《魯迅全集》第 1 卷，北京：人民文學出版社，1981 年版，第 374～375 頁注釋〔3〕。

〔註 8〕政治和文化的關係極其複雜，學界幾十年的論述也相當詳盡，筆者不想詳細辨析這種關係，在這裡，能夠認定政治思潮對於文化運動是一把「雙刃劍」就可以說明問題了。

作用，使新文化運動者無論如何努力去推行「白話文運動」都無法達到他們
所期許的目標。據統計，到「五四」運動前夕，全國在校學生數已達到 570
餘萬人。〔註9〕總數上看起來似乎不少，但與 1917 年全國四億三千多萬人口
相比，國民受教育率就太低了，而且男女學生之間的比例嚴重失調，為 20：1
而猶有餘。1915 年以前，女子的高等教育情況尤為糟糕，在高等師範學校、
大學校、專門學校和其他高等學校，女子竟無一人；而 1916 至 1920 年的高
等專門學校大學生數也僅為 19282 人。〔註10〕如此，加上教師資源的匱乏、
基礎設施的落後與教育體制的不完善等不利因素，這麼糟糕的教育狀況，怎
麼可能推進「文學革命」持續前進呢！

　　1928 年張學良宣布東北易幟後，國民黨在名義上統一了中國，這本是「文
學革命」深入發展的一種後發性契機。可是國民黨的文藝統制和政治獨裁，
對於「文學革命」而言只能是「落井下石」。與早期共產黨人對新文化運動反
思性批評不同，國民黨通常以民族主義和保守主義的眼光審視「五四」新文
化運動。孫中山曾高度評價新文化運動的功績，並出於政治考慮要求國民黨
對青年學生及新文化運動給予支持，但當他從民族主義角度出發時，又不完
全贊同「五四」新文學和新思潮。這種自相矛盾的認識在國民黨內部造成了
思想混亂：一方面，國民黨有意識地爭奪「五四」的榮譽、旗幟和力量，強
調蔡元培、吳稚暉、羅家倫、段錫朋等國民黨元老對「五四」運動的領導作
用和影響；另一方面，國民黨中的極右分子反對「五四」運動的激進取向，
甚至把「五四」運動說成是公開的暴亂。不過，國民黨中真正給新文化運動
以毀滅性打擊的是蔣介石。「五四」運動對蔣介石的影響很大，是他發跡的良
機，他意識到「五四」運動在強化民族國家情感、反對帝國主義強權方面具
有突出效用，因此，他在北伐革命前後極力表示贊同「五四」運動，並借助
它的力量、資源成功實現了「北伐」。蔣介石的策略有效地掩蓋了其政治和文
化上的真實目的，他不但欺騙了政界，也欺騙了進步思想文化界，個別革命
作家在當時甚至視之為「中國的列寧」〔註11〕。蔣介石贊成「五四」運動的

〔註 9〕陳景磐編：《中國近代教育史》，北京：人民出版社，1979 年版，第 271 頁。
〔註10〕黃炎培：《讀中華民國最近教育統計（1919）》，舒新城編：《中國近代教育史
　　　資料》（上），北京：人民教育出版社，1981 年第 2 版，第 366、373 頁。
〔註11〕例如，郭沫若曾回憶過他與郁達夫去邀請蔣光慈時的場景。他注意到蔣光慈
　　　書桌上最惹人注目的是擺著汪精衛和蔣介石的照片，這是兩張明信片，鑲嵌
　　　在玻璃匣裏。蔣介石的照片郭沫若當時是第一次看到。當他們談及政界情形

愛國主義和民族主義行為，但不等於支持新思潮和學生運動，相反，他極力否定新文化運動，尤其是自由主義者和共產黨人的主張，所以他後來說：「我們試看當時所謂新文化運動，究竟是指什麼？就當時一般實際情形來觀察，我們實在看不出它具體的內容。是不是提倡白話文就是新文化運動？是不是零星介紹一些西洋文藝就是新文化運動！是不是推翻禮教否定本國歷史就是新文化運動！是不是打破一切紀律，擴張個人自由就是新文化運動！是不是盲目崇拜外國，毫無抉擇的介紹和接受外來文化，就是新文化運動！如果是這樣那我們所要的新文化，實在是太幼稚、太便宜，而且是太危險了！」〔註12〕蔣介石的否定和消耗性利用，國民黨定都南京後推行的「黨治文化」，加上旨在加強控制文藝界、打壓進步文學力量的反動文藝政策的制定，如此，多重擠壓勢必使「文學革命」口號難以為繼。

對於「文學革命」口號力量的衰竭，就主觀因素方面來看，「五四」學術界本身思想文化力量的不足也難辭其咎。「五四」學者太過於自信，他們輕信、迷信「主義」的思想功用，這實際上是思想貧困的表現。所以有學者說：「歷史告訴我們思想的自覺依然是具有關鍵性的作用的。自『五四』運動以來，中國文化重建所遭遇到的挫折至少一部分是由於思想的混亂而造成的。自康有為的『大同書』以來，各種過激思想一直在不斷地掩協著中國的知識界，這最足說明中國近代思想的貧困。」〔註13〕這種內在思想貧困所導致的後果是：面對政治、經濟和文化諸多方面的危機，缺乏解決問題的根本途徑。白話文運動的情狀不幸成為這個結論的重要例證，「文學革命」口號的力量根本無法承載知識分子的諸多要求。以「五四」語言改革問題為例，也就是用口語、白話取代古典文學語言──「文言」的問題。「語言革命」是五四時代最顯著的變革之一，但並非「五四」的專利，晚清白話文運動就是其前驅〔註14〕。晚清白話文運動與「五

時，蔣光慈說：「蔣介石和汪精衛真是了不起，簡直是中國的列寧和托洛斯基。」蔣光慈的看法很有代表性，反映了革命文藝界對蔣介石的信認和期望。參見馬德俊：《蔣光慈傳》，合肥：安徽人民出版社，2001年版，第171～172頁。

〔註12〕蔣介石：《哲學、教育與青年之關係》（1953年，臺北），參見周策縱：《五四運動：現代中國的思想革命》，周子平等譯，南京：江蘇人民出版社，1999年版，第347頁。

〔註13〕余英時：《論中國文化的重建》，參見王躍、高力克編：《五四：文化的闡釋與評價──西方學者論五四》，太原：山西人民出版社，1989年版，第207頁。

〔註14〕1898年，裘廷梁在《無錫白話報》上發表的《論白話為維新之本》一文中就已經提出了「崇白話而廢文言」的鮮明主張，另外，在黃遵憲的「言文合一」

四」白話文運動的一脈相承啓示我們，「五四」白話文運動與 20 年代末至 30 年代初的大眾語運動同樣有很深的淵源。〔註15〕「語言革命」是「歐化」，「漢字拉丁化」又何嘗不是「歐化」！「語言革命」在中國新文化、現代化運動中的地位很重要，可以說因其重要性和自覺的目的性構成了一個新的文化起點。可是，即便從對文言變革的角度來說，「五四」語言革命的成功也是相當有限的，官方用語中對文言的藉重，書面語中文言的襲用，日常用語中文言術語、熟語的習用，意味著這場語言革命的成果只能是零散性的。進而言之，「文學革命」乃至整個新文化運動無法有效解決知識分子、社會精英的語言與大眾語言或政治之間的關係；它沒有如左翼知識分子所希望的那樣，改變勞動民眾的宇宙觀、人生觀、封建意識和資產階級思想，也沒有實現語言的大眾化、一體化，「五四」白話很快成了一種「歐化的新文言」，甚至成了比文言更令大眾難懂的語言，這就造成了新文化（文學）運動與底層民眾之間的隔膜。

此外，還值得注意的是，文化保守主義的「復興」、封建思想的沉渣泛起和虛無主義情緒的彌漫，對進步知識分子的思想侵蝕很嚴重，就算是思想界最堅強的戰士——魯迅也不例外。魯迅在批判虛無主義者的同時，自己也未能抵禦住虛無思想的侵襲，他在《呐喊》「自序」中所表現出來的對「萬難破毀」的鐵屋子的畏難情緒和對「呐喊」行為意義的質疑，就是一種證明，且似乎越到後來他的這種虛無情緒越濃。1923 年 12 月 26 日他在北京女子高等師範學校文藝會上以《娜拉走後怎樣》為題做了一個演講，在此演講中，他並未如人們所預料的那樣，鼓勵青年如娜拉一樣追求自己的幸福，他說娜拉出走後「實在」只有兩條路：「不是墮落，就是回來。」他不由自主地再次提及那個「鐵屋子」比喻，「人生最苦痛的是夢醒了無路可以走。做夢的人是幸福的；倘沒有看出可走的路，最要緊的是不要去驚醒他。」他認為中國「太難改變了」。〔註16〕到了 1925 年，他在《忽然想到（三）》中說：「我覺得什

口號中，在梁啓超的作品內，在吳趼人的白話小說裏，以及當時的期刊雜誌中都可以找到鼓吹語言變革的範例。

〔註15〕「大眾語運動自始就是一個多方面的廣泛的文化運動。在思想方面是『反封建』，在文學方面是『白話文』的清洗和充實，在語言問題方面是『新中國語』的要求（指將來的全國一致的語言），而在適應大眾解放鬥爭過程中文化上的需要是漢字拉丁化。」茅盾的這段話透露了白話文運動與大眾語運動之間內在的繼承關係。參見《大眾語運動的多面性》，《茅盾全集》第 20 卷，北京：人民文學出版社，1990 年版，第 216 頁。

〔註16〕魯迅：《墳‧娜拉走後怎樣——一九二三年十二月二十六日在北京女子高等師

麼都要從新做過。」〔註 17〕這種對歷史進化論的否定，一方面足見魯迅思想的深刻，另一方面也表明他確有虛無情緒。魯迅自己也深知這一點，所以才會在 1925 年 5 月 30 日給許廣平寫信時復述《吶喊》「自序」中的一段話來表明心跡：「不願將自己的思想，傳染給別人。何以不願，則因為我的思想太黑暗，而自己終不能確知是否正確之故。」〔註 18〕至此，他簡直要卸載知識分子的文化使命和理性承擔了。當然，他後來並沒有任意沉淪，可其決定也不過是「與黑暗搗亂」而已。由此可以想見，文化保守主義的「復興」、封建思想的沉渣泛起和虛無主義情緒的彌漫勢必將加劇「文學革命」口號力量的衰竭。

「文學革命」口號力量日漸衰竭以後，很多進步知識分子開始探究問題的癥結所在。比如，早期共產黨人鄧中夏等人認為，這是因為新文學自身出了問題，新文學創作的缺陷太多，未能延續自身的發展勢頭，因此他們提倡「新文學」的「創造」，意圖謀求新文學發展的新路向。此後，創造社等團體推動新文藝界從「文學革命」轉向「革命文學」，其目的同樣如此。

到了 20 年代末 30 年代初，左翼知識分子提倡文藝的「大眾化」，他們對「文學革命」的反思和批判更為積極和自覺。茅盾在 1928 年就已經注意到「文學革命」的諸多問題，他認為「六七年來的『新文藝』運動雖然產生了若干作品，然而並未走進群眾裏去」，原因是作品內容不易引起他們的共鳴，且在文藝技術上有「太多的新名詞」、「歐化的句法」這樣的「消極的條件」，因此，對於新文藝作品，「即使你朗誦給他們聽，他們還是不瞭解」。他還認為，作家行文用的是「太歐化或太文言化的白話」，那些據說是「為勞苦民眾而作」的文學作品甚至不能為小資產階級所欣賞，只能為小資產階級知識分子且只是其中的一部分人所欣賞。〔註 19〕1932 年，瞿秋白也談到了這一問題。他語帶譏諷地說：「五四的新文化運動，對於民眾彷彿是白費了似的！五四式的新文言（所謂白話）的文學，只是替歐化的紳商換換胃口的魚翅酒席，勞動民

範學校文藝會講》，《魯迅全集》第 1 卷，北京：人民文學出版社，1981 年版，第 158、164 頁。

〔註 17〕魯迅：《華蓋集・忽然想到（三）》，《魯迅全集》第 3 卷，北京：人民文學出版社，1981 年版，第 16 頁。

〔註 18〕魯迅：《兩地書・二四》，《魯迅全集》第 11 卷，北京：人民文學出版社，1981 年版，第 79 頁。

〔註 19〕茅盾：《從牯嶺到東京》，《小說月報》，1928 年 10 月 10 日，19 卷 10 號，第 1145～1146 頁。

眾是沒有福氣吃的。爲什麼？因爲中國的封建殘餘——等級制度殘餘的統治，特別在文化生活上表現得格外明顯。舉一個例來說：以前，紳士用文言，紳士有書面的文字；平民用白話，平民簡直沒有文字，只能夠用紳士文字的渣滓。現在，紳士之中有一部分歐化了，他們創造了一種歐化的新文言；而平民，仍舊只能夠用紳士文字的渣滓。平民群眾不能夠瞭解所謂新文藝的作品，和以前的平民不能瞭解詩，古文，詞一樣。新式的紳士和平民之間，還是沒有『共同的言語』。」結果，「五四的新文學運動，因此差不多對於勞動群眾沒有影響——反對孔教等等……。在民眾之中只是實際生活的轉變和革命鬥爭的教訓，還並沒有文藝鬥爭裏的輔助的力量。」所以，爲了爭取勞動群眾、開展新的文化革命鬥爭，瞿秋白主張：「一切寫的東西都應當拿『讀出來可以聽得懂』做標準，而且一定要是活人的話。」〔註20〕

　　茅盾和瞿秋白的觀點很有代表性，透射了左翼文藝界因「文學革命」口號力量衰竭而產生的焦慮，焦慮的重要根由在於這不利於馬克思主義意識形態在中國的構建和在文化領域獲得領導權。「馬克思主義作爲一種將成爲激進左派主導哲學影響的思想，其本身自然是十九世紀西方思想中最抽象和理性化的產物之一，並且誠如毛澤東後來在其延安講演中所指出的，馬列主義的『形式主義』與西方『八股文』風格的其他形式並無二致。」〔註21〕因此，深奧的馬克思主義思想學說的傳播需要白話文運動取得更爲突出的實績，然而白話文運動未能做到這一點。事後看來，馬克思主義在當時中國傳播緩慢的責任顯然不全在白話文運動身上。早期共產黨人在中國傳播馬克思主義，固然已經取得了一定的成績，但眞正能夠理解馬克思主義的肯定是極少數知識分子精英而不是什麼底層民眾，馬克思主義龐大的體系和艱深的思想決定了其傳播和接受範圍的有限性，導致民眾對馬克思主義和封建「八股文」的感官沒什麼兩樣。再者，也很難想像在當時教育極度落後的中國會有眾多民眾能夠讀解馬克思主義。其實，民眾所能接受的多是經過中國知識分子簡化以利於宣傳的「革命口號」，如「造反有理」、「全世界勞苦大眾團結起來」等。事實證明，幾千年來的中國民眾正是在這種簡便交流、容易接受、能夠激起

〔註20〕宋陽：《大眾文藝的問題》，《文學月報》，1932年6月10日，創刊號，第1、2、5頁。

〔註21〕〔美〕本傑明・史華慈：《〈五四運動的反省〉導言》，王躍、高力克編：《五四：文化的闡釋與評價——西方學者論五四》，太原：山西人民出版社，1989年版，第9頁。

「革命想像」〔註 22〕的符號性言語——口號——的導引下，起來反抗強權壓迫進而被捲入歷史書寫的。至此，我們認為，左翼文藝界對「文學革命」乃至新文化運動進行批判和價值重估，根本原因在於左翼知識分子堅信文藝的變革力量，堅信語言與文學可以在社會的變革中發揮重要作用，相信它們是政治變革的有效工具，正如學者所說：「左翼作家在語言交流過程與政治進程之間看到了一種固有的緊密聯繫。人際之間的交流，無論是書面的還是口頭的，總是傳播思想並使人相信。他們認識到，這種交流如有盡可能多的聽眾就會變為政治力量。他們力求破除民眾身上的古老習俗，並向工農宣傳社會革命的需要。」〔註 23〕問題在於，工農民眾對「文學革命」的態度是「無所謂」的，這難免要令寄厚望於新文化運動的左翼文藝界大失所望。

應該說，左翼文藝界對「文學革命」的批評是有偏頗之處的，如忽略語言的漸進性與複雜性發展規律而把語言當成政治變革和階級鬥爭的工具；指責「五四」新文學表達了「陳舊的情調與主題」，無視它為革命文學所開闢的諸多社會和文化批判母題等。但總的看來，左翼文藝界對「文學革命」的很多批評還是落在了實處，他們所提倡的革命文學、文藝大眾化等運動也產生了一定的社會效果，所以才有了吳稚暉的「斷語」：「文學不死，大禍不止。」〔註24〕這也算得上是對「文學革命」的一種另類「蓋棺論定」。如此看來，20年代「革命文學」等新口號的產生和發展，實際上表徵了「文學革命」歷史使命的階段性完成，也表徵了新文學新的發展可能性。

第二節　革命文學的醞釀

「五四」新文化運動落潮後，中國進步思想文化界開始醞釀革命文學運動。1923 年，已經成為著名浪漫主義詩人的郭沫若，敏銳地覺察到了「五四」新文學運動面對本國封建勢力和外來資本主義壓迫時表現出來的反抗無力感

〔註22〕就當時實際革命情形來看，中國民眾的「革命想像」與關涉他們切身利益的權力、金錢、性資源等息息相關，而與實現「大同社會」和「共產主義」這樣的「終極理想」並無切實的關聯。

〔註23〕〔美〕梅爾・戈德曼：《白話運動：來自左翼作家的批評》，王躍、高力克編：《五四：文化的闡釋與評價——西方學者論五四》，太原：山西人民出版社，1989 年版，第 194 頁。

〔註24〕吳稚暉：《大眾語萬歲——答曹聚仁討論大眾語問題的一封信》，《申報・自由談》，1934 年 8 月 1 日，第 5 張第 20 版。

和鬥爭的不徹底性，由此他對文學界提出了開展文學新運動的要求：「我們現在於任何方面都要激起一種新的運動，我們於文學事業中也正是不能滿足於現狀，要打破從來的因襲的樣式而求新的生命之新的表現。」他要求新文學工作者反抗「資本主義的毒龍」、「不以個性爲根底的既成道德」、「否定人生的一切既成宗教」、「藩籬人世的一切不合理的畛域」、「由上種種所派生出的文學上的情趣」和「盛容那種情趣的奴隸根性的文學」。其追求的目標是：「要在文學之中爆發出無產階級的精神，精赤裸裸的人性。」〔註 25〕這裡，郭沫若對「五四」運動以來新文學現狀的不滿或可被理解，不過，由於他當時並不清楚什麼是無產階級精神，對此只有「渾樸的觀念」，加之他提出的理論主張很寬泛，未能界定出新的文學運動的具體內容和形式，所以他所提倡的反抗運動在當時文壇上沒有引起什麼反響。直到 1926 年，他發表了《革命與文學》一文，將革命與文學緊密地結合起來，引發了所謂的「革命文學」口號發明權之爭，其首倡革命文學的功勞才被其他創造社成員挖掘、標舉出來。

如果說郭沫若側重於正題意義上革命文學的倡導，那麼魯迅所側重的則是反題意義上的革命文學思想構建，或者說，魯迅作爲一個知識分子更爲注重的是「堅持對社會思想的改造」〔註 26〕。魯迅批評中國文人缺少正視社會人生的勇氣，用「瞞和騙」、「萬事閉眼睛」的方法自欺欺人。他認爲作家應該取下假面，眞誠、深入、大膽地「看取人生並且寫出他的血和肉來」；中國早就應該有一片「嶄新的文場」和幾個「兇猛的闖將」！「沒有衝破一切傳統思想和手法的闖將，中國是不會有眞的新文藝的。」〔註 27〕針對某些革命地方的文學家喜歡說文學與革命大有關係的觀點，魯迅認爲那些所謂宣傳、鼓動的文章其實是無力的。他承認革命與文章有關係，革命時代的文學和平時的文學不同，革命來了，文學就變換色彩，但他強調大革命可以變換文學的色彩而小革命不能。他認爲大革命之前，文學會由於社會不公而叫苦、鳴不平；到了大革命的時代，因爲人們忙、窮、沒有時間或心思等原因，文學反而沒有聲音了；等到大革命成功後，社會狀態緩和了，人們的生活有了餘

〔註 25〕郭沫若：《我們的文學新運動》，《創造週報》，1923 年 5 月 27 日，第 3 號，第 14、15 頁。

〔註 26〕王富仁：《關於左翼文學的幾個問題》，《中國現代文學研究叢刊》，2002 年第 1 期，第 27 頁。

〔註 27〕魯迅：《論睜了眼看》，《語絲》（週刊），1925 年 8 月 3 日，第 38 期，參見《語絲》合訂本第 1 冊，第 147～149 頁。

裕，這時候就又產生文學，其中就有革命文學。〔註28〕魯迅還指出了世間誤以兩種文學爲革命文學的範例：「一是在一方的指揮刀的掩護之下，斥罵他的敵手的；一是紙面上寫著許多『打，打』，『殺，殺』，或『血，血』的。」他希望讀者不要被作家所掛的招牌所迷惑，因爲革命文學的根本問題在於作者是否是一個「革命人」。〔註29〕顯然，魯迅這一時期筆下的「革命」是廣義意義上的「革命」，並非僅限於無產階級革命，但毫無疑問他支持、認可眞正的革命文學，對中國文壇中那些虛僞、投機的所謂「革命文學家」持否定、批判態度，其觀點在革命文學發展之初是具有「清醒劑」作用的。

相比於郭沫若和魯迅作爲個體倡導革命文學的局限性而言，早期共產黨人通過辦教育的方式在客觀上爲革命文學的發展積蓄了頗爲可觀的人力資源。1921 年冬，中共中央辦了一所培養婦女幹部、半工半讀的平民女校，由李達任校長，茅盾和沈澤民等人任教，培養了王劍虹、丁玲、王一知等學生。1922 年春，中國共產黨又領導成立了培養革命幹部的新型革命學校——上海大學。〔註30〕由於上大在注重學習的同時還注重學生社會活動能力的培養，所以學校的社會威信越來越高，各地的青年紛紛慕名前來深造，甚至日本、臺灣、南洋等地的青年也前來求學，一時之間被人譏爲「弄堂大學」、「野雞大學」的上海大學有了「東南之最高學府」的稱譽。上海大學的出版物和演講會也深受社會各界歡迎，被認爲是「新文化的指導者」。至 1926 年上大的學生人數已經增加到 800 人。〔註31〕上大師生有著對革命眞理無限追求的精神，他們在「五卅」運動中起到了積極的作用。「五卅」運動以後，上大被國民黨右派勢力視爲「共產黨利用的大學」，「四·一二」政變後被查封，前後

〔註28〕魯迅：《而已集·革命時代的文學——四月八日在黃埔軍官學校講》，《魯迅全集》第 3 卷，北京：人民文學出版社，1981 年版，第 418～420 頁。

〔註29〕魯迅：《而已集·革命文學》，《魯迅全集》第 3 卷，北京：人民文學出版社，1981 年版，第 543、544 頁。

〔註30〕當時上海大學由國民黨元老于右任任校長，鄧中夏任學校總務長，瞿秋白任社會學系主任，陳望道任教務長。早期革命家、理論家、活動家和教育家李大釗、蔡和森、惲代英、張太雷、蕭楚女、毛澤東和國民黨骨幹人士戴季陶、汪精衛、吳稚暉、葉楚傖、楊杏佛以及許多海內名流學者如郭沫若、胡適之、胡愈之、陳望道、邵力子、田漢、俞平伯、沈雁冰、周建人、施存統、劉半農、洪野、蕭樸等曾相繼到校任教或開設特別講座。參見陶喻之：《孫中山先生與上海大學》，《歷史大觀園》，1986 年第 7 期，第 28～29 頁。

〔註31〕陳學恂編：《中國教育史研究·現代分卷》，上海：華東師範大學出版社，1994 年版，第 77 頁。

僅 4 年又 7 個月歷史。但此時的上大已經爲革命文學的醞釀、發展培養了諸多顯在或潛在的主體性力量。

現代日常的文學生活基本上是以雜誌爲中心組建起來的。「雜誌越來越直接地引導和支配著現代文學的發展方向。甚至事實上刊物的聚合構成了所謂文壇。」〔註32〕以是觀之，《中國青年》在革命文學的醞釀過程中起到了至關重要的作用，這源自於《中國青年》同人對「革命宣傳」的極度重視，正如署名「悚祥」者在給《中國青年》記者的信中所說的那樣：「五四運動後，中國出版界最足喚醒青年底沉夢，告訴青年以革命的理由，步驟的——以余所知，當推《中國青年》第一。」〔註33〕

《中國青年》是中國共產主義青年團的機關刊物，1923 年 10 月 20 日創刊於上海，後遷廣州、漢口等地出版，其宗旨是引導青年改革萬惡的社會，是一個政治性色彩很濃的刊物，但創刊不久即成爲早期共產黨人批評中國新文學的重要「陣地」。比如，秋士認爲，文學界中以文學爲「助進」社會問題解決的工具的人很多，但眞正「進煤窯」的文學家還沒有，這是「文學家的恥辱」！文學家應該拋去「錦繡之筆」、離開「詩人之宮」，「誠心去尋實際運動的路徑」。〔註34〕濟川指出：「中國所急於需要的是富刺激性的文學，不是那些歌舞升平，講自然，談情愛，安富尊榮不知人間有痛苦事的文學。」但令他失望的是，中國新文學並沒有如俄國文學那樣成爲「刺激人的猛劑」。〔註35〕鄧中夏強調了社會進化、思想進化的「鐵則」，認爲資本制必被共產制打翻、資產階級思想必被無產階級思想征服。他希望青年能夠辨清思想文藝界的是非。〔註36〕惲代英撰文說：「我以爲現在的新文學若是能激發國民的精神，使他們從事於民族獨立與民主革命的運動，自然應當受一般人的尊敬；倘若這種文學終不過如八股一樣無用，或者還要生些更壞的影響，我們正不必問他

〔註32〕曠新年：《1928：革命文學》，濟南：山東教育出版社，1998 年版，第 26 頁。

〔註33〕悚祥、楚女：《〈中國青年〉與文學》，《中國青年》，1924 年 6 月 21 日，第 36
期，第 9 頁。參見《中國青年》（彙刊，共 7 冊），上海：中國青年社，1924
年再版。

〔註34〕秋士：《告研究文學的青年》，《中國青年》，1923 年 11 月 17 日，第 5 期，第
6〜7 頁。

〔註35〕濟川：《今日中國的文學界（通訊）》，《中國青年》，1923 年 11 月 17 日，第 5
期，第 13 頁。

〔註36〕中夏：《中國現在的思想界》，《中國青年》，1923 年 11 月 24 日，第 6 期，第
5〜6 頁。

有什麼文學上的價值，我們應當像反對八股一樣地反對他。」〔註 37〕他還對當時文壇消極頹廢的傾向進行了批評、「抗議」。這些對新文學的批評很快在文藝界引起了反響，如茅盾非常贊同惲代英對文壇消極頹廢傾向的「抗議」，並在《文學週報》上撰文，希望青年注意、擺脫新文學中「空想的感傷主義的和逃世的思想」。〔註 38〕

顯然，早期共產黨人是從「有用」或「無用」的角度來評判新文學的，以此為標準他們對新文學的現狀並不滿意，因為它沒有體現出有效解決社會、人生問題的工具性功用。在這種認識前提下，他們在《中國青年》上又陸續提出了一些更有針對性的關涉革命文學的理論主張和思想見解。比如，蕭楚女明示青年，只有過「逼視現實」、「猛勇奮鬥」、「以度眾生」、「勇敢可敬的愛他者」的生活，才能表現出人生的意義；他希望人們用方程序來同一切罪惡算總帳，且少倣仿那些「象牙之塔的『詩』」。〔註 39〕此後，他進一步勸告那些主張「為藝術而藝術的朋友」，不要對現實取「超然高視的態度」或「眼不見心不煩的主義」，因為藝術是建築在社會經濟組織上的表層建築物，是隨著人類生活方式的變遷而變遷的，是生活的反映。〔註 40〕鄧中夏抨擊了詩壇上乃至整個新文化運動中的不健康現象：「凡是想做新詩人的都是懶惰和浮誇兩個病症的表現」。他認為新文化運動後，青年們只學做新詩，最後連長詩也不願做，只願做短詩，做新詩成了「終南捷徑」。他提出要反對那種「不研究正經學問不注意社會問題，而專門做新詩的風氣」。〔註 41〕緣此，他對新詩人「貢獻」了三種意見：第一，須多作能表現民族偉大精神的作品；第二，須多作描寫社會實際生活的作品；第三，須從事革命的實際活動。〔註 42〕沈澤民從法國象徵詩的起源切入論述，他認為中國文藝青年缺少法國象徵派詩人的「少年精神」，中國的文學運動也缺少「蓬勃的風氣」，他希望中國文藝

〔註 37〕代英：《八股？》，《中國青年》，1923 年 12 月 8 日，第 8 期，第 4 頁。

〔註 38〕雁冰：《雜感》，《文學週報》，1923 年 12 月 17 日，第 101 期，第 4 版。參見《文學週報》（匯訂本）第 1 冊，上海書店 1984 年影印版。

〔註 39〕楚女：《詩的生活與方程序的生活》，《中國青年》，1923 年 12 月 29 日，第 11 期，第 7～9 頁。

〔註 40〕楚女：《藝術與生活》，《中國青年》，1924 年 7 月 5 日，第 38 期，第 1～3 頁。

〔註 41〕中夏：《新詩人的棒喝》，《中國青年》，1923 年 12 月 1 日，第 7 期，第 4～6 頁。

〔註 42〕中夏：《貢獻於新詩人之前》，《中國青年》，1923 年 12 月 22 日，第 10 期，第 7～8 頁。

青年能夠「脫離狹小的我」，他還借用日本作家石川啄木的詩句要求文藝青年「到民間去」，進而實現「人類向理想進行的意志」。〔註43〕此時沈澤民對「少年精神」尚有意指不明之處，不過他在《民國日報・覺悟》上發表的《文學與革命的文學》一文中的觀點和傾向已經非常明確，他強調「文學始終只是生活的反映」，並認爲在當時暴風雨的時代下，文學者作爲「民眾的舌人」、「民眾的意識的綜合者」，如果不曾親身參加過無產階級運動，「他決不能瞭解無產階級的每一種潛在的情緒，決不配創造革命的文學。」「眞眞的革命者，決不是空談革命的；所以眞眞的革命文學也決不是把一些革命的字眼放在紙上就算數。」「因爲現代的革命的源泉是在無產階級裏面，不走到這個階級裏面去，決不能交通他們的情緒生活，決不能產生革命的文學！」〔註44〕遠定希望詩人和「頭腦昏亂的做學者夢」的人們記清自身的地位和環境如何，希望他們「注意社會問題，從事實際活動」，並強調說：「必如此，才算眞詩人！必如此，才會有眞詩出現！」〔註45〕正廠說：「文化運動旗子舉了起來，接著便是反動的潮流了。」「文化運動本來想向前進行，現在卻退回自家門口了；從西洋買來的洋紙，膠質被黑色染缸消去了，於是乎我們仍然墮落到做打油詩，講高頭講章的時代。」因此，他要求思想文藝界一定要認清文化運動的靈魂是「革命的精神」，而不是「淺薄的甚麼文藝或復古運動」。〔註46〕達眞告訴那些「所謂有覺悟的青年們」：要去「覺人」，不要久戀在「藝術之宮」、「詩人之國」裏；要剷除壓迫者身上一切不人道的痛苦；不要空談，要「實行」，要到群眾裏去活動！〔註47〕昌頤強調有人格、有良心的智識階級追求知識的目的是：「除掉爲社會革命外，沒有別的！」〔註48〕王秋心在給惲代英的信中認爲應提倡富於刺激性、反抗性的「革命的文學」，並認定文學是鼓吹革

〔註43〕澤民：《青年與文藝運動——讀書隨感之一》，《中國青年》，1923 年 12 月 15 日，第 9 期，第 8～9 頁。

〔註44〕澤民：《文學與革命的文學》，參見北京大學、北京師範大學、北京師範學院中文系中國現代文學教研室編：《文學運動史料選》第 1 冊，上海：上海教育出版社，1979 年版，第 403～407 頁。

〔註45〕遠定：《詩人與詩》，《中國青年》，1924 年 2 月 9 日，第 17 期，第 12 頁。

〔註46〕正廠：《文化運動底反動》，《中國青年》，1924 年 2 月 9 日，第 17 期，第 13 ～14 頁。

〔註47〕達眞：《告覺悟的青年》，《中國青年》，1924 年 3 月 8 日，第 21 期，第 11～ 12 頁。

〔註48〕昌頤：《智識階級的地位與其責任》，《中國青年》，1924 年 4 月 26 日，第 28 期，第 2 頁。

命及改造社會等事業的利器；惲代英則在給王秋心的回信中希望青年「能夠做腳踏實地的革命家」，培養革命感情，感情豐富了，「自然能寫出革命的文學」。〔註49〕

除了文論，《中國青年》上還刊載了一些篇幅短小的文藝作品，它們是在符合「以革命為中心的所謂的『革命的文學』」〔註50〕標準下才被採用的。小說方面，比較有特點的是瞿秋白的《豬八戒》（第 5 期）和《那個城》（第 6 期），前者諷刺了國內那些墨守「二十世紀的新中庸」之道者（如吳稚暉）的愚蠢和可笑，後者則是一部「象徵派的小說」，寫一個小孩在黃昏中奔向一個城，「那個城」象徵的是十月革命大破壞後的俄國，「小孩」象徵著中國。又如定一的《火山》（第 138 期）和《血戰》（第 139 期），前者以書信體的形式寫中國已經成為一個反帝反封建的、即將爆發的大火山，後者以簡筆素描了一個為無產階級血戰而死的戰士——蘇華的畫像。劇作方面，瘦鶴的《白骨》（第 40 期）通過戰場上累累白骨的陰淒景象控訴了軍閥為爭地盤而發動戰爭、造成生靈塗炭的罪行，鴻幹的《犧牲者》（第 116～118 期）揭露了帝國主義利用傳教士傳教麻醉中國百姓精神的險惡用心。詩歌方面，朱自清的《贈友》（第 28 期）表達了送戰友上戰場的熱烈情緒和殷切期望：「你將為一把快刀，／披斬荊棘的快刀！／你將為一聲獅子吼，／狐兔們披靡奔走！／你將為春雷一震，／讓行尸們驚醒！」〔註51〕紹吾在《我站在喜馬拉雅山的山巔》（第 41 期）中高聲疾呼，希望被壓迫者認清自己的階級兄弟並團結起來，認清階級仇敵並把他們毀滅。一聲的《奴隸們的宣言》和《革命進行曲》（第 119 期）向世人宣告：奴隸們已經覺醒，並走上自己拯救自己的革命之路。饒榮春的《使命》（第 120 期）告訴讀者，「新時代已開始，舊時代已凋殘」，在世界上，「十二萬萬五千萬被壓迫者，已負著使命奔走於革命的道上」。此外，《中國青年》上刊載了《少年日（歌）》（義鍾譯）、《國際歌》、《農工歌》、《少年先鋒》、《前進（馬賽曲）》等革命歌曲，借助這些歌曲，編者向讀者傳達了無產階級將聯合起來戰勝資產階級等反動勢力的決心和信念。從上述作品的情況來看，它們大都出自於共產黨內一些愛好文藝者之手，藝術水平略顯粗糙

〔註49〕 王秋心、代英：《文學與革命（通訊）》，《中國青年》，1924 年 5 月 17 日，第 31 期，第 14 頁。

〔註50〕 悚祥、楚女：《〈中國青年〉與文學（通訊）》，《中國青年》，1924 年 6 月 21 日，第 36 期，第 10 頁。

〔註51〕 朱自清：《贈友》，《中國青年》，1924 年 4 月 26 日，第 28 期，第 9 頁。

（歌曲除外），在文壇影響並不大，但宣傳鼓動性很明顯，文學的政治意識形態色彩也已開始彰顯。

《中國青年》倡導革命文學以後，越來越多的現代媒體開始關注這種文學形態，並把它與無產階級革命逐漸扭結在一起。如茅盾在《文學週報》上發表了《論無產階級藝術》一文，他認為：「無產階級藝術這個名詞正式引起世界文壇的注意，簡直是最近最近的事！」接著，他在文中列舉了很多無產階級作家，並強調如此列舉並不是為了「賣弄」無產階級作家之多，而是藉此告訴讀者無產階級藝術正在「萌芽」。〔註52〕這裡，茅盾的本意並非是為了提倡無產階級文藝，而是要通過冷靜的批評告誡學界，世界範圍內的無產階級藝術的條件並不成熟，但他的前提是無產階級藝術已經發生並引起文壇注意，就此而言，該文在客觀上對文藝界倡導革命文學是有利的。又如《民國日報》副刊「覺悟」新年號上刊載了蔣光慈提倡革命文學的論文《現代中國社會與革命文學》。他認為在中國現代社會裏應當產生幾個反抗的、偉大的、革命的文學家，因為文學是社會生活的反映，一個文學家在消極方面表現社會的生活，在積極方面可以鼓動、提高使社會興奮的情緒。他認定：「近視眼不能做革命的文學家，無革命性的不能做革命的文學家，安於現社會生活的不能做革命的文學家，市儈不能做革命的文學家。倘若厭弄現社會，而又對於將來社會無希望的也不能做革命的文學家。」他相信：「現在中國的社會真是製造革命的文學家之一個好場所！我不相信中華民族永遠如此的萎靡，永遠如此的不振，永遠如此的不能產生偉大的，反抗的，革命的文學家！」〔註53〕此後，在《創造月刊》、《文化批判》、《太陽月刊》、《我們月刊》、《引擎》等雜誌和其他傳媒的推動下，革命文學運動更是迅速成為一種「時代潮流」。就此而言，開革命文學風氣之先的《中國青年》其實具有不可忽視的文學史意義。

經過新文化（文學）界的醞釀，革命文學在20世紀20年代中期大革命浪潮來臨時開始嶄露頭角，在眾多倡行革命文學的作家中，頗具代表性的是蔣光慈與謝冰瑩，他們的革命文學作品在現代文壇上產生了比較廣泛的影響，初步顯示了進步文藝界醞釀革命文學的實績和這種新的文學形態的生命活力。當然，從政治傾向性上來說，謝冰瑩與蔣光慈是有所不同的，大體上

〔註52〕 沈雁冰：《論無產階級藝術》，《文學週報》，1925年5月10日，第172期。參見《文學週報》（匯訂本）第1冊，第4頁。

〔註53〕 光赤：《現代中國社會與革命文學》，上海《民國日報增刊·覺悟》，1925年1月1日，第2～5頁。

說，後者代表了早期共產黨人革命文學創作的實績，前者代表了早期國民黨人革命文學創作的實績，但拋開彼時國共雙方在政治意識形態上的分歧，他們的創作都是革命文學醞釀發生時的有機組成部分。

蔣光慈是革命文學陣營中一個富有探索性的作家，他早在 1924 年《新青年》季刊第 3 期上就發表過《無產階級革命與文化》一文，並且「在一九二四年辦過一個《春雷週刊》專門提倡革命文學」，因此被其他太陽社成員視為提倡革命文學的第一人。〔註 54〕他還通過文學創作演繹革命理念，強調文學要承擔社會責任。1925 年 1 月，他將自己留俄三年寫成的詩結集為《新夢》在上海書店出版，這部詩集給中國文壇帶來了新鮮的蘇俄革命的氣息。用錢杏邨的話來說，「這是光慈在革命的國度裏的革命詩集」，「等到它產生在中國文壇以後，不但傳來許多革命的歡欣，簡直如一顆爆裂的炸彈，驚醒了無數的青年的迷夢……實在的，中國的革命詩歌集，是沒有比這一部再早的了，這簡直可以說是中國革命文學著作的開山祖」。〔註 55〕蔣光慈出版的詩集還有《哀中國》、《哭訴》、《戰鼓》和《鄉情集》，都表達了強烈的反抗情緒和對十月革命的嚮往。相比於他的詩，蔣光慈在 1926 至 1927 年出版的三部小說《少年漂泊者》、《鴨綠江上》和《短褲黨》的藝術水平要更高一些，影響也更大一些。中篇小說《少年漂泊者》講述了主人公汪中從 1915 到 1924 年間四海飄泊求真理的流浪生活，以及他由一個父母雙亡、舉目無親的孤兒成長為北伐革命中的戰鬥英雄的生命歷程。這部「體現文學自我意識的先鋒性」〔註 56〕的自敘體小說的革命啓蒙效用很突出，據說胡耀邦、陶鑄和許多進步青年，「就是讀了蔣光慈的《少年漂泊者》等優秀作品而開始覺醒，開始投身革命的。」〔註 57〕短篇小說《鴨綠江上》通過敘述莫斯科留學生的一次深夜長談，引出了朝鮮青年李孟漢悲慘的愛情故事和亡國之痛，強烈譴責了日本帝國主義侵略朝鮮的罪惡，展現了李孟漢等革命黨人的復國理想和復仇決心。中篇小說《短褲黨》描寫了大革命後上海工人第二次武裝起義的失敗和第三次武裝起義的勝利景象，塑造了早期共產黨人史兆炎（趙世炎）等英雄形象。可以說，這三部小說「所表現的完全是

〔註 54〕錢杏邨：《關於〈現代中國文學〉》，《太陽月刊》，1928 年 3 月 1 日，3 月號。

〔註 55〕阿英：《蔣光慈與革命文學》，參見柯靈主編：《阿英全集》第 2 卷，合肥：安徽教育出版社，2003 年版，第 89 頁。

〔註 56〕陳方競：《「文體」的困惑：對蔣光慈的〈麗莎的哀怨〉的重新評價》，《陳方競自選集》（下），汕頭：汕頭大學出版社，2005 年版，第 286 頁。

〔註 57〕馬德俊：《蔣光慈傳》，合肥：安徽人民出版社，2001 年版，第 200 頁。

一部革命青年的三部曲」〔註58〕，探尋了當時革命青年從苦悶彷徨無出路到認
清時代形勢、走向革命的心路歷程，展示了當時中國乃至世界歷史中一些複雜
宏闊的社會革命場景，闡明了中國革命及其敘事發生的一些原因，展現了某些
早期革命者的生命風度和精神氣質，為中國現代文學衍生了新的主題和敘事模
式，也為學界提供了可資鑒賞或批評的範本。

在革命文學醞釀生成過程中，謝冰瑩根據自己北伐革命經歷寫成的《從軍
日記》同樣值得關注。據作者回憶，在北伐中，革命軍人隨時可能犧牲，
當時她只有一個希望，「那就是把我所見所聞的事實，忠實地寫出來，寄給伏
園先生讓他知道，前方的士氣，和民眾的革命熱情，是怎樣地如火如荼」。她
覺得這些可歌可泣的現實題材如果不寫出來未免太可惜了，因此她在行軍的
空隙裏，趕快搶時間寫幾百字，並寄給孫伏園以保存，就這樣創作了《從軍
日記》這個文字「幼稚」且沒有結構、修辭和技巧的「北伐時代的報告文學」。
〔註59〕《從軍日記》包括「書信」和「日記」兩部分，一開始發表在孫伏園
主編的《中央日報》副刊上，很受讀者歡迎，翻譯成英文和法文後甚至引起
了賽珍珠和羅曼・羅蘭的注意。不過，嚴格說來，《從軍日記》的文學色彩很
淡，它最吸引人的地方在於：它既可以激發讀者對革命的熱情和想像，又可
以激發讀者對革命女性的好奇心和聯想。用林語堂的話來說就是：「我們讀這
些文章時，只看見一位年輕女子，身穿軍裝，足著草鞋，在晨光曦微的沙場
上，拿一支自來水筆靠在膝上振筆直書，不暇改竄，戎馬倥傯，束裝待發的
情景。或是聽見在洞庭湖上，笑聲與河流相和應，在遠地軍歌及近旁鼾睡的
聲中，一位蓬頭垢面的女兵，手不停筆，鋒發韻流地寫敘她的感觸。這種少
不更事，氣慨軒昂，抱著一手改造宇宙決心的女子所寫的，自然也值得一讀。」
〔註60〕應該說，《從軍日記》寫出了一些轟轟烈烈的北伐故事，反映了當時進
步青年的愛國熱情，開明民眾對北伐軍和國民革命政府的擁護，以及軍閥燒
殺擄掠、姦淫婦女、拉纖抓夫、無惡不作的事實；反映了當時婦女從小腳時
代進步到天足時代，從被封建鎖鏈捆縛的家庭中逃脫，經過掙扎奮鬥後擺脫

〔註58〕阿英：《蔣光慈與革命文學》，《阿英全集》第 2 卷，合肥：安徽教育出版社，
2003 年版，第 88 頁。

〔註59〕謝冰瑩：《關於〈從軍日記〉》，《謝冰瑩文集》（上），合肥：安徽文藝出版社，
1999 年版，第 287～290 頁。

〔註60〕林語堂：《冰瑩從軍記序》，《謝冰瑩文集》（中），合肥：安徽文藝出版社，1999
年版，第 257 頁。

侮辱痛苦而獻身革命的艱難歷程；也在某種程度上反映了那個時代的革命精神和歷史場景。

綜上，20世紀20年代的革命文學醞釀者，無論在理論建構還是在文學創作過程中，都在有意識地將文學與社會現實或政治鬥爭結合起來，他們的論文、作品乃至譯介已經組合成了一股政治干涉文學的力量，他們一直在強化文學的工具理性意識，顯現出了對文學移風易俗功能的充分認知和重視。與此同時，理論建構、媒體支持和創作實績這三個方面的發展變化，以其整體性的存在形態標示了革命文學由「自發生長」轉向「自覺生成」的過程。這一過程既展現爲歷時意義上革命文學理論、創作等實踐領域的生成，也展示了共時意義上政治、思想、文化等諸多領域的相互作用，並使得當時文壇呈現爲一種多元結構性存在。更爲重要的是，革命文學的醞釀不但確立了一種新的文學形態，它還開拓了中國革命現代性實踐的新領域，並開始建構「革命的文學性」和「文學的革命性」的審美之維，進而直接爲30年代中國左翼文學的發生發展貯備了豐厚的精神資源。

第三節 「無產階級革命文學」口號的提出

1924年5月《創造週報》停刊，初期創造社陷入低潮。不過，創造社成員並未因此失去對文學的「革命」夢想的追求，郭沫若寫道：「鳳凰雖已化成灰，／鳳凰不曾死。／秋菊雖已凋殘盡，／花已成種子。」這裡，郭沫若用帶有寓言色彩的詩句意指著《創造日》的新生和精神「永遠不死」！〔註61〕成仿吾則在1924年「國恥紀念日」（5月9日）寫下了對《創造週報》停刊原因的反思，表達了創造社在文壇捲土重來的決心，他說：「我們決不是卑怯的逃避者，我們也決不願意放棄我們的工作。我們的文學革命，和我們的政治革命一般，須從新再來一次。我們休息一時，當是一種準備的作用。不等到來年，秋風起時也許就是我們捲土重來的軍歌高響的時候。」〔註62〕成仿吾

〔註61〕 同人：《創造日停刊布告》，原載1923年11月2日《創造日》第100期（實際上爲第101期）。參見《創造日彙刊》，上海書店1983年6月印行，第506～507頁。

〔註62〕 成仿吾：《一年的回顧》，《創造週報》，1924年5月19日，第52號，第14頁。參見《創造週報》（全年彙刊）第2集，第2集爲第27～52期，上海：上海泰東圖書局1924年版。

的「預言」很準，後期創造社很快就捲土重來了，開始追逐他們新的文學夢
想，並和太陽社一起提出了「無產階級革命文學」的口號。

1924 年 8 月 20 日，《洪水》週刊在創造社元老郭沫若、成仿吾把握方向
和支持鼓勵下創刊了。很快，第 2 期的稿件也排版了。然而由於齊盧戰事爆
發，泰東圖書局擔心書銷售不出去，就算售出也怕賬收不回來，所以決定停
止印刷《洪水》，就此《洪水》週刊夭折了。這件事給了創造社一個大教訓：
文學社團必須有自己的出版機構才能不受資本家的限制。這一認識，加快了
1926 年創造社成立出版部的步伐。同時，泰東圖書局的經濟壓迫，也使創造
社成員對馬克思主義政治經濟學說和階級鬥爭理論有了深刻的理解，他們由
此產生了強烈的階級鬥爭意識，並自覺地去體知底層民眾的生存境遇，這對
於他們文藝觀念的轉變起到了決定性作用。

不過，創造社的「轉向」並非如人所說的「突變」，而是有一個循序漸進
的過程。創造社初期的主張有濃鬱的浪漫主義和「純藝術」化傾向，但到了
1923 年 5 月，成仿吾在提倡唯美主義文藝主張時，就已不再強調「自我」和
「內心的要求」了，而是將新文學與時代聯繫起來，認爲文學是「時代的良
心」，文學家應當是「良心的戰士」，既要追求文學的全（Perfection）也要實
現文學的美（Beauty）！〔註63〕這意味著其文藝觀發生了變化。幾乎就在同時，
郁達夫在《文學上的階級鬥爭》一文中理清了新文化運動以來「爲藝術的藝
術」和「爲人生的藝術」口號之爭的糾葛所在，將「人生與藝術的關係」簡
約爲一句話：「人生就是藝術，藝術就是人生。」他又通過簡說「反抗古典主
義的浪漫主義起後的文學上的變遷」得出結論：「二十世紀的文學上的階級鬥
爭，幾乎要同社會實際的階級鬥爭取一致的行動了。」他還學習馬克思和恩
格斯的態度大聲疾呼：「世界上受苦的無產階級者，／在文學上社會上被壓迫
的同志，／凡對有權有產階級的走狗對敵的文人，／我們大家不可不團結起
來，／結成一個世界共同的階級，百屈不撓的來實現我們的理想！／我確信
『未來是我們的所有！』」〔註64〕這表明郁達夫有了一定的階級鬥爭意識，這
種意識很淡，但與其以前的觀點已有明顯不同。由此也可以看出，創造社成

〔註63〕成仿吾：《新文學之使命》，《創造週報》，1923 年 5 月 20 日，第 2 號，第 6
頁。

〔註64〕郁達夫：《文學上的階級鬥爭》，《創造週刊》，1923 年 5 月 27 日，第 3 號，第
3、5 頁。

員力圖掀起新的文學運動的想法雖然還有些模糊，可內心的欲望已經非常強烈。此後，鄭伯奇在《國民文學論》一文中評價 1924 年前後中國思想界的狀況時說：「以外患交至，內亂延長的原故，思想界現在雖頗有沈寂的景象，但是也因此漸漸露出了轉換方向的微光。若我的觀察不誤，真正的國民覺醒運動決不在遠的將來。」〔註 65〕接著，成仿吾在《藝術之社會的意義》一文中提出，藝術之社會價值就大的方面來說至少有兩種，即「同情的喚醒」和「生活的向上」，又因為有了這種種社會的價值，「才有了她的社會意義，才能維持發展以至於今」。〔註 66〕然後，郭沫若在《文藝之社會使命》一文中強調文藝是社會現象之一，勢必發生影響於全社會，且藝術有兩種偉大的使命：「統一人類的感情；和提高個人的精神，使生活美化」，他還覺得：「要挽救我們中國，藝術的運動是決不可少的事情。」〔註 67〕至此，創造社轉換方向的意圖和力圖用文藝活動介入社會現實的意識開始明晰起來。

創造社的「轉向」並非突變，其「轉向」過程也同樣不是人們所想像的那樣輕鬆自然。1921 年 4 月郭沫若曾在杭州有一次關於「新興文學」演講失敗的經歷，其原因是他對演講理論「半生不熟」，「一方面是想證明文藝的實利性，另一方面又捨不得藝術家的自我表現」。〔註 68〕這件事形象地比擬了創造社同人三年後類似的境遇：他們面臨著價值理性（Value rationality）／工具理性（Instrumental rationality）、實質合理性／形式合理性兩難選擇的韋伯命題，「工具理性不可能與價值理性輕鬆地分離，作為聯體形式出現的孿生一對，對任何一方的轉移都將是十分痛苦的」。〔註 69〕不過，按照郭沫若自己的說法，這一過程並不久，也不痛苦，還帶著新生的快感。他的「轉向」來自於對河上肇博士《社會組織與社會革命》一書的翻譯：「這書的譯出在我一生中形成了一個轉換期。把我從半眠狀態裏喚醒了的是它，把我從歧路的彷徨

〔註 65〕鄭伯奇：《國民文學論》（下），《創造週報》，1924 年 1 月 6 日，第 35 號，第 8 頁。

〔註 66〕成仿吾：《藝術之社會的意義》，《創造週報》，1924 年 2 月 24 日，第 41 號，第 3 頁。

〔註 67〕郭沫若：《文藝之社會使命》，《民國日報》副刊《覺悟·文學（週刊）》，1925 年 5 月 18 日，第 3 期，第 2～4 頁。

〔註 68〕郭沫若：《創造十年續篇》，《郭沫若全集·文學編》第 12 卷，北京：人民文學出版社，1992 年版，第 200 頁。

〔註 69〕蘇國勳：《理性化及其限制——韋伯思想引論》，上海：上海人民出版社，1988 年版，第 45 頁。

裏引出了的是它，把我從死的暗影裏救出了的是它。……」〔註70〕因此，後
期創造社成員對唯物史觀和文藝鬥爭學說的鍾愛其實顯示了他們文化心理結
構上對工具理性的日益認同。對於他們來說，文藝不再是象牙塔中的女神，
而是對民眾進行革命啓蒙的手段，是進行階級鬥爭和意識形態建構的工具，
這就自然地呼應了當時「文化革命深入」的歷史要求。結果，他們對無產階
級文藝觀的選擇實現了歷史理性和現實理想的契合相通，緩解了其前期「文
學夢」中的矛盾衝突，實現了文藝上的「轉向」，進而使其話語形態具有了濃
鬱的「革命」色彩。

20 世紀 20 年代中後期的中國充滿了對革命話語權的爭奪，差不多每個陣
營都在爭說自身的革命性，即使在同一陣營內部也是如此。後期創造社「捲
土重來」後也不例外，是時他們最直接的動作就是「收回《洪水》，新創《月
刊》，增編《叢書》」〔註71〕。其中，《創造月刊》的創刊〔註72〕是典型的「大
手筆」：建立了爭奪革命話語權的「重鎮」，推出了「無產階級革命文學」口
號，大力倡導無產階級革命文學運動，進而改變了一個時代的文學精神風貌。
《創造月刊》的創辦體現了創造社同人對「五卅」反帝愛國運動成果和大革
命時代勃發的民族意識的直接借助，體現了他們以文藝爲媒介對社會現實的
積極介入，這種介入的表徵就是對反抗壓迫之類的素樸信念的認同。這些信
念也是他們再出月刊的根本原因，對於這一點，郁達夫在《創造月刊》的「卷
頭語」中說得很清楚：

> （一）人世太無聊，或者做一點無聊的工作，也可以慰籍人生
> 於萬一。（二）我們的眞情不死，或者將來也可以招聚許多和我們一
> 樣的眞率的人。（三）在這一個弱者處處被摧殘的社會裏，我們若能
> 堅持到底，保持我們弱者的人格，或者也可爲天下的無能力者被壓

〔註70〕 郭沫若：《創造十年續篇》，《郭沫若全集・文學編》第 12 卷，北京：人民文
學出版社，1992 年版，第 205 頁。

〔註71〕 黃淳浩：《創造社：別求新聲於異邦》，北京：社會科學文獻出版社，1995 年
版，第 75 頁。

〔註72〕 1926 年 3 月 16 日《創造月刊》創刊於上海，第 1 卷第 1、2、5、6 期由郁達
夫主編，第 3、4、11 期由成仿吾主編，第 7、8、9、10 期由王獨清主編，第
12 期由文學部委員會主編；第 2 卷第 1、2、3、4 期由文學部主編，第 5、6
期由文藝部主編，第 7 期已見到內容要目預告，因創造社和《創造月刊》於
1929 年 2 月被國民黨封禁而未能出版。其中除了第 1 卷 3、4 期是在廣州（廣
東大學，即今之中山大學）編輯外，其他的都是在上海編輯的。

迫者吐一口氣。〔註73〕

　　郁達夫的話，還折射了創造社同人透過社會制度、秩序的障幕而呈現出來的一種對獨立的同人雜誌作用的共識：雜誌在現代文化事業中的地位，在於可以使現代知識分子摒棄統治階級構建的意識形態帷幕，並倚之爲陣地來反抗強權，保持思想和人格獨立。所以《創造月刊》的創刊使郁達夫悲喜交集：悲的是以前受書局老闆虐待和同人刊物被停刊的遭遇，喜的是創造社終於脫離資本家的淫威而獨立了。因此，「創造」之名的延用預示了後期創造社承繼和發展《創造日》、《創造季刊》、《創造週報》以來的「創造」精神的決心和自信，這其中也含有對「五四」文學革命的體認和不滿，還包含著對以往「創造」的青年資源再利用的謀略，因爲獲得了青年的認可就等於獲得了生存和發展的可能性。不過，此時的《創造月刊》彷彿剛剛脫離受氣角色的小媳婦，雖然已經開始主政，但還不敢馬上大聲吆喝，再加上郭沫若、成仿吾兩位核心人物忙於廣東大學（今中山大學）的事務或實際性革命工作，無暇顧及《創造月刊》，所以該刊初期的態度遠不夠明朗，第 1、2 期稿件的選擇上無甚新意，所刊發的文章缺少綱領性主張或思想引導作用，看不出與「洪水時代」有什麼本質性差別。

　　那麼，眞正能夠體現《創造月刊》綱領性主張的文章是哪一篇呢？我們認爲，它是郭沫若發表於 1926 年 5 月 16 日《創造月刊》第 3 期上的《革命與文學》。這篇論文約 7000 字，它是無產階級革命文學發生史上的經典理論文獻之一。該文的發表與郭沫若的詩人氣質、北伐革命體驗和他對文學意識形態走向的認可有關，而大革命的風起雲湧、獨立民族國家的現實前景也給他提供了敘述革命的「合法性」。在該文中，郭沫若緊扣革命精神勃發的現實場景，要求知識分子理清文學與時代的關係、時代對他們的要求和他們對時代的要求。他辨析了革命與文學的密切關係：「文學是永遠革命的，眞正的文學是只有革命文學的一種。所以眞正的文學永遠是革命的前驅，而革命的時期中總會有一個文學的黃金時代出現。」隨後，他說明了所謂革命文學的內容，並用數學公式表達出來，即「革命文學＝F（時代精神）」或曰「文學＝F（革命）」：

　　　　這用言語來表現時，就是文學是革命的函數。文學的内容是跟
　　著革命的意義轉變的，革命的意義變了，文學便因之而變了。革命

〔註73〕郁達夫：《卷頭語》，《創造月刊》，1926 年 3 月 16 日，1 卷 1 期。

在這兒是自變數，文學是被變數，兩個都是 XYZ，兩個都是不一定
的。在第一個時代是革命的，在第二個時代又成為非革命的，在第
一個時代是革命文學，在第二個時代又成為反革命的文學了。所以
革命文學的這個名詞雖然固定，而革命文學的內涵是永不固定的。
〔註 74〕

這裡，郭沫若力求明確文學的革命性和時代精神，其目的仍在於實現對
青年的思想啓蒙，使他們也擁有「救國救民的自覺」，並反對「舊國家主義」，
「而欲糾合無產階級者以建設公產制度的新國家」，以求達到全人類物質與精
神上的自由解放，實現他所認定的「新國家主義」。他說：「我們真真是愛國
的，我們真真是想救我們中國，救我們中國的國民的，我們是只有採取新國
家主義的一條路，就是實行無產階級的革命以勵行國家資本主義！」〔註 75〕
這種「新國家主義」目標的設定，加上郭沫若在《革命與文學》中對某些馬
克思主義基本原理的運用，意味著馬克思主義已經被他設定為變革文學乃至
社會的思想武器，這不但使他和早期共產黨人達成了某種共識，而且使他的
思想變革觀實現了超越，並為創造社同人設定了某種價值座標。因此，創造
社的「馬克思主義理論家」之一的李初梨在從日本歸國後不久所寫的《怎樣
地建設革命文學？》一文中說：「一九二六年四月，郭沫若氏曾在《創造月刊》
上發表了一篇《革命與文學》的論文。據我所知道，這是在中國文壇上首先
倡導革命文學的第一聲。」他還認為：「自此以後，革命與文學幾成為文壇上
議論的中心題目；什麼革命的情緒，革命的同情，革命的作品⋯⋯等等字樣，
也逐漸地活躍於各種刊物之上。到了一年後的今天，革命文學已完全地成了
一個固定的熟語。」〔註 76〕這種評價與郁達夫《無產階級專政和無產階級文
學》一文被群起而攻之的境遇形成了鮮明對比，這意味著後期創造社對《革
命與文學》的宣言性價值的追認和集體認可。

《革命與文學》一文很快顯示出了示範性效用，成仿吾在《創造月刊》
第 1 卷第 4 期上發表了《革命文學與他的永遠性》，回應了郭沫若提倡革命文
學的號召，他也得出兩個公式，即「（真摯的人性）＋（審美的形式）＝（永

〔註 74〕 郭沫若：《革命與文學》，《創造月刊》，1926 年 5 月 16 日，1 卷 3 期，第 5～8
頁。

〔註 75〕 郭沫若：《新國家的創造》，《洪水》，1926 年 1 月 1 日，1 卷 8 期，第 233 頁。

〔註 76〕 李初梨：《怎樣地建設革命文學？》，《文化批判》，1928 年 2 月 15 日，第 2
號，第 3～4 頁。

遠的文學）」和「（眞摯的人性）＋（審美的形式）＋（熱情）＝（永遠的革
命文學）」。〔註77〕這顯然是對郭沫若「公式」的「戲仿」、補充或曰詮釋。至
此，創造社發動無產階級革命文學運動的序幕已經全面拉開，於是，俄羅斯
文學很自然地成爲他們主要借鑒和參照的對象。《創造月刊》從第 2 期開始連
載蔣光慈的長文《十月革命與俄羅斯文學》就是一個例證。該文共連載 5 期，
即第 2、3、4、7、8 期。作者認爲「十月革命」摧毀了舊俄羅斯文學，催生
了新俄羅斯文學，並重點介紹了新俄羅斯文學的狀況。

　　值得注意的是，「無產階級革命文學」並非由創造社獨家「發明」， 太陽
社從 1928 年成立之初就明確提出要倡導無產階級革命文學。將「無產階級革
命文學」在文壇的倡行完全歸功於《革命與文學》一文也不符合歷史實際情
況，當年創造社和太陽社就曾因爲爭奪革命文學的發明權而發生論爭。李初
梨強調郭沫若在《革命與文學》中發出「倡導革命文學的第一聲」的說法令
太陽社成員很不快，錢杏邨進行了反駁，他認爲蔣光慈才是倡導革命文學的
第一人，他說：「據我們所知道的，革命的文學的提倡並不起源於這時。在《新
青年》上光慈就發表過一篇《無產階級革命與文化》，在一九二五年在《覺悟》
新年號上就發表過《現代中國社會與革命文學》，並且在一九二四年辦過一個
《春雷週刊》專門提倡革命文學。又他在一九二〇年到一九二三年所寫的革
命歌集《新夢》和小說集《少年飄泊者》在一九二五年也就先後發行了。自
然，那時或許你還在日本，光慈也不像郭君是有歷史的聞人，你或者沒有注
意到，不過光慈的革命文學的創作《鴨綠江上》，和《死了的情緒》，在《創
造月刊》二號上也就發表了，但是，我們記不起在月刊上發表的號數是在郭
君的論文前，還是論文後，希望你就近檢閱一下。」〔註78〕錢杏邨「關於革
命文學的歷史的問題」又引起了李初梨的爭辯，後者承認自己文章的資料不
足，但他堅持認爲自己用「唯物辯證法」分析出來的結果沒有錯：「一切的歷
史事象，不管他孰先孰後，只不過是當時客觀的反映，這兒並沒有絲毫價值
的差別。」他認爲郭沫若的《革命與文學》是「自然生長的革命意識的表現」，
這是「當時客觀的社會條件所決定的必然的結果」；「第一聲」之說並沒有「含
著絲毫的價值的意味」；「至於『地位』問題，在眞實的革命家看起來，是不

〔註77〕成仿吾：《革命文學與他的永遠性》，《創造月刊》，1926 年 6 月 1 日，1 卷 4
　　　　期，第 3 頁。
〔註78〕錢杏邨：《關於〈現代中國文學〉》，《太陽月刊》，1928 年 3 月 1 日，第 3 期。

值一顧的東西！」〔註79〕雙方的論爭隨著《文化批判》的遭禁不了了之。事後看來，「這樣互爭革命文學的發明權或領導權，固然有點近於無聊」〔註80〕，卻表明當時左翼知識界對「革命文學」口號的認可，證實了革命文學的潛在「滋長」和深入人心。太陽社成員對無產階級革命文學的提倡是不遺餘力的，因此，儘管他們與創造社成員之間存在歧異，但雙方還是很快在1928年的革命文學論爭中形成了呼應。

創造社和太陽社在1928年前後對無產階級革命文學的提倡，在第二次國內革命戰爭時期的文壇上引起了深刻的變革。無產階級革命文學很快在社會上盛行起來，同時，其在意識形態領域對國內反動勢力的批判立場引起了國民黨文藝審查機構的注意，在這種情況下，為避免審查機構注意而採用的譯名「普羅文學」〔註81〕就替代了「無產階級文學」這一稱謂。普羅文學的影響越來越大，究其原因在於它在創作和理論建構上取得了相對驕人的成績。對於這一點，我們不妨先從其對立面──三民主義文學〔註82〕的發展情形來認識。1930年3月2日「左聯」的成立令國民黨文化宣傳官員大為光火。大約從1930年5月起，上海《民國日報》開始在「覺悟」副刊上大肆宣揚三民主義文學，加強對普羅文學的批判和對「左聯」的攻擊，並詛咒、謾罵普羅作家。他們誣衊說：「所謂新興文學家，他們只曉得盤踞在租界的洋房內，圍爐飲酒，擁抱著高等女子而空喊什麼無產階級的文學，狂叫著普羅列塔利亞的

〔註79〕 李初梨：《一封公開信的回答》，《文化批判》，1928年3月15日，第3號，第126～127頁。

〔註80〕 李何林：《近二十年中國文藝思潮論（1917～1937）》，西安：陝西人民出版社，1981年版，第125頁。

〔註81〕 「普羅文學」亦即「無產階級文學」，「普羅」是法文 prolétariat，英文 proletariat（普羅列塔利亞）譯音的縮寫。「普羅文學」是在第二次國內革命戰爭時期為避免國內反動派注意而採用的譯名。指在馬克思主義指導下宣傳無產階級革命思想，為無產階級革命事業服務的文學，主要是由創造社在《創造月刊》上提出來的。

〔註82〕 1929年6月，國民黨召開了全國宣傳會議，蔣介石、胡漢民先後到會訓詞。這次會議通過了「確定本黨之文藝政策案」，並做出決議：「（一）創造三民主義的文學（如發揚民族精神，闡發民治思想，促進民生建設等文藝作品），（二）取締違反三民主義之一切文藝作品（如斲喪民族生命，反映封建思想，鼓吹階級鬥爭等文藝作品）。」國民黨明確規定「三民主義文學」為「本黨之文藝政策」，鼓吹「三民主義文學」，一個重要目的就是為了遏制、攻擊左翼文藝運動。引文參見《全國宣傳會議》，上海《申報》，1929年6月6日，第2張第6版。

議論，實際，他們和工農群眾還遠隔著幾重很高的牆壁，宛然在度著不同的優越與最低的生涯。換一句話說，便是帶著慈善的面具在欺騙貧苦勤勞的無產階級，抱著一顆野心想獨佔現實的文壇。」〔註83〕他們辱罵普羅作家爲「赤色帝國主義」的「走狗」、「工具」，認爲普羅作家根本不理解馬克思主義，聲稱中國不能運用階級鬥爭、不可能有眞正的普羅文學，強調創造三民主義文學才是無名作家的「出路」。〔註84〕然而可笑的是：「幾乎所有這些攻擊普羅文學的批判性文字，都未能深入地剖析普羅文學興起的社會政治和思想文化根源，看不到普羅文學產生的現實合理性，自然也就難以找到其致命的弱點，從而有的放矢地在理論上展開反攻。」〔註85〕可以說，普羅文學的發展直接打擊了三民主義文學，使它被譏諷爲「一無所有的噪音」〔註86〕，在三民主義文學口號提出半年內就銷聲匿跡了，而普羅文學卻蒸蒸日上，兩相對比說明了一切。

普羅文學興起後，左翼作家貢獻了大批「幼稚」卻充滿革命熱情的作品。以小說創作情況爲例，寫農民反抗鬥爭題材的有：黎錦明的《塵影》，華漢的《暗夜》（即《地泉》三部曲中的《深入》）、《馬林英》，蔣光慈的《咆哮了的土地》，洪靈菲的《大海》、《在洪流中》，劉一夢的《雪朝》，戴平萬的《陸阿六》、《激怒》、《春泉》、《村中的早晨》等；反映白色恐怖以及革命者英勇鬥爭精神的有：茅盾的《蝕》三部曲（《幻滅》、《動搖》和《追求》），華漢的《女囚》，洪靈菲的《流亡》、《前線》，蔣光慈的《罪人》（《最後的微笑》），郭沫若的《騎士》，胡也頻的《到莫斯科去》等；寫工人罷工暴動的有：蔣光慈的《短褲黨》，華漢的《兩個女性》、《轉換》，郭沫若的《一隻手》，劉一夢的《失

〔註83〕陳穆如：《中國今日之新興文學》，《民國日報・覺悟》，1930 年 5 月 7 日，第 3 張第 4 版。

〔註84〕這一類的文章主要有：陳穆如的《中國今日之新興文學》、男兒的《文壇上的貳臣傳——魯迅》（二文均見 1930 年 5 月 7 日），眞珍的《大共鳴的發端》、管理的《解放中國文壇》、陳穆如的《中國今日之新興文學（續）》、張保善的《讀者來函》（四文均見 1930 年 5 月 14 日），陶愚川的《談談左翼作家聯盟》（1930 年 5 月 21 日），唐薰南的《當今中國文壇的分析》（1930 年 5 月 28 日），劉公任的《對普羅文學的驚訝失望與懷疑》（1930 年 6 月 11 日），遠觀的《普羅文學的譯者及其他》（1930 年 6 月 18 日），陶愚川的《如何突破現在普羅文藝囂張的危機》（1930 年 8 月 6 日），仲的《普羅文藝雜談》（1930 年 8 月 13 日），何如的《什麼叫無產階級文學？》（1930 年 8 月 13、20 日），等等。

〔註85〕倪偉：《「民族」想像與國家統制——1928 年～1948 年南京政府的文藝政策及文學運動》，上海：上海教育出版社，2003 年版，第 12 頁。

〔註86〕張大明：《不滅的火種——左翼文學論》，成都：四川文藝出版社，1992 年版，第 271 頁。

業以後》（1929 年上海春野書店版），李守章的《秋之汐》，等等。這些作品中有著作家對社會黑暗現實乃至階級鬥爭的切實體驗，題材多以寫農民反抗、白色恐怖時代革命者的受難或工人罷工暴動為主，這與當年蘇聯文學的情形很相像。因此錢杏邨說：「一九二八初期的中國普羅列搭利亞文學的作品，它的內容（這裡指『取材』的一面）主要的可以說是有三種，一種是描寫了一九二七年八月以後的普羅列搭利亞的對統治階級的抗鬥，一種是曝露了布爾喬亞統治的罪惡，再一種就是關於『白怖』與『反帝』了。在內容方面，正是因為普羅列搭利亞文學的作家在這幾種戰鬥裏退回來的原故，表現便不期然的因著時代的以及事實的關係而一致了，這不和當年的蘇聯所遇到的有些類似麼？」〔註 87〕除了小說之外，普羅文學中還有一些反映天災人禍、官逼民反的戲劇和大量充滿革命激情的詩歌。這些作品基本上還是一種「半成品」，存在「革命的浪漫蒂克」、「左傾的幼稚病」、「簡單和粗暴」、「標語口號化」等問題。普羅文學的幼稚妨礙了自身的發展。但就當時的情形而言，「普羅列搭利亞文學初期的幼稚是歷史的必然；普羅列搭利亞文學在普羅列搭利亞未獲得政權之前不能充分的成長起來，也是必然的事實；但這種種事實絲毫也不防礙它的存在與生長，它是必然的會在幼稚與不充實之中，慢慢的發展到完成的地步的」。〔註 88〕隨著左翼作家寫作技巧的成熟，普羅文學越來越充實，自然受到了讀者的歡迎。

更為關鍵的是，無產階級革命文學是通過 1928 年的文學論爭逐漸確立的。這場論戰主要是在魯迅、茅盾與創造社、太陽社作家之間展開的，但涉及的範圍很廣。茅盾早在文學研究會成立之初就與創造社發生過論戰，不過後來雙方的論戰與以往的矛盾糾葛沒有太大的關係。1928 年 1 月 8 日，茅盾發表了《歡迎〈太陽〉！》，在文中他首先對《太陽月刊》的誕生給予了支持，對其進步意義給予了肯定，然後針對蔣光慈的革命文學觀點提出了不同的見解，意圖進行商討。〔註 89〕由此，蔣光慈在《太陽月刊》4 月號上發表了《論新舊作家與革命文學——讀了〈文學週報〉的〈歡迎太陽〉以後》一文，為

〔註87〕 錢杏邨：《中國新興文學中的幾個具體的問題》，《拓荒者》，1930 年 1 月 10 日，創刊號，第 353～354 頁。

〔註88〕 錢杏邨：《中國新興文學中的幾個具體的問題》，《拓荒者》，1930 年 1 月 10 日，創刊號，第 347 頁。

〔註89〕 方璧：《歡迎〈太陽〉！》，《文學週報》（合訂本）5 卷 23 期，第 719～723 頁。

自己的觀點進行辯護，也拉開了雙方論爭的序幕。1928 年 10 月 18 日，茅盾在《小說月報》第 19 卷第 10 號上發表了《從牯嶺到東京》一文，在闡釋《蝕》三部曲的創作情況時，對革命文藝進一步提出了自己的看法。他認爲革命文藝者的主張〔註90〕是「無可非議的」，但表現在作品上不免未能適如所期許，反而讓誠心贊成革命文藝的人「搖頭」，原因就在於「新作品」有意無意地撞上了「『標語口號文學』的絕路」，「有革命熱情而忽略於文藝的本質，或把文藝也視爲宣傳工具——狹義的，——或雖無此忽略與成見而缺乏了文藝素養的人們，是會不知不覺走上了這條路的」。〔註91〕茅盾覺得當時的革命文藝只是一部分青年學生的讀物，與「五四」新文藝相比離群眾更遠，在文藝描寫的技巧上有人提倡新寫實主義，但新寫實主義的作品他還沒有見到過。

　　茅盾對「革命文藝」的批評引起了創造社、太陽社的強烈不滿。傅克興、李初梨、錢杏邨分別撰文，將茅盾作爲小資產階級文學的代言人，對其進行了苛評。傅克興認爲茅盾的「小資產階級底立場」並不是「革命化的下層小資產階級底立場」，而是將變爲「資產階級底上層小資產階級底立場」。〔註92〕李初梨從小資產階級革命文學、讀者對象、標語口號文學、形式問題等角度，對茅盾進行了全方位的批駁。他根據普羅文學所發生的種種現象認定它已經到了一個「新的階段了」，普羅文學對以魯迅爲先鋒隊的既成文學（包括郁達夫所提倡的「大眾文學」）的鬥爭意義在減少，除了與這種舊的對立物的戰鬥還要繼續之外，直接的鬥爭對象或鬥爭重點已經變成了茅盾所代表的「小資產階級革命文學」。作者認爲茅盾的結論的前提是錯誤的，普羅文學具有如下積極意義：「在同布爾喬亞文學底對立鬥爭中，奪回在布爾喬亞文學影響下面的大眾」；「普羅列搭利亞文學作爲一個運動底意義」；「他負有建設 Prolet Cult 的一個使命」。同時，他根本不承認有「標語口號文學」這樣的東西，認定這不過是茅盾對普羅文學界的一種諷刺，鑒於讀者的要求，他認爲今後的文學應該採取「普羅列搭利亞寫實主義的形式」，他不否認還有其他文學形式的發

〔註90〕茅盾將當時革命文藝者的主張大致歸結爲四點：（1）反對小資產階級的閒暇態度，個人主義；（2）集體主義；（3）反抗的精神；（4）技術上有傾向於新寫實主義的模樣。見《從牯嶺到東京》，《小說月報》，1928 年 10 月 10 日，19卷 10 號，第 1143 頁。

〔註91〕茅盾：《從牯嶺到東京》，《小說月報》，1928 年 10 月 10 日，19 卷 10 號，第1144 頁。

〔註92〕克興：《小資產階級文藝理論之謬誤——評茅盾君的〈從牯嶺到東京〉》，《創造月刊》，1928 年 12 月 10 日，2 卷 5 期，第 4 頁。

生或利用的可能性，但他強調的是：「普羅列搭利亞寫實主義，至少應該作爲我們文學的一個主潮！」〔註93〕錢杏邨則認爲茅盾「現在是已正式的實行離開了無產階級的文藝陣營了」，他所表現的傾向「當然是消極的投降大資產階級的人物的傾向」。〔註94〕他還認爲茅盾反對整個無產階級的宣傳文學，其目的是要打倒無產階級文藝運動來提倡小資產階級的革命文藝運動，因此「茅盾的作品不是革命的，只是消極的對革命的反動」！〔註95〕

創造社和太陽社合力推動了「無產階級革命文學」口號在中國文壇的流行。他們認爲「文藝是革命的前驅」、「文學即宣傳」、文學是「留聲機器」、文學是階級鬥爭的工具。可惜的是，他們在要求文藝與政治聯姻的同時，卻把「五四」以來的新文學作家魯迅、胡適、周作人等人視爲應該被打倒的「老的作家」、資產階級文學家。他們先在《創造月刊》上著文批判魯迅，然後又以《文化批判》、《太陽月刊》、《我們月刊》、《流沙》、《戈壁》等雜誌爲陣地，把魯迅「妖魔化」，並視之爲無產階級革命文學發展過程中的「絆腳石」。創造社、太陽社的觀點和行爲引起了他們與魯迅之間的論戰。魯迅在肯定「革命文學」口號合理性的同時，指出了創造社和太陽社對當時革命的形勢、性質、方式的錯誤認識，批評了他們對工農大眾和小資產階級作家的不正確態度和片面性看法，認爲他們顛倒了革命、時代與文藝的關係，也否定了他們在世界觀上的「突變論」，修正了他們的「文學宣傳論」，強調了文藝自身的獨立性。

創造社、太陽社對魯迅的攻擊引起了許多愛護、尊敬魯迅的作家和讀者的反感，他們在《語絲》、《文學週報》等雜誌上撰文反駁創造社、太陽社相關作家的觀點和做法，參與到論爭中來。〔註96〕在這些文章中，馮雪峰的《革

〔註93〕 李初梨：《對於所謂「小資產階級革命文學」底抬頭，普羅列搭利亞文學應該怎樣防衛自己？——文學運動底新階段》，《創造月刊》，1929 年 1 月 10 日，2卷 6 期「新年特大號」，第 1～27 頁。

〔註94〕 錢杏邨：《從東京回到武漢——讀了茅盾〈從牯嶺到東京〉以後》，《阿英全集》第 1 卷，合肥：安徽教育出版社，2003 年版，第 343、344 頁。

〔註95〕 錢杏邨：《中國新興文學的幾個具體問題》，《拓荒者》，1930 年 1 月 10 日，創刊號，第 367 頁。

〔註96〕 比如冰禪認爲創造社、太陽社作家沒有把「文學」與「革命」的關係眞正弄清楚，「遂至抹殺一切的文學家，排斥一切在他們所認爲『非』革命的文學」；至於一切的文藝都是「宣傳」、「武器的藝術」、「階級的武器」等提法則是「誤用唯物史觀來說明文藝」；「阿 Q 的時代不獨還沒有『過去』，就是最近的將來還不會『過去』」。（《革命文學問題——對於革命文學的一點商榷》，載 1928

命與智識階級》一文非常有代表性。作者認爲創造社攻擊魯迅的方法含有「危險性」：「革命現在對於智識階級的要求，是至少使智識階級承認革命。但我們在魯迅的言行裏完全找不出詆毀整個的革命的痕跡來，他至多嘲笑了革命文學的運動（他也並沒有嘲笑革命文學的本身），嘲笑了追隨者中的個人的言動；而一定要說他這就是詆毀革命，『中傷』革命，這對於革命是有利的嗎？而且不是可笑的嗎？對於一切的惡意的詆毀者，爲防禦自己起見，革命要毫無猶豫地擊死他們；革命也正不必遮瞞一切；但將不是詆毀革命者強要當作詆毀者，是只有害處沒有益處的。」他還意味深長地說：「革命有給予智識階級的革命追隨者以極少限度的閑暇，使他們多多滲透革命的策略與革命的精神的必要。」〔註 97〕顯然，馮雪峰的觀點比較公正，對問題的分析也比較透徹。當然，他將魯迅視爲一個「同路人」的看法是有問題的，但他畢竟妥善地維護和團結了魯迅。

　　1928 年的革命文學論爭之於左翼文學的發生可謂意義重大。在這一過程中，革命文學陣營不但明確提出了無產階級革命文學的口號，還基本上確立

年 4 月 16 日《北新》2 卷 12 期，參見中國社會科學院文學研究所現代文學研究室編：《革命文學研究資料》，北京：人民文學出版社，1981 年版，第 330、337、343 頁）李作賓認爲魯迅「並不會反對過革命文學」，他覺得革命文學還是「創始」的時期，不是「倡始」的時期。一切事都是以「創」較「倡」爲穩當些，如其有了好作品的話，那實在用不著「倡」了。（《革命文學運動的觀察》，《文學週報》合訂本第 7 卷第 182、184 頁）少仙在一則「隨感錄」中認爲，這些「無產階級的革命文學家們」對魯迅的攻擊「似乎是一種有組織的聯合戰線」，他們認爲魯迅和林琴南輩一樣的「成爲過去了」，但可惜他們「不但沒有創造出比過了時（？）的《吶喊》、《彷徨》這類好的東西來，就連與這類東西在文壇上分庭抗禮的都沒有，所以這類過時的東西還要『銷行數萬部』」！（《一個讀者對於無產階級文學家的要求》，《語絲》4 卷 23 期，第 37～38 頁，參見《語絲》合訂本第 5 冊）青見在《關於革命文學》一文中認爲，成仿吾的《從文學革命到革命文學》不僅僅是「文不對題」（韓侍桁語），根本就沒有說出從「文學革命」到「革命文學」的「那一條線索來」！（《關於革命文學》，《語絲》4 卷 33 期，第 42 頁，參見《語絲》合訂本第 6 冊）他還與昌派分別發表了《阿 Q 時代沒有死》和《寫給死了的『阿 Q 』》，來反駁錢杏邨在《死去了的阿 Q 時代》的觀點，認爲阿 Q 時代還沒有死。（《阿 Q 時代沒有死》，見《語絲》4 卷 24 期，第 35～37 頁，參見《語絲》合訂本第 5 冊；《寫給死了的「阿 Q」》，1928 年 8 月 20 日《語絲》4 卷 34 期，第 37 ～39 頁，參見《語絲》合訂本第 6 冊）

〔註97〕 畫室：《革命與智識階級》，《無軌列車》，1928 年 9 月 25 日，第 2 號，第 51 頁。

了這種新文學形態的發展方向，甚至界定、明瞭了其內涵和本質，即它是馬克思主義指導下宣傳無產階級革命思想、爲無產階級革命事業服務的文學。應該說，這種認知具有不周延之處，但他們在實踐中所構建的理論是中國左翼文學得以發生的理論基石，這一事實是不容抹殺的。

第二章 無產階級革命文學倡導者的主體體驗

　　中國左翼文學是在「五四」新文化運動落潮和民族、民主革命的歷史變遷中發生的，主要是由留學日本和蘇聯的中國知識分子發動的。有學者將這些知識分子借助外力提倡左翼文學的行爲歸結爲一種被動的「刺激－反應」或「影響－接受」模式，〔註1〕認爲中國左翼文學是在外國左翼文學思潮的刺

〔註 1〕 20 世紀 80 年代以來，中國學術界普遍以中外文化聯繫、交流的視角研究中國
　　　　左翼文學與世界左翼文學的關係，研究中國知識分子受到了哪些外來思想文
　　　　化資源的滋養，尋找他們的創作和理論文本中與外來文化相同或相似的徵
　　　　象，以之作爲中國無產階級革命文學與世界左翼文學聯繫、交流的例證。這
　　　　種「影響研究」的認識和方法對中國左翼文學形態的確立提供了理論後設意
　　　　義上的「新」視域，一度成爲學界最熱門的學術研究方法。應該説，將中國
　　　　左翼文學置於世界左翼文學範圍內進行考察是有利於學術視野的拓展和思想
　　　　認知的深入，是有合理性的，它揭示了中國左翼文學發生發展所依憑的「紅
　　　　色的三十年代」的歷史和文化真相。問題在於，在視角擴展的同時，有的學
　　　　者弱化了中國作家對「中國現實」的認知，抑或説是將「影響研究」簡約爲
　　　　外來思想資源的「影響－接受」模式。這並非危言聳聽，即使在《中國現代
　　　　文學三十年》（1986 年北京大學版）這樣優秀的文學史著作中也有將外來文化
　　　　觀念的輸入視作中國文學（當然包括左翼文學）發展事實本身的嫌疑，例如
　　　　該著在第 15 頁上明確宣稱：「西方文學作品作爲與中國的傳統文學異質的全
　　　　新的文學，大量輸入中國，就給業已成熟的文學變革指明了方向，並且提供
　　　　了一條直接利用西方文學的榜樣，實現對傳統文學的革新的全新的歷史道
　　　　路。」這裡，榜樣的影響力量確實存在，但將中國文學變革的方向歸結爲西
　　　　方文學作品的「指明」是不確切的。過度強化「影響－接受」模式，就會在
　　　　一定程度上漠視、弱化創作主體的主體體驗和文學創作作爲一種精神現象的
　　　　複雜性。文學創作作爲精神活動，它不可能是一種外來觀念的簡單移植，外
　　　　來觀念可以經過一個「中國化」的過程化爲作家主體的血肉，並作用於中國
　　　　文學的發生機制，但這不可能替代中國文學自身精神的內在發展，也不可能

激、推動、影響下發生的。應該說，在中國文學從「文學革命」向「革命文學」轉變的流程中，外來思維模式和觀念方法的「影響」地位是不可否認的。外來思想和觀念對中國文學的介入，對中國思想文藝界有著重要的意義，它們通過中國作家的日本體驗和俄蘇體驗爲左翼知識界和左翼文學形態的形成與確立提供了雄厚的精神資源。但是，中國左翼文學的發生有著更爲內在的驅動力，它源於中國作家的「中國體驗」和中國文學的內在發展訴求。這裡，我們將中國學人之於俄蘇、日本的關係定位在「體驗」而不是「文化交流」上，並非否認「文化交流」的存在，而是強調在理解中國作家理性接受外來文化的同時去重視作家的生命體驗和文化體驗。伽達默爾說：「每一種體驗都是從生命的延續性中產生的，而且同時是與其自身生命的整體相聯的。」〔註2〕這意味著作家的主體體驗直接關涉他們的生存境遇、生命感受。更爲重要的是，中國作家的主體體驗還關涉他們的價值判斷和文化選擇，是他們認識社會確立自我認同的精神基石。是故，中國作家的主體體驗對推動左翼文學的發生發展至關重要。

第一節　關於「俄蘇體驗」

俄羅斯文藝作爲世界範圍內無產階級革命文藝思想的重要源頭，與「十月革命」一起，激活了中國作家的革命想像，這對於中國左翼文學的發生極爲關鍵。當中國革命現代性追求的動力幾乎被中國內部的辛亥革命、二次革命、袁世凱稱帝、張勳復辟等事件消耗殆盡時，俄國十月革命不但從外部給中國輸入了新的革命動力，而且給中國帶來了馬克思主義。「布爾什維主義」就是馬克思主義的俄國版，它繼承了馬克思主義關於人類歷史發展規律等的認識，糅合了俄羅斯傳統思想的精髓，比如實現社會正義、人類和人民的兄弟情誼等思想，並爲人類描繪了一個階級國家消亡、平等和諧的烏托邦世界。〔註3〕對於中國文藝界而言，在傳統文學資源和「五四」文學革命的力量日趨

替代中國作家的「中國創造」。其實，外來影響充其量不過是一種外因，從「文學革命」轉向「革命文學」乃至左翼文學的發生有著中國文學自身的深刻內因，這種內因源於中國作家的主體體驗和中國文學的內在發展訴求。

〔註2〕〔德〕伽達默爾：《眞理與方法：哲學解釋學的基本特徵》，王才勇譯，瀋陽：遼寧人民出版社，1987年版，第99頁。

〔註3〕參見〔俄羅斯〕尼·別爾嘉耶夫的《俄羅斯思想》一書的第五章，雷永生、邱守娟譯，北京：生活·讀書·新知三聯書店，2004年第2版，第100～128頁。

衰竭時，博大精深的俄羅斯文藝爲「五四」知識分子提供了寶貴的精神資源。
中國翻譯界對大量俄羅斯文藝作品、作家和理論的譯介，使得中國作家觸摸
到了俄羅斯文藝與思想中對人性的終極關懷、對人的獨立性的思考和反奴隸
主義的革命傳統，這種新的文化體驗、文學交流給中國作家以前所未有的新
鮮感、革命衝動、探索欲望和創新動力，使他們在創作和模仿中把文學和現
實尤其是革命有機地聯繫在一起，這就爲中國革命文學的生成奠定了良好的
基礎。或者說，中國左翼文學是以對「五四」新文學的「變革」尤其是對俄
羅斯文藝的譯介爲基石發展起來的，它的發生應該追溯到「五四」作家走出
「科學」、「民主」、「自由」的資產階級現代性啓蒙思維模式，並從俄羅斯文
藝中發現馬列主義革命現代性追求模式開始的。因此，這裡的首要問題是關
注「五四」新文學運動對俄羅斯文藝的譯介和認同。

　　俄羅斯文學大約是在 19 世紀末〔註4〕、20 世紀初由中國翻譯家通過德、
英、美、日等國家的文學譯介轉譯過來的，多是根據口述然後用文言改寫而
成的，如林紓翻譯托爾斯泰的《羅刹因果錄》、《社會聲影錄》、《路西恩》、《人
鬼關頭》、《恨縷情絲》、《現身說法》、《高加索之囚》等作品。不過，這些早
期的譯作，名爲翻譯實爲改寫，其中「謬誤太多」，與原文相比可謂面目全非、
精神迷失，很難稱作嚴格意義上的「譯著」。〔註5〕直到俄國十月革命以後，
中國進入「五四」新文化（文學）運動時期，中國文藝界出現了譯介俄蘇文
學的第一個高峰，這種情形才有所改觀。早期新文化人，李大釗、魯迅、周
作人、瞿秋白、郭沫若、郁達夫、蔣光慈、茅盾、沈澤民、鄭振鐸等都與俄
蘇文學發生過密切的關係。以魯迅爲例，他早在《摩羅詩力說》中就已經爲
中國讀者熱情介紹了普希金、萊蒙托夫等偉大的俄羅斯作家。新文學作家通
過譯介、研究俄蘇文學豐富了自己的創作和理論修養，不斷促進新文學的發
展，也激發了進步青年通過文學認識偉大的俄羅斯民族的興趣、愛好和熱情。
這種情形正如茅盾所描繪的那樣：「俄羅斯文學在中國廣大的青年知識分子中
間引起了極大的注意和興趣。」「俄羅斯文學的愛好，在一般的進步知識分子
中間，成爲一種風氣，俄羅斯文學的研究，在革命的青年知識分子中間，和

〔註4〕　魯迅：《祝中俄文字之交》，《文學月報》，1932 年 12 月 15 日，1 卷 5、6 號合
　　　　刊，第 1 頁。
〔註5〕　王錦厚：《五四新文學與外國文學》，成都：四川大學出版社，1996 年第 2 版，
　　　　第 299 頁。

在青年的文藝工作者中間，成為一種運動。這一運動的目的便是：通過文學來認識偉大的俄羅斯民族。」〔註6〕反過來，這種運動又促進了俄蘇文學作品更多地被譯介到中國來。據《中國新文學大系・史料・索引》上的不完全統計，1917 至 1927 年間，中國共出版譯著 225 種，作品 200 種，其中俄國作品 65 種，佔了總譯作品的 30%，〔註7〕是各國中最多的，可見俄蘇文學地位之重要。另外，當時出版的報刊、雜誌基本上都發表過俄蘇文學的譯文，如《小說月報》還出版過「俄國文學研究」專號，貢獻和影響在當時都是非常顯著的，實際上，這些譯文太多了，簡直難以記數。到了 30 年代，譯介俄蘇文學已經成為最兇猛的翻譯潮流，無論翻譯者或被翻譯者，都是彼時最多的，因此，當時的中國作家在創作時自然會受到相應的影響。

在中國文學從「五四」文學革命向無產階級革命文學的轉換過程中，可以說到處都有「俄蘇體驗」的印痕，它們彷彿如一條條小溪，最後匯聚成了支持左翼文學發生的有機力量。對於深處民族國家價值權威空缺中的中國左翼作家而言，他們的俄蘇體驗更多的是對俄羅斯人民生命感受的感受，而非簡單意義上的中蘇文化交流。中國知識界俄蘇體驗深入擴展的契機是中國國情和俄國國情的驚人相似。關於這一點，許多思想文化界人士在 20 年代初就已經注意到了，例如周作人曾就此問題於 1920 年 11 月 8 日在北京師範學校及協和醫學校做過一個演講——《文學上的俄國與中國》，演講的本意就是想說明有許多俄國文學的背景與中國是相似的，並提醒中國文學界注意研究俄國文學發達的情形與思想內容。該演講受到了文藝界的重視，先後刊載於 1920 年 11 月 15 日至 16 日的《晨報副刊》、1920 年 11 月 19 日的《民國日報・覺悟》、1921 年 1 月 1 日出版的《新青年》第 8 卷第 5 號和 1921 年 5 月出版的《小說月報》第 12 卷號外《俄國文學研究》上。《俄國文學研究》專號轉載時，記者「誌」云：「此篇本是周作人先生的演講稿，在《新青年》上登過；我們因為這篇文章的價值便在這裡重出也是有意思的，所以特轉錄了過來。」〔註8〕這裡，記者所謂的「文章的價值」，不僅在於周作人運用了泰納、勃蘭

〔註6〕茅盾：《果戈理在中國——紀念果戈理逝世百年紀念》，馮雪峰主編：《文藝報》（半月刊），第 4 號，1952 年 2 月 25 日（第 4 頁）。

〔註7〕阿英編：《中國新文學大系・史料・索引》，《中國新文學大系（1917～1927）》第 10 集，上海：上海文藝出版社，1981 年影印版，第 357～360 頁。

〔註8〕周作人：《文學上的俄國與中國》，《小說月報》第 12 卷號外《俄國文學研究》，1921 年 9 月。

兌斯等人的新學說、新方法分析了中俄兩國文學的差別及其原因，〔註9〕還在於他由俄國近代文學多主張「爲人生」的特點而得出如下結論：「中國將來的新興文學，當然的又自然的也是社會的人生的文學。」〔註10〕事後看來，周作人的預言是非常準確的，這正是他的獨特之處，他預見到了中俄文學交流的意義和效用；而周作人的演講一再被轉載這一事實，反映了中國文藝界對俄蘇文學求知心切的心態。等到了魯迅以及更爲年輕的創造社、太陽社、我們社成員這裡，俄蘇無產階級文學已經被廣泛接受、借鑒和模仿了。於是，俄蘇文學成了可以爲中國思想界尤其是青年提供「切實的指示」的文學。隨著中國作家對俄蘇文學的譯介，俄蘇文學作爲中國左翼文學的導師形象越來越明顯，而日本和日本文學已淪爲中國知識分子生成俄蘇體驗的重要介體。

　　俄蘇文學對中國左翼文學的深層影響在於中國作家以學生身份獲得的俄蘇體驗上，這種「體驗」並非文學譯介和閱讀意義上的雙向文化交流。其實，這根本就不是文化交流，交流是雙方的，中國思想文藝界進行的是單方面的俄蘇文學「輸入」，它已經遠遠超出了中國文學對俄蘇文學的「輸出」，中國方面出現了嚴重的文化「逆差」。當然，如是說並不等於否定中國左翼文學自身發生發展的內在主體性，我們要強調的是：在中國左翼文學發生過程中，由於缺少眞正意義上的文化交流，中國作家體驗俄羅斯民眾的「感受」存在多種可能性，至少可以表現爲以下幾個方面。

　　首先，20 世紀初中國作家對俄蘇文學的文化體驗主要是由「個體」而不是黨派或組織發掘出來的，且這種發掘與留學日本的中國學生緊密相關。〔註11〕事實上，留學蘇聯的中國知識分子後來大多成了中國無產階級革命的政治骨幹，而非未來的左翼作家；另外，留蘇作家的數量很少，值得一提的怕僅有瞿秋白、蔣光慈等幾個人，他們對於中國左翼文學的生成所起的作用是有限的。在某種意義上，中國左翼文學的基本維度、思想本質和藝術結構，主要來自於留學日本的中國作家。前者以魯迅的革命文學思想維度爲代表，後者以創造社、太陽社辦刊和創作普羅文學的實績爲代表。魯迅革命文學思想

〔註 9〕　王錦厚：《五四新文學與外國文學》，成都：四川大學出版社，1996 年第 2 版，第 279 頁。

〔註 10〕　周作人：《文學上的俄國與中國》，《小說月報》第 12 卷號外《俄國文學研究》，1921 年 9 月。

〔註 11〕　李怡：《「日本體驗」與中國現代文學的發生》，《中國社會科學》，2004 年第 1 期，第 157～168 頁。

的日漸成熟，後期創造社提倡普羅文學時張揚而又不時收斂的矛盾表現，展示了無產階級革命文學跨越「五四」新文學傳統、擺脫通俗文學和國民黨御用文學——三民主義文學與民族主義文學——的包圍而建構左翼文學理念的艱難歷程。在這一過程中，左翼文藝批評家對「五四」新文學的批判，並非如人所想的是出於偏見；反之，中國文藝界實現從「文學革命」轉向「革命文學」的合邏輯性，也不等於無產階級革命文學提倡者簡單拋棄新文化運動的精神。新文化運動作為一個新傳統之所以被左翼文藝界批判後擱置乃至「拋棄」，根源在於「文學革命」口號的力量已經無法繼續推動中國新文學的發展，所以新文學作家主動做出了個體選擇，這種選擇過程中共同的或相似的主體體驗後來構成了群體性認識，這種選擇和作家們接觸俄蘇文學有直接關聯。比如，留學日本的創造社作家的生命感受、生存際遇和留學英美的新月派作家完全不同，在日本與俄蘇文學等親密接觸的文化體驗使他們對中國的革命充滿了同情和認同感，他們比新月派作家更容易關注、體認底層民眾的生存遭遇，於是他們紛紛從「象牙之塔」走向「十字街頭」。由此，中國留學生形成了基本對立的兩大思想陣營，即留學日俄一派與留學英美一派的思想對抗。這種對抗與文壇的分化，再加上特定的文化、歷史語境，就形成了左翼文學與其他文學形態共生交融或對抗論爭的複雜關係。

其次，通過閱讀上的異域感受和對自身生存境遇的透視，中國左翼文藝界形成了對俄蘇革命經驗、價值取向的無條件認同，但須注意的是，這種體驗主要籠罩在對俄蘇革命的認同下。瞿秋白認為：「俄羅斯革命不但開世界政治史的新時代，而且闢出人類文化的新道路。」〔註12〕這種人類文化的新道路是中國左翼文藝界的一種追求目標，也是一種「指示」。相比於瞿秋白，魯迅的表述更為直白，他認為當中國青年不再滿足於對外國文學獵奇式的探尋時，他們已經「覺得壓迫，只有痛楚」，他們要掙扎，「用不著癢癢的撫摩，只在尋切實的指示了」。他們看見了俄國文學。雖然他們看到的多是從其他語言轉譯過來的托爾斯泰、契訶夫等俄羅斯作家的作品，但他們那時就知道俄國文學是「我們的導師和朋友」。他們從俄國文學那裡，看見了被壓迫者善良的靈魂、酸辛、掙扎，明白了兩件大事，就是世界上有兩種人——壓迫者和被壓迫者——這個「大發現」，在那時「正不亞於古人的發現了火的可煮食物，

〔註12〕瞿秋白：《赤俄新文藝時代的第一燕》，瞿秋白編輯委員會編：《瞿秋白文集》（二），北京：人民文學出版社，1953 年版，第 550 頁。

照暗夜。」〔註13〕可以說，俄國文學照亮了中國青年的心靈，結果是俄羅斯文學的研究在中國的極度興盛。在鄭振鐸看來，中國文藝界之所以研究俄國文學，除了一些直接的功利目的之外，原因更在於俄國文學昭示了未來中國的「美麗」前景，他形象地描述說：「俄國文學的研究，半世紀來，在世界各處才開始努力。他們之研究俄國文學，正如新闢一扇向海之窗，由那窗裏，可以看出向來沒有夢見的美麗的朝暉，蔚藍的海天，壯闊澎湃的波濤，於是不期然而然的大眾都擁擠到這個窗口，來看這第一次發現的奇景。美國與日本也都次第的加入這個群眾之中，只有我們中國的文學研究者，因素來與外界很隔膜之故，在最近的三四年間才得到這個發現的消息，才很激動的也加入去讚賞這個風光。」〔註14〕瞿秋白則認爲俄羅斯文學研究在中國之所以盛極一時是因爲：「俄國布爾什維克的赤色革命在政治上，經濟上，社會上生出極大的變動，掀天動地，使全世界的思想都受他的影響。大家要追溯他的遠因，考察他的文化，所以不知不覺全世界的視線都集於俄國，都集於俄國的文學；而在中國這樣黑暗悲慘的社會裏，人都想在生活的現狀裏開闢一條新道路，聽著俄國舊社會崩裂的聲浪，眞是空谷足音，不由得不動心。因此大家都要來討論研究俄國。於是俄國文學就成了中國文學家的目標。」〔註15〕就這樣，中國左翼作家由對俄羅斯「赤色」革命道路的認同，發展成對俄蘇文學的集體認可，他們找到了一個新導師，一個擁有馬列主義理論武器的精神導師。

再次，因爲俄蘇文學的譯介和體驗，中國思想文化界出現了相關的聚合、分離或論爭等現象，這些現象所承載的「交往」活動更直接地影響著中國作家的思想方式和藝術體驗。俄羅斯文學除了展示想像意義上的革命藍圖和救國救民方法之外，還展示了平民關懷、人道主義等特異於中國傳統的思想，這對中國進步文藝界同樣具有很強的吸引力。俄羅斯文學可以爲中國作家的文學創作提供異域的生命感受、藝術體驗和新異的文學形式，這對於迫切尋求陌生文化體驗的中國文藝界而言，是極具吸引力的。鄭振鐸曾經回憶說：「我

〔註13〕　魯迅：《祝中俄文字之交》，《文學月報》，1932年12月15日，1卷5、6號合刊，第2頁。

〔註14〕　西諦：《關於俄國文學研究的重要書籍介紹》，《小說月報》，1923年8月，14卷8號。

〔註15〕　瞿秋白：《〈俄羅斯名家短篇小說集〉序》，《瞿秋白文集》（二），北京：人民文學出版社，1953年版，第543～544頁。

們特別對俄羅斯文學有了很深的喜愛。秋白、濟之是在俄文專修館讀書的。在那個學校裏，用的俄文課本就是普希金、托爾斯泰、屠格涅夫、契訶夫等的作品。濟之偶然翻譯出一二篇托爾斯泰的短篇小說出來，大家都很喜悅它們。」〔註16〕「我們那時候對於俄國文學是那麼熱烈的嚮往著，崇拜著，而且是具著那麼熱烈的介紹翻譯的熱忱啊！」〔註17〕這些話，一方面顯示出了這些譯介者空前的熱情，另一方面則暗示了一種關涉俄蘇文學的人際關係鏈條或曰小團體的形成。這種「小團體」成員不一定有社團同人關係那麼緊密，但對於「交往」而言，卻更靈活，不像後者容易受到其他同人的限制。在某種意義上，中國左翼作家的俄蘇體驗就是在這種「小團體」的對話中形成的，而不是在抽象的左翼知識分子群體中自然生發出來的。另外，這些熱情譯介俄蘇文學的「小團體」並非盲目行動，他們有著強烈的探索性、精心的選擇性和明確的目的性。他們在五四時期非常注重能夠反映人道主義、平民關懷、「血與淚」、「爲人生」精神的翻譯作品，到1928年前後，則更加注重譯介充滿反抗鬥爭精神的作品，並由同情「被壓迫與被侮辱者」轉向重點宣揚、鼓動無產階級革命的合法性和必然性。在此進程中，左翼作家和自由主義作家形成了獨立民族國家追求前提下的「道不同謀」和矛盾絞纏的局面，一度成爲眞正的對立者，而左翼作家之間則形成了「異中之同」的人際關係，並不斷聚合，最終形成了「左聯」。同時，在「左聯」這樣的聯合體中，「小團體」仍然存在，並繼續作用於交往對象。比如太陽社等在「左聯」成立前夕已然解體，可原社同人之間仍然會形成「小團體」的圈子，這個圈子對於魯迅來說依然是隔膜的，反之亦然。這種小團體有一定的局限性，他們打著無產階級文化建設者的招牌，但對他人思想的態度，有可能完全取決於對方對他們這一「小團體」的態度。

中國作家的俄蘇體驗對中國左翼文學的生成有著重要的「影響」機制。可以說，正是由於對俄蘇革命和文學的羨慕、景仰，才使中國作家自覺地將文學與中國乃至世界革命運動聯繫起來，提出了「革命文學」至「無產階級文學」的系列口號並竭力進行倡導和創作的。同樣，也正是由於中國作家對

〔註16〕 鄭振鐸：《記瞿秋白同志早年的二三事》，《鄭振鐸文集》第3卷，北京：人民文學出版社，1983年版，第300頁。

〔註17〕 鄭振鐸：《回憶早年的瞿秋白》，《鄭振鐸文集》第3卷，北京：人民文學出版社，1983年版，第295頁。

20 世紀 20 年代蘇俄文藝論戰和「拉普」文藝思潮的體驗不同，才在某種程度
上導致中國發生了 1928 年的革命文學論爭和綿延至 30 年代的其他文學論
爭，而在中國左翼文學的發生進程中，這些論爭是極其重要的。

　　在蘇俄文藝論戰中，一方是以曾擔任過俄共人民軍事委員會主席的托洛
茨基和《紅色處女地》主編沃隆斯基為代表，另一方是以「拉普」（俄羅斯無
產階級作家協會）的前身「崗位派」（因《在崗位上》雜誌而得名）為代表。
雙方圍繞著無產階級能否建立無產階級文化、無產階級文學的特徵以及它與
「同路人」文學的關係、黨的文藝政策等問題展開了激烈的爭論。托洛茨基
的基本觀點是：應當把文藝當作「人類創作一個完全特殊的領域去對待」，這
並非否定藝術的階級標準，而是說，在把這一標準運用於創作時，必須使階
級的標準適應創作的特殊特點，不能像對待政治那樣對待藝術；他對革命的
文學「同路人」的態度基本上是肯定的；他認為無產階級缺乏文化的準備，
無產階級在專政時期將產生一種無階級的全面的文化，所以無產階級文化「不
僅現在沒有，而且將來也不會有」。〔註 18〕「崗位派」則宣稱：「我們將在無
產階級文學中堅守明確的堅定的共產主義意識形態的崗位。」〔註 19〕他們認
為：「文學是階級鬥爭的強大武器。」〔註 20〕他們用極端的階級和政治「純潔
性」標準來衡量作家和文藝作品。他們排斥、否定舊的文學遺產，認為以往
的一切文化、文學都是資產階級貴族的，在思想上是同無產階級相敵對的，
是無產階級文化和文學的對立面；無產階級在思想領域裏對藝術創作問題還
沒有提出自己的馬列主義美學觀點，因此應該建設純粹的無產階級文化和文
學。〔註 21〕他們排斥、否定革命的「同路人」作家，並向蘇共要求無產階級
文學的領導權。實際上，這次論戰是俄羅斯 20 世紀初無產階級文化問題論爭
的一種延續，其核心仍然是對無產階級文化本質的爭論。關於無產階級文化
本質的理解和爭論很多，不過，「雖然在爭論的不同階段提出討論的具體問題
不同，但爭論首先是圍繞著無產階級在整個社會文化發展中和在建設新的革

〔註 18〕　〔蘇〕托洛茨基：《文學與革命》，劉文飛等譯，北京：外國文學出版社，1992
　　　　　年版，第 173 頁。
〔註 19〕　《編者的話》，原載《在崗位上》創刊號（1923 年 6 月）。參見李輝凡：《二十
　　　　　世紀初俄蘇文學思潮》，北京：社會科學文獻出版社，1993 年版，第 167 頁。
〔註 20〕　〔蘇〕瓦爾金：《第一次全蘇無產階級作家會議決議》，參見張秋華等編選：《「拉
　　　　　普」資料彙編》（上），北京：中國社會科學出版社，1981 年版，第 170 頁。
〔註 21〕　〔蘇〕斯‧舍舒科夫：《蘇聯二十年代文學鬥爭史實》，馮玉律譯，上海：上
　　　　　海譯文出版社，1994 年版，第 14 頁。

命文化過程中的作用，以及其他階級和社會階層的代表人物參與這個過程的可能性問題進行的」〔註22〕。這次論戰最後以 1925 年 6 月 18 日俄共（布）中央通過《關於黨在文學藝術領域的政策》的決議而結束，決議涉及的中心問題之一就是關於各種不同的作家團體——無產階級的、農民的以及知識分子出身的所謂「同路人」作家團體——之間的關係，同時闡明了蘇共在藝術創作領域的作用和政策。蘇共主張對「同路人」的態度要「靈活、謹慎」，促進革命文學的各派力量在統一的思想創作立場上聯合起來，強調了發展蘇維埃共和國文學的重要性。〔註 23〕這次論戰雖然如此結束了，但作為一種國際文化現象，它卻傳播開去並影響了其他國家的無產階級文學運動，比如中國和日本，其中尤以中國發生的思想論爭最為激烈。1928 年前後中國革命文學論爭就是在這種國際文化歷史背景中發生的。

　　1923 至 1925 年的蘇俄文藝論戰，很自然地引起了留學蘇聯的蔣光慈的注意。1924 年，他歸國後不久就寫出了《無產階級革命與文化》一文，介紹蘇聯十月革命和文化的關係等問題。他在文中提出了無產階級文化存在可能性的問題，這正是蘇俄文藝論戰的首要問題。接著，他在《現代中國社會與革命文學》一文中幾乎否定了所有的小資產階級「同路人」作家。1927 年他和屈維它（瞿秋白）合作編寫《俄羅斯文學》一書，比較系統地介紹了蘇聯無產階級文學的情況，再次涉及到如何認識無產階級藝術及其特質的問題。從蔣光慈的情況看來，他由論述無產階級必然創造自己的文化、由呼籲無產階級革命到認同無產階級文化特點，都明顯受到了「崗位派」的影響，其觀點和做法與蘇聯崗位派是極為相似的。比如他認為：「不幼稚便不能走到成熟的時期，不魯莽便不能打破萎靡的惡空氣。」他相信要從事革命文學的建設，就要打倒「非革命文學的勢力」。〔註 24〕他還強調無產階級必須也只有無產階級才能夠創造自己特殊的文化。蔣光慈的這些看法顯然是源於他的俄蘇體驗，因為這種觀點在當時蘇聯文藝界是非常有代表性的，如「莫普」領導班子成員 B.普列特尼奧夫就認為：「建設無產階級文化的任務只有通過無產階級自身的力量，由出身於該階級的學者、藝

〔註22〕　〔蘇〕里·斯克沃爾佐娃：《革命和無產階級文化問題》，白嗣宏編選：《無產階級文化派資料選編》，北京：中國社會科學出版社，1983 年版，第 427 頁。
〔註23〕　〔蘇〕B.科瓦廖夫編：《蘇聯文學史》，張耳等譯，天津：天津人民出版社，1982 年版，第 63～64 頁。
〔註24〕　蔣光慈：《關於革命文學》，《太陽月刊》，1928 年 2 月 1 日，第 2 期。

術家、工程師等來完成。」〔註 25〕

　　蔣光慈之外，太陽社其他作家主動仿傚「崗位派」的觀點和做法也隨處可見。他們與「崗位派」作家一樣，對自己「革命作家」的身份有著強烈的優越感，蔣光慈甚至直接誇讚太陽社作家是「從革命的浪潮裏湧出來的新作家」、「革命的兒子」、「革命的創造者」，他還說：「他們一方面是文藝的創造者，同時也就是時代的創造者。唯有他們才真正地能表現現代中國社會的生活，捉住時代的心靈。他們以革命的憂樂為憂樂，革命與他們有連帶的關係。」〔註 26〕蔣光慈如此誇口並非毫無來由。太陽社是一個比較注重文學創作、批評和譯介的社團，其中，錢杏邨比較注重新興文學的批評，林伯修注重系統地介紹蘇、日無產階級文學理論，可以說，他們都取得了一定的成績。他們與「崗位派」作家的年輕氣盛有著相通之處，在感受中國現實生活時，獲得了與「崗位派」成員類似的感受：重內容、輕形式，聽不得對無產階級革命文學的批評。1928 年茅盾發表了《從牯嶺到東京》一文，批評了革命文學中「標語口號化」等錯誤傾向。是時，太陽社雖然承認普羅文學處於幼稚階段，但從未在根本上否定「標語口號化」傾向。錢杏邨還曾引用柯根（Cogan）的理論觀點「關於普羅列搭利亞文學問題的大多數的誤解和爭論，都是起源於根據著傳統的文學史的方法，而想要在形式方面決定它們的價值」等，來作為自己立論的依據，並強調說：「普羅列搭利亞文藝批評家的態度，是不注重於形式的批評的，這是說對於初期的創作。所謂正確的批評必然的是從作品的力量方面，影響方面，意識方面——再說簡明些吧，普羅列搭利亞文藝批評家在初期所注意的，是作品的內容，而不是形式，是要從作品裏去觀察『社會意識的特殊的表現形式』。』〔註 27〕由此可見，錢杏邨之所以理直氣壯地指責茅盾並認為自己有著「正確的批評態度」，正是因為他認同「崗位派」重內容、輕形式的觀點和做法。

　　1927 年大革命失敗以後，文學與階級、革命、政治的關係問題成為中國文學界必須解決的急務，這也是關係到中國革命文學前途命運的根本問題。在

〔註25〕〔蘇〕斯‧舍舒科夫：《蘇聯二十年代文學鬥爭史實》，馮玉律譯，上海：上海譯文出版社，1994 年版，第 26 頁。

〔註26〕華西理：《論新舊作家與革命文學——讀了文學週報的〈歡迎太陽〉以後》，《太陽月刊》，1928 年 4 月 1 日，4 月號。

〔註27〕錢杏邨：《中國新興文學中的幾個具體問題》，《拓荒者》，1930 年 1 月 10 日，1 卷 1 期，第 355～356 頁。

這一過程中，蘇俄文藝論戰引起了後期創造社成員的注意，他們在思考文藝與革命的關係等問題時，提出了對文學進行重新定義的要求。李初梨、彭康等人將文藝的宣傳功能和階級性統一起來，建立了一種新的價值觀，強調文藝宣傳煽動的效果越大，無產階級藝術價值越高。創造社對藝術性質的理解，與蘇聯「崗位派」的觀點極爲一致，他們汲取了崗位派的優點，同時也帶來了崗位派的片面性。他們機械、狹隘地理解文學與革命的關係，把藝術庸俗化地理解爲政治的附庸，讓藝術像「留聲機器」一樣被動地替政治「傳高調」〔註28〕。比如郭沫若對青年說：「當一個留聲機器——這是文藝青年們的最好的信條。你們不要以爲這是太容易了，這兒有幾個必要的條件：第一，要你接近那種聲音，第二，要你無我，第三，要你能夠活動。」〔註29〕郭沫若的觀點後來受到了李初梨〔註30〕等人的質疑，爲此他做了進一步的解釋，他說當留聲機是指客觀存在規定主觀意識，文學家要追求馬克思主義、獲得唯物辯證法。這種解釋固然說得過去，但他的主張顯然否定了作家的主體性和藝術個性。當這類觀點獲得了普遍認可後，對藝術的獨立性無疑是一種損害。更糟糕的是，片面強調文學爲政治服務，導致了重新劃分文學隊伍和對作家「全部的批判」、「理論鬥爭」的要求。成仿吾說：「一般地，在意識形態上，把一切封建思想，布爾喬亞的根性與它們的代言者清查出來，給他們一個正確的評價，替他們打包，打發他們去。特殊地，在文藝的分野，把一切麻醉我們的社會意識的迷藥與讚揚我們的敵人的歌辭清查出來，給還它們的作家，打發他們一道去。」〔註31〕這種要求使創造社不可避免地走向對於「五四」文學革命的苛評，如成仿吾在《從文學革命到革命文學》中認爲新文學運動的內容是小資產階級的意識形態，而李初梨在《怎樣地建設革命文學？》中認爲科學和民主是資本主義意識的代表，所以當他們以階級史觀來對「五四」文學革命進行評價時，「五四」新文學就失去了發展的階級基礎和意識形態層面上的合法性，五四時代被認爲已經「過去」，那麼對「五四」作家進行批判也就理所當然了。

〔註28〕麥克昂：《留聲機器的回音——文藝青年應取的態度的考察》，《文化批判》，1928 年 3 月 15 日，第 3 號，第 10 頁。

〔註29〕麥克昂：《英雄樹》，《創造月刊》，1928 年 1 月 1 日，1 卷 8 期，第 3 頁。

〔註30〕李初梨在《怎樣地建設革命文學？》一文中說：「我以爲『當一個留聲機器，』是文藝青年最宜切戒的態度，因爲無論你如何接近那種聲音你終歸不是那種聲音。」參見《文化批判》，1928 年 2 月 15 日，第 2 號，第 18 頁。

〔註31〕仿吾：《打發他們去！》，《文化批判》，1928 年 2 月 15 日，第 2 號，第 1～2 頁。

在創造社、太陽社運用所謂革命文藝理論批判「五四」作家時，蘇俄文藝論戰和「拉普」文藝思潮也引起了茅盾、魯迅等作家的注意。茅盾早在 1925 年 5 月《文學週報》上發表《論無產階級藝術》一文時，就已經開始關注無產階級藝術產生的條件、範疇、內容、本質。較之蔣光慈近乎狂熱的提倡，他冷靜地認識到，俄國無產階級藝術「缺乏經驗」、「供給題材的範圍太小」、「觀念的偏狹」，有著重內容輕形式的問題，有著內容「淺狹」、「單調」以及把「刺激和鼓動」誤認爲是藝術的目的的全體等「毛病」。〔註32〕這裡，茅盾與「崗位派」的文學觀明顯不同。1925 年 8 月任國楨編輯的《蘇俄文藝論戰》一書被列爲「未名叢刊」第二種出版，該書介紹了論戰中各派代表人物的觀點。譯者提醒讀者注意 1923 年以來的蘇俄文藝論戰對藝術的三種不同定義：「烈夫派」（左翼未來派）「反對寫實，提倡宣傳。否認客觀，經驗，標定主觀，意志。除消內容換上主張，除消形式換上目的」；「納巴斯徒」（即「崗位派」）強調「藝術有階級的性質，藝術是宣傳某種政略的武器。無所謂內容，不過是觀念罷了」；沃隆斯基認爲，應該強調寫實，主張內容與形式的統一，並強調作家能把高深的學說和認識生活聯繫起來才是「眞藝術家」。〔註33〕魯迅非常讚賞任國楨選譯這本書，並由此對蘇俄文藝論戰、早期無產階級文學團體「烈夫派」和無產階級革命藝術有了初步的瞭解。魯迅還通過譯介托洛茨基的《文學與革命》一書中的部分內容，瞭解了一些托洛茨基的文藝觀點。綜合看來，魯迅對托洛茨基的「無產階級文化否定論」未必贊同，但對於托洛茨基對文藝的深刻理解和對「同路人」的寬容態度，他是持贊同態度的。此外，馮雪峰也在翻譯蘇俄文藝理論時，注意到了蘇俄文藝論戰，並根據自己對論戰情形的理解，針對後期創造社攻擊魯迅的現象提出：智識階級擔負「無產階級文學之提倡」和「辯證法的唯物論之確立」的任務是十分正當的，對於革命也是很緊迫的；「革命」是只將革命的智識階級看作「追隨者」，但革命對於「追隨者」「盡可以極大的寬大態度對之」。〔註34〕這裡，馮雪峰所說的「追隨者」就是「同路人」。

〔註32〕沈雁冰：《論無產階級藝術》，《文學週報》，1925 年 5 月 10、17、31 日，第 172、173、175 期。

〔註33〕參見艾曉明：《中國左翼文學思潮探源》，長沙：湖南文藝出版社，1991 年版，第 36 頁。

〔註34〕畫室：《革命與智識階級》，《無軌列車》，1928 年 9 月 25 日，第 2 號，第 48 頁。

　　以是觀之，在 1925 年以後，「拉普」文藝思潮已經引起了中國文藝界的興趣，無產階級革命文學首倡者由此意識到中國要建設的新文學不屬於資產階級和小資產階級文化，而是屬於未來的無產階級的新興文化。這確實是一種新體驗。可惜的是，由於社會閱歷、人生經驗、文藝思想、創作實踐等諸多方面的差異，加之在介入蘇俄文藝論戰、「拉普」文藝思潮乃至整個蘇聯文壇狀況時每個人的側重點都有所不同，這就加重了革命文藝陣營內部的分歧。相對而言，蔣光慈、郭沫若等人是無條件地強調文學的階級性，這與「崗位派」、「列夫派」的主張相一致，而魯迅、茅盾等人認為應該在承認文藝自身藝術特性的基礎上認可文學的階級性內涵的存在，這與沃隆斯基、托洛茨基的觀點相接近。雙方的分歧為 1928 年前後的思想交鋒定下了基調。當然，從另一個角度來看，這種思想交鋒也有力地推動了中國左翼文藝理論的構建。

　　在 1928 年革命文學論爭中，太陽社和後期創造社全力以赴的目的之一是為了創建革命文學理論，這種建構是通過對所謂「舊作家」、「舊文學」進行批判的方式實現的。這與蘇聯無產階級文化派堅信無產階級在文化上可以輕易地取得勝利的浪漫主義幻想以及「崗位派」對「同路人」的否定態度非常相似。「崗位派」認為「同路人」的文學是反對無產階級革命的文學。對應於此，太陽社、後期創造社對中國「同路人」文學的態度也是否定的，並將小資產階級文學和資產階級文學視為反革命文學。這雖然存有受日本福本主義影響的因素，但深層原因恐怕仍在於他們對「崗位派」和「拉普」文藝思潮的認可。太陽社、後期創造社以階級性為終極性的價值衡量標準，將中國作家隊伍劃分為革命的和不革命、反革命的兩大陣營，將無產階級和資產階級、小資產階級對立起來。「將文藝階級性絕對化必然導致對人類的優秀文化成果的虛無主義態度和對所謂『同路人』作家的無端撻伐。」〔註 35〕結果，他們把文壇的大部分作家歸入小資產階級行列，認為小資產階級沒有任何革命性，後來乾脆將他們說成是反革命，就像郭沫若所說的那樣：「小資產階級的根性太濃重了，所以一般的文學家大多數是反革命派。」〔註 36〕他們將小資產階級視為仇敵加以批判，並發動了對魯迅的「理論鬥爭」，認為魯迅是反對革命文學的，他的作品是資產階級文學的代表，缺少時代精神。一些創造社

〔註 35〕陳建華：《二十世紀中俄文學關係》，上海：學林出版社，1998 年版，第 119 頁。
〔註 36〕麥克昂：《桌子的跳舞》，《創造月刊》，1928 年 5 月 1 日，1 卷 11 期，第 7 頁。

成員更進一步否定了「五四」文學革命反封建的意義，他們將「反帝」視為比「反封建」更為緊迫的任務。這雖然也不錯，但他們由此將無產階級革命文學與「五四」新文學對立起來，批判、拋棄了前者的傳統。就這樣，太陽社、後期創造社成員割裂了無產階級革命文學與「五四」新文學的聯繫，將魯迅、茅盾等作為「同路人」作家大加排斥、批判和嘲笑。此外，他們還把「拉普」的庸俗社會學分析方法和所謂的「辯證唯物主義創作方法」引入中國。這兩種方法強調文藝對政治的依附作用，以作家的世界觀取代創作方法，以政治立場來規範、限制作家的藝術感受，這就抹殺了作家的藝術個性和風格，使中國無產階級文藝陣營陷入了庸俗社會學和左傾機械唯物主義的陷阱，具體表現為：文藝創作中公式化、概念化傾向嚴重，理論和創作方法僵化，在批判「革命浪漫蒂克」等小資產階級情調時，又走向了另外一個極端，把浪漫主義、自我個性等文藝特質性的東西也拋棄了。

　　「拉普」文藝思潮對中國左翼文藝界各派的影響非常深遠。1928 年，魯迅在革命文學論爭氛圍的促動下，根據藏原惟人等的日譯本轉譯了《文藝政策》一書，並從 1928 年 6 月開始在《奔流》上連載。該書包括 1924 至 1925 年俄共（布）中央關於文藝政策的兩個文件《關於對文藝的黨的政策》、《關於文藝領域上的黨的政策》以及《全蘇無產階級作家協會第一次大會的決議》等一些對「拉普」論爭的意見，魯迅由此聯想到了中國無產階級革命文學運動的實際情況，做出了正確的判斷。對於這些情況，創造社、太陽社也有所瞭解。那麼，為什麼他們對「左」傾思潮中的錯誤缺少清醒的認識？除了國際、國內左翼思潮的影響之外，他們自身的俄蘇體驗出現了問題。他們很難把「拉普」和左翼思潮的錯誤聯繫起來，他們對俄蘇文學的無條件認同使他們很難改變立場和態度，直到中國共產黨做出了指示，他們才停止了對魯迅、茅盾的攻擊。但這並不等於錯誤思想被立刻清除，他們很快又陷入了「拉普」提倡的「辯證唯物主義創作方法」的泥坑。直到 1932 年 4 月，聯共（布）中央發布決定，批判了「拉普」的錯誤主張、做法和創作方法，開始提倡社會主義現實主義創作方法，加上 1933 年「左聯」批判辯證唯物主義創作方法，提倡社會主義現實主義創作方法，左翼文藝陣營才步入了更加健康的軌道，進而構建了相對成熟的左翼文藝理論。

　　考察中國作家的俄蘇體驗與中國左翼文學的關係，我們可以知道，中國絕大多數作家的俄蘇體驗主要來自於俄羅斯革命的政治影響力和從日文等轉

譯而來的俄蘇文學，並非來自於留學蘇聯的親身體驗。當然，就算是親身體驗也不一定全面、正確。中國作家依憑政治熱情、理想和信念，將對俄蘇文學的所有認知活動都納入到俄羅斯人民的生存發展和文化體系中，而這種完美的體系只能是一種虛構，其問題很多。中國作家完全根據自己的理性判斷去體驗俄羅斯人民及其知識分子的感受，這意味著他們的理解與俄羅斯人民真實的生命體驗和文化體驗之間存在難以測知的差距。那麼，「俄蘇體驗」對於中國文藝界就是一把「雙刃劍」：它可以推動和促進中國左翼文學的生成；反之，它也會誤導中國作家的理性判斷，例如一些左翼作家在 30 年代中蘇之間的中東鐵路和邊界領土問題上就做出了完全支持蘇聯的錯誤決斷，這種教訓無疑是極為深刻的。

第二節　關於「日本體驗」

甲午海戰以後，出於「恥不如日本」的民族憂患感和驚奇於日本近代化歷程中神奇般的崛起，加之近鄰的便利條件和相對而言並不陌生的文化環境，一批又一批的中國人開始留學日本，學習日本先進的科學技術及其引進的西方文化。在 20 世紀初葉，留日活動就已成為中國留學運動的主潮。這些留學生中的很多人後來都成了中國的新文學家乃至革命文學家，所以郭沫若在 1928 年非常自豪地說：「中國文壇大半是日本留學生建築成的。」「創造社的主要作家都是日本留學生，語絲派的也是一樣。」〔註37〕郭沫若的話語中帶有一定的「自詡」意味，但不無道理。事實上，昔日中國留學生群體中的留日學生成為左翼作家的數量是最多的，且無產階級革命文學的藝術特性與思想高度主要來自於創造社和「語絲派」，前者以創造社的時代精神風貌和文化選擇背後「決絕」的態度與立場作為表徵，後者則以魯迅對革命文學的深刻思考作為代表。更值得注意的是，中國知識分子的日本體驗激活了中國左翼作家的強國夢想、革命欲望和建構無產階級文化的訴求，促使中國進步文藝界提倡無產階級革命文學並大量引入無產階級革命文藝理論。

對於在日本的中國留學生而言，最直接的體驗為「讀的是西洋書，受的是東洋氣」，〔註38〕最深的刺激是中國文化的落後。晚清以來，中國知識分子

〔註37〕 麥克昂：《桌子的跳舞》，《創造月刊》，1928 年 5 月 1 日，1 卷 11 期，第 3 頁。
〔註38〕 郭沫若：《三葉集・郭沫若致宗白華》，《郭沫若全集・文學編》第 15 卷，北京：人民文學出版社，1990 年版，第 140 頁。

一直認爲日本在科學技術上雖然超越了中國，但在文化上還是遠不如中國的，日本文化是學習中國而成的，它不過是中國文化母體的「鹵」點成的「豆腐」。也有外國人認爲「日本文明是支那的女兒」。應該說，這種論點在明治維新以前是可以成立的，但到了 19 世紀後期，日本已經憑藉對外來文化尤其是西方文化精華的吸收，實現了經濟和文化的飛躍。此時再提日本文化是中國文化的「延長」或「支流」這類說法，無疑於自欺欺人。可以說，日本文化的發達擊潰了中國留日學生最後一絲文化自傲的心理。作爲文化的一個分支，日本近代文藝在資本制度下得到了迅速發展。對於這種文藝上的「飛躍」，周作人、魯迅、郭沫若都曾給以很高的評價。周作人曾在介紹日本近代以來藝術派小說、觀念小說、自然派小說等的發達時，極力稱讚日本的文化善於「創造的模擬」，而批評中國人做小說「不肯模仿不會模仿」。〔註 39〕魯迅在譯介日本小說的過程中，稱讚夏目漱石的著作「以想像豐富，文詞精美見稱」。同時，他對森鷗外的外「冷」內「熱」創作風格、有島五郎在「寂寞」、「愛著」、「欲愛」和「欲鞭策自己的生活」中的創作態度、菊池寬「竭力的要掘出人間性的眞實來」的奮鬥精神以及芥川龍之介在創作中注入「新的生命」的努力，均持一種認可的態度。〔註 40〕及至看到廚川白村鞭責自己和本民族國民性的「缺失」，魯迅的欽佩之情更是溢於言表，認爲正是這種敢於針砭「自大病」的精神使得日本取得了驕人的功績。兩相比較，他忍不住說：「中國倘不徹底地改革，運命總還是日本長久，這是我所相信的；並以爲爲舊家子弟而衰落，滅亡，並不比爲新發戶而生存，發達者更光彩。」〔註 41〕可見，魯迅因日本國民性的缺失，加深了對中國國民劣根性的「體驗」。不過，看到日本文化的「後來者居上」，中國知識分子難免既驚歎又心裏不是滋味，比如郭沫若對日本現代文藝的態度就很矛盾：既承認其文藝尤其是短篇小說「的確很有些巧妙的成果」，「有好些的確是達到了歐美的，特別是帝制時代的俄國或法國的大作家的作品的水準」；又斷言其文藝「要再發展已到了不可能的地

〔註39〕　周作人：《藝術與生活・日本近三十年小說之發達——一九一八年四月十九日在北京大學文科研究所講演》，石家莊：河北教育出版社，2002 年版，第 133、147 頁。

〔註40〕　魯迅：《譯文序跋集・〈現代日本小說集〉附錄　關於作者的說明》，《魯迅全集》第 10 卷，北京：人民文學出版社，1981 年版，第 216～221 頁。

〔註41〕　魯迅：《譯文序跋集・〈出了象牙之塔〉後記》，《魯迅全集》第 10 卷，北京：人民文學出版社，1981 年版，第 243 頁。

步」，「她的發展是約束在另一個新的方向上的」。〔註42〕而這正是當時頗有代表性的一種日本體驗。

對於大多數留日作家而言，他們體會到了異國生活的陌生、新奇、刺激和「自由」，感受到了異域文化觀念和日本人的思維方式對自身的猛烈衝擊，也感受到了遠離家國的痛苦、辛酸以及外族異樣的目光或侮辱性行爲所帶來的心靈創傷。當然，正是這些感受使進步留學生的愛國情緒更眞、更濃，使他們更加努力地去學習外來文化、尋求救國救民的方法，也使他們更眞切地體會到國家觀念、國民劣根性等問題。比如郁達夫將日本人的輕視視爲中國人「瞭解國家觀念的高等教師」，他說：「只在小安逸裏醉生夢死，小圈子裏爭利奪權的黃帝之子孫，若要教他領悟一下國家的觀念的，最好是叫他到中國領土以外的無論那一國去住上兩三年。」〔註43〕在日本，郁達夫開始看清中國在世界競爭場裏所處的地位，明白近代科學的偉大與精深，覺悟到今後中國的命運與同胞不得不受的煉獄歷程，感覺到了中國國際地位落後的大悲哀，也正是這些「體驗」，才使《沉淪》中的主人公在跳海前發出了希望祖國快快強盛起來的、悲情而又極富象徵意味的「呼喊」！而魯迅注意到，日本文藝家「所指謫的微溫，中道，妥協，虛假，小氣，自大，保守等世態，簡直可以疑心是說著中國。尤其是凡事都做得不上不下，沒有底力；一切都要從靈向肉，度著幽魂生活這些話」。〔註44〕

留日作家的「體驗」痕跡與作用，在「五四」至左翼文學的發生這一時段中極爲常見。這些「日本體驗」和「俄蘇體驗」一起形成了推動左翼文學發生發展的強大動力。在此過程中，「日本體驗」直接對中國左翼文學的發生產生了重要影響，具體表現在：推動創造社提倡無產階級革命文學；促使太陽社提出「無產階級寫實主義」、「新寫實主義」創作方法問題來進行討論；影響了「左聯」的某些決策；通過革命文學的傳播，也影響了當時讀者的文化態度、生存方式、人際關係、思維方式和價值取向。這裡，我們不妨依次來進行分析。

〔註42〕 郭沫若：《〈日本短篇小說集〉序》，《郭沫若集外序跋集》，成都：四川人民出版社，1983年版，第310頁。
〔註43〕 郁達夫：《雪夜——自傳之一章》，《郁達夫文集》第4卷，廣州：花城出版社，香港：三聯書店香港分店，1982年版，第92～93頁。
〔註44〕 魯迅：《譯文序跋集·〈出了象牙之塔〉後記》，《魯迅全集》第10卷，北京：人民文學出版社，1981年版，第244頁。

　　前期創造社有著「創造」的雄心和「浪漫」的理想。創造社是在日本的中國留學生中醞釀、發起、成立的。創造社成員多爲沒落地主和城市小資產階級出身，這使得他們比留學英美的中國知識分子有更多接觸中國冷酷現實的機會，而身居日本也使他們有了直面日本帝國主義侵略者嘴臉的深切體驗，再加上接受了民主主義和社會主義的思想影響，那麼創造社成爲「五四」以後反帝反封建傾向「最鮮明、最尖銳、最強烈」的文藝團體也就不足爲怪了。至於創造社作家，大都提倡浪漫主義或者追求自然主義以後出現的新流派，如新浪漫主義、象徵主義、表現主義等，究其緣由，其一是受了十九世紀末期歐洲文學的影響，其二是在於日本小資產階級的自然主義文學的衰頹和上述西歐新流派的興起形成的學習環境的影響，其三在於「五四」運動所掀起的反帝反封建的革命激情和青年知識分子的動盪情緒正需要浪漫主義創作方法來歡迎、表現。〔註 45〕就此而言，創造社成員在日本的文化體驗是促使他們轉向左翼文藝活動的重要因素。

　　創造社同人的雄心和「浪漫」理想是立足於拯救新文藝、繼續新文化運動的，是故創造社在日本時就產生了辦純文學刊物的強烈願望。這一願望的現實功利性因素來自於他們對刊物聚合同人、社團的重要作用的體認。「有了刊物才有『社』，刊物是『社』的凝聚力之所在，刊物是『社』的形象的體現，刊物是使『社』立足於文壇的唯一方式，刊物幾乎就是『社』的一切。」〔註 46〕更爲重要的是，中國的現代期刊是與中國現代化歷史密切相連的，它把中國文學擴展到前所未有的廣度，打破了地域隔絕，形成了新的文學空間，使文人活動和學術的廣泛交流成爲可能；它越來越直接地引導和支配著現代文學的發展方向；它將高深的思想和知識以通俗的形式傳播出去，爲大眾提供了前所未有的文化接觸的機會；它製造「流行」風格以支配文壇的發展。〔註 47〕但是，與有辦刊經驗的鄭振鐸和茅盾相比，與文學研究會一成立就有《小說月報》和《時事新報‧文學》作爲機關刊物的際遇不同的是，心高氣傲的郭沫若、郁達夫、成仿吾缺少背景和勢力，更無出版單位支持可言，他們要靠自己「創造」出文藝空間。這種對雜誌作用的認識和無刊可用的現實境遇

〔註45〕鄭伯奇：《憶創造社》，饒鴻競等編：《創造社資料》（下），福州：福建人民出版社，1985 年版，第 837～839 頁。

〔註46〕劉納：《郭沫若與泰東圖書局》，《郭沫若學刊》，1998 年第 3 期，第 32 頁。

〔註47〕曠新年：《1928：革命文學》，濟南：山東教育出版社，1998 年版，第 18～35頁。

加劇了創造社同人的焦慮感。

　　創造社很早就產生了辦刊的焦急感。這種辦刊的焦慮情緒與他們對日本文藝發達情況的感知有關聯。在創造社成員的眼中，日本經濟的發達與文化的發達有著密不可分的關係，日本近代文藝「較諸中世紀以前的各個時代，無論在量上質上，都是可以駭異的。而日本的近代文藝和她的全般的社會機構一樣，同一是在飛躍」〔註48〕。如此，我們再來看創造社醞釀期中的一次對話，就會有不同的理解和感受。1918 年 8 月下旬，郭沫若與張資平在日本福岡博多灣的箱崎海岸進行了一次關於國內文化情形的對話，張資平認爲中國「真沒有一部可讀的雜誌」，「現在所缺乏的是一種淺近的科學雜誌和純粹的文學雜誌」，已有的雜誌也是內容蕪雜，《新青年》「還差強人意」仍難免流於「淺薄」。〔註49〕對於張資平的觀點，郭沫若表示了認同。他們之所以對國內文藝界情形如此不滿，顯然是因爲他們將日本和中國文藝情形作了比較，不然，我們很難理解他們對國內文藝界的這股無名火。不過，相信《新青年》倍受國內青年歡迎的事實還是給打算出「一種純粹的文學雜誌」的郭沫若等人以希望和啓示。

　　創造社很快就進行了辦刊的實踐，這就是《Green》。可惜這份刊物流產了。創造社辦刊的欲望被暫時壓制下來。到了 1921 年 8 月至 10 月，隨著郭沫若的《女神》、郁達夫的《沉淪》等《創造社叢書》的出版發行和風行新文壇，他們產生了與文學研究會分庭抗禮的訴求，加之與文學研究會的誤解越來越深，因此，他們辦刊的焦慮情緒也越來越強烈。相比於郭沫若、張資平，成仿吾焦慮的對象更爲駁雜，他對新文化運動的前景非常擔擾，他在給郭沫若的信中說：「新文化運動已經鬧了這麼久，現在國內雜誌界底文藝，幾乎把鼓吹的力都消盡了。我們若不急挽狂瀾，將不僅那些老頑固和那些觀望形勢的人囂張起來，就是一班新進亦將自己懷疑起來了。」〔註50〕對於成仿吾的意見，郭沫若非常贊成，並認定創造社在創辦雜誌之外還有更大的「目的和使命」。創造社這種辦刊的焦慮情緒和急挽狂瀾的雄心，使得他們在主觀預設

〔註48〕郭沫若：《日本短篇小說集·序》，《郭沫若集外序跋集》，成都：四川人民出版社，1983 年版，第 309～310 頁。

〔註49〕郭沫若：《創造十年》，《郭沫若全集·文學編》第 12 卷，北京：人民文學出版社，1992 年版，第 46～47 頁。

〔註50〕該信見於田漢的《我們自己的批判》（1930 年 3 月 20 日《南國月刊》第 2 卷第 1 期）一文中第 8～9 頁之間的夾頁。

文學研究會爲文壇霸主的情況下與後者發生了齟齬。1921 年 9 月 29、30 日郁達夫在《時事新報》上刊登了《純文學季刊〈創造〉出版預告》，宣告《創造》季刊第一期將在 1922 年元旦出版，其中有一段引起日後無限紛爭的文字：「自文化運動發生後，我國新文藝爲一二偶像所壟斷，以致藝術之新興氣運，漸滅將盡。創造社同人奮然興起打破社會因襲，主張藝術獨立，願與天下之無名作家共興起而造成中國未來之國民文學。」〔註 51〕一般來說，學界據此認爲這場論戰的發難者是郁達夫。其實，文學研究會剛剛成立不久，還談不上是新文藝界的「偶像」。就發難而言，是茅盾直接批評了《沉淪》。〔註 52〕1922 年 2 月 10 日，茅盾在《小說月報》第 13 卷第 2 號上撰文評論《沉淪》，認爲小說在主人翁性格和心理描寫上是成功的，「但是作者自敘中所說的靈肉衝突，卻描寫得失敗了。《南遷》中的主人翁即是《沉淪》的主人翁，性格方面看得出來。這兩篇結構上有個共同的缺點，就是結尾有些『江湖氣』，頗像元二年的新劇動不動把手槍做結束。」〔註 53〕應該說，這些批評是從學理角度出發的，並無輕侮之意。問題是《沉淪》發表之後倍受責難，茅盾在《小說月報》上的批評恐怕難免令郁達夫有被「落井下石」之感，因爲當時《小說月報》的影響力已經很大了。茅盾更不策略的做法是盛讚《阿 Q 正傳》而批評《沉淪》在「靈肉衝突」描寫上的不成功。郁達夫固然也佩服《阿 Q 正傳》，但這種對比性論評對於「心雄萬夫」、對《沉淪》中「靈肉衝突」描寫非常自負的作者來說無疑是難以接受的，這也是人之常情。再者，當時茅盾創作實績不高，其批評難免令郁達夫不服氣。那麼，我們再來看郁達夫在 1922 年 3 月 15 日出版的《創造》季刊創刊號上發表的《藝文私見》一文中那些「誇張」（郭沫若語）的話也就不難理解了，比如，「文藝是天才的創造物，不可以規矩來測量的」，「目下中國，青黃不接，新舊文壇鬧作了一團，鬼怪橫行，無奇不有」。他還語氣迂迴地罵「假批評家」該「到清水糞坑裏去與蛆蟲爭食物」，

〔註 51〕　郁達夫：《純文學季刊〈創造〉出版預告》，饒鴻競等編：《創造社資料》（上），福州：福建人民出版社，1985 年版，第 464 頁。

〔註 52〕　因此，有署名「今心」者，在 1922 年 8 月 22、23 日《時事新報》副刊《學燈》上的《兩個文學團體與中國文學界》一文中說：「就我恍惚的記憶，文學研究會罵人，似乎在創造社之前，不過我總覺得文學研究會的人罵人，還稍能近乎人情。」參見饒鴻競等編：《創造社資料》（下），福州：福建人民出版社，1985 年版，第 929 頁。

〔註 53〕　茅盾：《對〈沉淪〉和〈阿 Q 正傳〉的討論——覆譚國棠》，《茅盾全集》第 18 卷，北京：人民文學出版社，1989 年版，第 159～160 頁。

而被壓制的天才要「從地獄裏升到子午白羊宮裏去」。與此同時，張資平和郭沫若也撰文批評文學研究會。張資平在《出版物道德》和《「創作」》中以《小說月報》上的兩篇譯文——12 卷 8 號上李達譯的《近代德國文學的主潮》（日本山岸光宣著）及海鏡譯的《大戰與德國國民性及其文化文藝》（日本片山孤村著）——和兩篇小說——12 卷 3 號上王統照的《遺音》與 12 卷 5 號上落花生的《換巢鸞鳳》——爲例，抨擊中國無出版物道德，〔註54〕無「眞」創作〔註55〕。郭沫若則根據他在日本的文藝體會寫了《海外歸鴻》，在抨擊了國內文藝譯作的缺陷後認定：「我國的批評家——或許可以說是沒有——也太無聊，黨同伐異的劣等精神，和卑陋的政客者流不相上下」，他們「要拿一種主義來整齊天下的作家，簡直可以說是狂妄了」，他們蔑視作家的個性，「簡直是專擅君主的態度了」。〔註56〕顯然，文中批評的主要對象就是文學研究會。至此，創造社同人以《創造》季刊爲大本營，挑戰文學研究會，文學研究會也開始反擊創造社的「挑戰」，雙方開始了大規模的文學論戰，全力爭奪中國文藝青年的認可和言論的「公共空間」。

創造社與文學研究會的對抗乃至發動對整個新文壇的攻擊是難以避免的，仔細分析某些細節，讀者就會有所啓示。郁達夫曾在他的紀實小說《友情與胃病》（收入文集後改爲《胃病》）中記述過郭沫若 1921 年 6 月 5 日在東京探訪他時的實況，文中談及當郭沫若講到上海新聞雜誌界的情形時說：

> 再不要提起！上海的文氓文丐，懂什麼文學！近來什麼小報，《禮拜六》，《遊戲世界》等等又大抬頭起來，他們的濫調筆墨中都充滿著竹（麻雀牌）雲煙（大煙）氣。其他一些談新文學的人，把文學團體來作工具，好和政治團體相接近，文壇上生存競爭非常險惡，他們那黨同伐異，傾軋嫉妒的卑劣心理，比從前的政客們還要屬害，簡直是些 Hysteria 的患者！〔註57〕

在這裡，郭沫若非常不客氣，將新文學工作者與流氓、乞丐、政客相提並論。對於郭沫若的這些觀點，郁達夫非常認同，這說明：一者，創造社同人對國內那些知識分子借助政治勢力的行爲持嚴厲批判態度，是故當創造社

〔註54〕 張資平：《出版物道德》，《創造季刊》，1922 年 3 月 15 日，創刊號。
〔註55〕 張資平：《「創作」》，《創造季刊》，1922 年 3 月 15 日，創刊號。
〔註56〕 郭沫若：《海外歸鴻》，《創造季刊》，1922 年 3 月 15 日，創刊號。
〔註57〕 郁達夫：《胃病》，《郁達夫文集》第 1 卷，廣州：花城出版社，香港：三聯書店香港分店，1982 年版，第 112 頁。

後來真正瞭解了太平洋社的政治背景後，馬上就終止了與對方合編週刊《現代評論》的合作事宜；一者，二人的對話顯示了初期創造社在辦刊基調、批評姿態、行為方式上的獨異之處，這使得創造社日後難以與其他文藝團體合作，而他人也難以與創造社同人成為「同路人」，所以徐志摩、胡適可以理解郭沫若等的「狂叛」精神並主動求和，但雙方和解後仍然無法避免矛盾衝突，即使是與創造社關係融洽的聞一多也感到與郭沫若等人無法實現精神上的契合和價值觀上的自我認同，聞一多曾說：「沫若等天才與精神固多可佩服，然其攻擊文學研究會至於體無完膚，殊蹈文人相輕之惡習，此我所最不滿意於彼輩者也。」〔註 58〕這些細節說明，創造社與文學研究會乃至其他文學社群的分歧，儘管原因複雜，存在多種變數，但對抗的結局是必然的，可能改變的不過是時間或程序而已。

實際上，直到 1930 年，郭沫若在回顧文學革命時，仍然潛在地認為處於文學革命爆發期中第二階段的創造社對本陣營採取清算態度無可厚非：「已經攻倒了的舊文學無須乎他們再來抨擊，他們所攻擊的對象卻是所謂新的陣營內的投機份子和投機的粗製濫造，投機的粗翻濫譯。這在新文學的建設上，新文學的價值的確立上，新文學的地位的提高上是必經的過程。」〔註 59〕郭沫若的「回顧」，真實地再現了「新才子派」〔註 60〕的創造社同人在當時的認知，這種對形勢的樂觀估計、自身使命的規定和攻擊對象的界定，使得他們下定決心要與新文壇的「新寵」──文學研究會和文學革命的「舊愛」──胡適、周作人等鬥爭下去。也就是說，他們走上所謂「先破壞再創造」的文學之路具有歷史必然性，因為這是他們實現「急挽狂瀾」於新文化運動這個大抱負的文學謀略。同時，這種極富主觀色彩的認知，也顯示了其後期「劇變」的可能性和一些徵兆。

經過革命文學的醞釀期與大革命風暴後，提倡革命文學已經成為創造社的主導傾向。1927 年 10 月，成仿吾赴日，在他的邀請下，與創造社關係密切的朱鏡我、李初梨、彭康、馮乃超、李鐵聲、王學文、傅克興、沈起予、許

〔註 58〕 聞一多：《致聞家駟 （1923 年 9 月 24 日） 》，孫黨伯等編：《聞一多全集》第 12 卷，武漢：湖北人民出版社，1993 年版，第 188 頁。

〔註 59〕 郭沫若：《文學革命之回顧》，《文藝講座》，1930 年 4 月 10 日，第 1 冊，第 85 頁。

〔註 60〕 魯迅：《上海文藝之一瞥──八月十二日在社會科學研究會講》，《魯迅全集》第 4 卷，北京：人民文學出版社，1981 年版，第 295 頁。

幸之、沈葉沉等人先後回國，組成了後期創造社的主要陣容。朱、李、彭、馮等後期創造社成員回國後，首先反對與魯迅合作，他們以自己留日時對日本福本主義的感受和理解，以「一種嚴烈的內部清算的態度」〔註61〕，「以戰鬥的唯物論爲立場對於當前的文化作普遍的批判」〔註62〕，開闢了創造社的「文化批判」時代。這種情形正如郭沫若所說的那樣：「新銳的鬥士朱，李，彭，馮由日本回來，以清醒的唯物辯證論的意識，劃出了一個『文化批判』的時期。創造社的新舊同人，覺悟的到這時候才眞正的轉換了過來，不覺悟的在無聲無影之中也就退下了戰線。」〔註63〕與此同時，創造社挑起了 1928 年的革命文學論爭。這是創造社後期劇變的標誌，也是中國無產階級革命文學步入自覺發展階段的標誌。

創造社後期的「劇變」，與他們對以日共黨員福本和夫爲代表的福本主義的接受和認同有很大關係。福本主義是 20 年代中後期日本社會主義運動中的一股左傾思潮，是在當時共產國際內部和日共批判右傾機會主義的鬥爭中產生的，它把列寧關於黨內思想鬥爭的原則擴大化和絕對化，追求純粹的階級意識，帶有很濃厚的「寧左勿右」的特點。福本主義政治理論的一個前提性目的是：「如何同根據山川氏及其追隨者的取消主義、清算主義進行方向轉換，也就是只把社會民主主義的組織路線作爲目標的方向轉換論進行鬥爭，同時如何擴大加強共產主義小組，進行黨的再建設？」其基本特徵爲：將異化理論作爲論述馬克思主義的中心，強調「理論」與「實踐」統一，強調「理論鬥爭」，強調「分裂結合」的組織理論。〔註64〕創造社後期成員留日學習期間，正值日本福本主義左傾路線盛行的高峰期，因此福本主義通過文藝運動影響了他們的思想是可以想見的。問題在於，福本主義在 1927 年 7 月就已經受到了清算，共產國際執委會做出了《關於日本問題的決議》，批判了福本主義，解除了福本和夫在黨內的統治地位，而日共也開始在日本國內批判福本主義，結束了因福本主義導致的論爭和分裂，尋求政治思想和組織上的團結

〔註61〕郭沫若：《海濤集·跨著東海》，《郭沫若全集·文學編》第 13 卷，北京：人民文學出版社，1992 年版，第 328 頁。

〔註62〕郭沫若：《「眼中釘」》，《拓荒者》，1930 年 5 月 10 日，第 4、5 期合刊，第 1541 頁。

〔註63〕麥克昂：《文學革命之回顧》，《文藝講座》，1930 年 4 月 10 日，第 1 冊，第 87 頁。

〔註64〕〔日〕齋藤敏康著，劉平譯：《福本主義對李初梨的影響——創造社「革命文學」理論的發展》，《中國現代文學研究叢刊》，1983 年第 3 期，第 345 頁。

統一。那麼，何以福本主義會在中國繼續發生作用呢？難道是因為創造社留日人員恰好錯過了日本左翼文壇結束福本主義這一歷史時刻，所以才把日本無產階級運動進程中所拋棄的錯誤做法當作成功經驗帶回中國的嗎？

　　回顧歷史，我們不得不承認，後期創造社確實是把福本主義的思想和做法當作成功經驗帶回中國的，但這並不表示他們對福本主義被清算無知無覺。郭沫若曾在 1928 年 5 月說過，中國的新文藝是「深受了日本的洗禮的」，「而日本文壇的害毒也就盡量的流到中國來了」。〔註65〕這裡，郭沫若雖沒有明說「害毒」就是福本主義，但以創造社與日本文藝界的頻繁交流和對日本無產階級運動的關注，他們不可能對福本主義被批判的情形一無所知。有學者認為福本主義之所以還能夠影響中國的無產階級革命文學運動是因為：一者，日共在當時對福本主義的批判並不徹底，且沒有深入到文藝戰線上，文藝戰線並未因為批判福本主義而受到什麼觸動，糾正什麼傾向；二者，當時中國共產黨也在執行一條「左」的路線，而革命文學的某些倡導者也有犯「左」傾錯誤的思想根源，福本主義不過是助長了他們原來就有的「左」的傾向。〔註66〕這種分析是非常有道理的。再者，問題恐怕還與創造社後期成員對福本主義理論、實踐的感受和體驗有關係。或者說，他們不但感受到了日本文學界的「左」傾思想氛圍，而且他們就是這些無產文藝運動的研究者和積極參與者。沈起予曾說過：「中國的普羅藝術運動，與日本實有不可分離的關係；……在日本的某大學時，曾與幾個日本學生，共同組織過一個『無產文藝研究會』，我們有一次的研究題目，就是《日本無產藝術運動的過程》。」〔註67〕可以想見，這種有過親身體驗的經歷一定影響了他們的價值判斷，就算知道福本主義被批判了，他們也依然會在一段時間內對福本主義的理論和做法存有認同感，在日本的感同身受對他們繼續信奉福本主義起到了關鍵作用。更何況日本無產階級文藝運動初期的理論非常混亂，導致創造社成員的理論來源非常雜亂，這從他們倡導無產階級革命文學運動時「革命文學」、「新興文學」、「普羅文學」、「第四階級文學」、「無產階級文學」等諸多「命名」就可以窺見一斑。如此雜亂的理論狀況肯定會影響他們的理性判斷。

〔註65〕麥克昂：《桌子的跳舞》，《創造月刊》，1928 年 5 月 1 日，1 卷 11 期，第 3 頁。

〔註66〕劉柏青：《三十年代左翼文藝所受日本無產階級文藝思潮的影響》，《文學評論》，1981 年第 6 期，第 107 頁。

〔註67〕沈綺雨：《日本的普羅列塔利亞藝術怎樣經過它的運動》，饒鴻競等編：《創造社資料》（上），福州：福建人民出版社，1985 年版，第 354 頁。

　　創造社成員並沒有提過福本和夫的名字，也沒有表示過對福本主義的誇讚，但是他們對福本主義的理論和做法確實持有極爲認同的態度，這從他們在1928 至 1930 年間關涉革命文學論爭的理論文章中，經常把福本主義的思想轉化爲自己的政治主張和文論觀點的表現就可以看得出來。與福本主義有著密切聯繫的平林初之輔、青野季吉積極探討文藝與政治、無產階級文藝與無產階級解放事業、自然生長性與目的意識性的關係，創造社成員也積極討論這些問題。如李初梨的《自然生長性與目的意識性》一文〔註68〕與青野季吉的文章題目一模一樣；成仿吾乾脆將新文學十年來的發展說成是「自然生長的」。〔註69〕福本主義強調政治方向的轉換，郭沫若就說自己在「五卅」工潮的前後「把方向轉變了」〔註70〕。福本主義強調「理論與實踐的統一」的辯證法，創造社就在理論中鼓吹「唯物的辯證法」，比如成仿吾說：「努力獲得辯證法的唯物論，努力把握唯物的辯證法的方法，它將給你以正當的指導，示你以必勝的戰術。」〔註71〕福本主義強調組織之間的「理論鬥爭」並聲稱無產階級的自覺意識來自於革命的知識分子，李初梨就說：「中國普羅列搭利亞特在意識戰野這方面底一支分隊，所以嚴密地說來，它應該是無產階級前鋒底一種意識的行動，而且能夠擔任這種任務的，在現階段，只有是革命的智識階級。」〔註72〕並表示將自己的文章《怎樣地建設革命文學？》「權且作一個『理論鬥爭』的開始」。〔註73〕隨後他又在回答錢杏邨的「公開信」時說：「我覺得在我們的無產文藝陣營裏面，『理論鬥爭』，是刻不容緩的一件急務。」〔註74〕成仿吾還強調說：「智識階級

〔註68〕　李初梨：《自然生長性與目的意識性》，《思想》，1928 年 9 月 15 日，第 2 期。

〔註69〕　原文爲：「過去的十餘年中，在大體上，我們可以說是完成了我們的使命（在歷史的必然性的觀點上）。但是一切都是自然生長的。今後，我們應該由不斷的批判的努力，有意識地促進文藝的進展，在文藝本身上，由自然生長的成爲目的意識的，在社會變革的戰術上由文藝的武器成爲武器的文藝。」成仿吾：《全部的批判之必要──如何才能轉換方向的考察》，《創造月刊》，1928 年 3 月 1 日，1 卷 10 期，第 7 頁。

〔註70〕　麥克昂：《文學革命之回顧》，《文藝講座》，1930 年 4 月 10 日，第 1 冊，第 86 頁。

〔註71〕　成仿吾：《從文學革命到革命文學》，《創造月刊》，1928 年 2 月 1 日，1 卷 9 期，第 7 頁。

〔註72〕　李初梨：《自然生長性與目的意識性》，《思想》，1928 年 9 月 15 日，第 2 期。

〔註73〕　李初梨：《怎樣地建設革命文學？》，《文化批判》，1928 年 2 月 15 日，第 2 號，第 20 頁。

〔註74〕　李初梨：《一封公開信的回答》，《文化批判》，1928 年 3 月 15 日，第 3 號，第 120 頁。

的革命分子應該是意德沃羅基戰線上的先鋒隊。」〔註75〕而何大白（鄭伯奇）也相信：在文學建設初期，「比較作品行動，理論鬥爭更爲緊要」。〔註76〕福本主義強調「必須在聯合之前，首先徹底地分裂」，創造社就開展了對魯迅、茅盾等老作家的多重批評，如馮乃超發表了《人道主義者怎樣地防衛著自己？》（1928 年 4 月）一文批判魯迅的人道主義，從題目來看，這種情形就相當於「福本主義者」堺利彥和片上伸對有島武郎的批判，馮乃超的論文題目頗像是堺利彥「一個溫厚的人道主義者嘗試絕望地逃避的宣言」和片上伸「一種自衛上的神經質」兩句有名的評語的綜合體。〔註77〕福本主義將文藝運動與政治鬥爭結合起來，將文藝視作政治煽動，對文學遺產採取虛無主義的態度，否認文學的藝術性，而中國左翼作家對此的主動接受給中國左翼文藝運動帶來了主觀主義和教條主義，加重了文藝團體之間的宗派對立情緒和文藝上的庸俗社會學化，且正是沿著清算所謂的資產階級文學的思維方式，使創造社和太陽社挑起了 1928 年的革命文學論爭。這裡，我們不是說 1928 年中國無產階級革命文藝運動中出現的一切「左」傾問題都是福本主義影響的結果，也不是說創造社「左」的錯誤思想根源都來自於福本主義，因爲其中還有著蘇俄和中國本土「左」傾思潮糾葛、影響的因素，我們要說的是，中國左翼文藝運動在理論、思想上確實受到了日本無產階級文藝思潮的影響，但這種影響是以中國左翼作家的主動接受爲前提的。

創造社之外，以太陽社爲代表的中國左翼作家還主動接受、借鑒了藏原惟人的理論，尤其是他的「新寫實主義」理論。這種理論在 1931 年前後已經成爲中國左翼文藝運動中具有指導意義的文藝口號，對左翼作家的創作方法和當時的文藝大眾化運動產生了一定的影響。藏原惟人是日本無產階級文藝運動的重要領導人。他在政治上反對福本主義，爲日本文藝界清除福本主義對無產階級文藝運動的影響做出了積極的努力；他在文藝上反對主觀主義，其文藝觀受普列漢諾夫、弗里契以及「拉普」文藝思潮的影響很深。他曾與外村史郎合作譯介了普列漢諾夫的《藝術論》，即魯迅譯本的底本，還寫過《馬

〔註75〕厚生：《智識階級的革命份子團結起來！》，《文化批判》，1928 年 4 月 15 日，第 4 號。

〔註76〕何大白：《文壇的五月——文藝時評》，《創造月刊》，1928 年 8 月 10 日，2 卷 1 期，第 105 頁。

〔註77〕〔香港〕黎活仁：《福本主義對魯迅的影響》，《魯迅研究月刊》，1990 年第 7 期，第 16 頁。

克思主義文藝批評的標準》、《作爲生活組織的藝術和無產階級》、《通往無產階級現實主義的道路》（即《到新寫實主義之路》）〔註78〕、《再論新寫實主義》、《再論藝術運動的組織問題》等論文，他強調無產階級文藝的「目的意識」、政治宣傳功用，也主張眞實地描寫客觀生活；他倡導無產階級寫實主義，提倡文藝大眾化；後來又放棄了新寫實主義轉而推行蘇聯「拉普」發明的所謂「唯物辯證法的創作方法」。藏原惟人的理論受到了太陽社的認可，被迅速譯介到中國文藝界。太陽社之所以引進「新寫實主義」與他們的日本體驗有直接關係。一方面，太陽社的主要成員蔣光慈、樓適夷、馮憲章等人感受到了藏原理論在日本文藝界的重要影響，而蔣光慈還在 1929 年 10 月三次〔註79〕拜訪當時作爲「全日本無產階級藝術聯盟」（「納普」）的重要領導人和理論權威的藏原惟人，接受了對方饋贈的新著《藝術與無產階級》，並與其當面討論了新寫實主義問題；另一方面，就注重創作的太陽社成員而言，創作方法是他們感興趣的話題之一，「新寫實主義」自然是他們和日本文藝人士交流的一個熱門話題。1928 年 7 月，林伯修譯介了藏原惟人的《通往無產階級現實主義的道路》一文，「新寫實主義」理論被正式引進中國。隨著譯介「新寫實主義」論文的不斷增加，「新寫實主義」（或被譯介爲「普羅列塔利亞寫實主義」、「無產階級寫實主義」等）成爲 1929 年前後左翼文藝運動中最流行的術語之一。運用「新寫實主義」理論方面的代表性文章有：林伯修的《1929 年急待解決的幾個關於文藝的問題》（1929 年 3 月 23 日《海風週報》第 12 期），錢杏邨的《新興文藝與中國（及其他）》（《文藝批評集》1930 年泰東書局版）、《中國新興文學中的幾個具體問題》（1930 年 1 月 10 日《拓荒者》創刊號）等。林伯修認爲中國左翼文壇 1929 年急待解決普羅文學的大眾化、普羅文學寫實主義建設和藝術運動「兩重性」〔註80〕這三個問題。而錢杏邨認定：「新寫實

〔註78〕〔日〕藏原惟人著，林伯修譯：《到新寫實主義之路》，《太陽月刊》，1928 年 7 月 1 日，停刊號。

〔註79〕蔣光慈：《異邦與故國》，《蔣光慈文集》第 2 卷，上海：上海文藝出版社，1983 年版，第 463、476、479 頁。

〔註80〕「藝術運動的兩重性」問題，是沈起予在《藝術運動底根本概念》一文中提出來的，他認爲：「所謂兩重性者，即是藝術運動底意義，一方面是直接製作鼓動及宣傳底作品，而與政治運動合流，他方面是推量著藝術進化底原則，來確立普羅列搭利亞藝術，以建設普羅列亞搭利亞文化。」（《藝術運動底根本概念》，《創造月刊》，1928 年 10 月 10 日，2 卷 3 期，第 5 頁）對於這一問題，林伯修的結論是：「普羅文藝運動是普羅鬥爭中的一種方式，它和政治運動一

主義是無產階級的戰鬥藝術！是無產階級解放運動的一種武器！」〔註81〕他還根據這一方法原則提出了中國「新興文學」中的「標語口號文學」、「現實主義」、「內容與形式」等方面的問題，指責茅盾對五四以來中國文壇情形的分析存在「問題」，認為茅盾「是自始至終的站在舊寫實主義的理論家的立場上在說話」。〔註82〕林伯修、錢杏邨等人還提出了很多與新寫實主義有關的問題。於是，「新寫實主義」在中國左翼文壇不斷被重視和呼應，直至被視為左翼文藝界解決自身藝術問題的一種重要創作方法。

　　「日本體驗」積極作用於中國無產階級革命文學的發展進程還表現在：促使「左聯」參照、接受了日本無產階級文藝運動的一些觀點乃至方針政策。首先，在文藝大眾化問題上，「左聯」借鑒了「日本無產階級文化聯盟」（「克普」）的主張。1931 年 11 月，「克普」成立，「克普」是統一日本無產階級文化戰線、推進整個日本文化戰線鬥爭的組織。它的目的和任務是：「（一）同資產階級、法西斯分子以及社會法西斯分子的反動文化進行鬥爭；（二）系統地啟蒙工人、農民及其他勞動人民的政治的和經濟的任務；（三）充實（以上人們的）文化生活的要求；（四）確立站在馬克思列寧主義立場上的無產階級文化。」〔註83〕其中第二項與第三項都直接關涉文藝大眾化問題。在這一運動發展過程中，藏原惟人提出的文藝大眾化是無產階級文藝的中心問題的提法對左翼文藝界的文藝大眾化運動發生了作用。比如林伯修在《1929 年急待解決的幾個關於文藝的問題》一文中提出的第一個問題就是普羅文學大眾化問題，並認為中國普羅文藝大眾化要解決提高大眾、作家要生活「普羅化」以便接近大眾等八個方面的問題。「左聯」成立以後，很重視文藝大眾化問題，成立了文藝大眾化委員會，開展了三次關於文藝大眾化的討論，左聯執行委

様地是階級解放所必要的東西。它與政治運動是有著內面的必然的聯絡，所以它必須與政治運動合流。但不應該因此把它看做『副次，』把它看做政治運動的補助。在這裡只有工作上分配的問題，而不是性質上輕重的問題。如果把它看做副次的東西，結果必不能獲得藝術運動的正確的理論。」林伯修：《1929年急待解決的幾個關於文藝的問題》，《海風週報》，1929 年 3 月 23 日，第 12號，第 12 頁。參見《海風週報》（彙刊），1930 年上海泰東圖書局版。

〔註81〕錢杏邨：《新興文藝與中國（及其他）》，《阿英全集》第 1 卷，合肥：安徽教育出版社，2003 年版，第 367 頁。
〔註82〕錢杏邨：《「批評與分析」》，《阿英全集》第 1 卷，合肥：安徽教育出版社，2003年版，第 370 頁。
〔註83〕〔日〕中村新太郎：《日本近代文學史話》，卞立強、俊子譯，北京：北京大學出版社，1986 年版，第 386 頁。

員會還制定了相關的決議，要求必須立即開始組織工農兵貧民通信員等活動，使廣大勞苦群眾成為無產階級革命文學的主要讀者和擁護者，實行作品、批評和文學者生活的大眾化等。〔註84〕由此可見，「左聯」的文藝大眾化主張明顯借鑒了日本「克普」的主張。更有意味的是，中國和日本的文藝大眾化問題不但內容相似、方法類同，而且結局也一樣，即大眾化問題都沒有得到根本解決。其次，促使「左聯」拋開「唯物辯證法的創作方法」，引入社會主義現實主義的創作方法。由於受到蘇聯「拉普」文藝思潮的影響，中國和日本的無產階級文藝界都盛行所謂的「唯物辯證法的創作方法」。1932年，聯共（布）中央批判了「拉普」的這種錯誤方法，開始提倡社會主義現實主義創作方法。「左聯」也面臨著創作方法的轉換。在這一過程中，曾經留學日本的周揚，對照日本無產階級文藝界的舉動，承擔起了這個「歷史使命」。〔註85〕他敏銳地發現了日本左翼文壇清算「唯物辯證法」錯誤的這種變化，據此他進一步瞭解了蘇聯文壇的最新變化，並根據中國左翼文藝界的情況，在 1933年 11 月出版的《現代》雜誌上發表了《關於「社會主義的現實主義與革命的浪漫方法」——「唯物辯證法的創作方法」之否定》一文，發出了中國左翼文藝界清算「拉普」消極影響的先聲，也為中國文壇引進了蘇聯的「社會主義現實主義」方法。周揚能夠獲得先機是與他對日本無產階級文藝發展情形的關注和對日本的「文化體驗」分不開的。同理，周揚的文章能夠迅速在中國左翼作家中獲得認同，也是因為中國左翼文藝界對日本及其革命文藝運動有著普遍性的體驗、認知和瞭解。

須注意的是，我們認可來自日本的「體驗」有著異質文化「輸入」的意義和「影響」中國左翼文學得以生成的作用，但並不等於忽視中國左翼文學自身的發生動力，也不等於忽視中國左翼作家的主體性。留日作家的主體心理、文化需要和認知情境決定著日本無產階級文學對中國無產階級革命文學產生影響作用的大小和深度。其實，在闡述日本文化對中國左翼文化的觸發作用時，我們之所以強調作家的「日本體驗」，目的就在於注重作家個體的認知世界和選擇性。左翼作家自身的特點和他們對外來文化的主動接受與思想

〔註84〕秘書處：《中國無產階級革命文學的新任務——一九三一年十一月中國左翼作家聯盟執行委員會的決議》，《文學導報》，1931 年 11 月 15 日，1 卷 8 期，第4～5 頁。

〔註85〕靳明全：《日本無產階級文學運動對「左聯」的影響》，《貴州大學學報》，1995年第 2 期，第 55 頁。

開放有著很大的關係，但這並不等於這些特點是對外來文化接受和開放的結果。要知道，「中國留日學生獲取『日本體驗』的意義並不在於這些所獲是否真的屬於日本，而在於它們究竟為中國知識分子的認知世界提供了哪些新的感興，最後又怎樣推動中國文學在固有基礎上的新創造」〔註86〕。結果，「日本體驗」加深了中國文藝界追求革命現代性的需求，使中國作家獲得了本土之外的新的經驗、感受、思維方式和認知語境。更值得一提的是，日本的無產階級文化運動也是以俄為師的，那麼在中國感受俄蘇文化和在日本感受俄蘇文化肯定有所不同。在日本，中國作家的俄蘇體驗是雙重性的，「日本體驗」無疑使中國作家的歷史、時間、國家、文化感受比在本土的「體驗」厚重得多，這就遠遠超出了單純的中日文化交流的意義。當然，左翼作家的成長歸根結底來自於「現實」的中國體驗，只有在中國本土才能求證「日本體驗」的功用，左翼作家追求「日本體驗」並非為了獲得異域體驗來進行文字炫耀。正所謂，「國民精神之發揚，與世界識見之廣博有所屬。」所以魯迅說：「意者欲揚宗邦之真大，首在審己，亦必知人，比較既周，爰生自覺。自覺之聲發，每響必中於人心，清晰昭明，不同凡響。」〔註87〕就此而言，重新構建中國新文學乃至新的國民精神才是左翼作家追求「日本體驗」的真正目的。

　　也就是說，就左翼作家群體而言，「別求新聲於異邦」並非目標，將日本體驗、俄蘇體驗乃至其他異域體驗中求取的生命和文化感悟作用於中國，進而去發揚國民精神、使「沙聚之邦」轉化為蘇聯那樣的現代民族國家才是他們的理想目標。這意味著：「所謂的『中外文化交流』的問題其實並不是簡單的文化觀念的傳遞，而是在這樣的『過程』中，中國近現代知識分子（作家）的自我體驗問題——既有人生的感受又有文化的感受。在主體體驗的世界裏，所有外來的文化觀念最終都不可能是其固有形態的原樣複製，而是必然經過主體篩選、過濾甚至改裝的『理解中』的質數。中國作家最後也是在充分調動了包括這一文化交流歷程中的種種體驗的基礎上實現了精神的新創造。」〔註88〕因此，在左翼作家的體驗世界裏，來自日本「納普」（全日本無

〔註86〕李怡：《「日本體驗」與中國現代文學的發生》，《中國社會科學》，2004 年第 1 期，第 163 頁。

〔註87〕魯迅：《墳·摩羅詩力說》，《魯迅全集》第 1 卷，北京：人民文學出版社，1981 年版，第 65 頁。

〔註88〕李怡：《「日本體驗」與中國現代文學的發生》，《中國社會科學》，2004 年第 1 期，第 158～159 頁。

產者藝術聯盟）、「福本主義」、「新寫實主義」和蘇聯「拉普」、「無產階級文化派」、「崗位派」、「烈夫派」等的文藝思想，不可能以其本來面目在中國出現，而是必須經過「中國化」的洗禮。也正是在這一過程中，中國左翼作家充分調動自身的主體體驗，發動了無產階級革命文學運動，進而加快了中國左翼文學的發生進程。

第三節　關於「中國體驗」

　　由於中國革命文學倡導者俄蘇體驗、日本體驗的顯性存在，日俄無產階級文學運動對中國左翼文學的發生產生了深遠的影響。但是，「日俄」意義的顯現必須以中國為主體和前提，關涉日俄的「新體驗」必須以中國現實為底色，其內核必須基於中國體驗基礎之上，而中國左翼文學的發生與中國作家的現實感受和生命體驗是直接相關聯的。因此，考察中國左翼文學的發生，我們仍然要回到「五四」以來中國作家的生存境遇、文化感受及其政治和文化訴求的層面上來探討。

　　1923 年前後，科學、民主、自由等思想價值觀念在「五四」新文化運動的落潮中漸趨式微，新文藝界萎靡不振。1924 年，林根在《「文藝復興」？》一文中針對有人將中國新文化運動比作歐洲「文藝復興」時代的說法提出了異議，他認為所謂的中國「文藝復興」不過是「曇花一現」罷了！自民國十年以後，新文化運動就完全陷入了「消沉麻木之狀況」；「最近兩年來則由消沉麻木之狀況一變而為反動復古的局面！」他還對這種「反動復古」的局面進行了詳細的概括：

　　　　新文學，白話文是遭許多人的反對，而且被有些學校禁止了；一切自由解放的學說思想是被一般大人先生們所詬誶，認為非經背聖，罵為洪水猛獸了；男女交際，男女同學，男女戀愛等，通通被紳士老爺們目為大逆不道，而加以嚴屬的禁止了；三從四德的女誡，忠孝忍讓的信條，甚至讀經祀孔，帝制尊君的邪說，也都盡情的提倡起來了；為帝國主義侵略的先導，為統治階級馴養奴隸的基督教會在全國都兇猛的發展起來了；反對現代科學和物質文明，提倡離開現實生活，違反社會進化的「東方文化」和「精神生活」的謬說布滿全國，尤其是將我們活潑純潔的青年迷陷於無底的深淵了；愚

頑昏亂的思想之結晶的什麼同善社，佛教會，佛化新青年社等牛鬼
蛇神的活把戲，漫城市遍鄉野的開演，而且博得無數民眾之叫好與
不斷的入夥了；習佛念經，靜坐修煉之妄，流行於一般新式教育下
之青年男女了；祈雨求晴，禁屠斷葷，設壇施醮，祈天禱神，朝南
嶽，迎鐵牌……的種種怪劇，真令我們看足了！夠了！再也不必多
舉了！大家想想！想這是怎樣一個天昏地暗的氣象！〔註89〕

　　林根對當時「天昏地暗的氣象」的透視表徵了新文化運動啟蒙作用的有限
性，「文學革命」的結果與進步文藝界希冀實現的目標相去甚遠，在極度失望和
懷疑之下，30 年代前後的左翼知識分子對新文化運動進行了嚴厲的批評。不
過，就歷史情形來看，貶低新文化運動所推崇的「自由」等價值觀念的傾向其
實在新文化運動發生前就已經出現了。比如嚴復在給熊純如的信中就曾表達過
對平等、自由等價值觀念功用的懷疑和擔憂，他認為世界發生的巨大的急劇變
化將導致過去被認為是神聖真理的理論的瓦解：「譬如平等、自由、民權諸主義，
百年已往，真如第二福音；乃至於今，其弊日見，不變計者，且有亂亡之禍。
試觀於年來，英、法諸國政府之所為，可以見矣。乃昧者不知，轉師其已棄之
法，以為至寶，若土耳其、若中國、若俄羅斯，號皆變法進步。然而士已敗矣，
且將亡矣；中國則已趨敗軌；俄羅斯若果用共和，後禍亦將不免，敗弱特早暮
耳。」〔註90〕憑藉這些話，我們還不能說嚴復這個西方文化傳播者真正背離了
西方文化，但可以聽出他的潛臺詞：自由主義不是不成熟，而是已經過時了。
就此而言，左翼文藝界後來對新文化運動的批評並不出人意料。

　　新文化運動落潮後，較早地對新文化運動提出批評的是郭沫若。他認為：
「四五年前的白話文革命，在破了的絮襖上雖打上了幾個補綻，在污了的粉
壁上雖然塗上了一層白堊，但是裏面的內容依然還是敗棉，依然還是糞土。
Bourgeois 的根性，在那些提倡者與附和者之中是根性太深了，我們要把選
（這，引者注）根性和盤推翻，要把那敗棉燒成灰燼，把那糞土消滅於無形。」
〔註91〕是時，郭沫若對「我們」的強調及其所隱含的集體價值認同，表徵了
新文學作家轉變「五四」個性解放、藝術獨立等觀念的可能性。這種「可能

〔註89〕林根：《「文藝復興」？》，《中國青年》，1924 年 10 月 11 日，第 48 期，第 5 頁。
〔註90〕嚴復：《與熊純如書‧第 52 封信》，王栻主編：《嚴復集》第 3 冊，北京：中
　　　　華書局，1986 年版，第 667 頁。
〔註91〕郭沫若：《我們的文學新運動》，《創造週報》，1923 年 5 月 27 日，第 3 號，第
　　　　14 頁。

性」源於創造社創建伊始時的民族國家關懷情緒和表現時代精神的現代性焦慮及其實踐自我理論主張時的矛盾糾葛。1925 年，郭沫若已經基本上拋開了「個人主義」藝術觀，他主張藝術家要覺悟到藝術的偉大使命，「把自己的生活擴大起來，對於社會的眞實的要求要加以充分的體驗，要生一種救國救民的自覺」。〔註92〕1926 年，他告誡矢志爲文學家的青年「趕快把時代的精神提著」，要成爲一個「革命的文學家」，而不要成爲一個「時代的落伍者」，他的結論是：「徹底的個人的自由，在現代的制度之下也是求不到的，你們不要以爲多飮得兩杯酒便是甚麼浪漫的精神，多謅得幾句歪詩便是甚麼天才的作者，你們要把自己的生活堅實起來，你們要把文藝的主潮認定！你們應該到兵間去，民間去，工廠間去，革命的漩渦中去，你們要曉得我們所要求的文學是表同情於無產階級的社會主義的寫實主義的文學，我們的要求已經和世界的要求是一致，我們昭告著我們，我們努力著向前猛進！」〔註93〕細讀郭沫若對青年的這些「教誨」，可以發現他在邏輯上並無特別之處，只不過是對「五四」以來依靠青年推動社會變革的進化論思維方式的襲用。但有意味的是，對無產階級文學粗疏的辨析幫助他脫離了流行的「進化論」的某種「陷阱」。因此在《文藝家的覺悟》一文中，他敢於「斬釘截鐵」地說：「我們現在所需要的文藝是站在第四階級說話的文藝，這種文藝在形式上是寫實主義的，在內容上是社會主義的。除此以外的文藝都已經是過去的了。包含帝王思想宗教思想的古典主義，主張個人主義自由主義的浪漫主義，都已過去了。」〔註94〕到了 1930 年，他乾脆以《文學革命之回顧》爲題，運用馬克思主義相關理論，認定「文學革命」是資產階級革命的一種表徵，而 1928 年社會發生巨變後，中國已經進入無產階級革命時代，文學也將進入無產文藝發展階段。〔註95〕憑藉這些觀點，我們還不能認爲郭沫若全盤否定「五四」，但可以聽出他的潛臺詞：「五四」已經過時了，如果作家不能表現時代、轉變個人主義觀念，那麼將難免被「革命」的命運。

〔註92〕郭沫若：《文藝之社會的使命》，上海《民國日報》副刊《覺悟・文學（週刊）》，1925 年 5 月 18 日，第 3 期，第 4 頁。

〔註93〕郭沫若：《革命與文學》，《創造月刊》，1926 年 5 月 16 日，1 卷 3 期，第 11 頁。

〔註94〕郭沫若：《文藝家的覺悟》，《洪水》，1926 年 5 月 1 日，2 卷 16 期，第 139 頁。

〔註95〕麥克昂：《文學革命之回顧》，《文藝講座》，1930 年 4 月 10 日，第 1 冊，第 76、88 頁。

在郭沫若批判「文學革命」之後，創造社同人成仿吾、鄭伯奇、何畏也開始對新文化（文學）運動進行批評，力圖推動文藝界由個人反抗轉向集體革命，由「文學革命」轉向「革命文學」。成仿吾的《新文學之使命》、《完成我們的文學革命》，蘇覺先的《〈完成我們的文學革命〉的回聲》，鄭伯奇的《國民文學論》，何畏（何思敬）《個人主義藝術的滅亡》，組成了一股批評「文學革命」時代的個人主義立場和所謂的資產階級、小資產階級文學創作的強大力量。他們主張：「我們今後的文學運動應該為一步的前進，前進一步，從文學革命到革命文學！」〔註96〕鄭伯奇還提倡國民文學，其理由是：「我們自有文學革新運動以來，已有四五年了。其初，也頗有些新鮮氣象，到了四五年後的今日，早已暮氣深沉，日趨衰運。一種萎靡不振的空氣重重地壓被在方興未艾的新文壇上。要從此繼續下去，新文壇只有墮落之一途。這固然是很可悲觀的現象，但是我們既抱了個打破數千年病腐的傳統文學的決心，當然不能因這點小挫折，喪失勇氣。並且文學界的衰運，不一定全是從學文學的人們所招致的。第一呢，提倡新文學的人，對於文學的使命，不大瞭解，其提倡的態度，頗有些不很好的。再呢，新文學的興衰，實在與新思想是相關聯的，而現在的思想界是消沉極了。但是我們不能始終受新文學提倡者的支配，我們也不能使新文學作思想界的應聲蟲。我們應該認定新文學的使命，自己決定新文學應走的方向。」他還認為新文學與一般國民的實際生活非常隔膜、工具也不完備、優秀作品不多，結果引起了對新文學的批評聲音：「中國的文化一定與新文學運動同時發生，歷史雖有五年之久，至今還未脫離抄譯與空談的時代。」〔註97〕何畏則乾脆宣布個人主義藝術已經「滅亡」。〔註98〕總之，他們認為文學是社會生活的反映，是有時代使命的，文學革命「換湯不換藥」，其時代已經過時；強調政治意義上的文學的「主體階級的歷史使命」和宣傳功用；強調文學是表現社會和進行階級鬥爭的工具；強調個人主義藝術的沒落和「我們」的雄起。因此，「文學革命」必須向「革命文學」的方向轉換。

相比於前期創造社成員，1927年10、11月從日本歸來的後期創造社成員

〔註96〕　成仿吾：《從文學革命到革命文學》，《創造月刊》1卷9期，1928年2月1日，第6頁。

〔註97〕　鄭伯奇：《國民文學論》（上、中、下），《創造週報》第33、34、35號，1923年12月23日、30日、1924年1月6日。

〔註98〕　何畏：《個人主義藝術的滅亡》，《創造月刊》，1926年5月16日，1卷3期。

朱鏡我、李初梨、彭康、馮乃超等青年馬克思主義者，對於新文學運動的批評更爲苛刻。在這一過程中，馮乃超撰寫了《藝術與社會生活》、《冷靜的頭腦——評梁實秋的〈文學與革命〉》、《人道主義者怎樣地防衛著自己？》，朱鏡我撰寫了《科學的社會觀》、《德謨克拉西論》，彭康撰寫了《「除掉」魯迅的「除掉」》、《什麼是「健康」和「尊嚴」——〈新月的態度〉底批評》、《革命文藝與大眾文藝》，李初梨撰寫了《怎樣地建設革命文學？》、《對於所謂「小資產階級革命文學」底抬頭普羅列塔利亞文學應該怎樣防衛自己？——文學運動底新階段》、《請看我們中國的 Don Quixote 的亂舞——答魯迅〈醉眼中的朦朧〉》等文章。是時，他們對於新文化運動和「五四」作家的態度，已不是強調有「全部的批判的必要」，而是直接進行「全部批判」。比如李初梨嚴厲地批評說：新文化運動的《新青年》時代已在《新青年》內部分化後終止，中國的「文學革命」呈現出了反動局面，與封建勢力合流和官僚化的《新青年》右派，佔領了各官僚大學和文化機關，鼓吹「好人政府」，參加「善後會議」，提倡國故，標點《儒林外史》，做小詩、講趣味。〔註99〕顯然，後期創造社極端強調文學的宣傳和意識形態構建的功用，把文學當作一種鬥爭工具，這種似乎提升了文學功用的做法，卻構成了對文學藝術性的遮蔽和否定，因此，當他們批判把文學當作遊戲的趣味文學的做法時，他們與被批判者的思維模式並無本質性差別，所不同的是，他們在某種程度上改變了新文學的發展進程。

在創造社之外，共產黨人以集體組織的形式對「五四」新文化運動提出了批評。1923 年前後，早期共產黨人秋士〔註100〕、鄧中夏、惲代英、蕭楚女、沈澤民、茅盾等人，對五四思想進行了意識形態化的總結、闡釋和批判，認爲新文學的創作傾向不夠「健康」：「傷感」、「頹廢」、「唯美」、「脫離現實」，反封建也是「只問病源，不開藥方」，在激發國民精神、民族獨立、民主革命上沒有取得什麼顯著效果。30 年代，瞿秋白、周揚等共產黨人認爲，在提高大眾文化水平、組織大眾、鼓動大眾上，「五四」白話文運動做得不夠；白話在句型、句法與詞彙方面的日益歐化，使它沒能如它的支持者所主張和希望

〔註99〕 李初梨：《怎樣地建設革命文學？》，《文化批判》，1928 年 2 月 15 日，第 2 號，第 11 頁。

〔註100〕 「秋士」當爲董紹明。董紹明，號景天，字秋士，常用筆名爲秋斯、求思。天津靜海人，燕京大學畢業，翻譯家，中國共產黨黨員。

的那樣，成爲中國口語的表現工具；知識分子生活和局限在大學與城市文學圈子的「象牙之塔」裏，與城市勞動者隔膜、缺乏交流。在這些共產黨人中，蔣光慈和茅盾的觀點最值得注意。

蔣光慈對新文化運動的批判，是從批評「五四」新文學作家開始的，是以俄國無產階級革命後無產階級文化建設的實績爲依據的，是以證明無產階級文化的「必然性」爲預設前提的。他認爲新文學成績不大：「我覺著現在創作家如春筍一般，非常之多；而所謂文學的讀者，卻與創作家成反比例沒有多少。差不多文學的創作者，就是文學的讀者，文學的讀者，就是文學的創作者。這一種現象我們能承認它爲進步的麼？」接著，他引述他朋友──一個愛讀文學而現在不大愛讀新文學作品的人──的說法並定下了批評基調，即「一切都是濫調子，沒有好的，現在中國的文學界糟糕極！……」以此爲前提，他批評了文學界的紊亂、麻木不仁，批評國人生活在「糞堆裏」而不自知，還愚妄地追求花、月、愛、美；他還批評現代中國文學界的墮落和多數新詩人、新文學家的無出息，使所謂「靡靡之音」的文學潮流漫溢全國，而「靡靡之音」是文學界的「頹象」，甚至是亡國的徵象！他要求中國的新詩人睜開眼睛看看，帝國主義和野蠻軍閥正在吃國人的肉、心肝、靈魂，不要再安慰自己和自欺欺人了。〔註101〕在他看來，新文化（文學）運動的實績太差了，除了郭沫若以外，其他的「五四」作家如冰心、葉聖陶等都是不合格的。

相比於蔣光慈的批評，茅盾的反思更爲全面，也更具有否定性意義。他在 1923 年時說：「我們相信文學不僅是供給煩悶的人們去解悶，逃避現實的人們去陶醉；文學是有激勵人心的積極性的，尤其在我們這時代，我們希望文學能夠擔當喚醒民眾而給他們力量的重大責任。我們希望國內的文藝的青年，再不要閉了眼睛冥想他們夢中的七寶樓臺，而忘記了自身實在是住在豬圈裏。我們尤其決然反對青年們閉了眼睛忘記自己身上帶著鐐鎖，而又肆意譏笑別的努力想脫除鐐鎖的人們。阿Ｑ式的『精神上勝利』的方法是可恥的！」〔註102〕如果說，茅盾此時對「五四」文學革命還充滿希望的話，那麼，30 年

〔註101〕 蔣光赤：《現代中國的文學界》，《蔣光慈文集》第 4 卷，上海：上海文藝出版社，1988 年版，第 143～148 頁。
〔註102〕 茅盾：《「大轉變時期」何時來呢？》，《文學週報》第 103 期，1923 年 12 月 31 日，第 1 版。

代的他對「五四」的整體評價已經基本上變成了貶斥。他認為五四時代的文藝理論在「五卅」運動時期已經不能在青年心理上起「發酵」作用了，到了1934年前後更加被人唾棄；「五四」由於自己的先天不足和後天斲傷太甚，沒有等到成熟就僵死了；「五四」這位「啓蒙先生」演出了一幕「歷史的命定的悲劇」。〔註103〕他指責「五四」到結束也沒有提出系統的堅實的新文學運動的主張來。〔註104〕他認定新文學第一個十年的前半期的創作界有兩個「很重大」的缺點：「第一是幾乎看不到全般的社會現象而只有個人生活是小小一角，第二是觀念化。」他覺得新文化運動的初期，「好像沒有開過浪漫主義的花，也沒有結寫實主義的實」，「雖然後半期比前半期要『熱鬧』得多，但是『五卅』前夜主要的社會動態仍舊不能在文學裏找見」，而反封建的「五四」運動更是「虎頭蛇尾」。〔註105〕他認為在「五卅」運動前後，「『五四』初期的文學口號已經被人感到不滿足，而新的潮頭尚未來到，人們感得了迷惘和虛空；這一時期的作品，主要色彩就是悲觀苦悶。也有從悲觀苦悶逃到唯美主義的，那就是麻醉自己；逃到什麼未來主義的，那是刺戟。」〔註106〕他明確表示，「新文學大系」的使命應該是「清算」和「批評」，〔註107〕至於清算和批評的對象當然包括「文學革命」。他還認定，當京漢鐵路大罷工顯示了組織力量和鬥爭決心時，「五四運動」已成為「歷史的名詞」，中國的新文藝也遠遠地落在民眾運動後邊了。〔註108〕總之，在茅盾乃至其他早期共產黨人的認知世界中，「五四」已經被認為不可能再發生重要作用了。

　　瞿秋白、蔣光慈、茅盾等人對「五四」文學革命運動的總體評價趨向於「貶」，他們對文學界的批評以及在此過程中對革命文學的醞釀，在某種程度上是共產黨介入文學意識形態鬥爭的開端或曰前兆，這對後來的文學產生了

〔註103〕茅盾：《從「五四」說起》，《茅盾全集》第20卷，北京：人民文學出版社，1990年版，第51～53頁。

〔註104〕茅盾：《我們有什麼遺產？》，《茅盾全集》第20卷，北京：人民文學出版社，1990年版，第54～55頁。

〔註105〕茅盾：《〈中國新文化大系・小說一集〉導言》，《中國新文學大系・小說一集（1917～1927）》第3集，上海：上海文藝出版社，2003年版。

〔註106〕茅盾：《〈中國新文學運動史〉》，《茅盾全集》第20卷，北京：人民文學出版社，1990年版，第246頁。

〔註107〕茅盾：《十年前的教訓》，《茅盾全集》第20卷，北京：人民文學出版社，1990年版，第431頁。

〔註108〕茅盾：《給西方的壓迫大眾》，《茅盾全集》第20卷，北京：人民文學出版社，1990年版，第554～555頁。

深刻的影響。左翼作家按照生產方式變革的規律對「五四」新文化運動進行了解釋，他們對「五四」新文化運動的意識轉換、民族主義或民粹主義傾向有意無意的忽視，令人深思。「五四運動」作為一個概括性的名詞，包含著眾多對立衝突的歷史、文化事實。對於這些事實，學界仁者見仁、智者見智，很難統一觀點，但須明確的是，所有的觀點至少要建立在承認「五四」運動兩個最基本的精神——反對中國傳統文化與接受西方近代文化——的基礎上才符合學理。就此而言，左翼文藝界對「五四」新文化運動的反思是存在以偏概全現象的。

　　回到 20 世紀 20 年代中期，我們發現這一時期意味著一種重要的「過渡」，它顯示了歷史轉換時巨大的便攜力量，我們沒有理由無視它的存在、作用和功能。正如當時的政治、歷史、制度、文化所昭示的那樣，1925 年屬於北伐革命初期，知識分子激情昂揚，他們似乎已經看到了夢幻般美麗的「大革命」烏托邦鏡象，彷彿希望和幸福會隨之而來，這與 1927 年知識分子的彷徨、絕望情形差別很大。在這一過程中，傳統「士」的民族國家關懷精神在知識分子的身上呈現出三種文學現代性追求：一種目標指向以胡適為代表的資產階級文化訴求，一種目標指向以魯迅為代表的社會文化訴求，一種目標指向以陳獨秀、李大釗為代表的馬列主義革命文化訴求。〔註109〕這意味著中國現代知識分子尤其是左翼知識分子面臨著精神選擇或曰確立自我認同的境遇。

　　20 年代社會的過渡性，其表徵首先在於民國初年政局混亂程度的加重。「五卅」運動和國民革命以來，愛國情緒的高漲使得中國進一步建立獨立民族國家成為可能，也有力於填充民初以來的政治「權威真空」和思想文化「價值權威空缺」〔註110〕。可悲的是，中華民國不過是軍閥操縱於股掌之間的「工具」。1927 年的反革命政變令當時的知識精英群目瞪口呆，魯迅在給時有恆的信中說，這種恐怖「我覺得從來沒有經驗過」〔註111〕。魯迅的話說出了當時有良知、有理性的知識分子的同感。從未經驗過的恐怖，逼迫這些知識精英在沉默中進行反思：追求民主革命何以會落入極權主義的泥坑？中國革命的

〔註109〕王富仁：《中國近現代文化發展的基本線索》，《汕頭大學學報》，2003 年第 3 期，第 25 頁。

〔註110〕陳方競：《多重對話：中國新文學的發生》，北京：人民文學出版社，2003 年版，第 3 頁。

〔註111〕魯迅：《而已集‧答有恆先生》，《魯迅全集》第 3 卷，北京：人民文學出版社，1981 年版，第 453 頁。

道路出了什麼問題，該怎樣走？知識分子在這場災難中扮演了什麼角色，應該負有怎樣的責任？他們需要時間或者思想論爭來認知這場革命的基礎、性質和偏離，他們需要重新正視自身和文學的憂患意識與進化論觀念〔註112〕，他們需要團結起來共同面對「虛妄」的精神困境和假共和、真獨裁的歷史困境。這也是中國現代知識分子在「五四」新文化運動後痛苦裂變並重新確立價值座標的過程。

20年代的社會過渡性，其表徵還在於思想文化領域的價值權威缺失。經歷了同樣的革命考驗，知識分子對這場革命的看法卻並不相同。大革命就像一面「魔鏡」，不但彰顯了歷史的殘酷、文學的無力，也照出了當時知識分子的本性。右翼文人和偽裝極「左」面貌的文人助紂為虐，一些軟弱的知識分子從動搖、妥協到逃跑，大部分左翼文人從幼稚、狂熱到盲動、彷徨、迷失、混亂，而以魯迅為代表的一批知識分子，卻通過對大革命失敗的思考、觀察和分析實現了對馬列主義思想的自我認同。當然，歷史並非敘述這麼簡單。問題的複雜性還在於，處於同一陣營的知識分子之間也存在著嚴重的思想分歧。這種現象在左翼知識分子陣營中尤為明顯。比如在對革命形勢的認識上，魯迅等一批清醒的知識分子明確意識到當時的中國革命已經進入了低潮期，但蔣光慈卻認為「中國社會革命的潮流已經到了極高漲的時代」。〔註113〕傅克興更其「盲動」，他在反駁茅盾觀點時說：「說中國革命走到了絕路嗎？斷沒有這個事，中國的革命還在發展到一個新的高潮，決沒有走到絕路去。」〔註114〕蔣、傅二人的看法折射了創造社和太陽社在「左」傾國際國內政治背景下對這一問題的基本認識。雙方的分歧彰顯了左翼文藝界兩代知識分子在價值判斷和實踐原則上的根本性差異，在某種程度上，正是這種差異導致了1928年「革命文學論爭」的發生。當然這是後話。這裡我們要強調的是，「革命文學」口號在1924年就已經被提出，但那時只具有口號意義，其發生影響或曰體現出社會學和文化層面的意義是在「大革命」之後。只有透過「大革命」對知識分子的衝擊才能透視左翼文學得以發生的心理基礎，才能明瞭革命知識分子在「反抗絕望」中得以深化的革命理念和文化訴求。

〔註112〕逄增玉：《中國現代作家和文學的憂患意識與進化論影響》，《東北師範大學學報》，2000年第5期，第1～6頁。

〔註113〕蔣光慈：《關於革命文學》，《太陽月刊》，1928年2月1日，2月號。

〔註114〕克興：《小資產階級文藝理論之謬誤——評茅盾君底〈從牯嶺到東京〉》，《創造月刊》，1928年12月10日，2卷5期，第11頁。

　　20 年代社會的過渡性有利於思想文化界的反思，而豐富的歷史、現實素材和體驗或經驗也有利於「文學革命」向無產階級文學的轉向，其標誌就是「從文學革命到革命文學」的口號被廣泛接受了，馬列主義思想也開始受到各界的廣泛關注。或者可以從後置性理論預設和二元對立思維的角度來如是說：左翼知識分子需要一種新的文學樣式，即革命文學，來實現他們的社會和文化理想，需要一些新的口號來號召、教化民眾去革命，而「自由主義」、「無政府主義」等思想體系已不合時宜，於是馬列主義思想體系和價值理念被自覺不自覺地選擇、填充進來，其介體就是在中國得到廣泛譯介和傳播的俄蘇文學和日本普羅文學。在歷史學家看來，中國知識分子自覺地對左翼文藝思想資源的汲取和對自身無產階級身份的認可，昭示著歷史理性和人文理性選擇的必然，「中國連續不斷的道德墮落、政局不穩以及經濟惡化，為復辟皇權的反覆企圖和外國的侵略提供了條件。在更廣闊的範圍內，歐洲的戰爭暴露了令人非常欽羨的西方文明所固有的弱點，而布爾什維克的勝利連同其隨即廢除沙皇在華的特權，則為中國的解放指明了一條新的道路」〔註115〕。十月革命的成功，客觀上刺激了中國知識分子由傳統的社會文化認同（以德治國）轉向對俄日的左翼文化認同，轉向對馬列主義革命現代性的引進、追求和實踐。

　　在 20 年代思想文化領域價值權威空缺填充的過程中，文學界無論提倡自由主義、三民主義抑或馬克思主義都含有強烈的功利色彩，其癥結在於國民對現代強國建構的熱望和對民族主義的自覺認可，從「外抗強權，內除國賊」到「打倒列強除軍閥」，均可以看出近現代中國政治文化重心的轉移。到了 1926 年，與民初帝國主義對中國政局的全面監控狀況相比，民國權勢結構的獨裁特徵要明顯得多，國民黨的政策開始由「內攻與外擊」轉向「攘外」與「安內」，並且「安內」（反共）逐漸壓倒了「攘外」（反帝）。其實，國民革命乃至北伐的巨大感召力並非如有些人所強調的完全在「反帝」上，孫中山政府對帝國主義模棱兩可的態度與「妥協」的外交策略，徘徊於軍閥之間、鼓吹和平統一的軍事政策，希望軍閥自己去裁軍的「與虎謀皮」，〔註116〕以及各路

〔註115〕〔美〕陳志讓：《1927 年前的中國共產主義運動》，費正清編：《劍橋中華民國史》（上），北京：中國社會科學出版社，1994 年版，第 569 頁。

〔註116〕陳獨秀：《北京政變與國民黨》，《嚮導》，1923 年 7 月 11 日，第 31～32 期合刊，第 229～230 頁。

軍閥對帝國主義勢力的繼續藉重，都說明了這一點。從這一視角來看，民族主義的國家建構想像在當時所起的激勵作用是非常有限的，以軍力統一中國才是「北伐軍民」最容易體認的社會革命方式。就這樣，在思想文化界乃至社會各界認可統一化、一體化的「國家法西斯主義」的思維慣性中，共產黨被犧牲與否變得不重要了，這才有了反革命勢力的「現代性」大屠殺。同時，多種內涵複雜的價值體系絞纏在一起，如國家主義／三民主義／新傳統主義、革命救國／道德救國／新生活運動、語體變革／大眾化運動、革命／戀愛等，這意味著「五四」以來的文白之爭、父子衝突等模式已經無法涵蓋大革命時代的社會價值和精神指向了。在左翼知識分子看來，辛亥革命建立的民國是無根的，蘇聯十月革命的成功和成就世人有目共睹，模仿和實施俄國革命才能真正改變歷史，這在蔣光慈描寫城市工人武裝起義的小說《短褲黨》和描寫「農村包圍城市」道路的《咆哮了的土地》中已有過粗略的思考。在當時，這種認識是新鮮的，是以個體的經驗和體驗為根據的，並具有相當大的社會影響力。

事實表明，以中共為代表的革命工作者和知識分子，早在「五卅」運動之前，就已經開始以各種方式在工人、青年和學生中著手培養追求馬列主義革命現代性的政治和文化勢力。劉華成為上海二十二萬工人的領袖和上海大學每年培養數以百計的左翼學生就是這種實踐所取得的實效的明證。此後，教育、培養的革命對象不再局限於工人、青年和學生，而是轉向數量更其龐大的農民。據統計，到 1926 年 11 月為止，僅湖南省就有「農民夜學」6000多所，這些學校教授農民政治常識及淺顯的革命理論，培養了大批革命的「知識農民」。〔註117〕此外，天災人禍、經濟破產、政治腐敗等現實因素進一步加強了底層民眾樸素、自發的反抗意識，一旦有了成熟的理論引導，他們就會自然而然地轉化為自覺的革命有生力量。因此，到了 1926 年前後，中國社會中已經存有龐大的、受過一定文化教育的、具有政治覺悟的、思想意識左傾的讀者群，革命文學作品的暢銷就是一種證明，《創造月刊》在被查禁之前每期發行量接近一萬冊，由此可以想見革命知識分子幾何級增長的景象。同時，與晚清革命知識分子在科舉制度廢除後因被政治和社會邊緣化而痛苦並「寄沉痛於逍遙」的頹廢精神狀態相比，「五四」後成長起來的這批「粗暴」的革

〔註117〕鄭登雲：《中國近代教育史》，上海：華東師範大學出版社，1994 年版，第 240～241 頁。

命青年要進步得多，他們在大革命陷入低潮時也曾彷徨、迷失、虛無，但最終選擇了馬列主義，提出了不同於「五四」反帝反封建的無產階級文化建設主題，這才有了劉半農在 30 年代初的那句慨歎：「我們這般當初努力於文藝革新的人，一擠擠成了三代以上的古人。」〔註118〕

　　革命知識分子的增長，促使了革命／反革命二元對立思維在中國的進一步泛化，隨之，建構新的革命倫理道德觀的訴求在革命文學中出現了。在革命時代新倫理道德建構的過程中，無產階級革命文學的中心意象「革命」與「戀愛」結合在一起。它們對作家尤其是左翼作家擁有神奇的魔力，寫作主體希冀與它們同體共在，並無限度地強化這種信任和忠貞摯情，似乎不如此就無法充分表達他們在膜拜崇信狀態中的自我認同。左翼作家對革命進行詩意言說、崇拜歌吟，這使得「革命」在 20 年代中期的中國文化市場上成為一種時髦，甚至是一種「法寶」：改革現實，創造新的「物質——文化——制度」內涵，消滅黑暗、重現光明，克服虛無和頹廢對自我的侵蝕，展現或重現中國曾有的反抗精神；「革命」是青年在當時歷史場景中做出的重大選擇，也是那個時代最崇高、純潔的理想，它和浪漫的愛情一樣，是生命意義的實現。他們的行為具有了被敘事的意義，這種意義不在於作者對革命浪漫、勝利抑或可能出現的失敗與挫折的寓言或預言性言說，而在於「革命」和「戀愛」是這樣一群人反抗現存秩序、制度、文化等一切壓抑人性者的中介、手段，在於可以讓群眾知道「革命」不僅擁有政治層面的意義，它更是一首詩，一首充滿詩意、壯美和浪漫的詩，這種情形就如蔣光慈在「浪漫」受著「圍罵」時對郭沫若等人所說的那樣：「凡是革命家也都是浪漫派，不浪漫誰個來革命呢？」〔註119〕作家們在強烈地體驗和描述它的同時，也在尋找獲得它的途徑，他們找到了，這有賴於他們求索意志的堅強、對自己生存境遇的深切感知、對啟蒙民眾責任的勇敢承擔和對革命功用的絕對認可。不過，「革命加戀愛」模式的泛化，並不意味著革命文學作家的自我認同會成為權威性價值判斷。事實上，很多左翼作家也難以與那些「文學即宣傳」等革命文學發生理論完全契合。

　　由於革命文學的理論主張基本上源自於社會階級鬥爭學說，主要內容表

〔註118〕劉半農：《初期白話詩稿・序》，北平：星雲堂，1932 年版。
〔註119〕郭沫若：《創造十年續篇》，《郭沫若全集・文學編》第 12 卷，北京：人民文學出版社，1992 年版，第 268 頁。

現爲強調文學的階級性和文學爲政治服務的功能，這使得革命文學的批評標準完全傾斜在階級性、政治性方面。社會變革的「快車」使革命作家總有被時代追逼的感覺，蔣光慈感慨地說：「我們現代的文學對於我們現代的社會生活，是太落後了」；「革命的步驟實在太快了，使得許多人追趕不上」；「這弄得我們的文學來不及表現」；「我們的文學就不得不落後了」。〔註120〕郭沫若焦慮地說：「文藝是應該領導著時代走的，然而中國的文藝落在時代後邊向不知道有好幾萬萬里。」〔註121〕成仿吾也不無憂慮地說：「我們遠落在時代的後面。」〔註122〕這種焦慮情緒，客觀上加重了革命文藝界二元對立思維和宗派情緒的氾濫，比如郭沫若認爲：「我們現在處的是階級單純化，尖銳化了的時候，不是此就是彼，左右的中間沒有中道存在。」〔註123〕成仿吾說：「誰也不許站在中間。你到這邊來，或者到那邊去！」〔註124〕王獨清則斷言：「不能和我們聯合戰線的就是我們底敵人！當然，我們須先把這些敵人打倒！」〔註125〕這些觀點和做法對很多作家造成了傷害，其局限性和錯誤不言而喻。黨的干涉和後來「左聯」的成就說明，革命文藝的成功並不能掩蓋其自身的缺陷，左翼文藝界只有克服自身的諸多局限才能獲得眞正的無產階級意識，才能創造出更優秀的文學作品。

「無產階級革命文學」口號的提出和興起是多種力量作用下的產物，是左翼作家主體體驗下自覺的自我選擇，同時，它更是在大革命陷入低潮和國民黨文藝統制政策的壓迫下發展起來的：一方面，國民黨在政治策略上大講民族主義，加強中央集權和軍事獨裁；另一方面，在思想文化上，國民黨政府在 30 年代相繼提出了「三民主義文學」、「民族主義文學」口號，來與普羅文學進行抗衡，通過多種途徑審查、控制全國的報紙和出版物，限制出版言論自由，決議通過了《宣傳品審查條例》（1929 年 1 月 10 日）、《出版條例原

〔註120〕蔣光慈：《現代中國文學與社會生活》，《太陽月刊》，1928 年 1 月 1 日，第 1 號。

〔註121〕麥克昂：《英雄樹》，《創造月刊》，1928 年 1 月 1 日，1 卷 8 期，第 2 頁。

〔註122〕成仿吾：《從文學革命到革命文學》，《創造月刊》，1928 年 2 月 1 日，1 卷 9 期，第 6 頁。

〔註123〕麥克昂：《留聲機器的回音——文藝青年應取的態度的考察》，《文化批判》，1928 年 3 月 15 日，第 3 號，第 1 頁。

〔註124〕成仿吾：《從文學革命到革命文學》，《創造月刊》，1928 年 2 月 1 日，1 卷 9 期，第 6 頁。

〔註125〕王獨清：《祝詞》，《我們月刊》，1928 年 5 月 20 日，創刊號。

則》（1929 年 8 月 23 日）、《日報登記辦法》（1929 年 9 月 23 日）〔註 126〕等法規，並把對思想文藝界的干涉和控制納入法定程序而合法化，對查禁的刊物按情節輕重分別給與警告、取締、查禁、通緝的處分，製造了很多文壇災禍，也製造了大量的反對派。在極富過渡色彩的 20 年代中期，共產黨人、文藝界進步人士和一部分國民黨有識之士看清了國民黨右派的反動本質，文學成為左翼文藝界與強權和惡勢力進行鬥爭的有力武器。如果說不同的文藝陣營在 20 年代對話語權力的爭奪是一種「隱性存在」〔註 127〕的話，那麼國共雙方在 30 年代對話語權力的爭奪已經日趨白熱化。明確這一點，對於理解 20 年代左翼知識分子的精神選擇和中國左翼文學的發生是非常重要的。

〔註 126〕《國民黨中央宣傳部民國十八年查禁書刊情況報告》，中國第二歷史檔案館編：《中華民國史檔案資料彙編》第五輯第一編「文化」（一），南京：江蘇古籍出版社，1994 年版，第 74～84 頁。

〔註 127〕王黎君：《話語權力之爭：文藝論爭的一種隱形形態》，《北方論叢》，2004 年第 4 期，第 47 頁。

第三章　無產階級文藝訴求下的團體、刊物與理論、創作

　　1928 年以後，無產階級革命文學在中國文壇日漸興盛起來，倡導這種文學形態的團體、組織越來越多，其中最有代表性的是創造社、太陽社、我們社、引擎社和「左聯」。這些團體和組織創辦了很多左翼文藝刊物，如創造社的《文化批判》、太陽社的《太陽月刊》、「左聯」的《文學》月刊等。這些刊物刊載了很多譯作和運用馬列主義思想學說或無產階級文藝理論的論文，這些文章與作者的政見已經掛鉤，套用李初梨批評茅盾的《從牯嶺到東京》的說法，它們不僅是一些「文學的主張」，同時也是一些「政見的發表」。〔註1〕一些作家以自己對這些理論的讀解爲依據，猛烈批判資產階級文學或小資產階級文學等「反動文藝」，力求通過強調「文藝爲政治服務」、「文藝宣傳論」和「文學階級鬥爭論」，建構無產階級文學意識形態，進而實踐他們積極參與社會政治的發展意識。同時，左翼作家在這些刊物上發表了大量革命文學作品，並試圖告訴「無產者」，只有團結起來建成無產階級的「眞理的城」〔註2〕，才能免受痛苦和黑暗，享受太陽和眞理帶來的光輝。當然，這些刊物所刊載的並非都是純粹的無產階級文學作品、評論或譯作，但它們至少是趨向於無產階級文學的，也是有利於進步文藝界實現對左翼文藝認同的文本。

〔註1〕李初梨：《對於所謂「小資產階級革命文學」底抬頭，普羅列搭利亞文學應該怎樣防衛自己？——文學運動底新階段》，《創造月刊》，1929 年 1 月 10 日，2 卷 6 期，第 5 頁。

〔註2〕〔匈牙利〕繆蓮女士著，晴嵋譯：《眞理的城》，《創造月刊》，1928 年 12 月 10 日，2 卷 5 期，第 129 頁。

第一節　創造社：從《洪水》、《文化批判》到《思想》

　　創造社是中國現代文學史上最著名的革命文化團體之一。中後期創造社發生了方向「轉向」，逐漸自覺地倡導無產階級革命文學，爲此創造社不斷遭受新舊軍閥的恐嚇、利誘和查封〔註3〕。在這一過程中，他們創辦了很多進步刊物，如《洪水》、《創造月刊》、《文化批判》、《思想》等，並以這些刊物爲陣地，提倡和宣傳無產階級革命文學，譯介、運用馬克思主義思想學說和基本原理。值得注意的是，這些創造社刊物的存在情形並不相同，大致可以分爲三個發展階段，即：《洪水》時期、《文化批判》時期和《思想》時期。《洪水》時期的刊物有：《洪水》、《A.11.》、《幻洲》和《新消息》。《文化批判》時期的刊物有：《創造月刊》、《文化批判》、《流沙》和《畸形》。《思想》時期的刊物有：《思想》、《日出旬刊》、《文藝生活》、《新興文化》和《新思潮》。這些刊物構成了一道亮麗的文壇風景線，也充分展現了中後期創造社的無產階級文藝訴求。

一、《洪水》、《A.11.》、《幻洲》和《新消息》

　　《洪水》週刊是由創造社《洪水》編輯部編輯的一個綜合性刊物，創刊於1924年8月，泰東圖書局發行，僅出一期，刊載文章5篇，即周全平的《撒但的工程》、郭沫若的《盲腸炎與資本主義》、倪貽德的《迷離的幻影》、周全平的《對於梁俊青的意見》和成仿吾的《通信一則》。鑒於出版期數過少和刊載內容的單薄，《洪水》週刊的影響非常有限。

　　1925年9月1日《洪水》「復活」，第二次創刊，以「半月刊」的形式在上海光華書局出版，由周全平等人負責編輯。〔註4〕至1927年12月15日出

〔註3〕1926年8月5日，上海《新申報》刊登「本報特訊」《請看赤黨擾滬的秘謀》，造謠說：「中國共產黨上海特別市黨部，假國民黨名義」組織「北伐行動委員會」，其重要機關「秘書處設於寶山路三德里之創造社內」。8月7日，上海舊軍閥政府的淞滬警察廳以此爲藉口查封了創造社出版部，逮捕了葉靈鳳、周毓英、成紹宗、柯仲平四人。1927年4月15日，創造社出版部汕頭分部成立不久即被國民黨當局查封；5月29日，創造社出版部遭到國民黨當局搜查，以後不斷受到干涉，直到1929年2月7日被封閉。參見饒鴻競等編：《創造社大事記（1921～1930）》，《創造社資料》（下），福州：福建人民出版社，1985年版，第1132～1150頁。

〔註4〕1926年創造社出版部成立以後，創造社收回《洪水》半月刊由自己出版。《洪水》半月刊第1、2卷主要由周全平編輯，第3卷由郁達夫、成仿吾編輯。

版第 3 卷第 36 期後停刊，加上 1926 年 12 月 1 日出版的《洪水週年增刊》，一共出版 37 期。《洪水》「復活」意味著創造社在經歷了一個低潮期後「捲土重來」了。「洪水」刊名的本意是出於《聖經》「上帝要用洪水來洗蕩人間的罪惡」，「洪水」者，洪水也，並非「洪水猛獸」的「洪水」。在《洪水》「復活」時，創造社元老郭沫若對它比較「冷淡」，沒有提供新文章，他的《盲腸炎與資本主義》在第 2 期上又被刊載了一次。這樣的「發軔」在上海當然難以獲得好評，刊物傳到北京也同樣使人失望，「連吳稚暉都在報上洩露過不滿意的話」。這時，郭沫若才覺得自己的「消極冷淡」有點近於「罪惡」，辜負了大家的期待，且使朋友們難爲情。從第 4 號起，他開始做文章（即《窮漢的窮談》），才從旁邊把偏向著「上帝」的「洪水」向著「猛獸」的一方面逆轉了過來。除了他自己以外，他還把漆南薰和蔣光慈拉來參加了《洪水》。他們的參加，使《洪水》乃至整個創造社「改塗了一番面貌」。〔註 5〕《洪水》的內容很龐雜，以文史哲、政治、經濟評論爲主，兼及創作、譯介等方面，是一個非常受讀者歡迎的綜合性刊物。〔註 6〕

　　《洪水》半月刊創辦之後，受當時逐漸進入高潮的大革命浪潮的影響，創造社同人乃至其他投稿者關注現實、參政議政、討論文學等問題的熱情一直很高，《洪水》上這一類論文非常多，〔註 7〕議論所及都是當時社會或文藝上非常

〔註 5〕 郭沫若《創造十年續篇》，《郭沫若全集・文學編》第 12 卷，北京：人民文學出版社，1992 年版，第 265 頁。

〔註 6〕 按照周全平的說法，《洪水》奇怪的封面和封裏的一些新的人名使上海的讀者「吃了一驚」，於是《洪水》緩緩地從上海氾濫到各處，從第 1 期到第 12 期，訂戶從 50 增加到 600，印數從 1000 增加到 3000。《洪水》「暢銷」的真正原因還在於：（一）《洪水》確有自己的特點，即「年青人的率直」：《洪水》始終是一個青年，他從不曾畏縮過、扭捏過、作僞過，雖然有時很幼稚；（二）創造社同人堅持了一慣「傾向社會主義和尊重青年的熱情」的原則；（三）堅持了「儘量容納外面的來稿」的信條。《洪水》第 1 卷有 57 個執筆者，135 篇文章，大約 30 萬字；第 2 卷，40 多萬字，讀者來稿在 100 萬字以上。可見，說《洪水》受到了讀者的關注和歡迎，是有一定事實依據的。參見周全平：《關於這一週年的〈洪水〉》，《洪水週年增刊》，1926 年 12 月 1 日，第 16～17 頁。

〔註 7〕 《洪水》半月刊上刊載的探討政治、經濟、文學等方面的論文很多，諸如：陳尚有的《努力國民革命中的重要工作》（1 卷 1 期）、《中國的言論界》（1 卷 2 期），郭沫若的《盲腸炎與資本主義》（1 卷 2 期）、《窮漢的窮談》（1 卷 4 期）、《共產和共管》（1 卷 5 期）、《馬克斯進文廟》（1 卷 7 期）、《社會革命的時機》（1 卷 10、11 期合刊）、《賣淫婦的饒舌》（2 卷 14 期）、《文藝家的覺悟》（2 卷 16 期），成仿吾的《今後的覺悟》（1 卷 3 期）、《讀章氏〈評新文學運動〉》（1 卷 6 期）、《完成我們的文學革命》（3 卷 25 期）、《文藝戰的認識》（3 卷

敏感的問題，早就超出了文學評論的範圍。在《洪水》上，影響力最大、文學史意義最為突出的文章應該是成仿吾聯合魯迅等作家發表的著名宣言——《中國文學家對於英國智識階級及一般民眾宣言》﹝註8﹞。這是中國文學家和英國知識界一次民間意義上的「通書」，該文對英帝國主義干涉中國國民革命、參與鎮壓上海工人起義的暴行進行了揭露和抗議，表達了中國文學家願意與英國智識階級以及世界一切無產民眾團結起來共同打倒資本主義、帝國主義的願望，也標誌著中國文學家階級意識的覺醒和對世界範圍內社會革命的深切關注。

在《洪水》半月刊上，還值得注意的是創造社內部展開的關於「廣州事情」問題的論爭。1927 年 1 月，郁達夫在《洪水》上發表了根據自己在廣州的見聞而寫成的政論《廣州事情》，揭露了當時革命陣營中隱藏的問題和潛在的危機。他認為：在政治上，廣東國民政府已經被反動的國民黨右派勢力控制了；在教育上，廣州的教育是一種「黨化教育」，右派勢力壓制愛國、革命的學生和教員；廣州農工階級的勢力還很弱，並且被野心家利用了，有許多關於軍事政治的具體的話，在當時政治狀態下他還不敢說。他的結論是：「總之這一次的革命，仍復是去我們的理想很遠。我們民眾還應該要為爭我們的利益而奮鬥。現在總要盡我們的力量來作第二次工作的預備，務必使目下的這種畸形的過渡現象，早日消滅才對。不過我們的共同的敵人，還沒有打倒之先，我們必須犧牲理想，暫且減守沉默，來一致的作初步的工作。末了還是中山先生的兩句話：『革命尚未成功，同志仍須努力。』」﹝註9﹞這些觀點體現了郁達夫敏銳的政治意識和視角，揭露了革命隊伍中右派勢力的真面目。

---

28 期）、《文學革命與趣味——覆遠中遜君》（3 卷 33 期）、《文學家與個人主義》（3 卷 34 期），未艾的《評胡適之〈愛國運動與求學〉》（1 卷 3 期），霆聲的《漆黑一團的出版界》（1 卷 3 期）、《新的教訓》（2 卷 15 期），漆樹芬的《赤化與軍閥》（1 卷 7 期）、《為日本出兵東三省警告國人》（1 卷 8 期）、《共產問題的我見》（1 卷 9 期），蔣光赤的《共產不可不反對》（1 卷 8 期），洪衡石的《到底誰共誰的產》（1 卷 12 期），洪為法的《「五一」給我們的教訓》（2 卷 16 期），徐活螢的《「反赤」的「救國」》（2 卷 18 期），勝華的《今日之北京》（2 卷 19 期），陸定一的《五卅節的上海》（2 卷 20 期），李創華的《哀飄萍之死》（2 卷 20 期），熊銳的《革命的經濟基礎》（2 卷 23、24 合刊），郁達夫的《無產階級專政和無產階級的文學》（3 卷 26 期）、《在方向轉換的途中》（3 卷 29 期），長風的《新時代的文學的要求》（3 卷 27 期），等等。

﹝註8﹞《中國文學家對於英國智識階級及一般民眾宣言》，《洪水》，1927 年 4 月 1 日，3 卷 30 期。

﹝註9﹞日歸：《廣州事情》，《洪水》，1927 年 1 月 16 日，3 卷 25 期，第 38 頁。

接著，他在《無產階級專政和無產階級的文學》中強調說：「眞正徹底的革命，若不由無產階級者——就是勞動者和農民——來作中心人物，是不會成功的。」〔註10〕這體現了他對革命主體力量的準確認知。郁達夫的文章發表之後，不但沒有得到創造社同人的支持，反而遭到了嚴厲的批評。郭沫若給他寫信指責《廣州事情》「傾向太壞」〔註11〕。成仿吾也撰文公開批評郁達夫，他說：「我覺得日歸君的毛病，一在於觀察不切實，二在於意識不明瞭，三在於對革命的過程沒有明確的認識，四在於沒有除盡小資產階級的根性。至於這篇文章易爲反動派所利用，日歸君尤爲不能不負全責。我願日歸君痛改。」〔註12〕對於創造社同人的指責和奉勸，郁達夫頗不以爲然，他繼續沿著對國民革命政府的批判思路思考問題。1927年4月8日，他在上海寫了《在方向轉換的途中》，認爲當時的國民革命至少有三種意義：它是「中國全民眾的要求解放運動」、「馬克斯的階級鬥爭理論的實現」、「世界革命的初步」。然而革命運動在封建主義和帝國主義的破壞下已經處於「危險」之中，因此，民眾所應該做的工作，自然只有兩條路：「第一，把革命的武力重心，奪歸我們的民眾。第二，想法子打倒封建時代遺下來的英雄主義。」〔註13〕1927年4月28日他又寫了《訴諸日本無產階級文藝界同志》，揭露了蔣介石的「新軍閥」嘴臉：「中華民族，現今在一種新的壓迫之下，其苦悶比前更甚了。現在我們不但集會結社的自由沒有，就是言論的自由，也被那些新軍閥剝奪去了。」「蔣介石頭腦昏亂，封建思想未除，這一回中華民族的解放運動功敗垂成，是他一個人的責任。現在還要反過來，勾結英國帝國主義者、日本資本家和支那往日的舊軍閥舊官僚等，聯合成一氣，竭力的在施行他的高壓政策、虐殺政策。我們覺得蔣介石之類的新軍閥，比往昔的舊軍閥更有礙於我們的國民革命。」〔註14〕郁達夫的言論體現了一個現代知識分子的良知和正義感。1927

〔註10〕 郁達夫：《無產階級專政和無產階級的文學》，《洪水》，1927年2月1日，3卷26期，第46～47頁。

〔註11〕 郁達夫：《窮冬日記》，《郁達夫文集》第9卷，廣州：花城出版社，香港：三聯書店香港分店，1984年版，第73頁。

〔註12〕 成仿吾：《讀了〈廣州事情〉》，《洪水》，1927年3月1日，3卷28期，第170～171頁。

〔註13〕 郁達夫：《在方向轉換的途中》，《洪水》，1927年3月16日，3卷29期，第183～185頁。

〔註14〕 郁達夫：《訴諸日本無產階級文藝界同志》，《郁達夫文集》第8卷，廣州：花城出版社，香港：三聯書店香港分店，1983年版，第35頁。

年創造社出版部不斷遭到國民黨政府當局的搜查、干涉。事實驗證了郁達夫判斷的正確性，但創造社同人卻認為這是郁達夫「誹謗朝廷」招來的禍患，這導致郁達夫脫離了創造社。

郁達夫脫離創造社之後，創造社內部對他的批判並未停止。比如馮乃超在《文化批判》上撰文，暗示郁達夫和魯迅、葉聖陶一樣有著「社會變革期中的落伍者的悲哀」〔註15〕。對於創造社的內部批評，郁達夫借「翻譯說明」給予了「答辯」，他認為自己一經脫離創造社之後，就成了一個「個人主義者」、「小資產階級的時代落伍者」了〔註16〕。其實，郁達夫認可創造社提倡革命文學運動，也認可無產階級文學的存在合理性，他曾在《公開狀答日本山口君》中誇口說：「中國的將來，是無產階級的，中國的文學，也是無產階級的，因為有產階級的足跡，將要在中國絕滅了的原因。」〔註17〕他相信將來是無產階級的天下，將來的文學，也當然是無產階級的文學。他認為自己受過小資產階級的大學教育，是不能作未來的無產階級文學的。〔註18〕在這種自覺、清醒的意識下，郁達夫透視了當時社會上革命泛化現象的本質，他語帶譏諷地說：「現在革命最流行，在無論什麼名詞上面，加上一個『革命』，就可以出名，如革命文藝，革命早飯，革命午餐，革命大小便之類。」〔註19〕這表明，他對於當時文壇流行的「左傾幼稚病」和一些別有用心者利用「革命」的名義招搖撞騙是有所體察乃至深惡痛絕的。所以當後期創造社成員「攻擊」魯迅時，他反而與魯迅親近起來，其原由之一就是他們在抗爭「左傾幼稚病」等問題上達成了共識，他們都深受其害，也深知其危害性。

《洪水》半月刊注重社會問題的鮮明傾向也表現在詩歌、小說等文藝創作上，但相對而言，文藝作品中對革命等社會問題的關注程度沒有評論那麼

〔註15〕馮乃超：《藝術與社會生活》，《文化批判》，1928 年 1 月 15 日，創刊號，第 5 頁。

〔註16〕郁達夫：《翻譯說明就算答辯》，原載 1928 年 2 月 16 日《北新（半月刊）》2 卷第 8 號。又見《郁達夫文集》第 6 卷，廣州：花城出版社，香港：三聯書店香港分店，1983 年版，第 47 頁。

〔註17〕郁達夫：《公開狀答日本山口君》，《洪水》，1927 年 4 月 1 日，3 卷 30 期，第 242 頁。

〔註18〕郁達夫：《對於社會的態度》，《郁達夫文集》第 6 卷，廣州：花城出版社，香港：三聯書店香港分店，1983 年版，第 63 頁。

〔註19〕郁達夫：《革命廣告》，《語絲》，1928 年 8 月 13 日，4 卷 33 期，第 44 頁。參見《語絲》合訂本第 6 冊。

明顯。（一）詩歌方面，代表性的作品有：Ｋ・Ｔ・的《五卅悲歌》（1卷1期），作者慨歎「那悲慘傷心的五卅，十一，念三案，／人道淪亡，公理摧殘」；梓人的《送朋友之廣東從軍》（1卷10、11合期），表達了對朋友遠行的擔心以及想挽留又不能挽留的矛盾心情，因為他「該走了」；劉紹先在《奮鬥——為〈洪水〉復活一週年紀念而作》（《洪水週年增刊》）中表達了一種革命樂觀主義情緒，作者相信：「妖氛敵不過正義，／黑暗終會放射光芒，／只要你無慊無懼的前進前進！」〔註20〕錢蔚華在《靜夜・偶成》（3卷23、24合期）中透視了文藝工作者的生存狀態：「明知別人並不注意你吶喊，／而你底吶喊卻格外地努力而且興奮；／明知別人並不注意你的表演，／而你底表演卻格外地努力而且興奮。」（二）小說方面，代表性的作品有：周全平的《中秋月》（1卷1期），寫青年周文禮因生活窮困不得不在中秋夜借債的愁苦和屈辱感；張子三的《火山口》（1卷8期），寫男青年志山的性苦悶和精神空虛；胡夢平的《活屍》（2卷13期），寫有同性戀傾向的女青年玉瓊去信告訴她的「情人」，自己在失去愛以後，靈魂已經死了；曹石清的《蘭順之死》（2卷20期），描寫了童養媳蘭順的悲慘一生，她先是被婆家三番五次地毆打，又被與婆婆有姦情的鄉紳強姦，然後被賣到妓院，最後被老鴇殘忍地殺害、拋屍江中；龔冰廬的《炭坑裏的炸彈》（3卷29期），表現了煤礦工人朝不保夕的日常生活和隨時可能死亡的生存狀況；樂鵬舉的《文明人的法律》（3卷35期），寫一個中國婦女被英國兵強姦了，經過審訊，英兵被宣告無罪，這名中國婦女在法庭上得到的仍然是屈辱，這就是「文明人的法律」！（三）還有一些類乎雜感的短文，精悍有力，其批判鋒芒主要指向當時的社會黑暗現實，如編者的《悼北京十八日的死者》（2卷14期），抨擊了帝國主義和國內資本主義勢力狼狽為奸鎮壓中國愛國運動的罪惡。又如《洪水週年增刊》上成紹宗、周毓英、葉靈鳳以他們入獄的親身經歷為題材所寫的「獄中雜感」，揭示了監獄的黑暗，同時也將批判的矛頭指向了隨意捕人的當權者。

　　在《洪水》週刊、半月刊之外，創造社的小夥計們在「《洪水》時期」還創辦了三個週刊：《A.11.》、《幻洲》和《新消息》。這三個刊物的壽命都不長，但各有各的辦刊特色和存在價值。

〔註20〕劉紹先：《奮鬥——為〈洪水〉復活一週年紀念而作》，《洪水週年增刊》，1926年12月1日，第30頁。

　　1926 年 4 月 28 日，《A.11.》創刊，由潘漢年主編。〔註 21〕《A.11.》「除刊登小夥計們盡情的說話以外，關於本部的重要消息和啓事，廣告都在這個刊物上發表。」〔註 22〕《A.11.》還刊載了一些短小精悍的雜文和讀者的來信。這些雜文〔註 23〕的批判性很強，強烈譴責了軍閥迫害、屠殺文藝工作者的罪行，批判了國家主義者曾琦等人謳歌東方文化的錯誤、鼓吹狹隘愛國主義理論的荒謬及其「外抗強權、內除國賊」行動主張的反動性，〔註 24〕揭示了中國人「可憐」的命運。此外，胡適、劉半農、張競生也成爲該刊雜文攻擊的對象。由於《A.11.》上的雜文「鋒芒太露」，被人認爲「另有背景」，〔註 25〕因此該週刊刊行不到一個月，「敵人暗中放冷箭，警廳扣留，要求郵務管理局認爲新聞紙類，『未便照准』，自聯軍憲兵司令部禁止郵寄」，結果，刊物的命運只能是「停止出版」。〔註 26〕

　　《A.11.》被查禁後，創造社的小夥計們在寂寞中「奔逃」，「要在這荒涼的沙漠中找一片幻洲！」於是他們在 1926 年 6 月 12 日出版了《幻洲》週刊。「幻洲」是世界語「OAZO」的譯音兼譯意，即綠洲（Oises）。創刊的目的是：「除了出版部的重要消息，報告，啓事，廣告外，依舊是留出一半地位供夥

〔註 21〕　該刊因創造社出版部的小夥計都住在上海寶山路三德里 A11 號而得名，僅出
　　　　　 5 期。《A.11.》是非賣品，出版後頗受讀者的歡迎，第一期印了二千份，一銷
　　　　　 而空。參見葉靈鳳：《〈A·11·〉的故事》，饒鴻競等編：《創造社資料》（上），
　　　　　 福州：福建人民出版社，1985 年版，第 529 頁。
〔註 22〕　《請閱小週刊「A11」》，《洪水》，1926 年 5 月 1 日，2 卷 16 期。
〔註 23〕　如第 1 期上亞靈的《國家主義與外國化》、尹孚的《「還魂主義」》、迪可的
　　　　　《陳啓天和曾琦該打屁股》、周毓英的《贊「黨派的軟化與中國前途」》，第
　　　　　 2 期上庚生的《這是什麼世界——悼邵飄萍》、周毓英的《邵振清算有了歸
　　　　　 根》、下流人的《高等華人》、迪克的《要打曾琦的屁股》、亞靈的《原來如
　　　　　 此「內除國賊」》，第 3 期上不覺的《可憐，中國人的命！》、菲女士的《請
　　　　　 國家主義教育家先學後說》、周毓英的《肥肉與主義》、潘漢年的《放屁及
　　　　　 外國話問題——致後覺先生》，第 4 期上潘漢年的《放屁的幸與不幸》、穆
　　　　　 木天的《無聊人的無聊話》，第 5 期上潘漢年的《退出國家主義團體，便有
　　　　　 生命危險的問題》。
〔註 24〕　對「國家主義」的批判文章，創造社除了在《A.11.》上刊載以外，還在《洪
　　　　　 水》、《幻洲》上刊載過一些，不過，無論在數量上還是在質量上都有限。相
　　　　　 比而言，共產黨人在《中國青年》上所揭載的、對國家主義者的批判文章要
　　　　　 更早（從 1924 年 11 月 1 日開始）、更多、更有系統、也更有力。
〔註 25〕　葉靈鳳：《〈A·11·〉的故事》，饒鴻競等編：《創造社資料》（上），福州：福
　　　　　 建人民出版社，1985 年版，第 530 頁。
〔註 26〕　《「A11」週刊緊要啓示》，《洪水》，1926 年 6 月 1 日，2 卷 18 期。

計們在『工餘』時作爲娛樂地的。」〔註27〕《幻洲》週刊的壽命比《A.11.》還短，僅出兩期，1926 年 6 月 18 日出版了第 2 期之後就停刊了，沒有刊載什麼藝術價值很高的文藝作品。在《幻洲》週刊停刊之時，創造社的小夥計們成立了「幻社」，並創辦了《幻洲》半月刊，創辦該刊的「原起」是：「《幻洲》的出版，並不以什麼主義來號召。我們所反對的只是虛僞醜惡衰老的過去，殘酷的嘲笑與冷冰的不同情。因此我們極力希望要在這個新刊物上來發展青年人的眞實，熱情，健強的特性和進取改革的精神。我們沒有旁的野心。只想闢出一塊不受一切拘束與壓迫，青年人可以自由說話的土地！」〔註28〕《幻洲》半月刊分爲上、下兩部，各 12 期。1927 年 11 月，上海光華書局出版了《幻洲彙刊》，這時《幻洲》半月刊已經徹底停刊。《幻洲》半月刊的內容要遠比《幻洲》週刊豐富。上部「象牙之塔」由葉靈鳳主編，專門刊載純文藝創作，有戲劇、詩歌、小說、雜記、插圖、翻譯等作品；小說方面，最突出的作家是葉靈鳳，其作品主要有《浪淘沙》（第 1 期）、《幔》（第 2 期）、《禁地》（第 3、5、11 期）、《口紅》（第 4 期）等。這些作品與革命文學沒有什麼關係，「娛樂」性質比較明顯。下部「十字街頭」由潘漢年主編，專載一些「不入流的怪文」和關涉政治、道德以及男女婚姻等社會問題的評論，〔註29〕尤其是「街談巷議」一欄，很有特色，刊載了很多短小的雜文，批判鋒芒很銳利，遭到批評的有張伯苓、李璜卿、陳望道、程硯秋、朱湘、陳畏壘、潘公展、孫伏園、沈恩孚、張競生、錢玄同、胡適、周作人、鄭振鐸、陸小曼、田漢、張若谷等，這對於當時文

〔註27〕編者：《又要談自己的事情了》，《洪水》，1926 年 6 月 16 日，2 卷 19 期，第 362～363 頁。

〔註28〕《幻洲半月刊出版預告》，《洪水》，1926 年 8 月 1 日，2 卷 22 期。

〔註29〕比如潘漢年的《徘徊十字街頭》、《溥儀與破舊月經帶》（第 1 期），裝華的《洋翰林劉復復古》（第 1 期），亞靈的《新流氓主義》（第 1、2、3、4、6 期），長虹的《從上海到柏林》、《蔣光赤休要臭得意》（第 2 期），駱駝的《把廣州比上海》（第 2 期），下流人的《擁護國旗幹嗎？》（第 3 期），潘漢年的《信手寫來》（第 3 期），長虹的《鬼說話之康有爲的諸天講》（第 3 期），漢涅的《讀張資平的戀愛小說》（第 5 期），駱駝的《我的靈肉觀》（第 6 期），鈞石的《妖冶漂亮的女子便野雞化嗎？》（第 8 期），蔣光赤的《不得已答覆長虹幾句》（第 8 期），潘漢年的《信手寫來》、《對空爐說空話》（第 9 期），戚維翰的《離經叛道》（第 10 期），蘇僑的《巴黎男女的野雞化》（第 10 期），創運的《告 T·L·先生》（第 11 期），任廠的《說明白些》（第 11 期），潑皮的《向五皮主義者討債》（第 12 期）。

壇和創造社自身都產生了一定的衝擊力。〔註30〕

　　《新消息》是繼《幻洲》週刊之後創造社小夥計們參與創辦的又一個週刊，由成紹宗、邱韻鐸等編輯，1927 年 3 月 19 日出版創刊號，1927 年 7 月 1 日出版了最後一期——第 4、5 號合刊。對於後期創造社同人來說，《新消息》的「使命」就是「拿淺淡的文字報告我們的消息」，〔註31〕所以特設了「小消息」欄目。《新消息》上確實介紹了一些文壇消息，如火山劇社的成立及其「宣言」和「招股簡章」、海濤社的成立及其宣言等。在《新消息》上最值得注意的文章是郁達夫的《創造社出版部的第一週年》和《告浙江的教育當局》。前者是郁達夫對創造社發軔、創辦《創造》季刊等刊物與成立出版部情形的簡單描述，並點明了創辦《新消息》週刊的意義：大而言之，它可以「為社會謀一點福」；小而言之，它對紀念創造社出版部成立一週年有積極意義，因為可以把它奉送給那些擁護創造社的股東、讀者及同情者，作一個「秀才的人情」，也可以「灌輸些較新較徹底的知識」。〔註32〕後者是郁達夫在 1927 年 3 月 17 日，即「廣州事情」期間，寫來批評浙江教育當局的文章，他告誡浙江教育當局要痛下決心、徹底革命，不要辜負民眾的希望。〔註 33〕這表明了郁達夫不受輿論乃至同人指責的左右而繼續堅持批評國民政府的態度。

　　從 1924 年 8 月《洪水》週刊創刊到 1927 年 7 月《新消息》週刊停刊，此時的創造社和這些期刊都意味著重要過渡。這些刊物的創建和刊載的內容，不僅意味著創造社加強了自身的「革命」信念，也意味著他們在文學觀、

〔註30〕 1927 年 2 月 1 日和 2 月 16 日出版的《洪水》第 3 卷第 26、27 期上發了《創造社出版部啟示》，明確表示：「幻社本與創造社無關，該社所發行之《幻洲》，現已由光華書局經售，凡與該社接洽事件，以後均請直接寄至光華書局。」這說明《幻洲》半月刊並非創造社的刊物。不過，《幻洲》半月刊是緊接著《幻洲》週刊而來的，是創造社小夥計們創辦的，刊載的文章多為他們的手筆，與他們編輯的其他週刊上的文章風格也極為相似。雖然創造社做了嚴正的聲明，就算此時「幻社」和《幻洲》半月刊與創造社已經毫無關係了，可他們對創造社的影響早已造成，對於那些在《幻洲》半月刊上被批評的人而言，他們只能也只會將「怨氣」撒在創造社的頭上，而不會去找默默無名的「幻社」來「秋後」算帳。也就是說，《幻洲》半月刊對創造社的影響已很難挽回。筆者在此處對《幻洲》半月刊進行論述，也是出於其「影響」作用這一視角，並非承認它是創造社的刊物，而是強調它是周全平等人在創造社時期創辦的週刊之一。

〔註31〕 《新消息週刊》，《洪水》，1927 年 3 月 1 日，3 卷 28 期。

〔註32〕 郁達夫：《創造社出版部的第一週年》，《新消息》，1927 年 3 月 19 日，創刊號。

〔註33〕 郁達夫：《告浙江的教育當局》，《新消息》，1927 年 3 月 26 日，第 2 號。

形式選擇、內容建構、生命體驗乃至社會科學觀上實現了自我裂變。可以說，創造社的小夥計們扭轉了前期創造社日趨「頹廢」的精神狀態，幫助郭沫若等「元老」打理了創造社出版部，爲創造社擴大了社會影響，吸收了一些新會員，壯大了經濟實力和人力資源。更重要的是，他們通過辦刊的形式積極介入現實生活，爲後期創造社提倡無產階級革命文學運動和通過文藝活動介入社會政治做好了打前站的「先鋒」工作。

二、《創造月刊》、《文化批判》和《流沙》

1926 年 3 月 16 日《創造月刊》創刊，同一年，《創造月刊》上發表了郭沫若的《革命與文學》（第 1 卷第 3 期）和成仿吾的《革命文學與他的永遠性》（第 1 卷第 4 期）兩篇宏文。這兩篇論文使創造社同人確認了革命與文學之間的「契合性」和「永遠性」。1927 年 7 月創造社出版部被國民黨政府當局查封後，《創造月刊》同人的態度和意識更爲明晰，表明在創作上要「傾向」於「社會主義文藝」之「無產階級的文藝」〔註 34〕，並強調文藝應該「由自然生長的成爲目的意識的，在社會變革的戰術上由文藝的武器成爲武器的文藝」。〔註 35〕1928 年前後，《創造月刊》與創造社一起完成了「方向轉換」。到了 1929 年的新年，李初梨在《創造月刊》上撰文並非常自信地表示：「普羅列搭利亞文學在中國自從它意識地主張了它的存在，成了一個現實的運動以來，差不多已經有了一個年頭的歷史了。在這一年之中，它經了許多的鬥爭，受著不斷的彈壓，然而它正在這種種困難情形下面，卻急速地在那兒發展著。」〔註 36〕創造社文藝部的《輯編後記》更是有了如此意味深長的展望：「我們希望讀者諸君，爲給我們直接或間接的援助，對於本志之一萬部突破運動，加以積極的支持。我們要增大本志地域的擴張，我們要增大本志的部數，我們要增加本志的內容，我們要提高本志的水準。」〔註 37〕此時，創造社可謂意氣風發、志得意滿，他們從文化建設角度雄心勃勃地打算和青年一起繼續介入中國現代化的歷史進程，這也是《創造月刊》能夠堅持很久、深獲讀者喜

〔註 34〕麥克昂：《英雄樹》，《創造月刊》，1928 年 1 月 1 日，1 卷 8 期，第 4 頁。

〔註 35〕成仿吾：《全部的批判之必要——如何才能轉換方向的考察》，《創作月刊》，1928 年 3 月 1 日，1 卷 10 期，第 7 頁。

〔註 36〕李初梨：《對於所謂「小資產階級革命文學」底抬頭，普羅列搭利亞文學應該怎樣防衛自己？——文學運動底新階段》，《創造月刊》，1929 年 1 月 10 日，2 卷 6 期，第 2 頁。

〔註 37〕文藝部：《輯編後記》，《創造月刊》，1929 年 1 月 10 日，2 卷 6 期，第 250 頁。

愛並產生重大影響的根本原因。

　　創作是《創造月刊》上的重頭戲。1928 年以前《創造月刊》上刊載的文藝作品的「革命」傾向並不明顯，但 1928 年（即《創造月刊》1 卷 8 期）以後就不同了，開始大量刊載一些抨擊社會不公、鼓勵反抗壓迫的小說、詩歌和戲劇。

　　詩歌方面，《創造月刊》第 1 卷就刊載了很多，但並非革命詩歌，而是一些富有象徵色彩的詩〔註 38〕、愛情詩〔註 39〕和寫實、詠懷的詩〔註 40〕，只有李果青的《詩三篇》（1 卷 11 期）帶有一定的革命情緒，詩人強調了「反抗」的重要性，因為它是「新時代新詩中最高的節奏，／新時代新詩中最妙的音響！」《創造月刊》第 2 卷上刊載的詩歌則表現了強烈的時代精神。馮乃超在《外白渡橋》（2 卷 1 期）中，讓讀者聆聽「生活被破壞的黃浦江頭苦力的叫號」，因為「他們是背負人類的十字架的偉大的人豪」。君淦在《偉大的時代──一九二八，五一節，獄中歌》（2 卷 1 期）中高呼：「不是你死便是我亡！／我們不被打死，終歸是要餓死！」「哦，偉大的今朝──這是我們『普羅列特利亞』的節日！／偉大的時代已經蒞臨，／那些時代的叛逆者，那些統治一切的保守者，終歸逃不過歷史的運命。／兄弟們喲！在偉大的時代之前，我們要高舉紅旗，衝鋒前進！」〔註 41〕龔冰廬在《汽笛鳴了》（2 卷 2 期）中號召成千上萬的男女、童工起來，「為這舊世界撞打葬鐘」。馮乃超在《快走》（2 卷 2 期）中為貧困的大多數鳴不平：「亡八蛋的人們坐著肥，／勞苦的我們操著瘦。」宛爾（俞懷）在《從工廠裏走出來的少年》（2 卷 4 期）中說：「從工廠裏走出來的少年喲，／偉大的時代卻要求你負起革命的重擔！」黃藥眠在《冬天的早晨》（2 卷 4 期）中預言資本家的命運「將隨著殘冬的夜色消沉」。

〔註 38〕 這類詩有：王獨清的《弔羅馬》（1 卷 1 期）、《Tacendo il nome di questa gentiissima──失望的哀歌之一》（1 卷 2 期）、《埃及人》（1 卷 3 期）、《玫瑰花》（1 卷 4 期）、《Incipit Vita nova》（1 卷 12 期），馮乃超的《幻想的窗》（1 卷 1 期）、《死底搖籃曲》（1 卷 4 期）、《生命的哀歌》（1 卷 5 期）、《紅紗燈》（1 卷 6 期）、《凋殘的薔薇》（1 卷 8 期），穆木天的《旅心》（1 卷 5 期），沈起予的《詩》（1 卷 10 期）。

〔註 39〕 比如郭沫若的《瓶》（1 卷 2 期）、許幸之的《牧歌》（1 卷 7 期）和王獨清的《死前》（1 卷 7 期）。

〔註 40〕 比如穆木天《野廟及其他》（1 卷 2 期）和王獨清的《我歸來了，我底故國！》（1 卷 9 期）。

〔註 41〕 君淦：《偉大的時代──一九二八，五一節，獄中歌》，《創造月刊》，1928 年 8 月 10 日，2 卷 1 期，第 87～88 頁。

程少懷在《新時代底展望》（2卷4期）中展望了美好的未來：「將來新世紀的宇宙是如何的燦爛而絢麗呀！／自由，平等，博愛種種的情流洋溢著光明的大道！」他還在《火焰》（2卷5期）中「歡叫」「火的力」，希望它燒毀宇宙的囚牢、荊草、狼豹，帶來未來世界的光明和「芬芳」！殷爾遊在《上海——將來？》（2卷5期）中告訴統治者：「我們造成的東西終歸要由我們收回」，「我們要戰取你的將來，上海，我們的創造！」邱韻鐸在《低下去！》（2卷5期）中告知壓迫者：「我們是集團，我們是同道者，／我們要割斷這催命鬼的聲帶：『低下去，低下去，再低下去！／這是你們唯一的去處。』」柯南在《最大方向》（2卷6期）中期待「巴士獄和十月的夢幻」有一天會飛動於珠江、揚子江畔，切斷四千年的中國歷史和無名的疲倦；希望「大變亂」來臨，讓那些所謂的「仁翁善長」去「收拾屍身」。馮乃超在《憂愁的中國》（2卷6期）中告訴「同志們」，要忘掉昨日的憂愁悲哀和今日的頹唐，去響應大眾叛亂的要求，「號令我們的革命」；作者相信，明日的太陽、光明、自由、幸福「再不是遠方的希望」。

戲劇方面，在《創造月刊》上發表劇作最多、藝術水平最突出的作家是鄭伯奇，[註42]計有：獨幕劇《危機》（1卷7期），寫社會世俗、家人的偏見給畫家米冷紅和女模特姚浣蘭之間的愛情與藝術事業所帶來的壓力；一幕劇《抗爭》（1卷8期），寫青年林逸塵和黃克歐對調戲咖啡店侍女的外國兵的「抗爭」；一幕劇《佳期》（2卷6期），寫余心史的未婚妻顏舜華由於操勞過度、營養不良得了肺病，二人無法成婚，在悟到愛人做了資本社會的犧牲品之後，余心史意識到自己發財的想法不過是做夢，於是他的內心產生了反抗資本社會的強烈衝動；三幕劇《犧牲》（1卷9、10、11期），寫唱大鼓的杜月香和青年學生秦萍生談戀愛，杜月香被軍閥陳國藩看中，無奈嫁給了這個「國賊」，兩年後，秦萍生成為革命者，與杜月香重逢，他們決定聯合起來對抗軍閥、共同革命，月香由此成為隱藏在敵人內部的革命戰士；三幕劇《軌道》（2卷4、5期），寫膠濟鐵路某站的工人革命意識高漲，他們聯合起來，炸翻了日本鬼子的火車，除掉了車站裏的漢奸，並且做好了抗擊日本鬼子鎮壓的戰鬥準備。

〔註42〕　其他作家及其戲劇作品為：李初梨的三幕劇《愛的掠奪》（1卷6期），倪貽德的獨幕劇《傷離》（1卷7期），王獨清的多幕劇《貂蟬》（1卷8期），陶晶孫的「木人戲」《勘太和熊治》（2卷1期），龔冰盧的獨幕劇《乳娘》（2卷1期），趙伯顏的獨幕劇《沙鍋》（2卷2期），馮乃超的三幕戲曲《縣長》（2卷4期）。

　　小說方面，這是創造社同人創作的重中之重。《創造月刊》上發表的小說很多，每一期都有。在將近三年的時間裏，在已經出版的 18 期《創造月刊》中，發表小說的作者共 23 人，發表小說 51 部〔註 43〕。其中發表小說最多的作家是張資平，有 7 部之多；其次是郁達夫和段可情，各有 5 部；再次是郭沫若、龔冰廬、趙伯顏、華漢，各有 3 部。在這 51 部小說中，有兩類題材的小說值得注意。一類是寫知識分子題材的，如蔣光慈的《鴨綠江上》（1 卷 2 期）和《菊芬》（1 卷 9、10 期）。《鴨綠江上》刻畫了一個先逃難到中國後流浪至蘇聯等待復國的朝鮮革命者李孟漢的形象，小說講述了他和金雲姑談戀愛的甜蜜以及戀人被日本侵略者在朝鮮國內迫害致死的悲慘故事。《菊芬》寫菊芬從重慶跑到「革命的中心」──「H 鎮」從事革命活動並教育「我」（一個小資產階級革命文學家）繼續為革命創作的故事。這兩部小說可以說是傳統「才子佳人」小說主題模式的現代翻版。尤其是《菊芬》，塑造了一個天真、活潑、美麗、純潔的東方革命青春美少女形象。菊芬是一個外表與心靈均毫無瑕疵的「革命天使」，是「革命+美」的產物。她是淑君（《野祭》）的「轉世」，是蔣光慈創作的一個時代女性與革命進步意識相結合的典型形象。有趣的是，《野祭》中的革命少女淑君喜歡陳季俠這樣有缺點的革命知識分子而不得，可到了《菊芬》中這種關係卻倒了過來。此時我們還不能因此認定作者有批評知識分子和進行「自我批評」的情結，但有一點可以肯定的是，作者在大革命失敗後反思過革命與知識分子之間的關係，他意識到小資產階級知識分子乃至革命知識分子是大時代中富含過渡性的角色，他們身上具有國民劣根性。當然，蔣光慈在如此思考時是存有恐懼和憂慮的，恐懼來自於存在性安全感的缺失，憂慮則來自於大革命失敗後革命者主體身份無法獲得認可的焦慮。又如，華漢的《女囚》（1 卷 12 期）敘述了一對革命夫妻的慘劇，丈夫岳錦成被國民黨殺害，妻子趙琴綺被國民黨官員姦污並判刑。這些革命小說確實有助於煽動讀者的反抗情緒。蔣光慈因為《野祭》、《鴨綠江上》、《菊芬》等小說創作，成為「革命加戀愛」小說的始作俑者。華漢等人的創作則為這種小說在當時文壇的大肆流行推波助瀾。同時，商人覺得出版這種小說有利可圖，正如錢杏邨所描述的那樣：「書坊老闆會告訴你，頂好的作品，是寫戀愛加上點革命，小說裏必須有女人，有戀愛。革命戀愛小說是風行一時，

〔註 43〕這其中包括第 1 卷第 9、10 期上郭沫若的「童話」《一隻手──獻給新時代的小朋友們》和第 2 卷第 1 期上陳極的「小品」《王七豹的出路》。

不脛而走的。」〔註 44〕商人的教唆和作家的模仿，導致「革命加戀愛」小說在 20 世紀 20 年代後期氾濫成災。左翼文壇對此曾進行過嚴厲的批判，這也是爲什麼直到 1933 年 4 月丁玲在《我的創作生活》一文中還非常「懊惱」自己的《韋護》等作品的「庸俗」和「陷入戀愛與革命的衝突的光赤的阱裏去了」〔註 45〕的原因。《創造月刊》上值得注意的另一類小說是寫工人題材的，比如郭沫若的《一隻手》。小說寫工人小拿羅在尼爾更達（德文 nirgend 的音譯，意爲「沒有的地方」）島上的一座鋼鐵廠裏做工。一天，他的右手不幸被切鋼板的機輪切斷了，萬惡的管理員不允許工人停止工作來救護小拿羅，還準備向與他理論的工人領袖克培開槍。在這危急時刻，憤怒的小拿羅用左手拿著斷了的右手打掉了管理員的手槍，並號召工人發動了暴動，後來暴動失敗，小拿羅犧牲了。但工人們在小拿羅英勇精神的鼓舞下，在克培的領導下，將繼續戰鬥下去。這部小說的氣氛非常緊張激烈，情節富有傳奇色彩，文句極富詩性特徵，間或夾雜著「詩人」的直接議論和對人事的評判，口號、講演不斷，宣傳的意味非常明顯。不過，它只是一部革命「童話」，並非一部成功之作，因爲小說人物的言語與其身份並不相符。相比於《一隻手》，寫的比較成功的是龔冰廬的《炭礦夫》（2 卷 2、3、4 期）和《礦山祭》（2 卷 6 期）。前者塑造了礦山工人的群像，寫工人們爲了改善待遇進行了罷工，但被殘酷鎮壓，這激起了一次更大規模的同盟罷工，罷工者炸毀了整個礦山，那些復工的工人和礦山一起被埋葬了；後者寫挖煤工阿茂日以繼夜地挖煤，卻吃不飽、穿不暖，他的雙腿在一次爆破中被炸斷了，可資本家卻在工人的血泊中享樂，最後作者告訴讀者，工人不反抗、不革命，只有「死路一條」！

創作之外，推進無產階級革命文學論爭是《創造月刊》上的另一個重頭戲。關於論爭的論文，大致可以分爲以下三類：一是反映了創造社內部郁達夫與郭沫若、成仿吾的分歧與疏離，比如郭沫若在《英雄樹》中把郁達夫關於無產階級文藝的觀點定性爲「反革命的宣傳」〔註 46〕；成仿吾則在一則《編輯後記》中暗示郁達夫是「新舊文妖」〔註 47〕之一。二是創造社、太陽社與茅盾、魯迅之間的「革命文學論爭」，這是《創造月刊》上刊載內容的重點。

〔註 44〕錢杏邨：《〈地泉〉序》，《陽翰笙選集》第 4 卷，成都：四川人民出版社，1989 年版，第 89 頁。

〔註 45〕黃一心編：《丁玲寫作生涯》，天津：百花文藝出版社，1984 年版，第 16 頁。

〔註 46〕麥克昂：《英雄樹》，《創造月刊》，1928 年 1 月 1 日，1 卷 8 期，第 4 頁。

〔註 47〕厚生：《編輯後記》，《創造月刊》，1928 年 5 月 1 日，1 卷 11 期，第 124 頁。

關於這次論爭，《創造月刊》上刊載的代表性文章有：麥克昂（郭沫若）的《桌子的跳舞》（1卷11期）、石厚生（成仿吾）的《畢竟是「醉眼陶然」罷了》（1卷11期）、杜荃（郭沫若）的《文藝戰上的封建餘孽——批評魯迅的〈我的態度氣量和年紀〉》（2卷1期）、傅克興的《評駁甘人的〈拉雜一篇〉——革命文學底根本問題底考察》（2卷2期）和《小資產階級文藝理論之謬誤——評茅盾君底〈從牯嶺到東京〉》（2卷5期）、李初梨的《對於所謂「小資產階級革命文學」底抬頭，普羅列搭利亞文學應該怎樣防衛自己？——文學運動底新階段》（2卷6期）。關於這場論爭的具體情況，學界已經研究得非常透徹，此處不再贅述。三是創造社與「新月派」的論爭，代表性文章有彭康的《什麼是「健康」與「尊嚴」？——〈新月的態度〉底批評》（1卷12期）、馮乃超的《冷靜的頭腦——評駁梁實秋的〈文學與革命〉》（2卷1期）。彭康對《〈新月〉的態度》一文所強調的「創造的理想主義」、思想言論更應得到充分的自由及其最主要的兩個條件——「不妨害健康」和「不折辱尊嚴」的原則〔註48〕——給予了強烈的質疑：「然而創造了什麼理想？」「然而『健康』是誰的『健康』？『尊嚴』又是誰的『尊嚴』？」「『健康』與『尊嚴』？在現在社會變革期中是誰要這兩種東西？」他強調是支配階級及它的工具們才認為新興勢力與代表它的思想和文藝是「折辱尊嚴」、「妨害健康」的。他相信：「在現在這樣的『混亂的年頭』舊支配勢力是注定了要消滅的運命，他們的『尊嚴』與『健康』是無論怎樣都保持不住的。」「不但如此！『折辱』了他們的『尊嚴』，即是新興的革命階級獲得了尊嚴，『妨害』了他們的『健康』，即是新興的革命階級增進了健康。」他還批駁了徐志摩所說的思想上有了絕對自由結果是無政府的混亂的觀點，他說：「但是，現在我們在思想上有了絕對的自由嗎？只要一看現在是什麼情形，誰都不會相信這句話。不是有因帶了某種書籍而被殺的麼？不是有被封的雜誌和書店麼？自由在那裡？更何言『絕對』！」「在現在正要因鬥爭而獲得思想和言論的自由的時候，《新月》的先生們卻歎著氣，以為是太自由了，因而要來『掃除』那些『邪說』，『異端』，將思想從『無政府的凌亂』救出，定於一尊，一統天下。你看這是什麼一種實踐的要求！是替誰說話！」「現在我們在思想上並沒有自由，要有自由就須得有適應的客觀的條件，『不幸』的是他們竟對

〔註48〕徐志摩：《〈新月〉的態度》，《新月》，1928年3月10日，創刊號，第5頁。
注：原文未署名，參見上海書店1985年《新月》影印本。

於這個盲目！」他還對當時思想文藝界容許「創造的理想主義」這樣的東西表示懷疑，認爲沒有根據，他認定辯證法的唯物論及其思想家和文藝家才是「尊嚴」和「健康」的。〔註49〕馮乃超也對梁實秋的觀點進行了批評。他認爲梁實秋得出了「荒唐的結論」，文學是有階級性的，「革命文學——無產階級文學」是有其必然性的。〔註50〕

1928年，中國的革命文學論爭和建設需要更深厚的理論支持，創造社同人就此不斷進行「呼喚」，《創造月刊》的姊妹雜誌《文化批判》就是對這種呼喚進行回應的產物。1927年冬，在日本的李初梨、馮乃超、彭康、朱鏡我等人回國，在上海的「白色恐怖」中，於1928年1月15日創建了《文化批判》。雜誌原擬名爲《抗流》，編者化名丁悊，實際上由朱鏡我、馮乃超編輯，共發行五期，第5期改爲《文化》，1928年5月底，被國民黨當局勒令停刊。《文化批判》的創刊，是中國文學進入無產階級革命文學時期的一個重要標誌。成仿吾在《祝詞》中認爲《文化批判》負有的歷史任務是：「它將從事資本主義社會的合理的批判，它將描出近代帝國主義的行樂圖，它將解答我們『幹什麼』的問題，指導我們從那裡幹起。」其意義是：「將貢獻全部的革命的理論，將給與革命的全戰線以朗朗的光火。」「這是一種偉大的啓蒙。」〔註51〕其出版預告聲明：該雜誌「其目的在以學者的態度，一方面介紹最近各種純正的思想，他方面更對於實際的諸問題爲一種嚴格的批判的工作。」並預言《文化批判》「將在新中國的思想界開一個新的紀元」。〔註52〕《文化批判》的編輯則聲稱：「我們志願把各種純正的思想與學說陸續介紹過來，加以通俗化。」〔註53〕這裡，「純正的思想與學說」指的是馬克思主義。

相比於《創造月刊》，《文化批判》是一個綜合性的哲學社會科學理論刊物，刊載的文章非常注重自覺構建無產階級文化意識形態，除了一小部分革命詩歌、小說和戲曲外，絕大部分都是理論文章，包含著對哲學、政治、社會、經濟、藝術等方面問題的研究。這些理論文章還可以大致分爲兩類：一

〔註49〕 彭康：《什麼是「健康「與「尊嚴」？——〈新月的態度〉底批評》，《創造月刊》，1928年7月10日，1卷12期，第2～9頁。

〔註50〕 馮乃超：《冷靜的頭腦——評駁梁實秋的〈文學與革命〉》，《創造月刊》，1928年8月10日，2卷1期，第13～19頁。

〔註51〕 成仿吾：《祝詞》，《文化批判》，1928年1月15日，創刊號，第1～2頁。

〔註52〕 《〈創造月刊〉的姊妹雜誌〈文化批判〉月刊出版預告》，《創造月刊》，1928年1月1日，1卷8期。注：下劃線爲原有。

〔註53〕 編者：《編輯初記》，《文化批判》，1928年1月15日，創刊號，第103頁。

類是繼續與魯迅、茅盾等人論爭的文字，〔註54〕此時是創造社將文藝視作「武器」而不是「解剖刀」的階段，他們奉行「全部的批判」的信條，對魯迅等作家的批判持續升級，在他們看來，魯迅等作家已經「落伍」甚至走向「反動」；一類是開展馬克思主義的「啓蒙運動」——運用唯物論、辯證法批判當時文化意識形態的理論文字〔註55〕。此外，還有一些翻譯文章和介紹馬列主義名詞的「新辭源」專欄，以及因「時事是不宜多談的東西」而爲了轉移當局注意力所設置的、與中國有關係的「『國際情況』研究」。〔註56〕這些文章或者闡析馬克思主義的唯物辯證法、科學社會主義等基本原理，或者介紹歷史唯物主義、政治經濟學、帝國主義論等學說，或者闡述馬克思主義關於「兩個文明」、精神生產的規律，或者根據馬克思主義理論剖析世界尤其是中國的政治、經濟、文化等方面的問題。

　　《文化批判》雜誌對於馬克思主義的介紹和提倡，源於後期創造社的青年悟到馬克思主義是能夠啓蒙中國的思想學說，且「時代已經需要這樣的乾糧」，他們還「預期」全國覺悟的青年必將起來，在精神和物質兩個方面成爲他們的後盾〔註57〕。創造社同人的這種共識意味著：自「五四」以來由個人譯介、探索馬克思主義正在逐漸變爲左翼知識界的集體追求，在思索馬克思主義如何推動中國革命運動的同時也在對馬克思主義基本原理進行深層探索。反過來，馬克思主義也爲他們的無產階級革命文學實踐提供了理論支持，

〔註54〕 代表性文章有：李初梨的《怎樣地建設革命文學？》（第2號）、《請看我們中國的 Don Quixote 的亂舞——答魯迅〈醉眼中的朦朧〉》（第4號），彭康的《「除掉」魯迅的「除掉」》（第4號），馮乃超的《人道主義者怎樣地防衛著自己？》（第4號），龍秀的《魯迅的閒趣》（第4號）。

〔註55〕 代表性的文章有：馮乃超的《藝術與社會生活》（第1號）和譯介 Upton Sinclair 的論文《拜金藝術——藝術之經濟學的研究》（第2號），彭康的《哲學底任務是什麼？》（第1號）、《科學與人生觀——近幾年來中國思想界底總結算》（第2號）、《思維與存在——辯證法的唯物論》（第3號）、《唯物史觀的構成過程》（第5號），朱磬的《理論與實踐》（第1號），朱鏡我的《科學的社會觀》（第1、2號）、《政治一般的社會的基礎——國家底起源及死滅》（第3號）、《關於精神的生產底一考察》（第4號）、《德模克拉西論》（第5號），李鐵聲的《宗教批判》（第1號）、《目的性與因果性》（第2號）和譯文《辯證法的唯物論》（第3號），失神子的《唯心論者》（第1號），李初梨的譯文《唯物辯證法精要》（第5號）。

〔註56〕 編者：《編輯初記》，《文化批判》，1928年1月15日，創刊號，第103～104頁。

〔註57〕 編者：《編輯初記》，《文化批判》，1928年1月15日，創刊號，第103頁。

使他們信心十足地對思想文化界進行「總結算」，比如彭康的《科學與人生觀——近幾年來中國思想界底總結算》，就是對中國思想界「科學與人生觀論戰」的一個「總結算」。編者認爲這種「總結算」，「雖然在年月上已經稍遲，但是決不可少的工作，因爲我們不能不『打發它們去』」〔註58〕。這裡的「打發它們去」，就是指彭康在「普羅列塔利亞特」的意識下，以唯物辯證法和唯物史觀爲理論支點，系統、精要地闡述了科學與玄學不同的社會、思想根據。彭康認爲：「社會的經濟的組織原來是規定一切的基礎，它是不受人底意志的支配而自身發達，進展變化的。」歐戰就是資本主義社會經濟組織下的必然結果。「所謂科學家和玄學家不能明瞭這種理論，不敢知道這種理論，所以不能得到關於歐戰的眞正的理解，只互相加罪，殊不知所謂科學，玄學，教育和政治都是爲當時經濟組織所規定，總不能跳出社會這個圈子。」他強調，文明隨著社會的進化而變化，本沒有什麼精神與物質之別，提倡精神文明不過想麻醉民眾，張君勱的論理主義將思維與存在的關係顛倒了，抹殺了客觀的性質，丁文江的經驗論只是在形式上把握對象，把世界認爲是感覺的總體，抹殺了物質的存在，「唯心論者以爲意志是自由的，不受因果律底支配；經驗論者以爲意志沒有自由，要受環境底規定」，而實際上意志沒有自由。「科學和人生觀」這類論戰，「根據唯一的正當的科學方法來克服理論的錯誤，曝露實踐的動機，指出社會的作用。所得到的結果，他們只是『民可使由之，不可使知之』這個傳統的愚民政策」。最後，他指認了當時思想界的任務：「確立辯證法的唯物論以清算一切反動的思想，應用唯物的辯證法以解決一切緊迫的問題。」〔註59〕這篇文章的理論價值很高，所以郭沫若讀完後評價說：「甚精彩，這是早就應該有的文章。回視胡適輩的無聊淺薄，眞是相去天淵。」〔註60〕彭康還發表了《思維與存在——辯證法的唯物論》和《唯物史觀的構成過程》，前者辨析了思維和存在之間的關係，「存在規定思維，而思維底眞理性又因實踐去證明」，且「辯證法的唯物論有變更世界的能力」〔註61〕；後者解

〔註58〕編者：《編輯雜記》，《文化批判》，1928 年 2 月 15 日，第 2 號，第 136 頁。

〔註59〕彭康：《科學與人生觀——近幾年來中國思想界底總結算》，《文化批判》，1928 年 2 月 15 日，第 2 號，第 22～47 頁。

〔註60〕郭沫若：《海濤集·離滬之前》，《郭沫若全集·文學編》第 13 卷，北京：人民文學出版社，1992 年版，第 296 頁。

〔註61〕彭康：《思維與存在——辯證法的唯物論》，《文化批判》，1928 年 3 月 15 日，第 3 號，第 27 頁。

析了唯物史觀發生的原由及其必然性，唯物辯證法告訴人們，世界上沒有絕對的東西，一切都是有限的，作者的結論是：「唯物史觀是辯證法的唯物論底具體的表現」。〔註 62〕彭康之外，《文化批判》上對馬克思主義基本理論宣傳成績較大的還有朱鏡我、李鐵聲等人。如朱鏡我在《科學的社會觀》中，立足於馬克思主義的唯物史觀和唯物辯證法，闡明了社會構成、社會歷史的真正基石為「社會經濟的構造」的道理，〔註 63〕並熟練地從物質與精神、生產力與生產關係的要素以及它們之間辯證統一的關係，解釋了階級的本質、階級發生的原因及條件、階級與生產過程——生產樣式——生產關係之間的關係、階級與身份（Stand）的區別和階級的運命等問題〔註 64〕。又如李鐵聲的《目的性與因果性》，用唯物辯證法解析了目的性和因果性的普遍存在，以聯繫的眼光將二者的辯證關係辨析出來，批判了唯心主義的不可知論。〔註 65〕事後看來，這些創造社「後起之秀」的意見已成為體現 30 年代左翼文學發生理論方面的重要宣言，馬克思主義業已成為左翼文藝界解決文藝乃至社會問題的基本方法和理論依據。

除了創作、譯介，創造社同人還在《文化批判》上開闢了一個「新辭源」專欄，專門介紹學術術語，如辯證法（Dialektik）、辯證法的唯物論、唯物辯證法、奧伏赫變（Aufheben）、布爾喬亞汜（Bourgeoisie）、布爾喬亞（Bourgeois）、普羅列搭利亞特（Proletariat）、意德沃羅基（Ideologie）、托辣斯（Trust）、觀念論（Idealismus）、商品、資本、可變資本、恐慌、產業預備軍、範疇、即自（In itself）、虛無主義、人道主義、鼓動、宣傳、標語、階級意識、階級鬥爭、理論鬥爭、自然生長性、目的意識、產業革命、愛國社會主義等。編者認為這可以「備初學諸君的查考」〔註 66〕。其實，這一專欄的意義和影響頗為深遠。其中的一些術語在中國還是第一次輸入，但這些新名詞很快就被中國思想界運用自如，在 1928 年以後的中國文壇上出現的頻率越來越高，其覆蓋面

〔註 62〕 彭康：《唯物史觀的構成過程》，《文化批判》，1928 年 5 月，第 5 號，第 16 頁。

〔註 63〕 朱鏡我：《科學的社會觀》，《文化批判》，1928 年 1 月 15 日，創刊號，第 34 ～52 頁。

〔註 64〕 朱鏡我：《科學的社會觀（續）》，《文化批判》，1928 年 2 月 15 日，第 2 號，第 48～71 頁。

〔註 65〕 李鐵聲：《目的性與因果性》，《文化批判》，1928 年 2 月 15 日，第 2 號，第 72～83 頁。

〔註 66〕 編者：《編輯初記》，《文化批判》，1928 年 1 月 15 日，創刊號，第 104 頁。

越來越廣，這意味著中國思想文藝界的知識體系發生了重大變化，實現了革新。至此，我們還不能說這些新名詞被廣泛接受和運用意味著無產階級文化觀已經取代了資本主義的民主、科學觀或封建主義倫理道德觀，但至少標示著無產階級文藝運動與「五四」新文化（文學）運動之間有了明顯不同的思想特質和知識體系。

　　1928年3月15日，後期創造社創辦了《流沙》半月刊。這是一個典型的綜合性刊物，創辦者的宗旨是：「我們不敢學時髦者的矜誇，說我們這小小的刊物的使命是什麼指導青年，喚醒青年，我們只想一方面緊緊的把捉著無產階級的意識和精神來否定這趣味十足和風光滿紙的文壇另闢一塊荒土。一方面也想幫助我們一般的青年多多少少得些正確而且必要的社會科學的知識。」〔註67〕同時，編者立志把《流沙》辦成一種「現代青年界的良好讀物」，並在出版廣告中宣揚說，《流沙》內容包括《創造月刊》和《文化批判》的兩種性質，「不過在體制上力求青年化與一般化」。〔註68〕而事實也基本上如其廣告所說的那樣。《流沙》既刊載理論文章，也刊載文藝作品，文章用量不多，出版速率很快，兩個月就出版了六期。由於國民黨當局的查禁，該刊於1928年5月停刊。但作為一種輔助性角色，它有力地支持了創造社的主力刊物《創造月刊》和《文化批判》，替它們分擔了一些「政治壓力」。

　　《流沙》比較注重對馬克思主義原理的翻譯和一些社會科學理論常識的介紹。李一氓翻譯了馬克思的原著《唯物史觀原文》（第4期），在《社會科學與社會科學名詞》（第2期）中解釋了五個社會科學名詞——「唯物史觀」、「無產階級專政」、「階級鬥爭」、「共產主義」和「智識階級」——的概念，在《政治制度簡說》（第6期）中梳理了封建社會以來的幾種政治制度，如君主制、內閣制、共產制等。華漢在《文藝思潮的社會背景》中指出：「文藝是社會的一切意識形態中的一種，它不是憑空而生的，它有產生它的社會背景，它有它所反映的階級，同時也有它的階級的實踐任務。」〔註69〕編者認為此文提供了「一種研究文藝的新方法」，使讀者明白「文藝絕對不是超然的東西了」。〔註70〕彭康在《五四運動與今後的文化運動》中通過分析「五四」運動

〔註67〕　編者：《後語》，《流沙》，1928年3月15日，第1期，第47頁。
〔註68〕　《流沙出版廣告》，《文化批判》，1928年3月15日，第3號。
〔註69〕　華漢：《文藝思潮的社會背景》，《流沙》，1828年4月1日，第2期，第1頁。
〔註70〕　編者：《後語》，《流沙》，1928年4月1日，第2期，第57頁。

發生的經濟、政治等客觀條件和文化原因後得出結論：「今後的文化運動，簡單的說，應是發揚階級意識，用鬥爭的方法去獲得能產生普羅列搭利亞文化的客觀的條件。客觀的條件是經濟上尤其是政治上的解放。」〔註71〕忻啓介在《無產階級藝術論》中認爲有產階級的藝術是「欺瞞的，麻醉的」，而無產階級的藝術是「宣傳的，煽動的，革命的」。〔註72〕振清、唐仁在《社會運動家及社會思想家》（第4期）和《社會思想家及社會運動家》（第5、6期）中編述了世界上一些著名社會運動家及思想家的列傳，如馬克思、恩格斯、倍倍爾、李布克奈西、斯達林（斯大林）、托洛斯基。另外，《流沙》上的「游擊」欄目很有特點，編者爲了充分利用刊物的空間，見縫插針，將一些精緻的小短文填充在刊物的各個「角落」裏，這些短文簡直不能稱爲文章，但它們卻不失雜文的銳利，有很強的實效性，其鋒芒往往指向當時文壇的熱點人物或文藝現象，前者如魯迅、胡適、茅盾、徐志摩，後者如「拜金主義」、「農民文學」、「革命文學」、「吃肉藝術」等。

在創作方面，《流沙》同人認爲：「我們所處的時代是暴風驟雨的時代，我們的文學就應該是暴風驟雨的文學。」「我們對於藝術的手法的主張，是 Simple and Strong。」〔註73〕編者還強調說：「感傷主義的時代已經過去了，自我表現的時代已經過去了……一切表現小資產階級的醜態的時代都過去了。創造社的同人早已踏在時代的前頭，嚴重的否定了一遍自己，正在努力的克服自己小有產者智識階級的意識。處在我們這極端騷動的革命時代，我們的文藝運動當有新的目標和新的旗幟。」〔註74〕因此，《流沙》上的文藝作品具有鮮明的階級意識、「暴風驟雨」的色彩和「簡單粗暴」的風格。在《流沙》上連載了4期的華漢的《馬林英》就是這樣一部作品。小說的開頭巧設懸念，通過N城的秀才棲雲對於一件驚天動地的「大奇而特奇的怪事」的議論，引出了馬林英被捕臨刑、慷慨演說、鼓動敵方士兵嘩變起義後壯烈犧牲的傳奇故事。馬林英是北京P女大學的高材生，是北京青年界中一個「男性化了的女性美少年」。爲了反抗北京的反動政府，她南下到W城的軍官學校參軍，在軍中極端機械化和紀律化的生

〔註71〕 彭康：《五四運動與今後的文化運動》，《流沙》，1928年5月1日，第4期，第32頁。

〔註72〕 忻啓介：《無產階級的藝術論》，《流沙》，1928年5月1日，第4期，第99頁。

〔註73〕 同人：《前言》，《流沙》，1928年3月15日，第1期，第1～2頁。

〔註74〕 編者：《後語》，《流沙》，1928年4月1日，第2期，第56～57頁。

活中，練就了一身鐵肘銅筋和頑強的精神意志。畢業後，她被派到軍隊中從事政治訓練工作，在率領革命軍成功突出敵人的重圍後，又幫助農友們殺富濟貧、擴展革命力量。最後，馬林英的部隊被再次包圍，她被逮捕後從容就義時的言行震驚了全城。這部小說情節簡單，口號宣傳的色彩很明顯，藝術水平並不高，實際上未能達到塑造一個「無愧於那一偉大時代的傑出的革命女性」〔註75〕形象和表達作者對革命理想熱切追求的藝術要求。此外，在敘事作品方面，黃藥眠的小說《毒焰》（第2期）表達了對英國水兵欺凌、侮辱、殺害中國弱女子的囂張氣焰的憤怒；儲安平的劇本《血之沸騰》（第6期）抒寫了中國工人反抗帝國主義及其走狗壓迫剝削的決心。另外，還有很多詩歌作品，它們或者敘說工農群眾的痛苦，或者鼓勵、煽動民眾造反，如 N.C 在《奪回我們的武器》（第6期）中喊出了「奪回我們的武器」的口號。《流沙》上的一些作品，宣傳鼓動的氣息很濃，有「特別 Strong 的風格」〔註76〕，它們對大革命過後彌漫於文壇的感傷氣息是有一定反撥作用的。

　　《畸形》是《流沙》停刊後創造社創辦的又一個半月刊，於1928年5月30日出版，由邱韻鐸、龔冰廬、成紹宗、王敦慶、王啓煦這幾個與創造社關係密切的文藝青年編輯，由上海現代書局出版發行，1928年6月15日出版第二期後就停刊了。《畸形》的創刊宗旨並不明確，其出版預告介紹說：「畸形這個團體是幾個文藝青年的無組織的集合。他們因為沒有紀律與宗旨，尤其是在這文藝的方向轉換的途中，當然無從掩飾他們的矛盾，他們也無需用什麼主義或派別來遮蓋他們的醜惡，他們只是這時代的畸形兒。至於他們這個刊物裏面的作品，由你們讀者的主觀去找求它們的意義去罷。」〔註77〕由這段話內含的信息以及當時創造社小夥計和元老之間的矛盾情形來看，把《畸形》排除於創造社刊物之外並非毫無來由。不過，《畸形》和《流沙》之間的內在聯繫還是非常緊密和明顯的，《流沙》的停刊日正是《畸形》的出版日；《畸形》的出版預告是在《流沙》上率先刊登出來的；在《畸形》上發表作品（包括繪畫）的多是創造社、太陽社成員或與這兩個社團關係密切的人員，如王敦慶、王獨清、黃藥眠、龔冰廬、邱韻鐸、成紹宗、王啓煦、張資平、

〔註75〕陽翰笙：《陽翰笙選集·序》，《陽翰笙選集》第1卷，成都：四川人民出版社，1982年版。

〔註76〕華民：《後語》，《流沙》，1928年5月15日，第5期，第68頁。

〔註77〕《介紹畸形半月刊》，《流沙》，1928年5月15日，第5期。

馮乃超、錢杏邨等；兩個刊物上文章的風格也較爲相似。因此，在某種意義上，《畸形》可以視爲《流沙》生命的一種延續。

　　《畸形》的發刊辭是由王獨清代爲創作的，他認爲當時畸形的社會既充滿了殺戮和混亂，也是眞正革命暴發的「機運」；他認定那些努力於無產階級文學的人都是些小資產階級，並沒有創作出幾篇無產階級文藝作品。他還強調說：「現在雖然我們還不能產生眞正的，（無，引者補）瑕疵的無產階級的文藝，但是只要我們能極力克服自我，極力去獲得無產階級的意識，那我們總能把我們這種腐敗的階級底衣裳脫去，裸裸地站在無產階級底戰隊裏面，到那時階級便已經消滅，我們底文藝作品也就要化畸形而爲健全。」〔註 78〕從實際情況來看，王獨清的代發刊辭並未起到什麼實質性的指導作用，但卻點出了《畸形》上大多數作者的基本藝術追求和價值取向，即「努力於無產階級文學」，比如：藥眠的《我在沙基路畔低徊》和弱葦的《五月與文藝》（第1 號），前文中的「沙基路」令人想到了「沙基慘案」，後文中的「五月」令人想到了美國芝加哥工人大罷工，讀者自然會因此產生相應的愛國情懷和反帝情緒；淺原的《抄安那琪者的「藝術論」》（第 1 號），作者抄寫了一些安那其主義的「藝術論」，暗諷了這種理論的空浮性和安那其主義者高談闊論、脫離現實的弊端；Ellin 作的《碳礦夫對停業之應付（畫）》（第 2 號），令觀者不禁會想到工人與資本家尖銳對立、進行階級鬥爭的歷史場景；何大白的《革命文學的戰野》（第 2 號），明示了革命文學的「戰野」；錢杏邨的《談談冰盧的短篇》（第 2 號），介紹了龔冰盧在《流沙》上發表的幾部工人題材短篇小說——《血笑》、《賊》、《進化》、《朋友》、《爭鬥》、《一九二五年的血》——的內容，點明了這些小說的藝術特色，也指出了作者在創作中存在的「冗長的敘文」、「太傾心自然」、「單表現事實」等不足。此外，《畸形》上還刊載了邱韻鐸、一榴、張資平、贊月等人譯介的國外無產階級階級作家（如美國辛克萊爾、俄國高爾基等）的作品。總的來看，《畸形》雜誌的厚度要比《流沙》單薄一些，從二者的淵源上來看，它們卻是遙相呼應、一脈相連的。

三、《思想》、《日出旬刊》、《新興文化》和《新思潮》

　　《文化批判》和《流沙》被禁停刊後，創造社以創造社出版部的名義在1928 年 8 月 15 日、11 月 5 日和 12 月 1 日，分別創辦了《思想》月刊、《日出

〔註78〕獨清：《致〈畸形〉同人書》，《畸形》，1928 年 5 月 30 日，創刊號。

旬刊》和《文藝生活》週刊。《思想》月刊由思想社編輯，實際上是《文化批
判》的改版，編者和主要撰稿人基本上還是《文化批判》的同一批人，內容
傾向和編輯風格與《文化批判》也沒有什麼不同。《日出旬刊》是《流沙》半
月刊的改版，由華漢、李一氓編輯，內容上以介紹社會科學為主，目的仍在
於向青年宣傳馬克思主義。《文藝生活》則是一個週刊，由鄭伯奇編輯，大約
在 1928 年年底時停刊。

　　《思想》月刊沒有發刊辭，第 1 期的《編輯後記》比較細緻地闡述了創
造社同人創刊的思想主張。這篇文章以低壓重重、淫雨霏霏的「黴天期」比
喻當時政治氣候對進步文藝青年的壓抑，著力點放在反對帝國主義的侵害、
剝削立場上，放在追求民族解放和科學真理上，並強調：「科學的真理，這是
唯一的救世主！」《思想》月刊「企圖」熱誠地探求科學的真理、赤心地護持
科學的理論，「想把純正的，科學的思想，在合理的形式之下，介紹給青年們；
並以這樣的態度和科學的方法去研究及解剖中國底過去的及現存的社會現
象，指出一個正確的答案給青年們做參考」。因此，「《思想》當面的任務，除
了喚起青年們去探求科學的真理與吹動他們起了一種擁護科學的真理底心理
以外，沒有別種的野心；因而我們相信社會的人士亦能瞭解這《思想》的存
在理由給與我們以一種相當的聲援」！這裡，要求「聲援」在創造社來說並
非客套，創造社彼時的處境驗證了這一點，所以他們希望海內外同志寄稿，
表示願意《思想》月刊「做一個公眾底喉舌工具，為未來的時代開一條羊腸
鳥道」。〔註 79〕這種姿態和主張，事後看來佐證了中國左翼文壇大聯合的可能
性，在當時則使該刊上文章的「思想」性質變得更加純粹。

　　《思想》月刊登載了一些文藝作品，但它們並無特別之處。刊物上最引
人注目的仍然是朱鏡我、彭康、李初梨、馮乃超等人關於社會科學方面的論
文。朱鏡我在《社會與個人底關係——自由與平等底意義》中認為：沒有什
麼超於人的社會可以成立，也決沒有離群索居的個人可以獨立地久存下去，
社會與個人之間不存在根本的對立；所謂的自由、平等是一種社會的產物，「社
會學者」將自由與平等、平等與人類團結對立起來是錯誤的，因為他們離開
了思想的社會根據，以批判社會主義的社會組織為理論出發點。〔註 80〕在《中

〔註 79〕 編者：《編輯後記》，《思想》，1928 年 8 月 15 日，第 1 期。
〔註 80〕 朱鏡我：《社會與個人底關係——自由與平等底意義》，《思想》，1928 年 8 月
　　　　 15 日，第 1 期。

國社會底研究——歷史過程之回溯》中，他強調說：「歷史底推進力是社會的物質的生產力；有生產力底發展發達，然後才出現適應於它的社會形態，而這樣的社會形態又因其內含的生產力之變化而被顛覆，形成一個更新的社會形態。這樣地，人類的社會，人類所造作的歷史才不斷地前進著。」〔註 81〕隨後，他用生產力相關理論解析了中國社會歷史的變遷，這在當時來說頗為難得。彭康在《思想底正統性與異端性》中指出：「思想底正統性與異端性完全是以階級利害為標準，合於統治階級的利益的即維護扶助，反乎它的利益的即壓迫摧殘。」在當時的特殊情形下，思想的正統性和異端性也可以說是「革命性與反革命性」，異端的思想是革命的，是反對統治階級利益的。他的結論是：「社會是矛盾的社會，因而它會發展，變更。研究和解剖這些矛盾自然會引到否認現存社會組織而建設一種新社會的組織。」〔註 82〕他還在《厭世主義論》中告誡說，無論是厭世主義還是樂天主義，都是對世界的極端的不正確的評價，世人應該鍛鍊意志克服錯誤的心理傾向、科學地認識客觀的社會，「方可不墮於厭世的思想，努力去遵行所應負的任務，而從這方面看來是不道德的自殺更不會發生了」。〔註 83〕李初梨在《自然生長性與目的性》中，借周作人之口宣稱資產階級和無產階級之間是「生活不平等而思想則平等」，並「駁斥」了魯迅和郁達夫關於無產階級文學要無產者自己來創造這種「屈服於自然生長性」的主張；他通過分析社會自身內部的構成過程以及無產者生活的局限性，說明中國工人或農民現有的心理意識不一定就是無產階級意識，他要求對無產階級文學作家的批評，「只能以他的意識為問題，不能以他的出身階級為標準」。「無產階級的出身者，不一定會產生出無產階級文學，一切的知識者，在一定的條件之下，都可以參加無產階級文學運動。」無產階級文學「絕對排斥關照的表現的態度」，因為「表現」的文學的結局無非是一些「概念底羅列」或「大眾自然生長的意識」，是對於自然生長性的屈服。接著，他對郭沫若的「留聲機器」進行了解釋，認為這裡含有的意義是「辯證法的唯物論」，他強調說：「在現階段我們所主張的無產文藝，嚴密地說來，應該是在解放過程中無產階級的前鋒的文藝，然而前鋒的目的意識與一般大

〔註 81〕 朱鏡我：《中國社會底研究——歷史過程之回溯》，《思想》，1928 年 9 月 15 日，第 2 期。
〔註 82〕 彭康：《思想底正統性與異端性》，《思想》，1928 年 8 月 15 日，第 1 期。
〔註 83〕 彭康：《厭世主義論》，《思想》，1928 年 10 月 15 日，第 3 期。

眾底自然生長性，中間是有絕大的徑庭的。」他認爲一個「前鋒」的任務，是要把大眾自然生長的要素，結合於他的目的意識，絕不是單單地只去聽大眾的自然生長的聲音。如果眞是這樣，那就是對於自然生長的屈服，是「不可救藥的機會主義」。〔註84〕顯然，在李初梨看來，只有把自然生長性和目的意識結合起來，才能使民眾由自發的、局限於經濟領域的鬥爭發展爲政治鬥爭，顛覆社會結構奪取政權，取得階級鬥爭勝利。馮乃超的《他們怎樣地把文藝底一般問題處理過來？》介紹了俄國十月革命以後社會與文藝的關係、普羅文學的發展和文化問題、藝術左傾派的理論，據此指出了中國在黨的文藝政策上應該注意「Hegemonie」（領導權）、「同路人」（同盟階級的新舊作家）和「老人群」（如高爾基）的態度問題。〔註85〕

另外，《思想》月刊上開闢了「新術語」一欄，這是一個知識含量很高的專欄，與《文化批判》上的「新辭源」有異曲同工之妙。「新術語」欄目介紹了很多科學和社會科學術語，如貨幣、使用價值、交換價值、價格、剩餘價值率、平均利潤率、利息、企業家紅利、貨幣資本；工團主義、改良主義、社會主義、社會民主主義、國家社會主義、修正派社會主義、機會主義、取消派、人道主義、法西斯蒂；議會主義、空想的社會主義、科學的社會主義、國民經濟、失業；重商主義、平和主義、新政府主義、武裝和平、普羅卡爾特（無產者教育）；溫情主義、協調主義、鬥爭主義、階級組合主義、A・F・L（美國勞動同盟）、L・W・W（世界產業勞動者同盟）、內攻與外擊、資本聚積、資本輸出、一九〇五年革命、三月革命等。這類新名詞傳達了新鮮的知識，使中國思想文化界發生了一場術語革命，使左翼文藝界與「五四」文藝界之間發生了一種符號學意義上的革命現代性斷裂。

1928 年 11 月 5 日，創造社出版了《日出旬刊》，它是創造社後期以社會科學爲主的綜合性刊物之一。第 1 期的《校後補記》比較細緻地闡述了《日出旬刊》創刊的「啓蒙的目的」，就是想做幾件小事情：「1.介紹一點系統的淺近的政治，經濟，社會的理論。2.對現在的社會科學出版物（如雜誌，書籍）做點批評的工夫——這說不定有時也會旁及於其他書籍（如文學一類）。3.零瑣的，但是重要的國際事件，也按期介紹。」總之是爲了使讀者「得點正確

<hr>

〔註84〕李初梨：《自然生長性與目的性》，《思想》，1928 年 9 月 15 日，第 2 期。
〔註85〕馮乃超：《他們怎樣地把文藝底一般問題處理過來？》，《思想》，約 1928 年 11 月，第 4 期。

的遠大的觀念」。〔註86〕《日出旬刊》的撰稿者有沈起予、華漢、何大白、李初梨、孔德、厚生（成仿吾）、李世爭、龔世彬、少懷、田中、振青、龔冰廬和李白英。《日出旬刊》僅出五期，1928 年 12 月停刊。《日出旬刊》刊載了很多社會科學論文，〔註87〕探討了一些社會問題。《日出旬刊》還刊載了幾部文藝作品，值得一提的是龔冰廬的《流轉》（小說），寫錢鈔在工人手裏的「流轉」。此外，《創造社出版部敬告讀者諸君》一文值得注意，該文透露了創造社 1929 年要做的幾項工作：第一，介紹世界社會文藝，所選的是代表俄、德、法、美等國的傑作；第二，大量輸入社會科學書籍；第三，擴大世界名著的編選範圍；第四，重新整理印刷創造社叢書與小叢書。〔註 88〕創造社的這些出版計劃，折射出了當時思想文藝界出版社會科學書籍的熱情，這爲 1929 年「社會科學年」的出現奠定了相應的基礎。

　　創造社在出版《思想》、《日出旬刊》的同時又創辦了《文藝生活》週刊，《文藝生活》的辦刊時間很短，歷時僅一個月，共出 4 期。葛埃朋作代發刊辭，在上面發表文章的有沈葉沉、櫻影、馮乃超、柯南、殷夫、鄭伯奇、許幸之、蔣光慈、王一榴、子昂等人，多是創造社、太陽社成員和進步的革命作家。從刊載文章的題目〔註 89〕來看，有文藝創作、作品評論、美術評論、人物簡介、文化常識介紹、國內外文壇消息、漫畫等，比如：第 1 號上子昂的《汪靜之如是說》、丘立的《魯迅與郁達夫》、櫻影的《戲劇運動》、玉子的《重觀〈默示錄四騎士〉所感》，第 2 號上乃超的《「印象與感想」的批評》、柯南的《武器、蠟槍頭、革命文學》、櫻影的《蔣光慈與記者的對話》、葉沉的《關於美術的兩個小評》、殷夫的《伏爾加的急流──〈黨人魂〉在革命藝術上的評價》、K.S.的《所謂文藝家的出國問題》，第 3 號上伯奇的《前田河氏

〔註86〕　《校後補記》，《日出旬刊》，1928 年 11 月 5 日，第 1 期，第 8 頁。
〔註87〕　比如沈起予的《科學之勝利》（第 1 期）、《日本的普羅列塔利亞藝術怎樣地經過它的運動過程》（第 3 期）、《日本的普羅列塔利亞藝術怎樣地發展它的運動過程》（第 4、5 期），華漢的《社會結構與社會變革》（第 1 期）、《從道德說到尊孔》（第 2 期）、《青年智識分子底失業問題》（第 4 期），何大白的《社會變革底心理的基礎》（第 5 期）。翻譯方面，李初梨譯介了史威特羅夫、伯爾德尼羅夫合著的《政治經濟講話》（第 1 期），葛埃朋譯述了《蘇俄教育學底根本原則》（第 4 期）。
〔註88〕　《創造社出版部敬告讀者諸君》，《日出旬刊》，1928 年 12 月 15 日，第 5 期，第 8 頁。
〔註89〕　本人未見過《文藝生活》週刊，該刊目錄參見饒鴻競等編：《創造社資料》（上），福州：福建人民出版社，1985 年版，第 643～646 頁。

的印象》、鳳淺的《介紹彌勒佛》、光慈的《關於〈蔣光慈與記者的對話〉》、N.C.的《關於文學感想的斷片》和《奧爾尼及其劇本》，第 4 號上警夢的《充軍》、子昂的《人道主義的文學家》，等等。這些文章總的看來涉及面較廣，甚至給人以蕪雜之感，但確實是與「文藝生活」密切相關的。

1929 年 8 月，創造社出版部創辦了《新興文化》月刊。這是一個純粹社會科學性質的雜誌，由新興文化社發行、向明編輯、上海江南書店總代理，僅發行一期。〔註 90〕《新興文化》上刊載的文章幾乎都是社會科學方面的論文。龔彬的《英吉利政治的新局面——從總選舉說到勞動黨內閣》，介紹了英國政治體制的一些情況。汪水滔在《馬寅初博士瞭解馬克斯價值論麼？——博士的馬克斯價值論批評的駁論》中認爲，馬寅初批評馬克思價值論的根據「價值之發生，由於用勞工改造其原形物」是「混混沌沌」的，是一種「僞造」，其由此而來的推論只是「謬誤的堆積」；他還在《資本主義的運動法則》中指出：「分析資本主義的運動，闡明支配這運動的法則，是我們現在的目的。」〔註 91〕朱怡庵在《法底本質》中由胡適在《新月》第 2 卷第 2 期上的《人權與約法》一文引出了「法」的問題，他認爲：「法是階級鬥爭底歸結，階級鬥爭底衝突停止於所與的某階段時的力底均衡之反映。」「被壓迫的勞苦民眾只有團結自己的力量，自動手的來顛覆既成的國家制度，創建自己的國家權方（力，引者注），設置自己的法的關係然後才能眞正的確保自己的利益，然後才能揚棄一切的階級對立，完成解放全人類的使命！」〔註 92〕柯爾在《評辛克賀維祺底「反馬克斯主義」》中認爲辛克賀維祺對馬克思主義的定義純粹是

〔註 90〕　《新興文化》和《日出旬刊》、《思想》一樣沒有發刊詞，但向明在《編輯後記》中認爲：「在目前的中國，特別在全國的文化中心地的上海，一個擁護並主張眞理的言論機關是應該而且必須存在的！」但沒有這樣的一個機關，「外部的物理的強力」造成了既成文壇的蕭條和頹廢，這就是《新興文化》的環境。而《新興文化》的創刊動機，就在於體悟到人力可以「轉移」外來的強力，「鬥爭就是一切」！被壓迫者要自己解放自己、「戰取」權利，「眞理必能到達勝利之城，正因爲必然的有人必死地努力使它實現故」！接著，向明指出了《新興文化》所擔負的任務和刊物名字的由來：「它將站在一個視角，唯一正確的科學的視角來介紹學說思想，批評過去現在的俗惡的破廉恥的理論，並分析解剖國內及國際所生起的一切重要的事件來給它一個正確的解答。這樣的任務因而只由新興階級的立場才能遂行的，所以我們也就名命它爲『新興文化』。」參見向明：《編輯後記》，《新興文化》，1929 年 8 月，創刊號。

〔註 91〕　汪水滔：《資本主義的運動法則》，《新興文化》，1929 年 8 月，創刊號。

〔註 92〕　朱怡庵：《法底本質》，《新興文化》，1929 年 8 月，創刊號。

他的「偉大的曲說」。文鴻在《西方史研究大綱》中宣稱想用科學的方法整理西洋史和中國史，而所謂科學的方法就是要站在辯證法的唯物論和階級鬥爭的觀點上來分析一切歷史事變。得塵的《東西南北（世界消息）》介紹了美國南部紡織工人大罷工、蘇聯之五年計劃、孟買紡織工人大罷工、拉脫維亞現況、比利時的選舉、辛克萊的受刑等一些世界消息。此外，有人在《新興文化》上介紹了河上肇著、陳豹隱譯的《經濟學大綱》。介紹者認為：「社會之經濟的構造為社會之眞實的基礎，物質的生活之生產方法制約社會的政治的和精神的生活過程一般。我們想觀察現代的社會得到眞正的正確的理解，必需要理解社會之經濟的基礎，認識物質的基礎生活過程。因此，以資本家的社會為研究對象闡明其經濟的運動法則底經濟學，成為我們理解現代社會認識現代社會之必要的智識。」〔註93〕最後，介紹者認定《經濟學大綱》是一部高水平的經濟學著作。

1929 年 11 月 15 日，創造社創辦了最後一個刊物《新思潮》月刊，由新思潮社等發行、朱鏡我等編輯，1930 年 7 月 1 日出版第 7 期後停刊，第 7 期易名為《新思想》。《新思潮》月刊是一個綜合性雜誌，沒有發刊辭，直到第 4 期的《編輯雜記》才對發刊的情況做了一些介紹，編者認為 1929 年社會科學理論書籍雜誌的興盛是「偉大的爆發前的應有而必有的現象」，但其中也伴隨著各種似是而非的主張、奇奇怪怪的介紹、有意無意的誤解等現象，因此，「我們決在這個魚目混珠，眞僞莫定的現象中，揭破虛僞的理論，揭破背教的主張，戳穿欺瞞的思想，使研究社會諸科學，從事解放運動的青年們能在正確的馬克思主義的旗幟之下精力的向前猛進。沒有革命的理論，不會有革命的行動；沒有革命的行動，不會有革命的理論。一切的曉舌，一切機會主義的，折衷主義的，社會愛國主義的，取消主義的偏向，乖離，都由於不能理解理論與行動之辯證法的統一性而起的」。〔註94〕他強調這方面的工作就是《新思潮》月刊今後的「主要方向」。

《新思潮》月刊上刊載了很多關於馬克思主義和蘇聯情況的文章。〔註95〕

〔註93〕汪水滔：《〈經濟學大綱〉》，《新興文化》，1929 年 8 月，創刊號。

〔註94〕編者：《編輯雜記》，《新思潮》，1930 年 2 月 28 日，第 4 期。

〔註95〕這類文章有：柳島生譯介阿欠欽揚著的《蘇聯的大學生》（第 1 期），孔德的書評《〈政治經濟學〉》和譯介法國亨利・巴比塞的《蘇聯與和平》（第 2、3 期合刊），李得謨的《關於馬克思及馬克思主義中文譯著書目試編》（第 2、3 期合刊），谷蔭的《列寧小傳》（第 2、3 期合刊），王昂的《反科學的馬克思

其中吳樂平的《馬克思主義精粹》非常有代表性。作者對馬克思主義思想極為崇拜，他強調說：「馬克思主義思想，具有萬能的力量，正因為它是正確的。它完整而整飭，給人類以整個的人生觀，對於任何迷信，任何反動，任何擁護資產階級的言行，均採取堅決鬥爭的態度。」〔註96〕他還介紹了馬克思主義的三個源泉（德國的哲學、英國的政治經濟學與法國的社會主義）、馬克思主義的三個組成部分（馬克思主義的哲學、政治經濟學、科學社會主義）和馬克思主義在無產階級鬥爭策略上的主要路線以及對修正主義等的勝利鬥爭。

　　《新思潮》月刊所刊載的內容非常豐富。除了探討中國社會各方面問題的文章之外，〔註97〕還刊載了一些關於文藝運動方面的論文。彭康在《新文化運動與人權運動》（第4期）中借胡適《人權與約法》一文的觀點為由生發開去，他斷言：「胡適的文化運動是資產階級自由主義的立場，我們的是馬克思主義的立場。他只是『懷疑的態度和批評的精神』，我們是階級的意識和鬥爭的精神。」他還指出，通過鬥爭才能獲得徹底的自由，所謂的人權運動者是反動的，是和反動的現統治階級一夥的，勞苦群眾應該從根本上把它推翻，「人權運動應該是政權運動」。〔註98〕烈英在《文明是建築在資產制度之上嗎？──評梁實秋底〈文學是有階級性的嗎〉之第一節》（第6期）中認為，

主義？還是反馬克思主義的「科學」？──駁郭任遠的〈反科學的馬克思主義〉》（第4期），吳樂平的《馬克思主義精粹》（第4期），黎平的《俄國革命中之托洛茨基主義》（第7期），家銘的《蘇聯文化事業的概況》（第7期），王學文的《經濟的要素之意義》（第7期）。

〔註96〕吳樂平：《馬克思主義精粹》，《新思潮》，1930年2月28日，第4期。

〔註97〕在《新思潮》上，關於這類文章，第1期上有柳島生的《中國教育現狀的批評》、雷林的《民族輕工業的前途──從反日運動中所看到的華商紡織業》，第2、3期合刊上有柳島生的《中國教育現狀的批評（續）》、潘東周的《一九二九年的中國》，第4期上有吳黎平的《領事裁判權之自動的撤銷》、鄭景的《銀價暴落的原因及其影響》，第5期上有潘東周的《中國經濟的性質》、吳黎平的《中國土地問題》、王昂的《中國資本主義在中國經濟中的地位其發展及其前途》、李一氓的《中國勞動問題》、牛犇的《由「三一八」說到學生與政治》、向省吾的《帝國主義與中國經濟》和《中國商業資本》，第6期上有黎平的《軍閥混戰的社會基礎》、谷萌的《改組派在革命現階段上的作用及其前途》、朱破雲的《軍閥混戰成績一覽》，在第7期上有馬蓮的《革命青年的暑假工作大綱》、賴田的《中國經濟的現狀及其前途》、李果的《中國是資本主義的經濟還是封建制度的經濟》、流螢的《關稅自主了》等。

〔註98〕彭康：《新文化運動與人權運動》，《新思潮》，1930年2月28日，第4期。

梁實秋理論的依據是盧梭的「資產是文明的基礎」這句話，但文明並非建築於資產制度之上，梁實秋的主張在理論上不能成立，在實際上也違背了事實。此外，還值得注意的是郁達夫、魯迅、田漢、鄭伯奇等 51 人發起的《中國自由運動大同盟宣言》（第 5 期）以及藝術劇社的《藝術劇社爲反抗無理被抄封，逮捕告上海民眾書》和戲劇運動聯合會的《爲藝術劇社被封事告國人》（第 6 期），這些文章表達了左翼作家對國民黨當局限制思想言論、集會結社與查禁書報乃至封閉教育和學校、禁止罷工運動等反動行徑的憤怒與抗爭。此外，《新思潮》月刊上還介紹、評議了一些中外社會科學書籍，〔註 99〕這些評介有利於學界把握和瞭解這些社會科學書籍。

1930 年，創造社主要成員紛紛加入「左聯」，創造社正式停止活動，其同人性質的辦刊活動自然也停止了。通過研究可以看出，創造社中後期的刊物爲 20 年代進步思想文藝界提供了重要的「社會公共空間」。毋庸質疑，後期創造社曾犯過「左傾幼稚病」等錯誤，但他們辦刊活動的功績是顯而易見的。可以說，正是憑藉這些刊物，創造社與其他進步作家一起，推動革命文藝界實現了對無產階級文藝訴求的廣泛認同，探討了文藝和中國社會等諸多方面的問題，宣揚了追求科學眞理和民族解放的思想，獲得了社會輿論的深切關注和大量文藝青年的認可，進而爲中國左翼文學的發生奠定了堅實的創作基礎，提供了深厚的理論資源、豐足的人力資源和充溢的精神動力。

第二節　太陽社、我們社和引擎社：從《太陽》、《我們》、《引擎》到《拓荒者》

「無產階級革命文學」口號出現後，在文壇很快產生了反響。1927 年秋成立的太陽社、1928 年 5 月成立的我們社和約 1929 年 5 月成立的引擎社，先後加入了倡導無產階級革命文學的行列，並以《太陽月刊》、《我們月刊》和《引擎》月刊等雜誌爲媒介，進行無產階級革命文學創作和理論構建。與創造社相比，這三個社團對馬列主義的宣傳無論在數量、質量還是在深度上都

〔註 99〕如一泯的《新英譯文的〈資本論〉》（第 1 期），李德謨的《〈一九零五年至一九零七年俄國革命史〉》、谷萌的《二本國家論底介紹》、孔德的《〈政治經濟學〉》和《〈中國勞工問題〉》（第 2、3 期合刊），牛犇的《評〈學生團體組織原則〉》和胡平的《讀郭眞先生的〈中國農民問題論〉》（第 4 期），吳黎平的《評〈中國土地政策〉》（第 5 期）。

要遜色得多，其影響力也無法與創造社相提並論。但這三個社團各有各的特點，它們作爲同人社團，黨派的色彩非常濃厚，是共產黨直接領導下的文藝社團。社團成員基本上是共產黨員，思想理論和政治傾向都非常鮮明，他們敢於強化自身與國民黨作家在意識形態上的差異，從不諱言提倡無產階級革命文學的左翼立場，非常注重理論論爭和創作實踐。在某種意義上，這三個社團就是爲了提倡和建設無產階級革命文學而誕生的，他們創辦的刊物爲 20 年代革命文藝界的文學活動或階級鬥爭提供了不可或缺的平臺，進而爲 30 年代左翼文學的繁盛提供了重要的前期準備。

一、《太陽月刊》、《我們月刊》和《引擎》月刊

1928 年 1 月 1 日，太陽社編輯、出版了《太陽月刊》。這是太陽社創辦的第一個刊物，由上海春野書店發行。《太陽月刊》的主要撰稿人有蔣光慈、錢杏邨、孟超、楊邨人、迅雷、森堡（任鈞）、劉一夢、樓建南、戴平萬、馮憲章、洪靈菲、林伯修、龔冰廬等，這些撰稿人大都在上海活動。太陽社成員比較團結上進，同人之間的凝聚力很強，因此太陽社能夠在國民黨的文藝統制政策下維持兩年，直到 1930 年 3 月中國左翼作家聯盟成立，太陽社成員全部加入了「左聯」，才在無形中停止了同人社團的活動。由於與國民黨在政治意識形態上不可避免的矛盾所在，《太陽月刊》並沒有維持多久，出版了七期以後被迫停刊。《我們月刊》由上海我們社主編、曉山書店發行，社員不多，有林伯修、洪靈菲、孟超、戴平萬等，我們社的活動得到了創造社、太陽社成員的大力支持，王獨清、成仿吾、李初梨、蔣光慈、錢杏邨、黃藥眠等都爲《我們月刊》撰寫過稿件。《我們月刊》被視爲《太陽月刊》的「兄弟雜誌」，不僅二者的文藝傾向非常接近，而且遭遇也一樣。由於該刊上的作品被國民黨中執委認爲「以文學爲面具實行反動宣傳」〔註100〕，所以僅出三期就因爲「宣傳共產」〔註101〕遭禁，曉山書店被封。我們社就此停止活動，成員也基本上都加入了「左聯」。

太陽社和我們社有著大無畏的精神和樂觀自信的情緒。蔣光慈在《太陽月刊》的「卷頭語」中以詩人的筆法高呼：「弟兄們！向太陽，向著光明走！」

〔註100〕倪墨炎：《現代文壇災禍錄》，上海：上海書店出版社，1996 年版，第 28 頁。
〔註101〕《國民黨中執會檢送〈查禁刊物表〉〈共產黨刊物化名表〉致國民政府函（1929年 7 月 11 日）》，中國第二歷史檔案館編：《中華民國史檔案資料彙編》第五輯第一編「文化」（一），南京：江蘇古籍出版社，1994 年版，第 221 頁。

「我們要戰勝一切，／我們要征服一切，／我們要開闢新的園土，／我們要栽種新的花木。」〔註102〕同樣，《我們月刊》的編者也興奮地表示，戰鼓的聲音已經敲響：「那聲音給同情我們者以流血的啟示，／給背叛我們者以滅亡的象徵！」〔註103〕他們力圖為無產階級革命文學奠定創作和理論基礎。所以太陽社同人承認《太陽月刊》沒有提出無產階級文學的口號，但強調他們實際做的就是建設無產階級文學的基礎工作。《我們月刊》更是被賦以了雙重使命：「一面極力克服自我，創造真正革命的文藝作品；一面予反動派以嚴格的批判和進攻。」〔註104〕

出於倡導無產階級革命文學的共識，創造社和我們社積極介入革命文學論爭。從《太陽月刊》和《我們月刊》上所刊載的論文來看，他們的批判對象主要指向以魯迅和茅盾的創作為代表的所謂「小資產階級革命文學」。他們的觀點大致有以下幾種：一是認為中國社會的性質在 1928 年以後已經不是單純的民族、民權革命了，中國的革命方向轉換即將完結，阿 Q 時代已經死去，中國歷史已走入一個「新的時期」，中國社會革命潮流已經到了極為高漲的時代。二是強調文藝的宣傳性，認為文藝與現實、政治是分不開的，文藝是革命的前驅，「藝術是階級對立的強有力的武器」〔註105〕，「文藝的創造者應該同時做時代的創造者」〔註106〕。三是認為革命文學是反個人主義的文學，它的主人翁應當是群眾，而不是個人；它的傾向應當是集體主義，而不是個人主義；魯迅不轉換新的方向只有「死亡」，要反對語絲派、唯美主義等「趣味文學」，要獲得大眾的「理解和歡愛」，要教化大眾，要打倒小資產階級文學家的劣根性和他們的文學。四是強調文藝家的使命與革命黨人的使命是一樣的，要求革命文學家要獲得無產階級意識，宣揚文學家世界觀轉變的「突變論」。〔註107〕顯然，這些批評的出發點是好的，觸及到了文學與社會現實、政

〔註102〕光慈：《卷頭語》，《太陽月刊》，1928 年 1 月 1 日，創刊號。

〔註103〕編者：《卷頭語》，《我們月刊》，1928 年 5 月 20 日，創刊號。

〔註104〕王獨清：《祝詞》，《我們月刊》，1928 年 5 月 20 日，創刊號。

〔註105〕李初梨：《普羅列搭利亞文藝批評底標準》，《我們月刊》，1928 年 6 月 20 日，第 2 號。

〔註106〕華希理：《論新舊作家與革命文學——讀了文學週報的〈歡迎太陽〉以後》，《太陽月刊》，1928 年 4 月 1 日，第 4 號。

〔註107〕這一類的文章，在《太陽月刊》上有蔣光慈的《現代中國文學與社會生活》（創刊號）、《關於革命文學》（2 月號）、《論新舊作家與革命文學——讀了文學週報的〈歡迎太陽〉以後》（4 月號），錢杏邨的《死去了的阿 Q 時代》（3

治之間的密切關係，也推進了當時的無產階級文學建設工程。但問題在於，他們對中國革命形勢、性質的估計判斷是錯誤的；對文學功用的無限誇大背離了文學的藝術本質；對工農大眾的態度存有一定的偏差，對魯迅、茅盾等作家的態度不正確，激化了左翼文藝界的內部矛盾；宣揚文學家世界觀轉變的「突變論」過於簡單，缺少心理邏輯和現實依據；未能深入挖掘無產階級文學在中國興起的社會政治和思想資源或歷史與現實的合理性，沒有做好提倡無產階級革命文學的理論準備，走了很多彎路。

創作方面，《太陽月刊》和《我們月刊》刊載了一些「簡單」、「粗暴」的詩歌，這些作品帶有一定的暴力傾向，可以起到鼓動革命情緒的作用。周靈均說：「我彷彿已在戰場中呼：殺殺殺！／我要把鮮紅的血液污遍了革命旆兒，／酸辛的淚液灑遍了革命旆兒，／不然，敵人不滅何以爲家！」（《渡河》）「奔，奔，我是一個囚人，我要以我的熱血洗淨乾坤！」（《奔》）馮憲章認爲「社會已成爲修羅場」（《致——》）；「只有赤血才能把社會洗潔」（《致被難的朋友》）；如果無產階級要自救，「只有推翻現存的宇宙！／粉碎富人的洋樓！／焚燒富人的園丘！／剷除現存的制度！／殺盡廠主與地主！」（《匪徒的吶喊》）迅雷說：「我們是洪水！／我們是猛獸！／我們是資產階級統治下的暴徒！／我們是毀滅畸形社會的劊子手！」（《叛亂的幽靈》）龔冰廬高呼：「工友們，這不是戰慄的時候！／我們快把這鐵骨的窗櫺打破，／讓熱風來掃蕩這死寂的妖魔！」（《辰光在望》）任夫認爲：「革命的本身就是犧牲，／就是死，就是流血，／就是在刀槍下走奔！」他要「讓血染成一條出路，／引導著同志向前進行！」（《死神未到前》）陳禮遜強調說：「我們要達到願望，唯有勇敢犧牲我們的熱血！／我們要達到目的，唯有犧牲多一點的熱血！」（《血花》）同時，有的詩歌還表現出了很強的排他性，如羅灝在《給青年》中說：「我可敬可愛的熱情熱血的青年，／你們不用躊躇，快來參加！／你們不來參加，便是我們的敵人，／我們只認識同志，不知其他！」從藝術源流上來說，這些詩歌源自於左翼詩人面對社會不公而產生的自發或自覺的反抗意識，也借鑒、取法了其他各國（尤其是蘇聯）的無產階級詩歌創作方法。以

月號）、《〈幻滅〉（書評）》（3月號）、《批評與建設》（5月號）、《藝術與經濟》（6月號）、《〈動搖〉（書評）》（7月號），楊邨人的《讀〈全部的批判之必要〉》（4月號）；在《我們月刊》上有：石厚生（成仿吾）的《革命文學的展望》（創刊號），錢杏邨的《「朦朧」以後——三論魯迅》（創刊號），李初梨的《普羅列搭利亞文藝批評底標準》（第2號）。

蔣光慈爲例，他在 1927 年寫就的《十月革命與俄羅斯文學》一文中，專節分析的革命詩人就有布洛克、節木央・白得內宜、依利亞・愛蓮堡、葉賢林、謝拉皮昂兄弟，他還在「無產階級詩人」一節中介紹了很多無產階級詩人，並總結出他們的特質：第一，他們對於革命的關係，無所謂領受不領受，他們自己就是革命者，他們的革命被看作是解放勞動階級的方法，因之他們的命運是與革命的命運相同的；第二，他們都是集體主義者；第三，他們都是地上的歌者；第四，他們是城市的歌者。〔註108〕這裡，蔣光慈所總結的蘇聯無產階級詩人特質在中國左翼詩人的身上也同樣存在，因爲後者一直在自覺吸納前者的精神資源。

《太陽月刊》和《我們月刊》上還刊載了幾種戲劇，其中刊載於《太陽月刊》3 月號上孟超的獨幕劇《鐵蹄下》是一部很有「意味」的作品。作者把劇本時間設定在 1925 年初春，寫 S 埠某工業區發生了一場工人罷工運動，但在資本主義的鐵蹄下被廠主和警察鎮壓了。這部劇作的「意味」在於，作者是在「革命加戀愛」模式中結構勞資對立的，他將女主人公瑞姑設定在四個男性——工人李阿順和李阿興、小資產階級知識分子張澤蒼、資本家走狗王工頭之子王小五——的「愛」之中。這裡，作者既批判了資產階級鎮壓工人的罪惡，也批判了小資產階級沉迷於戀愛、惘顧革命的「習性」，這種批判視角在當時出現值得注意，它體現了作者敏銳的問題意識。刊載於《我們月刊》第 1、2、3 期上林少吾的四幕劇《降賊》是一部反映農民和地主之間矛盾鬥爭的作品。南方某地農民在地主劣紳蔡三爺的「橫行亂道」、「目無天理」之下，深受被剝削和被壓迫之苦，他們中間孕育著反抗的潛流。當蔡三爺打死了群眾公認的好人張五哥之後，群眾高喊：「敢！敢！敢！幹！幹！幹！」他們團結起來到縣公署去辯理，卻被與蔡三爺沆瀣一氣的黃法官拒絕。當他們準備打進縣公署抓出蔡三爺時，遭到了槍擊和鎮壓。事實和教訓使群眾明白了打倒壓迫階級的道理，於是他們決定去做壓迫階級眼中的「賊」和「叛徒」！除了戲劇創作外，林伯修譯介了反映俄國水兵起義的戲劇《波支翁金・搭布利車斯基》（第 2 期）。總的來說，這些劇作簡單演繹了一些反抗鬥爭場景，目的是爲了宣揚無產階級革命理念，語氣急迫，但藝術沉著力不足，藝術價值有限。

〔註108〕蔣光慈：《十月革命與俄羅斯文學》，《蔣光慈文集》第 4 卷，上海：上海文藝出版社，1988 年版，第 124～126 頁。

　　《太陽月刊》和《我們月刊》上刊載最多的敘事性作品是小說。〔註109〕
在一些革命小說中，作家站在無產者立場和階級鬥爭視角上，力圖通過小說
這種文學樣式來揭露黑暗與殘酷的社會現實，透視中國被壓迫階級乃至整個
中華民族的生存境遇及其蘊含的社會革命能量，展示階級矛盾激化的歷史場
景，進而鼓動群眾的鬥爭情緒和意志。由於有的作家親歷過戰爭，因此他們
常常將戰場上「你死我活」的生存經驗和對蘇聯文學的閱讀體驗直接植入革
命文學的階級鬥爭描寫中，他們往往喜歡書寫反帝示威遊行、罷工暴動或大
革命失敗後革命者受盡苦難重新崛起等題材。比如魯迅所誇讚的太陽社作家
劉一夢〔註110〕，其小說《雪朝》書寫了軍閥對農民運動的鎮壓，《車廠裏》和
《失業之後》寫出了工人對資產階級的英勇抗爭。又如戴平萬的《小豐》敘
述了帝國主義者對紀念「五卅」運動的中國民眾（包括兒童）的殘殺，《恐怖》、
《樹膠園》書寫了工人暴動的情景，《激怒》描寫了農民奮起反抗地主壓迫的
景象；洪靈菲在《女孩》中則用粗疏的筆墨勾勒出如下場景：一個已經被壓
迫得麻木的九歲婢女，在瞭解了「暴徒」的生活方式後，由羨慕而激發出反
抗意識來。這就告訴讀者，人的奴性不是天生的，通過有效的啟蒙，孩子也
能變成鬥士。

　　在《太陽月刊》和《我們月刊》上刊載的諸多小說中，蔣光慈的《蟻鬥》、
孟超的《鹽務局長》和洪靈菲的《前線》是頗見藝術功底的三部作品。

　　《蟻鬥》發表在《太陽月刊》第 1 期上，是蔣光慈長篇小說《罪人》（後
改為《最後的微笑》）的第一章。小說寫 S 紗廠的青年工人王阿貴因參加工會
從事反資本家活動被工頭張金魁開除出廠，突如其來的打擊把他震動得「不
知所措」，他開始到處亂走並感到茫然無助，不過這種狀態並沒有延續多久，

〔註109〕　《太陽月刊》登載的小說有：孟超的《衝突》、《茶女》、《鹽務局長》、《夢醒
　　　　　後》，楊邨人的《女俘虜》、《田子明之死》、《三妹》、《籐鞭下》、《一尺天》，
　　　　　劉一夢的《沉醉的一夜》、《車廠裏》、《雪朝》、《失業之後》，蔣光慈的《蟻鬥》、
　　　　　《往事》、《夜話》、《誘惑》，聖悅（李平心）的《巴里亞的勝利》，樓建南的
　　　　　《煙》、《蒙達珂的夜》、《革命的 Y 先生》，顧仲起的《離開我的爸爸》，迅雷
　　　　　的《火酒》，趙冷的《唔》、《出路》，甘茶的《屎坑老鼠》、《歡迎》，戴平萬的
　　　　　《小豐》，洪靈菲的《路上》，祝秀俠的《小小事情》等。《我們月刊》上的小
　　　　　說有：羅瀾的《丁雄》、《去家》、《血之潛流》，洪靈菲的《前線》、《女孩》，
　　　　　戴平萬的《激怒》、《樹膠園》，李一它的《食》、《窮孩子》，羅克典的《立契
　　　　　之後》、《決心》，等等。
〔註110〕　劉一夢（1905～1931），原名劉增容，劉曉浦的侄子，參加革命後化名劉一夢、
　　　　　劉大覺。

一場烈日下螞蟻之間的廝殺啓發了他，也激起了他反抗、報仇的英勇氣概。由於遭到暴曬，他得了病，回家休息，當其父母知道他被開除出廠後責怪他不安分守己時，他已經開始準備去殺掉張金魁了。這部小說與作者在 1928 年之前創作的《少年漂泊者》、《短褲黨》、《野祭》等作品有明顯的差異，它體現了作者積極引進陀思妥耶夫斯基的心理分析方法的熱情，具有一定的探索性意義。

相比於進行「殘酷」靈魂剖析、散發著無政府主義狂熱氣息的《蟻鬥》，刊載於《太陽月刊》第 5 期上的《鹽務局長》，敘述了一場鹽民抗稅造反的故事，顯得粗獷豪放、振奮人心。陶莊有名望的紳士王樸齋三老爺進城向新上任的徐縣長獻策辦鹽稅，在密謀商定分成方案後，他被委任爲南海口至陶莊一帶的鹽務局長。爲了防止自己的「紅差」在委任狀發下來之前發生變故，他回家後立即開始籌備鹽務局的工作。由於有前車之鑒，即城裏委員李二賴皮下鄉強徵鹽稅被「連王法都不知道」的鹽民痛毆、逼著喝鹽水，他決定把關帝廟設爲鹽務局辦公之地，加派莊丁站崗，準備強徵鹽稅。不料，鹽民在得知眞相後很快發生了暴亂，打進了關帝廟和他的家宅，逼得他跳牆逃竄，跑到蘭村向足智多謀的李六爺求助。李六爺請陸軍裏的唐連長率領一排兵前去鎮壓鹽戶的「造反」，卻中了鹽戶的埋伏被繳械一半。徐縣長率領兩營兵趕來鎮壓「民變」，聽到陶莊鹽戶要包圍蘭村的消息也是手慌腳亂。後來還是聽從了李六爺的計策，召集陶莊裏的莊長訓話，把責任捱到王三老爺和唐連長的身上，並以武力相威脅，使「愚民」回去安居樂業，平息了民變。幾天後，徐縣長又派兵來押著辦鹽稅，並把鹽民中鬧事的重要分子抓去槍斃，同時，鹽務局長的委任狀下來了，但不是王三老爺，而是李六爺了。小說用急促的語氣寫出了「官逼民反」的現實生活場景，生動地展示了地主豪紳的兇惡狠毒，不足之處是作者把鹽民的造反過程描述得過於簡單、容易。

《前線》是洪靈菲《流亡》三部曲之一，發表在《我們月刊》創刊號上，沒有連載完就出了單行本。我們社對此書的評價很高，廣告語說：「本書係洪靈菲先生最近的傑作，內容借革命和戀愛的衝突，把一個青年從事革命的心理過程，解剖得十分透闢。時代的色彩十分濃厚，文筆亦復異常優美生動。誠最近新文藝上一部有力的作品。愛好文學者，不可不人手一篇也。」〔註111〕小說寫主人公霍之遠大學畢業後在中央黨部當職員卻一度生活頹廢，在無聊

〔註111〕　《我們社叢書第一種〈前線〉》，《我們月刊》，1928 年 6 月 20 日，第 2 期。

的工作期間徘徊於個人情感的小圈子裏。爲了振作起來，他在與戀人林妙嬋合影的照片背後題辭明志：「爲革命而戀愛，不以戀愛犧牲革命！革命的意義在謀人類的解放；戀愛的意義在求兩性的諧和，兩者都一樣有不死的真價！」一天早上，他加入了「全世界工農被壓迫階級的先鋒隊」性質的某黨派，於是他的思想發生了「突變」，他開始努力於革命工作，可他仍難以處理好革命和戀愛之間的矛盾衝突。後來，反革命大屠殺來臨了，他和他的戀人被逮捕了，但他相信真正的普羅列塔列亞革命開始了。這部小說中充斥著大量的革命辭語，不過吸引讀者的並非作者所宣講的革命道理，而是那些細膩真切的愛情場景描寫。這部小說的價值在於展現了革命和戀愛的衝突與矛盾，反映了大革命高潮期間革命知識分子的思想轉變和情感糾葛。

　　1929 年春，孟超、董每戡、金溟若、彭芮生等人成立了引擎社。同年 5 月 1 日，他們創立了《引擎》月刊。由上海啓智書局總代理銷售，僅出版一期，就被國民黨政府以「提倡階級鬥爭」爲由查禁〔註112〕。《引擎》月刊的編者認爲：「在半殖民地的我們貴國，文化的火車遠遠地陷在落後的泥潭裏！」因此革命智識階級的「任務」是用引擎的力量，把文化的火車從落後的泥潭裏推進時代的軌道上去，「用發動機般的力量，開足火車的馬力，向新文化的領域突進」！「尤其在這過渡時代，我們須要這種力量去廓清舊的文化，一切正在沒落的文化！因爲它是阻礙向新文化領域突進的惡勢力」！〔註113〕

　　《引擎》月刊是一個以社會科學和文藝創作爲主的綜合性刊物。它刊載的內容主要是理論與創作：（一）理論方面，關涉社會科學的有巴克（徐韞如）的《近代資本主義構造的特質》、鄔孟暉的《社會的階級觀》、勞朋譯介的《社會科學的實際意義》；關涉文藝理論的有畫室譯梅林格的《現代藝術論》、葛莫美譯瑪差的《歐洲新興文學之路》、金溟若譯秋田雨雀的《新俄文壇生活之斷片》，其中《現代藝術論》被編者認爲是「在普羅文藝運動途中的中國是很須要的餱糧」；探究新文化運動的有芮生的《中國新文化運動底意義及其特徵》，作者認爲中國整個情狀是「過渡時代」或曰「革命時代」，在這樣的時代裏，新文化運動只有「過渡」的意義，它的立場和主要目標是「宣傳」，即

〔註112〕　《國民黨中執會檢送〈查禁刊物表〉〈共產黨刊物化名表〉致國民政府函（1929年 7 月 11 日）》，參見中國第二歷史檔案館編：《中華民國史檔案資料彙編》第五輯第一編「文化」（一），南京：江蘇古籍出版社，1994 年版，第 224 頁。
〔註113〕　編者：《編後》，《引擎》，1929 年 5 月 15 日，第 1 號，第 215～216 頁。

啓蒙民眾、教育民眾，它的任務是確立唯物辯證法的理論武器和意識形態上增加對無產階級革命的認識和信仰。〔註114〕（二）文藝創作方面，主要是詩歌和短篇小說。詩歌有6首，K·F·的《五月祭》奏響了「戰鬥的前奏曲」，喊出了「火一般的口號」；莞爾的《貧民窟裏》展示了「不公平的佔據」下貧民的悲慘生活場景；少懷在《死守我們的戰壕！》中號召工友們死守「戰壕」，爭取罷工勝利；啞爾在《七年不會聚首》中鼓勵朋友「繼續奮鬥」，爭取自由和革命的勝利；孤鳳的《黃花祭》和《都市旋律》，前者抨擊了建立在烈士骨骸上的反動統治，後者歌頌了鐵肩「擔當功史」的勞動者，他們「錘似地擊著馬路的腳步，／震撼了鐵似地頑固的統治殿堂」！小說有4部，孟超的《陳涉吳廣》借歷史上大澤鄉起義形象地說明了官逼民反的道理；黃日新在《歧路》中借戰士之口說出了如下真相：革命軍本是人民的軍隊，奮勇殺敵是想爲人民除掉痛苦，可百姓未見其利先受其害，而革命者的流血犧牲換來的是個別人的官運步步高升；孤鳳的《人類市場的悲劇》寫阿娟的母親爲了做工把阿娟賣給了女教徒華露茜小姐，十四年後，她想依照原來的價錢贖回女兒，結果被無情地拒絕了，她孤獨地死去，而阿娟連母親的最後一面都沒有見到；潔梅的《莉娜》寫莉娜的青春逝去了，她的追求者也消失了，在失去工作後，她淪爲妓女，患梅毒而死。小說、詩歌之外，童話方面有每戡的《給我們需要的》（童話劇）與六弟的《偷》、《汽笛的報告》。此外，在文藝作品翻譯方面，邱韻鐸譯介了美國M·Gold的詩《一千二百萬》，如生譯介了俄國杜格涅夫（Turgsnev）的小說《培茵草地》。對於這兩部作品，編者非常認可前者，他認爲：「高爾德（M·Gold）和辛克萊（U·Sinclair）比起來是更左翼的作家，他作的《一百二十萬》是給美國勞動階級讀的，一百二十萬是內容的最後一篇。」〔註115〕

從總體上看，《太陽月刊》、《我們月刊》和《引擎》月刊上的諸多革命文藝作品的階級意識非常鮮明，具有很強的宣傳鼓動意味，但有一定的藝術局限性，宣傳效果也沒有作者所希望的那麼大。敘事作品的成就略爲突出，敘事上基本採用「壓迫／反抗」或「革命加戀愛」的模式，但多是一些帶有革

〔註114〕芮生：《中國新文化運動之意義及其特徵》，《引擎》，1929年5月15日，第1號，第1～13頁。

〔註115〕編者很粗心，將《一千二百萬》說成了《一百二十萬》。參見編者：《編後》，《引擎》，1929年5月15日，第1號，第216頁。

命傳奇色彩的幼稚之作。不過，就當時文壇而言，它們是能夠體現早期無產階級革命文學創作實績的。正是因爲有了這種底氣，太陽社成員才敢下如此斷語：《太陽月刊》的發行是「促動」中國文壇急遽轉換方向的「這火山開始爆裂的火花」，「因爲《太陽》的發行，引起了許多的作家轉換了方向；因爲《太陽》的發行，許多的讀者發現了新生的道路；因爲《太陽》的發行，使從來混沌的文壇思想有了很明顯的分野，蒙昧的意識完全被摧毀了，每種刊物的階級意識都是旗幟顯明。這一切的現象，我們固然是承認它有著巨大的歷史的背景，但也都是《太陽》發行後才有的事實。《太陽》對於今年中國文壇的騷動，實際上並不亞於遊行在成長的蘆葦中的火蛇，遊蹤所及，烈火隨之」。〔註116〕這種對自身勞動高度評價的心情是可以理解的。因爲他們也承認：「中國還沒有成熟的無產階級文學。無產階級文學的作家，雖不一定要出身無產階級，但最低限度是要能把握得無產階級的意識的，接近無產階級的，瞭解無產階級生活的現狀的。目前的中國的作家，沒有眞正出身無產階級的。所謂現在的無產階級文學，是僅止有了這一種傾向，是很幼稚的。中國目前還沒有比較完成的無產階級文學。所以，我們不願說，《太陽》的創作是表現無產階級的意識的，雖然我們要努力的向這一方面做去。」「許多人以爲中國已有了很好無產階級文學，我們在目前所感到的卻是一空，二空，三空。」〔註117〕由此看來，他們爲《日光——太陽社創作集》所做的廣告辭「革命文學的運動發展到了現在，還未看見一部能使大家滿意的革命文學的創作集，這一部小說集，是太陽社自己修定編輯的，可以作革命文學的範本，可以作中學校的課本」〔註118〕就不僅僅是自吹自擂，而是志存高遠！〔註119〕

〔註116〕《停刊宣言》，《太陽月刊》，1928 年 7 月 1 日，停刊號。
〔註117〕《停刊宣言》，《太陽月刊》，1928 年 7 月 1 日，停刊號。
〔註118〕《春野書店新書〈預告〉》，《太陽月刊》，1928 年 7 月 1 日，停刊號。
〔註119〕除了積極刊登充滿革命激情的作品之外，《太陽月刊》和《我們月刊》每一期上都刊登了一些作品廣告，目的主要是爲了介紹有關革命文學的新書。《太陽月刊》上重點宣傳了《太陽社叢書》四種：1、《革命的故事》，錢杏邨著，内收革命故事七篇 ：（1）《秘書長》，（2）《飛機場》，（3）《胡桃殼》，（4）《老軍務》，（5）《涅暑大諾夫》，（6）《當代英雄》，（7）《革命家的一群》。「全書描寫作者在革命的浪潮中所遇到的一些有趣味的人物的事件，使人讀了欲笑不能，欲哭不得，是描寫革命黑暗面的力作。」2、《戰線上》，楊邨人著，共收短篇小說 5 篇，「有的描寫革命黨人偉大的犧牲，有的描寫現在複雜的政治狀況下青春的幻滅，有的描寫革命人物的戀愛故事，每一篇都帶著極濃重的時代色彩。」3、《玫瑰花》，王藝鍾譯，德國米倫女士著，「是一部寫給勞動

二、《時代文藝》、《海風週報》和《新流月報》

《太陽月刊》停刊和《我們月刊》被查禁後，太陽社和我們社成員似乎並不感到「悲哀」。太陽社聲稱對《太陽月刊》的停刊「毫無所惋惜」，堅信「最後的勝利終歸屬於我們」，「壓迫是促進我們力量滋長的雨露」。「在過去的《太陽》時代，我們的口號只是革命文學，只有一種傾向而已。以後的工作是要轉變了，這口號我們讓它和本刊一同成爲第一個階段的歷史的陳跡。《太陽》的第二個階段的創作，我們是要注意於無產階級意識的把握及技巧的完成了。」〔註120〕顯然，這種認知可以視爲太陽社和我們社同人集體認可的結果，按照當時他們對唯物辯證法的理解和思維模式，這也算得上是「否定之否定」的一種「表現」，他們相信自己的作品表現了「時代精神」、代表了文學發展的進步方向，所以「被查禁」並不意味著眞正的死亡，而是由「喊口號」變爲破壞和建設的開始，是一種獲得新生的機運。1928 年 10 月 1 日出版的《時代文藝》和 1929 年 1 月 1 日出版的《海風週報》就體現了他們的「新生」和不屈的戰鬥精神。

如果說，《時代文藝》創刊之前是太陽社高喊無產階級文學運動口號時期的話，那麼《時代文藝》創刊之後就意味著太陽社要從事更爲實際的工作了，所以蔣光慈說：「現在我們應當好好地從事建設的工作」；「根據著，我們時代的任務，我們應努力於無產階級文藝的創作」。他還表示「建設者」不願意「誇張」和「自棄」，因爲這無益於成功，而時代的任務是重大的，建設時代文藝的工作是艱巨的。〔註121〕這表明太陽社更爲注重文學創作，從《時代文藝》、《海風週報》、《新流月報》以及後來的《拓荒者》來看，情況確實如此。

《時代文藝》由時代文藝編輯部編輯、時代文藝出版部發行，僅出版一期，刊載作品的數量很有限。翻譯作品有：美國 Jack London 的小說《我的蒼

兒童的童話」，共計四篇：(1)《玫瑰花》，(2)《爲什麼》，(3)《小灰狗》，(4)《小麻雀》。「內容不但有美麗的文字，而且有極偉大的思想，於青年，於兒童都是一部很有益的書。」4、《哭訴》，蔣光慈的一首長詩。預告出版的新書還有劉一夢的短篇小說集《失業以後》、趙冷的短篇小說集《一個女郎》、日本金子洋文的《地獄》（沈端先譯）、紀元著的散文集《處女》、迦陵（孟超）的詩集《殘夢》（轆轤小刊）和太陽社創作集《日光》。這些作品全部由上海春野書店出版。《我們月刊》介紹的、由曉山書店預告出版的新書也很多，不過標明已出版的只有《我們社叢書》第一種，即洪靈菲的長篇小說《前線》。

〔註120〕《停刊宣言》，《太陽月刊》，1928 年 7 月 1 日，第 7 期，第 1、4 頁。

〔註121〕維素：《卷頭語》，《時代文藝》，1928 年 10 月 1 日，1 卷 1 號。

鷹──〈鐵踵〉第一章》（王弄石譯），寫歐洲大革命時期，工界領袖安勒斯特愛弗哈得在 1932 年春季被處死之後，他的妻子回憶自己與他初次交往時，在她家的客廳中，他與一群自認爲是社會支柱卻對工界毫不知情的資本家進行了一次激烈的思想交鋒；葉賢林的詩《新的露西》（華維素譯），反映了詩人對革命後的祖國──「露西」（俄羅斯）的隔膜以及自我身份認同感的缺失和孤獨寂寞的情緒；日本林房雄的小說《鎖》（周子連譯），寫一個從軍記者無意中闖入前線陣地，發現機關槍戰士的腳上卷著鐵索，才知道「英雄」原來是這樣產生的；日本金子洋文的小說《地獄》（沈端先譯）〔註 122〕，寫日本一個小村莊 A 莊遭遇大旱，河水被淘乾後，佃戶一面準備求雨，一面向地主酒田提出當沒有收成時要減免租米、捐米來救民的要求，可酒田不但斷然拒絕了佃戶的要求，還要以侮辱求雨的巫女的方式來報復那些觸怒了其權威的佃戶，結果他被捉住了，憤怒的村民決定把他「丟進地獄裏去」！《時代文藝》上刊載的一些文藝創作同樣值得注意。祝秀俠的小說《祝老夫子》，寫祝老夫子應縣長李老四之邀到縣裏「幫忙」，與其他官僚狼狽爲奸，鎮壓農團運動、草菅人命，借殺人案件的機會和誣陷別人是「共產黨」等名目搜刮錢財、巧取豪奪，當他離任時，他的空皮箱已裝滿民脂民膏；萍川的《疑惑》，寫阿狗對他姐姐幾天來的行爲覺得十二分的奇怪，他發現母親也不像從前那樣疼愛他了，原來他的姐姐被工廠開除了，在經過一段典當的日子之後，爲了謀生，他的姐姐不得不出賣肉體了，阿狗雖然還不瞭解這種事實，但看到姐姐被人強吻還是產生了濃重的屈辱感；丘絮絮的《靈魂的叫喊》是一部充滿寓言色彩的小說片斷，寫出了「靈魂」對橫暴的劫掠者的憤怒和反抗情緒；李鐵耘的《島上》揭露了反動派逮捕、關押和兇殘屠殺進步學生的罪惡；萬川的寓言體小說《兩個尋愛者》，通過描述兩個「尋愛者」的經歷和遭遇，寓示了這樣一個道理，即在資本主義經濟制度和封建禮教勢力下，偏離革命「尋愛」的結果只能是「此路不通！！！」應該說，這些作品的思想和藝術水平都比較高，但鑒於僅出一期這種情況，《時代文藝》的影響力是非常有限的。

《時代文藝》停刊後，太陽社出版了《海風週報》〔註 123〕，一共出版了

〔註 122〕1922 年 7 月 28 日夏衍翻譯了這篇小說，它原載《地獄》（日本作家金子洋文的小說集），1928 年 7 月 15 日上海春野書店初版，署名端先。參見《夏衍研究資料》，北京：中國戲劇出版社，1983 年版，第 323～324 頁。

〔註 123〕參見海風週報社編：《海風週報彙刊》，上海：上海泰東圖書局，1930 年發行。

十七期，由上海泰東圖書局發行。《海風週報》刊載的文章大致有以下幾類：一是文藝創作，受篇幅所限，主要是詩歌和短篇小說。詩歌僅有為數不多的幾首，如蔣光慈的《從故鄉帶來的消息》、錢杏邨的《寫給一個朋友》、馮憲章的《「是凜烈的」海風》、森堡的《送行曲》、徐殷夫的《梅兒的母親》等。其中森堡的《遺囑》堪稱這些詩中的扛鼎之作。這首詩寫一個「叛逆」的女性，在丈夫被敵人殺害後，忍著屈辱生下了孩子，雖然她馬上要被處死了，但她希望自己的孩子能夠繼承父母的遺志為勞農去戰鬥。小說方面值得一提的有：戴平萬的《山中》，展示了山中逃亡農民反抗意識勃發的情景；黃淺原的《長蛇》，講述了工人炸毀「帝國主義」火車的故事；洪靈菲的《在俱樂部中》，描寫了南洋「俱樂部」之間明顯的階級差別。二是譯介外國文藝作品和理論文章，其中值得注意的是無產階級文藝理論方面的譯文。譯者中最有代表性的是林伯修，他譯介了蘇俄高根教授的《理論與批評——無產階級文學論末章》、盧那查爾斯基的《關於文藝批評的任務之論綱》與《藝術之社會的基礎》以及日本藏原惟人的《普羅列搭利亞藝術底內容與形式》。這些譯文為中國無產階級文學提供了可資借鑒的重要資源和理論範本。三是文藝批評，這是《海風週報》中最容易引人注目的一部分，批評對象主要是國內的所謂資產階級和小資產階級作家，如凌叔華、陳衡哲、冰心、廬隱、昌英、徐志摩、張資平等；同時，一些革命作家也未能幸免，如丁玲、茅盾、魯迅。因此，《海風週報》要比其前出版的《時代文藝》和稍後面世的《新流月報》文風銳利、富有批判意識，可謂鋒芒畢露、愛憎分明。

　　1929 年 3 月 1 日太陽社出版了《新流月報》。相比於《時代文藝》，《新流月報》的出版情形要好一些，出版了四期，自第 5 期起改為《拓荒者》，刊載的創作和譯文〔註 124〕也比較多。為《新流月報》撰稿的作家有洪靈菲、蔣光慈、祝秀俠、張萍川、戴平萬、錢杏邨、華漢、泣零、徐任夫、楊邨人、許美壎、沈端先、伯川、林伯修（杜國庠）和王抗夫，他們基本上是太陽社成

〔註 124〕作品翻譯方面，小說八部，即日本平林 Tai 子的《拋棄》（沈端先譯）、俄國謝廖也夫的《都霞》（蔣光慈譯）、俄國塞爾格·馬拉修金的《勞動者》（伯川譯）、日本窪川稻子是《煙草工廠》（伯修譯）、日本平林泰子的《在施醫室裏》、芬蘭 A·Kallas 的《布哈德·力夫斯》（王抗夫譯）、日本林房雄的《油印機的奇蹟》（沈端先譯）和黑島傳治的《撬》（沈端先譯）；劇本一部，即德國 L·Mearten 的《炭坑夫》（林伯修譯）；散文一篇，高爾基的《莫斯科印象記》（沈端先譯）。

員或與太陽社關係密切的我們社成員。《新流月報》是一個專注於文藝創作的刊物，共刊載小說十六部，即洪靈菲的《在木筏上》、《在洪流中》、《歸家》，蔣光慈的《麗莎的哀怨》，祝秀俠的《黎三》、《某月某日的那一天》，張萍川的《流浪人》，戴平萬的《母親》、《春泉》，錢杏邨的《那個羅索的女人》、《小林擒》（署名田島），華漢的《奴隸》，泣零的《火種》，徐任夫的《音樂會的晚上》，楊邨人的《入廠後》，徐美埙的《笠的故事》；刊載長詩二首，即蔣光慈的《給某夫人的信》和《我應當歸去》；刊載論文二篇，即祝秀俠的《論劇》和錢杏邨的《茅盾與現實——讀了他的〈野薔薇〉以後》。

　　作為編者，蔣光慈認為《新流月報》上有一些作品值得注意〔註125〕，尤其是小說。比如，洪靈菲的《在木筏上》和《在洪流中》，前者描寫了一群漂泊於異邦、生活在南洋木筏上的寄食者們被踐踏的生活，後者描寫了母親對從敵人那裡逃回來的阿進的愛，以及阿進在洪水中繼續堅持革命活動的堅強意志和獻身精神；張萍川的《流浪人》，描寫了一個朝鮮青年革命黨人抗日救國的生活和鋼鐵一般的意志；祝秀俠的《黎三》和《某月某日的那一天》，前者表現了黎三等「野雞汽車的老闆們」這類被壓迫者的「生之苦鬥」，後者諷刺了一個所謂的革命黨人李理在一天中非常無聊甚至可恥的生活；戴平萬的《母親》，描寫了一個有著痛苦靈魂、精神被損害的母親李老姆對義子阿幸無私的愛；錢杏邨的《那個羅索的女人》，描寫了一對俄羅斯貴族青年和索柴夫與瑪露莎的結合與離異，展示了十月革命後俄羅斯人所尊重的基於貴族血統上的婚姻關係是怎樣在經濟困窘、階級意識分歧等因素的作用下被摧毀的，等等。

　　《新流月報》上的作品內容是「很簡單的」，但簡單的內容也有「簡單」的意義和作用：「就是想對目前的如火如荼（荼，引者按）的新時代文藝運動，加上一點推進的力量。我們自己的能力很微弱，努力的結果也許對於文藝的前途沒有什麼幫助。但是我們一定要盡我們的力量做去，我們相信只要繼續不斷的努力，終久是不會沒有相當的影響的。」〔註126〕在某種程度上，《新流月報》借鑒了《小說月報》的編輯方針，刊載了大量小說，同時輔以其他文

〔註125〕1929年4月1日，蔣光慈在《新流月報》第2期上發表了一個「蔣光慈啟事」，說明自己因身體不健康將離滬休養並辭去主編職務，所以他僅以《新流月報》第1、2期為例列舉了他認為值得注意的作品。
〔註126〕光慈：《編後》，《新流月報》，1929年3月1日，創刊號，第149頁。

學樣式，實踐著太陽社發刊這個「月報」的目的：「要使它成爲一個純料的側重創作的小說月報，想對今後的創作壇有一點貢獻。」〔註127〕《新流月報》是如此掛的招牌，也是這樣做的，並爲革命小說的發展做出了自己的貢獻。不過，這些小說的藝術表現手法頗爲有限，套用蔣光慈批評《都霞》的話來說，由於爲了某種意義去創作，取材不自然，存在「抱著柱子固定的轉」〔註128〕的病態情狀。

在這一時期太陽社的創作中，頗具文學味而又引起評論界諸多爭議的小說是蔣光慈的《麗莎的哀怨》。在蔣光慈的創作流程中，《麗莎的哀怨》標示著一種重要過渡。正如文本所示，「哀怨」是麗莎這類時代落難者的主導情緒，也未嘗不是不得志的作者的主導情緒，因爲中國革命尚未成功，中國社會仍處於獨立民族國家缺失和價值權威空缺的狀態。作者的內心充滿憂患意識，所以，《麗莎的哀怨》不僅僅是語言上的內在建構，也是一種意識形態焦慮情緒的宣洩和革命激情的轉移。不過，作爲以反革命人物爲主人公的敘述本文，它寓含著反諷性的價值預判：革命者與反革命者的階級命運截然不同。這與作者以往所演繹「東亞革命」的敘述方式明顯不同。在《少年漂泊者》、《短褲黨》、《鴨綠江上》、《野祭》、《最後的微笑》這些革命小說中，主人公往往是帶有盲動冒險傾向、無政府主義情緒和「羅曼蒂克」情調的小資產階級革命知識分子，而在《麗莎的哀怨》中，作者放棄了他慣用的寫作技法和小說結構，力圖通過書寫反革命人物經歷及其心理性格的嬗變來佐證、暗示共產主義運動在蘇聯取得勝利的必然性。作者的理論預設在當時有些怪異，但須承認的是，就文本建構而言，小說的可讀性和政治意識形態性非常強。與其他普羅文學作品相比，《麗莎的哀怨》無論在人物形象塑造、語言描寫、心理分析還是在敘事謀略、美學風格上都存在著明顯的差異，這是蔣光慈最富有探索性的一部小說。它體現了作者力圖擺脫「革命加戀愛」模式、探索表述革命觀念新方式的努力，也預示著革命文學敘事模式存在多樣化的前景。然而作者的努力沒有得到文壇的充分認可，小說發表後，批評明顯多於表揚。黨組織和進步文藝界的嚴厲批判引起了蔣光慈的強烈不滿，遂成爲他和黨分裂的導火索。結果，小說的命名成爲暗合他自身命運的讖語。蔣光慈的遭遇值得同情，但他和其他文藝界同人之間的矛盾很難避免，雙方的內在差異早

〔註127〕光慈：《編後》，《新流月報》，1929 年 3 月 1 日，創刊號，第 150 頁。

〔註128〕光慈：《編後》，《新流月報》，1929 年 3 月 1 日，創刊號，第 152 頁〕

已存在，只不過在《麗莎的哀怨》這裡矛盾激化並集中表現出來而已。因此，《麗莎的哀怨》意味著一種哀怨之結，它呈現了特定語境下中國普羅文學發難理論與作家自我認同之間隔膜對抗、矛盾糾葛的焦點和鏡象。

事實表明，蔣光慈和《麗莎的哀怨》的遭遇絕非偶然。創造社、太陽社和我們社對魯迅、茅盾等「同路人」的批判所造成的傷害就是明證。而中國共產黨對「革命文學論爭」的介入、理論指導和後來「左聯」所取得的成就說明，左翼文藝界只有打破自身的宗派主義、排外情緒和公式化、概念化、「浪漫諦克」等局限，才能創造出真正優秀的文學作品。

三、《拓荒者》

《新流月報》被查禁後，第 5 期改名為《拓荒者》（月刊），於 1930 年 1 月 10 日出版，仍由蔣光慈主編。由於國民黨的查禁，《拓荒者》僅發行五期。其中第 4、5 期是合刊，[註 129] 並在合刊這一期時成為「左聯」的機關刊物。《拓荒者》是一種傾向性明顯、內涵豐富的文藝雜誌，它引起了中國文壇作家甚至日本《戰旗》同人的注意[註 130]，團結、聚合了一批年青的革命作家，如蔣光慈、殷夫、洪靈菲、戴平萬、沈端先、馮憲章、樓建南、夏徵農、許峨、馮乃超、錢杏邨、祝秀俠、馮鏗、任鈞、龔冰廬、孟超、成文英、潘漢年、邱韻鐸、華漢、段可情、王任叔、樓適夷、郭沫若、鄭伯奇、沈起予、李一氓等，這就為「左聯」的成立儲備了豐厚的人力資源，為無產階級革命文學的提倡乃至整個中國左翼文學的發展起到了重要作用。在《拓荒者》第 3 期上有一個讀者在給《拓荒者》編輯部的信中說：「這裡最值得我們喜躍的，就是左派作者的大團結，太陽社和創造社合作出版拓荒雜誌，來開拓中國文壇雜亂模糊的荒地。在此祝你們前途的勝利，開拓出中國文壇的新場面——普羅文學！」[註 131] 這與其說是一種祝願，還不如說是對《拓荒者》發展趨向的一種準確預知。

[註 129] 第 4、5 期《拓荒者》發行時有兩種不同的封面，一種是《拓荒者》，一種改為《海燕》，未注明期數，內容相同，書脊上改為「拓荒者月刊社印行」，這應該是為了應付國民黨文藝審查而採取的一種出版策略。

[註 130] 〔日〕藤森成吉：《寄自旅中——給〈戰旗〉的信》，《拓荒者》，1930 年 3 月 10 日，1 卷 3 期，第 1140 頁。

[註 131] 胡維時：《我們所希望於〈拓荒者〉者》，《拓荒者》，1930 年 3 月 10 日，1 卷 3 期，第 1143 頁。

　　《拓荒者》出版的期數很少，但在接近半年的時間裏刊載了大量文學作品和理論文章，包括新詩 26 首，小說 32 部，戲曲劇本 3 種，文藝通信 7 封，隨筆和雜文 20 篇（包括「五月紀念文」），國內外文壇消息 11 條，補白 26 則，刊載論文、介紹、批評和「特載」的文章 44 篇，此外，還登載了一些富有政治鼓動意味的插畫。相比而言，無論從哪一個方面來看，《拓荒者》都要比其他太陽社刊物厚重、信息量大、影響力大。

　　論文方面，《拓荒者》刊載了一些闡發無產階級文藝相關問題的文章，如錢杏邨的《中國新興文學中的幾個具體的問題》、潘漢年的《普羅文學運動與自我批判》、錢杏邨的《大眾文藝與文藝大眾化──批評並介紹〈大眾文藝〉新興文學號》和華漢的《普羅文藝大眾化的問題》等。在《拓荒者》刊載的論文中，馮乃超的《文藝理論講座（第二回）──階級社會的藝術》答覆、回擊了梁實秋在《文學是有階級性的嗎？》一文中的質疑，該文表徵了左翼知識分子陣營和資產階級知識分子陣營在意識形態上的對立和不可調和性。梁實秋否認文學的階級性，反對把文學當作階級爭鬥的工具，強調文學就是表現最基本的人性的藝術。〔註132〕他認為中國沒有所謂的「無產階級文學」，它在理論上尚不能成立，〔註133〕在實際上也並未成功。馮乃超認為梁實秋是沒落命運的資產階級的代言人，受其社會地位、認識事物態度上的限制和階級的偏見，不能理解文學的階級性。他駁斥了梁實秋的「人性論」：「人性離開指定的社會及時代，就變成抽象的概念。梁實秋的錯誤在乎把人性普遍化永遠化，而不能從特定的社會及歷史形態中去具體的認識它，因此表現這個最基本的人性之文學也是永遠的普遍的，就是超乎時代的，『超於階級的』。」他強調藝術史證明了「階級和階級的鬥爭之發展更明顯的反映到藝術方面來」這個事實。他認為：「階級不同，時代不同，鑒賞同一文學或藝術的態度是不

〔註132〕梁實秋：《文學是有階級性的嗎？》，《新月》，1929 年 9 月 10 日，2 卷 6、7 號。

〔註133〕梁實秋認為，假設有所謂的「無產階級的文學」，那麼它必須具備三個條件：「（一）這種文學的題材應該以無產階級的生活為主體，表現無產階級的情感思想，描寫無產階級的生活的實況，讚頌無產階級的偉大。（二）這種文學的作者一定是屬於無產階級或是極端同情於無產階級的人。（三）這種文學不是為少數人（有資產的少數人，受過高等教育的少數人）看的，而是為大多數的勞工勞農及所謂無產階級的人看的。」並且，三個條件缺一不可，他暗示這是不可能的。參見梁實秋：《文學是有階級性的嗎？》，《新月》，1929 年 9 月 10 日，2 卷 6、7 號。

同的。文學或藝術之超時代性和超階級性，根本就是對於藝術史的盲人的囈語。」他批駁了梁實秋對普羅文學的錯誤認識，強調無產階級藝術是根據無產階級勢力的長大而發生的，「無產階級是和資產階級對立而發展的，因此無產階級藝術也是和資產階級相對立而發生」。他還諷刺梁實秋「囫圇吞棗地記憶無產階級藝術不能不是無產階級自己創造的藝術這樣的話而反對無產階級文學這才是食而不化」。他的結論是：「梁實秋不明白無產階級所以要打倒的資產階級之社會的根據在那裡，這是他對於歷史的盲目。」〔註134〕這就體現了左翼文藝界對文學的階級性和意識形態鬥爭功能的「正名」。

　　《拓荒者》上影響最大的還是文藝創作。其中，小說成就較高，湧現出了不少佳作。蔣光慈的《老太婆與阿三》構建了兩幅意味深長的生活場景：前一幅是一個已經五十多歲的老太婆依然要靠出賣肉體謀生的慘景，後一幅是一個印度阿三在中國工人謀求解放、追求自由的告白中覺醒以至於被逮捕的情景；《咆哮了的土地》展示了中國農村由自發反抗走向自覺革命的偉大歷史進程，並指出了農村革命走向成功的終極模式——金剛山（井岡山）之路。洪靈菲的《家信》以書信體的形式生動地展示了父子兩代的觀念歧異、農村階級矛盾衝突的尖銳性和無產階級革命的合理性；《大海》展現了大海一樣的農村與農民反抗情緒的高漲；《新的集團》以農村蘇維埃為描寫對象，展示了以工農為主體的「新的集團」的巨大能量。樓建南的《鹽場》書寫了老一代鹽民的麻木與新一代鹽民的覺悟以及後者在國民革命浪潮的鼓舞下走向抗爭之路的精神歷程。馮鏗的《樂園的幻滅》營建了一個書聲朗朗的和諧校園，但這個恬靜的「樂園」很快就隨著軍閥士兵霸佔校園而「幻滅」了；《突變》寫女工阿娥本是一個基督教信徒，在聖誕節的前夜去參加祈禱會的途中，目睹了富人和窮人生活的巨大差異之後，思想上發生了突變，決定去參加工友們的集團行動，並拋棄了虛幻的天國夢想。微塵的《我在懺悔》以弟弟對哥哥懺悔告白的書信為媒介，辨析了革命者的責任、義務和偉大的歷史使命。盧森堡的《愛與仇》通過地主之女蘇小姐對革命者春潮由仇恨到深愛的戲劇化過程，展示了廣東農村在農運興起之後，新思想對舊傳統習俗和思想文化的衝擊以及革命的巨大吸引力；《兩種不同的人類》取材於1929年10月3日日本檢舉中國革命學生事件，作者比較了日本民眾對中國學生的不同態度，

〔註134〕馮乃超：《文藝理論講座（第二回）——階級社會的藝術》，《拓荒者》，1930年2月10日，1卷2期，第675～689頁。

凸顯了日本無產者對中國學生的同情和階級友誼。戴平萬的《陸阿六》中的陸阿六本是一個放牛娃，在地主的逼壓下產生了反抗意識，參加農會，並在艱難困苦的戰鬥中成長爲一個堅定的革命者；《村中的早晨》寫老魏去探望兒子阿榮，在耳聞目睹兒子抗敵（白黨）行徑之後，他對兒子「不務正業」行爲的憤怒感消失了，他的觀念也發生了質的變化；《新生》寫一些勞工婦女在參加婦女節和鬥爭劣紳等革命活動中獲得了新生；莞爾的《踐踏》書寫了富人對窮人尊嚴乃至生命的踐踏；倩紅的《留置場的一夜》通過四個犯人在留置場的一夜交談，揭露了日本帝國主義對亞洲弱勢民族子民的無理欺壓。華漢的《馬桶間》通過垂死的陳媽媽在馬桶間對大阿妹的傾述，揭示了工廠女工悲慘的生活遭遇。孟超的《路工手記》以日記的形式記錄了一些鐵路工人大罷工前後的情形；《潭子灣的故事》紀念了「五卅」運動，歌頌了顧正紅和偉大的上海工人運動。馬寧的《西伯利亞》取材於 1929 年的上海中東路事件，描寫了當時中俄士兵運動的一些情狀。許峨的《紀念碑》通過一個地主少爺出身的革命者的口述，描述了佃戶在土改之前以墓碑做飯桌等淒慘的生活境況。殷夫的《「March8」S》對比了資產階級和無產階級過「三八節」的區別，凸顯了雙方階級意識的差異性。甘永柏的《劫場的洗禮》寫四川農民阿琪被帝國主義的子彈打成了跛腳，但他經過劫場的洗禮後卻正式加入了革命集團的活動。樓建南的《甲子之役》通過市民的議論揭示了軍閥吳佩孚和盧永祥之間爆發戰爭的本因——爭權奪利。馮憲章的《一月十三》以 1930 年 1 月 13 日發生的安迪生事件作爲描寫對象，歌頌了上海工人通過英勇的同盟罷工來回應統治者製造的白色恐怖；秋楓的《野火》寫兩個老伐木工人被資本家逼迫著疲勞作業，無意中引發了山火，並被治罪，結果引發了一場更大規模的反抗壓迫的「野火」。馮潤璋的《統艙中》通過描寫一個乘客第一次乘船的經過，展示了萬惡的資本家殘酷壓榨和搜刮統艙中旅客錢財的令人髮指的行徑。應該說，這些小說也存在技巧稚拙、公式化、概念化等問題，但總體來說，「分量是很重的」〔註135〕，爲讀者展現了一種新的閱讀視域，也標誌著革命文學在 30 年代前後從「革命浪漫蒂克」向「革命現實主義」的成功「轉向」。

　　小說之外，《拓荒者》上也刊載了很多其他文體的優秀作品。詩歌方面，殷夫發表的作品最多，成績最爲突出，他的組詩《我們的詩》宣告了工人的覺醒和戰鬥的詩的生成：機械時代裏的引擎和工人的「前燈」帶來了力量、

〔註135〕編輯部：《編輯部消息》，《拓荒者》，1930 年 5 月，第 1806 頁。

光明和進步（《前燈》），工人的新歌讓拜倫所代表的「Romanhtik」時代逝去
（《Romanhtik 的時代》），工人的號角「吹震天穹」（《Pionier》），工人的罷工
使煙囪靜默、讓死氣籠住工廠的全身（《靜默的煙囪》），工人的鮮血不會白流
（《讓死的死去吧！》），工人的團結和決議將給世界帶來新的明天（《議決》）；
他的《詩三篇》高揚了「我們」（工農）的意志和團結精神（《我們》），歌頌
了「紅的天使」把革命之火投向大地引發世界巨變的壯舉（《時代的代謝》）；
宣告了無產階級和新時代的新生（《May Day 的柏林》）；他的《寫給一個新時
代的姑娘》讚美了新時代女戰士的英偉豪氣；他的《血字》以書寫「血字」
的方式發出了對帝國主義的血淚控訴和報仇信念；他的名詩《別了，哥哥》
表達了與站在統治階級陣營中的哥哥決裂和各走前途的決心。殷夫的很多詩
作都是傳頌一時的名篇佳作，具有粗獷豪放的革命精神品格，「越來越表現出
堂堂正正的無產階級氣魄，把三十年代的『紅色抒情詩』創作推向了一個藝
術高峰」。〔註 136〕魯迅還曾爲他的《孩兒塔》作序說：「這是東方的微光，是
林中的響箭，是冬末的萌芽，是進軍的第一步，是對於前驅者的愛的大纛，
也是對於摧殘者的憎的豐碑。一切所謂圓熟簡練，靜穆幽遠之作，都無須來
作比方，因爲這詩屬於別一世界。」〔註 137〕魯迅的評價準確地彰顯了殷夫詩
歌的實績、風格和特色。另外，起潮的《我底告白》英勇地對世人作出了建
設新世界和破壞舊世界的告白；盧森堡的《十月三日》抒發了戰友之間的友
情，高揚了革命者的殉道精神，展示了敵人的兇殘、野蠻和戰士不屈不撓的
精神；段可情的《日本兵，請掉轉你們的槍頭！》正告日本兵認清誰是同志、
誰是寇讎，要把槍口對準壓迫他們的長官和走狗，並與中國兵攜手走向大同
世界；《五月二部曲》展示了上層階級和下層階級「五月」生活的不同性質，
前者是淫靡的，後者則是革命的；馮憲章的《廢人》描寫一個殘廢工人的集
體意識的生成和對未來勝利前景的憧憬。戲劇方面，楊邨人的獨幕劇《兩個
典型的女性》展現了哪裏有壓迫哪裏就有反抗的道理：高媽家破人亡，無奈
只好給資本家做老媽子，過著非人的生活，終因過於勞累而暈倒，而奶媽看
不慣資本家對高媽的虐待和非人待遇，在控訴了資本家的罪惡之後，毅然帶

〔註 136〕程光煒等主編：《中國現代文學史》，北京：中國人民大學出版社，2000 年版，
　　　　第 171 頁。
〔註 137〕魯迅：《且介亭雜文末編·白莽作〈孩兒塔〉序》，《魯迅全集》第 6 卷，北京：
　　　　人民文學出版社，1981 年版，第 494 頁。

著高媽離開了。龔冰廬的《我們重新來開始》描述了一些年青人無視滿洲里被俄國人佔據的可怕事實而只知道玩樂的頹廢情狀，也描述了當時工人積極組織工會活動的情景，進而高揚了他們的鬥爭意志。雜文方面，蔣光慈的《東京之旅》描述了自己在東京與藏原惟人的交往，介紹了綺達女士的《文學批評集》的一些內容，探討了一些關於普羅文藝的理論問題；徵農的《從上海到蘇州》展現了一群從上海押解到蘇州的「犯人」的情狀和他們把「黑暗的牢獄刷洗」的鬥爭意識；許美塏的《平凡的印象》批判了上海某公園中國人耽於談情說愛而無視外國人在中國領土內練習屠殺中國人的技術的精神麻木狀態，展示了上海公交車賣票員對窮人的歧視、時髦青年對小叫花子的戲弄、窮青年偷書被抓、黃包車夫搶客被巡捕毆打、窗內商品琳琅滿目而窗外人衣不蔽體等多重社會景象。

此外，《拓荒者》同人非常注重對外國（尤其蘇俄和日本）普羅文藝作品與理論的譯介，同時也譯介了一些反映帝國主義國家「新興文學」情況的文章。比如，祝秀俠介紹了美國辛克萊的劇本《潦倒的作家》和蘇俄格來特可夫的傳略及其小說《水門汀》，若沁介紹了日本小林多喜二的小說《蟹工船》，若英介紹了蘇聯羅曼諾夫的小說《愛的分野》和李別金斯基的小說《一週間》，適夷介紹了日本林守仁的戲劇《震撼支那的三日間》；馮憲章譯介了日本川口浩的《德國的新興文學——從革命的浪漫主義到新寫實主義》和三木清的《藝術價值與政治價值之哲學的考察》，樓建南譯介了 A・Glerboff 的《蘇維埃劇壇上的現代潮流》，等等。與《新流月報》完全注重小說創作和譯介不同的是，《拓荒者》加強了對外部世界的關注，增添了「國內外文壇消息」一欄，除了積極介紹「左聯」成立情形等文藝新聞以外，還有意識地登載了幾篇介紹國際革命、文藝運動情況的文章，如黎平的《印度革命運動》、列民的《韓國民族革命運動的奮起》和樓建南的《激流怒濤中的最近日本普羅藝運——東京通訊》。顯然，這些譯介和文壇消息有利於左翼文藝界瞭解國內外無產階級文藝發展和革命運動情形，也有利於開拓自身的文藝創作與批評視野。

第三節　「左聯」：從《萌芽》、《前哨》到《文學》

創造社、太陽社、我們社、引擎社等文學團體被查封、解散後，左翼文藝界於 1930 年 3 月 2 日在上海召開了中國左翼作家聯盟成立會，參與發起者

五十餘人，實現了中國進步文藝界的一次空前大聯合。大會確定了「左聯」的組織行動總綱領，其要點是：「（一）我們文學運動的目的在求新興階級的解放。（二）反對一切對我們的運動的壓迫。」同時決定了主要工作方針為：「（一）吸收國外新興文學的經驗，及擴大我們的運動，要建立種種研究的組織。（二）幫助新作家之文學的訓練，及提拔工農作家。（三）確立馬克思主義的藝術理論及批評理論。（四）出版機關雜誌及叢書小叢書等。（五）從事產生新興階級文學作品。」最後，「左聯」明確了對於現實社會的態度：「不能不支持世界無產階級的解放運動，向國際反無產階級的反動勢力鬥爭。」〔註138〕「左聯」成立後，在各地設立了很多分會，在文藝界其他領域還成立了「劇聯」、「影聯」、「美聯」、「社聯」、「記者聯」等左翼團體，由中共中央通過「文化總同盟」機構進行領導，從事文化建設、文化鬥爭等工作。這些刊物的創建及其刊載的內容，意味著「左聯」在成立之初就非常自覺和明確地將「新文學」與「階級鬥爭」等元素有機結合起來，並充分利用現代期刊、文學創作和理論論爭積極介入社會現實人生和意識形態鬥爭。可以說，「左聯」成立後在文藝戰線上與國民黨展開了針鋒相對的鬥爭，對於左翼文藝界來說，「現在已經是開始全戰線底攻擊的時期了」〔註139〕，也正是在這種「攻擊」過程中，左翼文學得以發生並蓬勃興起。

一、魯迅創辦的「左聯」外圍刊物：《奔流》、《萌芽》與《文藝研究》

　　魯迅與「左聯」的關係複雜而密切，他對「左聯」的成立和發展起到了至關重要的作用，說他是「左聯」的「首腦和當時革命文化戰線的主帥或主將」〔註140〕並非虛言。魯迅之於「左聯」的重要性，不僅體現在他參與了左聯」的建構和對「左聯」的物質資助〔註141〕上，還體現在他對「左聯」的精

〔註138〕記者：《中國左翼作家聯盟的成立（報導）》，《拓荒者》，1930年3月10日，1卷3期，第1129～1132頁。

〔註139〕朱鏡我：《意識形態論》，《文藝講座》，1930年4月10日，第1冊，第24頁。

〔註140〕馮雪峰：《回憶魯迅》，參見魯迅博物館等編：《魯迅回憶錄（專著）》（中），北京：北京出版社，1999年版，第585頁。

〔註141〕魯迅每月捐助「左聯」20元，這筆錢與茅盾每月捐助給「左聯」的15元，主要用於做「左聯」內部通訊的印刷費。有時，魯迅還給予「左聯」額外的資助，例如為援救艾蕪出獄捐款50元，向特科黨員吳奚如支持30元，等等。參見陳明遠：《文化人與錢》，天津：百花文藝出版社，2001年版，第105頁。

神支持和理論指導上，他編輯或參與編輯了《譯文》、《前哨・文學導報》、《世界文化》、《海燕》、《太白》等「左聯」機關刊物。更值得注意的是，他在「左聯」成立之前就積極倡導進步的革命文學活動，力圖促使左翼文藝團體之間相互聯合，並創辦了《奔流》、《萌芽月刊》、《文藝研究》等刊物，這些刊物雖然都是在「左聯」成立前創辦的（《萌芽月刊》被「左聯」後來列為機關刊物），但它們與「左聯」有著直接關聯性，可以視為「左聯」的前期預備性機關刊物；同時，它們對於研究魯迅的編輯立場、「魯迅與左聯」、「魯迅與左翼文學的發生」等問題也都是不可繞過的文本。

　　《奔流》於 1928 年 6 月 20 日創刊，係魯迅與郁達夫合作創辦，由魯迅任主編，上海北新書局發行。《奔流》極為注重對外國文藝尤其是俄蘇文學的譯介。對於這種定位，魯迅解釋說：「在勞動階級文學大本營的俄國的文學的理論和實際，於現在的中國，恐怕是不為無益的。」〔註 142〕再者，「一切事物，雖說以獨創為貴，但中國既然是世界上的一國，則受點別國的影響，即自然難免，似乎倒也無須如此嬌嫩，因而臉紅。單就文藝而言，我們實在還知道得太少，吸收得太少」〔註 143〕。關於《奔流》宗旨，魯迅在《〈奔流〉凡例五則》中說得也很清楚：「1、本刊揭載關於文藝的著作，翻譯，以及紹介，著譯者各視自己的意趣及能力著譯，以供同好者的閱覽。2、本刊的翻譯及紹介，或為現代的嬰兒，或為嬰兒所從出的母親，但也許竟是更先的祖母，並不一定新穎。」〔註 144〕《奔流》的主要撰稿者有魯迅、郁達夫、林語堂、楊騷、白薇、韓侍桁、柔石、姚蓬子、梁遇春、孫用等。

　　《奔流》上刊載了大量俄蘇文藝作家、作品、評論的譯介。〔註 145〕在 1928 年 12 月 30 日還出版了「萊夫・N・托爾斯泰誕生百年紀念增刊」（《奔流》1

〔註 142〕魯迅：《編校後記》，《奔流》，1928 年 6 月 20 日，1 卷 1 期，第 196 頁。
〔註 143〕魯迅：《編校後記》，《奔流》，1928 年 7 月 20 日，1 卷 2 期，第 345～346 頁。
〔註 144〕魯迅：《〈奔流〉凡例五則》，《奔流》，1928 年 9 月 20 日，1 卷 4 期。
〔註 145〕比如有 Makxim Gorky 的小說《一個秋夜》（梅川譯）、《葉曼良・披略延（Iemlyan Pilyai）》（梨子譯），N.Evreinov 的雜感《生活的演劇化》和《關於劇本的考察》（萬何德譯），F.Sologub 的小說《飢餓的光芒》（蓬子譯），A.Lunacharski 的《托爾斯泰與馬克斯》（魯迅譯），M.G.Lermontov 的詩《帆》、《天使》、《我出來》和《三棵棕櫚樹》（孫用譯），Lvov-Rogachvski 的隨筆《契珂夫與新時代》（魯迅譯），Anton Chekhov 的獨幕喜劇《熊》（楊騷譯），P.S.Kogan 的論文《瑪克辛・戈理基論》（洛揚譯），Vladimir Lidin 的小說《青春》（蓬子譯）等。

卷 7 期）。在諸多的譯文中，最值得注意的是魯迅根據日本外村史郎和藏原惟人輯譯的日文本而轉譯的《蘇俄的文藝政策》，該書的內容包括《關於對文藝的黨的政策》（一九二四年五月俄共〔布〕中央召開的關於文藝政策討論會的記錄）、《觀念形態戰線和文學》（一九二五年一月第一次無產階級作家大會的決議）和《關於文藝領域上的黨的政策》（一九二五年六月俄共〔布〕中央委員會的決議）三個部分。這本書的譯介對於「左聯」制定健全的文藝政策、消除自身的理論缺陷，有著積極的借鑒意義和參考價值。

　　《奔流》還刊載了一些藝術水平較高的作品，尤其是劇作和小說，它們也多是以俄蘇文藝爲參照系的。劇作方面，最有代表性的是白薇的社會悲劇《打出幽靈塔》（1 卷 1、2、4 期），該劇給當時讀者以很大的精神震動。劇本講述的是，土豪劣紳胡榮生娶了嬌妾後仍不滿足，不分晝夜地調戲自己的養女蕭月林，妄圖佔有她。對於蕭月林來說，養父的家已經成了她的「幽靈塔」，在「女聯委員」蕭森等人的幫助下，她逃離了養父的「家」，雖然爲此付出了生命的代價，卻獲得了靈魂的自由。小說方面，藝術成就最突出的是柔石的《人鬼和他的妻的故事》（1 卷 4、5 期）與白薇的《炸彈與征鳥》（1 卷 6～10 期、2 卷 2～4 期）。前者講述的是，仁貴是一個精神愚笨、神經麻木的驗屍夫，每天過著半人半鬼的生活，他的母親替他騙取了一個亡父曾是縣署書記的寡婦爲妻。婆婆的刻毒和丈夫的漠視使人鬼的妻受盡了苦痛。婆婆死後，在鄰居泥水匠天賜的幫助下，她有了新的生路，還生了一個可愛的男孩阿寶。可由於輿論的挑撥，人鬼仇視「野種」阿寶，在被折磨和恐嚇中，阿寶得病而死，結果，人鬼的妻徹底喪失了生活的希望，她上弔自殺了。小說描寫了一種將人變成鬼的眞實社會場景和底層人民凄慘的生活實況。《炸彈與征鳥》是一部帶有象徵色彩的長篇小說，「炸彈」與「征鳥」分別指代的是革命青年余彬和吳詩苿，也隱喻了兩種生活態度。小說以他們參加北伐國民革命的經歷爲線索，內容涉及政界、商界、軍界、學術界等廣闊的社會領域，批判了芸芸眾生麻木的生活狀態，歌頌了革命者的戰鬥精神。如果說《人鬼和他的妻的故事》告訴讀者「人的生活是這樣的」，那麼《炸彈與征鳥》告訴讀者（尤其是青年）的就是：「人不能這樣活」，要衝破封建家庭的束縛去參加革命才會有生活的出路和希望。

　　1930 年 1 月 1 日，《萌芽月刊》創刊於上海，由光華書局發行。《萌芽月刊》是一個注重介紹無產階級文藝理論、文學作品和社會評論的綜合性刊物，政治和文化色彩都比較濃厚。從第 3 期開始成爲「左聯」的機關刊物。第 3

期爲「三月紀念號」，紀念了馬克思、恩格斯和巴黎公社的功績；第 5 期爲「五月各節紀念號」，紀念了「五一」勞動節和「五卅」運動。《萌芽月刊》共出版五期，因國民黨查禁，於 1930 年 5 月 1 日出版第 5 期後停刊，第 6 期改爲《新地月刊》（1930 年 6 月 1 日出版），僅出一期。《萌芽月刊》既刊載同人稿件，也刊載外來稿件，但對稿件有一定的要求：「自作的稿件，不論小說，詩歌，隨筆，地方寫實，以及關於文藝或社會的評論，均所歡迎；但對於文藝或社會取了輕浮的態度，或故意歪曲的稿件，以及只攻擊個人而並無社會意義的文字，概不收登。」〔註 146〕《萌芽月刊》沒有發刊詞，關於發刊的情況，魯迅做過一些解釋說明，他強調《萌芽月刊》創刊不帶有什麼特殊的使命，而是幾個著譯者「發表著譯的地方之一」，「如此而已」。《萌芽月刊》上登載的內容，主要分爲三個方面：「翻譯和紹介，創作，評論。」〔註 147〕

　　《萌芽月刊》刊載的內容非常豐富。首先，它比較注重刊載「革命性」意味很濃的「新文藝」作品。小說方面有魏金枝的《奶媽》（第 1 期）、《焦大哥》（第 5 期），張天翼的《報復》（第 1 期）、《從空虛到充實》（第 2 期）、《搬家後》（第 5 期），柔石的《爲奴隸的母親》（第 3 期），樓適夷的《獄守老邦》（第 3 期），白莽的《小母親》（第 4 期），龔冰廬的《春瘟》（第 4 期），等等。其中影響最大的是柔石的《爲奴隸的母親》。春寶爹本是一個皮販和插秧好手，由於家中境況不佳，開始吸煙、喝酒、賭博，又得了黃疸病，再加上債主索債，被逼無奈，便將妻子春寶娘典賣給三十里外的李秀才養子以接續香火，於是春寶娘只好離開五歲的春寶來到秀才家。一年後她生下了秋寶，三年期滿，她被秀才的大妻趕出了秀才家，離開了可愛的秋寶。當她坐轎返回舊家時，春寶已經不認得她這個娘了。小說通過敘述春寶娘的悲慘遭遇，批判了宗法制社會重血緣承續而無視、踐踏女性尊嚴的野蠻行徑，揭示了「典妻」陋俗給主人公帶來的心靈創傷和精神摧殘。編者認爲《爲奴隸的母親》「作爲農村社會研究資料，有著大的社會意義」，〔註 148〕還有人認爲它和魏金枝的《奶媽》是「可以列入於中國從五四以來的最好的作品的創作」。〔註 149〕另據

〔註 146〕《〈萌芽〉啓示》，《萌芽月刊》，1930 年 1 月 1 日，1 卷 1 期。
〔註 147〕編者：《編者附記》，《萌芽月刊》，1930 年 1 月 1 日，1 卷 1 期，第 217～218頁。
〔註 148〕編者：《編輯後記》，《萌芽月刊》，1930 年 3 月 1 日，1 卷 3 期，第 279 頁。
〔註 149〕侍桁：《關於「看貨色」的問題》，《萌芽月刊》，1930 年 5 月 1 日，1 卷 5 期，第 130 頁。

蕭三回憶，法國文豪羅曼・羅蘭從《國際文學》法文版讀到這部作品後，曾致信《萌芽月刊》編輯部說，「這篇故事使我深深地感動」，就此而言，《為奴隸的母親》還是「一篇產生過國際影響的傑作」。〔註150〕《萌芽月刊》上的詩作很少，〔註151〕其中有代表性的是陳正道的散文詩《鐵臂》（1卷2期）和白莽的白話詩《一九二九年的五月一日》（1卷5期），前者說工人們都在磨練自己的臂膀，使它堅實起來成為「鐵臂」，「新的世界要由他們創造出來」；後者高呼：「打倒改良主義，／我們有的是鬥爭和力量！」「我們的五一祭是誓師禮，／我們的示威是勝利的前提，／未來的世界是我們的，／沒有劊子手斷頭臺絞得死歷史的演遞。」劇作方面只有林林的《獨輪車》（第2期），寫幼農在家裏等候自己的父親回家，同時陪著生病的老農（他爺爺），誰知父親發了痧，被抬回家後就死了，老農受不了刺激也死了，就這樣，幼農在一天之內成了孤兒。

　　《新地月刊》上也刊載了一些文藝作品。方文的劇本《「五卅」》是一篇力作，再現了顧正紅事件引發上海工人大罷工以及英國巡捕槍殺示威民眾製造「五卅」慘案的經過。小說方面，魯迅翻譯的《潰滅》第二部已經刊載完畢；秋楓的《老祖母》揭示了老一輩農民（老祖母）勞作不息、甘於窮困、不理解兒孫輩的「革命」的真實情形；巘濤的《笑的海》演繹了「粗俗」工人在示威、遊行、罷工的集體行動中匯成了「笑的海」的社會場景；沈子良的《在施粥場上》（地方通信）簡單勾勒了饑民在飢餓中階級鬥爭意識瘋長的畫面。詩歌方面，K.F.在《戰爭》中描繪了民眾「合唱」的壯闊情景：「蘇維埃，／世界大旗；／工農兵，／聯合一齊！」陳正道的《一九三０年的五一》歌頌了工人爭取權利、敢於鬥爭的大無畏精神；杉尊的《群眾》凸現了群眾集體的聲浪和力量；虹貫的《讓我們向太陽之神祈禱罷──紀念L.的入獄》暗喻「太陽」的紅光將撒滿人間；鷗弟的《歸家》以故家的蕭索、空陌反襯了不義戰爭的無情和罪惡。

　　其次，《萌芽月刊》上刊載了一些具有文論史意義的文藝評論。馮乃超在

〔註150〕楊義：《中國現代小說史》第2卷，北京：人民文學出版社，1986年版，第295頁。

〔註151〕這些詩歌的分布情況是：第2期上有1首，即陳正道的《鐵臂》；第5期上有8首，即瀩波的《軍事會議》與《退出以後》，白莽的《一九二九年的五月一日》，陳正道的《勞動日》，杉尊的《給一個新朋友》，丁銳爪的《這張大手》，六弟的《雪》，鄭志劍的《一幅農民的淡描》。

《人類的與階級的──給向培良先生的〈人類底藝術〉的意見》中針對向培良《人類底藝術》一文的觀點〔註152〕提出了批評意見，他認爲：中國普羅文學現在只能準備自己來「破壞舊社會」，在這個血汗的鬥爭當中也需要文化革命的工作，更具體地說，應該爲擁護普羅列塔利亞的「階級利益」而提出藝術問題；無產階級不能忘記其社會的現實而空想迢遠的未來的「美好時候」，因此，「人類底藝術」要達到最後的目的必須經過階級藝術的過程；無產階級的藝術理論是馬克思主義的藝術理論，它是運用歷史的唯物論的方法研究藝術現象的唯一方法，也只有這個唯物論才能夠闡明藝術發展的根本原因，才能免於陷入藝術至上主義的「泥坑」。〔註153〕魯迅在《「硬譯」與「文學的階級性」》中批駁了梁實秋出於否定革命文學的目的而否認文學具有階級性的觀點，強調所謂的「文學就是表現這最基本的人性的藝術」等話語是「矛盾而空虛的」。〔註154〕成文英在《諷刺文學與社會改革》中認定：梁實秋的做法──對魯迅抨擊現狀和傳統思想等雜感及論文而發的「反感」和「譏笑」──是一種想減少魯迅作品社會作用的嘗試，是爲了完成他個人的目的和階級的任務；魯迅是一個偉大的諷刺作家，諷刺文學是最尖利的階級鬥爭文學之一，它以破壞和否定舊階級爲其直接任務並「幫助新的階級底成長」。〔註155〕侍桁在《關於「看貨色」的問題》中指出，只兩年多歷史的無產文學作品，無論在質與量上都不劣於十多年的中國資產階級產品，可以向梁實秋「拿出貨色來」；他還針對錢杏邨等人強調無產階級文學發生之初必然幼稚的觀點和爲此辯護的心理進行了批評：「假設無產階級文學在理論上是必要存在的，並且它又是實踐著歷史的必然性，就是一時沒有相當的貨色，我們又有什麼可臉紅的呢？無產階級文學的決定，是在於它的理論有沒有根本存在的必要，而不

〔註152〕《人類底藝術》一文發表在 1929 年 10 月 1 日出版的《青春月刊》（向培良主編）創刊號上，向培良在「目錄」中介紹了該文的主要觀點：「從新的立場來說明藝術之本原，說藝術行爲是人類基本的行爲，和經濟底性底行爲同樣。人類因爲有了藝術行爲，才互相認識而瞭解，由個人融入人類，這就是人比之別的生物獨有特殊進化底眞原因了。作者説，『語言使人類最初離開禽獸，藝術使人類最後離開禽獸。』」

〔註153〕馮乃超：《人類的與階級的──給向培良先生的〈人類底藝術〉的意見》，《萌芽月刊》，1930 年 2 月 1 日，1 卷 2 期，第 30～37 頁。

〔註154〕魯迅：《「硬譯」與「文學的階級性」》，《萌芽月刊》，1930 年 3 月 1 日，1 卷 3 期，第 77 頁。

〔註155〕成文英：《諷刺文學與社會改革》，《萌芽月刊》，1930 年 5 月 1 日，1 卷 5 期，第 122、128 頁。

是在於看它的一時的貨色。」〔註156〕應該說，這些文藝評論具有明顯的針對性和學理性。

《新地月刊》上有 4 篇論文，其中值得注意的是馮乃超的《中國無產階級文學運動及左聯產生之歷史的意義》和魯迅的《〈藝術論〉譯序》。馮乃超認為「文學領域上的革命鬥爭就是無產階級文學運動」，中國無產階級文藝運動的擴大和深化，促使一些革命的小資產階級團體形成統一戰線——「左聯」，「左聯」的前提是「中國以至國際革命之復興」、「中國無產階級鬥爭的組織化」、「小資產階級意識的『幫口』觀念的消滅」、「中國無產階級文學運動之深化」。「左聯」成立的意義體現在它的綱領和行動上，它是中國無產階級文學運動的全國性統一機關，它不是某幾個人或某幾個團體的「拉攏」。它有助於消除舊有的「幫口」觀念、宗派主義情緒，團結革命同志：「誰能夠在左聯的旗幟下面，左聯的綱領下面鬥爭，他就是左聯的同志。過去，即使他是做過富國強兵的國家主義的夢的人也好，過過浪漫生活也好，高唱藝術至上主義也好，只要他現在能夠理解革命，理解社會變革的必然，而且積極地能替革命做工作，他就是革命的文學團體左聯的同志。」〔註157〕魯迅的《〈藝術論〉譯序》，簡述了蒲力汗諾夫的生平以及他成為俄國偉大思想家和馬克思主義先驅者的情形，精練地介紹了《藝術論》的基本內容。

第三，《萌芽月刊》非常注重對外國文藝作家、作品、理論的翻譯和介紹。介紹的外國作家有 M.戈理基（Maxim Gorky）、A.法兌耶夫（Alexander Fadeev）、I.F.革拉特珂夫（Fedor Gladkov）、V.茀理契（V.M.Friche）、契訶夫等，基本上都是俄蘇作家。文藝作品方面主要是小說的翻譯，比如魯迅重譯了 A.法兌耶夫的《潰滅》（從《萌芽月刊》連載到《新地月刊》），蓬子翻譯了 Avetis Aharonian 的《夜巡兵》（第 1 期）、巴比塞的《不能克服的人》（第 2 期）與《姜·葛理西亞底轉變》（第 2 期）以及 N.略悉珂的《鐵練的歌》（第 4、5期），沈端先翻譯了 I.F.革拉特珂夫的《醉了的太陽》（第 2 期），洛揚譯介了藏原惟人的《法兌耶夫底小說〈潰滅〉》（第 2 期），曹靖華譯介了鮑里斯拉甫列捏夫的《〈第四十一〉後序》（第 2 期）。《新地月刊》上，賀菲翻譯了 Josef Lenz

---

〔註156〕侍桁：《關於「看貨色」的問題》，《萌芽月刊》，1930 年 5 月 1 日，1 卷 5 期，第 129～131 頁。

〔註157〕馮乃超：《中國無產階級文學運動及左聯產生之歷史的意義》，《新地月刊》，1930 年 6 月 1 日，第 43～45 頁。

的《為什麼我們不是和平主義者》，倩霞翻譯、續完了盧波勒的《文化問題》。
社會科學、文藝理論方面的譯介有：馮雪峰譯 V.茀理契的《藝術社會學之任
務及諸問題》（第 1、2 期），洛揚譯 Franz Diederich 的《藝術形成之社會的前
提條件》（第 1 期），魯迅譯日本宕崎・昶的《現代電影與有產階級》（第 3 期），
致平譯恩格斯的《在馬克斯葬式上的演說》（第 3 期），侍桁譯亞歷山大特拉
克廷巴克的《巴黎公社論》（第 3 期）和 W.霍善斯坦因的《關於藝術的意義》
（第 5 期），雪峰譯 V.茀理契的《巴黎公社底藝術政策》（第 3 期），彭嘉生譯
羽仁五郎的《世界史的可能性與必然性——H.G.Wells 批判》（第 4 期），馮憲
章譯雅各武萊夫的《文藝作品上的形式與內容》（第 4 期），賀菲譯德國 Karl Gr
ünbery 的《文藝批評家的職工》（第 4 期），倩霞譯 I.盧波勒的《文化問題》（第
5 期），紹明譯 Agnes Smedley 的《中國鄉村生活斷片》（第 5 期）。

　　第四，《萌芽月刊》上的「社會雜觀」和「文藝雜觀」欄目中的雜文很有
特色，文筆非常犀利，撰稿者有魯迅、連枉、潦西、學濂、致平、開時、成
文英、穆如、黃棘（魯迅）、柔石、開明、N.C.、力次、圭本、刘剌和思德。
這些雜感主要分為二類：一是對國內文藝、文化現象的解剖和研究，尤為突
出的是對「新月社」胡適、梁實秋等人及其觀點的批判。魯迅指出：新月社
批評家的「嘲罵」和「不滿」是超然於嘲罵和不滿的罪惡之外的（《新月社批
評家的任務》），梁實秋主張「好政府主義」其實是為了指謫「共產主義」（《「好
政府主義」》）。連枉諷刺說，胡適「好政府主義」的本質不過是維持奴隸制度
並使奴隸制度的社會延長、安定而已（《胡適主義之根柢》）；胡適以「好政府
主義」和「直言」而受到壓迫，同時卻在其他方面獲得了更大的尊敬，要認
識胡適，這「尊敬」是最好的參考資料（《胡適底受人尊敬》）。成文英認為，
各階級有各階級的常識，文學的階級性也就「同樣地明白」（《常識與階級
性》）。致平認為統計也有階級性（《統計的階級性》）。圭本認為新月社所要的
是「新月社」的自由，與被壓迫的廣大工農學生等毫不相干（《關於「爭自
由」》）。二是對社會諸現象的深刻剖析。魯迅指出，古人是「書中自有黃金屋」，
現在買書贈送裸體畫片是「書中自有顏如玉」（《書籍和財色》）；體質和精神
都已經硬化了的國民，對於極小的一點改革，也無不加以阻撓，表面上好像
怕於己不方便，其實是怕於己不利，但所設的口實，卻往往見得極其公正而
且堂皇（《習慣與改革》）；有的「論客」，貌似徹底的革命者，其實是極不革
命或有害革命的個人主義者（《非革命的急進革命論者》）。連枉發現「俄國文

學」已成爲一個時髦的名詞，學術和時髦這對不合時宜的名詞連接在一起了（《學術和時髦》）。潦西認定「文學家兼政治家」是騎牆者（《文學家兼政治家》），而所謂的學者、藝術家、文學家、革命家其實是政客們圈養的「走狗」（《關於孫福熙先生底政治觀》）。學濂認爲流氓沒有信仰，是抱著絕對利己主義的（《「沒落」和「方向轉換」》）。致平提醒國人注意，日本帝國主義除了用強力對待中國外，還不忘對中國群眾進行欺騙和蒙蔽，對中國留學生的招待就是其緩和中國群眾敵對情緒的手段之一（《日本帝國主義的恩惠》）。開時揭露了一些畸形的社會現象，比如應當建造圖書館的材料被拿來建造「節孝碑坊」，應當用在改進大眾生活的努力卻用在「以勵風化」上（《我所看到的社會的一幕》）。在《新地月刊》上，一劍揭露了國民黨「左派」比「右派」更加殘忍的嘴臉（《所謂「左派」》）；汪北抨擊了國民黨不顧國家興亡只顧個人和黨派利益的愚蠢行爲（《痛的研究》）；木林指認取消主義、無抵抗主義、國民會議和帝國主義是相互勾結、沆瀣一氣的（《取消主義，甘地主義，國民會議，帝國主義》），明示了《覺悟》同人反對無產階級文學過程中的「階級性」（《小狗仔的階級性》）；致平參透了資本家謝絕參觀的本質是爲了防止生產秘密的洩漏（《「謝絕參觀」》），批評了中國社會科學界生吞活剝社會理論的現狀（《雜煮的社會科學著作》）；石英抨擊了政界醜類操英語出賣民族利益的行徑（《講外國閒話》），諷刺了閻錫山和蔣介石在對壘過程中自曝惡行的愚蠢（《不打自招》）；思德從眞正革命的觀點出發，認爲推翻當時政治上的壓迫者和經濟上的剝削者爲革命，反之才是反革命（《甚麼是反革命？誰是反革命派？》）；指南諷刺了統治階級控制言論機關的行爲（《被檢除了的報屁股》）；駱英豪暴露了國民黨「反赤」的醜態（《剿共的成績》）。「雜感」是《萌芽月刊》上的作者們積極介入社會政治的主要方式，其形式和風格對後來的左翼文藝創作產生了積極影響，伴隨著這種文體的逐漸成熟，它在 30 年代左翼文學中的作用也越來越突出。

　　第五，《萌芽月刊》上的「國外文化事業研究」、「國內文藝消息」欄目刊發了很多國內外文藝界的重要消息，如「墨索里尼懸賞徵募戰爭小說」、「文學者參加『自由大同盟』底發起」、「上海新文學運動者底討論會」、「左翼作家聯盟底成立」、「《大道》月刊出版反帝專號」、「時代美術社對全國青年美術家宣言」等。《新地月刊》上介紹了「蘇聯的書籍」、「蘇聯第一次馬克思主義的‧列寧主義的哲學家代表會」、「共產學院藝術部本年度研究題目」等國外

文化界消息，「國內文藝消息」則介紹了「左翼作家聯盟的兩次大會記略」、「中國社會科學家聯盟成立」、「藝術劇社被封鬥爭」、「中華藝術大學被封」、「自由運動大同盟消息」等。《萌芽月刊》和《新地月刊》還登載了一些反映中國社會和時事問題的漫畫、現代世界名畫以及一些俄蘇著名作家的畫像，它們多是反映無產階級鬥爭力量、反抗情緒或革命欲望日益滋長的作品。而選登這些畫同樣彰顯了編者的政治立場。此外，刊物上的幾則「通信」也反映一些社會問題。

「左聯」成立前夕，魯迅在《奔流》、《萌芽月刊》之外編輯的另一個左翼文藝刊物是《文藝研究》。《文藝研究》由上海大江書鋪發行，1930 年 2 月 15 日出版發行（實際出版日期約爲 1930 年 4 月至 5 月）〔註158〕，僅出 1 期。《文藝研究》的「例言」介紹了一些該刊的情況：專載研究文學、藝術的文字，包括譯著、文藝作品以及作者的介紹和批評；創刊意在「供已治文藝的讀者的閱覽」，要求文字內容要「較爲充實」、壽命要「較爲久長」；刊物的「傾向」「在究明文藝與社會之關係」；刊物的「志願」是介紹、批評中國新出的關於文藝及社會科學書籍以利於讀者，同時希望能夠將文學與藝術「相鉤連」。〔註159〕

從體例、辦刊傾向等方面來看，《文藝研究》與《奔流》頗爲類似，重視、倡導翻譯。從刊載內容來看，正如《文藝研究》的「例言」所說的那樣，主要刊載了一些文藝論文譯文，〔註160〕 其中，雪峰譯介匈牙利 I.Matsa 的《現代歐洲無產階級文學底路》和洛揚譯介日本岡澤秀虎的《關於在文學史上的社會學的方法》值得注意。這兩篇文章，前者告訴讀者，歐洲勞動者文學之路，「一方面從小資產階級的人道主義的和改良主義的及社會民主主義的傾向，他方面從叛亂的小資產階級的抽象的『全人類的』革命主義，通過這兩個傾向底綜合底經驗，向著革命的具體性，而進到歐洲無產階級底前衛部隊底心理的意識形態底革命的確信的反映去」，〔註161〕 這就爲中國無產階級文學提供

〔註158〕 劉增人：《論魯迅系列文學期刊》，《魯迅研究月刊》，2005 年第 10 期，第 32 頁。

〔註159〕 《例言》，《文藝研究》，1930 年 2 月 15 日，第 1 卷第 1 本。

〔註160〕 比如傅冬華譯介法國 H.A.Taine 的《英國文學史緒論》，陳望道譯介日本平林初之輔的《自然主義文學底理論的體系》，魯迅譯介俄國 G.V.Plekhanov 的《車勒芮綏夫斯基的文學觀》，侍桁譯介日本唐木順三的《芥川龍之介在思想史上的位置》，雪峰譯介德國 F.Mehring 的《資本主義與藝術》等。

〔註161〕 〔匈牙利〕I.Matsa 雪峰譯：《現代歐洲無產階級文學底路》，《文藝研究》，1930 年 2 月 15 日，第 1 卷第 1 本，第 169 頁。

了一種可資參照的發展模式；後者對文藝界宣稱，「文學是社會的現象」，社會學方法是文學史家建構「文學史」不可或缺的「要件」。〔註162〕在此，我們還不能說該文爲中國學界提供了社會學方法，但它日後成爲中國文學史研究的一種重要方法卻並非出於巧合。

至此可以看出，魯迅在 1928 年之後創辦《奔流》等「左聯」外圍文藝刊物，其直接目的是爲了給當時著譯者多提供一些發表著譯（尤其是俄蘇文藝譯介）的地方，以便究明文藝與社會的關係；其深層目的則是爲了在文藝創作、文論建設等領域爲進步思想文藝界提供重要的參照系。與此同時，這些刊物作爲彼時重要的傳播媒介，加強了左翼知識界的內部聯繫，聚合了很多革命文藝青年，儲備了一定的人力和精神資源，進而在客觀上爲「左聯」的成立和中國無產階級文藝運動的發展起到了積極的推進作用。

二、1931 年以前的「左聯」初期刊物〔註163〕：從《大衆文藝》到《世界文化》

「左聯」成立之初，吸收了一些進步文藝期刊作爲自己的機關刊物，《大衆文藝》月刊就是其中的一個。《大衆文藝》於 1928 年 9 月 20 日創刊，由郁達夫等人主編，主要由上海現代書局發行。後期成爲「左聯」機關刊物之一。共發行 12 期，1930 年 6 月 1 日出版了最後一期，即第 2 卷第 5、6 期合刊。郁達夫在給「大衆文藝」進行「釋名」時說：「文藝應該是大衆的東西，並不能如有些人之所說，應該將她局限隸屬於一個階級的。更不能創立出一個新名詞來，向政府去登錄，而將文藝作爲一團體或幾個人的專賣特許的商品的。」他還強調說：「我們並沒有政治上的野心，想利用文藝來做官。我們也沒有名利上的虛榮，想轉變無常的來欺騙青年而實收專賣的名聲和利益。我們尤其不想以裁判官，天才者，或個人執政者 Dictator 自居，立在高高的一個地位，以壇下的大衆作爲群愚，而來發號施令，做那些總總司令式的文章。我們只覺得文藝是大衆的，文藝是爲大衆的，文藝也須是關於大衆的。」〔註164〕應

〔註162〕〔日〕岡澤秀虎著，洛揚譯：《關於在文學史上的社會學的方法》，《文藝研究》，第 1 卷第 1 本，1930 年 2 月 15 日，第 172 頁。

〔註163〕1931 年以前「左聯」名號下出版的刊物除了本小節所論述的之外，還包括前面論及的《拓荒者》和《萌芽月刊》。

〔註164〕郁達夫：《大衆文藝釋名》，《大衆文藝》，1928 年 9 月 20 日，第 1 期，第 1～2 頁。

該說，這種辦刊定位順應了當時文壇「為大眾」的發展需求。為《大眾文藝》撰稿的人很多，顯示出了左翼文藝界聯合的一種趨勢。主要撰稿人有郁達夫、魯迅、樂芝、葉鼎洛、李守章、林微音、許傑、秋蓮、柔石、鄭伯奇、馮乃超、陶晶孫、龔冰廬、張資平、莞爾、邱韻鐸、華漢、馮鏗、錢杏邨、祝秀俠、葉沉、洪靈菲、郭沫若、潘漢年、戴平萬、孟超、馮雪峰、穆木天、夏衍等。

　　《大眾文藝》刊載的內容主要分為兩大部分，即文藝創作和介紹翻譯。《大眾文藝》上的文章主要有以下幾類：一是介紹各國「新興文學概況」，闡發「新興文學」和「大眾化問題」的理論文章，主要集中在第2卷第3、4期「新興文學專號」（上、下）裏，如何大白的《中國新興文學的意義》（2卷3期）、祝秀俠的《新興文學批評觀的一斑》（2卷3期）和《辛克萊和這個時代》（2卷4期），郭沫若、陶晶孫、魯迅等人的《文藝大眾化問題》、《文藝大眾化問題座談會》（2卷3期）以及郭沫若、郁達夫、柔石等的《我希望於大眾文藝的》（2卷4期）。二是文藝創作，包括詩歌、戲劇和小說。詩歌僅有少數幾篇，最具代表性的是李榮章的《飲吧這杯紅酒》（2卷4期）。在這首詩中，作者宣稱：「我們的義務就是無邊偉大的犧牲」，「我們的報酬就是流下鮮紅的血液」，「那仇人的血液就是無上的芳脂瓊漿」，「飲吧這杯紅酒——」。戲劇方面，數量也不多，最有代表性的是龔冰廬的《懸案》（2卷1期），描寫了一家洋服店店員對工人罷工的不同態度，作者沒有得出什麼結論，但透露了一些階級鬥爭的氣息。小說方面，具有突出革命氣息的作品是龔冰廬的《廢坑》（2卷4期），寫礦工們廢掉礦井給自己創造了生機，含有一定的寓意。小說方面最有代表性的作家是郁達夫。在《盂蘭盆會》（第1期）中，他描寫了少年澄官對少女阿香的微妙情愫。《在寒風裏》（第4期）則以第一人稱敘述手法刻畫了一個忠心耿耿的老僕人長生的形象。小說寫「我」接到長生的信後，急切地趕回老家去探望母親和故鄉，誰知卻被誤認為要搜刮父親的遺產而遭到母親的毒罵，於是「我」滿載著傷心失望、帶著「祖宗神堂」和長生回到了上海，幫助「我」安頓下來後，長生又回鄉下去照看老家了。三是翻譯作品和論文。作品譯介方面，僅魯迅翻譯的就有俄國淑雪兼珂的《貴族婦女》（第1期）、法查理路易‧腓立《食人人種的話》（第2期）、俄國A.雅各武萊夫的《農夫》（第3期）、俄國康士坦丁‧斐定的《果樹園》（第5期）、俄國A.雅各武萊夫的《十月》（第5、6期）。論文譯介方面，有沈端先譯茂森唯士的《革命十二

年間的蘇俄文學》（2 卷 3 期）等。四是一些雜要、通訊和通信，探討了一些文藝問題，如鄭伯奇的《詩歌斷想》，也介紹了一些國內文壇消息，如「藝術劇社第二次公演《西線無戰事》」、「大眾文藝第二次座談會」、「戲劇界消息」、「左翼作家聯盟成立了！」等等。

「左聯」成立時吸納了很多進步文藝團體，「南國社」就是其中的一個。南國社早在 1922 年就開始活動。1929 年 5 月 1 日，南國社創辦了《南國月刊》，由田漢主編、上海現代書局發行。《南國月刊》要比《南國半月刊》和《南國週刊》成熟得多，誠如田漢所言：「在過去的中國文壇上我所呈現的花環，實在太幼稚了，太破碎了。但我也不悔，因為那也是對的，一個小孩子不能因為他的話太幼稚了，太破碎了，便放棄他說話的權利。那些只算他的序幕罷。比較好的，比較像戲的戲，以後一幕一幕地演起來。」〔註 165〕或者說，南國社的戲劇運動正在從「曾允許降到民間的低地把民眾引向藝術的殿堂」的第一期運動向第二階段「推遷」。〔註 166〕「南國是要轉換一個新的方向。走上一個新的階段了。」〔註 167〕為《南國月刊》撰稿的作家有田漢、歐陽予倩、黃素、洪深、蘇尼亞、郭斌佳等。

《南國月刊》以刊載劇作為主，其中最突出的作家是田漢，他發表了《名優之死》（兩幕悲劇）、《黃花崗》（五幕劇）、《古潭的聲音》（獨幕劇）、《顫慄》（獨幕劇）、《南歸》（獨幕詩劇）等作品。《名優之死》通過一代名優劉振聲被活活氣死的故事情節，譴責了封建邪惡勢力對藝術的腐蝕和踐踏。田漢認為這種作品是可以用來「鼓舞人民的戰鬥情緒的」。〔註 168〕《黃花崗》塑造了拋開幸福家庭為革命獻身的黃花崗烈士林覺民的偉大形象。《古潭的聲音》以感傷的情緒表現了藝術與愛情的衝突，詩人把美瑛從塵世的誘惑中解救出來，讓她讀書、追求不朽的藝術，她卻被古潭的幽深所誘惑，跳了進去，隨後詩人也跳了進去。《顫慄》（獨幕劇）寫兒子因為無法獲得遺產揮刀砍向母親，兒子以為母親死了，其實殺死的是母親的狗。母親在惡夢中醒來後，沒有注意到兒子的殺機，她向他講述了自己偷情生子的隱秘。在這種生死關頭，

〔註 165〕田漢：《序南國月刊創刊號》，《南國月刊》，1929 年 5 月 1 日，1 卷 1 期，第 1～2 頁。

〔註 166〕田漢：《編輯後記》，《南國月刊》，1929 年 5 月 1 日，1 卷 1 期，第 259 頁。

〔註 167〕田漢：《編輯後記》，《南國月刊》，1930 年 3 月 20 日，2 卷 1 期，第 147 頁。

〔註 168〕田漢：《關於〈名優之死〉》，《田漢文集》第 1 卷，北京：中國戲劇出版社，1983 年版，第 465 頁。

他們面對自身欲望下罪惡的爆發而「顫慄」了。《南歸》寫流浪者流浪的靈魂或者可以在愛情中穩定下來。劇本以外，田漢還發表了長篇小說《上海》和短篇小說《憂愁夫人與姊姊──兩個不同的女性》等作品。

　　論文方面，黃素的《中國戲劇腳色之唯物史觀的研究》、洪深的《世界戲劇史》都是非常具有開拓性的學術成果，前者用唯物史觀研究了中國戲劇腳色，後者研究了藝術的起源和世界戲劇發展史。在《南國月刊》上，最值得注意的論文是田漢在第 2 卷第 1 期上發表的《我們自己的批判──「我們的藝術運動之理論與實際」上篇》。田漢在文中強調了注重理論鬥爭的客觀必要性，然後解釋了寫作《我們的批判》的「必要」，他認為：第一，南國運動自《南國半月刊》時代以來到 1930 年已經八年，假如再不正確地取得它的歷史使命、清算過去的一切、確立今後努力的計劃，那麼就算「解散」、「分裂」也沒有什麼可惜的；第二，假如南國運動還像從前一樣不統一在一個「廣大的鮮明的旗幟之下」，那麼它「就怎樣的有聲有色也不過一種孤立的偶發的現象」；第三，南國社為了被人更正確認識，要「努力於堅定份子之團結與基礎理論之建設」；第四，「進攻是唯一的出路」，要建設新的藝術必須經過一次無情的「掃除作用」，但在掃除虛偽反動藝術之前得舉出自己的「存在理由」，證明自己的真實性、革命性，因此要進行嚴肅的「自己批評」（Self-Criticism）。〔註 169〕接著，田漢論述了十年來南國社的活動，他把南國社分為南國半月刊時代、南國特刊時代、南國電影劇社時代、南國在南京總政治部時代、南國在上海藝大時代、南國藝術學院時代、南國社時代，並分別解析了每一個時代南國社的活動；同時，他剖析了自己十年來的思想變遷以及南國社與革命文學運動之間的關係。他的結論是：南國運動是由文學運動、電影運動、藝術教育運動到戲劇運動組成的；南國運動的意義在於經過清算、自己批判，拋棄了過去的小資產階級的浪漫、感傷、頹廢，「將以一定的意識目的從事藝術之創作與傳播以冀獲一定的必然的效果」；南國社成員將在同人時代「感情結合」的基礎上，共同遵守藝術運動不違背民眾要求以貢獻於新時代的「宗旨和方略」，對社會、藝術要有一個正確的主張。〔註 170〕至此，田漢敏銳地感知到了「左聯」成立後左翼文藝社團的變化和新氣象──對「組織」綱領的

〔註 169〕田漢：《我們自己的批判・序論》，《南國月刊》，1930 年 3 月 20 日，2 卷 1 期，第 1～4 頁。

〔註 170〕田漢：《編輯後記》，《南國月刊》，1930 年 3 月 20 日，2 卷 1 期，第 143～145 頁。

無條件認同和自覺遵守。當然，從同人角色向組織角色的轉換並非輕而易舉，他以列寧對普羅文學泰斗——高爾基意識趨向的責備爲例來說明，知識分子從小資產階級的人道主義「魔雲」中爬出來是要費大工夫的，思想改造是極其困難的。因此，他的「自己批判」是一種方法，一種示範，也是一種姿態，代表了一批左翼知識分子的自我選擇和價值認同。

　　在「左聯」文藝刊物中，《藝術月刊》與《南國月刊》相似，也非常注重介紹戲劇理論。《藝術月刊》於 1930 年 3 月 16 日創刊，由沈端先主編，由藝術社出版。撰稿者有鄭伯奇、越聲、許幸之、麥克昂（郭沫若）、陶晶孫、葉沉、龔冰廬、一榴、莞爾、祝秀俠、邱韻鐸。從這份名單可以看出，撰稿者以原創造社成員爲主。《藝術月刊》刊載了一些戲劇理論方面的論文，其中有代表性的是鄭伯奇的《中國戲劇運動的進路》和葉沉的《戲劇與時代》。在這兩篇論文中，兩位作者都注意到了 1928 至 1930 年間中國戲劇運動的發達狀況，因此，鄭伯奇興奮地認爲，中國的文學運動經過了「詩」的時代，正在通過「小說」的時代，同時「戲劇」的時代已經萌芽了；葉沉則斬釘截鐵地說：「最適應戲劇的是現時代。」他們還意識到這並非偶然現象，這是時代、群眾與組織化要求的結果。在這種背景下，鄭伯奇以對「戲劇運動與時代的矛盾」、「舊劇沒落」、「文明戲墮落」、「新劇運動中興」和「戲劇運動的現狀及其苦悶」等問題的分析爲依據，提出了「中國戲劇運動的進路是普羅列塔利亞演劇」的重要主張，並提醒戲劇界注意：「一，促成舊劇及早崩壞；二，批判布爾喬亞戲劇，同時要積極學得它的成功的技術；三，提高現在普羅列塔利亞文化的水準；四，演劇和大眾的接近——演劇的大眾化。」〔註 171〕葉沉也提出了一些與鄭伯奇類似的看法，他將戲劇的任務歸結爲：「發揚普羅的 Ideologie；奪取布爾的戲劇陣線，完成普羅藝術戰線的一分野，同時研究普羅戲劇自身的辯證的發展——。」〔註 172〕在戲劇理論之外，郭沫若的《普羅文藝的大眾化》一文也值得注意。此時作者遠在日本，但從這篇文章來看，他仍保持著對中國無產階級革命文學運動的高度關注。他認爲中國無產文藝運動有很嚴重的「高蹈」現象，所謂無產文藝結果仍不外是少數進步的智識階級青年的文藝，並沒有與和文字絕緣的大眾眞正接近，這使得無產文藝教導

〔註 171〕鄭伯奇：《中國戲劇運動的進路》，《藝術月刊》，1930 年 3 月 16 日，創刊號，第 16 頁。
〔註 172〕葉沉：《戲劇與時代》，《藝術月刊》，1930 年 3 月 16 日，創刊號，第 59 頁。

大眾的使命很難實現，因此他主張，「一切製作都應該以能影響大眾為前提，這是我們的文藝的尺度。」並在文章結尾高呼：「無產文藝大眾化起來！」〔註173〕這裡，郭沫若重提「大眾化」的口號，既回顧了他在 1923 年提出的「到民間去」的主張，又啟發了 30 年代左翼文壇去「清算」「五四」新文學的「歐化」現象。除了論文，《藝術月刊》上還刊載了一些文藝創作和譯作。如龔冰廬的《有什麼話好對人家說》（小說），反映了死囚對自由、親情的渴望和抗爭意識；《換上新的》（一幕劇），描畫了水管工人、電線工人、紡織工人聯合起來進行鬥爭的情景。此外，邱韻鐸譯介了美國 Jack London 的《自敘傳》和 U.Sinclair 的詩《動物園》。這些作品都具有一定的鼓動性和革命宣傳意味。

　　《藝術月刊》是《南國月刊》的一個「盟友」，但僅出版一期就停刊了。《藝術月刊》停刊後，沈端先並不甘心，他又於 1930 年 6 月 16 日創辦了《藝術月刊》的姊妹刊──《沙侖月刊》，可惜該刊的命運與《藝術月刊》一樣，僅出一期就停刊了。《沙侖月刊》的撰稿者有葉沉、馮乃超、許幸之、沈端先、黃芝、祝秀俠、錢杏邨、陶晶孫、鮑明強、沈起予、王質夫、王瑩、葆初、凌鶴、晴初、櫻影、徐傑、邱韻鐸、莞爾、馬文珍、左明、龔冰廬、楊邨人等。《沙侖月刊》的內容可以分為四個方面。一是關於戲劇、美術運動、電影方面的論文，如葉沉的《戲劇運動的目前誤謬及今後的進路》、《關於電影的幾個意見》，許幸之的《中國美術運動的展望》，馮乃超譯 A.魯那卡爾斯基的《俄國電影 Production 的路》，黃芝譯介的《阿夫爾的宣言》（「阿夫爾」是俄國的藝術聯盟），陶晶孫的《再述效果》，沈起予的《演劇的技術論》等。二是關涉戲劇的批評和戲劇界演劇情況的介紹，如馮乃超的《〈拿破崙〉觀後感》、祝秀俠的《〈Volga Volga〉的所見》、幸之的《南國劇社美術展評》、孟超等的《對於舊劇的意見》、王質夫等的《南通的戲劇界》等。三是刊載了一些隨感類的文章，如櫻影的《福音堂》、徐傑的《地下生活的一頁》、莞爾的《大世界》、憲章的《樓頭的豔笑》等。四是刊載了一些文藝新作，如左明的《夜之顫動》（一幕三場），寫老夫聽到兒子戰死的消息後，傷心絕望，他認定窮人的孩子永久受苦，於是殺死了剛生下來的孫子，沒想到兒子並沒有死，還從戰場上逃回來了，在兒子的鼓動下，他和兒子一起參加起義軍了；葉沉的《蜂起》（喜劇一幕）書寫了絲廠女工的罷工場景；楊邨人的《民間》（獨幕

〔註173〕麥克昂：《普羅文藝的大眾化》，《藝術月刊》，1930 年 3 月 16 日，創刊號，第 27～31 頁。

劇）描繪了一場農民運動；龔冰盧的《標語》（小說）寫士兵們意識到軍閥都是屠夫後決定：「窮人要為窮人自己打仗！」〔註174〕這些作品有明顯的「概念化」痕跡，藝術成就很難令人滿意。

1930年4月10日，由馮乃超主編、上海神州國光社發行的《文藝講座》出版了。對於這個類似於雜誌的論文集，越聲曾在《藝術月刊》上著文評介說：「在文壇上，第一，使我不能不先講到《新興文藝講座》，這是一種文學講義編輯法的撰述，由馮乃超，錢杏邨，沈端先，三君主編，魯迅，蔣光慈，葉沉，畫室，幸之，華漢，……諸君分任撰稿，內容趨重於文學上基本原理的講述，而同時及於技巧論，史論，中外作品的述評各方面，共計百萬言，分六期出完，每二月一期，由神州國光社擔任出版，第一期現已付印。」〔註175〕由這段話可以看出，越聲對《文藝講座》的評價很高。《文藝講座》僅出一期，但已經充分體現出了內容的厚重。

《文藝講座》的內容主要有三個方面。1、翻譯介紹了一些馬克思主義的文學理論，同時用這種理論來分析文藝本質及各種文藝現象。〔註176〕馮乃超認為：「文藝是時代精神的表現」、「藝術是社會的反映」這樣的定義固然不錯，但太空泛。他把唯物史觀應用於藝術領域後，究明了藝術的本質、藝術與意識形態的關係以及藝術的起源：「藝術是組織階級生活的」；「藝術既然是組織人類感情的社會手段，當然與宗教，哲學，科學占比鄰的地位——一樣的稱為觀念形態——而且互相影響的」；詩歌（藝術）起源於勞動。〔註177〕朱鏡我闡明了意識形態的本質：「意識形態是社會心理之凝結物。」〔註178〕彭康介紹了馬克思主義的「文化」概念：「文化是以集團的勞動為媒介的自然之改造」；「文化是以技術為媒介的自然之變化，即自然對於人類的必要及要求之適應」。〔註179〕2、譯介相關的蘇聯無產階級文論，如馮雪峰譯介了日本岡澤秀

〔註174〕龔冰盧：《標語》，《沙侖月刊》，1930年6月16日，第197頁。
〔註175〕越聲：《一九三0年開展中的文壇與劇壇》，《藝術月刊》，1930年3月16日，創刊號，第17頁。
〔註176〕代表性文章為：馮乃超的《藝術概論》、《馬克思主義藝術理論的文獻》、《日本馬克思主義藝術理論書籍》，朱鏡我的《意識形態論》，彭康的《新文化概論》，魯迅譯本莊可宗的《藝術與哲學·倫理》。
〔註177〕馮乃超：《藝術概論》，《文藝講座》1930年4月10日，第1冊，第2～20頁。
〔註178〕朱鏡我：《意識形態論》，《文藝講座》，1930年4月10日，第1冊，第36頁。
〔註179〕彭康：《新文化概論》，《文藝講座》，1930年4月10日，第1冊，第48、49頁。

虎的《以理論爲中心的俄國無產階級文學發達史》和 M.戈理基的《勞動階級應當養成文化的工作者》，徐幸之譯介了傅利采的《藝術上的階級鬥爭與階級同化》，蔣光慈譯介了傅利采的《社會主義的建設與現代俄國文學》，馮憲章譯介了《蒲列漢諾夫論》和《一週間》，沈端先譯介了《〈藝術論〉〈藝術與社會生活〉——蒲列哈諾夫與藝術》和《〈戀愛之路〉〈華茜麗莎〉及其他——所謂〈蘇聯的性文學〉問題》。3、評述了中國新文學運動（包括無產階級文學運動）的成績，代表性文章有麥克昂的《文學革命之回顧》、華漢的《中國新文藝運動》、錢杏邨的《中國新興文學論》、洪靈菲的《普羅列塔利亞小說論》。應該說，上述論文的刊載清晰地體現了編者的辦刊思路，它們都與馬列文論密切相關，其主要內容也都是以馬列文論作爲參照系來講述文學基本原理的。

1930 年 4 月，「左聯」創辦了《巴爾底山》旬刊，由上海巴爾底山社出版。「巴爾底山」取「Partisan」的譯音，意爲「襲擊隊」或「游擊隊」之意，1930 年 5 月 11 日出版第 5 期後停刊。編者將《巴爾底山》定性爲「階級社會戰中支持一方的戰線的一個小小的支隊」，這個「支隊」的基本隊員爲：德謨、N.C.、致平、黃棘（魯迅）、雪峰、志華、溶爐、漢年、端先、乃超、學濂、白莽、鬼隣、嘉生、芮生、華漢、鏡我、靈菲、蓬子、侍桁、柔石、王泉、子民、H.C.、連柱、洛揚、伯年、黎平、東周。〔註 180〕

《巴爾底山》上主要刊載了一些雜文性質的評論文章，批評了一些社會和文壇現象。這類文章有：德謨的《關於文化侵略問題》（1 卷 1 號），抨擊了胡適不承認帝國主義對中國「文化侵略」的「奴隸見解」，揭露了國民黨對帝國主義全面投降的眞相，主張反對帝國主義及其文化侵略；N.C.在《從詩歌說起》（1 卷 1 號）中指出，中國無產階級文學反對者是通過「抹殺歷史」、「曲解藝術」來防衛自己理論的；H.C.在《廣大的貧民》（1 卷 1 號）中認爲，貧民的唯一出路就是走進城市無產者集團，共同消除帝國主義與封建餘孽的整體剝削；陳正道在《五一與文藝》中認爲，無產階級文藝一定要與無產階級的政治鬥爭聯繫起來後，才能充分發展、接近無產大眾、完成無產文藝任務，他批評了《現代小說》、《拓荒者》等雜誌的「小布爾喬亞」思想傾向和那些在亭子間中幻想出來的「無產文藝」的荒謬性，要求無產文藝作家一定要去

〔註 180〕陳正道：《五一與文藝》，《巴爾底山》，1930 年 5 月 1 日，1 卷 2、3 號合刊，
　　　　第 7 頁。

參加「工農革命底實際行動」，這樣「才能獲得無產大眾真正的意識！才能使文藝和大眾接近，大眾化！才能使文藝運動和政治運動統一起來！」〔註181〕與陳正道文章的主題相似，菊華在《想對「左聯」說的幾句話》（1卷2、3號合刊）中對「左聯」提出了更為具體的意見，要求盟員極力克服小資產階級個人主義，要求「左聯」刊物極力避免吹噓、努力克服一切敵人的封鎖並組織一個大規模的出版系統，要求「左聯」加強無產階級革命運動的實踐；馮乃超在《胡適之底烏托邦》中指出，胡適所「虛造」的五大「革命對象」──貧窮、疾病、愚昧、貪污、擾亂──不過是中國社會現象的「表皮」，胡適推出的解決社會問題「最可行而又最完美的辦法」──「自覺改革」，其實是「不實際的說教，思想的遊戲」！〔註182〕杉尊的《兩種走狗》（1卷4號），譏諷了兩種高等華人的「走狗」本質；錫五的《格殺勿論》（1卷4號），揭露了國民黨清黨反共和屠殺民眾的罪惡；谷蔭在《徘徊在十字街頭的，究竟是誰？》（1卷5號）中，反駁了師陶在《十字街頭的印度革命》〔註183〕中指稱印度革命處於十字街頭的觀點，認為該文是「取消派」中傷革命、動搖革命、散布謠言的「陰謀詭計」的表現；霆聲在《批評──謾罵　攻擊──挑撥》（1卷5號）中指出，梁實秋的諷刺、清水在《哀魯迅》中的挑撥、阿Q的謾罵〔註184〕以及《民國日報·覺悟》上的評論，暴露了反對派攻擊無產階級文藝運動和瓦解「左聯」的陰謀。

除了一些精闢的評論之外，《巴爾底山》上還刊載了為數不多的幾首詩歌。代表作家為白莽，他的諷刺詩《奴才的悲淚──獻給胡適之先生》（1卷1號）勾勒了胡適「忠誠」於當權者的「奴才」嘴臉，《巴爾底山的檢閱》（1卷5號）發出了「開步走」的口令。此外，《巴爾底山》還報導了一些文壇消

〔註181〕陳正道：《五一與文藝》，《巴爾底山》，1930年5月1日，1卷2、3號合刊，第7頁。

〔註182〕馮乃超：《胡適之底烏托邦》，《巴爾底山》，1930年5月11日，1卷第4號，第1～2頁。

〔註183〕師陶的《十字街頭的印度革命》發表在1930年5月1日出版的《洛浦》創刊號上，該文的主要觀點是：印度民族資產階級不能領導印度革命；民族資產階級與工農群眾的階級鬥爭是決定印度革命前途的最主要的關鍵；印度革命需克服無數的困難；印度革命已經徘徊在革命的十字街頭；如果印度工農階級能夠獲得印度革命的領導權，就可能取得比俄國十月革命更大的勝利。

〔註184〕有署名「阿Q」者在《洛浦》創刊號上發表了《從列寧到魯迅》一文，醜化魯迅，並羅列了魯迅與創造社論戰的一些隻言片語，意圖挑撥「左聯」成員之間的團結、破壞無產階級文學運動。

息，如「記左聯的第一次全體大會」、「中國社會科學家聯盟成立」等，尤其是對「藝術劇社被封事件」的報導和刊發《藝術劇社為反抗無理被抄封、逮捕告上海民眾書》、《為藝術劇社被封告國人》兩文，明確表達了對國民黨政府鎮壓進步文藝團體行為的強烈批判和譴責。當然，也正是因為鮮明的左翼傾向和政治色彩導致《巴爾底山》在國民黨文藝統制政策下無法繼續存活而停刊。

　　為了紀念「五一」，「左聯」在 1930 年 5 月 1 日出版了《五一特刊》。〔註185〕該刊的撰稿者為 ZEN、彭康、馮乃超、洪靈菲、陳濤、靈聲。該刊上值得注意的文章是《左翼作家聯盟「五一」紀念宣言》。該文透析了帝國主義、國民黨對革命群眾的警告背後正在發抖的心理，認為「左聯」是在「萬國的無產階級團結起來」要完成其歷史使命的背景下為參加偉大的革命鬥爭而結合的，該文結尾是一連串的標語：「罷工，罷課，罷崗，罷操舉行『五一』示威運動！」「反對帝國主義國民黨屠殺工人！」「反對白色恐怖！」「反對法斯蒂主義！」〔註186〕這些口號的宣傳意味很明顯，也令人感受到了一些狂熱的情緒和氣息。

　　1930 年 9 月 10 日，「左聯」創建了綜合性雜誌《世界文化》月刊，由世界文化月刊社編輯、出版發行，僅出一期。撰稿者有谷蔭、馮乃超、梁平、魯迅、黎烈文、劉志清等。《世界文化》是一個著重介紹世界無產階級文化發展和各國解放運動的刊物，編輯聲稱「它要成功為中國文化領域中的最大無線電臺」〔註187〕。《世界文化》的內容，首先應該提及的是一些專論，比如古蔭在《中國目前思想界底解剖》中以「社會的價值」為「正確的標準」，解剖了中國思想界的兩大陣營——革命的馬克思主義和反馬克思主義（包括改良主義、自由主義、機會主義）——的重要思想傾向；馮乃超在《左聯成立的意義和它的任務》中指出，「左聯」的任務是無產階級文學運動的「大眾化」，「左聯」成立的積極意義在於：「第一，消滅了防礙運動發展的小團體意識——

〔註185〕 該刊由《文藝講座》、《拓荒者》、《萌芽月刊》、《現代小說》、《新文藝》、《社會科學講座》、《新思潮》、《環球旬刊》、《巴爾底山》、《南國月刊》、《藝術月刊》、《大眾文藝》、《新婦女雜誌》聯合發行並隨刊物贈送，所以它的讀者面很寬。

〔註186〕 《左翼作家聯盟「五一」紀念宣言》，《五一特刊》，1930 年 5 月 1 日，第 2 ～3 頁。

〔註187〕 《編輯後記》，《世界文化》，1930 年 9 月 10 日，創刊號。

一文壇封建制度的幫口觀念——由散漫的組織集中成為一個統一的組織。第二，清算了過去運動中所犯的過失與弱點，獲得了無產階級文學運動的正確觀念，因此規定了正確的運動路線和策略。第三，克服了小資產階級的傾向，一步一步接近工農群眾，促進了運動再進一步的新發展。」〔註188〕梁平在《中國社會科學運動的意義》中認為，中國社會科學的發展證實「中國正處於偉大的變革的時期之中」，中國新興社會科學運動應該吸收廣大的群眾來參加，只有這樣，它才能負擔起它「偉大的任務」。其次，刊載了一些介紹蘇聯經濟、文化建設等情況的文章和資料，如《蘇聯社會主義建設的偉大發展》（烈文）、《一個偉大的印象（通信）》（劉志清）、「蘇聯友誼社第一次國際大會」、「聯邦第十二年（一九二九）全聯邦對外文化聯絡協會」、「『蘇聯友誼社』的國家會議」等。另外，還介紹了一些國內外「文化消息」，如「戲劇運動聯合會消息」、「中國蘇維埃區域代表大會」、「第二次全國教育會議」、「VOKS」（蘇聯對外文化聯絡協會）、「德俄同時印行歐戰文件」、「蘇聯的書籍」、「第二國際在遠東的陰謀」、「玻璃維亞的蘇維埃革命」等。

三、無產階級革命文學日趨成熟時的「左聯」機關刊物：從《前哨》到《文學》

1931 年 2 月 7 日，國民黨反動派殺害了李偉森、柔石、胡也頻、馮鏗、殷夫五位左翼作家。事發後，左翼文藝界迅速做出了反應，1931 年 4 月 25 日，「左聯」創辦了《前哨》雜誌，「編輯委員會」由魯迅、茅盾、夏衍、陽翰笙等人組成。《前哨》創刊號就是紀念這些烈士的「紀念戰死者專號」。從第 2 期起，由於印刷和發行的困難，《前哨》不得已改名為《文學導報》，原定為半月刊，但在國民黨白色恐怖下無法如期出版，1931 年 11 月 15 日出版至第 8 期後停刊。

《前哨・文學導報》上的文章內容主要有以下幾個方面。首先，譴責、批判、聲討了國民黨反動的文藝政策和屠殺左翼文藝人士的罪行。僅創刊號就刊載了《中國左翼作家聯盟為國民黨屠殺大批革命作家宣言》、《為國民黨屠殺同志致各國革命文學和文化團體及一切為人類進步而工作的著作家思想家書》、L.S.（魯迅）的《中國無產階級革命文學和前驅的血》、文英的《我們

〔註188〕馮乃超：《左聯成立的意義和它的任務》，《世界文化》，1930 年 9 月 10 日，創刊號。

的同志的死和走狗們的卑劣》和梅孫的《血的教訓——悼二月七日的我們的死者》與《被難同志傳略》。其次，淨化了「左聯」隊伍，發表了開除周全平、葉靈鳳、周毓英的「通告」〔註189〕；同時，開展了對「民族主義文藝運動」的鬥爭，推進了無產階級革命文學的發展。〔註190〕瞿秋白指出，《前鋒月刊》上發表的《隴海線上》、《國門之戰》這類民族主義戰爭文學是一種「屠夫文學」〔註191〕；茅盾識破了國民黨民族主義文學的「革命」假面具，指出這一運動的目的是爲了在殘酷的白色恐怖之外麻醉欺騙群眾，其文藝理論是「荒謬無稽」的，其招牌太臭，它實質上是一種法西斯文學，是文藝上「白色的妖魔」！〔註192〕他還指出，《隴海線上》從民族主義文學的欺騙麻醉的立場上來看是「完全失敗的」，無意中暴露了國民黨軍隊屠殺民眾的劊子手身份；《黃人之血》是一部披著「思想研究」和「藝術」外衣、鼓吹「黃色人種主義」、進攻蘇聯的所謂「詩劇」；《國門之戰》是「謠言說謊的結晶」，「民族主義」

〔註189〕周全平、葉靈鳳、周毓英被「左聯」開除，原因略有不同。按照「左聯」的說法，周全平的「罪名」是在中國革命互濟會工作時有「反革命」行爲，而葉靈鳳和周毓英的「罪名」是參加了民族主義文藝運動。所謂的「參加反動民族主義文藝運動」，主要指的是葉、周二人在「前鋒社」主編的民族主義文藝刊物《現代文學評論》第 1、2 期上分別發表了《現代丹麥文藝新潮》（論文）和《亭子間裏的女兒》（小說），而周毓英被開除還與他在 1930 年 5 月 1 日《洛浦》（創刊號）上發表《中國普羅文學運動的危機》一文密切相關。值得注意的是，許欽文、段可情、穆木天、孫席珍、何家槐、郁達夫、周揚、陳子展等左翼作家也曾爲《現代文學評論》撰稿，但卻未曾「獲罪」。筆者無意於深究「左聯」與被開除者之間的是非，這裡要明確的是，「開除」事件顯示了左翼文藝陣營與民族主義文藝陣營之間對抗和鬥爭的眞實存在，《現代文學評論》上發表了眾多左翼作家作品說明，以「前鋒社」爲代表的國民黨文藝界一直在以瓦解、拉攏、利誘等手段分化、破壞左翼文藝界，而左翼文藝界對此則非常注意和小心，開除作家、清算隊伍無疑表明了「左聯」的立場和態度。

〔註190〕這類文章有：史鐵兒（瞿秋白）的《屠夫文學》（1 卷 3 期），石萌（茅盾）的《「民族主義文藝」的現形》（1 卷 4 期）和《評所謂「文藝救國」的新現象》（1 卷 6、7 合刊），石崩的《「黃人之血」及其他》（1 卷 5 期），晏敖（魯迅）的《「民族主義文學」的任務和運命》（1 卷 6、7 合刊），洛揚的《關於革命的反帝大眾文藝的工作》（1 卷 6、7 合刊），施華洛（茅盾）的《中國蘇維埃革命與普羅文學之建設》（1 卷 8 期），《中國無產階級革命文學的新任務——一九三一年十一月中國左翼作家聯盟執行委員會的決議》（1 卷 8 期）。

〔註191〕史鐵兒：《屠夫文學》，《文學導報》，1931 年 8 月 20 日，1 卷 3 期，第 12 頁。參見《前哨・文學導報》影印本，上海文藝出版社，1981 年第 2 版。

〔註192〕石萌：《「民族主義文藝」的現形》，《文學導報》，1931 年 9 月 13 日，1 卷 4 期，第 5～10 頁。

不過是不敢反抗帝國主義的「奴性主義」。〔註193〕魯迅認為「民族主義文學」
是其主子帝國主義的「寵犬派文學」，「叫」和「惡臭」是其特色，其目標是
用一切手段來壓迫無產階級來使自己和主子苟延殘喘，其「運命」是給主子
「送喪」。〔註194〕第三，加強與國際無產階級文藝界的聯繫，爭取國際無產階
級文藝界的支持。〔註195〕此外，還介紹了德國和蘇聯文學的情況，比如思明
的《德國無產階級革命文學運動的概況》（1卷4期）和黃達的《最近的蘇聯
文學》（1卷8期）。

　　1931年9月20日，「左聯」創辦了《北斗》，由丁玲主編、上海湖風書局
發行。由於左翼刊物被國民黨紛紛查禁，《北斗》創刊時被迫採取了一些新的
措施，實行了隱藏鋒芒的「灰色」〔註196〕辦刊策略，但是出至兩三期後慢慢
地「紅」了起來，很快被國民黨所注意，於1932年7月出完第2卷第3、4
期合刊後被查禁。

　　在《北斗》上，正面鼓吹左翼文藝的論文數量不多，值得注意的是易嘉
（瞿秋白）的《五四和新的文化革命》和周起應、何大白、寒生、田漢、陳
望道等人關於文學大眾化討論的系列論文。瞿秋白強調說：「只有無產階級，
才是真正能夠繼續偉大的五四精神的社會力量！」只有勞動群眾「才需要新
的文化革命；也只有他們自己的鬥爭，才能夠完成這種文化革命」；只有階級

〔註193〕石崩：《「黃人之血」及其他》，《文學導報》，1931年9月28日，1卷5期，
　　　　第12～16頁。
〔註194〕晏敖：《「民族主義文學」的任務和運命》，《文學導報》，1931年10月23日，
　　　　1卷6、7合刊，第16～20頁。
〔註195〕這類文章主要有：《無產階級革命作家國際協會主席團來信》（1卷1期）、《美
　　　　國「新群眾」社來信》（1卷1期）、《世界無產階級革命作家對於中國白色恐
　　　　怖及帝國主義干涉的抗議》（1卷2期）、《革命作家國際聯盟社（秘）書處給
　　　　各支部的信》（1卷2期）、蕭三的《出席哈爾可夫世界革命文學大會中國代
　　　　表的報告》（1卷3期）、《革命作家國際聯盟為國民黨屠殺中國革命作家宣言》
　　　　（1卷3期）、《告國際無產階級及勞動民眾的文化組織書》（1卷5期）、《日
　　　　本無產作家同盟答辭》（1卷6、7期）、《國際革命作家聯盟對於中國無產文
　　　　學的決議案》（1卷8期）、《為蘇聯革命第十四週（年）紀念及中國蘇維埃臨
　　　　時中央政府成立紀念宣言》（1卷8期）。
〔註196〕據丁玲回憶，中共中央宣傳部之所以選擇她編輯《北斗》，是因為有一些人「很
　　　　紅」、「太暴露」，而她「不太紅」，這樣還可以團結一些黨外的人。對於《北
　　　　斗》雜誌的「政治色彩」，當時「左聯」的黨團書記馮雪峰主張在表面上要辦
　　　　得「灰色」一點，而《北斗》一開始的「政治色彩」的確是「灰色」的，撰
　　　　稿人多為謝冰心、陳衡哲、凌叔華、沈從文等中間派作家。參見黃一心編：《丁
　　　　玲寫作生涯》，天津：百花文藝出版社，1984年版，第161頁。

鬥爭才能解放中華民族。因此，文藝創作的方針一定要能夠「表現革命戰鬥的英雄」，一定要能夠揭穿地主買辦、資產階級、帝國主義、小資產階級的「一切種種假面具」，進而推動「文化戰線上的戰鬥」。〔註197〕周揚認爲，文學大眾化的主要任務是提高大眾的文化水準、組織大眾、鼓勵大眾，文學大眾化不僅要創造大眾看得懂的作品，最要緊的是要在大眾中發展新的作家。〔註198〕何大白認爲文學大眾化有兩個問題，即「普洛文學的大眾化」和「大眾文學的普洛化」；「普洛文學大眾化問題是普洛文學領導權的問題」；大眾文學不等於大眾自己的文學，也不應該繼承封建殘餘的文學；「我們要努力在工農大眾中間，找尋作家，培養作家」。〔註199〕寒生認爲，「大眾化」要以新興階級的階級意識和它目前鬥爭的任務爲內容；語言要用絕對的白話，形式要用新的形式；歐化文藝也要大眾化；普羅文藝在創作方法上要用唯物辯證法；作家不許站在大眾之外（自覺清高的「旁觀者」），更不能站在大眾之上（自命的「導師」），必須生活在大眾之中，同大眾一塊生活，一塊鬥爭，一塊兒去提高藝術水平。〔註200〕至此，從易嘉「只有……才」語式到寒生要求作家「必須生活在大眾之中」，可以看出他們將文藝領域的鬥爭提升到政治鬥爭層面的焦急情緒，也折射了當時大眾化問題、文藝戰線上的鬥爭的緊迫性。從上述論文以及後來「左聯」的「文學大眾化問題徵文」的情形來看，「大眾化」這一口號已經獲得了普遍認可，問題集中在一些細節的完善上。

創作是《北斗》的重頭戲，刊載的小說和詩歌都有一定的特色。其中發表小說較多的作家有丁玲、蓬子、沈從文、張天翼等。張天翼因爲發表描寫士兵自發性嘩變的《二十一個》而被文壇注意，「在創造新的形式」和「新的作家」兩種意義上，他都是左翼「新人」。〔註201〕其作品有小說《麵包線》（1卷3期）和童話《大林和小林（續）》（2卷3、4期合刊）等。丁玲和沈從文

〔註197〕易嘉：《五四和新的文化革命》，《北斗》，1932年5月20日，2卷2期，第322～328頁。

〔註198〕起應：《關於文學大眾化》，《北斗》，1932年7月20日，2卷3、4期，第424～425頁。

〔註199〕何大白：《文學的大眾化與大眾文學》，《北斗》，1932年7月20日，2卷3、4期，第427～431頁。

〔註200〕寒生：《文藝大眾化與大眾文藝》，《北斗》，1932年7月20日，2卷3、4期，第434～443頁。

〔註201〕李易水（馮乃超）：《新人張天翼的作品》，《北斗》，1931年9月20日，創刊號，第89頁。

等作家的小說各有特點，但除了丁玲的中篇《水》，其他的作品基本上與無產文藝沒有什麼密切關聯性。《水》被很多人認為是「好作品」，與張天翼的《二十一個》、沙汀的《法律外的航線》等運用群像方法塑造無產者形象的作品一起，終結了 20 年代後期文壇盛行的「革命加戀愛」模式，在一種速寫場面中展示了群眾「洪水」般的「原始巨力」和「自然鬥爭」意識的生成，在讀者群中引起了一定的反響，馮雪峰熱情地評價說：「這是我們所應當有的新的小說。」《水》的「最高的價值」，是在「首先著眼到大眾自己的力量，其次相信大眾是會轉變的地方」。「在現在，新的小說家，是一個能夠正確地理解階級鬥爭，站在工農大眾的利益上，特別是看到工農勞苦大眾的力量及其出路，具有唯物辯證法的方法的作家！這樣的作家所寫的小說，才算是新的小說。」他還強調說，儘管丁玲的《水》有一些缺陷，但它作為「新的小說的一點萌芽」具有一定的典型意義，證明知識分子作家只要理解了新藝術的主要條件，克服自身觀念論、個人主義、舊寫實主義等缺陷就可以成為「新的作家」。〔註202〕《北斗》上發表的詩歌大多是一些柔婉的抒情詩，如冰心的《我勸你》、徐志摩的《雁兒們》、戴望舒的《野宴》、甘永柏的《揚子江》等。《北斗》上還刊載了為數不多的幾部戲劇，如白薇宣揚反帝思想的《假洋人》（1 卷 1 期）和描寫農民暴動的《鷥》（1 卷 2、3 期）。此外還有一些文藝隨筆和批評、翻譯、介紹、通訊，這些內容比較普通，並無特異之處。

　　1932 年 4 月 25 日，「左聯」創立了一個短命的理論指導性機關刊物——《文學》（半月刊），僅出一期，刊載了同人（瞿秋白）的《上海戰爭與戰爭文學》、史鐵兒（瞿秋白）的《普洛大眾文藝的現實問題》和洛揚（馮雪峰）的《論文學的大眾化》三篇文章。〔註203〕其中，《普洛大眾文藝的現實問題》是文藝大眾化運動中的一篇經典文獻。《文學》半月刊受客觀條件的限制，其影響力很小，對於推動大眾化運動發展的作用非常有限。但值得注意的是，「左聯」在創辦此刊物之前發表了一個影響深遠的、指導機關雜誌《文學》怎樣發展的「決議」，強調「左聯」的機關刊物必須加強領導作用：「必須在理論上領導著左聯的轉變——大眾文藝運動」；「必須負起建立中國馬克思列寧主義的文藝理論的任務」；「必須時時刻刻的檢查各派反動文藝理論和作品，嚴格的指出那反動的本質」，

〔註202〕丹仁：《關於新的小說的誕生——評丁玲的〈水〉》，《北斗》，1932 年 1 月 20 日，2 卷 1 期，第 235～239 頁。

〔註203〕本人未見此刊，關於這三篇論文的內容可參見瞿秋白和馮雪峰的相關文集。

同時「也必須在自己的機關雜誌上毫不放鬆的發展一切方面的自我批評」；「必須負起傳達文藝鬥爭的國際路線（國際革命作家聯盟的一切決議及指示）於中國的一切革命文學者及普洛文學者的責任」；在編輯上，「必須每一篇文章都針對著當前的左聯的工作，不需要登載空泛的抽象的理論文字」，等等。〔註204〕這就爲後來的《文學》月刊的創辦做好了前期的「組織」準備。

1932年6月10日，《文學月報》由文學月報社編輯，由上海光華書局發行。第1、2期由蓬子編輯，自第3期起由周起應編輯，出至第5、6期合刊後停刊。《文學月報》的撰稿者很多，有魯迅、茅盾、巴金、宋陽（瞿秋白）、丁玲、蓬子、冰瑩、蘆焚、蕭聰、周起應、田漢、白薇、洪深、張天翼、許幸之、沈端先、葉聖陶、陶晶孫、方英（錢杏邨）、亞子、穆木天、樓適夷、楊騷、丘東平、沙汀、谷非（胡風）、何丹仁（馮雪峰）、沈起予、艾蕪、徐盈、柯琴、李輝英、祝秀俠等。由這份名單可以看出，《文學月報》撰稿者實力雄厚。由於稿件的質量得到了保證，作品內容有鮮明的「左翼」價值取向，所以從整體上看，《文學月報》要比《萌芽月刊》、《北斗》等刊物成熟、激進得多，影響力也更大一些。

《文學月報》延續了左翼文藝界關於文藝大眾化問題的理論探討。〔註205〕瞿秋白認爲文藝大眾化問題的關鍵是要創造「革命的大眾文藝」，是在於發動新興階級領導之下的「文化革命和文學革命」。「革命的大眾文藝」應當使用「最淺近的新興階級的普通話」；應當運用說書、灘簧、小唱、文明戲等形式，應當「隨時創造」群眾所樂意接受的新形式；在內容上，其「中心口號」應當是「揭穿一切種種的假面具，表現革命戰鬥的英雄」，還要特別注意、明瞭革命敵人對於廣大群眾的意識上的影響在什麼地方；其發展前途應當是成功遏制「大眾文藝的巨大的強有力的敵人」，「應當成爲『非大眾的革命文藝』的眞正的承繼者」。〔註206〕方光燾認爲，藝術有階級性，藝術受到了特定制度和文化制度的禁制，藝術感沒有什麼絕對的範疇，生活感覺決定藝術感覺，藝術的創

〔註204〕《關於左聯理論指導機關雜誌（〈文學〉）的決議》，原載1932年3月15日左聯秘書處出版的《秘書處消息》第1期，參見馬良春、張大明編：《三十年代左翼文藝資料選編》，成都：四川人民出版社，1980年版，第192～193頁。

〔註205〕相關的論文有：宋陽的《大眾文藝的問題》（創刊號）、《再論大眾文藝答止敬》（第3號），止敬的《問題中的大眾文藝》（第2號），方光燾的《藝術與大眾》（第2號），李長夏的《關於大眾文藝問題》（第5、6號）。

〔註206〕宋陽：《大眾文藝的問題》，《文學月報》，1932年6月10日，創刊號，第2～7頁。

造有賴於天才，但沒有大眾，藝術不會成立。〔註207〕從上述文章可以看出，文藝大眾化問題已經被左翼文壇廣泛關注，提倡者之間的意見有時並不相同，如宋陽與止敬進行了論爭，但問題的討論越來越深入、細緻、具體。

《文學月報》上還值得注意的論文是第1卷第5、6號中關於「自由人」、「第三種人」〔註208〕問題的論爭文章，比如綺影（周起應）的《自由人文學理論檢討》、谷非（胡風）的《粉飾，歪曲，鐵一般的事實——用〈現代〉第一卷的創作做例子，評第三種人論爭中的中心問題之一》和魯迅的《辱罵和恐嚇決不是戰鬥》等。綺影認為，胡秋原以口頭上擁護的方式來「曲解」、「閹割」馬列主義，以口頭上「同情」、「承認」的方式來巧妙地「破壞」、「否定」中國普羅革命文學，陷入了資產階級的自由主義的泥沼，他的任務是：「以一面在藝術的根本認識上，抹殺藝術的階級性，黨派性，抹殺藝術的積極作用和對於藝術的政治的優位性，來破壞普洛文學的能動性，革命性，一面以普洛文化否定論做理論基礎，來根本否認普洛文學的存在，在意識形態領域的文學上解除普洛列塔利亞特的武裝。」〔註209〕谷非認為，「第三種人」不能把握建立在歷史發展合法性上的客觀立場，所以他們在藝術、哲學問題上的意見暴露了自身矛盾的立場；藝術和政治的二元論看法是不存在的，蘇汶提出

〔註207〕方光燾：《藝術與大眾》，《文學月報》，1932年7月10日，第2號，第71～75頁。

〔註208〕1931至1932年，胡秋原自稱「自由人」，在1931年12月25日《文化評論》創刊號上發表了《阿狗文藝論》，聲稱「將藝術墮落到一種政治的留聲機」是「藝術的叛徒」，「以不三不四的理論，來強姦文學，是對於藝術尊嚴不可恕的冒瀆。」他抨擊民族主義文藝「殘虐文化與藝術之自由發展」，民族文藝家所標榜的理論與得意的作品實際是「最陳腐可笑的造謠與極其低能的囈語」，「毫無學理之價值，毫無藝術之價值」。他又在1932年4月20日《文化評論》第4期上發表了《勿侵略文藝》，承認革命文學、普羅文學、民族文學等的存在合理性，但他「也不主張只准某一種文學把持文壇」。他還在1932年1月1日《讀書雜志》第2卷第1期上發表了《錢杏邨理論之清算與民族文學理論之批評》，批評「馬克思主義批評家」錢杏邨的批評和理論是「充滿理論混亂，觀念論的，主觀主義的，右傾機會主義與左傾小兒病的空談的，非真實批評的成分。」胡秋原的觀點引起了左翼文藝界的反擊。此時，蘇汶自稱「第三種人」，在1932年《現代》雜誌上發表了《關於〈文新〉與胡秋原的文藝論辯》、《「第三種人」的出路——論作家的不自由並答覆易嘉先生》等文章為胡秋原辯護。結果，引發了左翼作家與「自由人」、「第三種人」之間的大規模論爭。

〔註209〕綺影：《自由人文學理論檢討》，《文學月報》，1932年12月15日，1卷5、6號合刊，第74頁。

「現實」和「正確」的對立問題毫無意義；「第三種人」對客觀現實問題的認識完全被他們本階級的「主觀」限制住了；其「客觀主義」是「旁觀主義」、「虛偽的客觀主義」；「和活的眞理是無緣的」〔註210〕魯迅針對芸生在詩作《漢奸的供狀》中對胡秋原極盡「辱罵和恐嚇」的態度進行了批評，認爲這並不是「戰鬥的作者的本領」〔註211〕。

《文學月報》所取得的突出成績仍在於文學創作。這些作品反映了民眾在帝國主義侵略和統治階級壓迫剝削下民族意識、階級意識的覺醒，其中最有代表性的是茅盾的小說《火山上》（創刊號）、田漢的戲劇《暴風雨中的七個女性》（創刊號）、洪深的戲劇《五奎橋》（第4號與第5、6號合刊）、艾蕪的小說《人生哲學的一課》（第5、6號合刊）。《火山上》描寫了上海金融資本家趙伯韜和民族資本家吳蓀甫的「鬥法」，場面精彩，氣魄宏大，人物形象豐滿，結構複雜。這部小說爲讀者簡單勾勒了30年代中國政治經濟狀況下的眞實社會圖景，吳蓀甫的家庭就是舊中國大上海這一繁華都市場景下畸形社會的縮影。《火山上》實際是《子夜》的前期準備，《子夜》中的主要人物在這裡基本上都出場了，矛盾衝突的明線和暗線已經鋪設完畢，結構框架也已構建完畢。《暴風雨中的七個女性》通過不同生活環境下七個女性逐漸擺脫「說教」最終參加群眾示威遊行的描寫，反映了「九・一八」以後反帝愛國運動的高漲。《五奎橋》是洪深《農村三部曲》的第一部，該劇通過描寫江南某鄉村農民爲抗旱救災拆掉封建地主周鄉紳家的五奎橋的鬥爭場面，演繹了農民和地主之間不可調和的階級矛盾和利益衝突。《人生哲學的一課》寫「我」離開家鄉來到昆明，無依無靠、無以爲生，但「我」依然頑強地掙扎、活下去，一雙草鞋的出賣、一雙布鞋的丟失、一雙半新鞋子的獲得已經給「我」上了人生的一課：「就是這個社會不容我立足的時候，我也要鋼鐵一般頑強地生存！」〔註212〕除了這些小說、戲劇之外，《文學月報》上還登載了一些詩歌和譯作，這些作品都有一定的宣傳教育性。另外，《文學月報》上還有一些「書

〔註210〕谷非：《粉飾，歪曲，鐵一般的事實——用〈現代〉第一卷的創作做例子，評第三種人論爭中的中心問題之一》，《文學月報》，1932年12月15日，1卷5、6號合刊，第103～116頁。

〔註211〕魯迅：《辱罵和恐嚇決不是戰鬥》，《文學月報》，1932年12月15日，1卷5、6號合刊，第248頁。

〔註212〕艾蕪：《人生哲學的一課》，《文學月報》，1932年12月15日，1卷5、6號合刊，第42頁。

評」、「現代中國作家自傳」、「文藝情報」等欄目，介紹了一些國內外文藝界的文藝情況和文壇消息，具有一定的積極意義。

　　1932 年 11 月 15 日，《文化月報》創刊，由陳質夫編輯、文化月報社出版，僅見創刊號。《文化月報》側重於文化研究，文學創作比例很小。論文方面，《文化月報》非常注重對國際文化發展趨勢以及蘇聯文藝、社會運動情況的翻譯介紹，相關的文章有王彬的《國際調查團報告書的分析》，敢言的《請看王禮錫的「列寧主義」！》，李耀平的《論蘇俄革命紀念與新五年計劃》，洛文譯日本上田進的《蘇聯文學理論及文學批評的現狀》，慶生譯介的《蘇聯世界語運動小史》，侔天的《蘇聯文學與工人突擊隊》等。《文化月報》承續了《文學月報》的「文化情報」一欄，介紹了一些重要的國際國內文化新聞，如「拉普解散」、「日美術家大活動」、「日劇團赴俄」、「漢中學生反抗統治者壓迫言論自由」等。此外，陳質夫還寫了兩篇「時事述評」，即《自由市文化城與無軍備區域》和《糧食跌價與美麥借款》。

　　《文化月報》停刊後，上海的「左聯」文藝刊物在國民黨文藝統制政策下陷入了短暫的「沉潛」期，表現為刊物數量急劇下降和文壇的蕭條。在這種情況下，北京出現了左翼人士為了消除《北斗》、《文學月報》停刊後北京文壇的「沈寂」〔註213〕而創辦的《文學雜誌》和《文藝月報》。〔註214〕

　　《文學雜誌》於 1933 年 4 月 15 日創刊，是北平「左聯」機關刊物之一，共出四期三冊，第 2 期於 1933 年 5 月 15 日出版，第 3、4 期是合刊，於 1933 年 7 月 31 日出版。《文學雜誌》是一份側重文學創作和評論的刊物，體裁多樣，版面很活潑。小說方面有王志之的《拾元愛國》、宋之的的《動盪中的北平》、陸綠曦的《戰士行——用戰士底血寫來敬獻給戰士》、突微譯朝鮮作家樸能作的《你們不是日本人，是兄弟！》等，這些作品宣揚了反對日本帝國主義的「愛國」情緒。詩歌方面，作品較多，〔註215〕其中韓君的《農夫歎五聲》很

〔註213〕編者：《編後》，《文藝月報》，1933 年 6 月 1 日，創刊號，第 108 頁。

〔註214〕北平的左翼文藝刊物，除了《文藝月刊》等公開刊物外，還有一些半公開的刊物，如《北國月刊》、《文學報導》、《電影與文藝》、《冰流》、《文學前線》、《新大眾》、《北平藝術》、《文學通訊》、《今日》等，都是比較薄、比較小型的刊物。參見陳北鷗：《回憶北平左聯》，《中國現代文藝資料叢刊》第六輯，上海：上海文藝出版社，1981 年版，第 109 頁。

〔註215〕比如張露薇的《小林多喜二哀辭》，孫席珍的《遣懷》、《西單牌樓風景》、《舊城和新城》、《曲線》，哨夫的《柏油路》，曹葆華的《一個乞婦》，徐奔的《六里窯》，企霞的《夜醒》，叔寒的《滑稽的夢》，木農的《父與子》，等等。

有特點，作者給該詩配上曲調，形象地展示了天災下農民的悲苦境遇以及他們對貪官污吏、土豪劣紳和軍閥戰爭的痛恨。劇本僅有爲數不多的幾部，最有代表性的是建地的《「命令：退卻！第二道防線！」》（第 1 號），該劇諷刺、抨擊了國民黨及其奉行的「不抵抗主義」政策，揭示了廣大民眾和士兵強烈的抗日情緒。文藝評論方面，喆之譯的《一九三三年日本普羅文學運動新階段的展望》（第 1 號），概述了日本普羅作家反對日本帝國主義侵華的一些思想和成果；谷萬川在《論文學上底腐敗的自由主義——反蘇汶底〈論文學上的干涉主義〉》中反駁了蘇汶的觀點，認爲蘇汶的根本錯誤在於：離開階級的立場來談政治和文學，拋棄唯物史觀、戴上「布爾喬亞史學家」的眼鏡去論斷某一階級的興亡與功罪，幻想無產階級專政的迅速「過渡」、否認無產階級文化的存在，陷入了形式邏輯的「泥坑」、意欲建立「文化上的萬里長城」，否定或者不相信革命必然勝利的前途，力圖避免政治勢力對文學的干涉，未能把文學和政治有機地聯繫起來。〔註216〕老馬在《揭破楊邨人的革命文學之旗》中認爲：楊邨人打著「第三種人」的招牌，肩扛「小資產階級革命文學的旗」向無產階級的革命運動進攻，他所號召的新組織是仇恨「左聯」、仇恨無產階級文學、進攻無產階級革命的組織。〔註217〕非白的《美國文壇近況》，介紹了推動美國普羅文學運動發展的國際革命文學局第二次大會的十條鬥爭綱領。〔註218〕張松甫在《新詩歌的內容與形式——新詩歌路線批判的批判》中，反駁了丁寧在《批判上海新詩歌的路線》一文中提出的「上海新詩歌所走的路線是錯誤的」的觀點，他認爲丁寧所列舉的三個理由——「取消了音樂的階級性」、「形成內容和形式機械的對立」、「大眾追隨主義」——合成一點就是反對利用舊形式發展新內容，其錯誤在於「沒有瞭解過程的形式與內容之發展」、「沒有把握住中國新詩歌現階段的特質」、沒有「把握住辯證法底發展的觀點」。〔註219〕另外，《文學雜誌》發表了一些「書評」來介紹進步的文藝書籍，刊載了《文化界爲營救丁潘宣言》、《國際作家總聯盟爲反戰給全

〔註216〕谷萬川：《論文學上底腐敗的自由主義——反蘇汶底〈論文學上的干涉主義〉》，《文學雜誌》，1933 年 4 月 15 日，第 1 號，第 70～77 頁。
〔註217〕老馬：《揭破楊邨人的革命文學之旗》，《文學雜誌》，1933 年 4 月 15 日，第 1 號，第 79～84 頁。
〔註218〕非白：《美國文壇近況》，《文學雜誌》，1933 年 5 月 15 日，第 2 號，第 45～48 頁。
〔註219〕張松甫：《新詩歌的內容與形式——新詩歌路線批判的批判》，《文學雜誌》，1933 年 7 月 31 日，第 3、4 號合刊，第 180～185 頁。

世界作家的信》等文章，爲營救被逮捕的左翼作家營造了有利的輿論氛圍。

　　《文藝月報》於 1933 年 6 月 1 日創刊，由文藝月報社編輯、北平立達書局發行，共出三期。《文藝月報》的內容主要分爲以下幾類：一是翻譯介紹日本左翼文壇關於對文學的黨派性、大眾文藝問題的認識等方面的論文，如張英白譯日本川口浩的《文學的黨派性》〔註220〕，尹澄之譯日本山岸又一的《大眾文藝的認識》，〔註221〕里正譯日本川口浩的《資本主義下的大眾文學》〔註222〕等。二是文學創作，偏重於詩歌和小說。相比而言，詩歌較多，有近 20 篇，其中較爲突出的是何菲的《讀傳單》（創刊號）。這首詩演示了傳單被風「吹在牆邊」、在工廠中被「發散」、「成了大眾的讀品」、「被搜去」以及「傳單的言語」深深地植根在民眾心底的生命歷程。小說方面，有宗植的《精光的死》（創刊號）、徐盈的《兩萬萬》（1 卷 2 號）、張瓴的《騷動》（創刊號）和《沒有完結的故事》（1 卷 3 號）等。這些作品或者傾訴了士兵的苦情，或者描寫了小資產階級的幻滅動搖，或者反映了農村被壓迫民眾的怒火，或者暗示了對國民黨借款賣國行徑的痛恨。這些作品多取自外稿，質量並不能令人滿意，用編輯多青的話來說：「難得發見有幾篇比較成熟的作品。技巧的不甚純熟還在其次，頂重要的缺點是意識的不正確。」〔註223〕三是一些介紹和批評文章，〔註224〕關注了國內外文藝界的發展狀況。四是「文藝情報」，刊載了「蘇聯書籍在日本流行」、「外國人歡迎蘇聯力的舞姿」、「高爾基高等文學院將成立」、「茅盾被捕」、「北平將開丁玲追悼會」、「魯迅編《文藝連叢》」等國內外文藝界的重要消息。此外，《文藝月報》還刊載了一些國際反戰作家的

〔註220〕〔日〕川口浩著，張英白譯：《文學的黨派性》，《文藝月報》，1933 年 6 月 1 日，創刊號。

〔註221〕〔日〕山岸又一著，尹澄之譯：《大眾藝術的認識》，《文藝月報》，1933 年 7 月 15 日，1 卷 2 號。

〔註222〕〔日〕川口浩著，里正譯：《資本主義下的大眾文學》，《文藝月報》，1933 年 11 月 1 日，1 卷 3 號。

〔註223〕冬青：《編後雜憶》，《文藝月報》，1933 年 11 月 1 日，1 卷 3 號。

〔註224〕比如創刊號上有馮文俠譯介愛浮瑞敏的《十月革命後的蘇聯文學》、尹澄之的《普羅文學的國際組織》、里正譯日本山田清三郎的《通信員運動與報告文學》、吳組緗的《新書介紹〈子夜〉》、微君翻譯的《反對新帝國主義者世界大戰的恐怖》和《國際反戰作家給蘇聯和中國大眾的信》，第 1 卷第 2 號上有陳北鷗譯介 L.Statsky 的《馬克詹姆・高爾基》、茅盾的《女作家丁玲》、林甋的《書報介紹〈奔〉》，第 1 卷第 3 號上有陳北鷗、彭列合譯的《世界名家自傳》、古力的《帕莎斯近訊》等。

畫像、丁玲及其簽字和世界名作家的畫像，以此來表達某種宣傳意向。

　　《文學》半月刊、《文學月報》、《文化月報》和《文藝月報》的延續時間都很短，因此在刊物規模和影響上很有限，遠不能和後來的《文學》月刊相比，《文學》月刊是「左聯」領導的文藝運動走向成熟的一個具有標誌性意義的刊物，它創刊於 1933 年 7 月 1 日，一直出版到 1937 年 11 月左右，由上海文學社編輯、生活書店發行。

　　《文學》月刊的作者群極其龐大，可以說囊括了上海乃至全國文藝界的諸多進步作家，如郁達夫、樓適夷、沈起予、魯迅、陳望道、茅盾、葉聖陶、巴金、張天翼、艾蕪、沙汀、鄭振鐸、黑嬰、王統照、朱湘、朱自清、夏丏尊、豐子愷、劉庭芳、臧克家、俞平伯、胡風、何家槐、夏徵農、白薇、周起應、丁玲、王魯彥、陳白塵、落花生、老舍、李守章、謝冰瑩、李健吾、吳組緗、徐懋庸、靳以、冰心、李輝英、洪深、陳瘦竹、黎烈文、歐陽山、麗尼、穆木天、許傑、草明、徐訏、趙景深、陳企霞、楊騷、許地山、蘆焚、蹇先艾、周文、聶紺弩、蔣牧良、許欽文、阿英、曹聚仁、蕭軍、王任叔、夏衍、劉白羽、周立波、孟超、唐弢、端木蕻良、舒群、戈寶權、蒲風、馮至、周而復、荒煤等。此外，還包括一些翻譯家、學者乃至社會名流，如曹靖華、傅東華、耿濟之、顧頡剛、陳子展、伍蠡甫、季羨林、蘇雪林、沈從文、謝六逸、林語堂、萬迪鶴、趙家璧、陳煙橋等。僅從這樣一份撰稿者的名單就可以看出，《文學》月刊與其他左翼文藝雜誌有著根本性的差別。

　　《文學》月刊仍然注重宣傳無產階級文藝，但越來越強調以抗日主題為中心，這時的左翼文學已經渡過了無產階級革命文學這一發生階段，正在轉向更迫急的抗戰文藝領域。從《文學》月刊的用稿情況來看，撰稿者中非左翼文藝人士的比例很高，文章的內容也不再局限於革命文藝，用稿的多元化取向使《文學》月刊在整體立場上也許沒有其他左翼文藝刊物那麼激進，但左翼文藝界在自我批判中清除「文藝上的關門主義」等錯誤傾向的努力，使他們團結了一些可能轉向反動文藝陣容的小資產階級和資產階級作家。

　　《文學》月刊上成就最大的是文學創作。小說方面，茅盾的《殘冬》（創刊號）寫老通寶的兒子們在家產殆盡的情況下不得不「分家」，他們一面承受著物質壓迫的痛苦，一面承受著傳統文化觀念給他們帶來的精神痛苦；同時，作者也表現了以多多頭參與「搶糧囤」為代表的新的農民鬥爭和反抗方式。葉聖陶的《多收了三五斗》（創刊號）寫了農民「豐收成災」的主題。艾蕪的

《咆哮的許家屯》（創刊號）歌頌了東北小鎮許家屯的村民抗擊日本軍隊和漢奸的英勇鬥爭精神。茅盾、葉聖陶、艾蕪等的農村題材小說創作和洪深的劇本《農村三部曲》（《青龍潭》、《五奎橋》、《香稻米》）一起，展示了左翼文藝界新的進取精神、階級意識，代表了 30 年代左翼文學在農民題材小說上所取得的藝術成就。茅盾的《牯嶺之秋》（1 卷 3、5、6 號）、沈從文的《八駿圖》（5 卷 2 號）等作品，刻畫了 30 年代不同陣營的知識分子畫像。詩歌方面作品很多，最突出的詩人是臧克家，他的《撿煤球的姑娘》（創刊號）、《販魚郎》（1 卷 4 號）、《洋車夫》（1 卷 4 號）、《罪惡的黑手》（2 卷 1 號）、《運河》（4 卷 3 號）、《春旱》（5 卷 2 號）、《破題兒的失望》（6 卷 5 號）、《心的連環》（7 卷 2 號）等詩作，以農村為描寫對象，表達了對底層民眾尤其是農民艱難困苦的生存境遇的關注和同情。隨筆、散文、雜文創作方面，文章數量很多。比較突出的作品為：創刊號上朱自清的《哀互生》、豐子愷的《作父親》，第 1 卷第 2 號上魯迅的《我的種痘》、茅盾的《我的學化學的朋友》、巴金的《旅途隨筆》、豐子愷的《緣緣堂隨筆》，第 1 卷第 3 號上丁玲的《「不算情書」》、魯彥的《父親的玳瑁》，第 1 卷第 5 號上吳組緗的《黃昏》、徐懋庸的《我的失敗》，第 3 卷第 1 號上冰心的《尋常百姓》、沈從文的《湘行散記》，第 4 卷第 1 號上郁達夫的《南遊日記》、李健吾的《羅馬遊簡》，第 5 卷第 4 號上吳組緗的《泰山風光》，第 7 卷第 1 號上唐弢的《關於女人的書籍》、徐懋庸的《被一張明信片引起的雜感》，等等。

《文學》月刊還比較重視文藝問題的理論探討，在 4 年多的時間裏先後刊載了數十篇理論性文章。在對相關文藝問題的闡發上，《文學》月刊上的文章顯得相對成熟、深刻，比如魯迅在《又論「第三種人」》（創刊號）中揭示了「第三種人」的本質；在《病後雜談》（4 卷 2 號）中諷刺了才子既怕死又求雅的心態，指出了中國明清兩代統治階級的「淫刑」的殘酷性；在《病後餘談》（4 卷 3 號）中，他就民國以來的「剪辮子」事件以及自己的親身經歷，抒發了對社會陋俗和國民劣根性的「憤懣」之情。同時，《文學》月刊上刊載了一些學術性很強的論文，還專門在 1934 年 6 月 1 日出版了一個「中國文學研究專號」，其中「明刊戲曲書影」分別介紹了十餘種明刊本和明代戲曲。另外，《文學》月刊上譯介了很多外國尤其是俄蘇文學作品、文藝理論、作家簡況等，還曾開闢過「弱小民族文學專號」（2 卷 5 號）和「兒童文學特輯」（7 卷 1 號）。此外，「文學論壇」一欄發表了大量的論說文，這些文章多出自左

翼作家之手，文字尖銳犀利、鋒芒畢露，指涉、批評的對象和範圍非常寬泛，如文學的內容與形式方面的問題，翻譯界的問題，關於「第三種人」、「民族主義運動」等的論爭，以及中外作家的創作與生活情況，等等。

就《文學》月刊的辦刊歷程而言，它的創辦及時彌補了左翼文藝刊物在30年代初延續性一直不強的局面，在其存在的四年半內，它克服了國民黨反動文藝政策、文藝統制的壓迫，不斷追求發展變化的「時代精神」，及時調整刊物的輿論方向和創作立場，堅持「左聯」的組織原則和黨的文藝方針政策。圍繞這一刊物，左翼文藝界團結了大量中間派人士，為無產階級革命文學走向更寬廣的富含強烈民族國家關懷精神的抗戰文學奠定了堅實的基礎。《文學》月刊在現代文學期刊史上佔有重要席位，它憑藉長久的生命力，見證了左翼文學逐漸走向繁榮的重要時段。

至此，綜合「左聯」創辦刊物的情況可以看出，20世紀20、30年代的中國無產階級革命文藝運動是在極其複雜的歷史背景和文化語境下逐漸形成規模的，是在「左聯」的領導下才基本統一思想主張、創作傾向、藝術方法和發展方向的。左翼文人、團體在極為惡劣的生存條件和文藝環境下，創辦了很多文藝刊物。由於國民黨的查禁，「左聯」初期刊物的壽命都很短，伴隨著無產階級革命文學的日趨成熟、深入人心和「左聯」抗爭國民黨文藝統制的經驗的增多，左翼文藝刊物的存活時間越來越長，刊物的內涵越來越豐厚，刊載了大量革命文藝作品與理論，這對左翼文學的發生起到了決定性的作用。這些刊物上刊載的革命文藝作品也許藝術水平並不高，但所有的作品合在一起卻是極為重要的文化、歷史文獻，它們形象地反映了中國無產階級的革命覺醒和政治成長。就此而言，它們的文化歷史意義並不小於其他國家的無產階級文學。同時，左翼作家逐漸加深了對無產階級文藝理論和馬列主義思想的理解，走向了深沉的國家關懷、民眾關懷，使革命文學由「自然生長」轉為無產階級文學的「自覺生成」，使無產階級革命文學由發軔之初的單薄、幼稚走向了成熟和深刻。

第四章　魯迅與「無產階級革命文學」

中國左翼文學是在 20 世紀 20 年代革命文學的基礎上發展起來的，在這一過程中，魯迅的貢獻非常突出。在一定層面上，不理解魯迅的革命文學思想就無法理解中國左翼文學發生進程中出現的諸多現象。當然，魯迅的革命文學思想並非一開始就自成體系，而是有一個生成、發展的過程，這一過程也是他融會先進思想文化資源、積極批判中國國民劣根性、探求中華民族「固有之血脈」〔註1〕和追尋現代革命精神的過程。在多重意義上，魯迅革命文學思想的形成都標誌著中國革命文學思想的現代生成。

第一節　魯迅革命文學思想的現代生成

魯迅對革命文學的一個基本判斷是：「爲革命起見，要有『革命人』，『革命文學』倒無須急急，革命人做出東西來，才是革命文學。」〔註2〕「根本問題是在作者可是一個『革命人』，倘是的，則無論寫的是什麼事件，用的是什麼材料，即都是『革命文學』。」〔註3〕這表明，魯迅革命文學思想的核心仍在於「立人」。當然，這裡的「人」指的不再是五四時期的啓蒙先驅者，而是現代革命者。這種思想的形成同樣需要一個過程。

1907 年，魯迅在《文化偏至論》一文中指出中國「積弱」之源根底在「人」。

〔註1〕陳方競：《魯迅與浙東文化》，長春：吉林大學出版社，1999 年版，第 6 頁。

〔註2〕魯迅：《而已集・革命時代的文學──四月八日在黃埔軍官學校講》，《魯迅全集》第 3 卷，北京：人民文學出版社，1981 年版，第 418 頁。

〔註3〕魯迅：《而已集・革命文學》，《魯迅全集》第 3 卷，北京：人民文學出版社，1981 年版，第 544 頁。

他提倡「掊物質而張靈明，任個人而排眾數」，「人既發揚踔厲矣，則邦國亦以興起」。他強調說：「外之既不後於世界之思潮，內之仍弗失固有之血脈，取今復古，別立新宗，人生意義，致之深邃，則國人之自覺至，個性張，沙聚之邦，由是轉爲人國。人國既建，乃始雄厲無前，屹然獨見於天下，更何有於膚淺凡庸之事物哉？」他認爲歐美之強「根柢在人」，「是故將生存兩間，角逐列國是務，其首在立人，人立而後凡事舉；若其道術，乃必尊個性而張精神。假不如是，槁喪且不俟夫一世」。〔註4〕他又說：「東方發白，人類向各民族所要的是『人』。」〔註5〕因此，立國、立民都要先「立人」。「立人」則要改造國民劣根性，提高國民精神素質。「立人」是魯迅思想的基石，是他思考「文學啓蒙」、「改造國民性」、「現代革命」等問題的思想基點。

魯迅的「立人」思想根源於他對某些西方現代文化的接受和自身的「中國體驗」，即在南京和日本求學時期對嚴復翻譯的《天演論》所內含的「進化論」思想以及對章炳麟、梁啓超革命思想的接受。魯迅曾回憶過自己南京求學時開始接觸進化論的情景：「看新書的風氣便流行起來，我也知道了中國有一部書叫《天演論》。……一口氣讀下去，『物競』『天擇』也出來了，蘇格拉底，柏拉圖也出來了，斯多噶也出來了。」〔註6〕另據周作人回憶，嚴復每出一部譯著，「魯迅一定設法買來」，〔註7〕通過嚴復的譯著，魯迅瞭解了西方的政治、倫理道德、法律觀念，這些不同於中國傳統儒道釋的新觀念對魯迅的影響很大。在日本，魯迅不但進一步體悟了進化論思想，還與晚清革命黨人章炳麟等有了直接接觸。章炳麟是晚清時期著名的革命家，他的革命思想核心是「以革政挽革命」，他的《訄書》和鄒容的《革命軍》對清末革命運動起過巨大的推動作用。正所謂：「章炳麟《訄書》、鄒容《革命軍》先後出書，海內風動，人人革命思想矣！」〔註8〕毫無疑問，魯迅曾受過他們及其著作的影響，尤其是鄒容和他的《革命軍》。鄒容說：

　　　　革命者，天演之公例也；革命者，世界之公理也；革命者，爭

〔註4〕魯迅：《墳·文化偏至論》，《魯迅全集》第1卷，北京：人民文學出版社，1981年版，第46、56、57頁。

〔註5〕魯迅：《熱風·隨感錄四十》，《魯迅全集》第1卷，北京：人民文學出版社，1981年版，第322頁。

〔註6〕魯迅：《朝花夕拾·瑣記》，《魯迅全集》第2卷，北京：人民文學出版社，1981年版，第295～296頁。

〔註7〕周作人：《魯迅的青年時代》，石家莊：河北教育出版社，2002年版，第72頁。

〔註8〕錢基博：《現代中國文學史》，長沙：嶽麓書社，1986年版，第382頁。

存爭亡過渡時代之要義也；革命者，順乎天而應乎人也；革命者，
去腐敗而存良善者也；革命者，由野蠻而進文明者也；革命者，除
奴隸而爲主人者也。〔註9〕

　　《革命軍》所顯示的現代革命內涵和傳統「革命」精神意蘊的有機結合，對魯迅及其「立人」思想的形成肯定有所影響。所以魯迅在《墳・雜憶》中說：「倘說影響，則別的千言萬語，大概都抵不過淺近直截的『革命軍馬前卒鄒容』所做的《革命軍》。」〔註10〕

　　值得注意的是，章炳麟、梁啓超等人的思想立足點固然是爲了力證民族革命的合理性、合法性，但他們和康有爲一樣，〔註11〕對西方法國大革命式的「革命暴亂」懷有深深的憂懼。章炳麟在 1897 年憂心忡忡地說：中國的「革命」本來「係一國一姓之興亡而已」，但如今「不逞之黨，假稱革命以圖乘釁者，蔓延於泰西矣」，而且「民智愈開，轉相仿傚。自茲以往，中國四百兆人，將不可端拱而治矣」。〔註12〕梁啓超一面強調「Revolution」爲「今日救中國獨一無二之法門」，〔註13〕一面又對 20 世紀初葉國內革命情緒的高漲而擔憂、焦慮，他說：「一二年前，聞民權而駭者比比然也，及言革命者起，則不駭民權而駭革命矣。今日我國學界之思潮，大抵不駭革命者，千而得一焉；駭革命不駭民權者，百而得一焉；若駭變法駭西學者殆幾絕矣。」〔註14〕章、梁

〔註 9〕周永林編：《鄒容文集》，重慶：重慶出版社，1983 年版，第 41 頁。

〔註 10〕魯迅：《墳・雜憶》，《魯迅全集》第 1 卷，北京：人民文學出版社，1981 年版，第 221 頁。

〔註 11〕章炳麟、康有爲對革命的看法的出發點略有不同，章氏的觀點表明了追求民族解放的革命知識分子對革命失控的擔心，而康氏的觀點代表了封建保皇派對革命的極度恐懼。康有爲在給光緒帝的《進呈法國革命記序》中對法國大革命的描述極爲悲慘，比如「流血遍全國」，「巴黎百日而伏屍百二十九萬」，「暴骨如莽，奔走流離，散逃異國，城市爲墟」，康氏結語時說：「臣竊觀近世萬國行立憲之政，蓋皆由法國革命而來，跡其亂禍，雖無道已甚，而時勢所趨，民風所動，大波翻瀾，迴（原文爲「回」）易大地，深可畏也。蓋大地萬千年之政變，未有宏巨若茲者，亦可鑒也。」參見翦伯贊等編：《戊戌變法》，中國史學會編：《中國近代史資料叢刊》第 3 冊，上海：上海人民出版社，1957 年版，第 7～9 頁。

〔註 12〕章炳麟：《論學會有大益於黃人，亟宜保護》，《時務報》，1897 年 2 月，第 19 冊。

〔註 13〕中國之新民（梁啓超）：《釋革》，《新民叢報》，1902 年 11 月 15 日，第 17 號，第 4 頁。

〔註 14〕中國之新民：《敬告我同業諸君》，《新民叢報》，1902 年 8 月 15 日，第 22 號，第 6 頁。

等人的觀點在當時非常有代表性，在某種程度上，魯迅接受了這些前賢對「革命」的反思，但又與他們的「反清」民族革命思想明顯不同。相比於這些前輩對革命既排斥又不得不承認它是世界範圍內不可抗拒的潮流的矛盾態度，魯迅更多的是從「立人」和進化論視角合理地審視革命問題，他將「革命」視爲國人「人立」乃至人類進化、改革的一種必要方式或方法：「其實『革命』是並不稀奇的，惟其有了它，社會才會改革，人類才會進步，能從原蟲到人類，從野蠻到文明，就因爲沒有一刻不在革命。」〔註15〕

就上述魯迅對「革命」內涵的理解而言，他的認識與梁啓超對「革命」內涵廣義上的界定是非常接近的。梁啓超說：「革命之義有廣狹。其最廣義，則社會上一切無形有形之事物所生之大變動皆是也。其次廣義，則政治上之異動與前此劃然成一新時代者，無論以平和得之以鐵血得之皆是也。其狹義則專以兵力向於中央政府者是也。」〔註16〕這裡，僅憑這段話我們還不能確定魯迅與梁啓超思想上的師承關係，但二者之間顯然有內在關聯性，有學者已經注意到梁啓超的「新民」思想對魯迅「立人」思想的形成影響很深，認爲梁啓超的「新民說」是魯迅「『立人說』的起點」〔註17〕，這是有一定理論依據的。但我們認爲，魯迅更爲認同的是梁啓超提倡「詩界革命」、「文界革命」、「小說界革命」口號背後強化「思想革命」作用的功利主義文藝觀。梁啓超提倡「詩界革命」時說：「吾雖不能詩，惟將竭力輸入歐洲之精神思想，以供來者之詩料可乎？要之支那非有詩界革命，則詩運殆將絕。雖然，詩運無絕之時也。今日者革命之機漸熟，而哥侖布、瑪賽郎之出世必不遠矣。上所舉者，皆其革命軍月暈楚潤之徵也，夫詩又其小焉者也。」〔註18〕這段話所寓意的思想有些「混沌」〔註19〕，但並不影響作者明晰的功利追求。接著，他提出「文界革命」的主張，爲了力證這種主張的合理性，他寫了《論中國積弱由於防弊》和《中國積弱溯源論》兩篇文章，分別從制度和國民劣根性

〔註15〕魯迅：《而已集·革命時代的文學——四月八日在黃埔軍官學校講》，《魯迅全集》第 3 卷，北京：人民文學出版社，1981 年版，第 418 頁。

〔註16〕中國之新民：《中國歷史上革命之研究》，《新民叢報》，1904 年 2 月 14 日，第 46～48 合號，第 115 頁。

〔註17〕李新宇：《魯迅人學思想論綱（一）》，《魯迅研究月刊》，1999 年第 3 期，第 5 頁。

〔註18〕梁啓超：《漢漫錄》，《清議報》，1900 年 2 月，第 35 冊，第 2283 頁。

〔註19〕陳建華：《「革命」的現代性——中國革命話語考論》，上海：上海古籍出版社，2000 年版，第 42 頁。

層面上探討中國積弱的原因；又從 1902 年起撰寫了長篇政論《新民說》，把「新民」視爲「中國第一急務」，提倡西方資產階級思想中的「公德」、「權利」、「自由」、「毅力」、「進取冒險」等新倫理、新觀念。也是在 1902 年，梁啓超在《新小說》創刊號上發表了《論小說與群治之關係》，推崇小說爲「文學之最上乘」，鼓吹「小說界革命」，提出了學界熟知的那段宏論：「欲新一國之民，不可不先新一國之小說」，乃至要革新道德、宗教、政治、風俗、學藝、人心、人格等都要先革新小說，因爲「小說有不可思議之力支配人道故」。〔註20〕梁啓超的主張不但展示了一種開放性視域，還爲思想文化界提供了一種新的知識、觀念、思維方式和工具理性。他將詩歌、散文提到啓蒙、改造、淨化、重鑄國民精神的高度，將小說提到「新民」、「救國」的高度，這雖不能說是前所未聞的高論，但至少對於當時思想文化界而言是振聾發聵的，沿此，「思想革命」的功用觀被廣泛接受了，而在眾多的接受者中是包括魯迅的。

　　早在辛亥革命時期，魯迅在關注維新、排滿的同時就已經開始思考文學啓蒙和「新民」問題，吸收並超越了章炳麟、梁啓超等先賢在政治、文化等層面上對於「新民」問題的思考與和平改良的理想；在日本留學時期他已經開始思考中國的國民性問題。據許壽裳回憶，1902 年魯迅在日本弘文學院時，經常和許壽裳討論三個問題：一、怎樣才是最理想的人性？二、中國國民性最缺乏的是什麼？三、它的病根何在？魯迅對這三大問題的研究終生不懈，後來毅然決然地棄醫從文，其目標之一就是想解決這些問題。〔註 21〕正因爲魯迅追求、闡揚的是「最理想的人性」，所以他抨擊一切保守、愚昧、麻木、自欺欺人、瞞和騙等國民劣根性，抨擊一切摧殘、毒害、閉塞「理想人性」的人爲枷鎖——封建禮教、倫理道德等。而所謂的日本「幻燈片事件」對他所起到的其實是一種催化劑作用——促使他改變單純注重強健民眾體魄的視角。更爲重要的是，魯迅在日本學習時期所接受的西方近代進化論思想和美國學者 Smith 反思中國國民性的探索精神，激發了他從事批判中國傳統文化的「反題」研究的熱情。因此他在五四時期開始參加新文化運動，寫了《狂人日記》等作品抨擊封建禮教、制度、倫理道德的「吃人」本質，寫《阿 Q 正傳》等作品抨擊國民的「精神勝利法」，等等。通過對國民性思想主題的分析，

〔註20〕飲冰：《論小說與群治之關係》，《新小說》，1902 年 11 月，創刊號。
〔註21〕許壽裳：《亡友魯迅印象記》，倪墨炎、陳九英編：《許壽裳文集》（上），上海：百家出版社，2003 年版，第 91 頁。

魯迅得出中國數千年「積痼」之源在於國人的奴性等國民劣根性的深重。魯迅對革命思想的接受和對思想革命功用的信服，對其「立人」思想體系的構建有著積極的作用，反過來，這些思想又成為其革命文學思想發軔的遠因。就這樣，「立人」思想、「改造國民性」目標、對思想革命的自我認同、革命浪潮的興起和現實生存境遇，促使魯迅在20年代中期就介入了剛剛發端的革命文學。

在魯迅這裡，立人、新民、啓蒙、改造國民性等問題歸根結底指涉民族國家命運，這種功利目的背後的價值預設，使得他沒有在「彷徨」和「苦悶」中固守自身賴以安身立命、功成名就的新文化運動干將的光環，而是一旦發現「五四」啓蒙文學的藥方無法醫治中國社會痼疾，就自覺地將目光投向新的進步文學形態——革命文學，將革命與文學聯繫起來。他承認文學和革命是有關係的，就像那些革命的文學家所說的那樣，文學可以宣傳、鼓動、促進革命發展，尤其是「大革命」可以對文學產生大影響。但他強調說：「在革命時代有大叫『活不下去了』的勇氣，才可以做革命文學。」這包含著他對「革命文學家」的要求。他還根據俄羅斯作家葉遂寧和梭波里在「十月革命」前後對革命不同的體認得出：「革命文學家風起雲湧的所在，其實是並沒有革命的。」〔註22〕也就是說，魯迅一開始對革命文學本身就是肯定的，他非常重視革命文學本身的正面作用，同時又警惕打著革命文學招牌的騙子。

魯迅認可革命文學的功用，延續的仍然是《新青年》上所說過的「思想革命」的藥方。他說：「文藝是國民精神所發的火光，同時也是引導國民精神的前途的燈火。」〔註23〕可是，經歷過晚清思想革命、「五四」新文化運動、「五卅」運動和1927年反革命政變後，他對「思想革命」作用的有限性已經認識得很清楚。他在給《猛進》週刊主編徐炳昶的信中說，儘管重提思想革命未免可悲，但除此之外沒有別的方法，而且還要準備思想革命的戰士，等到戰士養成了，才能和敵人再決勝負。對於這種意見，連他自己也覺得「迂遠而且渺茫」、「可歎」，但他寄希望於《猛進》的也終於還是「思想革命」。沿著這種視角，他根據徐炳昶認識到的中國人惰性中兩種最普遍的表現形式——「聽天由命」、「中庸」的話題發揮開去，指出這兩種態度的根底不僅僅是惰性，其實乃是卑怯。遇見強者，不敢反抗，便以「中庸」這些話來粉飾，

〔註22〕魯迅：《而已集‧革命文學》，《魯迅全集》第3卷，北京：人民文學出版社，1981年版，第544頁。

〔註23〕魯迅：《論睜了眼看》，《語絲》，1925年8月3日，第38期，《語絲》合訂本第1冊，第148頁。

聊以自慰。倘若中國人有了權力，看見別人奈何他不得，或者有「多數」作為護符時，多是兇殘橫恣，宛然一個暴君，做事並不中庸；待到滿口「中庸」時，乃是勢力已失，早非「中庸」不可的時候了。「一到全敗，則又有『命運』來做話柄，縱爲奴隸，也處之泰然，但又無往而不合於聖道。」魯迅認爲就算沒有外敵，這些現象也可以使中國人「敗亡」，要「救正」這些現象，「也只好先行發露各樣的劣點，撕下那好看的假面具來」。〔註24〕

　　魯迅對於思想革命作用有限性的認知深化了他對革命與文學關係的認識，尤其是經過 1927 年反革命大屠殺和嚴厲的「文禁」後，他對革命與文學的關係、大革命對文學的影響等問題的理解更加深化了。在探尋革命文學作爲一種新的啓蒙文學形態時，他提倡歌頌「鐵與血」的眞正的革命文學。在他的眼中，眞正的革命文學是一種眞的聲音，是透過來帶有血氣和血性的「眞的人」的「眞」聲音。因此，他對不敢說眞話的中國傳統文人提出了嚴厲的批評。他認爲中國禮教的嚴格使文人往往在體質上「彎腰曲背」，在精神上極爲馴良，對於應該「正視」的問題，「先既不敢，後便不能，再後，就自然不視，不見了」。一些文人就算在作品中表達了不滿的情緒，可一到快要顯露缺陷的危機時總即刻連說「並無其事」，同時閉上眼睛看見一切圓滿，「於是無問題，無缺陷，無不平，也就無解決，無改革，無反抗」。〔註25〕魯迅希望出現衝破一切傳統思想和手法的「闖將」與「新文藝」。顯然，這裡的「闖將」意指著革命家，「新文藝」意指著革命文學。同時，他對前人強調文學的功用的議論持懷疑態度。他承認革命文學有促進革命和完成革命的作用，但也認爲這樣的文章是無力的，他從文藝的自身規律出發得出的觀點是：「好的文藝作品，向來多是不受別人命令，不顧利害，自然而然地從心中流露的東西；如果先掛起一個題目，做起文章來，那又何異於八股，在文學中並無價值，更說不到能否感動人了。」〔註26〕這表明他保持著正確的文學本體意識。

　　魯迅清醒的思想意識直接來自於他的革命失望記憶和自身的創傷體驗。他說：「見過辛亥革命，見過二次革命，見過袁世凱稱帝，張勳復辟，看來看

〔註24〕　魯迅：《華蓋集・通訊》，《魯迅全集》第 3 卷，北京：人民文學出版社，1981年版，第 22、26 頁。
〔註25〕　魯迅：《論睜了眼看》，《語絲》，1925 年 8 月 3 日，第 38 期。參見《語絲》合訂本第 1 冊，第 147 頁。
〔註26〕　魯迅：《而已集・革命時代的文學——四月八日在黃埔軍官學校講》，《魯迅全集》第 3 卷，北京：人民文學出版社，1981年版，第 418 頁。

去，就看得懷疑起來，於是失望，頹唐得很了。」〔註27〕他又說：「我覺得革命以前，我是做奴隸；革命以後不多久，就受了奴隸的騙，變成他們的奴隸了。」〔註28〕對於所謂現代革命改造中國社會並無大的實績的情形的認知和對自我奴隸身份的透視，使魯迅更爲注重自我的生命感受，不願輕易相信一切預約的未來黃金時代。他反對將革命新倫理放在至高無上的地位，反對爲了整體利益必須犧牲個人利益，包括個人的生命，反對把個體的生命看作是微不足道、沒有價值的傳統觀念；他反對學生請願、示威、遊行，徒手去面對武裝到牙齒的敵人，他認可革命者爲革命犧牲的精神和信念，但他更強調愛惜人尤其是青年的生命，他批評那種「左傾幼稚病」的革命觀念，強調革不革命不在於敢不敢死，革命是要流血的，但流血不等於革命，那種強調以血的洪流淹死一個敵人、以同胞的屍體填滿一個缺陷的說法是非常陳腐的。對於革命，他的意見集中到一點就是：「其實革命是並非教人死而是教人活的。」〔註29〕魯迅的這番話說得確實「十分懇切」，誠如錢理群所說的那樣：「幾乎是擊中了一切『革命』高調的要害，但又說的全是常識。」〔註30〕

魯迅對常識的追求、敢於直面現實而又超越現實的精神，使他對後來革命文學中的高調邏輯保持非常清醒的態度。他說：「『打』，『打』，『殺』，『殺』，聽去誠然是英勇的，但不過是一面鼓。即使是鼙鼓，倘若前面無敵軍，後面無我軍，終於不過是一面鼓而已。」〔註31〕1927 年 12 月 21 日，魯迅做了一次講演，剖析了文藝與政治或革命的關係。他覺得文藝與政治時時在衝突之中，文藝與革命原不是相反的，兩者之間的同一性就是「不安於現狀」。政治要維持現狀就會和文藝產生分歧，文藝也就成了政治家的「眼中釘」。文藝家大致分爲兩派，一派主張離開人生，或者專講「夢」、「將來的社會」，他們生活在象牙塔中，但仍難免受到政治的壓迫；一派生活在十字街頭，他們對現

〔註27〕魯迅：《南腔北調集·〈自選集〉自序》，《魯迅全集》第 4 卷，北京：人民文學出版社，1981 年版，第 455 頁。

〔註28〕魯迅：《華蓋集·忽然想到（三）》，《魯迅全集》第 3 卷，北京：人民文學出版社，1981 年版，第 16 頁。

〔註29〕魯迅：《二心集·上海文藝之一瞥》，《魯迅全集》第 4 卷，北京：人民文學出版社，1981 年版，第 297 頁。

〔註30〕錢理群：《說「食人」——周氏兄弟「改造國民性」思想之一》，《文藝爭鳴》，1999 年第 4 期，第 45 頁。

〔註31〕魯迅：《而已集·革命文學》，《魯迅全集》第 3 卷，北京：人民文學出版社，1981 年版，第 544 頁。

狀早就感到不滿意，又不能不反對，不能不開口，「『反對』『開口』就是有他
們的下場」。他還以自己在廣州時對吳稚暉的批評為例，認為「打打打，殺殺
殺，革革革，命命命」是不能算作革命文學的，「革命並不能與文學連在一塊
兒」；做文學的人總比革命者「閑定一點」，正在革命中是沒有時間做文學的；
革命成功以後，有人恭維、頌揚革命，這已不是革命文學，而是對權力者的
頌揚；革命文學家和革命家完全是兩回事，詆斥軍閥不合理的是革命文學家，
打倒軍閥的是革命家，孫傳芳是革命家用炮轟掉的，不是革命文藝家用文章
趕走的。〔註32〕因此，他對「文藝是革命的先驅」的說法並不贊同，覺得「這
很可疑」。〔註33〕針對創造社片面誇大「文藝的旋乾轉坤的力量」，他認為他
們是「踏了『文學是宣傳』的梯子而爬進唯心的城堡裏去了」。〔註34〕他還批
評了革命文學者主張的「含混」、「不能徹底」，「向『革命的智識階級』叫打
倒舊東西，又拉舊東西來保護自己，要有革命者的名聲，卻不肯吃一點革命
者往往難免的辛苦」，於是不但「笑啼俱偽」並且「左右不同」。〔註35〕魯迅
依據自身經歷和體驗得出了很正確的「常識」。遺憾的是，魯迅對「思想革命」
本身功用有限性的強調，對所謂「革命文學家」的高調邏輯、革命文學方法
論和文藝創作的批評，引起了太陽社、後期創造社成員的猜疑和不滿，雙方
的思想分歧加上後者文人相輕的意氣用事和宗派主義情緒等因素，使雙方展
開了激烈的論戰。有意味的是，1927 年血的教訓和 1928 年革命文學論爭使魯
迅超越了機械進化論的思想局限，使魯迅被「擠」著看了一些科學文藝論，「明
白了先前的文學史家們說了一大堆，還是糾纏不清的疑問。並且因此譯了一
本蒲力汗諾夫的《藝術論》，以救正我——還因我而及於別人——的只信進化
論的偏頗」。〔註36〕而且，「正是這期間魯迅的思想反映著一般被踐踏被侮辱
被欺騙的人們的彷徨和憤激，他才從進化論最終的走到了階級論，從進取的

〔註32〕 魯迅：《文藝與政治的歧途——十二月二十一日在上海暨南大學講》，《魯迅全
　　　　集》第 7 卷，北京：人民文學出版社，1981 年版，第 113～119 頁。
〔註33〕 魯迅：《文藝與革命》，《語絲》，1928 年 1 月 28 日，4 卷 7 期，第 34 頁。參
　　　　見《語絲》合訂本第 4 冊。
〔註34〕 魯迅：《譯文序跋集·〈壁下譯叢〉小引》，《魯迅全集》第 10 卷，北京：人民
　　　　文學出版社，1981 年版，第 280 頁。
〔註35〕 魯迅：《通信·其一》，《語絲》，1928 年 8 月 20 日，4 卷 34 期，第 44 頁。參
　　　　見《語絲》合訂本第 6 冊。
〔註36〕 魯迅：《三閒集·序言》，《魯迅全集》第 4 卷，北京：人民文學出版社，1981
　　　　年版，第 6 頁。

爭求解放的個性主義進到了戰鬥的改造世界的集體主義」〔註37〕。此後，魯迅日益走近馬列主義，這就實現了其革命文學思想的新飛躍。

在魯迅思想轉變過程中，如果說他對一些社會科學知識的接受有著一定的被動性，那麼他對蘇俄政治、文化領域的探求尤其是對相關的無產階級革命文藝理論的學習和接受則完全出於自我認同。在此，我們不妨先來關注一個細節。任國楨的《蘇俄的文藝論戰》在 1925 年 8 月北京北新書局出版時，魯迅曾為此書寫過相當於序言的「前記」，他介紹說，俄國 1917 年十月革命後進入戰時共產主義時代，「其時的急務是鐵和血，文藝簡直可以說在麻痹狀態中」。他還簡要介紹了蘇聯早期文學團體「烈夫派」興起與發展過程中的波瀾和變遷，他說：「那主張的要旨，在推倒舊來的傳統，毀棄那欺騙國民的耽美派和古典派的已死的資產階級藝術，而建設起現今的新的活藝術來。所以他們自稱為藝術即生活的創造者，誕生日就是十月，在這日宣言自由的藝術，名之曰無產階級的革命藝術。」這表明他對無產階級文學已經有了一定的瞭解。在文章的最後，他則對中國思想文化界「至今於蘇俄的新文化都不了然」的情形表達了不滿。〔註38〕魯迅對此書非常重視，曾多次提及此書，並主張當時的青年多看看這類書。這表明了他急切瞭解俄蘇文藝界情形乃至積極傳播俄蘇無產文藝思想的精神訴求。等到了 1928 年以後，魯迅主編或參編的《奔流》、《大眾文藝》、《萌芽月刊》、《新地月刊》、《文藝研究》等文藝刊物，無一例外的都極為重視俄蘇文藝尤其是革命文藝方面的翻譯和介紹；同時，他自己也譯介了很多國外革命作家的理論主張和文藝創作，比如他譯介了《蘇俄的文藝政策》一書，將之視為《蘇俄的文藝論戰》的續編，辨析出論戰雙方的瓦浪斯基一派偏重文藝、「那巴斯圖」一派偏重階級的不同。〔註39〕顯然，該書的譯介隱含著魯迅對 1928 年革命文學論爭的「觀照」，可以說，它不但對魯迅具有參考價值，甚至對「左聯」乃至黨組織制定健全的文藝政策也具有借鑒意義。

魯迅對俄蘇無產文藝思想資源的借鑒使其自身的文化視野由民族革命、

〔註37〕 瞿秋白：《〈魯迅雜感選集〉序言》，《魯迅雜感選集》，上海：上海出版公司，1950 年版，第 15 頁。

〔註38〕 魯迅：《集外集拾遺·〈蘇俄的文藝論戰〉前記》，《魯迅全集》第 7 卷，北京：人民文學出版社，1981 年版，第 266～267 頁。

〔註39〕 魯迅：《譯文序跋集·〈文藝政策〉後記》，《魯迅全集》第 10 卷，北京：人民文學出版社，1981 年版，第 306 頁。

思想革命轉向階級革命。在「左聯」成立大會上，魯迅在《對於左翼作家聯盟的意見——在左翼作家聯盟成立大會上的演說》中指出，如果「左翼」作家不和實際的社會鬥爭接觸、不明白革命的實際情形、自以爲詩人或文學家高於一切，那麼他們是很容易成爲「右翼」作家的。因此，他認爲今後應該注意的是：第一，對於舊社會和舊勢力的鬥爭，必須堅決、持久不斷，而且要注重實力；第二，應該擴大戰線；第三，應當造出大群的新戰士；第四，聯合戰線是以有共同目的爲必要條件的。〔註 40〕這篇文章不僅對「左聯」具有重要的指導意義，也標誌著魯迅革命文學思想的眞正成熟。

　　通過勾勒魯迅革命文學思想生成的情形，可以看出：魯迅的革命文學思想是以其「立人」思想中獨特的人性關懷爲思考的邏輯起點和精神源頭的，以改造國民性訴求爲激發其革命文學思想發展的動因，以其自身的文學創作和 1928 年前後的革命文學論爭爲實踐基礎，也是合理吸收一些馬列主義思想的結果。魯迅革命文學思想的獨特性和深刻性，使他成爲 30 年代左翼文藝界的一面旗幟，使他逐漸成爲左翼文藝運動的精神領袖，代表了左翼知識界的良心和理性，突顯了中國左翼作家的人文關懷、民族國家關懷和追求馬列主義革命現代性等基本特徵。當然，如是說並不表明我們可以忽視新文化陣營、左翼文藝界在魯迅革命文學思想形成過程中所起到的重要作用。事實上，魯迅和「左聯」乃至整個文藝界的關係都是「相互發揮的」。〔註 41〕魯迅的很多革命文學思想都是在當時文藝界的影響和論戰中形成的，是整個中國進步文化界思想結晶的一部分，也是通過左翼同人間接地從日本和蘇聯等國家獲得的，瞿秋白、任國楨、柔石等「朋友」，以及郭沫若、成仿吾、梁實秋等「論敵」，都對魯迅革命文學思想的形成產生了一定的影響。至於呼喚「鐵與血」的革命文學、主張先做「革命人」後做「革命文學」，也並非魯迅的獨創，而是「五四」以後進步文藝界基本認可的一種思想觀念。比如惲代英早在 1924 年就認爲，要先有革命的感情才會有革命文學，並要求那些希望做革命文學家的青年要首先投身革命事業、培養革命感情。〔註 42〕太陽社、我們社等社

〔註40〕 魯迅：《對於左翼作家聯盟的意見——在左翼作家聯盟成立大會上的演說》，
　　　　《萌芽月刊》，1930 年 4 月 1 日，1 卷 4 期，第 23～29 頁。
〔註41〕 馮雪峰：《回憶魯迅》，參見魯迅博物館等編：《魯迅回憶錄（專著）》（中），
　　　　北京：北京出版社，1999 年版，第 585 頁。
〔註42〕 代英、秋心：《文學與革命（通訊）》，《中國青年》，1924 年 5 月 17 日，第 31
　　　　期，第 14 頁。

團成員並不講「立人」、「批判國民性」，但都走向了左翼文藝，他們的態度也比魯迅更爲明確和堅決。不過，相比於當時革命文藝界普遍存在的「左傾幼稚病」而言，魯迅的革命文學思想的確要更爲成熟、準確和具有學理性，表徵了當時中國革命文學思想的高度和深度。

此外，從根源上說，魯迅乃至整個中國左翼文藝界的革命文學思想主要來自日本和俄蘇。從域外革命思想史的發展脈絡來看，俄蘇無產階級革命文藝是世界範圍內左翼文藝運動成績最突出、實踐馬列主義思想最爲成功的藝術形態。正是「五四」新文化運動落潮以後中國學界極爲重視日本和俄蘇無產階級文藝等精神資源的群體氛圍，使魯迅完善了自己的革命文學思想，所以其思想實際上是他在域外左翼文學思想和中國體驗中糾葛而成的。最關鍵的是，魯迅的革命文學思想紮根於中國現實生活，爲中國進步文藝界追求、建構革命現代性乃至無產階級文化設立了一種標尺，並與其創作、譯作一起推動了中國左翼文藝運動的健康發展，推進了中國左翼文學的發生進程，且使中國革命文化得到提升並成爲世界左翼文化的一份子。

第二節　異中之同：魯迅與創造社、太陽社作家的論爭

魯迅的懷疑精神使他不相信文藝有「旋乾轉坤」的力量，但這並不影響他正視「革命文學」這種文學形態本身的積極作用，比如其「宣傳」功效。〔註43〕魯迅非常注重培養「革命人」，提攜年輕的「革命文學家」。更爲難得的是，他一直在尋求與進步的革命文藝團體進行合作，但令他失望的是，合作沒有成功，他還與創造社、太陽社進行了激烈的論爭。魯迅在憶及當時的情形時說：「我是在二七年被血嚇得目瞪口呆，離開廣東的，那些吞吞吐吐，沒有膽子直說的話，都載在《而已集》裏。但我到了上海，卻遇見文豪們的筆尖的圍剿了，創造社，太陽社，『正人君子』們的新月社中人，都說我不好，連並不標榜文派的現在多升爲作家或教授的先生們，那時的文字裏，也得時常暗暗地奚落我幾句，以表示他們的高明。」〔註44〕顯然，這場論爭促進了中國

〔註43〕魯迅：《文藝與革命》，《語絲》，1928 年 4 月 16 日，4 卷 16 期，第 42 頁。參見《語絲》合訂本第 5 冊。

〔註44〕魯迅：《三閒集・序言》，《魯迅全集》第 4 卷，北京：人民文學出版社，1981 年版，第 4 頁。

左翼文藝理論的發展，也給雙方乃至整個左翼文藝界留下了深刻的教訓。

　　魯迅與創造社在文藝觀點上確實存在一些分歧，還曾因爲羅曼・羅蘭給他的信被田漢「遺失」而與創造社產生矛盾糾葛，但他始終認爲創造社是進步的文藝團體，是故在 1926 至 1928 年間竭力尋求與之聯合來向舊社會進攻。對於這種意圖他並不隱晦，他曾在給許廣平的信中說：「其實我也還有一點野心，也想到廣州後，對於『紳士』們仍然加以打擊，至多無非不能回北京去，並不在意。第二是與創造社聯合起來，造一條戰線，更向舊社會進攻，我再勉力寫些文字。」〔註 45〕大致說來，魯迅在廣州期間與創造社的關係是比較和諧的，他曾和許廣平一起走訪過創造社在廣州的分部，創造社在廣州的一個門市部還代售魯迅和與其有關的著作。1927 年，魯迅更是與創造社成員聯名發表了三個文件。同年春，成仿吾倡議發表《中國文學家對於英國智識階級及一般民眾宣言》，魯迅表示同意並簽了名，對宣言的起草也提出了積極的意見。1927 年 11 月 9、19 日，受郭沫若的委託，鄭伯奇等人兩次〔註 46〕拜訪魯迅商討雙方聯合作戰之事。對於創造社的倡議，魯迅「立即欣然同意」，並提出不必另辦刊物，可以把《創造週報》恢復起來作爲共同戰鬥的園地。於是，創造社在 1927 年 12 月 3 日發行的《時事新報》和 1928 年 1 月 1 日出版的《創造月刊》上，分別刊登了《〈創造週報〉優待定戶》和《〈創造週報〉復活了》啓事，將魯迅列在「特約撰述員」中的首位，並宣稱：「我們的文學革命已經告了一個段落，我們今天要根據新的理論，發揚新的精神，努力新的創作，建設新的批評——我們將在復活的《創造週報》開始新的簡冊。」〔註 47〕可惜的是，成仿吾和剛剛從日本回國的後期創造社成員馮乃超、李初梨、彭康、朱鏡我、李鐵聲等人不同意恢復《創造週報》，認爲這一刊物已不足以表現時代精神，主張辦一個戰鬥性更強的月刊，即《文化批判》，而且對於和魯迅合作「都很冷淡」。〔註 48〕結果，雙方的合作夭折了。

　　成仿吾等人之所以反對與魯迅合作乃至後來與太陽社成員一起「圍攻」

〔註 45〕魯迅：《兩地書・六九（1926 年 11 月 7 日）》，《魯迅全集》第 11 卷，北京：人民文學出版社，1981 年版，第 191 頁。

〔註 46〕據魯迅日記記載，1927 年 11 月 9 日創造社的拜訪者爲鄭伯奇、蔣光慈、段可情三人，11 月 19 日的拜訪者爲鄭伯奇、段可情二人。參見《日記十六》，《魯迅全集》第 14 卷，北京：人民文學出版社，1981 年版，第 679～680 頁。

〔註 47〕《〈創造週報〉復活了》，《創造月刊》，1928 年 1 月 1 日，1 卷 8 期。

〔註 48〕郭沫若：《海濤集・跨著東海》，《郭沫若全集・文學編》第 13 卷，北京：人民文學出版社，1992 年版，第 309 頁。

魯迅，據鄭伯奇分析是因為成仿吾等人覺得，「老的作家都不行了，只有把老的統統打倒，才能建立新的普羅文藝」。〔註49〕鄭伯奇還將論戰發生的原因歸結為：「首先因為當時革命鬥爭非常尖銳，人們無暇分辨敵我矛盾和內部矛盾。而況創造社搞起革命文學運動，完全出於自發，最初沒有得到黨的正確領導，錯誤更是難免的。其次，我們出國時間較長，對於當時國內文學界情況不太瞭解，而又缺乏調查研究，因而在國內文學界的分析、評論方面不能完全正確。」〔註50〕也有學者認為創造社、太陽社圍攻魯迅，是當時以瞿秋白為代表的「左」傾機會主義路線造成的〔註51〕。顯然，這些觀點都有一定的道理，但論戰得以發生的內在原因恐怕仍在於雙方在政治、思想和文藝觀點上的分歧，這令雙方難以消弭隔閡和誤解。

實際上，魯迅受章炳麟、梁啟超等人反思「革命」的思想影響，加之自身的經驗、體驗和理性思考，使他在支持現代革命的同時，往往能夠透視中國歷史上的農民起義和近代革命的本質以及中國國民身上的劣根性。他認為農民起義和近代革命並非要使國人改變自身的奴隸地位，其實只不過是為了爭奪一把椅子，即爭奪「主人」的地位和權力。他在《「聖武」》一文中說，劉邦的「大丈夫當如此」和項羽的「彼可取而代也」包含著一切「大小丈夫」的「最高理想」：「簡單地說，便只是純粹獸性方面的欲望的滿足——威福，子女，玉帛，——罷了。」〔註52〕魯迅擔心的是時人還被這理想支配著，他寫阿Q的夢想和革命動力仍然來自於對「威福」、「子女」和「玉帛」的追求，暗示這種「現代革命」的實質並未發生根本性變化。他還強調了農民起義失敗後那種「破落戶」心理的可怕。這說明魯迅對中國農民起義是持「相當嚴峻的批判態度的」，對20、30年代正在發生的革命也是非常「警覺」的。〔註53〕此外，1925年前後，魯迅開始關注、研究和譯介蘇聯無產階級文藝作品與

〔註49〕《鄭伯奇談「創造社」、「左聯」的一些情況（節錄）》，參見方銘編：《蔣光慈研究資料》，銀川：寧夏人民出版社，1983年版，第90頁。

〔註50〕鄭伯奇：《創造社後期的革命文學活動》，參見饒鴻競等編：《創造社資料》（下），福州：福建人民出版社，1985年版，第879頁。

〔註51〕倪墨炎：《關於魯迅和創造社、太陽社的一場論爭——魯迅後期在革命隊伍內部的思想鬥爭之一》，《山東師範學院學報》，1978年第3期，第15～23頁。

〔註52〕魯迅：《熱風·「聖武」》，《魯迅全集》第1卷，北京：人民文學出版社，1981年版，第355頁。

〔註53〕錢理群：《析「主與奴」——周氏兄弟「改造國民性」思想之四》，《文藝爭鳴》，2000年第1期，第20頁。

理論。1927 年，他寫文章批評革命文學中某些浮誇、不切實際、宣傳口號化等問題，不贊同將沒落階級輓歌式的作品視為「反革命文學」的做法，但也未表示贊同無產階級文藝與革命。也就是說，魯迅與創造社、太陽社彼時的思想認識並不在同一個層面上，那麼，後者誤認為魯迅反對無產階級革命與文學，並視之為革命文藝界的敵人而加以攻擊也就不足為奇了。

　　《文化批判》第一號上的第一篇論文是馮乃超的《藝術與社會生活》。馮乃超在文章開頭就聲稱此文不會令教授、大藝術家們滿意，然後他表達了對新文化運動的不滿，除了大力肯定郭沫若這位具有「反抗精神」的作家外，他先後點名批評了胡適、葉聖陶、魯迅、郁達夫、張資平等「有教養的知識階級的人士」，並用「文學的表現」手法大大地嘲諷、奚落了魯迅一通：

　　　魯迅這位老生——若許我用文學的表現——是常從幽暗的酒
　家的樓頭，醉眼陶然地眺望窗外的人生。世人稱許他的好處，只是
　圓熟的手法一點，然而，他不常追懷過去的昔日，追悼沒落的封建
　情緒，結局他反映的只是社會變革期中的落伍者的悲哀，無聊賴地
　跟他弟弟說幾句人道主義的美麗的說話。隱遁主義！好在他不做
　L・Tolstoy 變作卑污的說教人。〔註54〕

　　這種簡單地將魯迅歸約為「隱遁主義」、「落伍者」的做法很不嚴肅，該文拉開了創造社、太陽社點名「惡評」魯迅的序幕。

　　馮乃超的看法和做法並非孤立、突發的現象，它表徵了創造社和太陽社主要成員對魯迅思想的認知情形和意欲進行「理論鬥爭」的態勢。其實，創造社、太陽社對魯迅的圍攻是有一定的淵源和前兆的。成仿吾早在 1923 年寫就的論文《〈吶喊〉的評論》中就對《吶喊》持以非常嚴屬的批評態度，1927年他在《完成我們的文學革命》一文中再次表達了對魯迅的批評，譏諷了魯迅以「趣味為中心」的文藝創作、「閑暇」的生活基調以及在「華蓋之下」抄小說舊聞的消極性。〔註55〕1928 年，郭沫若曾在《英雄樹》一文中明確表達過對持有不同意見者的批判和戰鬥姿態，他說：「大概是因為思想上的分化罷？現在有好些舊日的朋友和我們脫離，而且以戈矛相向了。」「好的，這是很好的現象。」「我們大家脫去感傷主義的灰色衣裳，請來堂堂正正地走上理

〔註54〕馮乃超：《藝術與社會生活》，《文化批判》，1928 年 1 月 15 日，創刊號，第 5
　　　　～6 頁。
〔註55〕成仿吾：《完成我們的文學革命》，《洪水》，1927 年 1 月 16 日，3 卷 25 期，
　　　　第 3、4 頁。

論鬥爭的戰場。」「有筆的時候提筆，有槍的時候提槍。──這是最有趣味的生活。」〔註56〕同時，蔣光慈在《關於革命文學》一文中批評舊式作家與舊世界關係太深，暗指魯迅等作家的情緒「已經是死去了的」，卻不得不表示自己贊同革命文學，並在「詆毀」革命文學作家為「淺薄」、「幼稚」、「投機」、「魯莽」〔註57〕的過程中阻礙了革命文學的建設。

馮乃超著文批判魯迅等「落伍」作家之後，李初梨迅速跟進，在《文化批判》第 2 期上登載了《怎樣地建設革命文學？》來反駁甘人在《中國新文藝的將來與其自己的認識》（《北新》2 卷第 1 號）一文中為魯迅所做的辯詞，他強烈質疑魯迅的階級身份、文藝作品的階級屬性和時代精神，意指魯迅與無產階級文學無關，指責甘人對於「『中國新文藝的將來與其自己』簡直毫不認識」。〔註 58〕顯然，創造社的批評並不公允，因此魯迅撰寫了《「醉眼」中的「朦朧」》一文來進行辯駁，並批評了創造社文人的「無聊」、理論的「朦朧」色彩及不徹底性、給別人亂定階級身份的錯誤和「不革命便是反革命」提法的荒謬性；指出了創造社主張由「藝術的武器」到「武器的藝術」的問題所在，「這藝術的武器，實在不過是不得已，是從無抵抗的幻影脫出，墜入紙戰鬥的新夢裏去了」，還有，其實他們自己也不相信手裏的「武器的藝術」。〔註59〕

魯迅的駁論發表之後，創造社、太陽社對魯迅進行「理論鬥爭」的態勢一下子擴展開來，明朗起來，他們開始圍攻這個「出頭鳥」。錢杏邨在《死去了的阿 Q 時代》中宣稱：魯迅創作所表現的時代只能代表清末以及庚子義和團暴動時代的思潮，其著作沒有超越時代、抓住時代、跟上時代，「而是濫廢的無意義的類似消遣的依附於資產階級的濫廢的文學」！他認為《吶喊》與《彷徨》表明魯迅沒有找到一條出路、思想停滯，《野草》充滿了人生詛咒論，《墳》表徵了六面找不著出路的「碰壁」的前途。作者還把魯迅歸結為時代的落伍者、文藝守節論者、小資產階級的觀察者、病態的國民性的表現者，強調其思想、技巧早就同阿 Q 時代一樣已經死去了，要求文藝界一起把阿 Q

〔註56〕麥克昂：《英雄樹》，《創造月刊》，1928 年 1 月 1 日，1 卷 8 期，第 5 頁。

〔註57〕蔣光慈：《關於革命文學》，《太陽月刊》，1928 年 2 月 1 日，第 2 期。

〔註58〕李初梨：《怎樣地建設革命文學？》，《文化批判》，1928 年 2 月 15 日，第 2號，第 15 頁。

〔註59〕魯迅：《「醉眼」中的朦朧》，《語絲》，1928 年 3 月 12 日，4 卷 11 期，第 6～7頁。見《語絲》合訂本第 4 冊。

的形骸和精神埋葬掉。﹝註60﹞他還在《「朦朧」以後──三論魯迅》中表示對
魯迅「真個要絕望了」：魯迅不僅「朦朧」而且「糊塗」，有著小資產階級智
識分子「特有的壞脾氣」、「不可救藥的劣根性」；不但理論錯誤或缺乏理論，
還有一種「含血噴人」的精神；不但不認錯，還「任性沒落」。﹝註61﹞相比於
太陽社，創造社的批判陣容要強大得多。郭沫若化名杜荃寫了《文藝戰上的
封建餘孽──批評魯迅的〈我的態度氣量和年紀〉》，認為中國的革命是「社
會主義革命」，魯迅根本不瞭解辯證法的唯物論，是一個「封建餘孽」、「二重
性的反革命的人物」、「不得志的 Fascist（法西斯諦）」。﹝註62﹞成仿吾在《畢
竟是「醉眼陶然」罷了》中說魯迅是「中國的 Don Quixote（瑭吉訶德）」、「瑭
魯迅」、「小菩薩」、「夢遊的人道主義者」、「支配階級的走狗」，認為他患有「神
經錯亂與誇大妄想諸症」的同時還在「醉眼陶然」，有著「時代落伍的印貼利
更追亞的自暴自棄」，暴露了「自己的朦朧與無知」、「知識階級的厚顏」、「人
道主義的醜惡」。﹝註63﹞傅克興寫了《評駁甘人的〈拉雜一篇〉──革命文學
底根本問題底考察》和《小資產階級文藝理論之謬誤──評茅盾君底〈從牯
嶺到東京〉》，前者將文壇分為革命和非革命兩個敵對的陣營，把魯迅、甘人
等說成是中國舊文壇的「健將」、「趣味文學家」、「手淫文學家」﹝註64﹞；後
者指責魯迅、甘人等謾罵革命文學，並認定：「他們堅決地秉著小資產階級底
根性，生死不承認別人講的話是對的，自己既不能勇敢地變更自己徘徊，動
搖，怯懦的生活，又怕別人罵他們反革命，做資產階級底走狗。……那麼，
請教他們的名論卓說呢，除了模糊陳腐小資產階級式的悲傷而外，再也找不
著什麼了。」﹝註65﹞李初梨在《請看我們中國的 Don Quixote 的亂舞──答魯
迅〈醉眼中的朦朧〉》中認為，魯迅的社會認識不但「盲目」，而且在故意「歪
曲事實」，他譏諷魯迅不能認識到意識鬥爭的重要性及其實踐性，說魯迅這位

﹝註60﹞ 錢杏邨：《死去了的阿 Q 時代》，《太陽月刊》，1928 年 3 月 1 日，3 月號。

﹝註61﹞ 錢杏邨：《「朦朧」以後──三論魯迅》，《我們月刊》，1928 年 5 月 20 日，創
　　　　刊號。

﹝註62﹞ 杜荃：《文藝戰上的封建餘孽──批評魯迅的〈我的態度氣量和年紀〉》，《創
　　　　造月刊》，1928 年 8 月 10 日，2 卷 1 期，149～150 頁。

﹝註63﹞ 石厚生：《畢竟是「醉眼陶然」罷了》，《創造月刊》，1928 年 5 月 1 日，1 卷
　　　　11 期，第 117～122 頁。

﹝註64﹞ 傅克興：《評駁甘人的〈拉雜一篇〉──革命文學底根本底問題底考察》，《創
　　　　造月刊》，1928 年 9 月 10 日，2 卷 2 期，第 115 頁。

﹝註65﹞ 傅克興：《小資產階級文藝理論之謬誤──評茅盾君底〈從牯嶺到東京〉》，《創
　　　　造月刊》，1928 年 12 月 10 日，2 卷 5 期，第 1 頁。

「勇敢的騎士」原來是一個「戰戰兢兢的恐怖病者」，「爲布魯喬亞汜當了一條忠實的看家狗」，「對於布魯喬亞汜是一個最良的代言人」，「對於普羅列搭利亞是一個最惡的煽動家」！〔註66〕馮乃超在《人道主義者怎樣地防衛著自己？》中聲稱：魯迅的話語是「脅迫於幻影的病人的精神錯亂」；「醉眼中的朦朧，畢竟是朦朧中的醉眼」；魯迅的觀點顯示了「人道主義者的裸體照相」。〔註67〕彭康在《「除掉」魯迅的「除掉」！》中分析魯迅的「朦朧」，「一是對於理論的沒理解，一是對於事實的盲目」。他認爲魯迅是一個人道主義者，不懂唯物辯證法，「瞎眼坐在黑房裏要發出悲哀來」，如果魯迅不願意「將自己從沒落救出」，「我們自然無可如何，更只好是滿不在乎了」，但魯迅所說的階級對立「『除掉』不了」的「除掉」須得「除掉」！〔註68〕

　　這些創造社、太陽社成員認爲魯迅被「自由思想」所毒害和欺騙，「始終是一個個人主義者」，指責其作品暴露了「小資產階級的惡習性」（錢杏邨語）和「人道主義的醜惡」（成仿吾語），加之他們受國內外「左傾幼稚病」的影響，因此對魯迅發動了「圍攻」，這頗有些「無理取鬧」的意味。是故有很多人替魯迅鳴不平。馮雪峰說：「我們找不出空隙，可以斷言魯迅是詆謗過革命的。魯迅自己，在藝術上是一個冷酷的感傷主義者，在文化批評上是一個理性主義者，因此，在藝術上魯迅抓著了攻擊國民性與人間的普遍的『黑暗方面』，在文明批評方面，魯迅不遺餘力地攻擊傳統的思想──在『五四』『五卅』期間，智識階級中，以個人論，做工做得最好是魯迅；但他沒有在創作上暗示出『國民性』與『人間黑暗』是和經濟制度有關的，在批評上，對於無產階級只是一個在傍邊的說話者。所以魯迅是理性主義者，不是社會主義者。到了現在，魯迅做的工作是繼續與封建勢力鬥爭，也仍立在向來的立場上，同時他常常反顧人道主義。」他還認爲：「創造社改變了方向，傾向到革命來，這是十分好的事；但他們沒有改變向來的狄（狹，引者注）小的團體主義的精神，這卻是十分要不得的。一本大雜誌有半本是攻擊魯迅的文章，在別的許多的地方是大書著『創造社』的字樣，而這只是爲要抬出

〔註66〕李初梨：《請看我們中國的 Don Quixote 的亂舞──答魯迅〈醉眼中的朦朧〉》，《文化批判》，1928 年 4 月 15 日，第 4 號，第 2～12 頁。

〔註67〕馮乃超：《人道主義者怎樣地防衛著自己？》，《文化批判》，1928 年 4 月 15 日，第 4 號，第 52～56 頁。

〔註68〕彭康：《「除掉」魯迅的「除掉」！》，《文化批判》，1928 年 4 月 15 日，第 4 號，第 57～64 頁。

創造社來。」〔註 69〕還有人分析說：創造社等革命文學倡始者，「他們所用的武器是臨時抓來的：屈洛茨基的『氣勢』和一點點辛克萊的『口號』」；他們的「精神暴動」、「玄學的暴動」的效果不過使那些崇拜者多學了幾個新名詞而已；他們有意無意地「冤屈」魯迅，「無意」的是他們不瞭解對方也不瞭解文藝，「有意」的是「他們想把目前文壇的偶像打倒了，將自己來代替一班人的信仰」。〔註 70〕應該說，這些分析較為理性和客觀，在一定程度上揭示了創造社等圍攻魯迅的心理癥結。

面對創造社、太陽社因「誤解」而來的「圍攻」，魯迅一開始並沒有太在意，甚至覺得「有趣起來」，並想試試自己「究竟能夠挨得多少刀箭」。〔註 71〕事後他也顯得比較寬容，他解釋個中原由時說：「革命者為達目的，可用任何手段的話，我是以為不錯的，所以即使因為我罪孽深重，革命文學的第一步，必須拿我來開刀，我也敢於咬著牙關忍受。殺不掉，我就退進野草裏，自己舔盡了傷口的血痕，決不煩別人敷藥。」〔註 72〕可當他發現革命文學伴隨著論戰將走入歧途時，他開始奮力抗辯，並依據自己的經驗、體驗和對一些俄蘇無產階級文藝論的理解，撰寫了《文藝與革命》、《文學的階級性》和《現今的新文學的概觀》等一系列文章。此外，他還在 1931 年寫了《上海文藝之一瞥》，對這場論爭進行了深層次的總結和剖析。

首先，魯迅指出了創造社、太陽社在文藝功能性等問題理解上的誤區，這種誤區導致他們無法解決好文藝與革命、現實的關係。魯迅認為他們強調文學必須為無產階級革命、階級鬥爭服務時，過於強調文學的宣傳作用，以為宣傳、煽動效果與無產階級藝術價值成正比例，無視文學生產自身的特點，其結果使文藝成為政治的「留聲機器」，使創作存有公式化、概念化、簡單化、標語口號化等缺陷。他強調人被壓迫一定要進行鬥爭，鬥爭的結果「自然會有革命文學」，但文藝應當先求「內容的充實和技巧的上達」，「一切文藝固是宣傳，而一切宣傳卻並非全是文藝」。當時中國的所謂革命文學，「招牌是掛

〔註69〕畫室：《革命與智識階級》，《無軌列車》，1928 年 9 月 25 日，第 2 號，第 49～51 頁。

〔註70〕李作賓：《革命文學運動的觀察》，《文學週報》（合訂本第 7 卷），第 182～183 頁。

〔註71〕魯迅：《致章廷謙（1928 年 3 月 6 日）》，《魯迅全集》第 11 卷，北京：人民文學出版社，1981 年版，第 613 頁。

〔註72〕魯迅：《南腔北調集·答楊邨人先生公開信的公開信》，《魯迅全集》第 4 卷，北京：人民文學出版社，1981 年版，第 628 頁。

了，卻只在吹噓同夥的文章，而對於目前的暴力和黑暗不敢正視」，結果只能如馮乃超的戲劇《同在黑暗的路上走——A Dramatic Sketch》〔註73〕那樣，「往往是拙劣到連報章記事都不如」。〔註74〕他還認爲：「各種文學，都是應環境而產生的，推崇文藝的人，雖喜歡說文藝足以煽起風波來，但在事實上，卻是政治先行，文藝後變。倘以爲文藝可以改變環境，那是『唯心』之談，事實的出現，並不如文學家所豫想。所以巨大的革命，以前的所謂革命文學者還須滅亡，待到革命略有結果，略有喘息的餘裕，這才產生新的革命文學者。爲什麼呢，因爲舊社會將近崩壞之際，是常常會有近似帶革命性的文學作品出現的，然而其實並非真的革命文學。」〔註75〕

其次，魯迅批評創造社、太陽社錯誤分析了中國的革命形勢和性質，不講究革命策略，不腳踏實地去揭露反動勢力的醜惡、聚合有生力量，卻「專掛招牌，不講貨色」。創造社、太陽社把革命低潮誤認爲革命高潮，「他們對於中國社會，未曾加以細密的分析，便將在蘇維埃政權之下才能運用的方法，來機械的運用了。」〔註76〕他們照搬或歪曲地引用蘇聯和日本左翼文藝理論界的主張、口號，嚴重脫離了中國現實的實際鬥爭情況，也就難免「拾『彼間』牙慧」、「令人發笑」〔註77〕。魯迅還通過兩個鄉下「近視眼」空洞地爭執、辨認尙未掛出來的匾額上的字的笑話，批評了中國文藝界（包括革命文藝界）的「近視」行爲或曰「可怕的現象」——「是在盡先輸入名詞，而並不紹介這名詞的涵義」〔註78〕，且含混地只講「革命文學」，又不能徹底，「一講無產階級文學，便不免歸結到鬥爭文學，一講鬥爭，便只能說是最高的政治鬥爭的一翼」。這種做法，在當時的白色恐怖下顯得既愚蠢又失策，因爲中國的國情和俄國、日本不同，「這在俄國，是正當的，因爲正是勞農專政；在日本也還不打緊，因爲究竟還有一

〔註73〕 馮乃超：《同在黑暗的路上走——A Dramatic Sketch》，《文化批判》，1928 年 1 月 15 日，創刊號。

〔註74〕 魯迅：《文藝與革命》，《語絲》，1928 年 4 月 16 日，4 卷 16 期，第 43 頁。參見《語絲》合訂本第 5 冊。

〔註75〕 魯迅：《三閒集·現今的新文學的概觀——五月二十二日在燕京大學國文學會講》，《魯迅全集》第 4 卷，北京：人民文學出版社，1981 年版，第 134 頁。

〔註76〕 魯迅：《二心集·上海文藝之一瞥——八月十二日在社會科學研究會講》，《魯迅全集》第 4 卷，北京：人民文學出版社，1981 年版，第 297 頁。

〔註77〕 魯迅：《致李秉中（1928 年 4 月 9 日）》，《魯迅全集》第 11 卷，北京：人民文學出版社，1981 年版，第 620 頁。

〔註78〕 魯迅：《匾》，《語絲》，1928 年 4 月 23 日，4 卷 17 期，第 43 頁。參見《語絲》合訂本第 5 冊。

點微微的出版自由，居然也還說可以組織勞動政黨」。〔註79〕在中國就不然了，如此的結果只能是「無名的死」。因此，魯迅希望革命者在革命低潮時期能夠切實地做一點可做的工作，比如「譯幾部世界上已有定評的關於唯物史觀的書」，而不贊同「有馬克斯學識的人來爲唯物史觀打仗」。〔註80〕對於這一點，魯迅的觀點一直沒有變，直到1931年，他還在強調中國社會科學界所需要的是「幾個堅實的，明白的，眞懂得社會科學及其文藝理論的批評家」。〔註81〕

再次，魯迅指出了創造社、太陽社對工農大眾和小資產階級文學家態度的錯誤和危險。魯迅對於被「圍攻」並不在意，他還自引《野草·題辭》中的一段話來表明心跡：「地火在地下運行，奔突；熔岩一旦噴出，將燒盡一切野草，以及喬木，於是並且無可朽腐。／但我坦然，欣然。我將大笑，我將歌唱。」〔註82〕他感慨的是「論戰」變成「態度戰」、「量氣戰」、「年齡戰」的「不可理喻」〔註83〕；他批評了成仿吾在《從文學革命到革命文學》中「齷齪的工農大眾」的提法和《完成我們的文學革命》中橫掃所有文學出版物做法的不當，諷喻了心光在《魯迅在上海》〔註84〕中對他進行人身攻擊的輕浮和潘漢年在《假魯迅與眞魯迅》〔註85〕中挖苦他的「啓示」的無聊〔註86〕。更爲重要的是，他看出了那種將人分爲「革命者」、「非革命者」或「反革命者」的可怕之處，在這種「非此即彼」的思維方式下，「革命者」的標準由言說者自己來界定，有些人「腦子裏存著許多舊的殘渣，卻故意瞞了起來，演戲似的指著自己的鼻子道，『惟我是無產階級！』」〔註87〕更糟糕的是，某些人「將革命使一般人理解爲非常可怕的事，擺著一種極左傾的兇惡的面貌，

〔註79〕 魯迅：《通信·其一》，《語絲》，1928年8月20日，4卷34期，第43～44頁。參見《語絲》合訂本第6冊。
〔註80〕 魯迅：《通信·其二》，《語絲》，1928年8月20日，4卷34期，第47頁。
〔註81〕 魯迅：《我們要批評家》，《萌芽月刊》，1930年4月1日，1卷4期，第223頁。
〔註82〕 魯迅：《路》，《語絲》，1928年4月23日，4卷17期，第45頁。
〔註83〕 魯迅：《我的態度氣量和年紀》，《語絲》，1928年5月7日，4卷19期，第27頁。參見《語絲》合訂本第5冊。
〔註84〕 心光：《魯迅在上海》，《流沙》，1928年4月15日，第3期，第60頁。
〔註85〕 潘漢年：《假魯迅與眞魯迅》，《戰線》（週刊），1928年4月22日，1卷4期。
〔註86〕 魯迅：《魯迅附記》，《語絲》，1928年8月13日，4卷33期，第48頁。參見《語絲》合訂本第6冊。
〔註87〕 魯迅：《三閒集·現今的新文學的概觀——五月二十二日在燕京大學國文學會講》，《魯迅全集》第4卷，北京：人民文學出版社，1981年版，第136頁

好似革命一到，一切非革命者就都得死，令人對革命只抱著恐怖。」這就未免荒謬。這種令人「知道點革命的厲害」，只圖自己說得暢快的態度其實是中了「才子+流氓的毒」。〔註88〕

　　第四，魯迅批評了小資產階級革命文學家本身的劣根性。他認為中國傳統的「士」這一階層缺少謀生能力和經濟獨立性，他們或者像孔乙己那樣在被踐踏中死去，或者成為權勢者的幫兇和幫閒，或者在統治階級的高壓、拉攏和精神奴役下淪為奴隸。而現代的小資產階級革命文學家也好不到哪裏去，他們「往往特別畏懼黑暗，掩藏黑暗」，「不敢正視社會現象，變成婆婆媽媽，歡迎喜鵲，憎厭梟鳴，只撿一點吉祥之兆來陶醉自己，於是就算超出了時代」。〔註89〕「超時代其實就是逃避，倘自己沒有正視現實的勇氣，又要掛革命的招牌，便自覺地或不自覺地必然地要走入那一條路的。身在現世，怎麼離去？這是和說自己用手提著耳朵，就可以離開地球者一樣地欺人。」〔註90〕魯迅希望文藝家敢於正視現實、揭露黑暗，因為只有這樣才能發揮革命文藝應有的戰鬥作用。可是，一些希望革命的文人待到革命到了反而會沉默下去。他們激烈得快，也平和得快，甚至頹廢得快。小資產階級「革命文學者」自身的病根使「革命」與「文學」若斷若續，環境好時他們就做革命者，革命被壓迫時就變回文學家。這種身份的迅速轉化，展現了人性中「主性」和「奴性」的統一與轉化〔註91〕現象的真實存在。在魯迅看來，這些翻著筋斗的小資產階級並沒有固定的主張，加上遠離現實等因素，他們「即使是在做革命文學家，寫著革命文學的時候，也最容易將革命寫歪；寫歪了，反於革命有害，所以他們的轉變，是毫不足惜的」。〔註92〕源此，魯迅認定革命文學家的標準是：至少是與革命「共同著」生命或深切地感受著革命的脈搏的人。同樣，他對後來「左聯」作家的要求也是如此，因為如果左翼作家難以體察

〔註88〕魯迅：《二心集·上海文藝之一瞥——八月十二日在社會科學研究會講》，《魯迅全集》第4卷，北京：人民文學出版社，1981年版，第297頁。

〔註89〕魯迅：《太平歌訣》，《語絲》，1928年4月30日，4卷18期，第38頁。參見《語絲》合訂本第5冊。

〔註90〕魯迅：《文藝與革命》，《語絲》，1928年4月16日，4卷16期，第42頁。參見《語絲》合訂本第5冊。

〔註91〕參見錢理群：《析「主與奴」——周氏兄弟「改造國民性」思想之四》，《文藝爭鳴》，2000年第1期，第18頁。

〔註92〕魯迅：《二心集·上海文藝之一瞥——八月十二日在社會科學研究會講》，《魯迅全集》第4卷，北京：人民文學出版社，1981年版，第299頁。

無產階級的情形和人物，那麼他們是寫不出好的無產階級文學作品來的。

　　創造社、太陽社與魯迅的論爭引起了共產黨的注意，在當時黨中央領導人的干涉下，前者停止了對魯迅的圍攻。論爭雖然結束了，雙方仍存在內在分歧。但須明確的是，創造社、太陽社沒有「預先選定」、「特別針對」魯迅進行攻擊，〔註93〕或者說，這場論爭的發生源自於雙方在政治、思想、文藝觀點上的齟齬，並非出於個人恩怨。所以，鄭伯奇在《文壇的五月》中聲言：「我們所批評的不是魯迅個人，也不是語絲派幾個人，乃是魯迅與語絲派諸君所代表的一種傾向。」〔註94〕郭沫若在《「眼中釘」》中解釋說：「他們（指創造社，引者注）的批判不僅限於魯迅先生一人，他們批判魯迅先生，也決不是對於『魯迅』這一個人的攻擊。他們的批判對象是文化的整體，所批判的魯迅先生是以前的『魯迅』所代表，乃至所認爲代表著的文化的一個部門，或一部分的社會意識。」〔註95〕與此類似，魯迅也曾對徐懋庸說過，自己與郭沫若「或曾用筆墨相譏，但大戰鬥卻都爲同一的目標，決不日夜記著個人的恩怨」。〔註96〕以是觀之，雙方並非勢不兩立的階級敵人，而是革命文學的「同路人」，他們在對國民黨右派、民族主義文藝運動、資產階級文藝運動的鬥爭方向上是一致的，在對勞苦大眾的人間關懷、對社會不公現象的批判、追求階級解放和抗擊專制主義等現實目標上是一致的，這也是他們後來能夠最終拋開敵對立場、共同推進「左聯」事業發展的根由。

　　客觀地說，魯迅和創造社、太陽社的「革命文學論爭」有著諸多的積極意義：（一）雙方通過論戰實現了「人和」。人與事總是處於對立統一之中的，不能分開來看單獨的人或事。對於魯迅和創造社、太陽社來說，雙方並非一開始就處於同一陣營中，他們走向「左聯」的過程是一種「合」，但並非統一之中的「合」──「和合」，而是在矛盾衝突中不斷「聚合」、「整合」。就左翼文藝界來說，論爭不但未使其出現大的分裂，反而在聚合自身力量的同時

〔註93〕王宏志：《革命陣營的內部論爭？──分析 1928 年革命文學論爭魯迅成爲攻擊目標的原因》，《魯迅與「左聯」》，北京：新星出版社，2006 年版，第 15 頁。

〔註94〕何大白：《文壇的五月》，《創造月刊》，1928 年 8 月 10 日，2 卷 1 期，第 109 頁。

〔註95〕郭沫若：《「眼中釘」》，《拓荒者》，1930 年 5 月 10 日，第 4、5 期合刊號，第 1541 頁。

〔註96〕魯迅：《且介亭雜文末編‧答徐懋庸並關於抗日統一戰線問題》，《魯迅全集》第 6 卷，北京：人民文學出版社，1981 年版，第 537 頁。

吸引了其他領域的人力資源，壯大了實力。（二）論戰激活了左翼文藝界內部的原動力。革命文學論爭的興起，使革命文藝界內部異常活躍，進而帶動了整個左翼文藝界的力量發展，不斷激活內部原有的動力，保持了蓬勃向上的朝氣，使革命文藝生機勃勃，碩果累累。反觀國民黨的文藝勢力，缺少內部論爭，無以優化自己並提高創作質量，儘管有國家權力的支持，但總是缺少生機和活力，結局自然是銷聲匿跡。（三）實現了「優勝劣汰」。左翼文藝界要想壯大自己的勢力，爭奪「話語權」，最好的辦法就是通過「論爭」、「鬥爭」的方式實現優勝劣汰。從實際情況來看，也確實如此。革命文藝界在 1928 年論爭之前和之後的狀況明顯不同，論爭加快了馬列主義思想的傳播和接受進程，清除了叛變者楊邨人和蛻化者葉靈鳳、張資平等人，淨化了左翼文藝隊伍。論爭實現了「選優」，確立了左翼文藝界的核心力量，並在此周圍凝聚了大量的外部力量，加強了自身的實力。（四）論爭為普羅文學運動造勢，使其在 1928 年以後引起了大量讀者的關注，使進步知識界明確、認同了無產階級文藝與文化的存在合理性。就魯迅個人而言，這次論爭推進了他對無產階級文學的認知。1929 年 4 月，魯迅作《壁下譯叢・小引》，在文中他給予日本的俄國文學研究者片上伸以很高的評價〔註97〕，這意味著他開始對無產階級文學的存在合理性明確表示認同。此後，魯迅在譯介活動中對蘇俄無產階級文藝作品和理論的偏重比例越來越大，日益重視對辯證唯物主義的吸收和運用，政治傾向上對共產黨的同情與認可也越來越明顯。（五）論爭為左翼文藝運動的存在合理性進行了正名。普羅文學運動興起後很快就遭致了三民主義文學和民族主義文藝運動鼓吹者的口誅筆伐：「現在什麼普羅文學，他們自命是無產階級寫出來給無產階級看的，尤其要給勞苦的農工們看。然而據我的推測，寫者既非真無產階級者——有好些寫普羅文學的文豪，起碼不止是個小資產階級！」〔註98〕「我們要曉得，現在共產黨的文藝政策，豈但是愚民，簡直可以亡國！有用階級的文藝作品，非但是愚民，並

〔註97〕 魯迅在《譯文序跋集・〈壁下譯叢〉小引》中說：「片上伸教授雖然死後又很
　　　　 有了非難的人，但我總愛他的主張堅實而熱烈。在這裡還編進一點和有島武
　　　　 郎的論爭，可以看看固守本階級和相反的兩派的主意之所在。」由此看來，
　　　　 魯迅不僅對片上伸的主張有支持之意，而且對其「死後」遭「非難」的現象
　　　　 存有很深感觸。引文見《魯迅全集》第 10 卷，北京：人民文學出版社，1981
　　　　 年版，第 280 頁。
〔註98〕 友琴：《從識字運動說到文藝運動（續）》，《民國日報・覺悟》，1930 年 8 月
　　　　 26 日，第 3 張第 3 版。

且可以滅種！」〔註99〕他們力圖「打倒」普羅文學〔註100〕並從根本上否定其成立的可能性：「無產階級的文學是否有成立的可能？我仍然認爲沒有成立的可能，因爲（一）無產階級的本身沒有力量來創造獨立的文學，（二）在無產階級的專政時期，一來因爲時間不一定很長，二來因爲從事於破壞要比建設多，沒有餘裕的力量來創造獨立的文學。」〔註101〕最後，國民黨文藝界乾脆推動國民黨文藝審查部門查禁普羅文學，否認其合法性，但左翼文藝運動還是在 30 年代蓬勃發展起來，這就從反面驗證了其生命強力，而革命文學論爭無疑從正面爲其進行了「正名」。

也就是說，魯迅和創造社、太陽社的論爭，實際上是實現了他們「異中求同」的聚合，並爲中國左翼文學的發生奠定了堅實的理論基礎和相應的輿論準備。1931 年魯迅應美國友人史沫特萊之約爲美國《新群眾》寫了一篇文章，他說：「現在，在中國，無產階級的革命的文藝運動，其實就是惟一的文藝運動。因爲這乃是荒野中的萌芽，除此以外，中國已經毫無其他文藝。屬於統治階級的所謂『文藝家』，早已腐爛到連所謂『爲藝術的藝術』以至『頹廢』的作品也不能生產，現在來抵制左翼文藝的，只有誣衊，壓迫，囚禁和殺戮；來和左翼作家對立的，也只有流氓，偵探，走狗，劊子手了。」〔註102〕至此，魯迅已經完全實現了對無產階級革命文藝運動的自我認同。或者說，魯迅所支持和認可的當時中國「惟一的文藝運動」，也正是剛發生的、處於成長期的中國左翼文藝運動。

第三節　道不相謀：魯迅與新月社作家的論爭

魯迅的革命文學思想是以「立人」爲起點的，他在文學活動實踐和批判國民劣根性的過程中也在追求「理想的人性」。可以說，魯迅是一個廣義意義上的文學「人性論」者。就此而言，魯迅與主張文學以人性爲本、強調藝術

〔註99〕眞珍《大共鳴的發端》，《民國日報・覺悟》，1930 年 5 月 14 日，第 3 張第 3 版。

〔註100〕管理：《解放中國文壇》，《民國日報・覺悟》，1930 年 5 月 14 日，第 3 張第 3 版。

〔註101〕陳穆如：《中國今日之新興文學（續五月七日本報）》，《民國日報・覺悟》，1930 年 5 月 14 日，第 3 張第 3 版。

〔註102〕魯迅：《二心集・黑暗中國的文藝界的現狀——爲美國〈新群眾〉作》，《魯迅全集》第 4 卷，北京：人民文學出版社，1981 年版，第 285 頁。

與人生不可分離、崇尚文學的嚴肅性的新月社在思想精神上是有相通之處的。然而，魯迅是「反自由主義」的〔註103〕，20世紀20年代末30年代初他與新月社就文學作品中「普遍的人性」、「階級性」等問題進行了激烈的論爭，這場論爭展現了雙方在政治認同、文藝觀念、審美情趣和生命體驗上的根本性差異。

1928年3月10日，新月社創辦了當時中國最著名的資產階級自由主義刊物——《新月》月刊。在該刊創刊號上，徐志摩以「新月社」的名義發表了《〈新月〉的態度》一文，它既是該雜誌的發刊詞也是後期新月社的宣言。該文列舉了文壇上所謂的十三種「不良傾向」，即感傷派、頹廢派、唯美派、功利派、訓世派、攻擊派、偏激派、纖巧派、淫穢派、熱狂派、稗販派、標語派、主義派，表明了新月社成員對當時文藝界現狀的極度不滿。然後，作者闡述了《新月》的主要辦刊宗旨，即遵循「不妨害健康」、「不折辱尊嚴」的原則，挑戰思想文藝界「非法的或不正當的」傾向，擔負起「創造一個偉大的將來」的使命和「結束這黑暗的現在」的責任，立志實現「要從惡濁的底裏解放聖潔的泉源，要從時代的破爛裏規復人生的尊嚴」的志願。〔註104〕隨後，梁實秋在《新月》上發表了《文學的紀律》等論文，強調文學要重視紀律，遵循健康、尊嚴的原則，並極力鼓吹「以理制欲」的人性論和文學的超階級論，反對左翼作家無限制地強化文學的階級性。1930年前後，胡適、羅隆基等在《新月》上發表了《我們走哪條路？》等一系列文章，重提他們在1922年所倡導的「好人政府」主張，意圖介進國民黨政府權力機制。新月社的這些觀點發表之後，受到了左翼文藝界的猛烈抨擊，其中批判得最深刻、最犀利的無疑是魯迅。

魯迅和「新月社」，雙方都對對方素無好感。梁實秋早在1927年6月4日就用徐丹甫的筆名在上海《時事新報・學燈》上撰文《北京文藝界之分門別戶》〔註105〕，貶損魯迅為「語絲派首領」、「雜感家」，稱其特長即在「尖銳

〔註103〕瞿秋白：《〈魯迅雜感選集〉序言》，《魯迅雜感選集》，上海：上海出版公司，1950年版。

〔註104〕新月社：《〈新月〉的態度》，《新月》，1928年3月10日，創刊號，第4～10頁。

〔註105〕陳子善：《研究魯迅雜文藝術第一人——梁實秋》，《魯迅研究動態》1988年第9期。至於魯迅對梁文的反應，可見《而已集・略談香港》，《魯迅全集》第3卷，北京：人民文學出版社，1981年版，第429頁。

的筆調」,「除此別無可稱」。而魯迅對新月社也是不屑一顧。他在給章廷謙的信中稱:「見新月社書目,春臺及學昭姑娘俱列名,我以爲太不値得。其書目內容及形式,一副徐志摩式也。吧兒輩方攜眷南下,而情狀又變,近當又皇皇然若喪家,可憐也夫。」〔註106〕他認爲新月社每種廣告都「飄飄然」,是「詩哲」手筆,再次申明春臺(孫福熙)列名其間「太犯不上也」,對於《西瀅閒話》的廣告將他升爲「語絲派領袖」更是深惡痛絕,並做了四五篇雜感「罵之」。〔註107〕他對於徐志摩表面上反對「偏激」、反對文藝功利觀、鼓吹「愛」、強調遵循文藝的「健康」和「尊嚴」的原則,而實際上反對無產階級革命、革命文學和馬克思主義階級鬥爭論等觀點很反感,他強調世界上時時有革命,自然會有革命文學,「鬥爭呢,我倒以爲是動(對,引者注)的。人被壓迫了,爲什麼不鬥爭?正人君子者流深怕這一著,於是大罵『偏激』之可惡,以爲人人應該相愛,現在被一般壞東西教壞了。他們飽人大約是愛餓人的,但餓人卻不愛飽人,黃巢時候,人相食,餓人尚且不愛餓人,這實在無須鬥爭文學作怪」。〔註108〕他還發現曾投靠北洋軍閥政府的「現代評論派」人士在1927年以後紛紛南下改投國民黨新軍閥並和新月社合流,爲此他諷刺說:「今年可曾幡然變計,另外運動,收受了新的戰勝者的津貼沒有?」〔註109〕這表明他對新月社作爲有組織的資產階級文藝團體的情形極爲清楚,他認爲新月社聲稱自身沒有什麼組織的說法根本不符合實際:「新月社的聲明中,雖說並無什麼組織,在論文裏,也似乎痛惡無產階級式的『組織』,『集團』這些話,但其實是有組織的,至少,關於政治的論文,這一本裏都互相『照應』;關於文藝,則這一篇是登在上面的同一批評家所作的《文學是有階級性的嗎?》的餘波。」他還注意到,梁實秋在文章中非常喜歡用「我們」一詞,這表明他雖然單獨執筆,「氣類則決不只一人,用『我們』來說話,是不錯的,也令人看起來較有力量,又不至於一人雙肩負責。」〔註110〕如此,魯迅不但揭示

〔註106〕魯迅:《致章廷謙(1927年8月17日)》,《魯迅全集》第11卷,北京:人民文學出版社,1981年版,第573頁。

〔註107〕魯迅:《致章廷謙(1927年9月19日)》,《魯迅全集》第11卷,北京:人民文學出版社,1981年版,第577頁。

〔註108〕魯迅:《文藝與革命》,《語絲》,1928年4月16日,4卷16期,第42頁。

〔註109〕魯迅:《「公理」之所在》,《語絲》,1927年10月22日,154期,第275頁。參見《語絲》合訂本第3冊。

〔註110〕魯迅:《「硬譯」與「文學的階級性」》,《萌芽月刊》,1930年3月1日,1卷3期,第66～68頁。

了新月社的「多數」和「集團」氣味，還發現了他們在大一統權力體制下奴才哲學的典型思維方式、心理狀態和語言特點。

魯迅與新月社的論爭，主要是在他與梁實秋之間展開的。梁實秋對左翼文學的不滿有很深的思想淵源，他推崇美國哈佛大學教授白璧德的新人文主義。〔註111〕對照梁實秋的觀點可以看出，他堅持善惡二元對立的倫理理性觀，與保守性色彩很濃的新人文主義精神是契合相通的。他曾在《白璧德及其人文主義》一文中明確表示認同諾曼・福爾斯特的觀點：「人文主義者尋求人類的『完全』、『均衡』、『正常態』、『理性』、『倫理』、『抑制』、『反對自我擴張，依循普通的理性』；還有，視人性為固定了的普遍的性向，文學的任務即係描述此一基本人性。」〔註112〕1926 年 2 月 15 日，梁實秋在美國學習期間還寫了《現代中國文學之浪漫的趨勢》一文，其中已隱含著對革命文學作家思想觀念的批評，並暗諷魯迅等新文學家為「假理想主義者」、「人道主義者」、「人力車夫派」，說他們情感上不加節制，有著人道主義的「普遍的同情心」和「平等觀念」。他說：「吾人反對人道主義的唯一理由，即是因為人道主義不是經過理性的選擇。同情是要的。但普遍的同情是要不得的。平等的觀念，在事實上是不可能的，在理論上也是不應該的。」〔註113〕這些見解為他日後批評「革命文學派」建立了良好的理論支點，雖然後來他對「五四」新文學的評價有所提升，但在他看來，「革命文學派」就是「人力車夫派」的延長，而「左翼文學」不過是「傷感的革命主義」或「淺薄的人道主義」。

1926 年 10 月 27、28 日，《晨報副刊》上刊載了梁實秋的《文學批評辯》。在該文中，梁實秋界定了文學批評的標準，即「常態的人性」，並強調「人性根本是不變的」。他認為：「物質的狀態是變動的，人生的態度是歧異的；但人性的質素是普遍的，文學的品味是固定的。所以偉大的文學作品能禁得起時代和地域的試驗。《依里亞德》在今天尚有人讀，莎士比亞的戲劇，到現在

〔註111〕關於新人文主義的文學主張，可以簡單概括為：「它規定了一個中心的敵人：浪漫主義；一個主要的罪魁禍首：盧梭；一個主要的目的：把文學批評與倫理學結合起來；而衡量一部作品質量的基本方式，是看其道德性質是否純正。」參見羅鋼：《梁實秋與新人文主義》，《文學評論》，1988 年第 2 期，第 85 頁。

〔註112〕朱二：《魯迅、梁實秋和白璧德人文主義》，《魯迅研究動態》，1987 年 12 期，第 52 頁。

〔註113〕梁實秋：《現代中國文學之浪漫的趨勢》，李正西、任合生編：《梁實秋文壇沉浮錄》，合肥：黃山書社，1992 年版，第 256～257 頁。

還有人演，因爲普遍的人性是一切偉大的作品之基礎。」〔註 114〕對於這種超階級的「人性論」，魯迅頗不以爲然。因爲按照梁實秋的邏輯，不能流傳的作品乃是因爲不寫永久不變的人性，這是荒謬的：「現在既然知道了這一層，卻更不解它們既已消滅，現在的教授何從看見，卻居然斷定它們所寫的都不是永久不變的人性了。」魯迅指出，要寫永久不變的人性「實在難」，他舉例說，「出汗」算得上是較爲「永久不變的人性」了，然而「弱不禁風」的小姐出的是「香汗」，「蠢笨如牛」的工人出的是「臭汗」，他反問道：「不知道倘要做長留世上的文字，要充長留世上的文學家，是描寫香汗好呢，還是描寫臭汗好？」〔註 115〕顯然，在魯迅看來，文學創作的關鍵問題不在於描寫「普遍的人性」，而在於作者以什麼樣的寫作態度去寫、寫什麼和寫得怎麼樣。

1926 年 12 月，梁實秋發表了《盧梭論女子教育》一文，後略加修改，重新刊載於 1927 年 11 月《復旦週刊》創刊號上。該文反對「平等」，贊成「賢妻良母」的教育，認爲「什麼樣的人應該施以什麼樣的教育」，「人」字應該從字典裏永遠注銷，或由政府下令永禁行使，因爲「人」字的意義太糊塗了：聰明絕頂的人叫做人，蠢笨如牛的人也叫做人；弱不禁風的女人叫做人，粗橫強大的男人也叫做人，人裏面的三教九流等，無一非人。針對這種觀點，魯迅指出，梁實秋所鼓吹的「正當教育」，是要使弱不禁風者成爲完全的「弱不禁風」，使蠢笨如牛者成爲完全的「蠢笨如牛」，「這才免於侮辱各人——此字在未從經字典裏永遠注銷，政府下令永禁行使之前，暫且使用——的人格了。」魯迅還認爲梁實秋這類議論是「不會完結的」，原因在於：「一者，因爲即使知道說『自然的不平等』，而不容易明白眞『自然』和『因積漸的人爲而似自然』之分。二者，因爲凡有學說，往往『合吾人之胃口者則容納之，且從而宣揚之』也。」〔註 116〕在這裏，魯迅看出了梁實秋對底層民眾追求生存、發展、受教育權利的蔑視及其以個人好惡爲標準評論事物的成見與偏頗。

1928 年，革命文學論爭處於「白熱化」階段。梁實秋根據新人文主義的

〔註 114〕參見《魯迅全集》第 3 卷（北京：人民文學出版社，1981 年版）第 558 頁注釋〔2〕。

〔註 115〕魯迅：《文學和出汗》，《語絲》，1928 年 1 月 14 日，4 卷 5 期，第 35～36 頁。參見《語絲》合訂本第 4 冊。

〔註 116〕魯迅：《盧梭和胃口》，《語絲》，1928 年 1 月 7 日，4 卷 4 期，第 27～30 頁。參見《語絲》合訂本第 4 冊。又參見《魯迅全集》第 3 卷（北京：人民文學出版社，1981 年版）第 555 頁注釋〔4〕〔5〕。

立場和思想，針對文學與革命、「無產階級的文學」等問題提出了自己的觀點。他在《文學與革命》中說：「一切的文明，都是極少數的天才的創造」；「革命運動的眞諦，是在用破壞的手段打倒假的領袖，用積極的精神擁戴眞的領袖」；與其說先有革命後有「革命的文學」，毋寧說是先有「革命的文學」後有革命；「文學家並不表現什麼時代精神，而時代確是反映著文學家的精神」；「革命的文學」這個名詞根本就不能成立，「在文學上，只有『革命時期中的文學』，並無所謂『革命的文學』」。他認爲：「偉大的文學乃是基於固定的普遍的人性，從人心深處流出來的情思才是好的文學，文學難得的是忠實，——忠於人性」；「人性是測量文學的唯一的標準。」他相信：「大多數就沒有文學，文學就不是大多數的。」而所謂的「無產階級的文學」、「大多數的文學」是不能成立的名詞，因爲文學一概都是以人性爲本，絕無階級的分別。他還認爲：「主張所謂『大多數的文學』的人，不但對於文學的瞭解不正確，對於革命的認識也是一樣的不徹底。無論是文學，或是革命，其中心均是個人主義的，均是崇拜英雄的，均是尊重天才的，與所謂的『大多數』不發生若何關係。」他認定：「文學是沒有階級性的」，文學除了反抗精神外與革命「沒有多少的根本的關係」，「文學是廣大的；而革命不是永久進行的」。最後他主張：「文學也罷，革命也罷，我們現在需要一個冷靜的頭腦。」〔註117〕

　　梁實秋的觀點與左翼文藝界的主張是尖銳對立的，也消解了國民性改造的必要性。於是，馮乃超抨擊了梁實秋的「天才論」和「人性論」，強調革命並非由二、三天才所掀起，革命的背後存在著無法滿足生產力和社會要求的生產關係或社會制度。「在階級社會的裏面，階級的獨佔性適用於生活一般的上面。」因「落花秋月」而生「感慨」的貴族的人性，和晨昏囚在黑暗中的工人不會發生任何的關係。他還認定，由於生活感受、美的意識、人性的傾向都受到階級的制約，那麼由此產生的文學，就會因其內容、思想在階級社會中所演示的任務不同，而存在有閒階級文學、小資產階級文學和革命文學之別。他的結論是：「文學是有階級性的！」革命文學（無產階級文學）的本質在於它是「生活組織的文學」，有著「必然性」。〔註118〕馮乃超的文學觀，是一種根據階級標準判斷文學價值的文學觀，是對梁實秋文學觀的批判。於

〔註117〕梁實秋：《文學與革命》，《新月》，1928年6月10日，1卷4號。
〔註118〕馮乃超：《冷靜的頭腦——評駁梁實秋的〈文學與革命〉》，《創造月刊》，1928年8月10日，2卷1期，第4～18頁。

是梁實秋撰《文學是有階級性的嗎？》一文進行反駁，他強調說：（一）人爲
不公平現象是有的，平等是不能實現的，人的貧富等差異是自然進化、優勝
劣敗的結果；（二）人具有超越階級的共通的人性，文學就是表現這最基本的
人性的藝術，因此「無產階級的文學」把階級的束縛加在文學上，把文學當
作階級爭鬥的工具而否認其本身的價值，是錯誤的；（三）對於無產文學，「我
們不要看廣告，我們要看貨色」；（四）文學根本沒有階級的區別。〔註119〕梁
實秋反對文學階級論和工具論的觀點在自由主義知識分子陣營中是非常有代
表性和影響力的，並因其主張的部分合理性（如追求文學的永久價值和生命
力）〔註120〕而對無產階級革命文學的合法性構成了嚴重的威脅。

　　魯迅視梁實秋爲「新月社中的批評家」，並在《「硬譯」與「文學的階級
性」》一文中，以文學具有階級性、人置身於階級社會中無法脫離階級性爲理
論支點，對梁實秋的觀點給予了針鋒相對的批駁。（一）梁實秋強調無產者本
來沒有階級的自覺，其階級觀念是被傳授的，階級觀念促進了無產者的聯合、
激發了他們爭鬥的欲念。魯迅則認爲，無產者之所以能夠被傳授者傳授的階
級觀念激發了鬥爭的欲念，是因爲那是無產者原有的東西。至於梁實秋所主
張的超階級的人性論更是「矛盾而空虛的」。「矛盾」是指梁實秋以「富翁爲
人類的至尊」，以無產者爬上去爲「有出息」，卻要求文學家去表現所謂「普
通的人性」；「空虛」是指梁實秋的「人性」空洞、抽象。魯迅還強調說：「文
學不藉人，也無以表示『性』，一用人，而且還在階級社會裏，即斷不能免掉
所屬的階級性，無需加以『束縛』，實乃出於必然。……倘以表現最普通的人
性的文學爲至高，則表現最普通的動物性——營養，呼吸，運動，生殖——
的文學，或者除去『運動』，表現生物性的文學，必當更在其上。倘說，因爲
我們是人，所以以表現人性爲限，那麼，無產者就因爲是無產階級，所以要
做無產文學。」（二）針對梁實秋認爲作者的階級和作品無關的觀點，魯迅反
駁說，正因爲作家熟悉某一階級的生活才能寫出好的作品來，「在階級社會
中，文學家雖自以爲『自由』，自以爲超了階級，而無意識底地，也終受本階
級的階級意識所支配，那些創作，並非別階級的文化罷了」。（三）針對梁實
秋反對無產階級理論家以文藝爲鬥爭的武器和宣傳品的觀點，魯迅表示，中

〔註119〕梁實秋：《文學是有階級性的嗎？》，《新月》，1929 年 9 月 10 日，2 卷 6、7
　　　　號。
〔註120〕鄧俊慶：《梁實秋與無產階級革命文學》，《東北師大學報》，2005 年第 5 期，
　　　　第 149 頁。

國確曾有許多標語口號文學自以爲是無產文學，但那是因爲內容和形式都沒有「無產氣」，不用口號和標語，便無從表示其「新興」的緣故，實際上並非無產文學，而梁實秋的觀點是在有意無意地曲解無產文學。（四）針對梁實秋要看貨色的觀點，魯迅認爲於號稱無產作家的作品裏，他舉不出相當的成績，但是關於「中國的有口號而無隨同的實證者」，其病根並不在於「以文藝爲階級鬥爭的武器」，而在於「借階級鬥爭爲文藝的武器」，在於「無產者文學」的旗幟下聚集了不少「忽翻筋斗的人」。這種一時的現象當然不能當作無產階級文學之新興的反證。「無產者文學是爲了以自己們之力，來解放本階級並及一切階級而鬥爭的一翼，所要的是全般，不是一角的地位。」〔註121〕應該說，魯迅以縝密的邏輯推演出了梁實秋論點的偏頗與矛盾之處，這也是 30 年代左翼文藝界對梁實秋最爲理性的批駁。

梁實秋在批判文學的「階級性」觀點和反對文藝「工具論」的同時，還力圖從翻譯問題入手來否定左翼文藝界在無產文論譯介方面的實績。他語帶譏諷地說：「無產階級文學理論方面的書翻成中文的我已經看見約十種了，專門宣傳這種東西的雜誌，我也看了兩三種。我是想盡我的力量去懂他們的意思，但是不幸的很，沒有一本這類的書能被我看得懂。內容深奧，也許是；那麼便是我的學力不夠。但是這一類宣傳的書，如什麼盧那卡爾斯基，蒲力汗諾夫，婆格達諾夫之類，最使我感得困難的是文字。其文法之艱澀，句法之繁複，簡直讀起來比讀天書還難。宣傳無產文學理論的書而竟這樣的令人難懂，恐怕連宣傳品的資格都還欠缺，現在還沒有一個中國人，用中國人所能看得懂的文字，寫一篇文章告訴我們無產文學的理論究竟是怎樣一回事。我現在批評所謂無產文學理論，也只能根據我所能瞭解的一點點的材料而已。」〔註122〕1929 年 9 月 10 日，梁實秋又在《新月》上發表了《論魯迅先生的「硬譯」》一文，該文開頭引用了陳西瀅的一段話，即「死譯的病雖然不亞於曲譯，可是流弊比較的少，因爲死譯最多不過令人看不懂，曲譯卻愈看得懂愈糟」。然後他強調說，「曲譯固是我們深惡痛絕的，然而死譯之風也斷不可長」。接著，他以魯迅譯著《苦悶的象徵》、《藝術論》、《文藝與批評》中所謂的「死譯」爲例，以魯迅在《文藝與批評》一書的《譯者附記》中自我

〔註121〕魯迅：《「硬譯」與「文學的階級性」》，《萌芽月刊》，1930 年 3 月 1 日，1 卷 3 期，第 77～83 頁。

〔註122〕梁實秋：《文學是有階級性的嗎？》，《新月》，1929 年 9 月 10 日，2 卷 6、7 號。

解剖譯作中的弱點為他的立論根據，指責魯迅的譯文「艱澀」、「晦澀」，把魯迅的「硬譯」等於「死譯」。〔註123〕他認為魯迅譯文的「晦澀難懂」是源於譯者的「糊塗與懶惰」；他還諷刺了魯迅等人發起成立的「自由運動大同盟」，並聲言「魯迅先生恐怕不會專在紙上寫文章來革命」。〔註124〕

　　客觀地說，梁實秋強調翻譯要使人讀懂為第一要義且應該忠實地表現原文的觀點是有道理的，他對早期左翼文藝界（包括魯迅）譯介俄蘇文論時的「生硬」乃至「生吞活剝」現象的批評是有的放矢的，而魯迅貶低漢語的活力及「語法的不精密」的觀點也確有值得商榷之處。問題在於，梁實秋不但將魯迅的自謙語「硬譯」以及「直譯」偷換概念為「死譯」，還全盤否定了左翼文藝界的譯介實績，這就遭至了魯迅的猛烈批駁。魯迅強調自己的譯作和梁實秋所需的條件全都不一樣，所以成為新月社的「他們」之一，自然難免要被梁實秋這位「中國新的批評家」所批評。魯迅指出，梁實秋之所以覺得無產文學理論的譯本比「天書還難」，是因為他對於這方面的知識「極不完全」。他自以為「硬著頭皮看下去」了，「但究竟硬了沒有，是否能夠，還是一個問題。以硬自居了，而實則其軟如棉，正是『新月社』的一種特色」。梁實秋並不能代表全國的優秀者，他看不懂無產階級文學理論，那是他自己的「錯誤」。他還缺乏應有的常識，居然聲稱「普羅列塔利亞是國家裏只會生孩子的階級」！他讀無產階級文學理論「無所得」，不等於讀了並不「無所得」的讀者不存在，也並非譯者的「糊塗」或「懶惰」的「罪過」。魯迅還強調說：譯一本關於無產文學的書是不足以證明方向的，倘有曲譯反到足以為害。他自信自己沒有「故意的曲譯」，至於始終堅持「硬譯」的原因是為了保持原著的本來面目，等到將來較好的譯本出來，自己的譯本自然就被淘汰了，「我就只要來填這從『無有』到『較好』的空間罷了」。〔註125〕而像梁實秋那樣「等著」、「不譯」是無益於解決問題的。顯然，魯迅的「硬譯觀」映像了他與梁實秋在翻譯觀上的差異性以及後者輕易抹殺左翼文藝界譯介實績的做法的孟浪。

　　從 1929 年 11 月 10 日到 1930 年 1 月 10 日，梁實秋除繼續挑弄翻譯問題

〔註123〕梁實秋：《論魯迅先生的「硬譯」》，《新月》，1929 年 9 月 10 日，2 卷 6、7 號。

〔註124〕梁實秋：《答魯迅先生》，《新月》，1929 年 11 月 10 日，2 卷 9 號。

〔註125〕魯迅：《「硬譯」與「文學的階級性」》，《萌芽月刊》，1930 年 3 月 1 日，1 卷 3 期，第 67、86 頁。

外，還在《新月》上發表了一系列文章，抗擊左翼文藝界對他的批駁，並猛烈攻擊魯迅等左翼作家的無產階級革命文學活動。在《「資本家的走狗」》中，梁實秋對馮乃超在《拓荒者》第 2 期上發表的《階級社會的藝術》一文中稱他為「資本家的走狗」的說法進行了駁難，他表示對此「稱號」「不生氣」，聲稱要去討自己主子的歡心卻不知道主子是誰，暗示魯迅等人在「主子」——共產黨那裡領盧布。〔註 126〕在《「無產階級文學」》中，梁實秋指責魯迅提出了「無理要求」，指責《現代小說》第 3 卷第 3 期上的小說《梁實秋》「造謠誣衊」。〔註 127〕在《魯迅與牛》中，梁實秋對魯迅極盡挖苦諷刺之能事，他因為魯迅不回答他的問題，就杜撰了「魯迅先生的故態」：「他就沒有耐性能使他徹底的在某範圍之內討論一個問題，你指謫他這一點，他向你露露牙齒笑兩聲，然後他再蹦蹦跳跳的東一爪西一嘴的亂撲，他也並不想咬下你一塊肉，只想撕破你的衣服，招你噁心。這種的 Gorilla　Warfare 並不使人怕，只使人厭煩。這樣辯論下去，永遠不會有什麼結論的，因為魯迅先生要爭的似乎不是什麼是非，他要的是『使人不舒服』而已。與其逼魯迅先生說正經話，還不如索性給他一個放刁的機會，讓他充分的表現他的特長罷。」〔註 128〕他還借助魯迅在《〈阿 Q 正傳〉的成因》中的一段話來諷刺魯迅，並把魯迅比作一條奔走於北洋軍閥政府、思想界和左翼文學界之間的「乏」牛，暗示魯迅是共產黨，只信仰共產主義。在《「普羅文學」一斑》中，梁實秋先諷刺了魯迅對他的批評，然後抄寫了《文藝講座》雜誌上《中國新興文學論》中所列舉的郭沫若、蔣光慈、劉一聲三人的詩作各一首。他沒有評價這幾首詩，但暗含著對普羅文學的蔑視。〔註 129〕在《思想自由》中，梁實秋認為妨礙中國人民思想自由的人是「當局者」和「熱狂的宣傳家」。他指責前者的同時，也指責後者「用謾罵的文字攻擊異己，用誣衊的手段陷害異己，誇大的宣揚自己的主張」。〔註 130〕從上述觀點可以看出，梁實秋已經超出了文人論辯的底線，意欲推動國民黨政府對魯迅乃至整個左翼文藝界進行政治迫害。魯迅在識破了這種話語內含的意圖之後非常氣憤，他在 1930 年 5 月 1 日發表了《「喪家的」「資本家的乏走狗」》一文，對梁實秋進行了猛烈的抨擊。魯迅指出，

〔註 126〕梁實秋：《「資本家的走狗」》，《新月》，1929 年 11 月 10 日，2 卷 9 號。
〔註 127〕梁實秋：《「無產階級文學」》，《新月》，1929 年 11 月 10 日，2 卷 9 號。
〔註 128〕梁實秋：《魯迅與牛》，《新月》，1930 年 1 月 10 日，2 卷 11 號。
〔註 129〕梁實秋：《「普羅文學」一斑》，《新月》，1930 年 1 月 10 日，2 卷 11 號。
〔註 130〕梁實秋：《思想自由》，《新月》，1930 年 1 月 10 日，2 卷 11 號。

梁實秋將自己的論敵指爲「擁護蘇聯」、「╳╳黨」或「去領盧布」，其實是意欲借助「主子」的政治勢力「以濟其『文藝批評』之窮罷了」。所以，「從『文藝批評』方面來看，就還得在『走狗』之上，加上一個形容詞：『乏』」。〔註131〕這種批評可謂簡潔、精到、巧妙。

　　在鼓吹「超階級的人性論」、否認無產階級文學及相關譯著的合理性的過程中，梁實秋和新月社其他批評家還暴露出了爲國民黨政府「維持治安」的心理和意圖。其實，新月社從創立《新月》之初就有這種意圖，如徐志摩認爲：「先前我們在思想上是絕對沒有自由，結果是奴性的沉默；現在，我們在思想上是有了絕對的自由，結果是無政府的凌亂。」因此，他們要到「標語和主義」「這嘈雜的市場上去做一番審查和整理的工作」。〔註132〕這裡，「審查和整理」的對象主要意指的就是「功利」、「偏激」、「熱狂」的革命文藝派，而徐志摩的觀點完全可以作爲後期新月社的共識。在徐志摩「模糊」地表達了對文藝界諸現狀的不滿之後，梁實秋在《新月》上發表了一系列文章，在肯定左翼文學的嚴肅性、社會性和功利主義觀合理性的同時，也強化了新月社對左翼文藝界的批判立場與嘲諷、「清算」的態度。1929 年 5 月，梁實秋在《論思想統一》中表示：「我們反對思想統一！我們要求思想自由！我們主張自由教育！」〔註133〕這似乎表明了他倡導文學的多元化、堅守文藝家的思想獨立性和反對國家權力意志以暴力方式壓迫文藝的主張，可值得注意的是，這些主張都是以使統治者免除「麻煩」爲前提的。1929 年 7 月，梁實秋在《論批評的態度》中認爲，批評就是判斷，批評者就是判斷者，批評者在從事批評的時候要注意批評的根據和態度。他指責當時的批評界沒有自己的主張、思想卻「妄事批評」，一些「先進」、「努力」的文藝青年的批評態度「不嚴正」，「群起而模仿」一些「幽默而諷刺」的文章，「結果是無數無數的粗糙叫囂的文字出現」，或者是些「令人生厭」的「尖酸刻薄」乃至「下流」的俏皮話。他還指責了文藝界「猜忌」、「放刁」、「瘋狂」、「專在字句上小的地方挑剔而不在根本思想上討論」、「胡湊」等批評態度。〔註134〕1929 年 10 月，梁實秋

〔註131〕魯迅：《「喪家的」「資本家的乏走狗」》，《萌芽月刊》，1930 年 5 月 1 日，1卷 5 期，第 331 頁。

〔註132〕新月社：《〈新月〉的態度》，《新月》，1928 年 3 月 10 日，1 卷 1 號，第 4～8頁。

〔註133〕梁實秋：《論思想統一》，《新月》，1929 年 5 月 10 日，2 卷 3 號。

〔註134〕梁實秋：《論批評的態度》，《新月》，1929 年 7 月 10 日，2 卷 5 號。

在《「不滿於現狀」，便怎樣呢？》中指責魯迅對現狀很「不滿」，有「無窮盡的雜感」，不滿意「三民主義」、「好政府主義」等任何一個「藥方」。他還冷嘲熱諷地說：「『不滿於現狀』，便怎樣呢？我們要的是積極的一個診斷，使得現狀漸趨（或突變）於良善。現狀如此之令人不滿，有心的人恐怕不忍得再專事嘲罵只圖一時口快筆快了罷？你不滿於別人的主張，你自己的主張呢？自己也許沒有能力指示改善現狀的途徑，但是總該按捺住一時的暴躁，靜心的等候著罷？」〔註135〕此後，1929 年 12 月，胡適在《新月》上發表了《我們走那條路？》一文，主張打倒中國的「五大仇敵」，即「貧窮」、「疾病」、「愚昧」、「貪污」、「擾亂」；聲稱要建立一個「治安的，普遍繁榮的，文明的，現代的統一國家」；並認為「最緊要的一點是我們要用自覺的改革來替代盲動的所謂『革命』」。〔註136〕1930 年 2 月，羅隆基在《新月》上發表了《我們要什麼樣的政治制度》一文，強調要「批評共產派的國家觀」，反對國民黨的「黨在國上」，主張召集國民大會、制定憲法，建設「委託治權」與專家行政的政府。〔註137〕此外，《新月》上還登載了很多新月社成員參政議政的文章，基本上是為國民黨政府出謀劃策的，其立場、傾向和意圖都主要指向對左翼文藝界乃至共產黨的批判與清算。

對於新月社替國民黨政府「維持治安」的心理、做國民黨「諍友」的身份認同和鼓吹「好人政府」的真正意圖，魯迅看得非常清楚。他一針見血地指出：「現代派諸公，是已經和北平諸公中之一部分結合起來了。這是不大好的。但有什麼法子呢。《新月》忽而大起勁，這是將代《現代評論》而起，為政府作『諍友』，因為《現代》曾為老段諍友，不能再露面也。」〔註138〕魯迅還及時發表了《新月社批評家的任務》和《「好政府主義」》等文章予以揭露。他認為「新月社中的批評家」，即梁實秋，「是很憎惡嘲罵的，但只嘲罵一種人，是做嘲罵文章者」，「是很不以不滿於現狀的人為然的，但只不滿於一種現狀，是現在有竟不滿於現狀者」。他由此發現了新月社「揮淚以維

〔註135〕梁實秋：《「不滿於現狀」，便怎樣呢？》，《新月》，1929 年 10 月 10 日，2 卷 8 號。

〔註136〕胡適：《我們走哪條路？》，《新月》，1929 年 12 月 10 日，2 卷 10 期。

〔註137〕羅隆基：《我們要什麼樣的政治制度》，《新月》，1930 年 2 月 10 日，2 卷 12 期。

〔註138〕魯迅：《致章廷謙（1929 年 8 月 17 日）》，《魯迅全集》第 11 卷，北京：人民文學出版社，1981 年版，第 682 頁。

持治安」主張背後潛隱的奴性心理。〔註 139〕他還明示讀者：梁實秋將他所看到的雜感的「罪狀」誇大了，「其實是，指謫一種主義的理由的缺點，或因此而生的弊病，雖是並非一主義者，原也無所不可的。有如被壓榨得痛了，就要叫喊，原不必在想出更好的主義之前，就定要咬住牙關。但自然，能有更好的主張，便更成一個樣子」。魯迅認為，梁實秋開了很多「藥方」，但「三民主義」才是他心目中「改善現狀」的「好藥料」，一旦有人嘲笑他的「好藥料主義」，他就會「惱羞成怒」，叫你「開出你的藥方來」！〔註140〕不過，令新月社批評家尷尬的是，他們向國民黨政府獻媚邀寵，對方卻不領情，新月社被責罰，胡適被「警告」，羅隆基被逮捕。由於國民黨的思想統制，新月社「思想自由」的權利喪失了，是故魯迅說：「現在新月社的批評家這樣盡力地維持了治安，所要的卻不過是『思想自由』，想想而已，決不實現的理想。而不料遇到了別一種維持治安法，竟連想也不准想了。從此以後，恐怕要不滿於兩種現狀了罷。」〔註141〕這就從反面驗證了魯迅思想的敏銳性、前瞻性和對當時社會現實的深刻認知。同時，魯迅提醒革命者要注意的是：「梁實秋先生們雖然很討厭多數，但多數的力量是偉大，要緊的，有志於改革者倘不深知民眾的心，設法利導，改進，則無論怎樣的高文宏議，浪漫古典，都和他們無干，僅止於幾個人在書房中互相歡賞，得些自己滿足。假如竟有『好人政府』，出令改革乎，不多久，就早被他們拉回舊道上去了。」〔註142〕也就是說，新月社批評家有的不過是一種「公正而且堂皇」的「口實」，並非真的希望「好人政府」施行改革，因為既怕於己不利又怕不利於維護國民黨的統治。

　　魯迅與新月社的思想雖然都基於「人」，但雙方無疑存在本質性差異，前者的精神關懷指向的是底層民眾，而後者指向的是抽象的「人」。如果說梁實秋主張文學的「共通的人性」並強調文學的普遍性，激進的革命文學派堅持文學的階級性且強調文學的現實性，那麼，魯迅則既強調文學的現實性和藝

〔註139〕魯迅：《新月社批評家的任務》，《萌芽月刊》，1930 年 1 月 1 日，1 卷 1 期，第 185～186 頁。

〔註140〕魯迅：《「好政府主義」》，《萌芽月刊》，1930 年 5 月 1 日，1 卷 5 期，第 323～324 頁。

〔註141〕魯迅：《新月社批評家的任務》，《萌芽月刊》，1930 年 1 月 1 日，1 卷 1 期，第 186 頁。

〔註142〕魯迅：《習慣與改革》，《萌芽月刊》，1930 年 3 月 1 日，1 卷 3 期，第 240～241 頁

術特性又主張文學兼具階級性和人性。他曾說過：「在我自己，是以爲若據性格感情等，都受『支配於經濟』（也可以說根據於經濟組織或依存於經濟組織）之說，則這些就一定都帶著階級性。但是『都帶』，而非『只有』。所以不相信有一切超乎階級，文章如日月的永久的大文豪，也不相信住洋房，喝咖啡，卻道『唯我把握住了無產階級意識，所以我是眞的無產者』的革命文學者。」〔註143〕這表明魯迅與梁實秋、革命文學派的「只有」式絕對化思維方式不同，他辯證地揚棄了前兩者思想觀念中的不合理成份。更重要的是，魯迅爲無產階級文學的存在合理性進行了辯護，這就爲左翼知識界消除了來自新月社的規約性、否定性理論的威脅，進而爲中國左翼文學的發生發展提供了強有力的理論支持和寶貴的精神資源。

第四節　魯迅「無產階級革命文學」思想的超越性

　　魯迅一直激烈地批判、否定中國傳統文化的缺陷，在他看來：儒家文化是維護中國幾千年來「吃人」制度合法性的闡釋者，是提倡貶抑個體精神自由、君君臣臣父父子子的綱常倫理道德的始作俑者，是統治階級對中國人民施行精神奴役的「細腰蜂」；道家文化的相對主義哲學觀、無是非觀和遊戲主義是中國「做戲的虛無黨」、「看客」、「文字的遊戲國」現象的一個重要思想根源〔註144〕；中國的傳統向來不把人當人，而是當作任人驅使、殺戮的奴隸，「中國人向來就沒有爭到過『人』的價格，至多不過是奴隸，到現在還如此，然而下於奴隸的時候，卻是數見不鮮的」。他認爲所謂中國的文明，「其實不過是安排給闊人享用的人肉的筵宴」，所謂中國「其實不過是安排這人肉的筵宴的廚房」。而且，「這人肉的筵宴現在還排著，有許多人還想一直排下去」。由此他認定青年和自己的使命是：「掃蕩這些食人者，掀掉這筵席，毀壞這廚房。」〔註145〕爲此，他積極提倡眞正的革命文學和文化。經過 1928 年以來的革命文學論爭和 1931 年的思想總結，魯迅在學習、運用馬克思基本原理的過程中終於完善了他的革命文學階級性思想建構，並和他的「立人」思想、改造

〔註143〕魯迅：《通信・其二》，《語絲》，1928 年 8 月 20 日，4 卷 34 期，第 47 頁。參見《語絲》合訂本第 6 冊。

〔註144〕錢理群：《論「演戲」——周氏兄弟「改造國民性思想」之三》，《文藝爭鳴》1999 年第 6 期，第 12 頁。

〔註145〕魯迅：《墳・燈下漫筆》，《魯迅全集》第 1 卷，北京：人民文學出版社，1981年版，第 212、216、217 頁。

國民性思想有機結合起來，這意味著他的文學思想和觀念發生了根本性變化。
〔註 146〕1930 年加入「左聯」之後，魯迅先後參與了「文藝大眾化」討論、對「民族主義文藝運動」的鬥爭和對「自由人」、「第三種人」的批判，並在這一過程中展現了精絕的論戰智慧、清醒的學理態度和超越當時左翼文藝界的價值指向。

「左聯」成立後，非常注意研究文藝大眾化問題，成立了大眾文藝委員會。1931 年 11 月，左聯執委會通過了《中國無產階級革命文學的新任務》的「決議」，明確提出：為了完成中國無產階級革命文學的迫切任務，「首先第一個重大的問題，就是文學的大眾化」。決議還切實地指出：

> 文學大眾化問題在目前意義的重大，尚不僅在它包含了中國無產階級革命文學目前首重的一些任務：如工農兵通信員運動等等，而尤在此問題之解決實為完成一切新任務所必要的道路。在創作，批評，和目前其他諸問題，乃至組織問題，今後必須執行徹底的正確的大眾化，而決不容許再停留在過去所提起的那種模糊忽視的意義中。只有通過大眾化的路線，即實現了運動與組織的大眾化，作品，批評以及其他一切的大眾化，才能完成我們當前的反帝反國民黨的蘇維埃革命的任務，才能創造出真正的中國無產階級革命文學。〔註 147〕

也就是說，「文藝大眾化」關涉無產階級革命文藝的發展方向，這也是「國際革命作家聯盟」為中國無產階級文學設定的「任務」及「工作」之一。〔註148〕為了促進文藝大眾化運動的發展，「左聯」曾在 1930 年春、1932 年夏和

〔註146〕魯迅由一個追求孤獨的「精神界戰士」到加入追求集體主義、社會主義理想目標的政治文藝團體「左聯」，這一事實本身說明他的思想和文學觀念確實發生了根本變化，這一點已經是學界的共識。在這種情況下，魯迅與其他左翼作家在政治取向上是一致的，但須注意的是他們在文藝思想上仍存在根本差異，比如在「文藝大眾化」、「兩個口號」論爭等問題方面。至於他作為一個作家個體與「左聯」組織之間的矛盾和問題就更複雜了。相關內容可參見王宏志：《思想激流下的中國命運——魯迅與「左聯」》，臺北：風雲時代出版公司，1991 年版。

〔註147〕秘書處：《中國無產階級革命文學的新任務——一九三一年十一月中國左翼作家聯盟執行委員會的決議》，《文學導報》，1931 年 11 月 15 日，1 卷 8 期，第 4～5 頁。

〔註148〕秘書處：《國際革命作家聯盟對於中國無產文學的決議案》，《文學導報》，1931 年 11 月 15 日，1 卷 8 期，第 7 頁。

1934 年夏秋之間，組織過三次文藝大眾化的討論，使左翼作家明確了文藝大眾化的重要性、緊迫性和必要性。這三次討論，魯迅參加了第一次和第三次，發表了幾篇具有指導性意義的「重要文章」，如《文藝的大眾化》等，對文藝大眾化運動的發展起到了一定的積極作用。

　　1930 年的文藝大眾化討論，主要探討了大眾文藝的形式問題。魯迅認為：「文藝本應該並非只有少數的優秀者才能鑒賞，而是只有少數的先天的低能者所不能鑒賞的東西。」「倘若說，作品愈高，知音愈少。那麼，推論起來，誰也不懂的東西，就是世界上的絕作了。」〔註 149〕這就點出了梁實秋「好的作品永遠是少數人的專利品」〔註 150〕觀點的荒謬性，確認了民眾擁有學習、鑒賞文藝的權利。當然，魯迅也知道，讀者要鑒賞文藝應該有相當的文化水平：首先是識字；其次得有普通的大體的知識，思想和情感也須大抵達到相當的水平，否則與文藝就不能發生關係。魯迅還提醒文藝界，文藝大眾化須對大眾有益，但這不等於降低思想和藝術水平去俯就、迎合、媚悅大眾。「迎合和媚悅，是不會於大眾有益的。」這種深刻的認知有利於糾正當時一些「偏激」的觀點〔註 151〕。魯迅還清醒地意識到：在教育不平等的社會裏，應該有種種難易不同的文藝，以便適應各種程度的讀者的需要，「倘若此刻就要全部大眾化，只是空談」。因為大多數人不識字，〔註 152〕通

〔註 149〕 魯迅：《集外集拾遺・文藝的大眾化》，《魯迅全集》第 7 卷，北京：人民文學出版社，1981 年版，第 349 頁。

〔註 150〕 梁實秋認為：「好的作品永遠是少數人的專利品，大多數永遠是蠢的永遠是與文學無緣的。不過鑒賞力之有無卻不與階級相干，貴族資本家盡有不知文學為何物者，無產的人也盡有能賞鑒文學者。創造文學固是天才，鑒賞文學也是天生的一種福氣。所以文學的價值決不能以讀者數目多寡而定。」見《文學是有階級性的嗎？》，《新月》，1929 年 9 月 10 日，2 卷 6、7 號。

〔註 151〕 比如郭沫若在《新興大眾文藝的認識》一文中說：「我所希望的新的大眾文藝，就是無產文藝的通俗化！」「通俗！通俗！通俗！我向你說五百四十二萬遍通俗！」「通俗到不成文藝都可以。」等等。又如鄭伯奇在《關於文學大眾化的問題》一文中認為：「大眾文學應該是大眾能享受的文學，同時也應該是大眾能創造的文學。」「大眾文學的作家，應該是由大眾中間出身的：至少這是原則。」這兩篇文章均發表於 1930 年 3 月 1 日的《大眾文藝》第 2 卷第 3 期，也可參見《文學運動史料選》第 2 冊，上海：上海教育出版社，1979 年版，第 364～370 頁。

〔註 152〕 1930 年前後的教育情況，相比於五四時期有所改進，但受教育者仍然十分有限，教育狀況比較好的國統區，學生人數也不過一千多萬。（李桂林：《中國現代教育史》，長春：吉林教育出版社，1991 年版，第 152～153 頁）所以「文藝大眾化」運動目標過高確實不現實。

行的白話文也不是大眾都能懂的文章，言語又不統一。「總之，多作或一程度的大眾化的文藝，也固然是現今的急務。若是大規模的設施，就必須政治之力的幫助，一條腿是走不成路的，許多動聽的話，不過文人的聊以自慰罷了。」〔註153〕此外，針對左翼文藝界要求大眾文藝要用現代話或曰使大眾能讀出來、聽得懂、看得懂的話來寫的觀點，魯迅反對「用太限於一處的方言」來寫作，主張「博取民眾的口語而存其比較的大家能懂的字句，成為四不像的白話」，且「這白話得是活的」。〔註154〕魯迅的觀點實事求是，有啟發性意義，本該起到重要的指導作用。可惜的是，「左聯」在成立初期雖然非常重視文藝大眾化問題，但由於受「左傾空談路線」的影響，對大眾文藝偏重於從組織上解決問題，即強調開展所謂的工農通信員運動，不重視作家們的作用，因此，對於什麼是大眾文藝，大眾文藝的內容與形式及其相互關係，大眾文藝的語言問題及藝術價值，作家與大眾文藝的關係，以及怎樣推進大眾文藝等問題，一直沒有很好地解決。因此，魯迅的意見雖是「最精闢和正確的」，但「未被重視」，文藝大眾化討論多停留在口頭上，「缺乏實踐」。〔註155〕顯然，忽略魯迅的意見對於文藝大眾化運動來說是一種難以估量的損失，是故有人在 1932 年就非常惋惜地說：「『文藝大眾化』的問題，在一九三零年的上半期，曾經在中國新興文藝運動中，很響亮的提起也很熱烈的討論過，只可惜那時整個的文藝運動都被左傾空談的路線影響著，因此對於這一問題缺乏深刻的理解和切實的工作布置，結果『大眾化』的成績，在實際上也就差不多等於一張白紙。」〔註156〕

1932 年 4 月和 6 月，瞿秋白在《文學》半月刊和《文學月報》月刊創刊號上分別刊登了論文《普羅大眾文藝的現實問題》（署名史鐵兒）和《大眾文藝的問題》（署名宋陽），引發了左翼文藝界的第二次文藝大眾化討論，探討了大眾文藝的內容、語言、形式、創作方法等問題。魯迅沒有參加這次討論。1934 年夏秋之間，又有了第三次文藝大眾化論爭，以及由此引發了漢字

〔註153〕魯迅：《集外集拾遺·文藝的大眾化》，《魯迅全集》第 7 卷，北京：人民文學出版社，1981 年版，第 349～350 頁。

〔註154〕魯迅：《二心集·關於翻譯的通信》，《魯迅全集》第 4 卷，北京：人民文學出版社，1981 年版，第 384 頁。

〔註155〕茅盾：《文藝大眾化的討論及其他》，《茅盾全集》第 34 卷，北京：人民文學出版社，1997 年版，第 545 頁。

〔註156〕寒生：《文藝大眾化與大眾文藝》，《北斗》，1932 年 7 月 20 日，2 卷 3、4 合刊，第 432 頁。

拉丁化問題的討論。不過，這次論爭並非發生於「左聯」內部，而是源於進步文藝界對國民黨復古逆流的反擊。〔註157〕在這次論爭中，魯迅對舊形式的採用和語言的發生發展等問題提出了自己的看法。他在《論「舊形式的採用」》中認為，內容和形式、作品和大眾不能機械地分開，舊形式的採用和新形式的探求也不能機械分開，這是常識。他強調說：「舊形式是採取，必有所刪除，既有刪除，必有所增益，這結果是新形式的出現，也就是變革。」他同時提醒人們注意的是，有了新形式，不代表就會有很高的藝術，藝術的發展還要其他的文化工作的協助，「某一文化部門，要某一專家唱獨角戲來提得特別高，是不妨空談，卻難做到的事，所以專責個人，那立論的偏頗和偏重環境的是一樣的」。〔註158〕接著，他在《答曹聚仁先生信》中建構了一些解決大眾語問題的實施方案：制定羅馬拼音；做更淺顯的白話文，採用較普通的方言，做思想「進步」的「向大眾語去的作品」；「仍要支持歐化文法，當作一種後備」。〔註159〕此後，他又在《門外文談》中分析說：歷史和文字的關係很密切，古時候的言、文並不一定一致；文字在人民中間萌芽，後來卻成了特權者的東西，有了尊嚴性，而統治階級和士大夫為了保持自己尊榮，故意使文字、文章更難；文學是為了「將文字交給一切人」的產物，要將文字交給大眾，方法是先「專化」方言，後推廣「普通話」、提倡大眾語文，大眾並不如讀書人所想像的那樣愚蠢，只要方法得當，大眾就會接受新的知識。最後他說：「由歷史所指示，凡有改革，最初，總是覺悟的智識者的任務。但這些智識者，卻必須有研究，能思索，有決斷，而且有毅力。他也用權，卻不是騙人，他利導，卻並非迎合。他不看輕自己，以為是大家的戲子，也不看輕別人，當作自己的嘍羅。他只是大眾中的一個人，我想，這

〔註157〕據茅盾回憶，1934 年 2 月，蔣介石在南昌講《新生活運動之要義》，強制推行以封建道德「四維」（禮義廉恥）「八德」（忠孝仁愛信義和平）為準則的「新生活運動」，提倡尊孔讀經，掀起了全國性的復古逆流。5 月，國民黨教育部官員汪懋祖在南京國民黨的《時代公論》上發表文章，鼓吹復興文言。上海方面，以「左聯」為核心的進步文藝界，決定以汪的文章為靶子，對國民黨的復古逆流進行反擊，後來又發展成為大眾語和拉丁化的論爭。參見茅盾：《文藝大眾化的討論及其他》，《茅盾全集》第 34 卷，北京：人民文學出版社，1997 年版，第 555 頁。

〔註158〕魯迅：《且介亭雜文·論「舊形式的採用」》，《魯迅全集》第 6 卷，北京：人民文學出版社，1981 年版，第 22～24 頁。

〔註159〕魯迅：《且介亭雜文·答曹聚仁先生信》，《魯迅全集》第 6 卷，北京：人民文學出版社，1981 年版，第 78 頁。

才可以做大眾的事業。」〔註 160〕這裡，魯迅論及了左翼文藝界大眾化運動的根本立場和態度問題，沒有因爲追求「大眾化」便斷然要求知識分子進行「思想改造」，而是肯定了「智識者」的「利導」作用和主體性，其言辭極爲懇切而又意味深長。這也是 30 年代個體知識分子的問題意識和理論思維所能推演出來的最令人信服的體察與卓見。

魯迅在參與「文藝大眾化」討論的同時，還積極投身於對「民族主義文藝運動」的鬥爭之中。爲了攻擊左翼文藝運動，1930 年初國民黨文藝界曾鼓吹「三民主義文學」。由於該文學形態的反動政治傾向太過於明顯，加之其空有口號、理論而無創作，因此在社會上沒有產生什麼影響，可這卻拉開了國民黨利用文藝統制政策和反動文藝活動傾軋左翼文藝甚至自由主義文藝的序幕。繼三民主義文學之後，1930 年 6 月 1 日，一群所謂的「中國民族主義文藝運動者」，即朱應鵬、潘公展、范爭波、傅彥長等人，在上海創建了「前鋒社」，並先後出版了《前鋒週刊》、《前鋒月刊》、《現代文學評論》，發表了《民族主義文藝運動宣言》，鼓吹「民族主義文藝運動」，表露了這種文藝運動的基本理論主張。結果，左翼文藝界對其進行了猛烈抨擊，魯迅和茅盾、瞿秋白等一起積極撰文，深刻揭露、批判了民族主義文學的欺騙性、虛偽性和「法西斯面目」。

民族主義文藝運動倡導者的基本觀點是：（一）中國文藝界深深地陷入了畸形、病態的發展進程中，因爲從事新文藝運動的人缺乏文藝中心意識，文藝被「殘餘的封建思想」無形地支配著，「自命左翼的所謂無產階級的文藝運動」，產生了「階級的藝術運動」；（二）文藝的最高意義，就是民族主義；（三）藝術和文學，必須以民族爲基礎；（四）民族主義的文藝，「不僅在表現那已經形成的民族意識；同時，並創造那民族底新生命」；（五）民族主義文藝運動的任務就是爲文藝樹立「民族主義」的中心意識。〔註 161〕從民族主義文藝者的「宣言」及其主張可以看出，民族主義文藝運動與「醒獅派」國家主義文學的本質是相同的，其目的和主要任務是壓制中國共產黨領導的「左聯」、「普羅文學運動」，建立法西斯文學或曰統一的文學意識形態。除了上海的前

〔註 160〕 魯迅：《且介亭雜文·門外文談》，《魯迅全集》第 6 卷，北京：人民文學出版社，1981 年版，第 84～102 頁。

〔註 161〕 《民族主義文藝運動宣言》，原連載於 1930 年 6 月 29 日、7 月 6 日《前鋒週刊》第 2、3 期，又載於《前鋒月刊》創刊號。也可參見《文學運動史料選》第 3 冊，上海：上海教育出版社，1979 年版，第 78～85 頁。

鋒社及其刊物外，民族主義文藝社團和刊物還有很多。在南京，「中國文藝社」創辦了《文藝月刊》、《文藝週刊》，「開展文藝社」創辦了《開展》月刊和週刊，「流露文藝社」創辦了《流露》月刊；在杭州，「初陽社」創辦了《初陽旬刊》，國民黨浙江省黨部創辦了《黃鐘》週刊和半月刊等。〔註162〕這些社團和刊物從國民黨中央組織部相關部門領取津貼，極力鼓吹民族主義文學，在文壇甚囂塵上。

應該說，民族主義文藝運動有反帝愛國、反對民族壓迫爭取民族平等自由的意旨，這是應該給予肯定的，但其主要意圖是鼓吹對內獨裁專制、對外侵略擴張的狹隘民族主義〔註163〕以及組織國家權力、奪取文藝戰線的話語霸權，加之其創作又匱乏活力、表現力和獨創性，所以遭到進步文藝界的抨擊和拋棄在所難免。率先出來抨擊民族主義文學的是瞿秋白和茅盾。瞿秋白尖銳地諷刺了民族主義文學的幾部代表性作品，他認為：孫席珍在《戰場上》中宣揚了一種非常空洞的「和平主義非戰主義」；黃震遐在《隴海線上》中宣揚了一種極端狹隘的民族主義情緒；萬國安在《國門之戰》中表現出來的其實是一種「吃人肉喝人血的精神」。他的結論是：民族主義文學是一種鼓吹「戰爭」、「殺人放火」的「屠夫文學」。〔註164〕茅盾認為民族主義文藝運動的本質就是「國民黨對於普羅文藝運動的白色恐怖以外的麻醉欺騙的方策」。他指出：「民族主義文藝的理論」內容支離破碎、東抄西襲、捉襟見肘；「民族派」所反對者只是無產階級的階級文學，統治階級的階級文學，他們是擁護而且盡力的；民族主義文藝卸去麻醉欺騙的面具露出的是「法西斯帝的面目」，它不過是將被「滔天的赤浪」所掃除的「文藝上的白色的妖魔」而已！〔註165〕

如果說，瞿秋白和茅盾揭破了民族主義文學的本質，那麼，具有思想穿透力的魯迅則透視了民族主義文學的目的與提倡者的任務、奴性意識及其腐

〔註162〕參見倪偉《「民族」想像與國家統制──1928年～1948年南京政府的文藝政策及文學運動》（上海：上海教育出版社，2003年版）一書第2章「在民族主義的旗幟下──20世紀30年代初的民族主義文學社團」，第51～94頁。

〔註163〕錢振綱：《論民族主義文藝派所主張的民族主義的二重性格》，《中國現代文學研究叢刊》，2001年第2期，第40頁。

〔註164〕史鐵兒：《屠夫文學》，《文學導報》，1931年8月20日，1卷3期，第12～14頁。

〔註165〕石萌：《「民族主義文藝」的現形》，《文學導報》，1931年9月13日，1卷4期，第5～10頁。

爛的運命。正如他化名「宴敖」在《「民族主義文學」的任務和運命》一文中所剖析的那樣：國民黨流氓是帝國主義的寵犬、奴才，中國民族主義文藝運動者則是國民黨的「寵犬」；「民族主義文學」這種「寵犬派文學」、「流屍文學」，標舉「國粹主義」、「民族主義」等口號，其「終極的目的」只有一個──「就是打死反帝國主義即反政府，亦即『反革命』，或僅有些不平的人民」；民族主義文藝者不過是「雜碎的流屍」，自宣言發表後並未見到「一點鮮明的作品」，「宣言是一小群雜碎胡亂湊成的雜碎，不足爲據的」。接著，他分析了黃震遐的《隴海線上》（小說）的拙劣描寫和傅彥長的《黃人之血》（詩劇）、蘇鳳的《戰歌》（詩歌）等「慷慨悲歌」作品中的奴性意識。最後，他預言民族主義文學者的「運命」是：「他們將只盡些送喪的任務，永含著戀主的哀愁，須到無產階級革命的風濤怒吼起來，刷洗山河的時候，這才能脫出這沉滯猥劣和腐爛的運命。」〔註166〕此外，在《不通兩種》一文中，魯迅諷刺了民族主義文藝者故意找理由來文飾自己的「不通」〔註167〕；在《對於戰爭的祈禱──讀書心得》一文中，魯迅化名「何家幹」對黃震遐《大上海的毀滅》進行了分析，他發現作者在作品中「警告」國人，「非革命，則一切戰爭，命裏注定的必然要失敗」。小說中的所謂「民族英雄」對於戰爭的祈禱是：「打是一定要打的，然而切不可打勝，而打死也不好，不多不少剛剛適宜的辦法是失敗。」更糟糕的是，戰爭的指揮權掌握在這些「民族英雄」的手中，而他們已經預定好了打敗仗的計劃。〔註168〕如此，魯迅就揭示了民族主義文學運動骨幹份子黃震遐誇張日本武力、宣揚失敗主義的醜惡嘴臉和奴性意識。本來，民族主義文學中塑造的國民黨的「民族英雄」具有一定的迷惑性，可魯迅透過他們內在的思維邏輯發現了這些「民族英雄」卑微、怯懦的心理，揭露了這些「隱性賣國賊」的可怕之處，因爲他們擁有國家權力。這對於當時

〔註166〕宴敖：《「民族主義文學」的任務和運命》，《文學導報》，1931 年 10 月 23 日，1 卷 6、7 合刊，第 16～20 頁。

〔註167〕該文發表後引起了王平陵的不滿，他在 1933 年 2 月 20 日《武漢日報》的《文藝週刊》上發表了《「最通的」文藝》一文，官氣十足地指責魯迅對民族主義文藝者的批評「其言可謂盡深刻毒之能事」。魯迅則以「家幹」爲筆名寫了《官話而已》，駁斥了王平陵的「眞正老牌的官話」。參見魯迅：《僞自由書‧不通兩種》，《魯迅全集》第 5 卷，北京：人民文學出版社，1981 年版，第 20～23 頁。

〔註168〕魯迅：《僞自由書‧對於戰爭的祈禱──讀書心得》，《魯迅全集》第 5 卷，北京：人民文學出版社，1981 年版，第 40 頁。

進步的思想文藝界和讀者而言是非常有啓發性和教育意義的。可以說，30 年代的魯迅以世界性的眼光跳過了「民族意識」和「時代限制」，跨越了政治觀念和意識形態的局囿，展現了常人難以企及的思維寬度。

30 年代初，胡秋原自稱「自由人」，蘇汶自稱「第三種人」，在《文化評論》、《現代》等期刊雜誌上不合適宜地鼓吹「文藝自由論」，反對文藝爲革命的政治服務，在尖銳地批判國民黨民族主義文藝運動之時，也錯誤地將「左翼革命文學」置於「把持文壇」的地位上，結果受到了瞿秋白、周揚、馮雪峰等左翼理論家的抨擊。雙方的分歧既有「來自蘇俄又被中國化的馬克思主義文藝理論與來自歐美的自由主義文藝理論相互碰撞」〔註169〕的因素，也是雙方因俄蘇體驗和英美體驗的不同而造成矛盾衝突的一種表現。在這一過程中，魯迅寫了《論「第三種人」》、《又論「第三種人」》等文章揭示了「自由人」、「第三種人」的理論缺陷，批判了他們向左翼文壇要自由的錯誤觀點和荒謬行爲。

魯迅認爲，蘇汶所說的左翼作家「左而不作」、動不動就指責作家爲「資產階級的走狗」卻在資本家處領取稿費等看法是不正確的，眞實的情形是：左翼作家在受著封建的資本主義社會的法律的壓迫、禁錮、殺戮，左翼刊物已被摧殘得寥寥無幾，偶有發表的批評作品也「絕少」，並未動不動便指責作家爲「中產階級的走狗」，且沒有不要「同路人」。他說：「左翼作家並不是從天上掉下來的神兵，或國外殺進來的仇敵，他不但要那同走幾步的『同路人』，還要招誘那些站在路旁看看的看客也來同走呢。」魯迅指出，「第三種人」的「擱筆」並非因爲左翼批評的嚴酷，眞實原因是做不成「第三種人」，「生在有階級的社會裏而要做超階級的作家，生在戰鬥的時代而要離開戰鬥而獨立，生在現在而要做給與將來的作品，這樣的人，實在也是一個心造的幻影，在現實世界上是沒有的。」於是，「第三種人」陷入幻影不能成爲實有的苦境，但蘇汶卻又心造了一個「橫暴的左翼文壇的幻影」，「將『第三種人』的幻影不能出現，以至將來的文藝不能發生的罪孽，都推給它了」。〔註170〕他還強調說，「第三種人」實際上是不能存在的，文藝上的「第三種人」也一樣，「即使好像不偏不倚罷，其實是總有些偏向的，平時有意的或無意的遮掩起來，

〔註169〕逄增玉：《對左聯和左翼文學研究的幾點思考》，《中國現代文學研究叢刊》，2000 年第 4 期，第 43 頁。

〔註170〕魯迅：《論「第三種人」》，《現代》，1932 年 11 月 1 日，2 卷 1 期，第 163～165 頁。

而一遇切要的事故，它便會分明的顯現」。〔註171〕就這樣，魯迅揭示了「自由人」、「第三種人」主張的悖謬之處，質疑乃至否定了其存在的可能性。

　　魯迅對「自由人」、「第三種人」的觀點持有嚴肅的批評立場，代表了左翼文壇的正義之聲。不過，代表正義並不等於可以對論敵進行「恐嚇和辱罵」。魯迅思想的成熟性、深刻性和超越性，不僅在於迅速剖白了「自由人」、「第三種人」的理論本質，還在於對待論敵的學理態度。1932 年 11 月，《文學月報》第 1 卷第 4 期上刊載了芸生（邱九如）的詩作《漢奸的供狀》，詩中充滿了對胡秋原的「辱罵」和「恐嚇」，比如罵胡秋原是「漢奸」、「帝國主義的牧師＋地主資產階級的和尚」、「精神狀態失常」者，還有諸如「放屁，奓你的媽，你祖宗托落茲基的話。／當心，你的腦袋一下就會變做剖開的西瓜！」等等。〔註172〕據馮雪峰回憶，「魯迅翻看了一下那長詩後認為這是流氓作風，自己先公開糾正一下是好的，爭取主動」。〔註173〕於是，魯迅以「個人名義」寫了《辱罵和恐嚇決不是戰鬥》一文，直言不諱地表示對芸生的《漢奸的供狀》「非常失望」。他認為，芸生在詩的開頭對胡秋原的「姓」開玩笑是「封建」風氣，結尾的辱罵更是「不堪」，等於是將上海的流氓行為塗抹在革命的工農身上，這種筆戰中「鼓譟」罵人而又自以為勝利，簡直是「『阿 Q』式的戰法」，而「切西瓜」之類的恐嚇也是「極不對的」。「無產者的革命，乃是為了自己的解放和消滅階級，並非因為要殺人，即使是正面的敵人，倘不死於戰場，就有大眾的裁判，決不是一個詩人所能提筆判定生死的。」是故，用筆將革命的工農塗成一個嚇人的鬼臉，「真是鹵莽之極了」。他還強調說，戰鬥的作者應該注重「論爭」，「倘在詩人，則因為情不可遏而憤怒，而笑罵，自然也無不可。但必須止於嘲笑，止於熱罵，而且要『喜笑怒罵，皆成文章』，使敵人因此受傷或致死，而自己並無卑劣的行為，觀者也不以為污穢，這才是戰鬥的作者的本領」。〔註174〕這裡，魯迅提出了戰鬥的作者應該注重「論爭」的戰鬥原則可謂切中肯綮，因為其中隱含著他對自己當年被「革命小將」施以人身攻擊的教訓的認識，也包蘊著他

〔註171〕魯迅：《南腔北調集・又論「第三種人」》，《魯迅全集》第 4 卷，北京：人民文學出版社，1981 年版，第 534 頁。

〔註172〕芸生：《漢奸的供狀》，《文學月報》，1932 年 11 月 15 日，1 卷 4 號，第 88 頁。

〔註173〕馮夏熊整理：《馮雪峰談左聯》，《新華文摘》，1980 年第 5 期，第 173 頁。

〔註174〕魯迅：《辱罵和恐嚇決不是戰鬥》，《文學月報》，1932 年 12 月 15 日，1 卷 5、6 號，第 247～248 頁。

對革命文藝界「左傾幼稚病」的反思和對《文學月報》編輯周揚刊載「那樣的作品」的不滿。魯迅的觀點獲得了一些左翼作家的支持和認可，其中最有代表性的是瞿秋白。當祝秀俠（化名首甲）、方萌、郭冰若（偽稱）、丘東平聯名發表《對魯迅發表的〈辱罵和恐嚇決不是戰鬥〉有言》一文並聲稱魯迅「帶上了極濃厚的右傾機會主義的色彩」、「將會走到動搖妥協的道路」〔註175〕之時，瞿秋白馬上寫了《慈善家的媽媽》和《鬼臉的辯護──對於首甲等的批評》兩篇文章，對芸生、首甲等人的觀點和做法進行了批駁。在前者中，瞿秋白借用俠客「粗魯」地大罵僞慈善家而無益於窮人明白事理的故事，曉諭了以理服人的道理，因爲謾罵於敵人沒有什麼殺傷力，反而害得旁觀者更加同情那些「僞善家」。〔註176〕在後者中，他認爲《辱罵和恐嚇決不是戰鬥》「的確是提高文化革命鬥爭的任務的」，值得「研究」，首甲等人應該「瞭解和糾正」自身「機會主義」的錯誤，不要僅僅在口頭上說反對「『左』傾關門主義和右傾機會主義」。〔註177〕這就強調了魯迅思想的正確性，有利於團結作爲「同路人」的小資產階級知識分子，也有利於對左翼文藝界的錯誤傾向及時進行糾正。由此，面對30年代左翼文藝界「鬥爭思維」的偏頗性，後人不得不再一次驚歎於魯迅思想的廣博幽深及其學理意識的可貴之處。

　　綜上所述，20世紀30年代，魯迅承擔「人性」解放使命的意識有了發展變化。這種變化不是削減知識分子使命的內容，而是增加了革命民族主義和人的階級解放等內涵。與此同時，在頻繁的論戰過程中，魯迅的革命文學思想變得日益成熟，成爲令有良知的知識分子「痛苦」的偉大思想，也成爲關涉20世紀中國革命文學、左翼文學的最高思想成就之一。魯迅之所以能達到這樣的思想高度，不僅僅在於他自身的思考、論敵的觸發、馬列主義思想原理的啓發，還在於他做出了以「民族救亡」、「實現人性解放」爲志業的精神抉擇，更在於他選擇了一種與中華民族和底層民衆共命運的生命態度和價值取向。也正是這些，使他超越了左翼文藝界的精神視閾，並彰顯了一種常人難以企及的文化風度。

〔註175〕首甲、方萌、郭冰若、丘東平：《對魯迅發表的〈辱罵和恐嚇決不是戰鬥〉有言》，《現代文化》，1933年2月2日，1卷2期。

〔註176〕瞿秋白：《慈善家的媽媽》，《瞿秋白文集》第2卷，北京：人民文學出版社，1986年版，第127頁。

〔註177〕瞿秋白：《鬼臉的辯護──對於首甲等的批評》，《瞿秋白文集》（一），北京：人民文學出版社，1953年版，第411頁。

第五章　中國左翼文學的生成

　　無產階級革命文學揭開了中國文學的新面貌，以鮮明的特徵表徵了從「文學革命」到「左翼文學」兩個不同的文學史階段。不過，中國左翼文學的現代生成並非「方向轉換」那麼簡單。它是在世界性的「紅色的三十年代」大背景下與中國其他文學樣式（如現代通俗文學、海派文學、自由主義文學）的互動互爲中發生的，是以「五四」新文化（文學）運動作爲它必要的實踐語境和資源準備的。儘管無產階級革命文學的首倡者郭沫若、成仿吾、蔣光慈等人極力批判、否定「五四」新文化（文學）運動，似乎前者與後者這份寶貴的精神資源無關，但他們其實早已將後者的實踐納入到其倡行主張的前提中來。當然，作爲不同時期的文學實踐活動，「革命文學／無產階級革命文學」和「文學革命」的性質不同，但結構性差異和簡單的價值判斷並不能割裂二者之間的有機聯繫，30 年代的大眾化運動證明了這一點。從發生學的角度來看，「文學革命」只不過比「革命文學／無產階級革命文學」更早地驗證了自己「歷史中間物」的本質，它們都存在於現代中國的文化實踐中。在此意義上，描述左翼文學作爲一種全新性質的文學形態的生成，不等於簡單羅列文史資料或以歷史變遷驗證文學流變，也不等於去求證無產階級革命文學的原始存在本相，因爲這是不可能的，而我們眞正要探尋的是：在 20 世紀中國文學史結構中所呈現出來的與「五四」新文學異質的左翼文學的實踐條件，這個條件包括左翼文學實踐主體、資源和方法等一系列完整的社會文化機制，它們的產生乃至成熟才等於左翼文學的發生。在此結構中，單一的政治、文化、經濟等因素都無法完全詮釋左翼文學是怎樣發生的，因爲左翼文學的生成需要汲取並轉化各種精神資源和實踐成果才能得以實現。

第一節　中國左翼知識界的形成

　　中國左翼文學和文化實踐的主體是左翼知識界。在左翼文學結構性的發生過程中，主體的作用是不言而喻的，它是左翼文學時期以前最有可能導向左翼文學的社會文化力量。其實，經過「革命文學／無產階級革命文學」的發展歷程，左翼知識界已經形成。左翼知識界不完全等同於一個社會的左翼群體，也不只是由左翼知識分子有意無意形成的團體組織。它指涉 20 世紀 20、30 年代在中國各種進步的左翼社會力量作用下所形成的「話語空間」、馬列主義思想、無產階級革命文化和文學實踐的陣營與領域。作為革命話語實踐的領域，左翼知識界的形成包括左翼知識分子的聚合或類似於創造社、「左聯」的團體與組織的聯合，但又不止於此。它至少還應該包括左翼話語實踐的資源、方式和媒介等一系列前提和條件。如此，中國左翼知識界的形成就成為左翼文學得以發生的根本條件、歷史文化語境和動力資源。這裡，我們不妨從左翼知識分子角色認同、現代文學生產方式（主要是期刊雜誌）和左翼文藝團體的勃興三個方面來描述左翼知識界的形成過程及其與左翼文學的發生之間的關係。

　　「五四」以後，創造社等文藝團體在「異軍突起」時對新文化運動以及一些社會現象進行了猛烈的批判，成為倡導文學革命者之外新的文化批判性力量。隨著「五卅」反帝愛國運動和國民革命解放浪潮的風起雲湧，這種批判性力量越來越強，批判旋風越來越猛烈，批評範圍越來越廣，鋒芒所指，遍及社會政治、經濟、文化、思想、制度等各個領域。至 1928 年前後，這股關心民族國家命運、尋求新的「文藝復興」的批判性力量，已經在新文化陣營中形成了很大的聲勢，最典型的徵象就是後期創造社的「劇變」和太陽社的「橫空出世」，二者聯手挑起了中國現代文化史上最大的一次文學論爭，並在批判「語絲派」、「新月派」的過程中自然地走向了對「五四」新文學的「價值重估」。其中，以郭沫若、成仿吾、李初梨、朱鏡我、彭康、馮乃超、蔣光慈、錢杏邨等為代表的文化批判性力量，他們所要做的仍然是啟蒙，但啟蒙的內容不再是科學、民主、自由等資產階級思想，而是階級鬥爭、馬列主義和無產階級文化等革命思想。在所有的文化批判者中，思想最深刻、有力的當然是魯迅，而他與創造社等又有明顯不同。

　　這些現代知識分子是真正的文化批判性力量，他們往往有過留學日本、蘇聯等國家的經歷，有自己的專門知識和技術，有超越職業崗位的民族國家關懷

情結，在各自的文化崗位上發揮著作用，刊物是他們發揮作用的重要中介。他們根據自身的「異域體驗」，要求文學與革命、政治緊密結合起來。雖然如此衍生了很多錯誤觀念並給後來的中國文化事業帶來了各種各樣的問題，但就當時而言，把文學和政治完全結合起來是這些知識分子的文化理想，是有歷史合理性的，並爲後來左翼知識界的形成乃至左翼文學的發生奠定了思想基礎。其實，這種將文學與政治、革命結合起來的做法並非什麼獨異的現象，在某種意義上，它不過是中國傳統士大夫「修身、齊家、治國、平天下」這種理想追求的現代翻版，或者說是在 20 世紀歷史文化場景下的現代演繹。當然，二者的實踐主體有明顯不同：傳統士大夫缺少獨立的精神維度，其理想實現需要依靠國家機器和統治階級，其思想往往是統治階級思想的一部分；左翼知識分子則不然，其獨立精神和政治理想與統治階級之間有著深刻的矛盾，二者之間的利益和追求幾乎是完全相反的，他們不再把希望寄託在國家統治者的身上，他們只有推翻反動的統治階級，才能實現馬列主義革命現代性追求。

　　在 20 世紀 20、30 年代的社會轉型時期裏，左翼知識分子所追求的新道統已經不再是爲了服務於當權者——大地主、資產階級、新舊軍閥抑或國民黨。在追求馬列主義革命現代性這個新道統的前提下，無產大眾才是未來中國真正的「主人」。這種意識的確立需要一個過程，就像魯迅在《〈草鞋腳〉小引》中所描述的那樣：「最初，文學革命者的要求是人性的解放，他們以爲只要掃蕩了舊的成法，剩下來的便是原來的人，好的社會了，於是就遇到保守家們的迫壓和陷害。大約十年之後，階級意識覺醒了起來，前進的作家，就都成了革命文學者，而迫害也更加厲害，禁止出版，燒掉書籍，殺戮作家，有許多青年，竟至於在黑暗中，將生命殉了他的工作了。」〔註1〕這裡，魯迅將「革命文學家」的譜系追溯到「文學革命者」是有道理的。「文學革命者」是現代文學時期最早的文化批判性力量，他們早就有了「別求新聲於異邦」的體悟，並在進行社會批判的同時爲國人帶來了豐厚的異域體驗。套用霍布斯鮑姆的說法，他們的「啓蒙思想」也可以被稱作「革命的意識形態」〔註2〕。此後，日本，尤其是俄蘇的政治、思想、經濟、文化、教育、風俗、科技、

〔註 1〕 魯迅：《且介亭雜文·〈草鞋腳〉（英譯中國短篇小說集）小引》，《魯迅全集》第 6 卷，北京：人民文學出版社，1981 年版，第 20 頁。
〔註 2〕 〔英〕艾瑞克·霍布斯鮑姆：《革命的年代：1789～1848》，王章輝等譯，南京：江蘇人民出版社，1999 年版，第 25 頁。

軍事、外交等諸多領域，很快就引起了這個思想群體的關注和興趣。很多人在「以俄爲師」的原則下，貪婪地汲取著新的知識。

在「以俄爲師」的思想背景和文化語境中，大革命的失敗、國民黨的反動統治和文藝政策最終表明：在大地主、大資產階級統治下，不發生根本性的「革命」，一切富國強民的理想設計都不過是空想。這種失敗的實踐過程也正是左翼知識分子反思並重新確立新價值觀和自我認同的過程。從「革命文學」口號的提出到「左翼文學」實績的顯現，左翼知識分子漸漸確立了自己的價值標準、實踐原則和創作方法，其標誌就是清算了蘇聯「拉普」文藝思潮的一些錯誤做法，批判了「唯物辯證法的創作方法」口號的不合理性，明確了「社會主義的現實主義」口號的存在合理性，並能夠認識到：「這個口號是有現在蘇聯的種種條件做基礎，以蘇聯的政治——文化的任務爲內容的。假使把這個口號生吞活剝地應用到中國來，那是有極大的危險性的。」〔註3〕對創作方法能夠正確認識，表明了一種文學意識的回歸，但其意義還不僅於此。論者清醒的態度本身，就是一種新型左翼知識者出現的標誌，表明他們已經擺脫了簡單模仿、照搬日俄無產階級文學與理論的局面。從實際情況看，30 年代左翼文藝界對俄蘇文學的譯介和借鑒確實進入了較爲成熟的階段。更值得一提的是，如此清醒的認識並非個體現象，而是體現爲左翼知識界的一種基本共識，並且左翼知識分子的自我意識由五四時期的「民眾師」逐漸變爲與民眾政治地位平等甚至轉向「師民眾」。毫無疑問，這種角色意識的變化將開啓 30 年代左翼文學新的知識實踐。

中國左翼知識分子的身份轉換是伴隨著文學生產方式的發達而完成的。在中國知識分子「左」轉的過程中，現代報刊、雜誌的興盛是一個重要的因素。「雜誌和報紙副刊決定了現代文學的生產方式，它們在現代文學生產的調度中處於樞紐的地位。雜誌和報紙副刊等現代媒體的出現大大改變了傳統文人活動的方式和文學生產的方式。」〔註4〕進而言之，雜誌、報紙副刊和文學社團形成了新的文壇，它們共同構成的彼時社會的文學機制，成就了一系列「無形的文學規範」，〔註5〕影響和推動了整個中國現代文學的歷史進程。「文

〔註 3〕周起應：《關於「社會主義的現實主義與革命的浪漫主義」——「唯物辯證法的創作方法」之否定》，《現代》，1933 年 11 月 1 日，4 卷 1 期，第 31 頁。

〔註 4〕曠新年：《1928：革命文學》，濟南：山東教育出版社，1998 年版，第 18 頁。

〔註 5〕王曉明：《一份雜誌和一個「社團」》，《刺叢裏的求索》，上海：上海遠東出版社，1995 年版，第 293 頁。

學研究會」、「創造社」、「太陽社」、「我們社」、「淺草—沉鐘社」、「新月派」、「現代評論派」、「現代派」等「專有名詞」說明：一個成功雜誌的背後就有一個知識群乃至文學派別的存在。報刊雜誌的興起將中國知識分子帶進了「信息化」時代，也使從大一統權力結構中游離出來的知識分子獲得了一種新的認知視域、知識體系和傳播方式，並使他們形成了新的集結。也就是說，現代報刊雜誌既讓某些個體在家中就可以洞曉世間萬事，又起到了聚合作用，凝聚和聯合了現代知識分子群體，它不僅展示了強大的社會功能，還顯露了它在組織思想和知識方面的巨大可能性。現代文學論爭就是現代媒體所形成的文壇的聚合分離的一種徵象，而左翼文學正是在接續不斷的論爭中發展起來的。

　　20 世紀 20 至 30 年代的十年間，是中國現代文學生產實踐突飛猛進的歷史時期。起初，「新青年」知識群對文學的商業化傾向曾保持極爲用心的警覺和抵制，他們對「金錢的」、「遊戲的」文學觀持高調的批判姿態，以明示自身與鴛鴦蝴蝶派文人的區別。《新青年》雜誌還曾同《新潮》、《每週評論》、《少年中國》、《時事新報・學燈》等傳媒機構發起過一個取消稿酬的運動，使得不要稿酬一時竟成爲新文學的時尚。〔註6〕可是，隨著文化中心由北平南遷到上海，市場化、商業化對新文學的強力滲透日益彰顯。上海是一個商業化、市場化的國際大都市，同時也是一個政治中心。上海是江浙財閥的根據地，也是國民黨的金融基地，國民黨之所以定都南京的根本原因之一就是要「駕御上海」以「統治全國」。所以，國民黨定都南京不久，就把上海劃爲「特別市」，並強調說：「無論中國軍事經濟交通等問題無不以上海特別市爲根據，若上海特別市不能整理，則中國軍事經濟交通等，即不能有頭緒。」「上海之進步退步，關係全國盛衰，本黨成敗。」〔註7〕強大的政治地位、發達的經濟基礎、便利的交通條件、文人的匯攏聚集，使上海具有了前所未有的文化發達狀況、文化輻射能力和文學政治化的氣息。沈從文在談及 20 年代中後期「新的文學運動」的特點時說：「一是民國十五年後，這個運動同上海商業結了緣，作品成爲大老闆商品之一種。第二是民國十八年後，這個運動又與國內政治

〔註6〕魯湘元：《稿酬怎樣攪動文壇》，北京：紅旗出版社，1998 年版，第 188～194 頁。

〔註7〕《上海市政府昨日成立盛況・國民政府代表蔣總司令訓詞》，上海《申報》，1927 年 7 月 8 日，第 4 張第 13 版。

不可分，成爲在朝在野政策工具之一部。」很明顯，他的話語中含有譏諷的味道，在他看來，這場運動完全商業化、政治化了，與「五四」新文化運動相比，「它的墮落是必然的，不可避免的」〔註8〕。儘管很多作家都像沈從文一樣對當時上海發生的新的文學運動乃至對上海本身都毫無好感，但是 1926 至 1928 年還是出現了作家大規模南遷和持續「赤化」的浪潮。結果，作家持續「赤化」和南遷後各種資源的重新整合促進了左翼知識界的形成、革命文學論爭的發生和無產階級文學的勃興。

　　1926 至 1928 年間的作家南遷和「赤化」有其現實必然性，並使得左翼文學的發生具有了多種可能性。首先，就政治背景而言，北洋政權奉行高壓政策。1927 年張作霖控制了北洋政府後，大肆迫害知識分子，殺害了李大釗、邵飄萍等著名人士；摧殘新文化機構；削減教育經費。反觀南方，北伐戰爭節節勝利，國民黨還於 1928 年定都南京，名義上統一了中國。兩相對比，文人自然會被吸引而南下上海、廣州，並使自身的革命欲望被激發起來。更爲重要的是，上海租界特殊的地緣性和政治環境爲新文學作家尤其是左翼文人提供了相對安全穩妥的話語空間和政治庇護。自晚清以來，上海就被視爲「北京政府權利所不能及之地」（蔡元培語）。到了 20 年代中後期，南京國民政府的政令同樣很難延展到租界內裏，就算是在文藝政策極爲嚴厲的 30 年代，國民黨對在租界中活動的左翼文人的迫害也有所顧忌。是故，租界儘管會讓進步知識分子處於尷尬的生存境遇和思想矛盾之中，但出版界覺得「在租界內經營出版事業比較方便些」〔註9〕。同理，租界有利於左翼文人從事無產階級革命文學活動，因此，上海的左翼刊物基本上是在租界出版的。其次，從經濟角度來說，在經過 1917 至 1923 年的「中國資本主義的黃金時代」〔註10〕之後，上海集中了全國大量的工業、財富和技術力量，也擁有了全國最發達的出版機構和傳播媒介。據云，在 30 年代，僅商務印書館、中華書局和世界書局這三家出版社出版的新書，就占中國所出新書的 65% 以上（王雲五語）；

〔註 8〕沈從文：《新的文學運動與新的文學觀》，劉洪濤編：《沈從文批評文集》，珠海：珠海出版社，1998 年版，第 60 頁。

〔註 9〕朱聯報編撰：《近現代上海出版業印象記》，上海：學林出版社，1993 年版，第 5 頁。

〔註10〕〔法〕瑪麗・克萊爾・貝熱爾：《中國的資產階級，1911～1937 年》，〔美〕費正清編：《劍橋中華民國史（1912～1949）》（上），北京：中國社會科學出版社，1994 年版，第 836 頁。

「全中國約有各種性質的定期刊三百餘種，內中倒有百分之八十出版在上海」。〔註11〕經濟的穩定和文化市場的繁榮，爲左翼文人提供了辦刊、寫作、翻譯等文化事業方面的工作機遇，也爲左翼文學的發展帶來了契機。左翼文學作品由於表達了人們變革社會和人生的願望、理想，又加上注重讀者的「接受」，所以倍受讀者的歡迎，這使得商人願意冒一定的危險去出版這些作品。同時，發達的出版、發行系統使左翼文學作品在被國民黨文化機構查禁時能夠被不停地盜版和翻印，發達的交通運輸工具則可以把這些作品迅速運往各地，進而延長了它們的生命力乃至宣教作用。再次，作家南遷也是作家個體爲了追求理想而自願做出的自我選擇。是時，北京陳腐的文化和生活氣息已經無法滿足追求新文化理想者的需求，正如有人所說的那樣：「爲什麼我要跑出北京？這個我也說不出很多的道理。總而言之：我已經討厭了這古老的虛僞的大城。在這裡面游離了四年之後，我已經刻骨地討厭了這古老的虛僞的大城。在這裡面，我只看見請安，打拱，要皇帝，恭維執政——卑怯的奴才！卑劣，怯懦，狡猾，以及敏捷的逃躲，這都是奴才們的絕技！厭惡的深感在我口中，好似生的腥魚在我口中一般；我需要嘔吐，於是提著我的棍走了。」〔註12〕就這樣，大量文人紛紛南下，追隨發達的現代文學生產、崇高的革命理想或日漸形成的國家意識形態，尋求自我的生存空間、發展機遇和革命夢想。不過，文人由北京來到上海，租界會使他們處於尷尬的生存境遇和矛盾之中。這是當時生存環境惡化和作家危險的生命境遇的一種結果：一方面他們離不開租界；另一方面他們又痛恨租界，這裡是帝國主義的地盤，是中國的「國中之國」，這使他們的文學作品帶有「租界氣」，是故魯迅爲了暗示租界的存在而將雜文集命名爲「且介亭」以明志。

　　就這樣，很多知識分子在南遷後逐步明確了對左翼文學價值觀念的認同，他們在文學生產實踐中，爲新文學自身的發展開闢了新的領域，爲現代知識尤其是馬列主義學說的傳播建立了新的文化中心，爲無產階級革命總動員提供了新介體和精神資源。現代文學生產方式的發達在其後的左翼文學實踐中被證明是中國革命現代性歷史實踐的一個重要開端，它使 30 年代左翼文學形成了與「五四」新文學不同的本質、特徵和品格。

〔註11〕 蘭：《所謂「雜誌年」》，《文學》，1934 年 8 月 1 日，3 卷 2 期，第 495 頁。
〔註12〕 參見魯迅：《〈中國新文化大系・小說二集〉導言》，《中國新文學大系（1917
　　　　～1927）》第 4 集，上海：上海文藝出版社，2003 年影印版。

　　在中國左翼知識界的結構體系中，公開性的學會或社團也是一個不可或缺的組成部分。晚清以來，中國學會以 1895 年 11 月北京「強學會」成立為開端，發展非常迅速。據統計，在 1895 至 1898 年的三年間先後組織成立的各種學會僅有 68 個，這些學會分布在關內 12 省約 30 個城市內，而在 1899 至 1911 年，各種公開的結社已經多達 600 餘個。〔註13〕這些學會的社會活動在當時社會政治環境下頗為引人注目，它們以傳播知識、弘揚現代觀念、研究學術、啓迪民智為目的，開啓了近代知識界的很多實踐領域，如興辦學堂、創立圖書館，購置科學儀器、出版學報和書籍等，從而為近代知識分子提供了一種「公共的知識空間」，也為中國謀求「強國富民」提出了最早的「現代化設計」。〔註14〕俄國十月革命以後，尤其是第一次世界大戰以後，西方資本主義陷入精神危機，許多醉心於學習西方的中國知識分子開始對資本主義失望，轉而掀起了一股宣傳社會主義的熱潮，〔註15〕研究俄國和馬克思主義的學會迅速增多，這就對新文化運動乃至後來的革命文學運動產生了積極影響。

　　不過，就文學組織、生產、創作等方面而言，社團比學會的影響和作用更為直接、具體。「中國新文學最初的基本格局，是以文人團體和文學社團為單位的。」〔註16〕20 年代適宜的政治氣候、自由的思想文化環境使新文學社團迅速發展壯大起來，據不完全統計，從 1922 到 1925 年，先後成立的文學團體及其所創辦的刊物「不下一百餘」。其中，很多團體是以進步學生和職業界的青年知識分子為主體而組成的，比如淺草社、八月文學社、西山文學社、詩學研究社、梅花社、青鳳文學社、湖波文學社等。這些社團名目繁多，形態各異，主張也有些雜亂。但是創辦刊物、積極活動的意義是深遠的，這意味著新文學進入了活躍的「創造」和建設時期。正如茅盾所說的那樣：「這幾年的雜亂而且也好像有點浪費的團體活動和小型刊物的出版，就好比是尼羅河的大氾濫，跟著來的是大群的有希望的青年作家，他們在那狂猛的文學大活動的洪水中已經練得一付好身手，他們的出現使得新文學史上第一個『十

〔註13〕 張玉法：《戊戌時期的學會運動》，《歷史研究》，1998 年第 5 期，第 19、25 頁。

〔註14〕 程光煒等編：《中國現代文學史》，北京：中國人民大學出版社，2000 年版，第 25 頁。

〔註15〕 印少雲：《第一次世界大戰與馬克思主義在中國的傳播》，《徐州師範大學學報》，1994 年第 3 期，第 59 頁。

〔註16〕 朱壽桐：《中國現代社團文學史》，北京：人民文學出版社，2004 年版，第 19 頁。

年』的後半期頓然有聲有色！」〔註17〕事實證明，20 年代出現的大批文藝青年和進步文藝團體爲無產階級革命文學的發展做出了巨大的貢獻。進入 20 年代後半期以後，「無產階級革命文學」口號已經獲得了廣泛認可，甚至成爲文壇的一種「時尚」，這正是進步文藝團體在「與進化競爭觀念相連的憂國救亡」意識下〔註 18〕，推動左翼文學思潮發展的結果。這些社團有的影響很大，如中國左翼文化總同盟、中國詩歌會、無名文藝社、荒漠文藝社、孤帆文藝社、日出文藝社等。所以，國民黨文藝部對這些社團恨之入骨，竭力「阻遏」〔註 19〕它們的發展，但它們還是創辦了幾百個左翼文藝刊物〔註20〕，積極譯介了大量國外左翼文藝作品和理論，帶動了中國社會對左翼文藝觀念的他者認同，使得無產階級革命文學「氾濫成災」，刺激得非左翼刊物也來發表與左翼文學有關的作品或譯著，所以才會有邱韻鐸對唯美主義刊物《金屋》翻譯左翼文學、趕時髦行爲的嘲笑〔註21〕。《金屋》的行爲也許值得嘲笑，但這無疑反襯了左翼文藝團體倡導無產階級革命文學的實效和左翼文學被廣泛關注的情景。

從上述三個方面來看，在特定的歷史文化背景下，在進步知識界構成因素的相互作用下，中國左翼知識界已經形成。左翼知識界的形成意義重大，尤其在實踐領域，它既展現爲歷時意義上的革命文學實踐，又展現爲共時意義上的政治、文化等諸多實踐領域的互動交融，並由此構成了一種有機體系，進而成爲中國馬列主義革命現代性實踐的資源和動力。

〔註17〕 茅盾：《〈中國新文化大系・〈小說一集〉導言〉》，《中國新文學大系（1917～1927）》第 3 集，上海：上海文藝出版社，2003 年影印版。

〔註18〕 逄增玉：《中國現代作家和文學的憂患意識與進化論影響》，《東北師範大學學報》，2000 年第 5 期，第 2 頁。

〔註19〕 《（國民黨）上海市黨部文藝宣傳工作報告》，《中國現代文藝資料叢刊》第五輯，上海：上海文藝出版社，1980 年版，第 36～39 頁。

〔註20〕 參見《中國新文學大系・史料・索引二》，《中國新文學大系（1927～1937）》第 20 集，上海：上海文藝出版社，1989 年版，第 1035～1144 頁。

〔註21〕 邱韻鐸說：「夢想不到在無產文學成長發展當中的我們這文化的古國裏，有這樣一本新的式樣和新的精神的作品竟然介紹過來，這自然是足以使我們對譯者高興的一件事：尤其夢想不到的，是素以唯美派自居的〈金屋〉也竟然印行起這樣不唯不美而且兇險的赤色文章，這實在更使我們對出版者都要發生屋烏一般的好感。」「這樣看來我們可以大言不慚地說，革命文學已經轟動了國內的全文壇了；而且也可以跨進一步地說，全文壇都在努力『轉向』了。」參見《「一萬二千萬」個錯誤》，《現代小說》，1929 年 11 月，3 卷 2 期，第 193～194 頁。

第二節　傳統「革命」資源的吸納與創建無產階級文化的訴求

有學者認為，中國左翼文學受外來文學（如日俄無產階級文學）和理論的影響很深，缺少傳統精神和理論資源的滋養，其「發生」是工具理性有餘而內在底蘊不足。也有文學史家在以西方文學標準衡量中國現代文學的前提下，主觀認定左翼作家的文壇筆戰「毫無意義」，強調這種「載道文學」非常「可厭」，〔註22〕因為中國文學與社會生活、政治的關係太緊密，文學「過分關注政治問題」而導致文學的藝術成就不高。〔註23〕表面看來，這些批評都有一定的道理。可反而觀之，如果沒有這種幼稚無私、有著「膚淺的政治信仰」的作家的勇於承擔，中國現代文學肯定要沈寂許多；如果沒有左翼陣營對話語權力的自覺追求，其結果很有可能是進步文藝界在國民黨白色恐怖和文化專制下的集體失語。

其實，中國進步文藝界對左翼文學觀念的認同有著顯明的客觀原因。正如有學者所反問的那樣：「為什麼新中國最嚴謹、最深刻的思想家們走上馬克

〔註22〕夏志清：《中國現代小說史》，劉紹銘編譯，香港：友聯出版社有限公司，1982年再版，第 104、111 頁。

〔註23〕作為一種個人觀點，夏志清的「批評」無可厚非，但其立論並無新意。30 年代時，沈從文對於文壇的政治紛爭就已經有非常精彩的「批評」，認為這種紛爭不過是製造了一些「熱鬧」。（沈從文：《談談上海的刊物》，《沈從文文集》第 12 卷，廣州：花城出版社，香港：三聯書店香港分店，1982 年版，第 177 頁）夏志清運用西方文學批評標準衡量「中國新文學史」引起了司馬長風的不滿，後者也不滿於左翼作家集團形成後對一切品種的文學創作的政治性抨擊和干擾，但他與夏志清的區別是，他認為：「文學作品有好有壞，有美有醜，有真有偽，其中最好的、最美的、最真的，世世代代供人閱讀，變成了經典之作，有些作品，看過即忘，可說一點價值也沒有，實無『神聖的目的』可言。我們至少可以說經得起時代考驗的文學作品都和『人生』切切有關真相，揭露了人生的真相，至少也表露一個作家自己對人生的看法。任何作家，自己對人生毫無感受，對人生沒有獨特的看法，是不值得重視的。世界上沒有一個脫離人生的『獨立天地』，一座『藝術之宮』。」（司馬長風：《答覆夏志清的批評》，見《中國新文學史》（上），香港：昭明出版社有限公司，1980年第 3 版，第 276 頁）這表明司馬長風與他所推崇的批評家李健吾一樣，認可、理解現代文學與政治、社會生活密切聯繫的存在狀態，能夠把作家放在「歷史情境」中進行考察。在這一點上，司馬長風與普實克也達成了共識。當然他與普實克的觀點存在分歧，他無條件地反對把文學當成工具、手段的一切「載道文學」；普實克則維護五四時期「激進的中國思想家」——陳獨秀、魯迅、錢玄同、李大釗等在文學和社會變革之間的關係與主張。

思主義的道路？爲什麼中國知識分子除社會的和社會主義的革命外未能找到任何其他解決當時情況的方法？這裡必然存在一些客觀原因。」〔註 24〕沿著這種問題意識思索，就會發現，有學者之所以極力否定左翼文學，一方面固然在於左翼文學的實績不高，另一方面則因爲他們不瞭解 20 世紀中國政治文化語境與政治化思維〔註 25〕、無法感同身受左翼作家的生存境遇乃至對中國傳統文學「認識不深」〔註 26〕。

　　文學與政治相結合形成了無產階級革命文學，這種現代文學形態是在 20 年代之後才出現的。這種文學中新的「革命意識」，是在當時的文化語境下，融合了中國傳統激進文化資源和世界左翼文化資源後獲得的。日俄無產階級文學等外在激進精神資源的「介入」，對中國激進文學思潮的形成和發展起著很大的作用。問題在於，「文學不同科學與民主，不能喪失民族性，成爲外國文學的附庸，不管是蘇俄文學、日本文學還是西洋文學」〔註 27〕。也就是說，橫的交流和「介入」關係並不能替代或決定中國文學自身「獨立」的「革命」性質。中國無產階級革命文學的精神結構仍然是典型的「中國式」精神結構。更明確地說，中國無產階級革命文學不僅受到了蘇聯無產階級文學或日本普羅文學的滋養，還受到了更爲內在的中華民族傳統文化資源──儒家文化和墨家俠文化的滋養。

　　這裡，我們不妨先從語言學角度對儒家文化影響中國革命文學的起源進行簡單詮釋。從「話語」角度來看，「革命」一詞在中國《易經》中就已經存在：「天地革而四時成，湯武革命，順乎天而應乎人，革之時義大矣！」〔註 28〕「革命」的基本含義是改朝換代。「湯武革命」「順乎天而應乎人」，「意謂『湯、武革命』得到天命的首肯和民眾的擁戴。換言之，如果王朝循環的革命方式沒有天意民心的眷寵，就可能喪失合法性；另一方面，任何武裝叛亂

〔註24〕〔捷〕雅羅斯拉夫・普實克：《普實克中國現代文學論文集》，李燕喬等譯，長沙：湖南文藝出版社，1987 年版，第 217 頁。

〔註25〕政治化思維對 30 年代中國文學論爭的發生有著極爲關鍵的作用。參見朱曉進：《政治化思維與三十年代中國文學論爭》，《中國社會科學》，2002 年第 6 期，第 128～139 頁。

〔註26〕夏志清並沒有諱言這一點，他聲稱自己在寫作《中國現代小說史》時對中國傳統文學「認識不深」。參見《中國現代小說史・作者中譯本序》，劉紹銘編譯，香港：友聯出版社有限公司，1982 年再版。

〔註27〕司馬長風：《中國新文學史》（上），香港：昭明出版社有限公司，1980 年第 3 版，第 282 頁。

〔註28〕馬恒君：《周易辯證》，石家莊：河北人民出版社，1995 年版，第 503 頁。

也可以天意民心爲藉口，從而對現行政府造成威脅。」〔註 29〕作爲一個重要的儒家經典話語，「革命」的政治性內涵很豐富，具有警醒性。「革命」就像自然四時運行，意謂著王朝循環的歷史運動具有必然性。無論是自然還是社會，都要進行變革，不然就會僵死，沒有變革，就沒有前進，也就沒有時勢可言。回到文學層面上，就左翼文學而言，作家在創作中表現無產者反抗精神時習慣於羅列反動統治階級的罪惡，即使在藝術表現上使其臉譜化也在所不惜，因爲這相當於「造反」前的「正名」。對此我們並不陌生，從陳勝吳廣起義的「王侯將相寧有種乎？」到「驅除韃虜，恢復中華」的辛亥革命，「造反者」首先要做的都是「正名」，「名不正則言不順」。就此而言，中國無產階級革命文學的儒家革命話語之源可謂源遠流長。

相比於儒家文化，遊俠文化對革命文學作家的影響在文學徵象上更爲明顯。中國有墨家的遊俠傳統。從整體上講，遊俠是一個社會階層，他們以所謂的「義」爲價值取向，通過俠義行爲來獲得名聲和社會認可，實現自身價值，在社會動盪時期敢於揭竿而起反抗封建統治，如歷代農民起義。「遊俠」曾受過極大的污衊，但每當國家處於衰亡時代時，主張革命或改良之人，就會起來替遊俠說話。如方以智在其《曼語草·任論》篇中，對任俠者大加稱頌。他說：「上失其道，無以屬民，故遊俠之徒以任得民。」〔註 30〕近代以來，譚嗣同在《仁學》中認爲，俠產生於墨家之中，「任俠」就是他所說的「仁」。〔註 31〕章太炎在《檢論·儒俠》中認爲：「世有大儒，固舉俠士而並包之」；「大俠不世出，而擊刺之萌興」。他稱遊俠、劍客「當亂世則輔民，當平世則輔法」，〔註 32〕且儒家中也有俠。儒、墨傳統在士大夫身上結合起來就是「儒俠」，和

〔註 29〕 陳建華：《「革命」的現代性──中國革命話語考論》，上海：上海古籍出版社，2000 年版，第 5 頁。
〔註 30〕 方以智在《曼語草·任論》中稱：「上失其道，無以屬民，故遊俠之徒以任得民。」轉引自陳平原：《千古文人俠客夢》，《中國小說史論集》（中），石家莊：河北人民出版社，1997 年版，第 1078 頁。
〔註 31〕 譚嗣同在《仁學》中稱：「遍法界、虛空界、眾生界，有至大至精微，無所不膠黏、不貫洽、不管絡，而充滿之一物焉。目不得而色，耳不得而聲，口鼻不得而臭味，無以名之，名之曰以太。其顯於用也，孔謂之仁，謂之元，謂之性；墨謂之兼愛；佛謂之性海，謂之慈悲；耶謂之靈魂，謂之愛人如己，視敵如友；格致家謂之愛力、吸力，咸是物也。」參見《清議報全編》第 2 集，日本橫濱新民社輯印，1930 年版。
〔註 32〕 章太炎：《檢論·儒俠》，劉夢溪主編：《中國現代學術經典：章太炎卷》，石家莊：河北教育出版社，1996 年版，第 223 頁。

平時期爲儒，修身養性作爲社會道德楷模，國家有難時就挺身爲「俠」。墨家的遊俠獲得了儒家的認可，因爲儒家知識分子的道德準則「禮賢下士」和遊俠的道德準則「行俠仗義」並不矛盾，儒家基本精神中最高妙精深之處與俠義精神是一致的，是有積極社會作用的。

從歷史記載和民間傳說來看，遊俠往往深受人民群眾的喜愛和崇敬。當廣大勞動人民日益不滿封建集權統治時，當社會治安惡化、人身安全得不到保障時，當貪官污吏、地痞流氓的欺詐迫害橫行時，他們就會急切地盼望能有人行俠仗義、除暴安良。而遊俠往往可以扶危救難，滿足這種要求。在晚清鴉片戰爭以後，中國人民不僅受到封建統治者的壓榨，還要受帝國主義列強的欺侮，人民不僅要反抗封建專制，還要反抗外國侵略、保家衛國。這時，行使俠義的遊俠就增添了承擔反擊外國侵略的職責，他們的身上兼具愛國主義和民族主義精神。爲了國家的榮譽和民族的尊嚴，遊俠們往往舍生取義、殺身成仁，如大刀王五、津門大俠霍元甲等，他們的壯舉贏得了人民的歌頌與讚美。〔註 33〕人民群眾不但對遊俠進行肯定與贊許，還將感情寄託到藝術形象中的遊俠身上，在戲劇舞臺與民間傳說中，遊俠故事非常興旺，受到了群眾的喜愛，《水滸傳》的長盛不衰就是最典型的例證，群眾不但對此書愛不釋手，還把希望寄託於此，甚至百般模仿。

一旦遊俠之風「式微」，流氓就會興起，而流氓的「以暴易暴」將對社會產生很大的破壞性作用。正如魯迅所描述的那樣：「『俠』字漸消，強盜起了，但也是俠之流，他們的旗幟是『替天行道』。」他們所反對的是姦臣，不是天子，他們所打劫的是平民，不是將相。終於他們成了奴才，「替國家打別的強盜——不『替天行道』的強盜去了」。於是又有了「流氓」——「和尚喝酒他來打，男女通姦他來捉，私娼私販他來凌辱，爲的是維持風化；鄉下人不懂租界章程他來欺侮，爲的是看不起無知；剪髮女人他來嘲罵，社會改革者他來憎惡，爲的是寶愛秩序。但後面是傳統的靠山，對手又都非浩蕩的強敵，他就在其間橫行過去」。〔註 34〕更糟糕的是，「流氓」有嚴重的山頭主義陋習，拉幫結派、火並鬥狠，孫中山所領導的資產階級革命就曾深受這種陋習的困擾。〔註 35〕這種陋

〔註 33〕 韋民：《游民陰魂》，北京：華文出版社，1997 年版，第 168 頁。

〔註 34〕 魯迅：《流氓的變遷》，《萌芽月刊》，1930 年 1 月 1 日，創刊號，第 184～185 頁。

〔註 35〕 陳寶良：《中國流氓史·後記》，北京：中國社會科學出版社，1993 年版，第 404 頁。

習還會破壞革命集體的紀律與團結，給統治階級鎮壓起義製造輿論和便利條件。

　　儒俠精神對現代革命作家的影響顯而易見。以蔣光慈爲例，他在 1917 年 9 月入蕪湖省立五中後不久改名蔣俠生，後來還曾用名「俠僧」，其寓意很明顯，就是立志要行俠仗義、剷除人間不平。他常說，「這個社會太黑暗了，窮的窮，富的富，太不公道」，「今後我們不如去做山大王，像水泊梁山英雄那樣去打富濟貧」。他在 1921 年 5 月由上海奔赴蘇聯途中醞釀過諸如「少小懷雄思，笑俗兒」這樣的題目，〔註36〕還在《鴨綠江上・自序詩》中說：「我曾憶起幼時愛讀遊俠的事蹟，那時我的小心靈中早種下不平的種子」；「我不過是一個粗暴的抱不平的歌者，／而不是在象牙塔中漫吟低唱的詩人」；「我只是一個粗暴的抱不平的歌者，／我但願立在十字街頭呼號以終生」！〔註37〕可以說，「任性爲俠」的精神追求、剷除人間不平的渴望，促使他走上了「勉力爲東亞革命的歌者」〔註38〕的文學道路。由此擴展開去，可以說，中國現代作家在某種程度上都曾接受過濟世救民的俠義精神的滋養。如果缺少了這種精神結構的內在支撐，那麼很難想像幼稚粗糙的革命文學作品（如《少年漂泊者》）會獲得眾多進步青年的青睞，使他們爲之流淚，甚至抱著它走上革命道路。〔註39〕

〔註36〕 馬德俊：《蔣光慈傳》，合肥：安徽人民出版社，2001 年版，第 6、10 頁。

〔註37〕 蔣光慈：《鴨綠江上・自序詩》，《蔣光慈文集》第 1 卷，上海：上海文藝出版社，1982 年版，第 86～87 頁。

〔註38〕 蔣光慈：《新夢・自序》，《蔣光慈文集》第 3 卷，上海：上海文藝出版社，1985 年版，第 256 頁。

〔註39〕 陳荒煤同志在紀念「左聯」成立 50 週年寫的《偉大的歷程和片斷的回憶》一文中說：「墮入『無聲的中國』，眞是說不出的迷茫和鬱悶！蔣光慈的《少年漂泊者》使我感動得落下淚來。」老作家杜埃、田濤說：「五四」之後《少年漂泊者》給「我」的印象最深，在青年時代「我」也追慕著漂泊的生活，對當時現實不滿；以至在高小讀書看到學校不合理的情況，便組織同學反對，鬧學潮而被開除。這種思想現在回憶，可以說接受蔣光慈作品思想所起作用較大。從此使「我」熱愛文學，走上了文學的道路。胡耀邦、陶鑄同志在談到文藝作品的社會影響時，也談到他們當時和許多進步青年一樣，就是讀了蔣光慈的《少年漂泊者》等優秀作品而開始覺醒，開始投身革命的。郭沫若認爲，這部書反映了中國人民怎樣的受著壓迫，怎樣的在壓迫中感到痛苦，怎樣的在痛苦中有了覺醒，有了對於資產階級的仇恨，而自己站了起來。這部作品鮮明地反映了大革命前夕，在中國社會中產生的思想和情緒。可以說是革命文學萌芽時代的一部實錄，成爲「革命時代的前茅」。參見馬德俊：《蔣光慈傳》，合肥：安徽人民出版社，2001 年版，第 200 頁。

從歷時角度來說，相比於中國作家對外國無產階級文化精神的接受，也許傳統中國俠義精神的薰陶和影響力更大，而且傳統文化的影響是潛在的，難以估量，只不過現代作家有意無意的不願意承認罷了。其實，外來影響是一種外因和契機，「文學革命」向「革命文學」的轉向乃至左翼文學和理論形態的確立有著更爲深刻的內因，它源於中國作家的本土體驗、革命精神激勵和中國文學及其理論的內在發展訴求，這種訴求與中國傳統知識分子一直具有的民族國家關懷情結是相輔相成的。求證於諸多的革命文學作品，那些小說主人公，如《少年漂泊者》中的汪中、《短褲黨》中的史兆炎等，與其說他們是激進的革命知識分子，還不如說他們是爲革命獻身的現代「儒俠」，只不過，他們把傳統的「義」的價值取向轉化爲現代「革命」追求，把實現自我人生價值的方式由個體性的「行俠仗義」轉變爲鼓動無產階級進行集體革命。

有意味的是，「革命」作爲一種話語形態，它的現代含義是由知識分子從國外引進「revolution」後才出現的。「revolution」的本意是指天體周而復始的時空運動，1688 年的英國「光榮革命」、1789 年的法國大革命，使「革命」在政治領域裏演化、生成了新的政治含義。隨著政治和哲學潮流的不斷演變，「革命」衍生出一種「奇特的唯新是求的情結」，〔註40〕並最終實現了階級鬥爭和政治暴力的結合，被界定爲被壓迫階級用暴力奪取政權、摧毀舊的腐朽的社會制度、建立先進社會制度的方式。以是觀之，中國傳統的「革命」的內涵和近代西方思想以及「革命」概念相結合，才產生了現代中國的「革命」概念和含義，進而對革命文學產生作用。也是在這一過程中，一些革命作家產生了創建無產階級文化的精神訴求，這種訴求起初帶有明顯的想像成分，但同樣推動了革命文學運動的發展。

對於近現代中國文藝界來說，「無產階級文化」本是一個外來的異域術語。19 世紀時恩格斯曾力主西方批判現實主義作家去反映工人階級將成爲社會主角的歷史趨勢。20 世紀初，蘇聯的波格丹諾夫開始明確鼓吹、實驗、倡導「無產階級文化」，並身體力行去創作體現「無產階級文化」的作品。〔註41〕此後，

〔註40〕 Hannah Arendt：*On Revolution*，New York：The Viking press，1965。參見陳建華：《「革命」的現代性──中國革命話語考論》，上海：上海古籍出版社，2000年版，第 7 頁。

〔註41〕 鄭異凡：《做班房的院士》，《讀書》，2003 年第 11 期，第 51～52 頁。

蘇聯文藝界出現了兩種錯誤的輿論：一種來自於舊俄知識界，他們強調無產階級沒有文化傳統，不可能成爲文化的主人；另一種來自於革命陣營內部的「無產階級文化派」，他們以狂妄自大或虛無主義的態度對待過去的文化遺產，主張建立「純潔」的無產階級文化。列寧對這兩種錯誤傾向都進行了批判，提出了「藝術屬於人民」的思想，這就擴大了無產階級文化建設主體的內涵〔註 42〕和外延。無產階級文化問題是蘇聯建國前後文藝界最重要的問題之一，它通過一些中國留日、留蘇知識分子的譯介傳到中國，並很快在國內引起了反響。

　　作爲一種文學形態，中國革命文學的內在和外在精神資源是比較明確的，但在其發生之初，其內涵和外延的界定卻不夠周延，直到中國文藝家在無產階級文化想像和世界左翼文藝運動的促動下，在 1928 年前後提出了「無產階級革命文學」口號，其內涵和外延才眞正明晰起來。相比於蘇聯的無產階級文化發展狀況，是時中國無產階級文化的理論及其載體都非常幼稚。不過，相比於「五四」新文學，無產階級革命文學還是顯現出了獨特的思想內涵──表現被剝削、壓迫的無產大眾在現代社會中所面臨的生存困境及其自發或自覺的反抗意識。這也是無產階級文學最常見的特徵之一。當然，在反抗意識的表達、革命心理的剖析、歷史場景的構建上，中外革命文學作品之間可能有著本質性的不同。蘇聯「拉普」文學或日本無產階級文學中的革命意識，主要是源於資本主義現代工業文明對人的物質壓迫和精神異化；而中國革命作家筆下人物的反抗意識、革命欲望，來自於時代轉型、文化價值觀念的嬗變和過渡，來自於黑暗勢力、天災人禍、「三座大山」重重壓迫下複雜的社會現實，來自於西方現代文化對中國傳統文化的持續性衝擊，來自於馬列主義對中國傳統思想觀念崩潰後價值權威空缺的填充，來自於中國傳統文化自身反抗強權的精神結構。因此，中國無產階級革命文學運動不是孤立發生的，它是中國現代社會變革和文化變革的有機組成部分。或者說，如同「文學革命」是「五四」新文化運動的一翼，無產階級革命文學也是新的馬克思主義啓蒙運動和無產階級革命文化運動的一個重要組成部分。〔註 43〕

〔註 42〕吳曉都：《列寧與 20 世紀大眾文化》，《吉首大學學報》，2002 年第 2 期，第
　　　　42～43 頁。
〔註 43〕曠新年：《文學的重新定義》，《中國現代文學研究叢刊》，2000 年第 3 期，第
　　　　101 頁。

　　按照一些革命知識分子的理想化設計，從 20 年代中期開始，中國文壇將進入逐漸實現無產階級文化建設的歷史時期。蔣光慈早在 1924 年就基於自身的俄蘇體驗和蘇聯無產階級文化建設的實績得出如下結論：「無產階級亦與其他階級一樣，在共產主義未實現以前，當然能夠創造出自己特殊的文化——無產階級的文化。」他還認為：「無產階級文化在自己社會經濟的基礎上，當然比資產階級文化高些，範圍寬大些。無產階級文化的基礎是現代的大工業；偉大的機器已經鍛鍊得無產階級異常強固，——因此無產階級的文化更有切實的根據。」並且有時候，「有些偉大的分子從敵無（對，引者注）階級跑將過來，而為無產階級革命的忠臣。這些階級的叛賊，在無產階級革命以前，可以促進無產階級革命的速度，在無產階級革命成功以後，更對無產階級文化之創造上，將有莫大功績。因此無產階級的文化，不但是可能的，而且已有很堅固的根據了」。〔註44〕這意味著在中國創建一個無產階級文化的世界也是完全可能的。所以郭沫若在意識到「我們所要求的文學是表同情於無產階級的社會主義的寫實主義的文學」之後〔註45〕，便雄心勃勃地宣稱：「我們要創造一個世界的文化，我們要創一個文化的世界！」〔註46〕在他這裡，「文化」的潛在修飾語當然是「無產階級」。

　　革命文學是無產階級文化創建中不可或缺的重要介體。一些革命作家相信中國無產階級文化建設的關鍵問題在於處理好中國文學、文化與無產階級革命的關係。仍以蔣光慈為例。他在 1925 年就明確認定無產階級文藝要靠革命文學家來創造。那麼誰是革命文學家呢？「誰個能夠將現社會的缺點，罪惡，黑暗……痛痛快快地寫將出來，誰個能夠高喊著人們來向這缺點，罪惡，黑暗……奮鬥，則他就是革命的文學家，他的作品就是革命的文學。」他還認為：「現在中國的社會真是製造革命的文學家之一個好場所！我不相信中華民族永遠如此的萎靡，永遠如此的不振，永遠如此的不能產生偉大的，反抗的，革命的文學家！」〔註47〕但令他不滿的是，文壇上有的是「市儈」作家

〔註44〕　蔣光慈：《無產階級革命與文化》，《蔣光慈文集》第 4 卷，上海：上海文藝出版社，1988 年版，第 142 頁。

〔註45〕　郭沫若：《革命與文學》，《創造月刊》，1926 年 5 月 16 日，1 卷 3 期，第 11 頁。

〔註46〕　郭沫若：《我們的文化》，《文藝論集續集》，北京：人民文學出版社，1979 年版，第 79 頁。

〔註47〕　光赤：《現代中國社會與革命文學》，上海《民國日報增刊・覺悟》，1925 年 1 月 1 日，第 4～5 頁。

（如葉紹鈞、冰心）或頹廢派作家（如郁達夫），卻找不出幾個反抗的、偉大的、革命的文學家（如郭沫若），這種不滿甚至延續到 1928 年，他說：「時代在咆哮著，呼喊著，震動著，而我們的文藝者卻在象牙塔中漫談趣味，低吟花月，似乎生在另一個時間和空間裏，不但不覺悟到自己也應該負著創造時代的使命，而且對於創造時代的人們加以冷眼。這麼一來，所謂文藝的創造者僅僅是文藝的創造者而已，永遠爲時代的廢物。」〔註 48〕接著，他抨擊了中國文學落後於現代社會生活的現象，並分析了造成這種現象的原因：首先，中國的社會生活和革命變化太快，令人沒有思考的餘地，作家趕不上革命的步驟，不瞭解由革命而演成的事象以至於革命本身的意義；其次，作家與舊世界情感關係太深，無法與舊世界完全脫離關係，缺乏革命情緒的素養和對於革命的信心、深切的同情等這些革命文學家所必有的條件；此外，在文壇上有許多反動作家，他們在極力提倡不良的、俗惡的、與現代革命潮流相背的歐洲資產階級文化，走個人主義道路，引導中國文化走向滅亡的、不上進的、衰頹的歧途。在找到問題癥結之後，蔣光慈希望新作家能夠振興文壇，因爲「中國文壇之有希望，就同中國社會之有希望，是一樣的」。〔註 49〕爲此，他界定「革命文學」的定義和內容爲：「革命文學是以被壓迫的群眾做出發點的文學！」「革命文學是反個人主義的文學！」「革命文學是要認識現代的生活，而指示出一條改造社會的新路徑！」〔註 50〕

此外，洪靈菲和華漢也自覺地用無產階級運動和無產階級文學的發展形勢來說明無產階級文化建立和建設的必然性。洪靈菲認爲，在世界範圍內，無產階級勢力的崛起能夠使敵對的資產階級恐慌、害怕、發狂；同時，無產階級藝術運動也日漸發展。他承認無產階級文藝的發生需要一個過程，無產階級未成長起來的時候，其階級意識是朦朧的，還在滿足於做中產階級的忠實奴隸，這時，無產階級藝術的發生自然是談不到的。但是資本主義矛盾的發展給予了無產階級成長的機會。在成長的過程中，無產階級將漸漸認識到自己的階級力量和明確對於敵對階級的憎恨。爲了獲得政權和使革命成功更加穩妥起見，無產階級會在與敵對階級作戰的同時進行本階級教養的培養，

〔註 48〕 華希理：《論新舊作家與革命文學——讀了文學週報的〈歡迎太陽〉以後》，《太陽月刊》，1928 年 4 月 1 日，第 4 號。
〔註 49〕 蔣光慈：《現代中國文學與社會生活》，《太陽月刊》，1928 年 1 月 1 日，第 1 號。
〔註 50〕 蔣光慈：《關於革命文學》，《太陽月刊》，1928 年 2 月 1 日，第 2 號。

除了加緊軍事、政治訓練外，建立本階級的文化和藝術，這樣，無產階級藝術便發生了。由於堅信無產階級文學發生的必然性，所以他毫不客氣地批評了「無產階級藝術否定論者」——托洛斯基的謬誤，認爲托洛斯基不明白革命，不明白革命的文化和藝術，否認和輕視無產階級的東西，而無產階級藝術的特性在於：它有集團的力量；它是從鬥爭中產生出來的，它的本身便是戰鬥的本體；它具有大眾性和對於世界的唯物態度。由於文學是藝術的一部分，是故他認定普羅文學作爲一種意識形態已經確立了，它的特性是「唯物的，集團的，戰鬥的，大眾的」。最終他認定：「所謂普羅列塔利亞文學，是指著將勞動階級及廣大的勤勞大眾的心理意識，當作向著世界改造者，共產主義社會建設者的普羅列塔利亞特的最終使命而組織了的文學而言。」〔註51〕華漢則根據自己對「文學革命」發展到普羅文學運動過程的分析，證實了無產階級文藝運動已經發生這一「歷史事實」：「因有無產階級領導了各階級的聯合戰線的革命運動，於是才有『混合型』的革命文學運動」；「因有無產階級的階級鬥爭激烈化和尖銳化，於是才有無產階級文藝運動」；「革命文學運動和頹廢的浪漫主義文藝運動的對立，只是反映了沒落的士紳階級和革命的小資產階級之間的 Ideogie 的對立」；「普羅文藝運動和既成文壇的對立，也只是反映了資產階級（新月派）和小資產階級之間的 Ideogie 的對立」。〔註52〕他還相信中國普羅文藝運動的前途「將有一個黃金時代快要到來」，而這個「黃金時代」指的就是無產階級文化建設得以實現的時代。

　　不客氣地說，20 年代革命作家在談論無產階級文化問題時的表述並不清晰，他們習慣於把無產階級文化與無產階級文學混爲一體。當然，他們的觀點透露了當時革命文藝界中普遍存在的一種樂觀心態。問題是，創建無產階級文化不可能一蹴而就，因爲當時中國無產階級運動剛剛興起，無產階級作爲一個社會範疇存在的集群意識並不明顯，尚在爲自身的生存苦鬥，根本談不上有文化自覺意識或話語權。既然缺少根本性的群眾基礎和文化支撐，那麼何談快速實現無產階級文化建構呢？所以茅盾在當時的判斷是：在世界範圍內，無產階級藝術「正在萌芽」，遠未進入成熟階段，無產階級的藝術批評

〔註51〕 洪靈菲：《普羅列塔利亞小說論》，《文藝講座》，1930 年 4 月 10 日，第 1 冊，第 213～214 頁。
〔註52〕 華漢：《中國新文藝運動》，《文藝講座》，1930 年 4 月 10 日，第 1 冊，第 148～149 頁。

論也無從談及「豐富圓滿」。〔註53〕郁達夫則認為，在無產階級專政時期未達到以前無產階級文學是不會發生的。他的理由是：第一，無產階級專政還沒有完成之前，無產階級就不會有自覺意識；第二，文學的產生須待社會的薰育，在無產階級專政沒有完成時，社會的教育、設施、要求都是和無產階級文學相反的東西，在這種狀態下產生的文學決不是無產階級的文學。〔註54〕顯然，茅盾和郁達夫的觀點有值得商榷之處，但相比於那些盲目樂觀的言論與輕言實現無產階級文化建構的峻急心態還是要理性得多。

　　與 20 年代革命作家相比，30 年代左翼理論家對無產階級文化問題的認識要清晰和準確得多。這有利於左翼文藝界吸納更多的理論資源，進而有效推進中國左翼文學的發生進程。在諸多的左翼理論家中，瞿秋白的看法最具有代表性。瞿秋白認為無產階級文化與無產階級的根本利益是一致的，尤其在中國革命事業迅猛發展時，無產階級需要在文化戰線上掌握文化革命的「權」，以便無產階級思想代表解決中國革命實踐中的諸多問題，他認為「五四」新文化運動對民眾沒有什麼影響，「在民眾之中只是實際生活的轉變和革命鬥爭的教訓，還並沒有文藝鬥爭裏的輔助的力量」，所以，「現在決不是簡單的籠統的文藝大眾化的問題，而是要創造革命的大眾文藝的問題。這是要來一個新的，新興階級領導之下的文藝復興運動，新興階級領導之下的文化革命和文學革命；這是要新興階級來領導肅清封建意識的文化鬥爭，徹底執行這個民權主義的任務；中國的資產階級已經是反對這種文化革命的力量，他們反而在竭力維持封建意識，維持中世紀式的文化生活，藉此更加加重他們的剝削，散布資產階級的意識；因此，這個文化革命的鬥爭——同時要是反對資產階級的，而且準備著革命轉變之中的偉大的文化改革——向著社會主義的前途而進行。問題是在這裡」。〔註55〕這就明確了無產階級文化建設的目標是要創造革命的大眾文藝，也明確了鬥爭的對象，即封建舊文化、資產階級文化和對中國進行文化侵略的帝國主義，這與其五四時期的思想是連貫和一致的：「宗法社會及封建制度的思想不破，則於帝國主義的侵略無法抗

〔註53〕沈雁冰：《論無產階級藝術》，《文學週報》，1925 年 5 月 10 日，第 172 期，第 4 頁。

〔註54〕日歸：《無產階級專政和無產階級的文學》，《洪水》，1927 年 2 月 1 日，3 卷 26 期，第 47 頁。

〔註55〕宋陽：《大眾文藝的問題》，《文學月報》，1932 年 6 月 10 日，創刊號，第 2 頁。

拒；所以不去盡帝國主義的一切勢力，東方民族之文化的發展永無伸張之日。」
〔註56〕針對胡秋原「變相的藝術至上論」和蘇汶「第三種文學」，瞿秋白運用
馬克思主義唯物史觀進行分析後認爲：「新興階級鬥爭，就是在文藝戰線上也
要勇敢的克服一切困難，排斥一切錯誤，鍛鍊自己的力量。」「有階級的社會
裏，沒有眞正的實在的自由。當無產階級公開的要求文藝的鬥爭工具的時候，
誰要出來大叫『勿侵略文藝』，誰就無意之中做了僞善的資產階級的藝術至上
派的『留聲機』。」〔註57〕

　　從瞿秋白乃至更多左翼作家的觀點來看，他們對於「自由主義」作家堅
持的「純藝術」觀點是持反對態度的。他們的無產階級文化觀帶有某種機械、
偏執的傾向，在否定資產階級文化、藝術觀念的過程中也對藝術本身的一些
特性構成了「消解」態勢。對於這一點，左翼作家有所感知，可他們的信念
是絕不放棄文藝的階級性乃至工具理性，這是無產階級文化的立身之本，正
如周揚所描述的那樣：「無產階級文化不單是資產階級文化的對立者，而是繼
承包含著資產階級文化的過去一切文化的遺產，並根本消滅階級文化這個東
西的文化。無階級的文化，只有通過資產階級文化之無產階級的否定，即，
無產階級的階級的文化之建立，才能長成。這是文化發展的辯證法。」〔註58〕
當周揚說出繼承「過去一切文化的遺產」時，這表明左翼文藝界的文化觀已
經比較成熟了。或者說，在 30 年代，當中國左翼文學吸納了中國傳統「革命」
精神資源和近現代世界左翼文化資源之後，它的迅猛發展也就成爲了歷史事
實。

第三節　文藝與革命：左翼文學發生的審美之維

　　按照馬克思主義的思想觀點，藝術生產的某些繁盛時期決不是同社會的
一般發展成比例的，因而也決不是同彷彿是社會組織的骨骼的物質基礎的一
般發展成比例的。〔註59〕這意味著當文藝領域發生新的變革時，社會政治經

〔註56〕瞿維它：《東方文化與世界革命》，《新青年（季刊）》，1923 年 6 月，第 1 期，
　　　　第 73 頁。
〔註57〕易嘉：《文藝的自由和文學家的不自由》，《現代》，1932 年 10 月 1 日，1 卷 6
　　　　期，第 781、784 頁。
〔註58〕周起應：《文學的眞實性》，《現代》，1933 年 5 月 1 日，3 卷 1 期，第 15 頁。
〔註59〕馬克思在建構其政治經濟學理論時，提出了「藝術生產」這一重要範疇。他
　　　　在《政治經濟學批判》序言中指出了物質生產與藝術生產發展的不平衡關係：

濟結構的轉換可能尚未發生，意識形態的發展完全可以先於社會組織與經濟基礎的發展。以是觀之，中國左翼文學發生的基石——20世紀20年代的革命文學、普羅文學不但產生了變革文學功能和文化道統的要求，也傳達了革命知識分子要求變革中國社會現狀和政治制度的心聲。是時，文學成爲缺少民主、自由權利的民眾的重要論壇。在這個論壇上，革命作家以創作和批評表達了對文藝界現狀的不滿，也表達了被壓迫者對公平正義的渴望、對黑暗現實的憤怒和改造社會的強烈欲求。如此，中國無產階級革命文學具有了英雄崇拜傾向、激進主義特徵、介入階級鬥爭實踐的政治意指，以及探索文學新的思想主題和推進文學形式發展的創作要求。就這樣，在「文藝」與「革命」的有機結合中，在關涉革命文學、普羅文學的創作和論爭中，在無產階級政權、人民民主制度尚未實現以及相應的經濟基礎極爲薄弱的情況下，中國左翼文學發生的審美之維被建構起來了，它具有文藝的革命性和革命的文藝性兩個最基本的向度，二者之間既有矛盾也有相契合之處，且與革命文藝界的新的倫理和認知維度絞纏在一起。

政治意義上的革命實踐與具有先鋒性的革命文學的藝術探索，均需要同樣具有變革性的革命語言能夠被民眾所接受。問題是民眾的意識往往被統治階級的觀念所支配。30年代的左翼知識分子已經意識到了這一點，因爲「一時代的支配的觀念總不外是統治階級的觀念」。〔註60〕這意味著革命者要想顛覆統治階級的政權就必須顛覆其思想載體——官方語言和意識形態。要實現這一目標，創建一種不同於統治階級使用的語言是不現實的，這就要求作爲民眾之師的革命知識分子必須借助統治階級的語言，也要借助外來的革命思想和文化資源。在早期革命文學作品中，革命作家精心結

某些有重大意義的藝術形式（如神話）只能產生和繁榮於物質生產發展水平較低的古代社會、時代；藝術的繁榮時期未必和經濟的繁榮同步，藝術的高潮和發展，也可能出現在經濟發展程度較低而落後的地區和時代。恩格斯則在一封私人信件中指出：「政治、法、哲學、宗教、文學、藝術等等的發展是以經濟發展爲基礎的。但是，它們又都互相作用並對經濟基礎發生作用。並非只有經濟狀況才是原因，才是積極的，其餘一切都不過是消極的結果。這是在歸根到底總是得到實現的經濟必然性的基礎上的互相作用。」參見《恩格斯致瓦·博爾吉烏斯（1894年1月25日）》，中共中央馬克思恩格斯列寧斯大林著作編譯局編：《馬克思恩格斯選集》第4卷，北京：人民出版社，1995年第2版，第732頁。

〔註60〕朱鏡我：《意識形態論》，《文藝講座》，1930年4月10日，第1冊，第34頁。

構的革命語言，既強調了「造反有理」、階級反抗、團結集體等思想意識，也構建了新的倫理維度、文化意識和政治寓言。這種語言很快在當時的文壇上流行起來，並造就了一些習見性語句，如「幹幹幹」、「殺殺殺」、「血血血」等。由此可以想到「法國革命式寫作」。羅蘭‧巴爾特認為這種寫作的特點是語言運動與鮮血橫流直接聯繫，以戲劇誇張的形式說明革命需要付出巨大的流血代價，它使人們震懾並強制推行公民的「流血祭禮」。他的一個結論是：「法國的革命式寫作永遠以流血的權利或一種道德辯護為基礎」。〔註 61〕這裡，我們並非意欲探究中國革命文學寫作與法國革命式寫作之間的關聯，但很明顯中國革命文學蘊涵著類似的流血衝動與道德建構的理想寄寓。

應該說，這種流行化了的早期革命文學語言，一方面有助於作者和接受者實現語言、情緒的宣洩或者實現攻擊性欲望的滿足；另一方面它也很容易消解自身的嚴肅性、藝術性乃至合法性。就後者而言，可以想像，當使用革命語言成為一種辨認政治傾向或革命者身份的標誌並以推翻現行政權為旨歸時，這種語言勢必會成為統治階級的禁忌，接著革命作家在政治上的身份認同就會被損害或否定。因為當時的統治階級也掛革命招牌招搖撞騙，那麼真正的革命派怎麼辦？去投奔他，等於明珠暗投；不投奔他，他反而說你是反革命。這時有的革命作家只好不談革命，而是通過談文學問題來轉達自己的政治觀點，從而導致鼓吹以消滅反動派肉體為根本目的的革命文學完全可能會因為表達朦朧而對真實的革命構成遮蔽甚至貶低，也使得後來左翼文學的發生增添了變數。當然，如是說並不意味著否認革命消滅敵人肉體的合理性，而是強調言說革命並非一件簡單而浪漫的事，「革命文學」消滅不了敵人，尤其是「戲著革命的牌頭」〔註 62〕的小資產階級革命文學，不但無助於革命宣傳，反而會歪曲革命事實，導致革命文學語言在日常生活中逐漸失去對社會、政治的衝擊力。「革命加戀愛」小說的風靡文壇和迅速銷聲匿跡就是例證。

〔註61〕 羅蘭‧巴爾特通過對比「法國的革命式寫作」和「馬克思主義式寫作」的異同，探討了「政治式寫作」問題。他認為「馬克思主義式寫作從根源上說，表現為一種知識的語言，它的寫作是單義性的，因為它注定要維持一種自然的內聚力。正是這種寫作的詞彙身份使它能強加於自身一種說明的穩定性和一種方法的永恆性。只是由於其語言，馬克思主義才與純政治活動聯繫起來。」參見〔法〕羅蘭‧巴爾特：《符號學原理》，李幼蒸譯，北京：生活‧讀書‧新知三聯書店，1988 年版，第 74 頁。

〔註62〕 茅盾：《關於〈禾場上〉》，《文學》，1933 年 8 月 1 日，1 卷 2 號，第 217 頁。

　　革命文學的語言和意象需要通過讀者的閱讀和「交往」活動才能被感知、接受和產生鼓動效應。毫無疑問，文學藝術作爲反抗黑暗現實的鬥爭武器的現代觀念對中國社會與傳統文化產生了巨大的衝擊力，它顛覆了以往關涉文藝的價值定位，並劍指文藝系統中傳統審美形式的變革。這裡，傳統審美形式意味著和諧、規矩、天人合一等藝術取向，它是繁複的，也是一種「形式的意識形態」〔註63〕，它可以使文藝作品自爲地建構自身的軟性風格乃至「政治無意識」。而革命文學要從其他維度上打破和諧、中庸的鏡象，要從天人合一的審美形態中剝離出「革命」，強化人與自然的對立，強化人與人之間的階級鬥爭，追求「Simple and Strong」等美學風格。如此，革命文學意味著回到一種「單純」的藝術形態，它不僅演繹了簡單、抽象、幼稚的革命理念，而且袒露了民眾要求擺脫被剝削和壓迫困境的渴望與衝動。進而言之，「單純」的革命文學所設定的藝術形式，要表現的不僅僅是無產者的生命體驗，更要表現求解放的革命者的主體體驗。革命者的主體體驗多表現爲革命作家對革命文化的感性探尋和對時人恐懼革命心理經驗的「剝離」，或者說，他們想讓恐懼革命的民眾的感性體驗從日常、自足以及阻礙生產力的生產方式中釋放出來並消解掉。因此，革命文學在發展過程中所彰顯出來的革命的文藝性使其自身遠遠超出了「文學革命」的範疇，它指涉半封建半殖民地中國國民意欲擺脫「本根剝喪」、「神氣旁皇」、宗邦崩裂〔註64〕與精神奴役創傷的理想和願望。

　　革命文學是一種力圖認識社會生活、實現對群眾進行革命啓蒙教育的新藝術形態，革命作家力圖使文藝成爲與物質或其他實踐手段一樣的助進社會改造的工具性力量。在經濟基礎和意識形態的抽象結構中，這種文藝的變革作用本來很難被確證，但在革命文藝界看來，這並不成其爲問題。他們認爲資產階級正在衰落，無產階級日漸雄起，這種認識影響了他們對資本主義將長期作用於中國社會的價值判斷。反抗黑暗現實的主體體驗和以革命標準篩選出來的價值信條，使他們相信民眾身上的奴性在革命欲望的衝擊下正在悄

〔註63〕 西馬批評家弗雷德里克・詹姆遜認爲：「形式的意識形態」，「即是由不同符號系統的共存而傳達給我們的象徵性信息，這些符號系統本身就是生產方式的痕跡或預示」。參見〔美〕弗雷德里克・詹姆遜：《政治無意識：作爲社會象徵行爲的敘事》，王逢振、陳永國譯，北京：中國社會科學出版社，1999 年版，第 65 頁。
〔註64〕 魯迅：《集外集拾遺補編・破惡聲論》，《魯迅全集》第 8 卷，北京：人民文學出版社，1981 年版，第 23 頁。

悄地弱化，他們堅信對追求天然合理的基本生存資源、性愛資源的文學演繹要比宣講革命鬥爭的長遠目標和利益更具鼓動性和誘惑力。的確，「共產共妻」的謠言對有產階級而言是大逆不道的，對社會無產者來說卻是大啓發和大誘惑，這就危及到了民國社會制度的穩定和統治階級政權的合法性。這種文化變革還致力於去顛覆資產階級文化這一高級文化形態，而革命作家所憧憬的未來無產階級的新生活方式無疑要從批判資產階級文化的過程中來實現新生或解放。他們認爲，隨著生產關係的變化，作爲上層建築一部分的藝術必定要發生變化；革命文學和無產階級之間存在天然的聯繫，前者作爲形式，後者作爲內容，二者是可以完美結合在一起的，因此前者應該表達後者的思想意識。也就是說，革命文學家的責任是去揭示和表現正在上升的無產階級的衝天怨氣和革命欲求，創造出更加「進步的」無產階級文藝作品，而「現實主義」是他們表現階級鬥爭情形最適用最正確的藝術方法。總之，革命文學必須表現時代精神，展示其自身的工具理性功用，這是其自身的一種內在審美邏輯，也是馬列主義革命文化發展的一種歷史邏輯。

革命文學表述出來的、要與資產階級乃至小資產階級意識決裂的要求，已經成爲許多革命作家的共識。與此相伴生的「粗暴」、「簡單」的美學風格，與其說是文學史意義上的「新生」事物，還不如說是革命作家對自身存在世界的一種否定，它體現了革命文藝界發展新的文學形態乃至藝術本質的精神訴求。須承認，在 20 世紀 20、30 年代，歷史文化主體或社會中占支配地位的文化主體是封建地主階級和資產階級的雜糅體。這個雜糅體的文化同樣存在著物質文化和精神文化兩個領域，其物質文化表現爲：宣講道德懲戒、極權教育的合目的性，並以對物質資源、性愛資源、政治權力和話語霸權的追求作爲其自身存在的終極目的。與之相伴生的唯「物」性生活方式，浸淫人性惡的因子，消費了大部分社會資源，也使資本主義生成了自毀的內驅力。但既得利益階層無視於此，他們大肆宣揚追求個體享樂主義的資產階級文化和生活方式，打擊追求集體主義的無產階級文化，以道德理想主義幻象壓抑民眾自發的反抗精神，以中國倫理道德加上外國宗教的名義壓抑著民眾的「天性」。30 年代蔣介石倡導的「新生活運動」在某種層面上就是這樣一個怪胎，其命運只能是無疾而終。這一實例以及國民黨推行極權運動的失敗說明，無產階級勢力的崛起和資產階級文化的衰落並非僅限於工農運動和革命文學的衝擊，更在於資本主義自毀的內驅力的蓬勃發展，這使得資產階級文化在中

國難以長存下去，而無產階級文化將作爲這種資產階級文化的對立者得以興起。在此，我們不妨勾勒一些中國無產階級文化在當時日漸興起的一般性標誌：

1、「現代革命」取代了「農民造反」、「改朝換代」，它「順乎天而應乎人」，結果半封建半殖民地中國成爲無產階級文化和馬列主義革命現代性發展的沃土。

2、統治階級的剝削壓迫和自然災害，使勞動者的勞動成爲一種「異化」，他們對身處其中的黑暗社會和政權體制的認同感日益衰弱。

3、外國革命學說被大量引入中國，革命基本原理被普遍運用於各個鬥爭領域，相關革命理念被整合進社會科學體系，國民黨文化上的倒行逆施和文學的政治意識形態泛化使馬克思主義的階級鬥爭等學說逐漸被中國民眾的先鋒代表所認同、接受。

4、資本主義市場化雖有合理性，但資本主義語言體系在中國已被消解，關涉無產階級革命的「流言」逐漸成爲中國社會中最活躍、最富有吸引力的言語或交流方式。

5、在中國革命文學中，父與子的衝突較之「五四」文學革命時期又有所加強，子輩更多地走出家庭，參加革命，奔向無產階級集體的大家庭。

6、在與國民黨政治意識形態相對抗的過程中，革命文藝界通過自我裂變發展出了「無產階級革命文學」這一文學形態，並取得了突出的藝術成就和創作實績。

7、無產階級文化獲得了進步文藝界的認可，並出現了「自我表現和自我滿足」〔註65〕的徵象。

我們或者還可以整理出更多的無產階級文化興起的徵象，但已經沒有必要了，因爲上述標誌已經表明：無產階級文化正在興起，以蔣介石爲代表的大地主、官僚資產階級不再代表著先進文化的主體性力量，也不再有可能發展曾經推動它發展的生產力，而只能在極權統治的過程中阻礙生產力的發展。

如果說，革命作家在當時還無法知曉資產階級文化的崩潰有資本主義經

〔註65〕美國學者丹尼爾・貝爾認爲：「文化領域的特徵是自我表現和自我滿足。它是反體制的，獨立無羈的，以個人興趣爲衡量尺度。」〔美〕丹尼爾・貝爾：《資本主義文化矛盾》，趙一凡等譯，北京：生活・讀書・新知三聯書店，1989年版，第26頁。

濟、政治、文化自毀內驅力的因素，但他們無疑預見到了無產階級文化摧毀資產階級文化的可能性和必然性。對照這種預見，查看 20 年代那些革命文藝理論和作品，其中最值得注意的就是那種徹底反封建反資本主義的「無產階級文化」態度。這種文化態度堅持對封建主義和資產階級的精神、文化進行嚴厲的譴責、排斥、抨擊，並在消解「資本主義」物欲追求神聖性的同時，構想了人際關係和諧和剝削壓迫現象消失的圖景。當時很多作家都曾對這種理想圖景進行過生動、形象的描繪，如郭沫若就曾在他的小說《一隻手》中，讓準備在烈火中「涅槃」的老李羅如此認知未來新世界：「新的世界裏不容有我們這樣的殘廢人存在。新的世界裏不容有我們這樣的比豬牢不如的茅屋存在。不能做工的人不應該有飯吃，一切的人都要住在和天國般的洋房裏。」〔註66〕但具有諷喻意義的是，無產階級文化也難以掙脫物質主義和工具理性的束縛，它在後革命時代落入了因工具理性而自毀乃至與封建主義相調和的境地，在破壞的政治意指與建設的文化實踐之間發生了危險的革命現代性斷裂，出現了與資產階級文化一樣的自毀屬性：精神文化與物質文化的對立，藝術對現實的失語。顯然，這種潛在的二元對立傾向在當年就對革命文學的發展產生了反作用力，使得革命文學雖然也忠實於文藝本身的結構和形式，但卻產生了政治化文學最容易產生的後果——疏離藝術真實或將複雜的人性簡單化。

　　無產階級革命文學的生成是將社會生活中一些特殊、個別的革命內容轉移到它所存有的普遍藝術秩序中的一個過程。它的審美內容和形式的開放維度是有限的，這決定了其階級特性更加受限於作家主體的藝術才華。無產階級革命文學的階級特性一般表現在集體主體（即「他律人格」）的發現和讚美中，它力圖在推翻資本主義意識形態的過程中成就自身。集體主體或曰他律人格在中國社會現實中開啟了新的精神空間和思想維度。在追求「終極自由」的過程中，個體需要先貶抑自己的個性來實現集體解放，然後才能真正實現個體的精神自由。因此，在革命作家的筆下，真理存在於階級鬥爭的社會裏，存在於集體革命記憶的鏡象裏，存在於使苦難消亡的審美一統的大同世界裏，就這樣，他們在想像的真實與獻身的激情中構建了無產階級文藝與文化的內在本質。

〔註66〕郭沫若：《一隻手》，嚴家炎編：《中國現代各流派小說選》第 2 冊，北京：北京大學出版社，1986 年版，第 116 頁。

　　應該說，在如此短的篇幅裏界定無產階級文藝、文化的本質是令人難以承擔的。但有一點可以肯定的是，在早期革命文學基礎上衍生出來的無產階級文藝作品和資產階級文藝作品一樣也是商品，其中一些作品甚至完全是因為金錢需求而炮製出來的。但這一事實並不至於改變無產階級文藝的本質，無產階級文藝的發生在於其作品內在邏輯和作者工具理性的一致，在於它所想像、假設、描述、陳說的東西最終獲得了後來社會實存景象的確證。這正如赫伯特·馬爾庫塞所說的那樣：「藝術中這些東西揭示和傳遞著人類生存的事實與可能性，它們借助一種完全不同於表現在日常的（和科學的）語言和交往中的現實的方式，『目睹』了這個生存。在此意義上，真正的作品，就具有宣告一般的確實性、客觀性的意味。」〔註67〕也就是說，無產階級文藝是充滿革命歷史氣息和底層民眾況味的文化介體，它對無權無勢的大多數人更有意義，在這種文藝世界裏，勞苦大眾可以一無所有，但他們的存在使這種藝術具有了階級性，它不屬於哪一個無產者，它屬於整個無產階級；與此相伴生的無產階級文化儘管還很幼稚，卻遠遠超越了資產階級文化的範疇和視野，是一種「高級」、進化中的文化形態，也許這種文化形態一開始針對的多是文藝問題，尤其是文藝的革命性問題，其發展及其所推動的論戰和工具理性的泛化，也使無產階級文藝仍然只是少數人的藝術，但相對來說，它在價值預設上比資產階級文藝更有普遍接受意義上的文化成分和社會功效。當然，這並不意味著無產階級文藝沒有缺陷，事實恰恰相反，不妨來看一下易嘉、茅盾、鄭伯奇、錢杏邨、華漢以《地泉》為範本展開的對 1928 至 1930 年間的普羅文學的批評：

　　——作家在中國新文學的「難產期」有著「發狂般的情緒」，犯了「說大話」、「放空炮」的時髦流行病，有著小資產階級的觀點和立場，所以才把殘酷的現實鬥爭神秘化、理想化、高尚化乃至浪漫諦克化。〔註69〕

　　——創作方法上沒有走唯物辯證法的現實主義的路線，未能深刻認識客觀的現實，未能拋棄自欺欺人的浪漫諦克，未能正確反映偉大的鬥爭。〔註69〕

〔註67〕〔美〕赫伯特·馬爾庫塞：《審美之維》，李小兵譯，桂林：廣西師範大學出版社，2001年版，第148頁。

〔註69〕陽翰笙：《〈地泉〉重版自序》，《陽翰笙選集》第4卷，成都：四川人民出版社，1989年版，第72～74頁。

〔註69〕易嘉：《革命的浪漫諦克——〈地泉〉序》，《陽翰笙選集》第4卷，成都：四川人民出版社，1989年版，第81頁。

　　——題材的剪取、人物的活動，完全是概念（這絕對不是觀念）在支配著，未能克服革命故事的抽象描寫這種傾向。〔註70〕

　　——缺乏對社會現象全部的非片面的認識，缺乏感情地去影響讀者的藝術手腕，「臉譜主義」地去描寫人物和「方程序」地去布置故事，削弱了作品的藝術功效。〔註71〕

　　——初期中國普羅文學，內容空虛，技術粗糙，在創作和理論上包含著個人主義的英雄主義、浪漫主義、才子佳人英雄兒女、幻滅動搖等不正確的傾向。〔註72〕

　　事實表明，這些對普羅文學應然性和藝術缺陷的認識是非常深刻的。因此，普羅作家在後來的文藝實踐中開始把瞿秋白等人的批評自覺地貫徹到他們的作品風格建構中，貫徹到倡導無產階級文藝運動的過程中，因為瞿秋白等人的批評不意味著對無產階級文藝的意義缺少肯定。正如錢杏邨所描述的那樣：「這些不健康的，幼稚的，犯著錯誤的作品，在當時是曾經扮演過大的腳色，曾經建立過大的影響。這些作品是確立了中國普洛文學的基礎，我們是通過這條在道路工程學上最落後的道路走過來的。」〔註73〕的確，普羅文學通過延承早期革命文學的精神和形式，讚美、結構了力的文學；透過官逼民反的現實，反映了窮苦的無產者的苦難及其肉體意識在文學視野下迴歸的情狀；通過驗證集體反抗的合理性，反映了外來奴役和壓迫的真實存在。借助它們，普羅作家使藝術屈從、依附於政治並為無產階級革命合理性正名。那麼，在否定之中就實現了肯定。顯然，在普羅文學本身的結構中，左翼文藝批評家簡化、強化了被現存秩序所逼壓形成的階級鬥爭意識，體認了無產者在現實秩序中的悲慘遭遇和反抗精神。同時，在浪漫諦克的審美形式中，普羅文學雖然有明顯的反資產階級的性質，但現在表現這種性質的形式出了問題，而重新書寫、建構這種性質，把它們從幼稚的、半成品的、小資情調捆縛的情狀中解放出來，是其自身發展過程中的首要任務。因此，左翼理論

〔註70〕鄭伯奇：《〈地泉〉序》，《陽翰笙選集》第4卷，成都：四川人民出版社，1989年版，第82～83頁。

〔註71〕茅盾：《〈地泉〉讀後感》，《陽翰笙選集》第4卷，成都：四川人民出版社，1989年版，第85～87頁。

〔註72〕錢杏邨：《〈地泉〉序》，《陽翰笙選集》第4卷，成都：四川人民出版社，1989年版，第88～90頁。

〔註73〕錢杏邨：《〈地泉〉序》，《陽翰笙選集》第4卷，成都：四川人民出版社，1989年版，第91頁。

家對普羅文學審美形式的差異性評價，包含著對建構新審美形式的期望和豐厚的審美心理意涵。此外，這一時期是中國無產階級壯大、無產階級意識日漸蘇醒的階段，也是反帝活動風起雲湧的時期。普羅文學對資產階級文化的抗拒，已經從強調反抗剝削壓迫發展爲強調反抗其壓抑、異化人性的資產階級文化組織和系統。到了30年代，世界範圍內的無產階級革命文學運動又與反法西斯主義聯繫起來，在中國，國民黨的極權統治使人們看到了用制度化方式延展資本主義制度的企圖，但工人不再是資本主義的發展動力了，正如《子夜》所展示出來的，他們在共產黨的領導下成爲了一支與資產階級進行戰鬥的「政治力量」。〔註74〕此時，資產階級文化的沒落已無可避免，而無產階級文化在肥沃的中國社會土壤中即將發展起來，以便使自己成爲合格的資產階級文化掘墓人。

在以普羅作家爲主體的左翼知識界眼中，無產階級文化建設須從相異的甚至對立的兩個方面尋求支持：一者，它力圖刺激那些沒有革命傾向的民衆提升他們的情感和物質需求；一者，它將憑藉知識分子用有限的才能所創作的文藝作品去替代已經高度通俗化了的傳統文藝經典（如《紅樓夢》等）及其所傳達的藝術情趣。顯然，在這場較量中，普羅文學不是以質取勝，而是憑藉趨新求奇和藉重外國無產階級文藝資源來取勝。在這裡，新生的無產階級文藝還無暇顧及秩序、比例、和諧等美學的基本性質，這些性質更多意義上被標識爲是「傳統」的，它們不是壓抑普羅文學的政治性力量，而是潛隱著須被批判的、可以從封建地主階級和資產階級以及小資產階級思想意識中挖掘出來的、「反動」的政治無意識。但是普羅作家認定，無產階級有能力勝任建設未來文化的職責。比如，蔣光慈認爲俄國革命對俄國文化提高的事實可以解決「文學與革命的關係」的論爭了，這印證了他早在1924年所提出的論斷：德國詩人海涅對無產階級將破壞一切舊有藝術的恐懼是短視的，「在無產階級革命的怒濤中，本有破壞一切藝術的一種傾向，這種傾向，不過是對於資產階級文化之反動，爲一時的，無理性的現象」。他還強調說：無產階級對於文化的偉大態度是「我們統了都拿來、我們統了都認識」，而俄國無產階級革命以後對人類文化的發展說明：「雖然當無產階級革命時，發生一種反常的潮流，但是這種反常的潮流是一時的，而非永久的。整理過去的文化，創

〔註74〕逄增玉：《現代性與中國現代文學》，長春：東北師範大學出版社，2001年版，第278頁。

造將來的文化，本是無產階級革命對於人類的責任，這種責任也只有無產階級能夠負擔。」〔註75〕這種樂觀主義觀點非常具有代表性。是故，左翼文藝界認定無產階級文化的應然性質是「動態的」，是一個終極運動，是實現無產階級革命後將建設成功的文化運動，是與普羅文學習見的宣傳目標——實現無產階級當家作主——相契合的。

　　連接普羅文學乃至整個左翼知識界與「無產階級當家作主」這種目標的載體是當時的社會生活景象。黑暗的社會現實和革命知識分子的增長，促使了革命與反革命二元對立思維在中國的進一步泛化，隨之，一種新的倫理道德觀在普羅文學中出現了，簡而言之，即一切以「革命」為衡量標準，革命者極其重視階級感情，面對其他情感則可以六親不認，甚至大義滅親。這表明左翼知識界要建立一種新的倫理秩序，它代表著個性的抑壓和對革命集體利益的服從，它要求在解放生命本能壓抑（如戀愛）的同時更要服從無產階級革命的秩序，它曾佔據過蔣光慈、華漢、洪靈菲、茅盾、丁玲等作家的藝術世界，並在後來的紅色經典作品中被進一步強化。其實，關於建構革命性的新道德倫理及其秩序的訴求在五四時期就已經存在了，陳獨秀在《吾人最後之覺悟》、李大釗在《「晨鐘」之使命》等文章中都有過相應的表述。不過，「五四」思想家恐怕沒有此時普羅作家的態度那麼決絕。在20年代中後期和30年代初的文藝界中，這種決絕的態度在敘事性作品中得到了極為生動的演繹，它將主人公的階級情感和家庭親情對立糾葛在一起。例如在蔣光慈的《咆哮了的土地》和魏金枝的《焦大哥》這兩部小說中，作者不約而同地將主人公置於「弒父」的情境中：李傑率領農民軍去抓他的地主父親未果，但他還是狠心地同意農民軍燒死了與父親生活在一起的無辜的母親和妹妹；焦大哥則有意無意地槍殺了出賣其戰友的父親，並準備殺掉地主弟弟為革命同志報仇。類似的決絕情緒在革命詩歌中也暴露無疑，最著名的例子就是殷夫的《別了，哥哥》。就常理而言，這種情節和情緒即使在今天看來仍令人震驚，甚至給人以虛構的不真實感，然而這確實是曾經存在過的一種歷史事實，這種事實真切地表明了當時社會中依託於革命的一種新倫理道德的真實形成及其秩序的建構，它的積極意義在於：「五四」以來的青年在對待舊家族及其制度的態度上，由最初的自發叛離、反抗轉向自覺摧毀和重建，他們要建構新的社

〔註75〕蔣光慈：《無產階級革命與文化》，《蔣光慈文集》第4卷，上海：上海文藝出版社，1988年版，第136～138頁。

會基本單位，其中階級情感、革命倫理的地位遠遠超過了個體溫情、家族倫理的地位。

此外，以普羅作家為主體的左翼知識界，要表達反抗黑暗現實、美善力量否定醜惡力量、受難者反擊壓迫者和建立新倫理或新社會秩序的合理性。這意味著促使普羅文學打破和諧等傳統審美慣例與心理秩序的因素，不僅僅在於無產者的物質欲求、精神訴求和權力意識，更在於創作主體強化的文藝階級論、預設的無產階級文化理念及其鼓吹的革命道德觀。所以，瞿秋白等人之所以對普羅文學進行批判，根本原因就在於普羅作家偏離了所謂正確的革命理念和審美觀念並與現實人生產生隔膜。事實上，有的作家儘管經歷過血與火的考驗（如華漢等），並把戰場上的鬥爭經驗帶入寫作中，但他們同樣突顯了革命者在文藝語言中的「逃逸」。不可否認，藝術與作為其本源的社會生活是可以疏離或互證的，藝術是作家在生活中「逃逸」的產物，也是他們介入生活的一種方式。但一些普羅作家借助藝術「逃逸」的本質和淺薄的「浪漫諦克」情調，使自身日益遠離被異化的自然人性和革命的殘酷性，也使普羅文學風格化、概念化了，進而削弱了其「形式的意識形態」的力量。普羅作家才藝的限度還使社會中真實的惡霸、地主、軍閥、官僚在作品中被模式化、抽象化，這些人物形象缺少藝術經典性。但話又說回來，對於已經揭示了統治階級意識形態、貪婪欲念和極權思維模式的普羅作家而言，這又有什麼關係呢？對於國民黨文藝審查官僚們，問題同樣如此。他們看出了蔣光慈小說《麗莎的哀怨》構建無產階級意識形態的隱喻而對之進行查禁，反之，他們卻希望通過《黃人之血》這類作品建構「民族主義文學」、國家資本主義理念和政治意識形態，至於文學的藝術性和審美性，在雙方看來都是次要的。

在 20 世紀 20、30 年代，文藝與革命的結合，當然是文藝與政治的一種結合，也是文藝的革命性與革命的文藝性的一種扭結，其結果是促進了為底層民眾歌與哭的中國左翼文學的發生。至於底層民眾是否需要革命文學或無產階級文學等藝術形態來表現他們的喜怒哀樂乃至粗俗的教養，我們不得而知。但可以肯定的是，無產階級革命文學在某種程度上「再現」了這種情緒和教養，這對當時統治階級的秩序及其威權形成了文明意義上的消解。「再現」的藝術形式須跟隨社會的變化而變化，這使得革命文學似乎總是落在現實的後面。可革命作家不僅要再現現實還要超越時代、創造時代：「偉大的創作是沒有一部離開了它的時代的。不但不離開時代，有時還要超越時代，創造時代，永遠的站在時

代前面。」〔註76〕因此，有革命作家不但津津樂道地臆造著非現實的、非實存的、幻想中的革命「新村」，還理直氣壯地說：「文化運動與政治運動發生關係，這是必然的道理，因為文化鬥爭本來就是政治鬥爭的一部分，它一定要有政治的意義，一定要與政治運動取同一的步驟，它才能深入到廣大群眾的中間，才能有實際的作用。」〔註77〕如此，也就難怪無產階級革命文學會被視為一種激進性政治力量了。更令人驚奇的是，這種文學的顛覆性能量迅速揮發開來，其口號、理念和敘述打破了時人慣常的文學體驗與理性認知；革命話語則猛烈衝擊了日常用語，它們成為一個簇新的、關涉無產者快樂和生存意義的存在維度，它們使「幼稚」、「簡單」和「粗暴」成為一種炙手可熱的美學範疇，當然，它們也成為一種制約初期左翼文學藝術價值高低的本質性因素。

　　無產階級革命文學在使文藝的政治、宣傳、鬥爭功能加強的過程中，其藝術價值因自身的矛盾和局限被削弱了，但普羅作家的自我批判意識被強化了。文學可以超越日常語言範疇，可以透過自身的語言鏡象表達其激進的政治意圖，但文學畢竟是一種藝術形態，它要忠實於自身的普遍性藝術慣例，所以把藝術與所有的無產階級大眾結合起來在當時是不現實的。至於「文學是宣傳」的提法更值得商榷，表面上強調了形式上的社會政治意味，實際上卻在強化文藝工具理性時消解了文藝的審美特質，高估了文藝的革命性作用，加劇了文藝的異化態勢，使讀者迷戀於在文藝的臆想和虛構中尋求革命的烏托邦。問題還在於，普羅作家真誠地相信夢幻會轉換成現實。由此，心理分析被他們所藉重，陀思妥耶夫斯基的小說成為蔣光慈、洪靈菲等作家模仿的範本，他們借助這種方法創造了一個新的富有探索性的世界。本來，文藝與革命之間是有衝突的，但在他們看來，解決這一矛盾並非難事，關鍵在於作家的立場和態度。所以郭沫若說：「無產者所做的文藝不必便是普羅列塔利亞的文藝」，「反之，不怕他昨天還是資產階級，只要他今天受了無產者精神的洗禮，那他所做的作品也就是普羅列塔利亞的文藝」。〔註78〕在實踐中，普羅文學本身不可能直接變革現實，但它可以通過改變人的立場和精神間接作用於現實。普羅作家也意識到普羅文學不完滿、有缺陷，知道如果不對它進行積極的「否定」使之得到「揚棄」，它就不能更好地為無產階級革命服務，

〔註76〕錢杏邨：《〈英蘭的一生〉》，《太陽月刊》，1928 年 1 月 1 日，創刊號。
〔註77〕彭康：《新文化運動與人權運動》，《新思潮》，1930 年 2 月 28 日，第 4 期。
〔註78〕麥克昂：《桌子的跳舞》，《創造月刊》，1928 年 5 月 1 日，1 卷 11 期，第 8 頁。

於是太陽社、我們社、後期創造社成員都進行了嚴格的自我批判。

文藝的革命性和革命的文藝性都是「帶著鐐銬和枷鎖」的審美之維，在特定時代，它們指向政治價值的幅度會不斷增加。在革命作家看來，文藝與革命的聯結點存在於藝術和現實的方方面面，即使在政治內容最缺乏的地方——愛情中都存在革命的修辭。恰如洪靈菲在小說《流亡》中借主人公沈之菲之口所說的：「革命和戀愛都是生命之火的燃燒材料」，「人之必需戀愛，正如必需吃飯一樣。因為戀愛和吃飯這兩件大事，都被資本制度弄壞了，使得大家不能安心戀愛和安心吃飯，所以需要革命」！〔註79〕這折射了中國非常獨特的一種文學想像和心理真實，愛情作為一種完全私人性的東西，卻須在革命鬥爭中實現昇華。這種思維的泛化意味著無產階級革命文學並非因為寫了「革命」就成其為自身。其實，普羅文學中馬列主義革命現代性的彰顯，不僅僅在於它書寫了工農的階級反抗，還在於它關心的是底層民眾的階級解放和人性健康，並認定應該將這些內容轉化為審美形式供無產階級欣賞，以便使其政治潛能存在於它多重性的審美維度中。事後看來，普羅文學表達政治理想的欲望越強，它的變革性和超越性力量往往越弱。就此而言，魯迅的雜文和茅盾的小說較之那些宣傳性很強的革命詩歌，具有更大的連接現實的密度、藝術影響力和文學史意義。

「革命之後從此自由。」隨著孫中山先生預言的失真和政治環境的變化，隨著民國以來通過政治變革建立美好社會的理想的破滅，文藝的審美形態發生了劇變，結果從「文學革命」發展到「革命文學」、「左翼文學」。有趣的是，在左翼文學發生、繁盛起來之後，左翼作家卻開始想望那個革命與文藝和平共處的未來世界。他們認為，在這個世界裏，文藝可以保留其審美的超越性價值，但仍要擁有工具理性，因為只有當無產階級統一世界並消滅所有蒙昧、黑暗、醜惡、剝削、壓迫現象時，文藝才會喪失它的工具功能，不然，文藝會一直和革命聯繫在一起。這當然有一定道理，然而事後想來，問題遠非如此簡單：文藝戰線上階級鬥爭的緊迫性使左翼作家紛紛走向十字街頭，乃至乾脆拋棄藝術審美特性，完全融入政治生活；但在後革命時代，左翼文學卻被整理成為一些左翼作家與無產階級文化或政權進行對抗的「罪證」，並逐漸失去了「人民」的審美認同，這是當年提倡左翼文學者所未嘗預料到的。

〔註79〕洪靈菲：《流亡》，王平編：《現代小說風格流派名篇》，北京：中國文聯出版公司，1998年版，第161頁。

第四節 「文學是宣傳」：左翼文學的本質界定與意識 形態泛化

20 世紀 20 年代中期，「革命」與「文學」兩個範疇被緊密地聯繫起來，成爲中國文壇的一個重要議題。及至 1928 年創造社、太陽社提倡無產階級革命文學運動時，「革命文學」一詞已經成爲知識分子話語中一個出現頻率極高的術語。革命文學的聲浪越來越大，然而究竟什麼是革命文學？它的內容和形式如何？它發生的必然性何在？提倡者如何去建設它？它和現實、政治是怎樣纏繞在一起的？對於這些問題，中國左翼文藝界準備進行回答。

中國左翼文藝界認爲，當時的革命青年已經具備了完成革命文學建設的能力，爲了使革命青年明瞭這一任務，他們要求對「文學」進行重新定義。因此李初梨套用辛克萊（Upton Sinclair）在《拜金藝術（Mammon art）》中的話語語式說：「一切的文學，都是宣傳。普遍地，而且不可避免地是宣傳；有時無意識地，然而常時故意地是宣傳。」〔註 80〕這一定義標誌著左翼文藝界對文學本質的重新界定、對文學宣傳功能的強化和對文學承擔社會使命意識的強調。顯然，這種思想觀點有其存在合理性，它依存於國際左翼文學運動蓬勃發展的社會背景，是中國現代社會變革和文學意識形態泛化的必然結果，是馬列主義啓蒙運動和無產階級文化運動的有機組成部分，也是中國左翼文學本質生成的重要思想依據。

創造社和太陽社提倡無產階級革命文學運動、對文學的重新定義以及進行馬列主義的理論宣傳和鬥爭，使他們自然地走向了對「五四」新文化運動的批判。他們鬥爭、批判的對象明確指向資產階級及其文化，在某種程度上，《文化批判》、《太陽月刊》等雜誌的創辦就是這種批判訴求下的產物。創造社成員的批判情緒尤其強烈，因爲這是與中國百年屈辱的歷史聯繫在一起的，所以成仿吾在《文化批判》的「祝詞」中說：

> 一睡千餘年的我們，睜眼醒來，凡事落在他人很遠很遠的後面。
>
> 百餘年來的世界史上，我們「中華大國」只是被榨取與被笑罵的對象：一頁一頁的歷史上堆著的，盡是我們全民族說不出的恥辱與痛苦。

〔註 80〕李初梨：《怎樣地建設革命文學？》，《文化批判》，1928 年 2 月 15 日，第 2 號，第 5 頁。

這是時候了，我們應該來算一筆總帳。〔註81〕

這裡，「算帳」的對象當然是資產階級及其文化。同時，在創造社成員看來，「文學革命」不過是資產階級革命的一種表徵，其倡導者都是日本、歐美等資本主義國家薰陶教養出來的，「他們的意識仍不外是資產階級的意識」，〔註82〕那麼，進步文藝界自然要對「五四」新文化（文學）運動進行歷史意義上的清算和批判。他們不但有意識地去消除新文化陣營的資產階級意識，而且還要積極進行自我批判和無產階級文化啓蒙與建設，這就造就了一種不同於「五四」新文學的「先鋒文學」〔註83〕，也造成了一場與「五四」新文化運動主題、內涵、知識形態和話語方式完全不同的無產階級文化啓蒙運動。

1928 年的「新文化（文學）運動」，要求文學與社會、政治緊密結合起來。馮乃超暗示「文學革命」這個「文化上的新運動」的意義太小，中國的藝術家多出自小資產階級，他們在沒有革命認識時，只是自己所屬階級的代言人，「他們歷史的任務，不外一個憂愁的小丑（Pierotte）」。這種現狀令他頗為不滿。他相信：「藝術是人類意識的發達，社會構成的變革的手段。」可當時中國文壇的狀況太糟糕了，已經「墮落到無聊與沉滯的深淵」，革命文學的議論雖然「囂張」，但「無科學的理論的基礎」，「新人生觀和世界觀的建設」問題也沒有得到解決，「他們把問題拘束在藝術的分野內，不在文藝的根本的性質與川流不息地變化的社會生活的關係分析起來，求他們的解答」。〔註84〕那麼，轉換期的中國應該怎樣建設革命藝術的理論呢？他沒有回答，而是留給了李初梨的《怎樣地建設革命文學？》一文來解答。

1928 年文學的重新定義，直接目的是爲了明確革命文學乃至無產階級文學的含義、任務和建設方法。蔣光慈認爲：「革命文學應當是反個人主義的文學，它的主人翁應當是群眾，而不是個人；它的傾向應當是集體主義，而不是個人主義。」因此，「革命文學的任務，是要在此鬥爭中的生活中，表現出群眾的力量，暗示人們以集體主義的傾向」。〔註85〕這種集體主義的要求，後

〔註81〕成仿吾：《祝詞》，《文化批判》，1928 年 1 月 15 日，創刊號，第 1 頁。

〔註82〕麥克昂：《文學革命之回顧》，《文藝講座》，1930 年 4 月 10 日，第 1 冊，第 85～86 頁。

〔註83〕吳福輝：《中國左翼文學、京海派文學及其在當下的意義》，《海南師範學院學報》，2001 年第 1 期，第 18 頁。

〔註84〕馮乃超：《藝術與社會生活》，《文化批判》，1928 年 1 月 15 日，創刊號，第 7、13 頁。

〔註85〕蔣光慈：《關於革命文學》，《太陽月刊》，1928 年 2 月 1 日，第 2 號。

來發展成對作家主體性的否定。比如郭沫若認定作家應該忠實地記錄革命現實、把握時代精神。李初梨則把文學的實質歸結爲三點：文學是生活意志的表現、要求；文學有它的社會根據——階級的背景；文學有它的組織功能——一個階級的武器。他認爲，以前期創造社爲代表的「藝術派」的「文學是自我的表現」和以文學研究會爲代表的「文學的任務在描寫社會生活」兩種文學觀念，都是錯誤的。前者是「觀念論的幽靈，個人主義者的囈語」；後者是「小有產者意識的把戲，機會主義者的念佛」。他強調：「革命文學，不要誰的主張，更不是誰的獨斷，由歷史的內在的發展——連絡，它應當而且必然地是無產階級文學。」那麼，「無產階級文學」又是什麼呢？他認爲無產階級文學既不是寫「革命」、「炸彈」的文學，也不是寫無產階級的理想、表現其苦悶、描寫其革命情緒的文學，它是「爲完成他主體階級的歷史的使命，不是以觀照的——表現的態度，而以無產階級的階級意識，產生出來的一種的鬥爭的文學」。要產生、建設這樣的鬥爭文學，應該解決無產階級文學的作家和形式問題。無產階級文學作家不一定要出自無產階級，而無產階級出身者不一定會產生無產階級文學，關鍵在於文學的實踐。一個作家不管是第幾階級的人都可以參加無產階級文學運動，不過要看他的動機，看他是「爲文學而革命」還是「爲革命而文學」。如果是前者，像魯迅或其他語絲派作家，那麼「不客氣，請他開倒車，去講『趣味文學』」；如果是後者，如蔣光慈或其他太陽社作家，「他就應該乾乾淨淨地把從來他所有的一切布爾喬亞意德沃羅基定全地克服，牢牢地把握著無產階級的世界觀——戰鬥的唯物論，唯物的辯證法」。同時，要把理論和實踐結合起來，所以文學家也應該是一個革命家。對無產階級文學的形式問題，李初梨根據各國無產階級文學所達到的發展階段，認爲其樣式大約是「諷刺的」、「曝露的」、「鼓動的（Agitation）」、「教導的」。〔註86〕李初梨的看法受到了太陽社和魯迅等的質疑，可他提出的對文學本質進行「奧伏赫變」（否定之否定）的倡議獲得了左翼文藝界的普遍認可。所以王獨清在《創造月刊》2卷1期上發布了「新的開場」，聲稱認清了藝術的「職務」是「要促社會底自覺」，指明他們將不再被「一向排斥多數者的藝術底本質所迷惑」，將不再成爲「藝術底奴隸」，並宣稱：「我們現在的要求是要破壞那種藝術底本質，要使藝術來隸屬於我們底生活而不要我們底生活爲

〔註86〕李初梨：《怎樣地建設革命文學？》，《文化批判》，1928年2月15日，第2號，第5～19頁。

藝術所隸屬。」他還號召說：「我們要切實努力於藝術底解放，我們要努力使我們從藝術中解放出來，我們要把藝術作爲我們苦鬥的武器，──我們有一個新的開場了！」〔註87〕

　　作爲新興的革命文學的重要理論家，太陽社的評論家錢杏邨也對文藝的本質進行了界定，他非常強調文學的社會使命、宣傳作用，認爲文學思潮和政治思想是在同一個軌道上發展的，並將這種認識應用於文藝批評領域。他批評洪靈菲小說《逃亡》描寫太忠於事實，僅止於「本事」的範圍，「忘卻了一切事實的環象」，他引用藤森成吉的話說：「若不知道藝術以外的一般社會現象及解決方策，就不能讀文藝，也沒有瞭解文藝的可能。要眞的置身現實社會的正中，才能理解眞的徹底的文藝。又把它和其他的社會現象或文化現象比較聯絡起來，才能夠窮極它的本質，和組成它的科學。」他認爲：「創作也是如此，不能僅有單純的事實。」〔註88〕針對周作人批評革命文學「無異於無聊文士的應制」、「投機家的運動」、「虛僞」，錢杏邨非常不滿地反問道：「文藝思潮和政治思想的發展不應該在同一的軌道上麼？無產階級文藝運動果眞是『文士的應制』，『投機家的運動』，『虛僞』的文學麼？……」〔註88〕針對茅盾批評普羅文學的「標語口號化」等缺點，錢杏邨依託托洛茨基的觀點「在無產階級文學初期所不可避免的毛病，就是口號標語似的」辯駁說：「雖然被許多人譏諷爲口號標語，其實，這種宣傳的創作，並不是易於做的。」〔註89〕他強調：「宣傳文藝當然不能說一定要全篇充滿了宣傳的標語或口號，然而，絕對的避免口號或標語，一定要根據所表現的事實，讓題材客觀的去動人，去宣傳，那也就未免太不瞭解文藝的社會使命了。所以，在革命的現階段，『標語口號』在事實上還是需要的，這種文學對於革命的前途是比任何種類的文藝更有力量的。」他認定文學爲「煽動藝術」，這就走向了「文藝宣傳論」的極端：「宣傳文藝的重要條件是煽動。在煽動力量豐富的程度上規定文章作用的多寡。我們不絕對的去避免標語口號，我們也不必在作品裏專門堆

〔註87〕獨清：《新的開場（卷頭語）》，《創造月刊》，1928 年 8 月 1 日，2 卷 1 期。

〔註88〕錢杏邨：《中國新興文藝考察的斷片》，《阿英全集》第 1 卷，合肥：安徽教育出版社，2003 年版，第 221 頁。

〔註88〕錢杏邨：《中國新興文藝考察的斷片》，《阿英全集》第 1 卷，合肥：安徽教育出版社，2003 年版，第 232 頁。

〔註89〕錢杏邨：《新興文藝與中國（及其他）》，《阿英全集》第 1 卷，合肥：安徽教育出版社，2003 年版，第 348～349 頁。

砌標語口號。然而，我們必定要做到有豐富的煽動的力量的一點。這裡所說的煽動的力量，不一定是指技巧上的煽動，當然，內容具有煽動性也是必要的，宣傳文藝的第一條件，就是要煽動，要起煽動的作用。」〔註90〕他還認為：「新興階級的文學，是新興階級的戰鬥的武器，是它的政治運動的一翼，它要用思想和感情去宣傳大眾，組織大眾。它要在這些地方完成它的任務。」而研究新興文學要注重「內容的理論與實際」。他的結論是：「文藝的內容與形式的完成，必然的要候到新興階級獲得了解放，完全生長起來的時候；研究初期的新興文學，我們一定要把重心落在『內容』的一面。」〔註91〕而他之所以批評孫夢雷的《英蘭的一生》，就在於他認為作者在技巧方面雖然有成功之處，但該書在題材上「迷戀過去的骸骨」，沒有充分表現出時代的革命精神，所以「在具體所表現的意義方面是失敗了」。〔註92〕毫無疑問，錢杏邨對內容的極端強調、對文學形式的忽視，必然導致他對藝術本質理解上的偏頗，所以瞿秋白批評說：「錢杏邨的錯誤並不在於他提出文藝的政治化，而在於他實際上取消了文藝，放棄了文藝的特殊工具。」〔註93〕

　　太陽社、後期創造社的「文藝宣傳論」等觀念和語絲派尤其是魯迅形成了對立衝突。魯迅的文學觀念和創造社、太陽社之間本來並不存在嚴重分歧，魯迅承認文學的社會作用、宣傳功能，但他的理論和邏輯前提是先強調文學

〔註90〕　錢杏邨：《前田河廣一郎的戲劇──讀了〈新的歷史戲曲集〉以後》，《阿英全集》第1卷，合肥：安徽教育出版社，2003年版，第170頁。

〔註91〕　錢謙吾：《怎樣研究新興文學》，上海：南強書局，1930年版，第10、44～45頁。

〔註92〕　錢杏邨：《中國新興文藝考察的斷片》，《阿英全集》第1卷，合肥：安徽教育出版社，2003年版，第239～240頁。

〔註93〕　瞿秋白是針對胡秋原堅持「藝術至上論」批評錢杏邨而做出上述判斷的，他認為：「現在胡秋原先生發見了『用形象去思索』的文藝任務，就走到了另一極端，要求文藝只去表現生活，而不要去影響生活。再則，進一層說，以前錢杏邨等受著波格唐諾夫、未來派等等的影響，認為藝術能夠組織生活，甚至於能夠創造生活，這固然是錯誤。可是這個錯誤也並不在於他要求文藝和生活聯繫起來，卻在於他認錯了這裡的特殊的聯繫方式。這種波格唐諾夫主義的錯誤，是唯心論的錯誤，它認為文藝可以組織社會生活，意識可以組織實質，於是乎只要有一種上好的文藝，一切問題都可以解決了。可是，胡秋原先生的反對這種理論，卻也反對到了牛角尖裏去了。他因此就認為文藝只是消極的反映生活，沒有影響生活的可能，而且這是『褻瀆文藝的尊嚴的』。」參見《文藝的自由和文學家的不自由》，《現代》，1932年10月1日，1卷6期，第783頁。

本身的藝術特性，這與創造社、太陽社有所不同。結果，創造社、太陽社將魯迅等老作家視爲舊文壇勢力的代表，主觀上預設他們在思想上存在問題。郭沫若認爲，語絲派的「趣味文學」是資產階級的「護符」，「但是語絲派的不革命的文學家，我相信他們是不自覺，或者有一部分是覺悟而未徹底。照他們的實踐上的表示看來倒還沒有甚麼積極的反革命的行動」。〔註 94〕鄭伯奇說：魯迅與語絲派諸君所代表的傾向，「是代表中國 intelligentsia 最消極最無爲的方面。雖然還沒有到積極反動的方向去，但是在轉變的現階段，可以變成一切無爲的，消極的乃至反動的 intelligentsia 的逋逃藪」。他還進一步批評了中國文壇的現狀：「回顧我們的文壇，依然是一團烏煙瘴氣的『藝術至上』『自我表現』『人道主義的傾向』『自然主義的手法』等等。」〔註 95〕以是觀之，1928 年的革命文學論爭表徵了所謂新舊文壇的對立和文藝觀的衝突。

　　1928 年中國的無產階級革命文學啓蒙運動，就本質而言也是中國知識界的一次社會科學（尤其是馬列主義）知識「大餐」，1929 年則被明確稱爲「社會科學年」。是時，左翼文藝界的話語體系中充斥著唯物的辯證法、奧伏赫變、印貼利更追亞、布爾喬亞汜、普羅列塔利亞、意德沃羅基、新寫實主義等名詞。創造社還在《文化批判》和《思想》月刊上開闢了「新辭源」和「新術語」專欄，專門介紹這些新術語。隨著「新名詞」的流行和舊名詞的衰亡，知識界不但實現了知識體系上的更替和升級，還實現了文化觀念的轉變和對世界變化的深刻認識。隨著對新名詞所代表的新知識的接受，一批新的知識分子誕生和興起，爲社會、文化帶來了深刻的變革。這種文化變革，在文學方面導致了左翼文學的發生。

　　作爲一種「新興文學」，左翼文學的一個突出特徵是與「五四」新文化（文學）有著完全不同的話語方式，這種話語方式的變化不在於新語法的生成，而在於它所承載的價值觀念發生了根本變化，它意指著馬列主義革命現代性追求，也標識了一種文學意識形態泛化的場景。或者說，1928 年文學的重新定義和無產階級革命文學的倡導、論爭，其突出貢獻在於使人們強化了對文學意識形態特性、組織能力和階級鬥爭作用的認知。這些特性和功用在無產

〔註 94〕 麥克昂：《留聲機器的回音──文藝青年應取的態度的考察》，《文化批判》，
　　　　 1928 年 3 月 15 日，第 3 號，第 7～8 頁。
〔註 95〕 何大白：《文壇的五月──文藝時評》，《創造月刊》，1928 年 8 月 10 日，2 卷
　　　　 1 期，第 109～114 頁。

階級革命文學與三民主義文學、民族主義文學的鬥爭中更加充分地顯示出來。

對於文學的意識形態性，左翼知識分子很早就捕捉到了。早在 1923 年，成仿吾在寫作過程中〔註 95〕就書寫過「意德沃羅基」這個未來文壇中的關鍵詞，不過，這一名詞對中國知識分子認知世界的思維方式發生影響要等到無產階級革命文學興起之時。在《文化批判》創刊號的「新辭源」欄裏，該名詞被明確地解釋爲：

> 意德沃羅基爲 Ideologie 的譯音，普通譯作意識形態或觀念體。大意是離了現實的事物而獨自存續的觀念的總體。我們生活於一定的社會之中，關於社會上的種種現象，當然有一定的共通的精神表象，譬如說政治生活，經濟生活，道德生活以及藝術生活等等都有一定的意識，而且這種的意識，有一定的支配人們的思維的力量。以前的人，對此意識形態，不會有過明瞭的解釋，他們以爲這是人的精神底內在的發展；到了現在，這意識形態的發生及變化，都有明白的說明，就是它是隨生產關係——社會的經濟構造——的變革而變化的，所以在革命的時代，對於以前一代的意識形態，都不得不把它奧伏赫變，而且事實上，各時代的革命，都是把它奧伏赫變過的。所以意識形態的批判，實爲一種革命的助產生者。〔註 96〕

隨著這種含義的界定，成仿吾說：「我們在以一個將被『奧伏赫變』的階級爲主體，以它的『意德沃羅基』爲內容，創製一種非驢非馬的『中間的』語體，發揮小資產階級的惡劣的根性。」〔註 97〕傅克興認爲：「革命文藝要成爲無產階級底文藝，也斷不是因爲描寫了工農，爲工農訴苦；就是因爲它所反映的意識形態，是促進農工的解放爲工農謀利益的意識形態。這種形態使群眾一天天地明瞭統治階級底罪惡，一天天組織化，革命化，對於統治階級是根本沒利益的。」〔註 98〕錢杏邨引用布哈林的觀點說：「意識形態是社會心理的凝結物。」他還根據藏原惟人、青野季吉、平林初之輔、波格丹諾夫、

〔註 95〕這裡指《從文學革命到革命文學》，該文發表在 1928 年 2 月 1 日《創造月刊》1 卷 9 期上，但寫作時間標爲 1923 年 11 月 16 日。

〔註 96〕《新辭源・意德沃羅基》，《文化批判》，1928 年 1 月 15 日，創刊號，第 101～102 頁。

〔註 97〕成仿吾：《從文學革命到革命文學》，《創造月刊》，1928 年 2 月 1 日，1 卷 9 期，第 6 頁。

〔註 98〕克興：《小資產階級文藝理論之謬誤——評茅盾君底〈從牯嶺到東京〉》，《創造月刊》，1928 年 12 月 10 日，2 卷 5 期，第 13 頁。

柯根、列寧、盧那卡爾斯基等人對意識形態等問題的論述，明確肯定了「新興文學」的意識形態性質，他認為研究者「應該從實際工作——新興階級解放運動的工作中去把握正確的意識形態」。〔註 99〕夏衍認為：「普洛文學，第一就是意特渥洛奇的藝術。所以，在製作大眾化文學之前，我們先該把握明確的普洛列搭利亞觀念形態。這種觀念形態，就是一切宣傳鼓動和暴露文學的動力。……作品的鼓動和宣傳的力量，能夠廣泛的影響大眾，能夠有效地變成他們自身的血肉，——換句話說，這種意特渥洛奇的被攝取百分比，也就是這種大眾文學的價值的 Scale。當然，我們所期待的，是這種觀念形態的一百 Percent 的解消。」〔註 100〕

當左翼文藝界內部還在對文學意識形態功用的細節進行爭論時，國民黨的政治意識形態已經開始有目的地全面介入文藝領域。一方面，國民黨通過「宣傳品審查條例」直接破壞、取締普羅文學等左翼文藝活動，僅在 1929 年，國民黨中宣部就以「攻擊中央」、「宣傳反動」、「宣揚階級鬥爭」、「煽惑暴動」、「鼓吹共產謬說」等藉口，查禁了所謂「反動刊物」270 多種，其中包括《幻洲》、《洪荒》、《無軌列車》、《我們月刊》、《創造月刊》、《引擎》月刊等文藝刊物。〔註 101〕在 1929 至 1936 年間，有 458 種自由主義的著作被查禁，1936 年，國民黨中央出版署列出了已被查禁的 676 種社會科學出版物，在約十年的時間裏，總計約有 1800 種書籍或雜誌被查禁。〔註 102〕所以當時文壇乃至報刊上充斥著「蔣介石重令禁止普羅文學」、「一九三四年國民黨政府查禁一四九種文藝書籍的密令」以及國民黨各省市黨部關於取締左翼書刊的報告、新聞或消息，連篇累牘，令人不勝其煩、備受其擾。另一方面，國民黨通過鼓吹三民主義文學和民族主義文學來與無產階級革命文學進行對抗，將文藝領域正式演變為國共兩黨進行政治鬥爭的思想文化戰場。他們對左翼作家及其文藝活動極盡辱罵、歪曲之能事，將左翼作家的日常生活戲擬為：「在他們提筆之前，是上海大戲院，或是『卡爾登』看了戲，後來到了『新雅』或『秀色酒家』吃了飯，

〔註 99〕錢謙吾：《怎樣研究新興文學》，上海：南強書局，1930 年版，第 52 頁。

〔註 100〕沈端先：《文學運動的幾個重要問題》，《拓荒者》，1930 年 3 月 10 日，1 卷 3 期，第 1063 頁。

〔註 101〕《國民黨中央宣傳部民國十八年查禁書刊情況報告》，中國第二歷史檔案館編：《中華民國史檔案資料彙編》第五輯第一編「文化」（一），南京：江蘇古籍出版社，1994 年版，第 214～217 頁。

〔註 102〕〔美〕易勞逸：《1927～1937 年國民黨統治下的中國流產的革命》，陳謙平等譯，北京：中國青年出版社，1992 年版，第 38 頁。

然後跑到靜安寺路什麼 CAT 去跳了一回舞，又到『遠東』或『東方』去親親女人的嘴，然後在三元一天的『新世界飯店』的房間中提起筆來大寫其『機器輪』『窮苦工人』『紗廠』……還沒有寫完的時候，大東的電話來了！連忙又擱下筆來。開步走，走到大東去！」〔註 103〕誣陷左翼文學活動為：「今日組織『大同盟』，明天組織『大聯合』，只要高興，上咖啡店，逛跳舞場，吃酒猜拳，選色徵歌……都是照例常事。還有許多作家更逍遙享樂於東京巴黎之間。」〔註 104〕指稱左翼作家為：「他們身上穿的是西裝，住的是高房大廈，他們有女人，有錢，他們完全沒有什麼主義，他們也沒有中心思想，他們只知道服從蘇俄，他們只要盧布，蘇俄一切都比中國好，公妻共產，在他們是正中下懷！」〔註 105〕這種誣衊、謾罵極為惡毒，透露了國民黨文人急於致左翼文人於死地的階級鬥爭氣息，遠遠超出了文學論爭的範圍，也超出了讀者的接受能力，甚至有支持三民主義文學者都覺得這些話難以接受，並指責「謾罵者」「未免太性急了」〔註 106〕。同樣，民族主義文藝者也指責「左翼的所謂無產階級的文藝運動」是中國文藝界「畸形的病態的發展」和「中國文藝的危機」現狀的禍根。〔註 107〕

有意味的是，三民主義文學和民族主義文學的鼓吹者雖然對普羅文學及左翼作家口誅筆伐，但暗地裏對普羅文學發難理論中強調文藝為政治服務、「文學是宣傳」等基本觀念的前提卻非常認可。他們對文學所持的也是一種工具理性認識。他們承認文藝宣傳的重要性，認為文藝宣傳的功效「往往高出於一切的宣傳品」，慨歎在國民黨旗幟下來做文藝宣傳的中國出版機構「簡直是一個都沒有」，希望國民黨學習蘇俄統一以後對文化領域所採取的措施，比如召集全國文學團體以及政治要人來討論文藝政策，然後「再像意大利青年棒喝團一樣來檢查一切不正當刊物，使一般人的思想澄澈一下」。〔註 108〕

〔註 103〕張保善：《讀者來函》，上海《民國日報・覺悟》，1930 年 5 月 14 日，第 3 張第 3 版。

〔註 104〕劉公任：《對普羅文學的驚訝失望與懷疑》，上海《民國日報・覺悟》，1930 年 6 月 11 日，第 3 張第 3 版。

〔註 105〕陶愚川：《如何突破現在普羅文藝囂張的危機》，上海《民國日報・覺悟》，1930 年 8 月 6 日，第 3 張第 3 版。

〔註 106〕穆拉：《致東方君》，上海《民國日報・覺悟》，1930 年 8 月 6 日，第 3 張第 3 版。

〔註 107〕《民族主義文藝運動宣言》，《前鋒月刊》，1930 年 10 月 10 日，創刊號。

〔註 108〕眞珍：《大共鳴的發端》，上海《民國日報・覺悟》，1930 年 5 月 14 日，第 3 張第 3 版。

他們迫切地希望進行文藝建設，產生、振奮新的國民精神，與「世界被壓迫民族文藝攜手」，「開發人類集團生活底精神」，反抗「帝國主義侵略的狂暴」，並宣稱：「我們要爲三民主義而擴大我們的鬥爭，文藝底領域決不能放棄！」〔註109〕他們叫囂說：「爲維護黨國計，愛惜文藝計，對於這種詆毀黨國破壞純粹文藝的盧布文學，實在有和他們作一防禦戰的必要！」〔註110〕他們還認爲文藝的最高使命是「發揮它所屬的民族精神和意識」，文藝的最高意義就是「民族主義」。〔註111〕他們確實沒有放棄文藝的使命，進而對左翼文藝界進行了猛烈攻擊，認爲所謂的「革命文學」不過是創造社等頹廢文人關在洋樓裏閉門造車的產物，內容不外乎：「一，革命的：『罷工，手槍，秘密會議，炸彈……』」「二，手淫的：『性交，野雞，女工，女招待……』」「三，頹廢的：『自殺，失戀，痛飲，花，樹……』」。〔註112〕他們指責無產階級文學「多販賣歐美文明，滿現著西洋色彩」。〔註113〕他們聲稱：「現在，中國文壇上正充滿了反民族主義的，傳統思想的，以個人爲中心思想的文藝作品，受了宣傳的中國民眾，因此還是一盤散沙，還是一堆堆不可利用的拉圾。中國民眾沒有集團的力量，在國際上沒有地位，都是文藝作品所宣傳出來的結果。」〔註114〕

在承認文藝的宣傳、教化等功用的前提下，左翼文藝陣營和國民黨文藝陣營之所以激烈交鋒，是因爲他們所持的政黨意識形態立場尖銳對立、無法調和，二者都無法超脫於政黨意識形態。在一個政黨意識形態全面泛化的社會裏，文藝作爲一種精神生產的場域，想避免被入侵是不可能的。政治意識形態勢必要借助政黨組織力量迅速滲進文藝的各個領域，並力圖通過對文學本質、性質、功用的重新界定和闡釋來影響乃至干涉文藝創作。

在左翼文學本質形成和意識形態泛化過程中，「文學」與「宣傳」之間糾

〔註109〕東方：《我們的文藝運動》，上海《民國日報・覺悟》，1930 年 5 月 21、28 日與 6 月 18 日，第 3 張第 4 版。

〔註110〕陶愚川：《如何突破現在普羅文藝囂張的危機》，上海《民國日報・覺悟》，1930 年 8 月 6 日，第 3 張第 3 版。

〔註111〕《民族主義文藝運動宣言》，《前鋒月刊》，1930 年 10 月 10 日，創刊號。

〔註112〕綿炳：《從「創造」說到「新月」》，上海《民國日報》副刊《覺悟・青白之圜》，1929 年 2 月 17 日，第 10 期，第 4 張第 2 版。

〔註113〕三如：《什麼叫無產階級文學？（續）》，上海《民國日報・覺悟》，1930 年 8 月 20 日，第 3 張第 3 版。

〔註114〕傅彥長：《以民族意識爲中心的文藝運動》，《前鋒月刊》，1930 年 11 月 10 日，1 卷 2 號，第 3 頁。

葛而成的複雜關係開始浮出水面。在 20 世紀 20 年代，蘇俄的宣傳方法和理論由於在政治和文化上取得了巨大成功，所以被迅速傳入中國並介入政治領域。列寧強調黨的一切組織和團體每天經常進行的工作就是宣傳、鼓動和組織，這就使得統治階級的統治理念發生了深刻變化，於是孫中山做出了「革命成功全賴宣傳主義」〔註115〕和「俄之成功，亦不全靠軍力，實靠宣傳」〔註116〕的判斷。20 年代中國政局的風雲變幻使「宣傳」自然而然地成爲政黨意識形態滲透的重要方式，同時，經濟、文化生產方式的發展爲「宣傳」發生作用準備好了物質條件，中國半封建、半殖民地的屈辱歷史爲民眾尤其是知識分子接受「宣傳」背後的工具理性意識奠定了精神基礎，國民革命和國共的宣傳活動則成爲「宣傳」展示其效用的實踐基礎。就這樣，「宣傳」的作用被不斷強化，「宣傳」的泛化成爲普遍性的社會現象，文學也漸漸淪爲「宣傳」的工具。所以有左翼文藝人士強調「宣傳煽動的效果愈大」則「無產階級藝術價值亦愈高」〔註117〕也就無足爲怪了。

在政治意識形態侵入文藝的過程中，機械複製時代的來臨，使得「宣傳」作爲一種間接控制、誘導人的思想行爲方式的手段與意識形態的結合愈益緊密，這有利於二者功用的增強和互補。同時，機械複製時代的來臨，對文學的發展產生了重大影響，因爲「機械複製」帶來了眞正的「藝術生產」，就如本雅明所說的那樣，「機械複製在世界上開天闢地第一次把藝術作品從它對儀式的寄生性的依附中解放出來了」。但是，「一旦眞確性這個批評標準在藝術生產領域被廢止不用了，藝術的全部功能就顚倒過來了，它就不再建立在儀式的基礎之上，而開始建立在另一種實踐——政治——的基礎之上了」。〔註118〕文藝與政治相結合，文藝宣傳就會和政治宣傳一樣對政治動員和意識形態控制產生作用，文化和意識形態的作用或許也會增加。不過，出於政黨意識形態建構的需要，把文學與政治宣傳強行嫁接在一起，對文學造成的傷害非常明顯。文學有著自身的藝術特性和審美特性，當政治意識形態凌駕於文學

〔註115〕孫中山：《革命成功全賴宣傳主義》，《孫中山選集》（下），北京：人民出版社，1956 年版，第 491 頁。

〔註116〕孫中山：《黨員應協同軍隊來奮鬥》，《孫中山選集》（下），北京：人民出版社，1956 年版，第 489 頁。

〔註117〕忻啓介：《無產階級藝術論》，《流沙》，1928 年 5 月 1 日，第 4 期，第 99 頁。

〔註118〕〔德〕瓦爾特·本雅明：《機械複製時代的藝術》，《西方馬克思主義美學文選》，陸梅林等譯，桂林：灘江出版社，1988 年版，第 247～248 頁。

之上時，文學性就會不斷被消解，這樣的例子在中國歷史上並不少見，左翼文學也是一樣。左翼文學的發生受益於文學與政治、宣傳的有機結合，而它的藝術局限性也往往根源於此，因此，左翼文藝界後來對辛克萊「文藝宣傳論」的反思和批判，可以使革命文學論爭更趨向於學理層面而少意氣之爭，卻不足以使左翼文學超越其自身的藝術局限性。

結　語

　　在中國左翼文學的發生過程中，左翼知識分子力求新文學的變革，但「新」的左翼文學卻未能顯現出與輝煌的中國古典文學和充滿革命現代性的國際左翼文學相稱的藝術水準，這是早期左翼作家最大的苦悶和困惑所在。「革命文學論爭」爆發後，馬列主義在中國的傳播日益廣泛，代表著新的價值取向的左翼文學形態——普羅文學——流行起來。1930 年，國民黨御用文人大肆貶斥、攻擊普羅文學，他們的言論中充滿了誣衊、構陷和敵意。除開這類帶有明顯的政治意識形態偏見的評論，來自自由主義陣營以及反對大眾語者對左翼文藝創作實績的質疑——「拿出貨色來看！」〔註1〕——恐怕是左翼文藝界遭遇到的最難以辯駁的責問，這種責問包含著揶揄、懷疑甚至嘲弄，令左翼文藝界很不舒服。

　　對於這些貶斥、否定和質疑，1930 年代的左翼文藝界一直力圖通過文學創作和理論建構給予反擊。1933 年，左翼文學發生了質變，左翼文藝界終於可以自豪地說：我們有《子夜》，「是他們所不能及的」。〔註2〕此外，左翼文學的其他領域也取得了一些成績，如雜文和戲劇等，而無產階級文化理論的翻譯和介紹也具有了一定的規模和質量。1934 年，上海《中國論壇》（China Forum）雜誌主編伊羅生（Harold R.Isaacs）計劃編輯《草鞋腳》（Straw Sandals）

〔註 1〕 梁實秋在 1929 年與左翼文藝界進行論戰的時候，就要求後者拿出「貨色」（無產階級文學作品）來。與梁氏的做法類似，垢佛在 1934 年 6 月 26 日《申報》上發表《文言和白話論戰宣言》一文，要求提倡「大眾語」的作家發表幾篇「大眾語」的標準作品以供記者和讀者來欣賞、研究。參見魯迅：《漢字和拉丁化》，《魯迅全集》第 5 卷，北京：人民文學出版社，1981 年版，第 557 頁。

〔註 2〕 魯迅：《致曹靖華（1933 年 2 月 9 日）》，《魯迅全集》第 12 卷，北京：人民文學出版社，1981 年版，第 148 頁。

（英譯中國短篇小說集 1918～1933），並請魯迅和茅盾協助提供有關材料。魯迅與茅盾爲這部小說集收入了 23 個作家的 30 部作品，〔註3〕其中除了魯迅、茅盾、郁達夫、冰心等幾個成名作家之外，剩下的作者幾乎都是無名的左翼文藝青年。這裡，編選者希望提攜左翼文藝新人的意圖和殷切之情可謂呼之欲出。可惜的是，由於多種原因該書遲至 1974 年才出版問世。〔註4〕從結果上看，它根本沒有對左翼文學的發展產生什麼影響，但在當時，對於魯迅、茅盾乃至整個左翼文藝界而言，這無疑是一個令人「很喜歡聽的消息」或曰一件充滿「希望」的事情，〔註5〕這意味著中國左翼文學不但可以給批評者「拿出貨色來看」，甚至可以對外國文藝界進行「文學輸出」了。然而，回顧《草鞋腳》的選題目錄及作家作品介紹，〔註6〕我們不得不承認，魯迅和茅

〔註 3〕蔡清富：《孰爲〈草鞋腳〉正宗──與美國學者商榷》，《魯迅研究月刊》，1994 年第 10 期，第 72 頁。

〔註 4〕這裡指的是英文版《草鞋腳》，它與中文版《草鞋腳》（蔡清富輯錄，湖南人民出版社 1981 年版）在作家、作品輯錄上有一定的差別。中文版完全採用魯迅、茅盾開列的入選目錄，英文版則由伊羅生做了相應的改動。參見蔡清富《孰爲〈草鞋腳〉正宗──與美國學者商榷》（《魯迅研究月刊》，1994 年第 10 期，）一文。

〔註 5〕1935 年 8 月 22 日，魯迅、茅盾在給伊羅生的信中說：「您說以後打算再譯些中國作品，這是我們很喜歡聽的消息。我們覺得像這本《草鞋腳》那樣的中國小說集，在西方還不曾有過。中國的革命文學青年對於您這有意義的工作，一定是很感謝的。我們同樣感謝您費心力把我們的脆弱的作品譯出去。革命的青年作家時時刻刻在產生，在更加進步，我們希望一年半載之後您再提起譯筆的時候，已經有更新更好的作品出世，使您再也沒有閒工夫仍舊找老主顧，而要介紹新人了，──我們誠心誠意這麼希望著，想來您也是同一希望罷！」參見《魯迅、茅盾關於英譯中國短篇小部集〈草鞋腳〉的書信和資料手稿》，《文獻》，1979 年第 1 期，第 12 頁。

〔註 6〕關於農村生活的有：徵農的《禾場上》、葉紹鈞的《多收了三五斗》、吳組緗的《一千八百擔》、王統照的《五十元》、茅盾的《春蠶》（已譯）；關於工人生活的有：歐陽山的《水棚裏的清道夫》、草明女士的《傾跌》、張天翼的《一件尋常事》；關於「一二八」及東北義勇軍的有：葛琴女士的《總退卻》、張領的《騷動》、艾蕪的《咆哮的許家屯》；關於「蘇區」生活的有：東平的《通訊員》、沙汀的《老人》、丁九的《金寶塔銀寶塔》（已譯登中國論壇）；關於「白色恐怖」的有：適夷的《死》；關於內戰及士兵生活的有：漣清的《我們在地獄》、何谷天的《雪地》；其他：郁達夫的《遲掛花》、冰心的《冬兒姑娘》、巴金的《將軍》、魏金枝的《制服》、茅盾的《大澤鄉》；丁玲兩篇：《莎菲女士的日記》、《水》；魯迅：《風波》、《懷舊》、《傷逝》。（參見《魯迅、茅盾關於英譯中國短篇小部集〈草鞋腳〉的書信和資料手稿》，《文獻》，1979 年第 1 期，第 15～18 頁）上面選目中的作品，除《禾場上》、《多收了三五斗》、《五

盾的「喜歡」與「希望」，在反映左翼文學蓬勃發展狀況的同時，也突顯了左翼文學發難的低起點和實績的有限性。

　　與此同時，左翼文藝界的理論主張問題更多，不斷受到反對者的衝擊，新月派「人性論」對「階級論」的挑戰，三民主義文學倡導者對左翼作家的人身攻擊，民族主義文藝運動對「左聯」的衝擊，「自由人」、「第三種人」對左翼文學過於政治化的指責，都令左翼文藝界疲於辯駁。1932 年瞿秋白在反駁蘇汶對左翼文藝理論界的批評時，雖然對後者的「唯心論」進行了充分有力的批駁，爲文學的階級鬥爭性等社會功能正名，但他在開展自己的論述之前也不得不承認：「中國的新興文藝理論的發生和發展——到現在還不上三年，這裡所發生的錯誤，而且有些是極端嚴重的錯誤，實在是多得很。」〔註7〕事實上，進步的文藝青年在左翼理論家的筆下所見到的大多是一些從日本抄譯過來的、夾生的、斷章取義的馬列主義或俄蘇無產階級文論，他們所體會到的大多是無謂的對罵、意氣之爭和宗派情緒等負面感受，所以沈從文把這些紛爭視爲丑角、木偶戲的互相糾打或以頭相撞，他斷言這些紛爭除了養成讀者一種「看熱鬧」的情趣以外，一無所有，文壇的「爭鬥成績」不過是「把讀者養成歡喜看戲不歡喜看書的習氣」，他認爲：「爭鬥的延長，無結果的延長，實在可說是中國讀者的大不幸。……一個時代的代表作，結起賬來若只是這些精巧的對罵，這文壇，未免太可憐了。」〔註8〕事後看來，沈從文指出了文壇論爭中「無聊」的一面，也透視了左翼文藝理論界的一些問題。

　　左翼文學發難期實績薄弱的原因很多。文學史家往往將之歸因於文學對政治的依附和政治意識形態對文學的入侵。這是有道理的。發難期的左翼文學作品固然不是「隨隨便便」的產物，作家也是「把時代記在心裏」，〔註9〕但問題也出在這裡。文學與現實的糾葛和文學與政治的結合，並不意味著文

十元》、《通訊員》、《金寶塔銀寶塔》、《死》、《莎菲女士的日記》、《風波》、《春蠶》、《雪地》等十餘篇外，其餘未收入 1974 年版《草鞋腳》。參見萬正慧、孔海珠、盧調文輯注：《魯迅、茅盾選編〈草鞋腳〉的文獻》，《中國現代文藝資料叢刊》第五輯，第 194 頁。
〔註7〕易嘉：《文藝的自由和文學家的不自由》，《現代》1932 年 10 月 1 日，1 卷 6期，第 781 頁。
〔註8〕沈從文：《談談上海的刊物》，《沈從文文集》第 12 卷，廣州：花城出版社，香港：三聯書店香港分店，1982 年版，第 177 頁。
〔註9〕魯迅：《集外集拾遺補編·〈中國新文學大系〉小說二集編選感想》，《魯迅全集》第 8 卷，北京：人民文學出版社，1981 年版，第 383 頁。

學對社會革命能夠發生何等根本性作用，也不意味著能夠產出偉大的作品。因爲文學介入現實，並不是要使文藝自身轉化爲現實，而是要把現實轉化爲一種新的審美形式。取消文學的審美形式，認爲文學應當成爲政治實踐的一部分，認爲文學能夠完全轉化爲宣傳和階級鬥爭的工具，將文學設置在依附於政治的地位上，勢必會使文學的審美本質在被侵蝕後遭受無情的消解。結果，政治化思維、殘酷的生存境遇、國民黨的文藝統制和左翼文藝界的內耗一起，將左翼作家的文韻、靈氣、美感不斷功利化、簡約化和粗鄙化。不過，須注意的是，僅僅將早期左翼文學實績不高歸因於政治制約並不能令人完全認可，因爲至少魯迅是個例外。求證於世界範圍內的文學經典，很多作品都有清晰的政治視域，所以將文學經典性的缺失全部歸因於政治因素未免將問題簡單化了。

　　順延尋找外在因素的思維方式，有學者進一步將之歸結爲日俄無產階級文藝運動中產生的偏頗的影響，這有一定的道理，但也未必令人信服。周揚說：「中國無產階級文學，無論在理論上或創作上，都還很幼稚，這是事實。然而也正就是因爲幼稚，所以我們要向已經有了偉大的無產階級的文學的歐美各國，特別是蘇俄去學習。」〔註10〕的確，中國無產階級文學是「幼稚」的，中國左翼文藝界也確實是以日本、俄蘇等外國無產階級文學爲標尺來進行學習和創作的。可實踐者爲什麼沒有取得期許中的成就卻把那些偏頗性的東西當作眞理引進中國並大肆宣揚？經過研究可以發現，左翼作家在研讀外國文學名著尤其是俄蘇文學經典的過程中，經過對比、學習、揣摩、探索，發現了偉大作品的品格和底蘊，確立了全新的衡量文學作品價值的尺度——眞實性和階級性，所以周揚認定蘇汶「一切錯誤的根源」是「把文學的眞實性和文學的階級性分開」。〔註11〕而馮雪峰強調說：「要眞實地全面地反映現實，把握客觀的眞理，在現在則只有站在無產階級的階級立場上才能做到。」〔註12〕可惜的是，當這些左翼作家用異域的價值觀念深入中國社會生活和工農生命世界時，當他們希望自己能夠達到相應的精神層面，當他們希望自己成爲中國的高爾基或陀思妥耶夫斯基時，問題出現了。原來，他們在學習、

〔註10〕周起應：《到底是誰不要眞理，不要文藝？——讀〈關於〈文新〉與胡秋原的文藝論辯〉》，《現代》，1932 年 10 月 1 日，1 卷 6 期，第 796 頁。

〔註11〕周起應：《文學的眞實性》，《現代》，1933 年 5 月 1 日，3 卷 1 期，第 11 頁。

〔註12〕丹仁：《關於「第三種文學」的傾向與理論》，《現代》，1933 年 1 月 1 日，2 卷 3 期，第 494 頁。

模仿的過程中，捕捉到的乃是文學觀念、技藝上的形似，而非思想文化內涵上的神韻。在混亂的文壇和社會中，他們一方面急急地書寫龐大的國家、現代化、革命主題，另一方面也急切地把內在的精神感悟變成單純的戰鬥情緒釋放出去。結果，他們留下了不計其數的文藝半成品，這些「半成品」見證了左翼文學發難期的艱難，也見證了他們可憐的藝術才情和文學修養。有學者說：「即使處於文學歷史的轉折關頭，即使面臨著感知方式與表達方式的變化，作家本身所具有的氣質、才情和修養依然是決定其文學成就的關鍵因素。」〔註13〕這啟示我們，左翼作家有限的「氣質、才情和修養」，加之他們在構建無產階級文學和追求異域文化價值過程中出現的諸多偏誤，才是制約左翼文學成就高低的致命因素。

左翼文學發難期實績不佳，對於這一問題，當時的左翼批評家已經作了較為深入的究因和探源工作。他們在肯定普羅文學存在意義的前提下，深刻地認識到了它的諸多缺點和「應然性」等問題，指出了造成其「難產」的多重原因，如作家惡劣的生存環境、認識社會現象不夠全面、創作方法上選擇不當、題材選取上有錯誤傾向、理論不夠正確等。值得深思的是，這些批評家惟獨沒有提及作家才情和修養問題，這並非是他們有意忽視，而是他們在思想意識裏認為這不是一個根本性問題。但事實表明，他們的無意忽視恰恰反襯了作家文學才能和藝術修養的重要性。

由於文學與政治的糾葛，左翼文學發難的艱難性及其內容形式上的時代局限性是很難避免的。問題仍在於，眾多左翼作家何以如此自覺地「拋棄」文藝的諸多審美特性而將文學領域視為階級鬥爭的一個「角鬥場」？政治化思維方式？意識形態鬥爭的必然性？機械複製時代商業化後遺症？出版商要求作者迎合讀者的閱讀趣味和期待視野？都有可能，但這些都是非決定性因素，因為作家主體完全可以憑藉藝術才能和文化修養超越這些限制。因此，將對「五四」新文學的反思、批判和對馬列主義的追求作為早期左翼文學實績薄弱的原因，是沒有道理的。左翼文學的發難來自於太陽社、後期創造社成員和瞿秋白等先驅者對「文學革命」的反思、批判，來自於他們將文學與革命結合起來的文化理想，來自於他們的無產階級文化想像，來自於他們力圖通過文學進行革命啟蒙、階級啟蒙的現代理念，也來自於他們追求馬列主

〔註13〕劉納：《嬗變——辛亥革命時期至五四時期的中國文學》，北京：中國社會科學出版社，1998年版，第420頁。

義革命現代性的精神訴求。在《創造月刊》、《文化批判》、《太陽月刊》、《拓荒者》、《萌芽月刊》等刊物上發表作品的革命作家尚有概念化、說教的痕跡，但後來的左翼作家對左翼文學發難時的偏頗有所糾正和超越，他們不再教條地宣講大道理，而是將之內化到作品的精神深處。左翼作家要處理好階級鬥爭意識和文學藝術性之間的關係存在一定的困難，可這並非難以逾越的鴻溝。何況強烈的階級鬥爭意識、政治熱情和主題先行未必就會阻礙作者的成功，否則何以政治意識鮮明、「主題先行」的「高級形式的政治文件」〔註14〕——《子夜》會在藝術成就上遠遠高出同時代的其他作品？

將原因歸之於作家在文體技巧和先鋒性上無法實現從「五四」新文學到無產階級革命文學的轉換，也缺乏足夠的說服力。事實上，左翼作家都或多或少地從「五四」新文學或日本、俄蘇等文學中汲取精神營養和現代文學技巧，他們在這方面非但不弱，相反還保有明顯的「先鋒性」：「左翼詩歌十分注意剪裁意象，錘鍊語言，兼具象徵主義和未來主義的藝術風格。」〔註15〕小說方面更為明顯，蔣光慈的《最後的微笑》、《衝出雲圍的月亮》，華漢的《女囚》，洪靈菲的《流亡》、《轉變》、《前線》，都採用了陀思妥耶夫斯基式的心理分析方法。華漢在自我批判中強調自己在創作方法上沒有「走唯物辯證法的現實主義的路線」，其實「走」了又怎麼樣？「走」得進來，深刻認識客觀現實，也只能寫出小說的「新」而未必能寫出「精彩」。1933年國際國內左翼文藝界開始批判、清理「辯證唯物主義創作方法」，轉而提倡「社會主義現實主義創作方法」。此後，創作方法不是問題了，但留在現代文學史上的經典性左翼文學作品仍然寥寥無幾。這說明左翼文學的藝術成就與先進的創作方法並不成正比。

茅盾在《子夜》發表前後，依據他的現實主義主張，曾多次撰文批評左翼作家創作中問題嚴重，認為左翼作家選材「公式主義」，「精彩」、「個性」不夠，〔註16〕缺少對生活的全面認識。顯然，茅盾的這種概括並不完全確然。中外優秀作家的事例證實：缺少現實生活實感與題材的逼仄未必就寫不出優秀的作品來，「寫得怎樣」歸根結底在於作家精神世界是否豐富、思想境界是

〔註14〕藍棣之：《現代文學經典：症候式分析》，北京：清華大學出版社，1998年版，第172頁。

〔註15〕程光煒等：《中國現代文學史》，北京：中國人民大學出版社，2000年版，第172頁。

〔註16〕波：《談題材的「選擇」》，《文學》，1935年2月1日，4卷2號，第271頁。

否高遠、藝術才能上是否突出。考察早期的左翼文學作品，我們看到，作者們的選材是很寬泛的：從閉塞的內陸到開闊的海洋，從欲望化的都市到日漸騷動的鄉村，從天災人禍到悲歡離合，從革命啓蒙到情愛絞纏，從才子佳人到英雄兒女，從改造國民劣根性到挖掘民眾本性的良善，從民族國家關懷到批判個人主義……可以說，左翼作家所寫的都是當時文藝界關注的熱點問題，但這種題材上的豐富和時效性仍然不會改變我們閱讀中產生的狹隘感。左翼文學作品的公式化、概念化、模式化也被有的文學史家所定性。有趣的是，被國民黨文人稱之爲「囂張」的「普羅文藝」〔註17〕就是由這些簡單淺顯的作品組成的。彼時，每一個左翼作家都在努力進行創新求變，無論在內容、形式還是在審美意識、思維方式上，都有被拓展的機遇，但作者們沒有做好這一點，蔣光慈、華漢、洪靈菲、郭沫若、阿英等的創作都是例證，這種情形怕只能歸因於作家自身才能的限制。

毫無疑問，在 30 年代特定的現實語境中，左翼文學的「否定性」激進力量需要更加成熟的審美維度才能夠被充分傳遞，但由於文學才能上的限制，在當時能夠達到這一點的作家太少了。要知道：「藝術遵從必然性，然又有其自身的自由，這種自由並非革命的自由。藝術與革命在『改造世界』即解放中，攜起手來；但是，藝術在其實踐中，並不放棄它自身的緊迫性，並不離開它自身的維度：藝術總是非操作性的東西。在藝術中，政治目標僅僅表現在審美形式的變形中。即使藝術家本人是『介入的』，是一個革命家，但革命在作品中也許照會付諸闕如。」〔註18〕這意味著要處理好文藝與政治之間的關係是很難的，因此，瞿秋白僅只在魯迅的論文和雜感裏發現了「革命」的成功結構：「革命的作家總是公開地表示他們和社會鬥爭的聯繫；他們不但在自己的作品裏表現一定的思想，而且時常用一個公民的資格出來對社會說話，爲著自己的理想而戰鬥，暴露那些假清高的紳士藝術家的虛僞。」〔註19〕可魯迅的成功是以其超越常人的智慧和藝術才能作爲支撐和前提的，這不是其他左翼作家靠勤奮努力就能夠實現的。

〔註17〕陶愚川：《如何突破現在普羅文藝囂張的危機》，《民國日報》，1930 年 8 月 6日，第三張第三版。

〔註18〕〔美〕赫伯特‧馬爾庫塞：《審美之維》，李小兵譯，桂林：廣西師範大學出版社，2001 年版，第 164～165 頁。

〔註19〕瞿秋白：《〈魯迅雜感選集〉序言》，《魯迅雜感選集》，上海：上海出版公司，1950 年版，第 1 頁。

　　應該說，在左翼文學發難之初，左翼知識分子在倡導革命文學過程中的革命啓蒙式思維模式並沒有超越「五四」新文化運動中形成的思維範疇，他們的創作也很不成熟，但誠如魯迅先生所言：「因爲在我們還算是新的嘗試，自然不免幼稚，但恐怕也可以看見它恰如壓在大石下面的植物一般，雖然並不繁榮，它卻在曲曲折折地生長。」〔註20〕魯迅的這番話是說給英語讀者聽的，可謂意味深長、充滿期望。更有意味的是，這種幼稚的左翼文學卻具有獨特的文學史意義和迥異的評價機制，並爲我們留下了濃重的歷史光影。

　　在中國的現代學術體系中，對左翼文學的評述，往往是兩極分化的：一極是將左翼文學主流意識形態化，使其以「進化者」的姿態不斷建構自身獲得正義、公理、勝利的歷史鏡象；另一極是將左翼文學「妖魔化」，單純地強調其簡單化、公式化、概念化、宗派主義等負面色彩。這兩種敘述也是在「二項對立」思維模式下不斷進行加減法的過程，前者進行的是加法，將左翼文學的細節完善並經典化；後者進行的是減法，將左翼文學肢解、弱化、抽象化。很明顯，這兩種論述都有意無意地扭曲了左翼文學的本質。左翼文學作爲一種「載道文學」，它固然沒有那麼耀眼的光環，同樣也沒有那麼面目可憎。

　　其實，中國左翼文學有著鮮明的介入社會、政治、人生的意識形態性質。「五四」新文化運動落潮以後，中華民族仍處於內憂外患之中，民主、自由被極權統治階級所踐踏，社會嚴重不公，人與人的「交往」受困於物質層面，社會、文化價值權威繼續空缺，封建主義、復古思潮、虛無觀念不斷捆縛現代人的精神世界。在這個歷史、文化轉折的關頭，「革命文學——左翼文學」成爲激勵進步青年走出困境的一種精神力量，否則我們很難理解幼稚單薄的革命文學作品在1920年代後期的暢銷。左翼文學還是「青年文化」〔註21〕的一種表現形態，是故，左翼作家有著充滿青春氣息的生命風度和對待人生的積極態度，如他們對健全社會的理想追求，他們將「革命」和「戀愛」結合起來的浪漫情懷，他們恨不得與舊社會一起滅亡的犧牲精神……如是說並不等於美化左翼文學的缺點，而是強調我們要在民族國家關懷的宏大敘事基礎上認識其不足，這才是正確把握左翼文學的前提。

〔註20〕魯迅：《〈草鞋腳〉（英譯中國短篇小說集）‧小引》，《魯迅全集》第6卷，北京：人民文學出版社，1981年版，第20頁。

〔註21〕王富仁：《創造社與中國現代社會的青年文化》，黃候興主編：《創造社叢書‧理論研究卷》，北京：學苑出版社，1992年版。

　　從世界範圍來看，中國左翼文學是世界左翼文藝思潮的有機組成部分，
它是無產階級文化、思想在中國傳播的介體，它的發難有其必然性。從中國
國內情形來看，左翼文學是在「文學革命」口號力量衰竭後逐漸發展起來的，
30 年代的左翼作家們「能達到五四新文學的早期實踐者們未能達到的觀察深
度和高超技巧」〔註 22〕；它是在與其他文學形態的互動互爲中發展起來的，
曾吸引大量的「現代」讀者；它是在國民黨的文藝獨裁和文藝統制下艱難生
存下來的，當時的作家倡導左翼文學需要巨大勇氣，甚至要付出生命的代價。
左翼文學在發難之初存在宗派主義、「左傾幼稚病」等諸多問題，但它能夠和
其他進步的文藝力量一起匯成三十年代的文學主潮，這意味著它具有不同於
其他文學形態的獨特精神內質和強韌的生命力。這種生命力的根源就在於它
能夠從底層民眾的利益出發，以實現全世界無產階級的團結、解放和幸福爲
現實目的，以實現共產主義社會爲終極目標，以國內外進步文藝活動作爲它
必要的實踐語境和資源準備，在思想意識上一直保持先鋒性，在藝術形式上
一直保持探索性。更值得尊敬的是，以魯迅爲代表的左翼文學發難者根本不
企望自己的作品不朽，而是希望它們與黑暗的時代、社會一起「速腐」，這才
是左翼文學最可寶貴的精神向度。

　　總之，左翼文學的生命強力使得它在 20 世紀中國文學發展史上成爲一種
頗富意味的存在。它的發難爲中國文壇提供了大量幼稚的文本和複雜多變的
論爭，也給後來者以深刻的影響，這種影響無論好壞，都已經遠遠超出了其
自身的文學價值，也使它獲得了與其藝術成就並不相匹配的歷史光環。

〔註22〕〔美〕費正清、費維愷編：《劍橋中華民國史》（下卷），北京：中國社會科學
　　　　出版社，1994 年版，第 478 頁。

參考文獻

報刊

1. 上海時務報社編，時務報〔N〕，上海時務報社出版，1896～1898，1～30 冊。
2. 日本橫濱清議報館主編，清議報全編〔N〕，日本橫濱新民社輯印，1898～1902。
3. 馮紫珊編，新民叢報〔N〕，日本橫濱新民叢報社出版，1902。
4. 上海民國日報社編，民國日報（「覺悟」、「文學」週刊等副刊）〔N〕，1930～1931。
5. 上海申報社編，申報（「自由談」等副刊）〔N〕，1933。
6. 趙毓林編，新小說〔J〕，日本橫濱新小說社、上海廣智書局出版，1902，11～1906.1，1～24 期。
7. 文學研究會編，文學週報〔N〕，1921.5～1929.12，1～380 期。
8. 嚮導週報社編，嚮導〔J〕，1922.9～1927.7，1～201 期。
9. 郁達夫等編，創造季刊〔J〕，1922.3～1924.2，1～2 卷 6 期。
10. 郭沫若等編，創造週報〔J〕，1923.5～1924.5，1～52 號。
11. 廣州新青年社編，新青年（季刊）〔J〕，1923.6～1924.12，1～4 期。
12. 成仿吾等編，創造日〔J〕，1923.7～1923.11，1～101 期。
13. 中國青年社編，中國青年〔J〕，1923.10～1927.10，1～8 卷 3 期。
14. 沈雁冰，鄭振鐸編，小說月報〔J〕，1921.1～1930.12，12 卷 1 號～21 卷 12 號。
15. 語絲社，語絲（週刊）〔J〕，1924.11～1930.3，1～260 期。
16. 周全平、郁達夫等編，洪水（半月刊）〔J〕，1925.9～1927.12，1～3 卷 36 期。

17. 郁達夫等編，創造月刊〔J〕，1926.3～1929.1，1～2卷6期。

18. 周全平等編，幻洲（週刊）〔J〕，1926.6，1～2期。

19. 周全平等編，幻洲（半月刊）〔J〕，1926.9～1927.8，1～12期。

20. 周全平等編，洪水週年增刊〔J〕，1926.12，1冊。

21. 成紹宗等編，新消息（週刊）〔J〕，1927.3～1927.7，1～5號。

22. 丁悊編，文化批判（月刊）〔J〕，1928.1～1928.5，1～5號。

23. 太陽社編，太陽月刊〔J〕，1928.1～1928.7，1～7號。

24. 李一泯、華漢編，流沙（半月刊）〔J〕，1928.3～1928.5，1～6期。

25. 新月社編，新月（月刊）〔J〕，1928.3～1933.6，1～4卷7期。

26. 戰線編輯部編，戰線（週刊）〔J〕，1928.4，1～2期。

27. 我們社編，我們月刊〔J〕，1928.5～1928.8，1～3號。

28. 魯迅編，奔流（月刊）〔J〕，1928.6～1929.12，1～2卷5期。

29. 朱鏡我等編，思想（月刊）〔J〕，1928.8～約1928.12，1～5期。

30. 劉吶鷗編，無軌列車（半月刊）〔J〕，1928.9～1930.12，1～8期。

31. 郁達夫、夏萊蒂等編，大眾文藝（月刊）〔J〕，1928.9～1930.6，1～2卷5、6期合刊。

32. 蔣光慈主編，時代文藝（月刊）〔J〕，1928.10，1卷1號。

33. 向培良編，青春月刊〔J〕，1929.10～1929.12，1～3期。

34. 華漢、李一泯編，日出旬刊〔J〕，1928.11～1928.12，1～5期。

35. 海風週報社編，海風週報〔J〕，1929.1～1929.5，1～17期。

36. 蔣光慈等編，新流月報〔J〕，1929.3～1930.12，1～4期。

37. 引擎社編，引擎（月刊）〔J〕，1929.5，創刊號。

38. 向明編，新興文化（月刊）〔J〕，1929.8，1期。

39. 現代小說社編，現代小說（月刊）〔J〕，1928.2～1930.3，1～3卷4期。

40. 朱鏡我等編，新思潮（月刊）〔J〕，1929.11～1930.7，1～7期。

41. 魯迅編，萌芽月刊〔J〕，1930.1～1930.5，1～5期。

42. 拓荒者月刊社編，拓荒者（月刊）〔J〕，1930.1～1930.5，1～4、5期合刊。

43. 魯迅編，文藝研究（季刊）〔J〕，1930.2，1卷1本。

44. 沈端先主編，藝術月刊〔J〕，1930.3，1卷1期。

45. 田漢主編，南國月刊〔J〕，1929.5～約1930.7，1～2卷4期。

46. 馮乃超主編，文藝講座〔J〕，1930.4，第1冊。

47. 巴爾底山社編，巴爾底山（旬刊）〔J〕，1930.4～1930.5，1～5號。

48. 《文藝講座》等13種期刊聯合發行.五一特刊〔J〕，1930.5，1期。

49. 魯迅編，新地月刊〔J〕，1930.6，1 期。

50. 洛浦月刊社編，洛浦〔J〕，1930.5，創刊號。

51. 沈端先主編，沙侖月刊〔J〕，1930.6，1 卷 1 期。

52. 世界文化月刊社編，世界文化（月刊）〔J〕，1930.9，創刊號。

53. 上海前鋒社編，前鋒月刊〔J〕，1930.10～1931.4，1～7 期。

54. 前哨編輯委員會編，前哨‧文學導報（半月刊）〔J〕，1931.4～1931.11，1～8 期。

55. 李贊華主編，現代文學評論〔J〕，1931.4～1931.10，1～3 卷 1 期。

56. 丁玲主編，北斗（月刊）〔J〕，1931.9～1932.7，1～2 卷 3、4 期合刊。

57. 周起應等編，文學月報〔J〕，1932.6～1932.12，1～5、6 號合刊。

58. 王禮錫、陸晶清等編，讀書雜志〔J〕，1931.4～1933.11，1～3 卷 9 期。

59. 陳質夫編，文化月報〔J〕，1932.11，創刊號。

60. 文學雜誌社編，文學雜誌〔J〕，1933.4～1933.7，1～3、4 期合刊。

61. 文藝月報社編，文藝月報〔J〕，1933.6～1933.11，1～3 期。

62. 上海文學社編，文學（月刊）〔J〕，1933.7～1937.11，1～9 卷 4 號。

二、著作

1. 趙家璧主編，中國新文學大系（1917～1927）（1～10 卷）〔C〕，上海：上海文藝出版社，2003。

2. 趙家璧主編，中國新文學大系（1927～1937）（1～20 卷）〔C〕，上海：上海文藝出版社，1985～1989。

3. 嚴家炎編，中國現代各流派小說選（1～4 卷）〔C〕，北京：北京大學出版社，1986。

4. 魯迅，魯迅全集（1～15 卷）〔M〕，北京：人民文學出版社，1981。

5. 茅盾，茅盾全集（1～38 卷）〔M〕，北京：人民文學出版社，1984～1997。

6. 郭沫若，郭沫若全集（文學編）（1～20 卷）〔M〕，北京：人民文學出版社，1982～1992。

7. 孫中山，孫中山全集（1～11 卷）〔M〕，北京：中華書局，1986。

8. 阿英，阿英全集（1～12 卷）〔M〕，柯靈主編，合肥：安徽教育出版社，2003。

9. 孫中山，孫中山選集（上、下）〔M〕，北京：人民出版社，1956。

10. 鄒容，鄒容文集〔M〕，周永林編，重慶：重慶出版社，1983。

11. 謝冰瑩，謝冰瑩文集（上、中、下）〔M〕，合肥：安徽文藝出版社，1999。

12. 鄭振鐸，鄭振鐸文集（1～3 卷）〔M〕，北京：人民文學出版社，1983。

13. 陽翰笙，陽翰笙選集（1～4卷）〔M〕，成都：四川人民出版社，1982～1989。

14. 蔣光慈，蔣光慈文集（1～4卷）〔M〕，上海：上海文藝出版社，1982～1988。

15. 郁達夫，郁達夫文集（1～12卷）〔M〕，廣州：花城出版社，香港：三聯書店香港分店，1982～1984。

16. 瞿秋白，瞿秋白文集（文學編）（1～4卷）〔M〕，北京：人民文學出版社，1953。

17. 田漢，田漢文集（1～10卷）〔M〕，北京：中國戲劇出版社，1983。

18. 沈從文，沈從文文集（1～12卷）〔M〕，廣州：花城出版社，香港：三聯書店香港分店，1982～1984。

19. 毛澤東，毛澤東選集（1～4卷）〔M〕，北京：人民出版社，1991。

20. 魯迅，魯迅雜感選集〔M〕，瞿秋白編，上海：上海出版公司，1950。

21. 許壽裳，許壽裳文集（上、下）〔M〕，倪墨炎，陳九英編，上海：百家出版社，2003。

22. 郭沫若，郭沫若集外序跋集〔M〕，成都：四川人民出版社，1983。

23. 嚴復，嚴復集（1～5冊）〔M〕，王栻主編，北京：中華書局，1986。

24. 章太炎，中國現代學術經典：章太炎卷〔M〕，劉夢溪主編，石家莊：河北教育出版社，1996。

25. 魯迅博物館等編，魯迅回憶錄（專著）（上、中、下）〔C〕，北京：北京出版社，1999。

26. 蔡清富輯錄，草鞋腳〔C〕，長沙：湖南人民出版社，1981。

27. 馬良春、張大明編，三十年代左翼文藝資料選編〔C〕，成都：四川人民出版社，1980。

28. 陳瘦竹主編，左翼文藝運動史料〔C〕，南京：南京大學學報編輯部編輯出版，1980。

29. 中國社會科學院文學研究所《左聯回憶錄》編輯組編，左聯回憶錄（上、下）〔C〕，北京：中國社會科學出版社，1982。

30. 北京大學、北京師範大學、北京師範學院中文系中國現代文學教研室編，文學運動史料選（1～5冊）〔C〕，上海：上海教育出版社，1979。

31. 中國第二歷史檔案館編，中華民國史檔案資料彙編（第五輯）〔C〕，南京：江蘇古籍出版社，1994。

32. 賈植芳、俞元桂編，中國現代文學總書目〔C〕，福州：福建教育出版社，1993。

33. 張秋華等編選，「拉普」資料彙編（上）〔C〕，北京：中國社會科學出版

社，1981。

34. 饒鴻兢等編，創造社資料（上、下）〔C〕，福州：福建人民出版社，1985。

35. 白嗣宏編選，無產階級文化派資料選編〔C〕，北京：中國社會科學出版社，1983。

36. 中國社會科學院文學研究所現代文學研究室編，革命文學研究資料（上、下）〔C〕，北京：人民文學出版社，1981。

37. 舒新城編，中國近代教育史資料（第2版）〔C〕，北京：人民教育出版社，1981。

38. 陳學恂編，中國教育史研究·現代分卷〔C〕，上海：華東師範大學出版社，1994。

39. 劉洪濤編，沈從文批評文集〔C〕，珠海：珠海出版社，1998。

40. 方林等編，夏衍研究資料〔C〕，北京：中國戲劇出版社，1983。

41. 方銘編，蔣光慈研究資料〔C〕，銀川：寧夏人民出版社，1983。

42. 劉納，嬗變——辛亥革命時期至五四時期的中國文學〔M〕，北京：中國社會科學出版社，1998。

43. 陳方競，多重對話：中國新文學的發生〔M〕，北京：人民文學出版社，2003。

44. 錢理群等，中國現代文學三十年〔M〕，北京：北京大學出版社，1986。

45. 艾曉明，中國左翼文學思潮探源〔M〕，長沙：湖南文藝出版社，1991。

46. 王錦厚，五四新文學與外國文學〔M〕，成都：四川大學出版社，1996。

47. 司馬長風，中國新文學史（上、中、下）（第3版）〔M〕，香港：昭明出版社有限公司，1980。

48. 錢基博，現代中國文學史〔M〕，長沙：嶽麓書社，1986。

49. 程光煒等編，中國現代文學史〔C〕，北京：中國人民大學出版社，2000。

50. 楊義，中國現代小說史（1～3卷）〔M〕，北京：人民文學出版社，1986。

51. 夏志清，中國現代小說史（第2版）〔M〕，劉紹銘編譯，香港：友聯出版社有限公司，1982。

52. 陳平原，中國小說史論集（1～3卷）〔M〕，石家莊：河北人民出版社，1997。

53. 〔蘇〕B.科瓦廖夫編，蘇聯文學史〔C〕，張耳等譯，天津：天津人民出版社，1982。

54. 〔日〕中村新太郎，日本近代文學史話〔M〕，卞立強，俊子譯，北京：北京大學出版社，1986。

55. 陳景磐編，中國近代教育史〔C〕，北京：人民出版社，1979。

56. 〔美〕費正清編，劍橋中華民國史（上、下）〔C〕，北京：中國社會科學出版社，1994。

57. 鄭登雲，中國近代教育史〔M〕，上海：華東師範大學出版社，1994。

58. 李桂林，中國現代教育史〔M〕，長春：吉林教育出版社，1991。

59. 王曉明，無法直面的人生——魯迅傳〔M〕，上海：上海文藝出版社，2001（第 2 版）。

60. 曠新年，1928：革命文學〔M〕，濟南：山東教育出版社，1998。

61. 章克標，文壇登龍術〔M〕，哈爾濱：黑龍江教育出版社，1988。

62. 王躍，高力克編，五四：文化的闡釋與評價——西方學者論五四〔C〕，太原：山西人民出版社，1989。

63. 余英時，錢穆與中國文化〔M〕，上海：上海遠東出版社，1994。

64. 馬德俊，蔣光慈傳〔M〕，合肥：安徽人民出版社，2001。

65. 周策縱，五四運動：現代中國的思想革命〔M〕，周子平等譯，南京：江蘇人民出版社，1996。

66. 蘇國勳，理性化及其限制——韋伯思想引論〔M〕，上海：上海人民出版社，1988。

67. 黃淳浩，創造社：別求新聲於異邦〔M〕，北京：社會科學文獻出版社，1995。

68. 李何林，近二十年中國文藝思潮論（1917～1937）〔M〕，西安：陝西人民出版社，1981。

69. 李何林，中國文藝論戰〔M〕，西安：陝西人民出版社，1984。

70. 李輝凡，二十世紀初俄蘇文學思潮〔M〕，北京：社會科學文獻出版社，1993。

71. 倪偉，「民族」想像與國家統制——1928 年～1948 年南京政府的文藝政策及文學運動〔M〕，上海：上海教育出版社，2003。

72. 張大明，不滅的火種——左翼文學論〔M〕，成都：四川文藝出版社，1992。

73. 〔蘇〕斯·舍舒科夫，蘇聯二十年代文學鬥爭史實〔M〕，馮玉律譯，上海：上海譯文出版社，1994。

74. 〔德〕伽達默爾，真理與方法：哲學解釋學的基本特徵〔M〕，王才勇譯，瀋陽：遼寧人民出版社，1987。

75. 〔俄羅斯〕尼·別爾嘉耶夫，俄羅斯思想（第 2 版）〔M〕，雷永生，邱守娟譯，北京：生活·讀書·新知三聯書店，2004。

76. 〔美〕柯偉林，蔣介石政府與納粹德國〔M〕，陳謙平等譯，北京：中國青年出版社，1994。

77. 〔美〕史華慈（Schwartz），尋求富強〔M〕，葉鳳美譯，南京：江蘇人民

出版社，1996。

78. 〔蘇〕托洛茨基，文學與革命〔M〕，劉文飛等譯，北京：外國文學出版社，1992。

79. 〔英〕艾瑞克‧霍布斯鮑姆，革命的年代：1789～1848〔M〕，王章輝等譯，南京：江蘇人民出版社，1999。

80. 〔捷〕雅羅斯拉夫‧普實克，普實克中國現代文學論文集〔M〕，李燕喬等譯，長沙：湖南文藝出版社，1987。

81. 〔美〕丹尼爾‧貝爾，資本主義文化矛盾〔M〕，趙一凡等譯，北京：生活‧讀書‧新知三聯書店，1989。

82. 〔美〕赫伯特‧馬爾庫塞，審美之維〔M〕，李小兵譯，桂林：廣西師範大學出版社，2001。

83. 〔美〕易勞逸，1927～1937年國民黨統治下的中國流產的革命〔M〕，陳謙平等譯，北京：中國青年出版社，1992。

84. 〔法〕羅蘭‧巴爾特，符號學原理〔M〕，李幼蒸譯，北京：生活‧讀書‧新知三聯書店，1988。

85. 〔美〕吉爾伯特‧羅茲曼編，中國的現代化〔C〕，南京：江蘇人民出版社，2001。

86. 陸梅林等譯，西方馬克思主義美學文選〔M〕，桂林：灕江出版社，1988。

87. 陳建華，二十世紀中俄文學關係〔M〕，上海：學林出版社，1998。

88. 劉半農，初期白話詩稿〔M〕，北平：星雲堂，1932。

89. 黃一心編，丁玲寫作生涯〔C〕，天津：百花文藝出版社，1984。

90. 倪墨炎，現代文壇災禍錄〔M〕，上海：上海書店出版社，1996。

91. 吳騰鳳，蔣光慈傳〔M〕，合肥：安徽人民出版社，1982。

92. 應國靖，現代文學期刊漫話〔M〕，廣州：花城出版社，1986。

93. 陳方競，魯迅與浙東文化〔M〕，長春：吉林大學出版社，1999。

94. 陳建華，「革命」的現代性──中國革命話語考論〔M〕，上海：上海古籍出版社，2000。

95. 李正西，任合生編，梁實秋文壇沉浮錄〔C〕，合肥：黃山書社，1992。

96. 王宏志，思想激流下的中國命運──魯迅與「左聯」〔M〕，臺北：風雲時代出版公司，1991。

97. 王曉明，刺叢裏的求索〔M〕，上海：上海遠東出版社，1995。

98. 魯湘元，稿酬怎樣攪動文壇〔M〕，北京：紅旗出版社，1998。

99. 朱連報編撰，近現代上海出版業印象記〔C〕，上海：學林出版社，1993。

100. 朱壽桐，中國現代社團文學史〔M〕，北京：人民文學出版社，2004。

101. 馬恒君，周易辯證〔M〕，石家莊：河北人民出版社，1995。

102. 韋民，游民陰魂〔M〕，北京：華文出版社，1997。

103. 陳寶良，中國流氓史〔M〕，北京：中國社會科學出版社，1993。

104. 逢增玉，現代性與中國現代文學〔M〕，長春：東北師範大學出版社，2001。

105. 錢謙吾，怎樣研究新興文學〔M〕，上海：南強書局，1930。

106. 張靜廬，在出版界二十年〔M〕，上海：上海雜誌公司，1938。

107. 許紀霖編，二十世紀思想史論（上、下）〔C〕，上海：東方出版中心，2000。

108. 劉炎生，中國現代文學論爭史〔M〕，廣州：廣東人民出版社，1999。

109. 羅榮渠，現代化新論〔M〕，北京：北京大學出版社，1993。

110. 羅榮渠，從「西化」到現代化〔M〕，北京：北京大學出版社，1990。

111. 許紀霖，陳達凱編，中國現代化史（第1卷）〔C〕，上海：上海三聯書店，1995。

112. 嚴家炎，論現代小說與文藝思潮〔M〕，長沙：湖南人民出版社，1987